CB124716

ANATOMIA
DE UM CRIME

Robert Traver

ANATOMIA DE UM CRIME

Tradução
Sônia Coutinho

JOSÉ OLYMPIO
EDITORA

Título do original em inglês
ANATOMY OF A MURDER

© 1958 by Robert Traver
Introduction © 1983 by Robert Traver

Reservam-se os direitos desta edição à
EDITORA JOSÉ OLYMPIO LTDA.
Rua Argentina, 171 – 3º andar – São Cristóvão
20921-380 – Rio de Janeiro, RJ – República Federativa do Brasil
Tel.: (21) 2585-2060
Printed in Brazil / Impresso no Brasil

Atendimento direto ao leitor:
mdireto@record.com.br
Tel.: (21) 2585-2002

ISBN 978-85-03-01098-6

Capa: Sergio Liuzzi / Interface Designers

Texto revisado segundo o Novo Acordo Ortográfico da Língua Portuguesa.

CIP-BRASIL. CATALOGAÇÃO NA FONTE
SINDICATO NACIONAL DOS EDITORES DE LIVROS, RJ

Traver, Robert, 1903-1991
T713a Anatomia de um crime / Robert Traver; tradução [Sônia Coutinho].
– Rio de Janeiro : José Olympio, 2011.

Tradução de: Anatomy of a murder
ISBN 978-85-03-01098-6

1. Ficção americana. I. Coutinho, Sônia. II. Título.

CDD: 813
11-5753 CDU: 821.111(73)-3

Para meu amigo Raymond

Introdução

Após atuar durante quatorze anos como promotor público em um condado ao norte de Michigan, onde nasci, num certo dia friorento de outono em que houve eleição acabei sendo bruscamente afastado do meu cargo pelo veredicto irrevogável do eleitorado. A coisa foi quase indolor: após alguns furos e puxões nas máquinas de votar "erradas" — pronto! — virei ex-promotor.

Também me vi sem muitas opções. Aproximava-me rapidamente dos cinquenta anos, duas das nossas três filhas estavam na universidade, e, enquanto era promotor em casos criminais ou perseguia as fugidias trutas, parece que eu negligenciara uma coisa tão rotineira quanto a de ter um escritório de advocacia.

Além disso, depois da sala do tribunal, que ficava sob as luzes dos holofotes e em meio a acaloradas discussões, parece que eu desenvolvera uma alergia a me enfurnar num escritório o dia inteiro, elaborando documentos legais cheios de frases brilhantes como "disse o litigante da primeira parte interessada, como supramencionado".

Durante um curto período, tentei vários estratagemas para evitar todos esses sorrateiros "supramencionados". Na época, explorar urânio ficava no alto da lista de realizações em nossa área de mineração polvilhada de granito, então me apressei a comprar um contador Geiger — em apenas doze módicas prestações — e marchei, resolutamente, para os montes de granito, a fim de servir tanto a Mammon quanto ao meu país. Lá, logo esbarrei com uma montanha inteira de tório radioativo, o qual, também logo ficou claro, ninguém queria, todos preferindo ser explodidos, se fosse o caso, pelo mais raro e portanto muito mais elegante urânio.

Em seguida, escrevi meu segundo livro sobre minhas experiências como promotor público, que foi prontamente aceito e publicado e obteve resenhas generosas, mas que, apesar disso, entrou no mesmo caminho do primeiro — e de um livro de contos publicado nesse meio-tempo —, chegando ao feliz esquecimento de uma edição não reeditada, situação em que os três ainda permanecem.

A essa altura, ciclicamente, estávamos em novo ano eleitoral, então concorri a um lugar no Congresso (destino comum a ex-promotores desempregados, como venho observando desde então), mas mal consegui ganhar em meu próprio condado, em nosso esparso distrito do norte de Michigan.

Já que não havia perspectiva nem de prospecção nem de inventar histórias nem de viagens grátis para Washington, comecei a refletir sobre o que faria para escapar daqueles irritantes "supramencionados".

E foi quando um raro cliente intruso interrompeu minhas meditações, um cidadão lesado que, segundo parecia, espirrara inadvertidamente ao virar seu carro para entrar numa via expressa e fora preso pelos policiais por dirigir embriagado. Será que eu o defenderia contra esse crasso erro da justiça? Sim, eu o faria e fiz; e, embora tenha esquecido como foi, exatamente, que a justiça tratou aquele caso, de repente comecei a aparecer em tribunais aqui e acolá, defendendo cidadãos igualmente lesados.

Depois, uma série de crimes começou a varrer o condado, feito uma invasão de gafanhotos; e como, pelo visto, eu não me afastara inteiramente do tribunal e da prisão, enquanto trabalhava como promotor público, de repente descobri-me atolado até as orelhas atuando como advogado de defesa no velho prédio de pedra do tribunal que dava para o Lago Superior.

Com a aproximação do inverno, a onda de crimes entrou numa calmaria, e eu, por um curto período, considerei a possibilidade de escrever um livro bem complexo — recheado, ao mesmo tempo, com histórias de assaltos e notas de pé de página — sobre os estranhos efeitos da mudança das estações sobre o comportamento humano. Já tinha um título: "O clima bom para roubar e para não roubar." Em vez disso, tive um repentino impulso de escrever meu primeiro romance. Afinal, refleti, já escrevera livros com várias histórias, por que não, para variar, pôr mãos à obra e me concentrar numa única história, digamos, sobre um único julgamento em tribunal?

Já que, agora, eu tinha as cicatrizes de combate nos dois lados das barricadas do tribunal, decidi, finalmente, escrever sobre um julgamento por crime de assassinato. O tribunal era a única arena sobre a qual eu conhecia alguma coisa, e, àquela altura, eu já atuara em ambos os lados em alguns julgamentos por crime de assassinato bastante sensacionais.

Naquele momento, recordei-me das palavras de despedida do professor do único curso de "Criação Literária" que fiz em minha vida. "Lembrem-se, garotos," dissera ele, "escrever sobre pessoas e lugares que vocês conhecem pode ajudar a dar às suas coisas o toque da autenticidade." Ele fez uma pausa e sorriu. "E não se esqueçam nunca daquele velho ditado: 'Alguns gramas de autenticidade são melhores do que muitos quilos de brilhareco.'"

Outro motivo que me levava a desejar trabalhar com um único julgamento em tribunal era o de que eu tinha um conhecimento próprio de como fazer isso. Durante muito tempo, vira muitos filmes, lera muitos livros e assistira a muitas peças sobre julgamentos que eram quase comicamente falsos e exagerados, sobretudo em seus esforços extravagantes para dramatizar ao máximo uma situação humana já intrinsecamente dramática.

Ansiava por tentar contar um julgamento criminal da maneira como realmente era, e, depois dos meus anos de imersão nisso, sentia de maneira igualmente forte que uma grande parte da tensão e do drama de qualquer grande julgamento por crime está em sua própria ausência de ênfase, em sua qualidade enclausurada e quase asfixiada, e não no que se costuma mostrar, os gritos, batidas de pés e variadas maneiras de agitar o dedo que, quase inevitavelmente, acompanham o repentino surgimento e subsequente interrogatório cerrado da monotonamente confiável testemunha de última hora...

Em que outro foro, perguntei a mim mesmo, poderia uma batalha com riscos tão altos — a liberdade e, algumas vezes, a própria vida — ser travada numa atmosfera tão contida de silencioso cerimonial e forçado decoro, tão repleta de antigos rituais e fraseologia latinizada, tão perpassada de antiguidades retóricas deferentes como "por gentileza, Meritíssimo," e tudo mais?

Rabisquei durante o inverno inteiro, teimosamente expurgando todos os "supramencionados", e, afinal, guardei minha caneta e peguei a vara de pesca, após despachar minha história para a editora de Nova York que lançara meu último livro. Então, cruzei os braços e, cheio de impaciência, aguardei uma resposta extasiada dos editores. Um dia ela veio, para minha perplexidade acompanhada do meu manuscrito original, o que eu menos esperava. Àquela altura, tinha aprendido a classificar minhas rejeições, e aquela era da espécie que eu mantinha num arquivo especial chamado "Não, mas lamentando muito".

Recobrando ânimo, tentei outra editora de Nova York e, novamente, esperei que prevalecesse a autenticidade do tribunal. Não prevaleceu, e, em vez disso, a chegada do meu original, junto com um conciso bilhete de rejeição, mimeografado, quase me fez desistir para sempre do correio e, no mínimo, estabeleceu um novo recorde de velocidade para minha crescente coleção de rejeições.

E então, numa noite, enquanto eu estava fora, pescando em meio ao zumbido de insetos e às arremetidas dos noitibós, lembrei-me de repente de um editor que trabalhara com meu último livro e gostara dele. Então, na manhã seguinte, quase como quem pede desculpas, tornei a embalar o original de *Anatomia de um crime* e o enviei para Sherman Baker, na editora de Nova York onde ele trabalhava, e — na mesma hora — ele e a St. Martin o aceitaram com entusiasmo, salvando-me de uma vida de servidão aos "supramencionados".

Depois disso, as coisas começaram a acontecer em marcha furiosa. Não consigo, de forma nenhuma, lembrar-me de tudo, mas me lembro sim de algumas coisas. Por exemplo, de que no mesmo fim de semana em que Sherman Baker me telefonou para comunicar a aceitação do livro, o governador G. Mennen Williams ligou comunicando que me indicara para ocupar a Suprema Corte de Michigan. Depois, o Book-of-the-Month Club fez um aceno e exultou quando o livro teve um estouro de vendas e passou a figurar permanentemente nas listas de *best-sellers*. Um sorridente Johnny Carson pronunciou errado meu nome na televisão. Meus infinitivos acompanhados de advérbios apareceram em dezessete línguas. Elihu Winer fez uma peça baseada em minha história...

E, depois, veio Otto Preminger — e metade de Hollywood, era o que parecia, baixou no velho prédio de pedra do tribunal, onde eu já encarara tantos júris e fizera caretas para eles durante anos sem conta. Embora eu talvez não tenha distanciamento crítico, achei e ainda acho que Otto fez um grande trabalho, quando transformou em filme o que eu tentei escrever. Se estou com a razão, gosto também de pensar que isso aconteceu em parte porque — desmentindo as lendas em que ele é descrito como Otto, o Autocrata — ele não apenas consultou a mim e a Joseph M. Welch sobre a filmagem, especialmente sobre as cenas de tribunal, mas ouviu com a maior atenção tudo o que dissemos.

Os fãs maduros de cinema talvez se lembrem de que Joseph Welch fez o papel do juiz que presidia o julgamento, e com mestria, devo acrescentar. Entre tomadas, ele também me ensinou a jogar *gin rummy*, e, embora seus honorários fossem altos, nos tornamos amigos íntimos e, mais tarde, viajamos juntos por Israel e parte da Europa, junto com nossas esposas, e até planejamos escrever um livro. Depois, em Roma, ele foi obrigado a voar de volta para casa, com uma repentina doença da qual, infelizmente, nunca se recuperou — e nosso livro, lamentavelmente, nunca foi escrito.

Olhando em retrospecto, acho que nossa amizade foi uma das maiores recompensas de toda a aventura (quase escrevi "todo o suplício") da

Anatomia. Conversamos sobre muitas coisas: nosso interesse comum nos assuntos referentes à mudança do papel dos advogados em nossa sociedade; nosso sentimento quase de culpa, também partilhado, porque a parte das atividades jurídicas que se passa em escritório nos entediava imensamente, enquanto a dramática aproximação da sala do tribunal com o palco sempre nos havia atraído; e, em nível mais elevado, o fato de a amizade, em si, ser uma mistura tão curiosa de química e afinidade, e sobre a característica quase assustadoramente acidental do encontro de almas aparentadas que, às vezes, têm a sorte de se descobrirem.

Em alguns dias, sedentos por causa de uma sessão particularmente cansativa de *gin rummy*, erguíamos um copo para Otto, por reunir dois desnorteados nômades que tateavam, abrindo caminho, sob o clarão ofuscante da publicidade: Joseph é o resultado de uma longa e brilhante carreira, culminando nas históricas audiências Army-McCarthy (que, em seu tempo, rivalizaram até com as mais recentes audiências de Watergate); a minha, o resultado da solitária tentativa, do tipo tiro no escuro, de um inquieto advogado rural que, para aliviar o tédio do escritório, inventou uma trama de tribunal "autêntica", imaginando que, com sorte, talvez até ganhasse uma nova vara de pesca — juntamente com a maravilhosa oportunidade de gazetear com mais frequência (temos o direito de sonhar, não é?), para cortejar, com sua nova varinha de condão, aquelas sensatas trutas que não vão para o escritório.

De alguma forma, consegui sobreviver ao trauma de ver meu livro virar *best-seller* ainda me agarrando a uns poucos farrapos de humildade. Mas escapei por pouco, e talvez uma prova de que possa ter conseguido é o fato de ainda não achar que escrever se tornou mais fácil, absolutamente. Tampouco sucumbi à ilusão que parece afligir muitas das suas vítimas, de que meus rabiscos mais ociosos deveriam dali em diante ser esculpidos em bronze, ou de que os meus mais casuais arrotos retóricos tivessem passado a valer um dólar cada.

Uma coisa que, quase com certeza, ajudou a me salvar foi a lembrança daquelas duas rejeições iniciais, por mais duras de engolir que tivessem sido na época. Outra coisa foi a entusiástica aceitação, pelo velho *Saturday Evening Post* (depois que *Anatomia* foi publicado), da mesma história de pescaria (pela qual agora pagou os olhos da cara) que antes rejeitara correndo, quando *Anatomia* ainda não havia sido publicado. E eu não mudei uma só vírgula! Quando a mesma história apareceu, pouco depois, como a peça de destaque no *Melhor do Post* encadernado, minha humildade transbordou...

A humildade recebeu um novo impulso quando o livro inédito do qual a história de pescaria foi tirada, *Trout Madness* (e que, antes do meu romance, eu não conseguia vender nem dar de presente, no total ou em parte) foi imediatamente fisgado e publicado, e se tornou por si só, e assim permanece, uma espécie de *best-seller* piscatório. Enquanto meu estoque de humildade crescia, eu continuava a me maravilhar de ver como basta a grande notoriedade para aguçar e afiar notavelmente as faculdades críticas da nossa tribo.

Desde *Anatomia*, escrevi dois outros romances "de tribunal", *Laughing Whitefish* e o recente *People Versus Kirk*, todos os três agora alojados sob o mesmo teto editorial. Todos os três também basearam-se ou se inspiraram em casos verdadeiros debatidos em tribunais, e continuo a me surpreender com o fato de seis dos meus 11 livros publicados terem sido tirados do meio jurídico.

E tudo isso pode sugerir que um número maior dos meus colegas escritores deveria explorar os negligenciados depósitos da lei e prestar muito mais atenção ao mais movimentado palco da nossa sociedade, a sala pública do tribunal. Pois é ali, e apenas ali, que se desenrolam alguns dos mais comoventes dramas do nosso tempo. Os cépticos estão convidados a se maravilhar com o exame retrospectivo de apenas alguns julgamentos de "primeira página" logo esquecidos, julgamentos de anos recentes, e, depois, pegar em suas penas.

Robert Traver,
dezembro de 1982

Prólogo

ESTA É A HISTÓRIA de um assassinato, de um julgamento por assassinato e de algumas das pessoas que se empenharam nos procedimentos, ou se enredaram neles. Enredar é uma boa palavra, porque o assassinato, dentre todos os crimes, é aquele que parece possuir, em grau maior do que qualquer outro, aquela característica compulsiva e magnética que atrai inevitavelmente as pessoas para sua rede expansiva, com frequência para sua surpresa e, vez por outra, para seu horror.

Os assassinatos devem acontecer em algum lugar, claro, e este, e o julgamento que se seguiu, ocorreu na Península Superior de Michigan, marginada pelas águas, e que seus moradores chamam simplesmente de U.P. (*Upper Peninsula*). A U.P. é uma terra selvagem, áspera e gretada, esfregada e moída pela incansável amoladeira de muitas geleiras passadas, tendo a última, em sua lenta e convulsiva retirada, deixado o campo transformado numa mistura de pântanos, montes, rochedos e intermináveis cursos d'água. Estendendo-se, como o faz, dentro da orla mais ao sul do grande escudo canadense pré-cambriano, a região é talvez mais intimamente ligada ao Canadá, por afinidade climática e geológica; com o Wisconsin, pela lógica da geografia; mas é uma região que, por alguma lógica além da lógica, finalmente foi transformada em parte do estado de Michigan, após uma série mirabolante de asneiras e de concessões políticas que devem ter feito os anjos chorarem.

Ninguém queria adotar a remota e reles U.P., e Michigan foi afinal persuadido, embora com muita relutância, a ficar com ela, porque cobiçava, em seu lugar, chegando perto da guerra civil, uma modesta parcela de terra ao longo da fronteira do Ohio conhecida como "a faixa de Toledo". Esse complicado conto de fadas político desdobrou-se com toda a sua maravilhosa ironia quando grandes depósitos de cobre e ferro foram logo descobertos na U.P., rivalizando em riqueza com qualquer outro então conhecido no hemisfério. O indesejável patinho feio se transformara numa fabulosa princesa de cabelos dourados. Os engenhosos políticos do *lower* Michigan mostraram-se à altura das tensas circunstâncias; rapidamente se congratularam por sua sabedoria e astuta previsão. *Eles* haviam desejado a U.P. o tempo inteiro. Claro que sim.

Foi ali que este assassinato ocorreu.

R.T.

PARTE I

Antes do julgamento

Capítulo 1

Os APITOS DA MINA anunciavam a meia-noite enquanto eu seguia de carro pela enladeirada rua Principal. Era uma morna noite de domingo iluminada pelo luar, em meados de agosto, e eu chegava em casa vindo de um fim de semana prolongado de pesca de truta no distrito do Lago Oxbow, em companhia do meu velho amigo eremita Danny McGinnis, que mora lá o ano inteiro. Dei a volta na rua Hematite, para olhar a casa de minha mãe — a mesma lúgubre casa de esquina com vigamentos de madeira onde nasci. Quando meu carro dobrou a esquina, os faróis varreram as fileiras de altos e pendentes olmos, plantados por meu pai quando era jovem — muito mais jovem do que eu — e brilharam, azulados, nas vidraças escuras. Minha mãe, Belle, ainda estava fora, visitando minha irmã casada, e determinara que eu desse uma olhada na casa. Ora, eu olhara e vejam! como a bandeira, a velha casa ainda estava lá.

Segui para o centro da cidade e reduzi a velocidade para não atropelar um bêbado solitário que saiu cegamente do Bar Tripoli e veio até o meio da rua, numa espécie de trote desengonçado e sonâmbulo, perseguido, em seu caminho, pelo oco rugido de uma vitrola automática, no bar espalhafatosamente iluminado e vazio. "Insolação," murmurei, distraído. "Simplesmente uma vítima enlouquecida do sol da meia-noite." Quando estacionei meu cupê respingado de lama ao lado do Banco Miner's State, em frente ao meu escritório, que fica em cima da loja popular de departamentos, refleti que havia apenas mais uns poucos sons, neste mundo, tão perdidos e solitários quanto o gemido, à meia-noite, de uma vitrola automática, numa pequena cidade deserta, lançando estridentes proclamações de alegria e divertimento onde, em vez disso, residem apenas o cansaço, a ressaca e o tédio. Para mim, o pio vacilante de uma coruja parece, em comparação, profundamente alegre.

Destranquei a mala do carro e tirei minha mochila, duas varas de pesca leves, embrulhadas em alumínio, e uma maleta de mão, e coloquei-as em cima do meio-fio. Pus a mochila ao ombro, agarrei as outras coisas e comecei a atravessar a rua vazia, cheia de ecos.

— Como foi a pescaria, Polly? — perguntou alguém, surgindo do beco escuro, ao lado da loja popular. Era o velho Jack Tregembo, alto, esguio e castigado pelo clima, parecendo um Tio Sam sem barba. Jack era guarda noturno da força policial de Chippewa, desde tempos imemoriais.

— Ótima, ótima, Jack — falei, esfregando meu pescoço não barbeado. — Comi tantas trutas nos últimos dias que acho que estou ficando com guelras.

— Será que ouviu falar do grande assassinato? — perguntou Jake, aproximando-se, com a esperança, claro, de que eu não soubesse de nada. — Até os jornais da cidade deram a notícia.

— Não, Jack — respondi, em alerta. — Acabei de chegar, como você vê. Graças a Deus, não havia nenhum jornal, rádio ou telefone lá na grande mata do Oxbow. O velho Danny falador não toleraria essa competição. Mas sem dúvida vocês pegaram o criminoso e o levaram para Mitch, amarrado, remido e confesso.

Jack deu de ombros.

— A dor de cabeça não é nossa, Polly. Aconteceu lá em Thunder Bay. Sexta à noite. Um soldado estacionado lá perdeu a cabeça e furou Barney Quill cinco vezes, com um .38. Esse Barney administrava o hotel e o bar de lá. Ele declarou que Barney tinha estuprado sua esposa. Graças a Deus, a polícia estadual já está com o cara.

— Humm... — eu disse, com as engrenagens da lei começando involuntariamente a girar.

Exatamente nesse momento, um carro deu a volta na esquina em cima de apenas duas rodas, com caudas de cães abanando na parte da frente e na de trás, o carro cheio de adolescentes gritando, com freios e pneus guinchando feito garanhões a relinchar. Por pouco ele não bateu na traseira do meu carro estacionado e, depois, afastou-se pela rua, rugindo. Segundos depois, dois carros da polícia o acompanharam, numa raivosa perseguição, sirenes disparando, e o último parou apenas por tempo suficiente para pegar Jack, que pulou para dentro dele como um menino. A cena estava investida de uma curiosa característica de comédia Keystone, e pensei, nostalgicamente, na calma envolvente que devia reinar, naquele momento, em minhas águas favoritas, cheias de trutas, lá na mata do Oxbow. Nevoeiro se estendendo, vagarosamente, um coiote a uivar na serra, o cacarejo de um mergulhão do norte, o mergulho de uma truta saltadora. Fiquei ali em pé, olhando para além do Banco Miner's State, enquanto a grande e amarela lua minguante deslizava e saía de trás de um escuro e dentado rochedo de nuvens. "Meu coração sempre sangra-a-a-a-a-a-ará por você," gemia a vitrola automática, "porque preciso ta-a-a-a-a-nnn-to de você..."

"Crime", pensei trivialmente, enquanto me arrastava pela rangedora escada de madeira acima, "o crime continua".

Ouvi o toque automático e insistente de um telefone soando monotonamente, antes de chegar ao alto da escada. O zumbido irritante continuou. Não me apressei; afinal, podia ser para o quiroprático, a esteticista, o dentista ou até para os jovens recém-casados do final do corredor. Podia ser, mas tive certeza de que não era. Por uma dessas premonições rápidas, que não se pode definir, soube que era para mim; seria, fiquei certo, meu convite para a valsa — minha oferta de contrato para trabalhar no mais recente assassinato em Iron Cliffs. Coloquei meus apetrechos no chão e tateei à procura da chave do meu escritório particular. Meu telefone parara de tocar.

Paul Biegler

ADVOGADO

Dizia o letreiro, na porta de vidro fosco. Embaixo, havia uma seta negra horizontal apontando em direção à porta de Maida, acompanhado pelas palavras: "Entrada na porta vizinha." Era surpreendente como poucas pessoas seguiam a seta; em vez disso, ficavam por ali, dominadas por uma espécie de feitiço pateta, batendo idiotamente em minha porta particular.

A sucursal, em Chippewa, de uma cadeia nacional de lojas populares ocupava todo o piso principal do prédio de dois andares de arenito pardo, construído por meu avô, um cervejeiro alemão, na década de 1870. Durante muitos anos, antes de morrerem, ele e vovó moravam no andar de cima; meu escritório de advocacia e residência de solteiro, combinados, ocupavam agora a antiga sala de visitas deles, além da sala de estar e da de jantar.

A lei é uma das últimas cidadelas do conservadorismo vacilante, num mundo desarrumado, e os escritórios da maioria dos advogados refletem isso. Meu escritório não se encaixava no molde comum. Na verdade, minha mãe Belle declarava, em tom de censura, que ele se parecia com qualquer coisa, menos com um escritório de advocacia. Na verdade, um dos meus antigos concorrentes ao cargo de promotor havia dito a todo mundo que, para mim, era um lugar perfeito; não para ganhar a vida, mas para ler a sorte... A junção da sala de espera com o lugar onde Maida datilografava — a antiga sala de jantar — parecia mais a sala de recepção não de um clube, mas de um fraterno hotel em lugar de veraneio, um hotel confortavelmente velho e um tanto gasto. Havia uma velha cadeira de balanço de couro preto e um sofá-cama de couro marrom, ainda mais velho, para acomodar a invasão de pessoas... Maida tinha uma escrivaninha nova, é verdade, mas era do tipo concebido para parecer mais uma mesa de biblioteca do que uma escrivaninha, e estava completamente engolida pela máquina de escrever dela, a não ser quando em uso. Não havia nenhuma revista, nem mesmo a *Newsweek*, e nenhum quadro nas paredes, a não ser uma foto ampliada e emoldurada do cavalo de sela favorito de Maida, Balsam. A maioria dos arquivos jurídicos, armários e material de escritório eram mantidos escondidos, fora de visão, na espaçosa velha despensa de Vovó Biegler. Ali, caixas de papel-carbono, blocos jurídicos com filetes, envelopes de papel-manilha marrom e todo o resto haviam tomado o lugar dos grandes pratos fumegantes de vovó, cheios de joelho de porco e chucrute.

Meu escritório — a antiga sala de estar de vovó — era ainda mais informal que o de Maida. Os relatórios da Suprema Corte de Michigan e todos os meus outros livros de Direito estavam em estreitas prateleiras que cobriam uma parede inteira, completamente escondidos por cortinados de tecido de batina — em boa parte porque eu ficava nervoso, eu acho, contemplando tantos livros religiosamente não lidos. Minha mesa de biblioteca era a velha e comprida mesa de madeira da sala de jantar de vovó, tão nua e brilhante quanto um anúncio de verniz. Encostado a uma parede, havia um sofá de couro preto — não um sofá-cama, não um canapé, mas simplesmente um sofá de couro negro surrado. Eu resolvera que os psiquiatras não podiam se apropriar de todo o conforto. Meu divertido amigo Parnell McCarthy, um advogado irlandês, me provocava de vez em quando dizendo que era ali onde eu testo a virtude das minhas clientes divorciadas.

A um canto havia uma superestofada cadeira de balanço de couro negro, com um banquinho para os pés combinando, tendo ao lado um abajur de pé e uma estante giratória para minhas revistas e livros não jurídicos. Adiante dela, estava um fogão Franklin, com uma despudorada chaminé preta erguendo-se até a exaustão da lareira de vovó, perto do teto alto. Nas paredes, havia algumas pequenas gravuras coloridas e fotografias de trutas e ainda outras de homens — principalmente de um tipo alto, magro, meio careca, nariz proeminente, chamado Paul Biegler, exibindo ou pescando trutas. No canto oposto, ficava uma combinação de rádio e fonógrafo, e, ao lado, havia um aparelho de televisão.

Para todos os efeitos, eu morava na casa de minha mãe, na rua Hematite, mas, por acordo tácito, dormia habitualmente em meu escritório — na velha sala de visitas de vovó — e usava meus antigos alojamentos na antiga residência da família principalmente para guardar meu equipamento de pesca, no inverno, e minhas espingardas, sapatos de neve e esquis, no verão. Então, minha mãe Belle morava sozinha em sua grande casa vazia, como uma rainha viúva, relendo seus Hardy e Dickens, remexendo em suas aquarelas e ouvindo intermináveis novelas. Não parecia incomodá-la que eu praticamente morasse em meu escritório. Sempre sentira intensamente que meninos crescidos deveriam ter certa dose de liberdade, antes de, finalmente, estabelecerem-se na vida. Afinal, não havia pressa; ora, rapazes eram assim mesmo; e, em sua cabeça, eu ainda era, no início da casa dos quarenta anos, pouco mais do que um adolescente desajeitado.

Belle tinha pontos de vista igualmente firmes quanto à seriedade do matrimônio. O contrato era longo e pessoas sensatas não se casam às pressas para depois se arrependerem demoradamente. Um dia, e tudo na ocasião adequada, eu sem dúvida me casaria, e levaria minha feliz esposa para casa, em meio a todas as raridades e curiosidades tilintantes da velha residência da rua Hematite. Ela tinha tudo planejado, até me dar sua enferrujada e velha geladeira de madeira, do tipo que usava gelo do lago e o deixava escoar para uma panela, no chão. Quanto a mim, não me casara pelo simples motivo de que, até então, nunca encontrara, em minhas viagens, uma mulher em cuja companhia eu gostasse de permanecer por mais de umas poucas horas de cada vez, fosse de dia ou de noite. Ora, talvez tivesse existido uma, mas ela, moça sensata, em vez disso casara-se com um vendedor de remédios a varejo, e o presenteara com dois pares de gêmeos antes que eu perdesse a conta.

O telefone começou a zumbir novamente e atendi-o, principalmente porque era a única maneira que eu conhecia de fazer a maldita coisa parar. Minha viagem de pesca parecia estar oficialmente encerrada.

— Alô — eu disse. — Aqui é Paul Biegler.

— Aqui é Laura Manion — disse uma mulher. — Sra. Laura Manion. Lamento estar ligando tão tarde, mas tentei falar com o senhor durante todo o fim de semana. Finalmente, falei com sua secretária e ela disse que achava que o senhor voltaria esta noite.

— Do que se trata, sra. Manion? — perguntei.

— Meu marido, tenente Frederic Manion, está na prisão distrital aqui em Iron Bay — ela prosseguiu. — Ele está preso por assassinato. Ele quer que seja seu advogado. — Sua voz vacilou um pouco, e, depois, ela prosseguiu. — O senhor nos foi altamente recomendado. Pode pegar este caso?

— Não sei, sra. Manion — respondi, com sinceridade. — Naturalmente, terei de conversar com ele e examinar a situação antes de decidir. E, depois, há sempre a questão de tornar mutuamente convenientes os acertos financeiros.

Foi engraçado, eram as belas e suaves frases adocicadas que um advogado aprende a dizer para deixar, gentilmente, um cliente potencial saber que precisa estar preparado para pagar uma grana pesada. A sra. Manion era uma estudante alerta de frases adocicadas.

— Sim, naturalmente, sr. Biegler. Quando o senhor pode ir visitá-lo? Ele está terrivelmente ansioso para vê-lo.

Examinei o montão de correspondência, na maior parte propaganda e coisas de rotina, que se acumulara durante minha ausência.

— Irei vê-lo por volta das onze da manhã. Planeja estar lá?

— Lamento, mas tenho de ir ao médico. Não sei se soube dos detalhes, mas eu... eu tive uma experiência pesada. Tenho certeza de que posso vê-lo na terça-feira, embora... isto é, se puder pegar o caso.

— Irei vê-la na terça, então — eu disse —, se pegar o caso.

— Obrigada, sr. Biegler.

— Boa-noite, sra. Manion — disse eu.

E, depois, apaguei as luzes e fiquei sentado na escuridão, observando o reflexo das mutáveis luzes do trânsito lá embaixo, que dançavam na parede diante de mim. A sala estava abafada, de modo que abri a janela e fiquei olhando para a praça da cidade, silenciosa e vazia. Enquanto a fumaça do meu cigarro vagueava preguiçosamente pela janela afora, passei a refletir, sonolentamente, sobre meu emaranhado passado e futuro.

Capítulo 2

A CIDADE DE CHIPPEWA se estende num amplo vale de calcário argiloso, cercado por áridos penhascos baixos, de granito e diorito, cerca de vinte quilômetros a oeste da cidade de Iron Bay, no Lago Superior. Iron Bay é a sede distrital do Distrito de Iron Cliffs. Eu era promotor público do Distrito de Iron Cliffs. Talvez a mais simples definição de um promotor público seja a de que se trata de um promotor distrital que não tem a mesma mídia e publicidade; sob os outros aspectos, seus trabalhos são os mesmos. Não há nenhum programa de rádio nem de televisão exaltando os feitos reais ou imaginários do "sr. promotor público". Ocupei o cargo de promotor por dez anos, até ser derrotado por Mitchell Lodwick. Pois é, Mitch era um grande astro do futebol, tanto na escola secundária quanto, mais tarde, na universidade. O garoto era bom. Também era veterano da Segunda Guerra Mundial, enquanto eu era um mero 4F,* por causa de uma velha cicatriz no pulmão, causada por uma partida quase perdida contra a pneumonia, quando estava na Faculdade de Direito. A combinação, no caso de Mitch, era irresistível; eu não era um herói em nenhum dos dois departamentos, então perdi. Ai de mim, eu não podia correr com a bola e nem sabia distinguir um cabo de um general cinco-estrelas. E ainda não sei.

A mineração de ferro é o sangue vermelho necessário à vida do Distrito de Iron Cliffs. O minério bruto de ferro é minerado e desce deslizando pelos trilhos, encosta abaixo, de Chippewa a Iron Bay, no Lago, e dali segue de barco através dos Grandes Lagos até os distantes depósitos de carvão e altos-fornos. Isso resulta num acerto conveniente

---

*Expressão americana que significa "Food, Family, Flag and Faith." (*N. da E.*)

para economizar dinheiro e, dessa vez, até a natureza parece ter conspirado, do lado da livre empresa. Se não fosse a mineração, acho que o distrito ainda pertenceria aos índios. Em vez disso, ele agora pertence principalmente à Companhia de Minério de Iron Cliffs e a outras companhias de mineração menores, e o que resta, aos descendentes dos finlandeses e escandinavos, franceses, italianos e imigrantes da Cornualha, e aos irlandeses e ao punhado de alemães (incluindo Vovô e Vovó Biegler) que desembarcaram aqui, felizmente muitos anos antes de um senador típico americano, chamado Patrick McCarran, ele próprio, por ironia, descendente de imigrantes, descobrir que esses povos desejosos deveriam, dali em diante, ser mais adequadamente conhecidos como cotas, e fazer passar uma alta cerca legislativa em torno de Ellis Island, onde eles desembarcavam.

Então, aos quarenta anos, eu me descobrira sem emprego, meus principais bens consistindo em meu diploma de advogado, uma surrada série de livros de Direito de segunda mão e algumas velhas e rangedoras varas de pesca. Mitch era um veterano e herói; eu era um mero 4F e vagabundo. Durante muito tempo, fiquei bastante amargurado por ter sido derrotado por um jovem novato em leis que, quando me tirou de cena, jamais havia experimentado um caso de defesa na Suprema Corte. Por algum tempo, entreguei-me a tristonhas fantasias sobre os apuros do pobre 4F deixado em casa, na América. Ninguém parecia ter uma palavra generosa nem queria votar nele; era o homem esquecido do país — ele, que permanecera em casa e mantivera a lâmpada acesa na janela; ele que, patrioticamente, comprara todos aqueles simpáticos e lucrativos bônus de guerra, com sua gratificação dobrada por horas extras; ele que ficou em casa e, resolutamente, devorou todos aqueles filés do mercado negro; que ficou para trás e encheu a cara, em vez de ganhar condecorações; que, vez por outra, estendeu o braço, apagou a lâmpada na janela e tentou consolar todas aquelas esposas e namoradas solitárias...

Durante algum tempo, até tentei pôr em prática a ideia excitante de organizar uma espécie de legião americana de 4F. Teríamos uma convenção anual e viraríamos ônibus e bondes como estudantes, e conseguiríamos para nós um comandante nacional que pudesse zurrar em dó maior e soltar o verbo sobre o que quer que fosse, neste mundo; até teríamos um *lobby* em Washington, acenaríamos com a bandeira, louvaríamos o Senhor, mandaríamos para o inferno as Nações Unidas, e periodicamente sairíamos aos enxames, como gafanhotos, vendendo flores de papel crepom ou bilhetes de rifa ou alguma outra maldita coisa, exatamente como as outras unidades militares. "Vamos à luta, 4F!", seu líder, Paul Biegler, gritaria. Éramos homens ou ratos?

Mas aos poucos a dor passou, e ali postado diante da janela aberta do meu escritório, olhando para a rua deserta, lá embaixo, refleti que não pegaria de volta meu antigo emprego de promotor público nem que dobrassem o salário. Não, nem mesmo se pusessem Mitch como simples assistente. Ser promotor público talvez fosse o melhor treinamento para um julgamento que um jovem advogado podia conseguir (além de ser um escorregadio degrau de acesso à política), mas, como carreira, era estritamente para impressionar as mulheres. Tateei à procura de um charuto italiano, acendi-o e caí num devaneio sobre meu velho amigo irlandês Parnell McCarthy.

Chamei Parnell McCarthy de irlandês e talvez seja melhor explicar. Na poliglota Upper Peninsula de Michigan, chamar um homem, digamos, de irlandês raramente é um esforço para rebaixá-lo ou estigmatizá-lo — há muitos olhos negros desse lado —, mas, em vez disso, é um esforço de descrição, um artifício indolor para descobrir rapidamente e avaliar as origens nacionais dos ancestrais de uma pessoa, com a simples finalidade do convívio. O objetivo não é ofender, e ninguém se sente ofendido. Assim, um homem chamado Millimaki é geralmente conhecido e, na verdade, com mais frequência se descreve como um finlandês, embora sua mãe talvez tenha sido uma Cabot e seus ancestrais, de ambos os lados, tivessem combatido em Valley

Forge; e assim, um Biegler é inevitavelmente tachado de alemão, e muitas vezes chamado de "holandês", embora alguns dos seus ancestrais talvez tivessem, alternadamente, labutado e rezado nas gotejantes galés do *Mayflower*.

Assim, Parnell McCarthy era um irlandês, embora tivesse nascido à sombra de um poço de mina em Chippewa e possuísse, outrora, como minha mãe Belle me contara, uma das mais lindas vozes de soprano de qualquer coroinha da história da paróquia de St. Michael. A condição de irlandês de Parnell estava mais em certos padrões de palavras e no sutil ritmo e cadência de sua fala do que em qualquer conversa tipo "*Erin go bragh*", do sr. Dooley, do teatro de variedades. Então, Parnell McCarthy era um "irlanda", como muitos finlandeses e suecos talvez o chamassem, e irlandês ele orgulhosamente permaneceria, para desespero de todos os sociólogos visitantes e de quem se queixa de estrangeiros naturalizados americanos. E todo o pessoal da U.P. era ferozmente americano, como descobria depressa e com pesar qualquer descrente irrefletido — tão puramente americano quanto, digamos, Rocco Purgatorio, o italiano, que certa vez dissolvera um memorável comício do Liberty Bond, na Escola Secundária de Chippewa, levantando-se bruscamente, acenando uma minúscula bandeira e cantando, fervorosamente: "*See num gostá* do seu Tio Sam, *enton* volta *pra* terra de onde *tu veio*, seu... seu *fio* da puta-a-a-a...."

Nos últimos anos, e em grande medida porque bebia, Parnell perdera a maioria dos seus clientes e se tornara uma espécie de advogado dos advogados, arrancando um eventual meio de sobrevivência com a tarefa requintada de examinar títulos de propriedade de terras e interpretar extratos de títulos sucessivos para os outros advogados e para algumas empresas de mineração menores. Nossa intimidade datava do meu primeiro ano como promotor e começara com um típico floreio parnelliano. Um perplexo jovem soldado da força pública estadual telefonara-me, logo no início de uma manhã de segunda-feira.

— Sr. Promotor, temos aqui um sujeito velho e maltrapilho, autuado sob suspeita de dirigir bêbado. Encontrei-o esta manhã, cedo, em pé ao lado de um velho Maxwell enroscado numa árvore, bêbado como um gambá. Ele insiste em vei o senhor sozinho.

— Quem é o vilão? — perguntei.

— Parnell Emmett Joseph McCarthy — disse ele. — Declara que uma certa dama, chamada Dolly Madison, era quem dirigia o carro.

— Irei até aí — afirmei, estremecendo.

— Mas quem é essa tal de Dolly Madison? — insistiu o jovem soldado. — Pensei que conhecêssemos todas as velhas prostitutas por aqui.

— Vou para aí agora mesmo — respondi. — É um pouco complicado explicar pelo telefone.

Parnell e eu ficamos, finalmente, sozinhos na cadeia.

— Vamos à história, sr. McCarthy — falei, respeitosamente. — E, por favor, omita Dolly Madison.

Parnell, afinal, fixou seus olhos incandescentes em mim.

— Está bem, está bem, rapaz — comentou, com grande dignidade. — Eu estava dirigindo por aquela estrada, sabe, perfeitamente bem, sabe, cuidando da minha própria vida, quando de repente aconteceu.

— O que aconteceu? — perguntei, num tom algo estridente.

— Juro por Deus, rapaz, fiquei cego com as luzes de um dragão que se aproximava — ele disse, e imediatamente adormeceu.

Após eu ter reunido número suficiente de oficiais e conferenciado, certos acertos foram feitos, através dos quais prometemos dar a Parnell o benefício de Dolly Madison se ele, por sua vez, prometesse parar de dirigir. Parnell e eu apertamos as mãos para selar o acordo, e ambas as promessas foram solenemente cumpridas. E foi assim que, pela primeira vez, cheguei realmente a conhecer meu velho amigo.

Lembrei-me de que fora Parnell quem fizera a solitária vigília comigo, em meu último dia como promotor, um dia de tempestade de neve, na véspera do Ano-Novo, quase dois anos antes. Corajosamente, eu decidira manter-me firme naquele meu último dia em meu escritório, mesmo sendo terrível. Ninguém poderia dizer que Polly Biegler se mandou quando as coisas ficaram difíceis. Mas ninguém estava muito interessado em dizer nada; havia perspectivas mais sedutoras pela frente; antes de mais nada, as pessoas resolutamente se preparavam para passar a festa do Ano-Novo num estado apropriado de coma alcoólico.

A manhã se passara sem um único telefonema nem nenhuma visita, a não ser a do carteiro, trazendo um caloroso cartão de boas festas do meu corretor de seguros, que joguei pensativamente na cesta do lixo, e foi seguido, pouco depois, por um sério sujeitinho da Cornualha, de pernas arqueadas, com o *War Cry* (Grito de Guerra), que enfiou de repente a cabeça em minha porta, com seu boné do Exército da Salvação torto, e disse numa voz trêmula de fervor, "Que o *sinhô* o abençoe" e "Feliz Ano-Novo *pro sinhô*."

— Ah, Feliz Ano-Novo para o senhor, general Booth — eu resmungara, sombriamente, sentindo-me muito nobre e com muita autopiedade. — Por favor, tire o letreiro de tifo da porta quando sair.

— Letreiro de tifo, letreiro de tifo? — murmurou o general, perplexo, enquanto pegava sua moeda semanal de 25 centavos e escapulia.

Sorri maldosamente para meu diploma de Direito emoldurado na parede afastada.

Eu estava aprendendo da maneira dura algo que as pessoas que nunca ocuparam um cargo público podem talvez jamais perceber adequadamente: a sensação de profundo abandono e vazio que toma conta de um homem quando ele é, finalmente, derrotado nas urnas. E quanto mais tempo permaneceu no cargo pior, não melhor. Essa sensação mórbida está além de toda a racionalidade; é tanto compulsiva quanto um pouco insensata. O último amigo da pessoa o abandonou; a comunidade inteira conspirou para ridicularizá-lo e humilhá-lo; todos estão secretamente apontando o dedo da zombaria e do ódio para o derrotado. O dia todo foi de desconsolo, e chafurdei nele. No meio da tarde, suspirei e apertei a campainha, chamando Maida.

— Achei que talvez você tivesse cometido suicídio, com o bico de gás — disse Maida, ao entrar alegremente, toda animada e atrevida, sacudindo os cachos e se deixando cair à minha frente, com seu bloco taquigráfico e uma bateria de lápis com pontas afiadas. — Vai ditar o Discurso de Despedida de Biegler?

Ri cinicamente, eu esperava, e deslizei através da escrivaninha uma nota de vinte dólares, puxada com dificuldade.

— Nada de ditado, Maida; em vez disso uma missão de caridade. Vá até a loja de bebidas e me traga uma garrafa da minha bebida favorita. Se Sócrates pôde ter sua cicuta, terei o alívio do meu uísque. — Acenei, com benevolência, e olhei para fora, para a tempestade de neve que uivava. — Compre para você, com o troco, um cavalo novo, estradeiro. Tire o resto do dia de folga para domá-lo. Aguentarei firme.

— É a velha guerra, chefe — Maida, levantando-se. — Tamanha coragem solitária é tocante. O chefe e sua fiel garrafa. Uísque para as frieiras do capitão Biegler, enquanto ele fica sozinho na ponte e afunda com seu navio. Suas últimas palavras foram: "Vi sub, glub, glub." Maida estivera na Wacs* e fez uma elegante saudação para mim enquanto se preparava para ir.

— Pode zombar de mim, Maida, pode zombar — falei. — Apenas um coração solitário entenderá minha angústia — citei, estoicamente.

— Não se esqueça, em seu sofrimento, chefe — disse Maida —, que os votantes deste distrito compraram e pagaram um elegante curso universitário de dez anos sobre lei criminal para o senhor... e tudo de graça. Onde está sua gratidão? Basta pensar que, para defender apenas um grande caso, agora, o senhor pode ganhar quase tanto quanto ganhava para acusar criminosos durante um ano inteiro. E não há mais clientes gratuitos em cima do seu pescoço, lembrando-lhe que, "Sim,

*Sigla americana que significa Women's Army Corps, ou seja, Corporação Militar Feminina. (*N. da E.*)

pago meus impostos". Qualquer um que entrar agora em seu escritório deve estar preparado para pagar os olhos da cara. E não tenho de ser simpática com eles. Puxa, mal posso esperar. Voltarei dentro de dez minutos com a bebida. Obrigada pelo cavalo estradeiro.

A sensata Maida provavelmente estava certa, claro, como tem o irritante hábito de estar, e viu que meu principal problema não era tanto o fato de que logo seria um ex-promotor público, mas antes o golpe para meu orgulho, ao perder o cargo para um amável rapazola que mal saíra da Faculdade de Direito e não juntava coisa com coisa em matéria de lei. Por que não encarar isso? Eu estava sofrendo, em grande medida, porque não fora esperto o suficiente para me afastar como o campeão aposentado, como Rocky Marciano; em vez disso, abusara, como o bom velho Joe Louis, e fora finalmente, como Joe, nocauteado por um inexperiente novato, um novato que não experimentara nada a não ser a juventude.

Permaneci sentado ouvindo os uivos do vento e imaginando o que acontecera com Maida e com meus vinte mangos, quando ouvi uma batida na porta. Não poderia ser Maida, porque ela, caracteristicamente, reclamaria, gritaria, esmurraria a porta ou então usaria sua chave. Era, sem dúvida, algum tipo descortês, que se escondera o dia inteiro em alguma taverna, enchendo a cara, e depois viera tripudiar em cima do caído senhor promotor, e seria bom escapar, finalmente, *dessa* servidão, da investida descortês e impetuosa da grande multidão lesada... Ora, eu lhe mostraria que servidor público bem alerta ele estava perdendo. Fui abrir a porta.

Ali estava meu velho amigo irlandês, Parnell McCarthy, outro advogado de Chippewa, coberto de neve e ligeiramente bêbado. Ele segurava uma sacola de papel marrom molhada, balançando-a delicadamente, como se ela contivesse uma peça de valiosa estatuária. Com seu nariz vermelho bulboso e olhos cinzentos cintilantes, ele parecia um Papai Noel errante. Também tinha um ótimo cheiro.

— Ah, boa-tarde, Paul — disse, gravemente, com sua voz arquejante, tendo seu vestígio de sotaque irlandês, que fazia o "Paul" rimar de leve com "awl". Ele se movimentou para dentro da sala, com seu andar arrastado e digno, conversando o tempo inteiro. — Vim como mensageiro, não como um grego trazendo presentes. Encontrei a srta. Maida ao pé da escada, justamente quando ia subir. Ela me pediu para lhe entregar isto, este pacote que tenho aqui. — Ele analisou a sacola. — Não tenho a mínima ideia do que ela pode conter e que eu não tenha. — Sacudiu a sacola e ficou à escuta. — Embora sinta uma leve curiosidade, como pode observar. — Piscou os olhos e sacudiu-a de novo, sorrindo astutamente. — Bem, agora talvez eu tenha uma terrível suspeita. Ou talvez uma levíssima intuição. Vou colocá-la aqui — disse ele, pondo a garrafa em cima do mata-borrão do meio da minha escrivaninha, com suas mãos gorduchas pairando sobre ela, solicitamente. — Fico sempre satisfeito de prestar serviço a uma moça atraente. — Ele examinou a sacola de papel e sacudiu a cabeça. — Talvez um sinal de estima, como despedida, de uma das suas desoladas clientes — arriscou ele. — E, quem sabe, um repolho.

Resmunguei:

— Vamos supor que o mensageiro dê uma espiada na sacola, Parn, enquanto vou pegar um pouco de água e copos. E, seja o que for que você descobrir, tire a rolha.

Enquanto eu me colocava diante da pia do canto da sala de Maida, deixando a água fria correr, ouvi o velho Parnell sacudindo a sacola; e seus gritos de surpresa simulada e seus suspiros de louco encantamento, que suspeitei não serem tão simulados assim.

— Puxa vida! Ah, meu Deus... Que Deus nos acuda... É uma garrafa de bebida, vejam só... Que incrível coincidência... E eu que estava mesmo louco por um traguinho... Que belo objeto reluzente, e chegou a hora de o velho Parnell McCarthy tomar uma bebidinha comemorativa com seu velho amigo e colega Paul Biegler... Ah, este mundo é mesmo pequeno, não é, e tão cheio de surpresas maravilhosas...

O garotão está mesmo assanhado, pensei, em pé no vão da porta de Maida, observando-o em silêncio. Ele erguia a garrafa contra a luz, naquele momento, cantarolando a *Kerry Dance* e dando uns sombrios passinhos de dança, enquanto ria baixinho para si mesmo. Naquele momento, invejei aquele sujeito. Porque Parnell McCarthy era dotado do talento mais raro e precioso entre os que possui o ser humano, um talento tão fugidio que desaparece mais depressa para quem o cultiva com um número maior de engenhocas e brinquedos: a capacidade de participação e alegria, a invejável habilidade de extrair um imenso prazer e divertimento de pequenas ocasiões e coisas simples. Apesar de todo o espetáculo de cinismo que o velho dava, ele tinha o mesmo senso de deslumbramento e a sublime inocência de um menino empinando uma pipa.

— Preparado ou não, Parn, aqui vou eu — falei.

Enchi dois pequenos copos para medir uma dose e preparei um uísque com soda e gelo para mim, enquanto o velho Parnell observava os procedimentos, tão extasiado quanto uma criança na manhã do dia de Natal. Ele pegou seu copo dosador com uma mão e um copo de água na outra. Inclinou-se por cima da minha escrivaninha e, cerimoniosamente, tocou meu copo com o seu, sem derramar uma gota sequer.

— Eis aqui um dos melhores promotores públicos que o Condado de Iron Cliffs já teve — disse ele, baixinho. — E brindo a um futuro brilhante para o mais novo advogado de defesa criminal.

Sacudi a cabeça, num gesto de desacordo.

— Feliz Ano-Novo, Parn — disse eu, e bebemos.

Parnell, como sempre, tomava seu uísque puro, bebendo em seguida um rápido gole de água. Para um homem que sofria de artrite crônica e que estava também um pouco bêbado, achei que seus movimentos eram incrivelmente rápidos e destros. Mas, depois, refleti que aquele sujeito tinha anos a fio de prática. A prática, na verdade, era o grande problema de Parnell. Pois ali estava, provavelmente, o advogado mais inteligente que eu já conhecera; sim, o mais inteligente, porém o de menos sucesso.

— Ah — exclamou Parnell, estalando os lábios. — Esta é uma bela mistura para caipiras propensos à extinção.

Depois, Parnell e eu conversamos sobre muitas coisas passadas, presentes e futuras. Como habitualmente fazia quando estávamos sozinhos e nos sentindo meio tocados, ele falou, rápida e ternamente, sobre sua esposa Nora, que morrera de parto havia muitos anos. O velho juiz Maitland me contara que Parnell jamais fora o mesmo depois que perdera sua doce Nora. Depois de um longo silêncio, perguntei a Parnell o que ele achava das minhas perspectivas de tirar algum trabalho de defesa criminal das mãos do velho Amos Crocker, o principal advogado criminalista do condado.

— Acha que há uma chance? — repeti.

Minha pergunta sobre o velho Crocker não era à toa. Amos Crocker era um advogado bombástico da velha escola, que morava e tinha escritório em Iron Bay, a sede do condado. Desde que eu era menino ele vivia pisando forte para dentro e para fora do tribunal, espalhafatoso, suando, falando alto, um guerreiro dos diabos. Ele tinha sido uma constante pedra no sapato dos meus predecessores em exercício, e quando me tornei promotor público a única mudança observável nele foi a de que perdera todo o cabelo e adquirira uma peruca ruiva (em Weber ou Fields, suspeitei) e um aparelho de surdez — junto com uma legendária reputação de infalibilidade profissional.

— Humm — resmungou Parnell, mudando de posição em sua cadeira e, eu esperava, refletindo sobre minha pergunta.

O velho Crocker era conhecido, mais familiarmente, para o resto de nós, advogados, simplesmente como A Voz, ou então Willie o Choramingas. Além da sua voz retumbante de baixo, as lágrimas eram o segredo do seu sucesso; chorava durante todo o curso de cada julgamento; e, durante muitos anos, jurados que fungavam, lacrimosos, recompensaram-no, bem como aos seus espantosos canais lacrimais, com veredictos de absolvição. Dizia-se que ele estipulava seus honorários de acordo com o volume de lágrimas derramadas, e na ocasião em que me enredei com ele, como jovem promotor público, sua cotação era calculada em quinhentos dólares por quartilho. E ele raramente tramava chorar menos de meio galão.

— Polly — dissera finalmente Parnell, inclinando-se para a frente, contra minha escrivaninha, apoiado nos antebraços —, em minha avaliação comparativa quanto à relativa capacidade legal e inteligência geral entre vocês dois, não haveria dúvida de que o velho enrolão Willie o Choramingas jamais conseguiria outra defesa criminal. — Ele sacudiu a cabeça. — E isso também não é nenhum grande cumprimento para você. Ora, aquele safado filho da puta! — ele prosseguiu. — Parece um palestrante índio de antigamente, falando para uma tenda cheia. Limita-se a fazer barulho, dizer bobagens e berrar. Em meu julgamento ponderado, ele é um idiota e um impostor. É um homem de poucas palavras, sim, mas usa essas palavras repetidas vezes. Quando acaba de fazer suas defesas, perante os júris, quando a torrente inexorável da sua retórica pesada e banal cessa afinal o seu fluxo, todos, o juiz, o júri, seu cliente, o advogado de acusação, sim, todos estão reduzidos a um estado de transe cataléptico. Falei em "fazer suas defesas", mas retiro isso; ele nunca fez, em sua vida, uma só verdadeira defesa perante um júri — tudo o que faz são obstruções. É assim que ele ganha os casos em que trabalha, com isso e com suas lágrimas de crocodilo.

Parnell estava entrando no ritmo do discurso e se levantou.

— Você já não o observou falando diante de um júri, Polly? Você sabe muito bem que ele só tem uma argumentação batida para apresentar ao júri num caso criminal, e a usa há quase quarenta anos. Basta ouvir o que ele diz!

Parnell tinha um talento excepcional para a mímica. Encolheu os ombros e soprou e inflou as bochechas e, no mesmo instante, o velho Crocker indignado parecia estar na minha frente, ostentando, era o que parecia, até a flamejante peruca vermelha. Apontou um dedo, com desdém, para um imaginário grupo de jurados.

— Senhoras e senhores — trovejou —, não podem jogar este homem na prisão estadual com base em adivinhações! Ora, minha gente, eu não pensaria em mandar nem um vira-lata para a carrocinha com essas provas que temos aqui!

Parnell sorriu e voltou a ser ele mesmo.

— Claro, Polly, que você se lembra dessas frases imortais, não é?

Fiz um sinal afirmativo com a cabeça, sombriamente.

— Sim, Parn, sei todas elas de cor.

Parnell lembrou que o velho Crocker só me derrotara uma vez nos últimos seis anos. Na verdade, a maior coisa que ele tinha contra o pitoresco velho advogado era sua colossal estupidez.

— Aquele sujeito só entende mesmo de aritmética comum... cobra honorários elevados e consegue recebê-los.

— Um exame dos motivos que levam as pessoas com problemas a escolher os advogados que escolhem, Polly, nos levaria a um montão de coisas — continuou Parnell, mais vagarosamente. — E também nos levaria a um asilo de loucos. Sabe, quanto mais culpadas são, mais se preocupam e mais inclinadas se sentem a contratar um velho cospe-fogo como Crocker. Não percebe? Se devem, em última instância, ir para a cadeia, como alguns deles sem dúvida obscuramente suspeitam, querem que isso aconteça em meio à maior agitação. Querem desesperadamente ser enviados para lá sob os melhores auspícios, numa viagem cara, conduzida por um pranteador profissional contratado, que berra e briga a favor deles. Isso, de alguma forma, parece restabelecer sua vacilante autoestima e fortalecê-las para encarar o suplício do confinamento.

— Muito interessante, Parn — eu disse, confirmando com a cabeça.

Só Parnell poderia conceber as coisas dessa maneira. Ele sacudiu a cabeça.

— De qualquer forma, Polly, observei esse negócio melancólico durante muitos anos, infelizmente anos demais, e acho que a maioria das pessoas com problemas tende achar que barulho e escarcéu correspondem a uma defesa criminal sagaz. É uma tristeza. Mas, meu Deus, isso não acontece apenas com a lei. Há uma espécie de denso nevoeiro desdobrando-se pela nossa terra. Em quase todas as áreas de ação, acabamos revelando nossa insaciável volúpia de mediocridade, nossa terrível fome por coisas de terceira classe.

— Você não está sugerindo que eu tente imitar o velho Crocker, está? — perguntei. — Com lágrimas e tudo? Posso enfiar um feijão em meu ouvido, claro, mas duvido que possa jamais encontrar outra peruca vermelha que combine com a dele. De qualquer jeito, tenho um certo medo de que a única pessoa a quem uma peruca engana seja o próprio usuário. — Apalpei a linha recuada do cabelo em minha testa. — Eu sei, Parn — eu disse —, porque, ultimamente, também estou enfrentando esse problema.

— Imitar aquele velho trapaceiro! — Parnell riu, com desdém. — Que diabo, não, Polly! Você não devia ter dito isso, rapaz. Você me fez uma pergunta honesta e tentei dar-lhe uma resposta honesta. Ou será que preferia que eu esfregasse suas costas com esse linimento para cavalos que estamos bebendo?

— Desculpe, Parn. Não pretendi dizer isso. Falando em linimento, vamos tomar outra bebida. Aqui está um refresco para sua alma — enchi seu copo vazio.

Parnell levantou-se, inclinou-se e bateu seu copo no meu.

— Talvez a maneira mais garantida de você conseguir entrar no pedaço é arrumar, de alguma forma, por algum caminho, um grande caso e conseguir vencer. Mostre aos filhos da puta como é que um caso criminal realmente deve ser defendido: com a cabeça e com o coração, e não com os braços e pulmões. Mas você precisa conseguir esse primeiro caso, e ganhá-lo. Isso é que resolveria. Todo mundo entende o sucesso, principalmente quando é gritado da primeira página dos jornais. Enquanto isso, vai ser duro, rapaz. Mas mantenha o queixo erguido, Polly. E seu poder de observação aguçado.

Parnell deu grandes goles em seu drinque e em sua água, uma, duas vezes — estremeci sem querer — e caminhou resolutamente para a porta.

— Gostaria de ficar e de lamentar com você, Polly — ele disse, apertando minha mão. Puxou um par de luvas escuras de algodão, do tipo que os operários compram em mercearias na esquina. — Sabe que eu gostaria de ficar, de entornar mais alguns copos com você e ficar acordado. Mas eu... preciso ir para casa, cochilar um pouco. Vou à igreja hoje, esta noite, bem tarde, minha visita anual, você sabe..., e talvez seja conveniente que um membro de igreja tão omisso quanto eu apareça meio sóbrio, pelo menos. Boa-noite, rapaz. Feliz Ano-Novo e boa sorte.

Fiquei no vão vazio da minha porta aberta e observei-o caminhar com dignidade até o topo da escada. Não olhou para trás. Ouvi-o descer a escada de madeira, que rangia, e permaneci no mesmo lugar até ouvir a porta da rua fechar-se chiando, com suas dobradiças geladas. Depois voltei, sentei-me à minha escrivaninha e despejei o resto da garrafa num copo.

— A Parnell Emmett Joseph McCarthy, um dos grandes homens obscuros do mundo — sussurrei, engolindo minha bebida.

Parnell tinha razão. Depois do primeiro dia do ano no qual Mitch Lodwick assumiu o cargo de promotor público e os caminhões da transportadora do condado transferiram a última carga de despojos acumulados do meu escritório para o de Mitch, as coisas se passaram de maneira bem parecida com o que ele havia previsto. Todas as defesas criminais importantes (e lucrativas) ainda iam para o chorão, barulhento e velho Amos Crocker. Houve uma importante diferença, e que só fez as coisas piorarem — piorarem para mim, quero dizer: o velho Crocker começou, de forma mais ou menos regular, a derrotar Mitch em seus casos criminais. Não em todos, claro, mas na maioria. O resultado bruto, naturalmente, foi o de que o velho se tornou ainda mais firmemente entrincheirado como o principal advogado de defesa do condado.

Como, nesse ínterim, eu precisava, de vez em quando, comer e pagar Maida, acabei afinal envolvido com divórcios e soltando o verbo, discretamente, no tribunal de sucessões, para ajudar a dividir as propriedades do falecido entre as várias autoridades cobradoras de impostos e os entes queridos sobreviventes. Ora, não há nada profissionalmente errado no fato de um advogado acompanhar um divórcio ou na prática da homologação de testamentos, e na de várias outras coisas corretas, mas havia pouco ou nada nessas práticas em que eu pudesse aproveitar um mínimo do meu longo treino em criminalística. Descobri que o trabalho era plácido, moderadamente lucrativo e seguro. Mas, depois do drama e do conflito de ser promotor público, também achei que era tedioso e monótono, infinita e loucamente monótono. Durante esse período, a única defesa criminal que me apareceu, de tribunal itinerante, consegui através de uma indicação do tribunal, para trabalhar com um réu pobre, um jovem que trabalhava desmontando acampamentos com uma ficha tão comprida... ora, tão grande quanto seu desapontamento e o meu ao vê-lo condenado. Temo que minha defesa desse caso não tenha sido exatamente brilhante. Eu não estava empenhado. Na verdade, acho que percebi muito mais motivos para ele ser condenado do que identificaram Mitch e o júri.

Agitei-me em meu assento, ao lado da janela aberta do escritório. Começara a soprar um vento fresco — o primeiro toque do outono que se aproximava. Fechei a janela e segui tateando até o quarto de dormir. Tão entediado e inquieto eu me tornara ultimamente que havia anunciado que concorreria ao Congresso naquele outono. As coisas chegaram a *esse* ponto terrível. Mas o tédio parecia um motivo tão bom quanto muitos de que eu já ouvira falar para alguém querer ir para Washington, aquela Estação Grand Central dos políticos americanos, sobre a qual certa vez Woodrow Wilson comentou, maliciosamente:

"Em Washington, alguns homens crescem; outros apenas incham." Eu tinha poucas ilusões sobre o trabalho, e nenhuma sobre a minha competência como estadista; mas, pelo menos, em Washington, se eu chegasse lá, poderia ocasionalmente gritar e agitar meus braços e talvez, quem sabe, caçar a filha de algum embaixador estrangeiro em torno de uma amoreira. Ou aquelas seriam cerejeiras convenientemente camaleônicas, japonesas / coreanas / japonesas? E então Mitch Lodwick anunciara que seria meu adversário para o Congresso, na chapa do seu partido. Mas agora parecia que nos encontraríamos, antes disso, no julgamento de um caso sensacional de assassinato. A situação era difícil; novamente o jovem veterano e o 4F que envelhecia colidiriam de frente.

— Vá para a cama, Biegler — pensei, bocejando sem parar. — Porque amanhã talvez você tenha seu primeiro grande caso de assassinato.

Capítulo 3

Todas as cadeias fedem, e a cadeia do condado de Iron Cliffs não era exceção. Apesar das citações anuais — muito divulgadas durante suas campanhas pela reeleição — de que o xerife Battisfore ganhava pela limpeza da sua cadeia, nem ele nem nenhum outro homem jamais descobrira uma maneira de fazer a combinação de sujeitos apinhados, sem tomar banho, de suor rançoso e urina, cheirarem como um buquê de rosas. A força plena desse lamentável estado de coisas afetou minhas narinas quando a grande porta externa do presídio fechou-se com um sopro atrás de mim. Eu estava mesmo ferrado. Durante minhas férias de quase dois anos do crime, tinha esquecido de como é ruim.

— Doces violetas — murmurei, franzindo o nariz e tentando respirar apenas de leve. O carcereiro Sulo Kangas, o finlandês, estava de serviço. Achava-se sentado numa cadeira, com a cabeça caindo em cima do peito, as mãos entrelaçadas no colo com as palmas para cima, e dormia profundamente. Ocorreu-me, num relance, que ele fora vencido pelo seu meio ambiente e desmaiara. Seu cabelo louro e fino estava jogado para cima, formando um penacho no alto da cabeça, e sua cadeira ficava bem embaixo de uma foto de frente e de lado, feita pelo FBI, de um dos dez criminosos mais procurados do país.

— Olá, Sulo — eu disse, baixinho, sem querer assustá-lo desnecessariamente. — Vim ver o tenente Manion.

Sulo sacudiu a cabeça, como um homem saindo do chuveiro, e voltou, vagarosamente, ao estado consciente.

— Sim, sim, sim.

Esfregou os olhos, deu palmadinhas no cabelo para baixá-lo e levantou-se com dificuldade. Era mesmo uma pena perturbá-lo.

Faltavam apenas alguns anos para sua aposentadoria, e todos os que o conheciam esperavam que ele chegasse lá. Durante muitos anos, fora um bom e leal carcereiro, mas agora era, principalmente, um carcereiro cansado.

— Gostaria de ver o tenente Manion, Sulo — repeti, com tato.

— Claro, claro, claro, Polly — disse Sulo, estendendo a mão para pegar uma grande chave de latão pendurada num anel de metal tão grande quanto um aro de cesta de basquete, que estava na parede acima da sua escrivaninha de tampo corrediço. — Gostaria de se encontrar com o tenente na cela dele?

— Será que podemos usar o escritório do xerife para nossa conferência secreta, Sulo? Vejo que está vazio.

— Claro, claro, claro — concordou Sulo, abrindo a porta de aço que separava o escritório da cadeia dos agrupamentos de celas, trancando-se cuidadosamente dentro e, depois, seguindo até o andar de cima, com um ruído de pés se arrastando, até chegar a uma das fileiras superiores de celas, sempre com a chave de latão enfiada num braço.

Acendi e soltei furiosas baforadas de um charuto italiano, como autodefesa, e fiquei ali analisando ociosamente a foto de um dos dez mais notórios criminosos do país. Humm... O fugitivo me lembrava ligeiramente um antigo chefe de escoteiros que eu conhecera, puxa vida, um sujeito ótimo, um verdadeiro piromaníaco com dois galhos secos. Inclinei-me para mais perto e li uma parte da ficha criminal do fugitivo. Era um breve "Quem É Quem" do crime, à sua maneira tão monotonamente previsível quanto o anúncio de um casamento da alta sociedade. Preparado no reformatório do interior; conclusão de curso em Sing Sing... Continuei a ler. Ali estava, de fato, um garoto sensacional. Dava para imaginar como um rapaz tão jovem, tendo passado uma parte tão grande da sua vida atrás das grades, ainda conseguia se meter com tantos problemas, durante seus breves intervalos do lado de fora. Se fosse possível aprender a canalizar e dirigir tamanha energia, empregada nessa constante e imensa dedicação ao delito, com certeza seria possível mover com ela um navio de guerra.

Fiquei pensando se ele seria um sujeito arrogante, onde estaria escondido e qual a sua posição dentro daquela elite de criminosos, os Dez Grandes do crime. Dez, refleti, tornava-se um perfeito símbolo da realização no país inteiro. Vejamos, havia as dez senhoras mais bem vestidas do ano, as dez músicas mais ouvidas da semana e, durante a temporada de futebol, os dez melhores times. Sempre o superlativo dez; os melhores, os maiores, os mais vistosos, os mais altos e, agora, Deus do céu, os mais trapaceiros. Havia também os dez mais...

— Aqui estou — disse uma voz tranquila, ao meu lado. — Sou Frederic Manion.

— Claro, claro, claro — disse Sulo, procurando ser cortês. — Este é Polly Biegler, era nosso promotor público. Este é o camarada.

— Obrigado, Sulo — disse eu, agradecido. — Prazer em conhecê-lo, tenente.

Enquanto olhava para o homem, relampejou em minha cabeça o pensamento esquisito de que, apesar das nossas tão cultivadas ilusões de civilização e cultura, de toda a nossa conversa sobre tolerância, equanimidade e objetividade social distanciada, a maioria de nós tem apenas duas reações diante das pessoas que atravessam nossas vidas: ou gostamos delas ou não, à primeira vista. É bastante simples. E descobri que não tinha gostado de Frederic Manion à primeira vista. Tolerância, equanimidade, objetividade, tudo isso podia ir para o inferno; não fui com a cara do sujeito. Uma aura de absorto amor por si mesmo grudava-se nele como um manto; usava seu ego como uma auréola. E ele trabalhou, imediatamente, no sentido de confirmar minha intolerância.

— Olá — disse, rapidamente pegando e deixando cair minha mão estendida. — Estava à sua espera.

O leve ar de aborrecimento e reprimenda não me escapou.

— Sim — respondi, apontando o escritório do xerife. — Acho que poderemos conversar lá dentro.

Sentamo-nos um em frente ao outro, no escritório do xerife, eu numa cadeira giratória, a da escrivaninha do xerife (onde me sentara, ao longo de muitas sessões tensas, como promotor) e o tenente Manion do lado da escrivaninha. Ele se preparava para fumar um cigarro, e era absorvente observar o ritual. O reverenciado cigarro foi selecionado como se cada um do maço fosse único; o maço, por sua vez, foi cuidadosamente tampado, e alguns fiapos fugitivos de fumo removidos; o cigarro foi habilmente encaixado numa comprida piteira de marfim entalhado; e fumado apagado, para ver se os canais estavam abertos (evidentemente, estavam); apareceu uma caixa de fósforos comum, de cozinha, e um dos fósforos foi raspado do lado da escrivaninha do xerife (graças a Deus o xerife sabia que eu usava um isqueiro); deixou o fósforo queimar um tempo, a fim de que todas as exalações sulfúricas se dissipassem; e então — só então — a piteira foi apertada por duas fileiras de dentes brancos e fortes, sob o pequeno bigode hitleriano, e vejam! o homem estava fumando. Era algo como espiar um decisivo chute a gol nos segundos de encerramento de uma partida de futebol de desempate. Meu Deus, o sujeito havia conseguido...

Meu cliente potencial recostou-se na cadeira e me olhou fixamente, com calma, com olhos que não eram negros nem castanhos, mas de um tom escuro desnorteante; com uma expressão que não era interessada nem desinteressada, mas altiva, distanciadamente altiva, ao ponto da zombaria. Sua atitude parecia dizer que, agora, que diabo, eu era seu advogado; cabia a mim levar a bola para a frente. "Sr. Frio," pensei comigo mesmo. Nenhum de nós dois falou durante algum tempo; e tenho certeza de que, se eu não rompesse o silêncio, poderíamos ainda estar ali sentados (se o xerife permitisse) como duas figuras aprisionadas no Museu de Cera de Madame Tussaud.

— Onde conseguiu essa piteira enfeitada? — perguntei.

Ele sorriu de leve e deu uma olhada na piteira.

— Na China, pelo caminho da Birmânia, na Segunda Guerra Mundial — ele disse. — Marfim entalhado à mão, Dinastia Ming, meados do século XVI.

— Humm... Ripley nunca me disse que eles já tinham cigarros nem piteiras nessa época, e muito menos fumo.

— Tinham, sim — replicou Frederic Manion, soltando baforadas, pensativamente, da sua piteira Ming.

Senti que a discussão estava encerrada e pensei que talvez fosse melhor falar de algo mais adequadamente da minha área, algo, digamos, como as possíveis defesas para uma acusação de assassinato em primeiro grau.

O tenente virou-se para o outro lado, com seu ar de frio distanciamento, e olhou vagarosamente pela sala. Acompanhei seu olhar. A tonalidade dominante no escritório do xerife, como na cadeia em si, era um cinzento de navio de guerra: paredes cinzentas, teto cinzento, cinzento sujo do lado de fora das grades em cima das janelas fuliginosas, com remates cinzentos. Pisquei meus olhos. Havia até um chão de cimento cinzento. Que gênio não celebrado entre os vendedores de tinta, imaginei, teria assim seduzido o agente de compras do condado? As paredes cinzentas eram muito piedosamente cobertas com um opulento mural de calendários comerciais retratando e anunciando, variadamente, algemas, grilhões para as pernas, camisas de força, espingardas antitumulto, bombas de gás lacrimogêneo e acessórios semelhantes do decoro institucional. Havia ainda outros calendários dedicados aos aspectos mais atraentes da vida na prisão, como privadas sem assentos (com garantia de serem absolutamente inquebráveis), pós para matar baratas, vários inseticidas e remédios contra piolhos e — descobri que meu olhar se demorava nele — um produto, um *spray*, com a garantia de que fazia qualquer prisão do mundo cheirar como o meio de uma floresta de pinheiros...

"Será possível?" imaginei, nostalgicamente céptico. Talvez eu pudesse telegrafar e pedir um suprimento do produto se pegasse aquele caso.

Preso na parede distante estava o inevitável gráfico óptico, para testar a visão dos candidatos a uma carteira de motorista e com relação ao qual alguns dos detratores políticos do xerife declaravam sombriamente, lembrei-me de repente, que todos passariam, menos os mais míopes dos pretendentes, bastando reconhecer o próprio gráfico.

— P-L-U-T-Ã-O — estava repetindo desembaraçadamente o tenente —, cinco, zero, sete, oito, quatro... — e assim por diante, pela lista abaixo.

Levantei meus óculos com armação de tartaruga testa acima e fui saudado com um borrão. Caminhei até o gráfico.

— Mais uma vez, tenente — falei. — Por favor. Não consigo acreditar.

O tenente, outra vez, leu rapidamente, e com exatidão, até o fim da lista.

— Ora — comentei, voltando para minha cadeira —, lá se vai uma possível defesa.

Os olhos escuros do tenente penetraram nos meus.

— Que quer dizer? — perguntou.

— Temo — disse eu, secamente — que não tenha condições de alegar que seu disparo foi um caso de erro de identidade.

O tenente resmungou alguma coisa, sem sorrir, e recomeçou com seu frio inventário da sala. Ali estava um acusado de homicídio, verifiquei, que não gostava de brincar a respeito do apuro em que se encontrava.

Uma parede inteiramente cinzenta, como uma espécie de santuário, era dedicada ao grande homem, o xerife Max Battisfore. Estava inteiramente, ou quase, coberta com fotografias, todas emolduradas, do xerife como homem público, todas testemunhando silenciosamente, em várias atitudes fraternas, amor imorredouro dele por seus companheiros cidadãos — e pelos votantes. O xerife aparecia apertando mãos, abraçando ou sendo abraçado e, de vez em quando, as duas coisas; ele era retratado comendo torta, pescando e comendo salmão, dando ou recebendo várias medalhas, taças e placas, e coroando, naturalmente, uma interminável variedade de rainhas.

— Amor, seu fascínio está em toda parte — murmurei.

— Humm... — disse o tenente. — Ele deve ter ações da Eastman Kodak.

Havia outras fotos do xerife, muitas outras, posando sorridente com políticos, de tabeliães a governadores, todos vencedores, e outras com pessoas cujas afiliações, em meio a tamanha abundância de companheirismo, não consegui descobrir de imediato. Também exibidos com destaque, claro, estavam os diplomas emoldurados que o xerife ganhara pela limpeza da sua cadeia. Um diploma me chamou a atenção, e decidi que um dia deveria roubá-lo, simplesmente precisava ficar com ele. Algum gaiato irônico esmagara uma barata no vidro externo, onde ela permanecera e de onde, embalsamada em seu próprio suco, acenava para o observador, numa espécie de macabro selo de aprovação da boa administração do presídio. Suspirei e me virei para o tenente.

— Antes de conversarmos sobre seu caso, tenente, gostaria de saber um pouco mais a seu respeito — falei. — Ajuda bastante a um advogado avaliar melhor o caso que está em suas mãos tomar conhecimento de algumas coisas que talvez não constem dos livros de Direito. Creio que os psicólogos, algumas vezes, chamam a isso de estrutura de referência.

— Não entendo do assunto — disse o tenente Manion.

— Não tem importância. Quantos anos tem?

— Trinta e seis.

— Quantos anos tem sua mulher?

— 41.

— Os jornais disseram 35.

Depois de uma pausa:

— Ela tem 41.

— Entendo. É seu primeiro casamento?

A conversa era telegráfica.

— Não.

— Que tal me dizer a contagem matrimonial e ganhar tempo? Só quero os fatos, cara.

— Tudo isso é necessário?

— Qual tal você deixar que eu decida?

— É meu segundo.

— Como acabou o primeiro?

— Em divórcio.

— Foi o senhor ou foi ela quem pediu a separação?

— Ela.

— Quais os motivos?

— Crueldade, comer biscoitos na cama, esse tipo de coisa. — Ele fez uma pausa e acariciou levemente o bigode. — O verdadeiro motivo foi que ela encontrou outro homem, enquanto eu estava na Segunda Guerra Mundial. Não me opus ao divórcio.

— Entendo. Na guerra, o senhor serviu no cenário europeu ou no Pacífico?

— Nos dois.

— Ação nos dois?

— Muita.

— Condecorações?

— Muitas. Qualquer um que não fugir consegue. São como as rações C.

— Falando em C, e a Coreia?

— Estive lá.

— Ação?

— Muita. Cheguei lá exatamente a tempo da grande escapada do Yalu.

— Como assim, escapada? Para mim, soa meio devasso.

— É uma retirada sem obedecer a ordens militares.

— Veja só! A gente não sabe de nada — exclamei. — Alguma condecoração na Coreia?

— Muitas.

Ah, eu tinha em minhas mãos um autêntico herói militar; alguém que não apenas era modesto, mas também, segundo a tradição, reticente como diabo. E não era que ele ficaria simpático no tribunal, todo enfeitado com suas fitas e condecorações? Eu já podia ver a bandeira americana agitando-se em cima do júri.

— O que — prossegui — o que o trouxe para esta distância, para este fim de mundo, no meio do mato?

— Bem, depois do cessar-fogo coreano, fui enviado de volta para os Estados Unidos. Desde então tenho sido transferido, indo para várias unidades militares como instrutor especial. Foi por isso que eu e Laura compramos um *trailer*.

— Quem é Laura?

— Minha esposa.

— E o senhor era instrutor especial de quê?

— Artilharia antiaérea. Parece que seu grande Lago Superior é um lugar bom e seguro para jogar projéteis.

— Fale-me da sua mulher.

Outra leve agitação dos olhos:

—O que quer saber?

— Ah, coisas como estatísticas matrimoniais, inclusive o *status* presente.

— Sou o segundo marido dela. Laura se divorciou do outro.

A bandeira americana descaiu um pouco.

— Humm... O senhor conhecia seu... ah, predecessor?

— Muito bem. Certa vez, servimos na mesma unidade militar.

A bandeira americana descaiu ainda mais.

— Quer dizer que o senhor e ele eram camaradas?

Houve uma ligeiríssima pausa.

— O *senhor* poderia considerar assim.

Eu recebera uma bala de mosquete no coração e vi que era melhor rever o idioma do moderno combatente. Mas que aquilo fosse para o inferno!

— Entendo — eu disse. — Agora, gostaria que me contasse onde seu ex-camarada estava quando o senhor começou seu relacionamento com a mulher dele.

O ex-promotor começava a gostar de pressionar o sr. Frio, o perito antiaéreo que zombava das condecorações.

— Alemanha. Exército de ocupação.

— E onde estavam vocês dois?

— Na Geórgia.

A bandeira americana pendia mole e morta em seu suporte.

— Foi um belo acerto, não? — perguntei. Ele não respondeu. — Algum de vocês dois tinha filhos dos casamentos anteriores?

— Não.

— E deste?

— Não.

— Alguma perspectiva?

O sr. Frio ficou em silêncio.

— Alguma perspectiva? — repeti.

Selvagemente:

— Não, a menos que aquele filho da puta do Quill a tenha engravidado!

Aqui estava um repentino passo revelador em cima de terreno perigoso, terreno muito perigoso. Num caso melindroso como aquele, havia minas terrestres jurídicas plantadas em toda parte e eu não estava inteiramente preparado para detoná-las por acaso. Então, bruscamente, deixei o assunto de lado.

— Que tipo de arma usou para despachar Quill?

Os olhos escuros brilharam.

— Uma Lüger alemã. Suvenir de guerra, da Segunda Guerra Mundial.

— Vejamos, não é uma pistola semiautomática, mais ou menos equivalente à nossa .38?

Eu tinha visto uma, certa vez, mas tentei falar em tom humilde. A resposta dele praticamente nos tornou camaradinhas cheios de cicatrizes de guerra.

— Sim — ele respondeu.

— A polícia está com ela agora, claro?

— Sim. Entreguei-a à polícia estadual.

— Conte-me onde conseguiu essa pistola. Onde e como. Possivelmente será importante.

— É necessário?

— Escute, amigo — eu disse. — E se você cuidar de seus assuntos militares e me deixar cuidar da parte legal?

O tenente Manion corou e se sentou ereto. Os olhos escuros se enevoaram e olharam para uma distância ainda maior.

— Bem — ele começou vagarosamente —, estávamos avançando na Alemanha, na primavera anterior ao final da guerra europeia. Era o anoitecer, e eu conduzia alguns homens numa patrulha noturna. Cerca de doze dos nossos. O setor tinha sido muito bombardeado e havia muito pouca cobertura. O serviço secreto nos dissera que os alemães estavam em plena retirada, que o caminho estava aberto.

— Prossiga — eu disse, ouvindo com atenção e avaliando mentalmente o possível efeito de tudo isso num júri civil.

— O serviço secreto de campo estava errado — ele continuou. — De repente, houve uma irrupção de fogo de armas pequenas. Três dos meus homens caíram, dois deles já mortos, eu soube mais tarde. O terceiro morreu na volta à base.

— Continue — eu disse.

— Todos nos jogamos no chão e ficamos assim. Quando escureceu, dei uma rápida olhada e vi um fugidio relâmpago cinza, uma manga cinzenta desaparecendo atrás de um toco de chaminé em ruínas.

— O que o senhor fez?

— Podíamos ter investido contra o lugar, mas eu não sabia quantos homens havia. Uma coisa estava clara: se não se tratava de um atirador solitário, então ou acabaríamos com eles ou eles conosco. Eu não podia comunicar-me com meus homens, então rastejei em cima da barriga, descrevendo um amplo círculo, e afinal cheguei atrás da chaminé.

— Um longo rastejar — comentei.

— Era um atirador solitário. Rastejei para mais perto, a fim de chegar a um alcance de tiro seguro, e então dei a ele o que merecia.

— Nas costas, por trás? — perguntei, espantado, pensando na bandeira americana nos campos de jogo de Eton e no juramento dos escoteiros.

Ele riu rapidamente: seu primeiro sinal de alegria.

— Era ele ou eu. Ele acabara de atirar em três dos meus homens. Não parei para ele fazer pose.

— Continue — eu disse.

— Quando me levantei para chegar até ele, descobri que era um velho tenente, grisalho, andrajoso e já ferido. Devia ter em torno de sessenta anos. Seu braço esquerdo estava numa tipoia suja. Tinha um tampão num olho. O outro olho me olhava ferozmente, como o de um lobo numa armadilha. De fato, ele parecia um castigado e velho lobo cinzento. Ainda estava agarrando a pistola Lüger. Tentou erguê-la. Tinha colocado nela uma coronha de fuzil. Xingou-me em alemão.

— O que aconteceu?

— Ia atirar novamente nele, mas ele morreu. Ali estava um bom soldado. Então, peguei sua pistola como suvenir. — Frederic Manion fez uma pausa e brincou um pouco com a piteira Ming. — Foi assim que consegui a Lüger.

A bandeira americana agitava-se e se erguia reta. Mas eu já vira muitos caçadores de patos causarem mais entusiasmo contando sobre os tiros que haviam perdido.

— Com licença — eu disse, levantando-me. — Voltarei logo.

— Sim — murmurou o sr. Frio, solene como uma coruja, voltando sua atenção para a piteira Ming.

Do lado de fora, refleti que, quaisquer que fossem suas outras características, o tenente Manion e o velho atirador solitário alemão tinham uma coisa em comum: eram ambos bons soldados, dedicados discípulos da filosofia do "Não nos cabe questionar por que..." Sim, de alguma forma, eu teria de tentar colocar em cena aquela linda história da Lüger. Mas, como poderia fazer isso? E o que estava eu pensando! Polly Biegler era o homem, lembrem-se de que não ia pegar aquele caso. Será que ex-promotores envelhecidos são tão desamparados quanto os velhos cavalos do corpo de bombeiros? Será que começavam a resfolegar, empinar e a escavar o chão, em suas manjedouras, sempre que ouviam o tinido da campainha de incêndio?

Usei o telefone de Sulo, a fim de ligar para meu escritório. O adormecido Sulo sequer se mexeu em sua cadeira.

— Maida — eu disse —, está parecendo que poderemos entrar nesse maldito caso de assassinato Manion.

— Ótimo, ótimo — disse Maida. — Mas com o que ele lhe pagará? Com condecorações? Não sabia que os soldados profissionais nunca têm um tostão? Lembre-se, já fui casada com um deles.

Engoli em seco, como uma criança apanhada atacando uma lata de biscoitos.

— Ainda não sei. Nós... nós não discutimos isso. No momento, só estou atrás dos fatos, senhora. Você é tão friamente comercial, Maida.

— Ora, é *melhor* que discuta seus honorários, é melhor se tornar comercial. Acabei de examinar seu talão de cheques.

— Psiu... Pelo telefone não, Maida. É preciso que me achem o advogado de defesa bem-sucedido, próspero. Estou sobrecarregado, sabe, e só aceito casos simplesmente por causa do meu amor pela humanidade oprimida. Meu coração sangra pelo pobre-diabo. Sou exatamente um incorrigível velho liberal, que labuta unicamente pela justiça cega e pela castigada Constituição.

— O senhor está perto da falência, droga. Diga-me: o que fez com os honorários que recebeu no caso da propriedade King, ajudou a explorar uma mina de urânio?

— Apenas comprei umas poucas coisas necessárias.

— Que coisas necessárias? — insistiu Maida.

— Apenas algumas bebidas e uma capa de chuva. A minha velha capa está em frangalhos. E uma surpresinha simpática para seu aniversário. Escute, telefonei para lhe dizer que não voltarei esta tarde e você me dá carão porque estou quebrado. É melhor cancelar todos os compromissos. Terminarei a correspondência amanhã.

— Não há compromissos — disse Maida. — As pessoas estão começando a pensar que o senhor migrou para a floresta. E eu estou começando a pensar que talvez tenham razão. Parnell McCarthy apareceu, há uma correspondência aérea registrada da sua mãe... e é só.

— O que Parn queria?

— Estava com seu costumeiro enjoo de segunda-feira de manhã. Provavelmente queria dinheiro. O que mais ele sempre quer? O senhor voltará esta tarde?

— Não, trabalharei aqui e depois, esta noite, vou pescar.

— Pescar, pescar, pescar — repetiu Maida. — Acabou de ter um fim de semana prolongado de pescaria. Escute, patrão, o senhor está bravo com as trutas?

— Temo que seja uma inimizade tradicional e sangrenta entre famílias, Maida. Durante anos eu as apanhei e, agora, elas me apanharam. Estou começando a odiá-las mais do que às mulheres. E terei pouco tempo para pescar quando eu mergulhar nesse caso, se o pegar. Se não tem mais nada para fazer a não ser ficar fuxicando o meu talão de cheques, então pode sair mais cedo.

— Nada para fazer! — Maida riu, com desdém. — Estou lendo o último livro de Mickey Spillane.

—Boa menina. Sempre melhorando seu padrão cultural, hein, Maida? Mas achei que já tivesse lido há muito tempo esses matadouros de Spillane.

— Releio os livros dele todo ano, assim como algumas pessoas fazem retiro. Acho um autor tão reconfortante.

— Não é retiro, Maida — eu disse. — A palavra mágica é escapada.

— *Que foi que o senhor disse?*

— Escapada — repeti, baixinho. — E até logo.

As coisas são assim entre mim e Maida.

Desliguei o telefone e dei uma olhada de esguelha em Sulo, que começara a roncar baixinho. Especulei que, algum dia, um Bom Samaritano qualquer iria andando nas pontas dos pés, pegaria a grande chave de latão e esvaziaria a cadeia, com fedor e tudo. Também imaginei o que o tenente Manion seria tentado a fazer se soubesse que a única pessoa que estava entre ele e a liberdade achava-se profundamente adormecida. Virei-me para tornar a encontrá-lo e o descobri à porta aberta do escritório do xerife.

— Não se preocupe — ele disse, sorrindo levemente. — Não vou fugir. Não adiantaria nada, e, de qualquer jeito, pode ser divertido esperar para ver o que acontece.

— Sim, sim, sim — resmungou Sulo, esfregando os olhos. — Já acabou, Polly?

Capítulo 4

Voltamos para a escrivaninha do xerife. Era hora de examinar as circunstâncias.

— A noite passada, depois que conversei com sua esposa pelo telefone, li no jornal a matéria sobre seu caso — eu disse. — O senhor leu?

— Sim, claro.

— Está de fato correta?

— Sim.

— Tocando agora apenas nos pontos mais destacados, o jornal afirma que o senhor entrou no bar de Barney Quill, em Thunder Bay, cerca de 45 minutos depois da meia-noite da última sexta-feira, na verdade no início do sábado, disparou nele cinco vezes; voltou no seu carro para o *trailer* onde mora, no parque turístico de Thunder Bay, acordou o vigia do parque e lhe contou que acabara de atirar em Quill, e que ele, então, saiu para chamar a polícia estadual em Iron Bay e o senhor esperou em seu *trailer* até os policiais chegarem. Está correto?

— Sim.

— O jornal afirma, além disso, que os policiais então o detiveram e o trouxeram para esta cadeia; que sua esposa o acompanhou; e que ela contou aos policiais que mais cedo, aquela noite, Barney Quill a estuprara na floresta e, mais tarde, a espancara no portão de entrada do parque turístico. Correto?

— Sim.

— Que o médico da prisão foi chamado, recolheu um esfregaço vaginal; que esse esfregaço, como ele mais tarde informou, foi negativo para esperma; que ele deu sua opinião de que ela não fora estuprada; e que sua esposa se ofereceu voluntariamente para fazer um teste com um polígrafo, ou detector de mentiras, para que se verificasse a veracidade da sua história; que esse teste foi feito, mas os resultados até agora não foram revelados. Certo?

— Sim.

— O jornal também diz que o senhor se recusou a detalhar sua declaração verbal inicial para os policiais, quando disse que havia matado Barney Quill. Correto?

— Sim.

— O senhor não fez nem assinou nenhuma outra declaração para a polícia?

— Não.

— Está bem. Até agora, tudo foi feito corretamente. Vamos então falar sobre algumas coisas que podem ou não ter aparecido no jornal. Viu Barney Quill estuprar sua esposa?

Pela primeira vez, os olhos do sr. Frio mostraram alguma reação; pareceram movimentar-se sem as pálpebras, rapidamente, como os de uma serpente — mais uma rápida agitação cintilante do que uma piscadela.

— Não — ele disse, baixinho.

— O senhor o viu espancá-la no portão?

— Não.

— Ou a ouviu gritar, como ela declarou?

— Não... Ora, parece que eu a ouvi gritar, como se fosse em meus sonhos. De qualquer forma, eu a encontrei na porta do *trailer.*

O velho ex-promotor estava acertando o passo.

— Então, a primeira vez em que soube dos ataques de Barney à sua esposa foi quando *ela* lhe contou sobre eles?

— Sim.

— E o que fez então? — Eu o obrigaria a dizer algo mais do que sim e não.

— Cuidei dela, claro. Ela estava em condições terríveis. Um olho quase fechado, os dois olhos e o rosto muito machucados, e também os braços; a saia estava rasgada, perdera as calcinhas... e... e... — ele fez uma pausa e, outra vez, havia em seus olhos o brilho de uma serpente enroscada.

— Continue — eu disse.

— E aquele... aquele homem deixou suas... suas marcas nas coxas dela. — Isso foi dito mais num silvo do que em palavras.

— O que fez, se é que fez alguma coisa, com essas... ahn... marcas?

— Limpei-as do corpo dela e queimei a prova.

— No mesmo momento e lugar?

— Imediatamente.

Fiz uma pausa e examinei minhas unhas. Ainda examinando-as, perguntei:

— Não lhe ocorreu que isso seria uma prova bastante conclusiva de que o homem tivera relações sexuais com ela?

Seus olhos escuros ficaram duros e pareceram cobrir-se de nuvens; ele pareceu sorver seu bigodinho, que até eu estava aprendendo a gostar, e depois começou o ritual para encher sua piteira Ming.

— Não lhe ocorreu?

— Ocorreu-me o quê? — perguntou friamente.

Não era hora de evasivas.

— Não lhe ocorreu que o senhor estava destruindo a melhor prova de que Quill tivera relações sexuais com ela?

— Não pensei nisso nem por um instante — falou abruptamente, quase atirando para longe a piteira Ming. — Eu... eu não aguentava ver aquilo... eu... tinha de me livrar daquilo o mais rápido que pudesse.

— Isso aconteceu antes ou depois que o senhor atirou em Barney Quill?

— Antes.

— Humm... Quanto tempo o senhor permaneceu com sua esposa antes de ir para o bar do hotel?

— Não me lembro.

— Acho importante, e sugiro que tente lembrar.

Após uma pausa:

— Talvez uma hora.

— Talvez mais?

— Talvez.

— Talvez menos?

— Talvez.

Fiz uma pausa e acendi um cigarro. Agi com vagar. Chegara a um ponto em que algumas poucas respostas erradas a algumas poucas perguntas certas me deixariam com um cliente — se eu aceitasse seu caso — cuja causa era legalmente indefensável. Ou eu parava naquele momento e me desculpava, deixando algum outro advogado preocupar-se com o caso, ou fazia a ele as poucas perguntas fatais e deixava que se enforcasse sozinho. Ou então, como qualquer advogado inteligente, faria uma preleção. Analisei o homem, que estava sentado tão inescrutável quanto um árabe, segurando delicadamente sua piteira Ming e mordendo o bigode escuro. Aparentemente, ele não percebia quão perto eu o levara de admitir que era culpado de assassinato em primeiro grau, ou seja, que "criminosamente, de forma proposital e com desígnio doloso, de fato matara um certo Barney Quill". O sujeito era um alvo fácil.

Era tentador para mim fazer a pergunta fatal, dolorosamente tentador para mim deixar aquele filho da puta frio ferver no óleo do seu próprio ego gorduroso. Por que deveria eu empenhar meus anos de experiência para tentar salvar esse sr. Frio? Por que, ah, por que mesmo? Era uma boa pergunta, e fiquei refletindo sobre ela. Será que era porque eu via uma oportunidade de ganhar o caso e, ao mesmo tempo, derrotar Mitch Lodwick? Humm... Ou porque era minha grande chance de ganhar um caso difícil e de repercussão e, finalmente, derrubar aquele velho tagarela e impostor que era Amos Crocker do seu pedestal de mais destacado advogado de defesa criminal do condado, se não da Península? Humm... Será que o motivo era eu estar concorrendo ao Congresso contra Mitch e aquela era minha oportunidade não apenas de derrotá-lo, mas de demonstrar, pelo contraste dramático, nossas respectivas capacidades? Mais obscuramente, porém presente: seria porque um tipo qualquer, certa vez, estando embriagado, adiantara-se para cima da minha irmã mais velha, Gail, quando ela estava na escola secundária, anos atrás, e meu pai, Olivier, espancara-o até ficar a um passo da morte e, depois, desafiara as autoridades a prendê-lo — desafio que não foi aceito? Ou seria porque um 4F frustrado podia agora aproveitar os reflexos da glória defendendo um autêntico herói militar, um homem que combatera em duas guerras terríveis? Seria por causa de todas essas coisas? E o que qualquer uma delas tinha a ver com a culpa ou a inocência de Frederic Manion? Com essa coisa fugidia chamada Justiça?

A essa altura, Sulo Kangas enfiou a cabeça através da porta.

— Meio-dia — falou. — O almoço está servido. — Enquanto eu ficava ali sentado, imaginando como Sulo acabara por acordar, se tinha posto um despertador, ele me lançou um olhar de inspiração nascente e perguntou:

— Gostaria de comer conosco, Polly? — Exultava, o anfitrião afável. — Você é muito bem-vindo.

Encolhi-me, horrorizado ao pensamento. A comida do xerife Battisfore com certeza sustentava a vida, mas, eu suspeitava, contribuía pouco ou nada para sua sublimidade. Dei uma olhada em meu relógio e levantei-me rapidamente.

— Desculpe, Sulo — menti, estoicamente. — Tenho um compromisso para almoçar no centro da cidade.

Dei uma olhada em meu cliente potencial e descobri que sorria. O homem, de fato, estava sorrindo.

— Foi bem armado, advogado — ele murmurou, depois que Sulo se retirou. — Espero que aproveite o seu almoço.

— Obrigado — disse eu. — Desejo o mesmo para o senhor. Vejo-o às duas horas.

Capítulo 5

DIRIGI ATÉ O Iron Bay Club e almocei com calma. Depois do almoço, joguei cartas com Billy Webb e ganhei mais de treze dólares. Isso me animou e dei duas surras nele. Às duas, estava de volta à cadeia e fiquei satisfeito ao descobrir que o xerife Battisfore ainda estava fora. Talvez eu ainda não precisasse subir no bloco de celas para ver o sujeito.

— Importa-se se usarmos novamente o escritório do xerife, Sulo? — perguntei gentilmente. Estava com medo de tê-lo ofendido não ficando para almoçar.

— Claro, claro, claro, Polly — respondeu Sulo, sempre bem-humorado. — O xerife ainda está fora, numa patrulha.

Esperei que Sulo fosse buscar o tenente Manion em sua cela. Refleti que, embora os xerifes percorressem mais quilômetros em suas patrulhas (e obtivessem as consequentes gratificações por quilometragem) do que quase todas as outras espécies de guardas e policiais juntos, durante suas peregrinações eles não eram, como classe, diferentes dos três macacos sábios: não ouviam nada de mau, não falavam nada de mau e, resolutamente, não viam nada de mau. Tentei lembrar as ocasiões em que qualquer xerife que eu já conhecera ou de que ouvira falar (com exceção de um) tivessem, algum dia, feito regularmente prisões por iniciativa própria. Meu esforço não foi frutífero. Embora os xerifes e seus homens esquadrinhassem incansavelmente estradas e desvios, dia e noite — reparem só! —, nenhum motorista bêbado parecia jamais cruzar seus caminhos, não havia ninguém que dirigisse com excesso de velocidade, e ninguém, mas ninguém mesmo, ignorava jamais um sinal de parar ou avançava um sinal vermelho. Aparentemente, tudo o que o público tinha de fazer para abolir o crime era ignorá-lo — ou, pelo menos, o crime parecia fugir por baixo da terra sempre que o xerife estava por perto. Era quase miraculoso. Também fazia parte do monótono sistema; um xerife não tinha a possibilidade de mudá-lo, se quisesse — e ainda assim permanecer em seu posto, quero dizer.

O velho Parnell McCarthy acertara em cheio. "Como," ele me perguntara, certa vez, "como, em nome de Deus, poderíamos esperar que um homem prendesse as mesmas pessoas que o elegem e o mantêm em seu posto? É contrário à natureza humana, e nossos raros 'bons' xerifes são excêntricos na política, e sua sorte é o rápido e total esquecimento político. Não *queremos* bons xerifes. Como poderíamos, quando a única qualificação que exigimos de um xerife é a de que tenha 21 anos?" Parnell fizera uma pausa e revirara os olhos. "E, santo Deus, conseguimos o que pedimos, o que pedimos com insistência — invariavelmente, eles têm 21 anos..."

— Olá, cara! — saudou o sujeito. — Almoçou bem?

— Escute, Manion — disse eu, com uma repentina irritação. — Meu nome é Biegler.

Se eu ia representar aquele afetado filho da puta, certamente não suportaria que ele me tratasse daquela maneira.

Friamente:

— Desculpe-me, sr. Biegler. Almoçou bem, hoje ao meio-dia?

— Maravilhosamente — falei. — E o senhor, tenente Manion?

— Eu estava justamente começando a esquecer meu almoço. — Ele fechou os olhos e franziu o nariz. — Talvez não devesse ter falado nisso.

— "Coragem, Camille! Esta dor também deverá passar!" — citei, distraidamente. — Sente-se — prossegui. — Estive pensando em seu caso durante a hora do almoço.

— Isso é bom — comentou o tenente. — Qual o veredicto?

— Sente-se — repeti — e ouça com cuidado. É melhor ir pegando sua piteira Ming. Vamos lá.

— Sim, senhor — disse o tenente Manion, sentando-se obedientemente e pegando a piteira Ming.

Seu advogado preparava-se para fazer a preleção.

E o que é a preleção?

A preleção é um artifício antigo que os advogados usam para preparar seus clientes, mas de modo a não deixar que eles saibam inteiramente que foram preparados e permitindo que o advogado ainda possa alimentar a ilusão de que não fez nenhuma preparação. Pois preparar os clientes, como roubá-los, não apenas é censurado, mas está inteiramente fora da ética; é uma coisa ruim, muito ruim. Daí a necessidade da preleção, um engenhoso artifício, tão velho quanto a própria lei e usado constantemente por alguns dos advogados mais simpáticos e mais éticos do mundo. "O quê, eu? Claro que não ensinei a ele o que dizer," o advogado pode, mais tarde, declarar, confortando a si mesmo. "Simplesmente expliquei a lei, entende?" É uma boa prática franzir as sobrancelhas e dar de ombros, nesse ponto, acrescentando, virtuosamente: "É meu dever, não é?"

De fato, a questão, como as instruções dadas com conhecimento de causa, é incontestável.

Eu estava pronto para cumprir meu dever com meu cliente e ele permanecia ali sentando, observando-me com tranquilidade e atenção, enquanto eu acendia um novo charuto.

— Como lhe disse — comecei —, estive pensando sobre seu caso durante a minha hora de almoço.

— Sim — ele respondeu. — O senhor mencionou isso.

— Mencionei, sim — confirmei. — Agora percebo que ainda há muitas perguntas a serem feitas, fatos a serem discutidos — prossegui. — E não estou prejulgando o seu caso. — Fiz uma pausa para disparar a salva de abertura da preleção. — Mas, como estão as coisas, presentemente, devo adverti-lo de que, em minha opinião, o senhor ainda não me revelou uma defesa *legal* para essa acusação de homicídio.

Fiz novamente uma pausa, para criar um efeito. É condição necessária para a preleção ser bem-sucedida. O sujeito piscou um pouco os olhos e tocou levemente ambas as pontas do bigode com a ponta da língua.

— Será que me aconselha a me declarar culpado? — perguntou, sorrindo da maneira mais imperceptível.

— Posso fazer isso, no final — eu disse —, mas não falei exatamente isso. Apenas quero, desta vez, que o senhor saiba qual a reação treinada de um homem que... — fiz uma pausa — que não é desprovido de experiência em casos desse tipo.

Eu estava ficando um pouco esmagado pela simples beleza da minha própria modéstia e lutei contra o impulso de assumir uma expressão de superioridade.

— Sim, mas e aquele filho da puta do Quill, estuprando minha esposa? — disse o sujeito, tranquilamente. — E a "lei não escrita"?

Eu esperava essa resposta.

— Não existe isso de "lei não escrita" na jurisprudência anglo-americana — falei, um pouco pretensiosamente. — É apenas outro desses mitos populares tão ardorosamente abraçados e pelos quais as pessoas regulamente morrem, como a ideia de que o ruibarbo cru é bom para a gonorreia, ou a de que todas as coristas se entregam aos homens, ou de que o ar noturno faz mal. Na verdade, muitos homens que se penduraram no mito da "lei não escrita" acabaram pendurados numa forca. — Fiz uma pausa, apreciando tanto a frase que resolvi registrá-la em minha memória.

— Mas não há pena de morte em Michigan, há? — perguntou o tenente. O sujeito tinha, evidentemente, refletido sobre o assunto durante o recesso do meio-dia.

— A forca, aí, foi uma figura de retórica — comentei. — Nós, advogados, somos muito amigos das figuras de retórica. Mas, para responder à sua pergunta: a não ser para alta traição, e disso não há caso registrado. O senhor está certo: não existe pena de morte em Michigan. — Fiz uma pausa e prossegui. — Mas eu daria um palpite imediato, tenente, de que se fosse preso por essa acusação talvez preferisse que houvesse.

Eu enfiara o arpão bastante fundo. O tenente Manion olhou fixamente, por um momento, para suas mãos fortes e delicadas, e depois para mim.

— Deu um palpite muito perspicaz — respondeu vagarosamente. Ele olhou em torno da sala sombria, pintada de cinza e, homem corajoso, respirou fundo. — Preferiria morrer a passar meus dias num lugar como este — disse.

— Não seria exatamente assim — disse. — Seria pior, muito pior. Isto é uma simples estação intermediária para o Inferno.

— Sim — confirmou ele. — A penitenciária estadual seria pior.

— Já nos livramos da "lei não escrita"? — perguntei.

— Talvez — ele disse. — Mas, lei não escrita ou não, será que um homem não tem um direito legal de matar alguém que estuprou sua esposa? Esta não é, então, a lei *escrita*?

— Não, só teria esse direito para impedir que ele fizesse isso, ou se o flagrou no ato, ou então, finalmente, para impedir sua fuga. — Estávamos novamente pisando em terreno perigoso, e falei rapidamente, para impedir qualquer interrupção. — De fato, tenente, apesar de toda a elaborada verborragia de palavras dos livros de Direito sobre as defesas legais para o assassinato, há apenas cerca de três defesas básicas: uma, a de que não aconteceu mas foi, em vez disso, suicídio ou acidente etc.; dois, se aconteceu ou não, não foi a pessoa quem fez, tem um álibi, é caso de identidade trocada etc.; e três, mesmo se aconteceu e foi a pessoa quem fez, sua ação era legalmente justificada ou desculpável.

Fiz uma pausa para ver como ia meu aluno. O tenente ficou pensativo.

— Onde me encaixo nesse quadro róseo? — perguntou ele, amavelmente.

— Posso dizer-lhe melhor onde o senhor não se encaixa — prossegui. — Como toda sala de bar cheia de gente o viu atirar e matar Barney Quill, aparentemente a sangue-frio, o senhor dificilmente se encaixa nas primeiras duas classes de defesa. Temo que não precisamos perder tempo com elas. — Fiz uma pausa. — Se se encaixar em algum lugar, terá de ser na terceira. Então, é melhor partir para essa.

— Quer dizer — disse o tenente Manion — que minha única defesa possível, nesse caso, é encontrar alguma justificativa ou desculpa?

Minha instrução prosseguia bem, segundo o programado.

— O senhor está aprendendo rapidamente — eu disse, fazendo com a cabeça um sinal de aprovação. — Basta acrescentar uma justificativa ou desculpa *legal* e eu lhe darei nota máxima.

— E o senhor diz que um homem não está justificado por matar outro homem que acabou de estuprar e espancar sua esposa?

— Moralmente talvez, mas não legalmente. Não se tudo já acabou, como aconteceu em seu caso. — Fiz uma pausa, imaginando por que eu não ia para Detroit, dar aulas na escola noturna. Dessa maneira, também, eu estaria suficientemente perto para ver todas as partidas de futebol domésticas da minha antiga escola. "Granizo aos vitoriosos destemidos..." — Entende, tenente — prossegui —, não é o *ato* de matar um homem que torna o fato um assassinato; são as circunstâncias, a hora e o estado de espírito ou o propósito que induziram ao ato. — Fiz uma pausa e quase podia ouvir meu antigo professor de Direito Penal, J. B. "Jabby" White, dizendo isso, monotonamente, quase vinte anos atrás. Era surpreendente como as coisas antigas se fixavam.

Os olhos do tenente se estreitaram e se agitaram quase imperceptivelmente.

— Talvez — ele começou, e pigarreou. — Pensando melhor, talvez eu *tenha* pegado Quill no ato. Nunca disse precisamente à polícia se foi de um jeito ou de outro. — Seus olhos me observaram tranquilamente, firmemente. Aquele homem, percebi, não era apenas um estudante apto para a preleção; como a maioria das pessoas (inclusive os advogados), ele indubitavelmente tinha um coração cheio de sombras. E, além disso, estava, talvez instintivamente, tentando virar a preleção contra seu advogado. — Nunca realmente contei a eles — concluiu.

Um advogado no meio da sua preleção é capaz de se agarrar ao mais fino caniço para fortalecer sua virtude vacilante.

— Mas o senhor contou *a mim* — eu disse, fazendo uma pausa complacente, inchado de retidão, grato pela rápida irrupção de virtude que ele me proporcionara. — E, de qualquer jeito — continuei —, o senhor precisaria tê-lo despachado na ocasião e não, como já admitiu, mais ou menos uma hora depois. O flagrar e o matar devem combinar-se. E isso valeria mesmo se o senhor o tivesse, de fato, flagrado fazendo o que fez — mas não foi assim. Acabei de lhe dizer que o *momento* é um dos fatores que determinam se um homicídio é um crime ou não. Essa é a grande questão. Não percebe? Em seu caso, o *momento* é o tropeço; é o tempo decorrido entre o estupro e o ato de matar que permite que a promotoria caia em cima e argumente que o ato de disparar em Barney Quill foi deliberado, perverso e premeditado. E isso, meu amigo, foi exatamente do que o acusaram.

Estoicamente:

— Está me dizendo para me declarar culpado?

— Ouça, já vimos isso. Quando estiver disposto a lhe aconselhar a sair de baixo, o senhor saberá. Exatamente agora, quero que perceba em que está metido, homem.

O tenente piscou, pensativamente.

— Estou fazendo um esforço para perceber — disse.

— Tente ver as coisas da seguinte maneira, tenente — prossegui, animado com minha preleção. — Exatamente como o assassinato em si é um dos mais elementares e primitivos crimes, da mesma forma a lei referente ao assassinato é, apesar de toda a torrente de palavras escritas a respeito, ainda muito elementar e primitiva em seus conceitos básicos. A tribo humana aprendeu cedo que a matança indiscriminada não apenas era ruim para o decoro e o bem-estar tribal como ameaçava sua própria sobrevivência, sendo, portanto, má em si mesma. Então o assassinato se tornou um tabu. Ainda me acompanha?

— Continue.

— Ao mesmo tempo, percebia-se que havia ocasiões em que um assassinato podia, não obstante, ainda estar justificado. Dito de forma mais ousada, tudo mais ou menos se resumia no seguinte: Não matarás — a não ser para salvar a si mesmo, sua propriedade ou seus seres amados. Essa declaração simples ainda abrange de longe a maioria das defesas modernas do assassinato. Se um homem tentar me tirar a vida, minha mulher, ou minha vaca, posso matá-lo para impedir isso. Mas se eu o perseguir ou, numa situação mais parecida com a sua, se ele roubar minha esposa ou minha vaca enquanto estou fora pescando (ou dormindo em meu *trailer*), devo ir atrás de outros remédios tribais quando descobrir o fato. Devo fazer isso porque não o flagrei no ato, o dano está feito, o perigo passou, deve-se tratar com o culpado mais tarde, com vagar.

Prossegui:

— Você observará que essa história de flagrá-lo no ato envolve o importante fator de tempo, de sequência de tempo, que acabei de mencionar. Mesmo a defesa através da "lei não escrita," de que o senhor falou, habitualmente envolve a ideia de um marido traído descobrindo sua esposa no leito nupcial com o vendedor de gelo. Ou talvez, para atualizar, com o homem que conserta a geladeira. De qualquer jeito, quase todas essas defesas de assassinato usando com argumento a proteção da propriedade e de pessoas, defesas de "autoajuda", como podem ser chamadas, envolvem a ideia de que a pessoa que é morta foi apanhada no ato, em flagrante, antes que haja tempo para o assassino pedir auxílio ou se queixar aos anciãos da tribo, à polícia em nosso tempo. Está absorvendo?

O tenente fez um sinal afirmativo com a cabeça, sombriamente.

— A ideia de que se pode, mais tarde, após o fato, ir matar o ladrão da vaca ou da esposa foi rejeitada pela maioria dos primeiros homens tribais, como ainda é amplamente rejeitada hoje. Foi e é rejeitada porque o assassino "defensor" teve tempo para se acalmar, a coisa já acabou e já foi feita, a emergência não existe mais, o agressor pode ser punido de uma maneira vagarosa e ordeira, e finalmente, o que é provável, porque uma defesa dessas é menos susceptível de confirmação imparcial e com isso fica aberta a porta para que seja inventada. De qualquer forma, alguém pode matar outra pessoa dentro da lei, para salvar sua esposa ou sua vaca ou a própria vida, mas não punir quem fez isso depois que tudo terminou. Ora, minha antropologia talvez esteja um pouco equivocada, mas o meu Direito não. A lei diz que a atividade de punir deve ser deixada exclusivamente para ela, ou seja, para a promotoria.

"Aplicando tudo isso à sua própria situação, tenente, o que quer que tenha ocorrido com sua esposa já havia terminado quando o senhor descobriu. Não poderia salvá-la; ela sofrera aquilo e o perigo tinha passado; e se Barney Quill a estuprou, ele poderia ter sido tratado através do devido processo legal. Acontece que estupro e assassinato têm ambos sentenças de prisão perpétua neste estado, mas não de morte. Com a sua ação, o senhor usurpou a lei e impôs a pena de morte a Barney Quill. A sociedade, a tribo, agora busca puni-lo por quebrar um dos mais antigos e básicos tabus.

Ficamos sentados em silêncio, o tenente agora mordendo o bigode. Parecia um pouco mal-humorado.

— Mas será que o júri não pode me liberar, seja qual for a maldita lei? — ele perguntou.

— Claro que pode — eu disse. — E os júris fazem isso com frequência. Mas não por causa de uma defesa jurídica, mas sim apesar da falta de uma. Os júris têm isso em comum com as mulheres que dirigem, tendem a fazer as coisas mais loucas. Apostar no que um júri fará é como apostar em cavalos. A notória falta de confiabilidade dos júris, e o elemento de acaso que existe neles, é uma das absorventes características da lei. É o que torna a prática do Direito, como a prostituição, uma das últimas profissões imprevisíveis. Ambas empregam as artes da sedução, ambas tentam exibir suas mercadorias para tirar o máximo de vantagem e ambas devem fingir entusiasmo para cortejar completos estranhos. E é por isso que os mais bem sucedidos advogados de tribunal são inevitáveis exibicionistas; por isso eles são cerca de nove décimos canastrões e um décimo advogados. Mas, na situação em que seu caso está agora, toda a *lei* estará contra o senhor. O juiz seria praticamente forçado a instruir o júri a condená-lo. Não percebe? Um júri acharia difícil liberá-lo; eles precisariam de fato trabalhar no caso. Do ponto de vista legal, sua situação se apresenta como um caso clássico de assassinato premeditado.

Ele disse em voz baixa:

— Então não quer pegar meu caso?

— Não tire conclusões apressadas. Não estou preparado para tomar essa decisão. Veja, num caso de assassinato, o júri tem apenas algumas poucas escolhas, apertadas. Entre elas, poderão liberá-lo. Mas também poderão condená-lo. Um juiz que o julgasse sem júri teria com certeza de fazer isso, como eu disse. Ora, quer entrar no tribunal com as cartas marcadas? Com toda a lei e as instruções colocadas contra o senhor? — Fiz uma pausa, para proferir meu argumento definitivo. — Se quer fazer isso, eu não quero. Ou encontrarei uma defesa legal sólida e plausível para seu caso, ou o aconselharei a se entregar. — Fiz uma pausa, reflexivamente. — Mas há uma alternativa possível.

— Qual?

Uma insinuação punitiva, uma leve encenação em cima do medo do cliente de que o advogado de sua escolha possa abandoná-lo também é uma estratégia sólida durante a preleção. Tende a manter o sujeito alerta e apropriadamente humilde.

— A alternativa, tenente, é a de que o senhor procure outro advogado — eu disse, esperando que ele demonstrasse mal-estar.

— Quem? — perguntou o tenente, friamente e sem demonstrar mal-estar. — Quem o senhor recomenda?

As coisas não se desenrolavam segundo o plano. Mas agora eu não podia recuar nem mostrar fraqueza. Se aquele filho da puta frio queria alguém como o rugidor Crocker, que fosse para o diabo e ficasse com ele.

— Ora, temos neste condado um esplêndido velho advogado que é um verdadeiro ator — respondi. — É o maior perito da Península em lei não escrita. — Eu poderia ter acrescentado, mas piedosamente não o fiz, que isso em grande medida era porque nunca soubera que ele tivesse elogiado algum livro de Direito.

— Eu poderia até interceder em seu favor junto a ele — eu disse.

— Refere-se a Amos Crocker? — perguntou ele, calmamente.

Ergui as sobrancelhas, surpreso.

— Talvez — disse eu, de forma evasiva. — Como soube a respeito de Crocker?

— Tentamos conseguir que ele me defendesse — respondeu o sr. Frio. — Mas não pudemos, porque ele quebrou a perna.

— Perna? — perguntei. — O velho Crocker quebrou a perna? Eu não sabia.

Senti uma repentina onda de piedade pelo velho impostor bombástico e explosivo. Além de Parnell McCarthy, ele era mais ou menos o último dos advogados dos velhos tempos que restavam no condado, um tipo pitoresco que vive puxando os suspensórios das calças. O resto de nós éramos uma pura raça insossa, de gente que vive no "sapatinho", um cruzamento entre um encarregado de cuidar de reclamações e um perito contador sofrendo de úlcera.

— Quando isso aconteceu?

— Na mesma noite em que atirei em Quill — disse o tenente. — Caiu quando saía da banheira, como sua governanta contou à minha esposa, ao telefone. Está no hospital, com a perna na tração. Durante muitos meses não poderá levantar-se e caminhar. — O tenente olhou em torno da sala e fez um ar de leve desprezo. — É um pouquinho demorado demais para esperar neste lugar. Se preciso ir para a cadeia, quero levar isso adiante.

— Humm — falei, pensativamente.

Sentia-me curiosamente punido e esvaziado. Ali estava um cliente, percebi, que possuía um estilo de preleção próprio, muito bom. Descobri-me freneticamente esperando que eu fosse pelo menos a *segunda* escolha. O pensamento me incomodou.

— Espero ter sido a segunda escolha — comentei.

— Foi — respondeu tranquilamente o tenente. — A propósito, o que significa esse "me entregar" a que se referiu?

O tenente não apenas fizera uma rápida palestrazinha própria; ele também, habilmente, fez-me voltar para a minha.

— Eu queria dizer admitir a culpa, confessar-se à polícia ou, como os velhos juízes ingleses dizem, de forma tão curiosa, deixar que o júri decida.

Era uma dose grande, e o tenente a engoliu, pensativamente.

— Humm... O senhor simplesmente quer dizer que não deseja se arriscar com a "lei não escrita"?

Olhei fixamente para o teto, fazendo um muxoxo com os lábios.

— Pode colocar nesses termos, se quiser. Sim, é bastante correto. Sou um advogado, não um ilusionista nem um hipnotizador, nem tampouco um mágico ou um grande orador. Quanto me disponho a defender um homem perante um júri, quero ter uma chance de combate *legal* para inocentá-lo. Isso inclui ter uma chance decente de partir para um novo julgamento ou um recurso bem-sucedido. Talvez o senhor estivesse moralmente autorizado a matar Barney Quill. Até admito isso. Mas, no tribunal, prefiro deixar os julgamentos morais para os anjos. Sem dúvida, tenho minha parcela razoável de canastrão, como a maioria dos advogados, mas não quero entrar no tribunal e depender apenas da caridade, da estupidez ou da condições do fígado dos doze jurados. — Fiz uma pausa. Com o velho Crocker agora seguramente fora de cena, eu podia talvez permitir-me a atacar com mais força ainda. — Além do mais, não pretendo fazer isso — eu disse. — Fui claro?

— Temo que sim, advogado.

— E, como o senhor ainda parece estar fixado na "lei não escrita," há mais uma coisa. Há a importante questão de salvar as aparências. Nós, complacentes caras-pálidas do Ocidente, gostamos de pensar que essa história de salvar as aparências é um pecado, uma espécie de mística meio juvenil meio inescrutável, confinada unicamente ao Oriente. — Fiz uma pausa. — Isto é um montão de... um montão de completa...

— Merda — protestou o tenente Manion, com a solenidade de uma coruja.

— Precisamente — afirmei. — Falou como um verdadeiro soldado e um cavalheiro, tenente. E obrigado. Mas, voltando a salvar as aparências... Todos nós, em toda parte, o tempo inteiro, passamos nossas horas despertos salvando as aparências. Esse caso, em si, está cheio dessa questão. Afinal, um dos motivos não falados pelos quais está sendo processado é para salvar as aparências, as aparências da comunidade. O maior motivo pelo qual hesito em aceitar seu caso, como as coisas agora estão, é meu medo de perdê-lo. Isso não passa de uma forma negativa de salvar antecipadamente as aparências. Aparências, aparências, aparências. Todos têm de salvar as aparências e, precisem ou não, todos tentam fazer isso; é uma das compulsões básicas do ser humano. — Fiz uma pausa. — Está entendendo o que digo?

— Sim. É altamente interessante — respondeu ele, com gravidade.

Dei-lhe uma olhada penetrante. Era difícil, às vezes, eu percebia, saber quando aquele tipo estava sendo sarcástico.

— Obrigado — agradeci. — Isso me leva à minha questão central. Até os jurados têm de salvar as aparências. Entenda isso, agora. O júri, em seu caso, poderá simplesmente estar morrendo de vontade de deixá-lo livre, por conta da sua própria história, ou porque simpatizaram com sua mulher, ou por terem passado a odiar o atrevimento de Barney Quill, ou por todas essas coisas e mais. Mas, se o juiz, que também tem belas e grandes aparências legais para salvar, deve, segundo a lei, praticamente dizer aos jurados que o condenem, como acho que ele, agora, certamente deverá fazer, então a única maneira pela qual eles têm a possibilidade de inocentá-lo é fugir às instruções do juiz, ou seja, deixar de lado e não salvar as aparências. Não percebe? O senhor e eu estaríamos lá, pedindo a doze cidadãos, doze completos estranhos, para deixarem publicamente de salvar suas preciosas aparências e, em vez disso, salvarem a sua. É pedir muito, e espero que não precise arriscar-se a isso.

O tenente Manion pegou a piteira Ming e analisou-a cuidadosamente, como se fosse pela primeira vez.

— O que recomenda, então? — perguntou.

Era uma boa pergunta.

— Até agora não sei. Por enquanto, estou tentando impressioná-lo com a importância, com a crua necessidade, de encontrarmos uma defesa legal válida, se é que existe alguma, além da "lei não escrita" à qual tão fervorosamente deseja agarrar-se. Ponha as coisas nos seguintes termos: o que Barney Quill possa ter feito à sua esposa antes de o senhor matá-lo pode apresentar uma condição favorável, um clima equitativo, para uma possível absolvição por parte do júri. Mas apenas isso simplesmente não é suficiente. — Fiz uma pausa. — Seja como for, não é suficiente para Paul Biegler.

— Quer dizer que deseja encontrar uma maneira de dar aos jurados algum gancho legal decentemente plausível para pendurarem seu veredicto, de modo que me absolvam e, mesmo assim, salvem as aparências?

Meu cliente estava reagindo maravilhosamente à preleção.

— Precisamente — afirmei, e apressei-me a acrescentar: — Se terá essa defesa, claro, ainda precisaremos verificar. Mas espero, tenente, ter mostrado ao senhor como é vital encontrar uma, se existir.

— Acho que mostrou, advogado — disse ele, vagarosamente. — Acho que agora de fato mostrou. — Fez uma pausa. — Diga-me, diga-me mais a respeito dessa história de justificativa ou desculpa. Perdoe — acrescentou, sorrindo levemente —, quero dizer justificativa ou desculpa *legal*.

— Primeiro, tenho de telefonar para meu escritório — eu disse, levantando-me. — Isso também me dará uma chance de refletir um pouco. Já faz algum tempo que não me atualizo em questões de assassinato.

Capítulo 6

Voltei para meu cliente e preparado para continuar. Os sinais eram bons: pela primeira vez ele estava fumando *sem* a piteira Ming.

— Exploraremos agora o tema absorvente da justificativa ou desculpa legal — expliquei.

— Pode atirar quando estiver pronto, capitão — disse o tenente.

Olhei esperançosamente para o sujeito. Será que ele, por mais difícil que parecesse, tinha um mínimo de senso de humor?

— Bem, vejamos a autodefesa — comecei. — É o exemplo clássico de homicídio justificável. Na base do que até agora ouvi e li sobre seu caso, acho que não precisamos nos ater muito a isso. O que pensa?

— Talvez não — admitiu o tenente Manion. — Por enquanto, deixaremos isso de lado.

— Sim — respondi, secamente. — Depois, há a defesa da habitação, defesa da propriedade e defesa dos parentes ou amigos. Ora, há mais ramificações dessas defesas do que as pulgas de um cachorro, mas não as exploraremos agora. Já lhe expliquei extensamente por que não acho que possa invocar a possível defesa da sua esposa. Quando matou Quill, a necessidade que ela teve de defesa já havia passado. É bastante simples a questão.

— Continue — pediu o tenente Manion, franzindo a testa.

— Depois vem a defesa de um homicídio cometido para impedir um delito grave: digamos que o senhor está sendo roubado; para impedir a fuga do delinquente, ou o senhor o alcançou e ele está tentando fugir, ou, na verdade, já escapou.

A essa altura, fiz uma pausa e pisquei os olhos, pensativamente. Uma minúscula ideia batia de leve na porta dos fundos da minha mente.

Vejamos... Não seria verdadeiro que, se Barney Quill de fato estuprara Laura Manion, *ele* seria um delinquente à solta, na ocasião em que foi morto a tiros? A ideia continuava a bater de leve. Mas e daí, e daí?

— Humm... — murmurei. Valia a pena refletir.

Os olhos do tenente brilharam e penetraram nos meus.

— Quem ou o que o senhor está vendo? — perguntou.

Tornava-se cada vez mais claro que aquele soldado não era nenhum idiota.

— Nada — menti, desembaraçadamente. — Nada mesmo.

O aluno seguia adiante do palestrante, e assim não funcionaria nunca. E, mesmo que minha ideia pudesse entrar no quadro final da defesa, senti que não era o momento de tentar encaixá-la.

— Eu estava apenas pensando — concluí.

— Sim — disse o tenente Manion. — O senhor estava apenas pensando. — Ele sorriu, de leve. — Continue, então; quais são algumas das outras justificativas ou desculpas legais?

— Há a complicada e dúbia defesa da embriaguez. Pessoalmente, jamais a vi alcançar êxito. Mas, como o senhor não estava bêbado quando atirou em Quill, felizmente não partiremos para isso. Ou será que estava?

— Estava inteiramente sóbrio. Por favor, continue.

— E então, afinal, há a defesa da insanidade. — Fiz uma pausa e falei de forma repentina e digna: — Ora, isso mais ou menos encerra a lista.

Levantei-me, como se me preparasse para sair.

— Diga-me mais.

— Não há mais. — Caminhei vagarosamente de um lado para outro da sala.

— Quero dizer, sobre a insanidade.

— Ah, insanidade — eu disse, fingindo surpresa. Era como atrair com um arenque uma foca treinada. — Ora, a insanidade, quando provada, é uma completa defesa para o assassinato. Não justifica legalmente o assassinato, como a autodefesa, digamos, mas o desculpa, de certa forma. — O palestrante estava acertando o passo. Também estava no final da pista. — Nossa lei exige que um assassinato passível de punição, na verdade qualquer crime, deve ser cometido por um ser humano sapiente, capaz, como a lei insiste, de distinguir entre o certo e o errado. Se um homem é insano, legalmente insano, o ato de homicídio ainda pode ser assassinato, mas a lei desculpa o perpetrador.

O tenente Manion estava sentado ereto, agora, muito quieto e ereto.

— ... e esse... esse perpetrador, o que acontece com ele, se for... se for desculpado?

— Segundo a lei de Michigan, como a de muitos outros estados, se for absolvido de assassinato com base em insanidade, determina-se que seja enviado para um hospital para os criminalmente insanos até ser declarado são.

Tamborilei os dedos na escrivaninha do xerife e dei uma olhada em meu relógio, o quadro de um homem ansioso para ir embora.

Meu cliente agora corria atrás do cheiro.

— Quanto tempo demora para tirá-lo de lá?

— De onde? — perguntei, inocentemente.

— Desse asilo de loucos!

— Ah, quer dizer onde um homem alega que estava louco na ocasião do delito, mas está são na ocasião do julgamento e da sua possível absolvição?

— Exatamente.

— Não sei — eu disse, acariciando meu queixo. — Meses, talvez um ano. Na verdade, ele demora um pouco sob exame. Como fui promotor público durante tanto tempo, nunca realmente tive de estudar essa fase dos procedimentos. Mandei-os para lá; tirá-los era problema de outro. E nem sonhei que essa defesa pudesse surgir em seu caso.

Minha ingenuidade era algo excessiva; fora óbvio para mim, com a simples leitura do jornal, na noite da véspera, que a insanidade era a melhor, se não a única, defesa legal que o sujeito tinha. E ali eu apenas fechara todas as outras portinholas de fuga e lhe dissera que aquela era a última. Só um cretino poderia tê-la ignorado, e eu estava rapidamente aprendendo que o tenente Manion não era nenhum cretino.

— Diga-me mais — falou tranquilamente o tenente Manion.

— Posso acrescentar que a lei que exige que as pessoas absolvidas sob a alegação de insanidade sejam afastadas tem como objetivo desencorajar falsas alegações de insanidade em casos criminais.

— É?

— Então, o homem que obtiver sucesso invocando a defesa da insanidade está correndo um risco calculado, como quando o senhor arriscou acreditando que o velho tenente alemão estava sozinho atrás da chaminé em ruínas.

Fiz uma pausa e esvaziei meu cachimbo. A preleção estava quase terminada. O resto cabia ao aluno. O tenente olhou para fora da janela. Analisou sua piteira Ming. Fiquei sentado muito quieto. Depois ele me olhou.

— Talvez — disse —, talvez eu estivesse louco.

Muito casualmente:

— Talvez o senhor estivesse louco quando? — perguntei. — Quando atirou no tenente alemão?

— Sabe o que quero dizer. Quando atirei em Barney Quill.

Pensativamente:

— Humm... Por que diz isso?

— Ora, não posso realmente dizer — ele prosseguiu, vagarosamente. — Acho... acho que apaguei mentalmente. Não posso lembrar de nada depois que o vi em pé atrás do bar aquela noite, até voltar para meu *trailer*.

— Quer dizer... quer dizer que não se lembra de ter atirado nele?

Sacudi a cabeça, maravilhado.

— Sim, é o que quero dizer.

— Não se lembra sequer de dirigir para casa?

— Não.

— Não se lembra sequer de ameaçar o barman de Barney, quando ele o seguiu até o lado de fora, depois dos tiros, como o jornal disse que o senhor fez? — Fiz uma pausa e prendi a respiração. — Não se lembra de ter dito a ele: "Quer levar também, cara?"

Os olhos escuros, em lenta combustão, piscaram quase imperceptivelmente.

— Não, de nada.

— Ah, meu Deus — eu disse, piscando os olhos, a contemplar a maravilha de tudo aquilo. — Talvez você tenha algo que vale a pena aí.

A preleção terminara; eu descrevera a lei para meu cliente; e agora ele me dissera coisas que possibilitavam um recurso à defesa da insanidade. Tudo fora feito com espelhos. Ou, antes, com martelos acolchoados. Faltava apenas encaixar as peças. Eu tentaria fazer isso da forma mais rápida possível.

Virei-me e olhei para fora, através da vidraça suja de fuligem.

— Deixe-me pensar um minuto — pedi.

Depois, virei-me e estudei a barata empalada. Está certo, pensei — talvez meu cliente estivesse louco quando atirou em Barney Quill. Talvez ele estivesse totalmente louco, e talvez tenha apagado mentalmente e não se lembre de nada. Até aqui, tudo bem. Mas havia uma falha, um pequeno espinho nessa história de insanidade, e era preciso que fosse considerada, e depressa. E não era melhor encará-la agora, antes que eu me comprometesse com o caso, do que mais tarde, sob as fortes luzes da sala do tribunal? Tornei a me virar para meu cliente.

— Ouça, tenente. Espere um minuto. Vou fazer uma pergunta difícil... Talvez o senhor estivesse insano. Talvez não se lembrasse de nada. Mas o senhor e o jornal concordam numa coisa. Ambos me dizem que, logo após voltar para o estacionamento do *trailer*, tendo já atirado em Barney Quill, o senhor acordou o vigia do lugar e lhe disse: "Acabei de atirar em Barney Quill." Isso está correto? Novamente prendi a respiração.

Acho que ele percebeu as implicações, mas respondeu com bastante firmeza.

— Está certo — ele respondeu, porque era preciso, não havia nenhuma outra resposta, nenhuma fuga; ele já estava comprometido com aquilo muito além do ponto de não retorno.

De forma vagarosa, descontraída:

— Muito bem, tenente. Diga-me agora como poderia ter contado ao vigia que acabara de disparar em Barney Quill se realmente tivesse apagado mentalmente e não se lembrasse de nada? *Quem lhe contou?*

— Ora — ele começou. Depois parou e fechou os olhos. Estava bloqueado. Era a primeira vez em que o via realmente às cegas. O silêncio continuou. Estaria eu, imaginei, entrando numa daquelas situações típicas de ex-promotor, do tipo não conformado que sempre pode encontrar mais motivos para condenar seus clientes do que para absolvê-los?

— Vamos, vamos, tenente — eu disse. — Pense.

Impacientemente, com o lábio inferior ainda projetado:

— Estou pensando! Estou tentando lembrar, que diabo.

Fiquei satisfeito por não haver um júri observando-o durante o processo. Também me ocorreu que ele devia ter sido uma criança encantadora.

— Vamos, agora, homem — insisti. — O que poderia, possivelmente, tê-lo levado a dizer ao vigia que acabara de disparar em Barney se é verdade que você não se lembrava disso?

Ele falou rapidamente, aos arrancos.

— Está bem... Está voltando... Barney Quill foi o último homem que eu vi, antes de apagar... Na verdade, o rosto dele foi o único que eu vi naquele maldito lugar... Minha arma... Sabia, quando entrei na sala do bar, que o pente de balas da minha Lüger estava carregado. Quando voltei para meu *trailer*, vi que estava vazio. Há uma coisa que surge de repente... — Ele atirou as mãos para a frente. — Não entende?

Percebi que eu *devia* tê-lo assassinado, foi tudo. Então fui até o vigia e lhe contei que tinha feito isso. — Fez uma pausa e ergueu os olhos para mim como uma criança que acabou de recitar seu poema de Natal. Será que tinha se saído bem?

Era a única explicação plausível que ele poderia ter dado.

— Entendo — eu disse, pensativamente. — Então foi assim?

Mas, como burro velho que eu era, ansiei por ser um promotor público e estar diante de uma resposta daquelas. Seria um prazer acabar com aquele sujeito.

— Entendo — repeti. Até aquele momento, senti, aquela era a maior falha, o maior obstáculo para uma alegação bem-sucedida de insanidade. Ela também exigiria alguma reflexão.

Dei uma olhada em meu relógio e me levantei. Afinal, eu não pescava já fazia dois dias inteiros.

— É o bastante por hoje — eu disse. — A aula terminou. Vejo o senhor novamente amanhã.

— Aceitará meu caso?

— Ainda não sei. Entre outras coisas, tenente, ainda há a pequena questão dos meus honorários.

— Eu temia isso.

Eu estava à porta do xerife.

— Bem, verei o senhor amanhã — falei.

— Apenas mais uma pergunta — pediu o tenente.

— Sou seu escravo, mas apenas por um minuto — insisti. — Diga lá.

— Como nos estamos saindo?

— Nada mais agora, tenente — eu disse, sorrindo. — Ambos tivemos um dia atarefado. Arriscarei o seguinte: acho que talvez estejamos descobrindo um caminho para salvar alguma coisa das aparências para alguém. Entende, salvar as aparências é uma das mais importantes e menos comentadas "defesas" conhecidas para a lei criminal.

— O que eu disse ao vigia não estragará as coisas, não é?

— Não sei. Não podemos ter tudo, camarada. Acrescentarei apenas o seguinte: se o júri realmente quiser considerá-lo louco, se quiser liberá-lo, não haverá nada neste mundo que os detenha. Agora, até logo. Tenho trabalho para fazer — virei-me para ir embora.

— Boa-noite, sr. Biegler — cumprimentou o tenente. — Espero que tenha uma boa pescaria.

Dei meia-volta.

— Que diabo, como sabia disso?

Sorrindo:

— Vi sua vara e os apetrechos de pesca em seu carro da janela da minha cela. Não creio que os tivesse deixado cozinhando o dia inteiro no sol, a menos que fosse diretamente pescar ao sair daqui.

Aquele pobre homem era louco; louco como uma raposa.

— Obrigado — eu disse, com um sorriso envergonhado.

A preleção terminara. Meu inteligente tenente tinha passado triunfalmente. Também suspeitei que, algumas vezes, talvez minha ágil raposa estivesse vários pulos à minha frente.

Capítulo 7

Aquela noite, dormi mal. Um advogado apanhado nas labutas de um caso de assassinato é como um homem recém-apaixonado: seu envolvimento é total. Tudo a respeito do que ele pode pensar, falar, refletir, sonhar é o caso, seu lindo, nojento, maldito caso. Seja pescando, barbeando-se ou até tendo relações sexuais, ele está sempre ali, o pulsante eterno insistente pam pam do seu caso. Infelizmente, é verdade: o amoroso apaixonado e o advogado no caso criminal partilham igualmente uma das experiências mais singulares, desnorteantes, deliciosas, frustrantes, estimulantes, cansativas, intrigantes conhecidas pelo homem. E parecia que eu estava rapidamente me "apaixonando."

— Bom-dia, sr. funcionário — eu disse a Sulo. — Há um tenente Manion ainda registrado aqui? Ou será que já se retirou?

Eu usava a mesma velha brincadeira com Sulo há dez anos e nunca deixava de afetá-lo. Não falhou naquele momento. Pois Sulo era da velha escola; velhas piadas para ele eram como queijos velhos: seu próprio bolor parecia fazer com que ele gostasse incomparavelmente delas. Na verdade, eu o deixei às gargalhadas; nós dois éramos ruins demais para aparecer na televisão; Sulo era o protótipo do sujeito certinho.

— Essa é boa, Polly — arquejou Sulo, quando se recuperou em parte. Ainda rindo, estendeu a mão para sua grande chave de latão. — Há, há, há. .. Vou pegar o seu soldado. Hé, hé... Pode usar o escritório do xerife, se quiser. Ele está fazendo uma patrulha rodoviária.

Era tranquilizador saber que o incansável sabujo que era o xerife já estava cumprindo sua missão de acabar com a criminalidade. Também me dava uma oportunidade de ter uma conversa tranquila com Sulo.

— Sente-se aqui um minuto Sulo — eu disse. — Há muito tempo não temos uma conversinha. — Senti-me como um corretor de seguros paparicando um potencial cliente importante. — Diga lá, como vai seu lumbago?

— Claro, claro, claro — disse Sulo, sentando-se, agradecido, debaixo do retrato do homem cobiçado pelo FBI.

— Diga, Sulo — falei, antes que ele pudesse lançar-se na saga do seu lumbago. — Será que estava em serviço na noite em que trouxeram para cá o tenente Manion? Você ainda está sempre durante o dia, não é?

— Claro, pode apostar, Polly, sempre durante o dia. Estou velho demais agora para trabalhar de noite.

— Humm... O tenente Manion quer me contratar para ser seu advogado, Sulo. Mas não sei, não sei. — Ponderei o problema com meu velho amigo. — Vejamos, que tipo de mulher é a esposa dele?

Sulo se animou, visivelmente.

— Ah, uma senhora simpática, uma senhora muito simpática. — Sacudiu a cabeça, apreciativamente. — Com boa aparência, também, mesmo com aqueles olhos roxos. — Sulo piscou e levou ambos os braços através do peito, formando uma abrupta meia-lua. — Recheada de curvas, também. Cara, ah, cara, parecendo aquela, como é que vocês chama, Maryland Monroe...

— Olha só, Sulo, seu bode velho — repreendi-o. — E não se anime muito. Lembre-se do que aconteceu com Barney Quill.

Perdi Sulo, ele estava fora de si novamente, bêbado de risadas, e, enquanto esperava que ele voltasse ao normal, refleti como eu era um sujeito cheio de consideração e democrático, passando aquele período do dia com meu velho ex-companheiro, mesmo ocupado do jeito como eu estava. O pensamento me deu uma sensação agradável. Também me ocorreu como era um truque sujo estar sentado ali tentando extrair alguma coisa daquele velho carcereiro amável e inocente. Até que ponto podia chegar um homem, no engenho e na traição? E tudo para salvar a pele de um sujeito que, em termos de honra e dignidade simples, e das virtudes básicas, provavelmente não merecia engraxar os sapatos de Sulo. Mas será que eu estava fazendo o mínimo que fosse por causa do tenente Manion? Não era, realmente, tudo para Polly Biegler? De qualquer jeito, o mínimo que eu podia fazer era ser franco com meu velho amigo.

Sulo se recuperara e estava apalpando a base de suas costas, prelúdio certo para um relato detalhado do seu lumbago.

— Escute, Sulo — falei, desviando-o disso —, preciso lhe fazer uma pergunta, uma única pergunta simples. Se não souber a resposta, tudo bem, pode dizer. Se souber e não quiser me dizer, também tudo bem. Está certo?

— Diga lá, Polly — respondeu Sulo, sobriamente.

— Sabe se Barney Quill estuprou mesmo Laura Manion?

Sulo me examinou firmemente, com seus olhos azuis desbotados. Desviou os olhos e voltou a me olhar.

— Você pergunta a *mim*, Polly? — disse ele, dando de ombros evasivamente. — Como posso saber... eu estava em casa, na cama. Por que não pergunta àquela senhora? Ela estava lá.

Ficamos sentados em silêncio. Sulo agora sabia claramente que eu procurava arrancar dele alguma coisa, mas pelo menos eu fora franco com ele. Desembrulhei um charuto e mastiguei uma ponta, mas não o acendi. Tinha de ser mais sincero ainda.

— Não me diga se não quiser, Sulo — afirmei. — Não quero magoar ou envolver você por nada deste mundo. Mas preciso decidir se vou aceitar o caso, tenho de saber hoje, esta manhã, dentro de alguns minutos. E, se eu o pegar, quero ganhá-lo, é muito importante para mim e também para o tenente. E, se eu puder realmente saber se Barney estuprou aquela mulher, acho que talvez possa ganhá-lo. — Fiz uma pausa. — Preciso de informações confidenciais.

Sulo lançou uma olhada furtiva em torno da sala.

— Acho que talvez ele tenha mesmo estuprado ela — disse, tranquilamente.

A maneira como ele pronunciou a palavra "estupro" não me pareceu confiável.

— Que é que você sabe?

— Aquele detector de mentiras diz que ela falou a verdade — disse Sulo.

— Tem certeza, quero dizer, sobre os resultados do detector de mentiras, Sulo? — insisti. — Preciso ter certeza.

— A polícia estadual disse ao xerife, o xerife me contou — disse Sulo, simplesmente. — É verdade, Polly. Eu não mentiria para você.

— Obrigado, Sulo — eu disse rapidamente, pegando na mão dele. — É tudo que quero saber. Já me sinto melhor, muito melhor. Acho que pode ir pegar o tenente, agora.

— Claro, claro, claro — concordou Sulo, abrindo e batendo com um estrépito a porta de ferro e se trancando lá dentro. Fez uma pausa do outro lado e me encarou pensativamente através das grades. Sorriu de leve. — Obrigado, Polly — agradeceu ele, secamente. — Meu lumbago, obrigado, vai melhorar, melhorar muito. — Virou-se e seguiu para o andar de cima, arrastando os pés e rindo sozinho. Bom e velho Sulo, bom e velho lumbago.

Exatamente como um advogado não precisa amar seu cliente para representá-lo adequadamente, da mesma forma ele não tem necessariamente de acreditar em sua inocência moral ou legal. Mas algumas vezes isso ajuda, e ajudava, naquele momento; senti-me muito aliviado por ter tido aquela conversinha com Sulo. Então o detector de mentiras mostrara que ela dizia a verdade, não era? E a promotoria iria escamotear o resultado? Se pretendiam fazer isso, como eu ia colocá-lo diante do júri? Especialmente porque o resultado desses testes era, em qualquer caso, inadmissível no tribunal. Ora, eu precisaria enfrentar essa dor de cabeça mais tarde...

Sulo me dissera mais do que percebia, muito mais. Essa era, na verdade, a primeira grande abertura no caso. Pois agora eu não apenas tinha a confirmação de que a mulher fora estuprada, por mais importante que isso fosse, mas também a de que toda a história que ela contara era substancialmente verdadeira. Sabia, por experiência própria, que, durante o teste com o polígrafo, a polícia estadual inteira abordaria todos os detalhes do caso com ela: os acontecimentos anteriores ao estupro, o estupro em si e a cena, mais tarde, no estacionamento dos *trailers*, onde Barney, segundo as declarações, a espancara. E essa última parte absolveria meu cliente de qualquer suspeita que restasse do fato de ele próprio a ter espancado, num acesso de raiva, por ciúme. Isso tendia a confirmar a verdade da história do tenente Manion sobre seus movimentos após sua esposa ter chegado ao *trailer.* Agora, eu não apenas sabia que essas coisas eram verdadeiras, mas sabia que os acusadores também sabiam. Embora tudo isso ainda não proporcionasse ao tenente Manion uma defesa legal completa, eu agora sabia o que a promotoria sabia e, o que talvez fosse igualmente importante, sabia, além disso, que eles não sabiam que eu sabia. Era tudo um pouco complicado, e eu não tinha certeza ainda para onde conduziria. Talvez eu pudesse induzir os acusadores a tentarem esconder o resultado... Ouvi o estrépito e o rangido da porta de ferro.

— Bom-dia, sr. Biegler — disse a familiar voz zombeteira.

— Ah, é o senhor, tenente Manion. Bom-dia.

— O senhor parece mergulhado em pensamentos, esta manhã.

Farejei o ar, como um cão lebreiro.

— Apenas um coma incipiente, induzido por asfixia parcial. — Levantei-me e estendi a mão em direção à porta da sala do xerife. — Vamos para o salão lilás, a fim de continuar? Logo me recuperarei.

— O senhor na frente, advogado, o senhor na frente — respondeu o tenente, gravemente.

— Ah, obrigado, tenente.

Eu fizera Sulo ter outro acesso de riso, e nós o deixamos estrangulado e ferido em sua cadeira, debaixo do delinquente procurado.

— Hé, hé, hé...

Fiquei tocado. Bom e velho Sulo; com lumbago e tudo, ele ainda apreciava seu velho ex-promotor público.

— Tenente Manion — eu disse, encarando-o —, decidi aceitar seu caso.

— Ótimo, ótimo. Quanto cobra?

— Três mil. O preço é justo?

— É justo. Até achei que podia ser mais.

— Talvez seja melhor eu cobrar mais, então. Quero sempre deixar meus clientes satisfeitos.

— Estou realmente satisfeito. Três mil é um preço justo e razoável.

— Ótimo. Quando pode pagar?

— Terá de ser mais tarde. Exatamente agora estou quebrado.

— O *quê*!

— Estou quebrado. Neste momento, eu não poderia pagar-lhe nem três dólares.

— Pode elevar isso?

— Não.

— E o *trailer*?

— Tanto ele quanto meu carro estão inteiramente hipotecados.

— E seus parentes? Todo mundo tem um tio rico.

— Não tenho nenhum tio, rico ou pobre. Meus pais estão ambos mortos. Meu único parente próximo é uma irmã casada, que mora em Dubuque. Ela e o marido *me* devem dinheiro. Têm quatro filhos e uma hipoteca.

— Você parece nascido de uma cepa hipotecada — eu disse. — Ouça, Manion, por que me chamou até aqui se sabia que não podia me pagar? Achou que talvez eu dirigisse um departamento legal de ajuda a veteranos?

— Precisava de um advogado, e queria o melhor.

— Quer dizer, o segundo melhor, não é? Ou se esqueceu daquela eminente autoridade em lei não escrita, o velho Crocker?

O tenente deu de ombros e me olhou firmemente.

— Ora — disse ele, devagar —, se não quiser me representar, acho que terei de tentar outra pessoa.

Olhei-o fixamente. Seria possível que aquele homem sentisse que, àquela altura, eu quase *lhe* teria pagado para ficar no caso?

— Deixou-me desperdiçar todo um maldito dia, quando sabia o tempo inteiro que não podia me pagar — falei, esforçando-me para fingir aborrecimento.

— O senhor não me perguntou — afirmou.

O sujeito tinha me pegado. Não se esperaria que ele soubesse que qualquer advogado meio decente dificilmente discutiria seus honorários antes de saber se queria entrar num caso. Ao mesmo tempo, porém, eu poderia tê-lo sondado um pouquinho sobre suas condições financeiras em geral quando o encontrei pela primeira vez, na manhã da véspera. E, provavelmente, deveria ter feito isso. Por que não encarei o assunto? Não era a solene verdade que eu suspeitara o tempo inteiro que ele não tinha dinheiro nenhum, como Maida me avisara, e deliberadamente adiara uma pergunta a respeito, até ser tarde demais, até eu estar irremediavelmente envolvido? Quanto a Maida, como eu algum dia ajeitaria a situação com ela, em face do nosso depauperado talão de cheques? O pensamento me fez sorrir.

— Ouça, Manion — indaguei. — Quanto pode pagar-me, e quando?

— Posso pagar-lhe 150 dólares de entrada, na próxima semana. É dia de pagamento.

— Percebe, claro, que se aceitar isso eu... eu estou contratado durante todo o processo?

Friamente:

— Sim. Por isso estou oferecendo o dinheiro.

Havia uma espécie de franqueza envolvente naquele pirata frio.

— Quando pode pagar-me o resto?

— Não sei. Se for absolvido, eu lhe darei uma promissória, e posso pagar isso em um mês.

— As famosas últimas palavras — afirmou. — E supondo que seja condenado?

— Então acho que ambos perdemos. Mas esse não é outro dos riscos calculados... como alegar insanidade?

Chato filho da puta... Eu tinha de tentar mais uma vez, por causa de Maida.

— E se eu disser que só pegarei seu caso quando você me pagar metade dos honorários?

Dando de ombros:

— Terei apenas, com pesar, de conseguir outra pessoa, infelizmente.

— O senhor se arriscaria a isso? Realmente se arriscaria?

Sorrindo de leve:

— Tenho minha defesa legal agora, não é? Eu estava louco, não estava? Como poderia perder?

Agora eu recebia a preleção às avessas. Olhei atentamente, com admiração, para o sujeito, para aquele astuto apostador filho da puta caloteiro. Inevitavelmente, ele me forçava a entrar na dele, e eu estava moralmente certo de que ele agora sabia que eu tinha de pegar aquele caso. O momento da decisão se achava diante de mim; eu iria pescar ou então trabalhar. Respirei fundo e segurei a barra, com toda a dor.

— Tenente Manion — eu disse, estendendo a mão —, o senhor tem um advogado. E parece que tenho um cliente. Agora, vamos trabalhar. Temos muito trabalho pela frente.

Ele apertou minha mão.

— É um prazer, advogado. Por onde começamos? O senhor terá de me dizer, como sabe. Lembre-se, estive doente e estou recobrando minhas faculdades mentais.

— Suas faculdades mentais funcionarão muito bem. Primeiro, vamos sair e ver Sulo. Quero discutir com ele a possibilidade de conversarmos do lado de fora, em meu carro. O fedor deste lugar está me deixando abatido. Mesmo com a promessa dos três mil, não creio que possa aguentá-lo por muito tempo.

Segurei a porta aberta para meu cliente. Encontramos Sulo cabeceando em sua cadeira, e fiquei em dúvida se o acordaria.

Capítulo 8

A PORTA EXTERNA DA CADEIA se abriu e entrou sem fazer ruído um sujeito que parecia vindo diretamente do filme *Matar ou morrer.* Seu grande chapéu de feltro, do tipo que se compra pelo correio, estava empurrado para trás em sua testa suada; a camisa de gabardina, primorosamente cortada e cosida, com cascatas de botões de madrepérola nos bolsos e punhos com formatos especiais, estava negligentemente aberta na garganta bronzeada, da qual pendiam dois cordões presos por um fecho redondo de prata, do tamanho de uma moeda de um dólar, tendo gravada, em vez da palavra Justiça, ou Liberdade, a imagem de um potro xucro corcoveando. As calças bem talhadas achavam-se descuidadamente enfiadas dentro dos canos das botas poeirentas e feitas à mão, sem cadarços, e tudo o que faltava a ele, eu vi, era uma etiqueta Bull Durham dançando em cima do seu coração.

"Há 87 anos," descobri-me perversamente pensando, "caiu sobre este continente uma antiga tempestade de poeira, em consequência da qual toda a província do velho Texas foi erguida e atirada pelos ares, onde se manteve magicamente suspensa durante todos estes anos. Mas vejam só, no dia de hoje, que Deus nos proteja, ela foi despejada em cima destas distantes margens do Lago Superior. Iiiipiiii! Hurra!"

Era um momento solene, e contive um impulso de me ajoelhar. O xerife Max Battisfore estava de volta, afinal, da patrulha rodoviária. Seus penetrantes olhos cinzentos examinaram agitadamente a sala. Encontraram-se com os meus e se iluminaram de alegria; podia-se perceber neles o próprio brilho da satisfação.

— Ora, olá, Paul — ele tomou minha mão entre as suas e me olhou diretamente nos olhos. — Mas ora se não é o meu ex-promotor público favorito! Em pessoa, não num filme. Como vai meu velho camarada? Há quanto tempo a gente não se vê. Será que o velho Sulo, ali, está tratando bem você e o tenente?

Ele deu palmadas em meu ombro e continuou apertando minha mão. O xerife mudara muito, percebi: desenvolvera um talento impetuoso e irresistível para a camaradagem; fazia a pessoa sentir-se — hesitei em busca das palavras — terrivelmente *querida*. Podemos pertencer a partidos políticos opostos, sua atitude parecia dizer, mas a verdadeira amizade é algo maior e melhor do que um mero partido.

— Como vai, velho vaqueiro? — continuou ele, cutucando-me brincalhonamente nas costelas.

— Estou ótimo, obrigado, Max — respondi, sorrindo e saindo fora do seu alcance. — Realmente ótimo. E você, como vai?

— Ah, ótimo, ótimo. Algum telefonema, Sulo? Ah, em meu bloco... Sim, Polly, sinto-me no céu. Se me sentisse um pouquinho melhor, Sulo aí teria de me trancar numa das minhas próprias celas. — Fez uma pausa, enquanto Sulo, obedientemente, ria alto. Queijo mofado, piadas mofadas... — Diga-me, cara, e você, como é que vai?

— Estou ótimo, Max — repeti sobriamente, e, como a preocupação de Max com minha saúde fora duplamente aliviada e registrada, acrescentei: — Se tiver um minuto, gostaria de ter bater um papinho com você.

— Claro, claro, Polly. Venha por aqui. — Conduziu-me para seu escritório e curvou-se sobre um bloco de notas em cima da sua escrivaninha. Chamou Sulo. — Telefone para a patroa, Sulo, e diga a ela que tenho aquele jantar que dará início ao Baú da Comunidade esta noite, depois o do Amvets, depois o bilhar... Feche a porta, Polly, e se sente. Fique à vontade. Há quanto tempo a gente não se vê. Diga-me, por que diabo... ahn, quer um cigarro?

Gesticulei com o toco de um charuto.

— Não, obrigado, Max, ainda sou fiel a estes baseados italianos, ainda fumo a maconha dos pobres.

O xerife abanou a cabeça.

— Ainda o mesmo velho piadista também, Polly. Deus do céu, como é bom ver você, cara. Como se sente, quero dizer, como está se sentindo, de fato?

— Ouça, Max — eu disse, tomando coragem —, quais foram os resultados do teste com o detector de mentiras feitos com Laura Manion?

Segurei meu isqueiro suspenso diante do meu charuto apagado. A chama queimou meu dedo.

— Ah, isso — respondeu o xerife, sem fazer nenhuma pausa. — O velho e matreiro ex-promotor público. Lembra-se daqueles bons velhos tempos, Polly? Você já sabe que a polícia estadual fez aquele teste. Eles fizeram o teste, eles têm os resultados. — Pôs rapidamente uma mão confiante em meu joelho. — Deve lembrar-se de como eles sempre foram ciumentos das suas prerrogativas. — Fez, judiciosamente, um sinal afirmativo com a cabeça. — Ora, Polly, ainda são. Ciumentos como diabo. Então, não seria melhor para você, em todos os sentidos, perguntar a eles? — Novamente, olhou para o bloco em cima da sua escrivaninha. — Ligar para a telefonista Onze, em Detroit — murmurou, distraidamente. — Rapaz, Polly, como é bom ver você. Diga-me, cara, que diabo, como é que você está?

— Acho que talvez tenha razão, Max — admiti, a contragosto, levantando-me. — É coisa deles, é melhor eu perguntar a eles. — Fiz uma pausa, refletindo, em voz alta, sobre o problema. — Mas do que adianta perguntar a eles? Provavelmente não me dirão, e, de qualquer jeito, os resultados não serviriam no tribunal. Eu também podia confiar. Acho que vou deixar isso para lá — disse, resolutamente. — Sim, acho que posso simplesmente deixar tudo de lado. Só complica a questão. O teste com o detector de mentiras que vá para o diabo. — Apertei a mão livre do xerife. Ele agarrara o telefone com a outra. — Obrigado, Max — eu disse. — Desculpe ter incomodado você.

— A qualquer hora que quiser, Polly. Há tanto tempo que a gente não se via. Rapaz, como é bom ver você, seu vaqueiro velho... Alô, telefonista, aqui é o xerife Battisfore. Ligue-me com a telefonista Onze, em Detroit. Certo, querida, mais ou menos há uma hora... Sim, queridinha, por você eu espero eternamente...

Max estava em pé, sua silhueta recortada contra a parede de fotografias emolduradas. Pela primeira vez, ocorreu-me que não havia nenhuma foto que o mostrasse perseguindo delinquentes ou fazendo uma prisão, na verdade nenhuma mostrando o sujeito no simples ato de ser um xerife... Apesar disso, achei a cena impressionante, era como se alguém há muito tempo lesse e visse nos jornais cinematográficos e na TV um personagem fabuloso — e, de repente, tivesse o privilégio de se achar diante dele, e o encontrasse descontraído e amável, no calor íntimo do seu próprio lar. Essa pessoa jamais percebera de fato que notável personalidade o sujeito era.

— Apenas mais uma coisa, Max — eu disse. — Eu ia exatamente perguntar a Sulo a respeito, mas talvez seja melhor perguntar ao chefe em pessoa. Estou no caso Manion, agora, e ele e eu teremos muita coisa sobre que conversar. — Fiz uma pausa, modestamente. — Haverá muita coisa a fazer, também, e faltam apenas três semanas para o julgamento — expliquei.

— Naturalmente — respondeu o xerife. — E ele contratou um dos melhores advogados, Polly. O melhor mesmo, em minha opinião.

— Obrigado, Max — eu disse. Estava encontrando dificuldade para chegar ao assunto. — Ora, o condado ainda não lhe forneceu uma sala de conferências na prisão, e detesto estar atravancando seu escritório e ser um estorvo o tempo inteiro. Entendo que você tem o seu trabalho para fazer.

— Sim? — disse o xerife, prestimosamente.

— Bem, eu estava imaginando se o tenente e eu não poderíamos, vez por outra, nos sentarmos lá fora, em meu carro, quando seu escritório estiver sendo utilizado, quero dizer. Assim, poderíamos conversar sem interrupção, privadamente; e, ao mesmo tempo, não o incomodaríamos.

— Assim também, pensei, esperançosamente, poderíamos, de vez em quando, respirar sem sofrer.

— Humm... — disse o xerife. Franziu os lábios, fechou os olhos e balançou a cabeça. — Humm... — Deu-me uma rápida olhada. — Há sempre a cela dele, Polly — disse, pensativamente. Fiquei em completo silêncio. — Humm... — repetiu o xerife, olhando-me outra vez, de esguelha, e era engraçado acompanhar sua astuta avaliação dos ângulos, sua análise dos fatores, sim, como se contasse os votos. O que pensaria ele? Poderia ou não ser dessa maneira? Assassinato é um delito que não admitia fiança, não é, e Manion, com certeza, não pode estar do lado de fora, a não ser sob custódia, não é? Poderiam surgir críticas, críticas negativas também, e se o maldito idiota fugisse, escapasse, podia ser um suicídio político. Mas Biegler é um velho companheiro, uma velha raposa, não é? E, ahn, figura de certa importância em seu partido também, e com certeza advertiria ao seu tenente que estaria frito se tentasse qualquer coisa. E Polly não se esqueceria desse favor, não é? E o tenente era um veterano de duas guerras, e o pobre velho Barney Quill não era, e claro que tudo *isso* não tem nada a ver com o caso, mas...

— Humm... — o xerife refletia, balançando a cabeça.

— Talvez seja melhor eu deixar isso de lado, Max — eu disse. — Talvez as pessoas digam que, pelo fato de você próprio ser um veterano tão ativo, está favorecendo os veteranos de guerra. Talvez até os veteranos caiam em cima de você, por se arriscar com um companheiro veterano, um sujeito que ousou tocar o dedo num homem que talvez tivesse estuprado e espancado sua esposa. — Eu transmitira o que esperava que fosse meu argumento definitivo; fiz uma pausa e esperei pelo veredicto do júri.

— Está bem, Polly — concordou o xerife, tranquilamente, de forma quase casual. — Leve-o para fora a hora que quiser. Ele estará sob sua custódia.

— Nada de algemas nem de grilhões? — perguntei.

— Nada de algemas nem de grilhões — respondeu o xerife. — Ele não correria, e, de qualquer forma, você não o deixaria fazer isso, nenhum dos dois pode permitir-se uma coisa dessas.

Era uma análise astuta.

— Obrigado, Max — eu disse.

Havia algo grande no sujeito; o trabalho de ser — e permanecer — xerife não tinha eliminado inteiramente isso. E me senti eufórico, não apenas por escapar ocasionalmente da cadeia, por mais deliciosa que fosse a perspectiva, mais do que isso, eufórico porque a ação do xerife confirmava tacitamente o resultado do teste com o detector de mentiras, porém mais eufórico do que tudo porque aquele cidadão altamente representativo, aquele astuto indicador andante (ou melhor, motorizado) do sentimento da comunidade praticamente me dissera que, pelo menos em sua opinião, a maior simpatia era pelo meu cliente. Tinha mais certeza disso agora do que se Elmo Roper tivesse realizado uma pesquisa de opinião em todo o condado. E, afinal, o júri não passava de um grupo de cidadãos representativos, não era? Se o próprio Max se sentia assim com relação ao meu cliente, então por que eles não se sentiriam da mesma forma? Sim, essa era a segunda grande abertura, no caso. As ações estavam subindo.

— Não me esquecerei disso, Max — afirmou, abrindo a porta.

— Não é nada, absolutamente, Polly — disse o xerife. Esticou o pescoço. — Olá, responda! Entre, Sulo — gritou ele, para além de mim. — Sim, claro, Polly. A qualquer momento que quiser. Meu Deus, que bom ver você com aspecto tão saudável. Está tão bronzeado quanto...

— É a palidez da pesca — esclareci.

— Emagreceu também, não é, Polly? Está tão enxuto quanto... quanto...

— Um índio de charutaria — eu disse. — Qualquer peso que eu tenha perdido, Max — continuei, explorando pesarosamente a área recuada em cima das minhas têmporas —, vem exclusivamente da perda de cabelo. O tempo, como o crime, segue adiante.

— Você me mata, Polly — disse o xerife, rindo, enquanto mudava o receptor para o outro ouvido, clicando o telefone.

Capítulo 9

ERA AGRADÁVEL FICAR sentado do lado de fora, sob o sol quente, sentindo o cheiro forte de agosto do jardim florido da sra. Battisfore, ouvindo o distante zumbido de abelhão provocado pelo trânsito e os cochichos e a barulheira dos prisioneiros bem-comportados, com privilégios (os clientes regulares do xerife, o conjunto convalescente da bebedeira e da desordem do condado) cortando o grande e inclinado gramado do tribunal — e, ociosamente, observando as gaivotas que mergulhavam, mudavam de direção e se erguiam, tão longe, sobre o grande lago cintilante. Fumávamos e observávamos tudo silenciosamente, e pensei, com uma preguiçosa falta de originalidade, que o principal problema do mundo eram as pessoas que vivem nele. Alguém dissera o mesmo de forma mais floreada, se não melhor: "Onde todas as perspectivas agradam, e apenas o homem é vil."

— Precisaremos de um psiquiatra — informou.

— Por quê?

— Para provar sua loucura. A insanidade, tenente, é questão médica, e para nós, a defesa, se quisermos criar uma questão legal relativa ao assunto, precisaremos apresentar o testemunho de especialista atestando que o senhor estava louco. Quando isso for feito, a questão estará criada, e o encargo de eliminar a prova da sua insanidade recai diretamente sobre a acusação. Esse é o nosso problema maior e o mais premente.

— Entendo — anuiu meu cliente. — Então, acho que conseguiremos um psiquiatra. Mas, se é questão médica, será que um médico local não serviria igualmente bem?

— Não, meu amigo, um médico local não serviria, em absoluto. Esses rapazes já estão ocupadíssimos, atendendo à população e tentando manter-se atualizados com os mais recentes remédios miraculosos, e não podem passar para o emaranhado reino da mente. Além disso, a maioria deles não sabe a respeito do assunto nem um pouquinho a mais do que eu ou o senhor.

— É demasiado modesto, advogado. Esqueceu-se de que foi o senhor quem injetou a insanidade nesse caso?

— Não — respondi cuidadosamente. — Apenas lhe disse quais eram as possíveis defesas legais. Foi o senhor quem me contou fatos dos quais se poderia concluir que talvez estivesse louco. — Vi que teria de tapar aquela fenda em minha preleção e mantê-la fechada. — De qualquer jeito, mesmo que fôssemos capazes de encontrar por aqui qualquer médico suficientemente temerário para testemunhar sua insanidade, tudo o que a acusação precisaria fazer, para explodir seu testemunho, era jogar em cima dele um verdadeiro psiquiatra e espatifá-lo, juntamente com sua defesa baseada na insanidade. O senhor entende, os psiquiatras são, simplesmente, uma raça diferente de gatos. Por exemplo, quando simples médicos, advogados e soldados, e gentalha do gênero, vão a uma revista teatral, vão para espiar as pernas e os peitos das moças. Mas não um psiquiatra. Quando um desses sujeitos se digna a assistir a um espetáculo de variedades, *ele* vai observar a plateia. Que diabo, homem, você não pode jogar um mero médico contra um monstro desses.

— Mas como é que a promotoria vai saber?

— Como vai saber o quê?

— Como saberá se vamos chamar um médico ou um psiquiatra, ou até mesmo se vamos alegar insanidade, afinal? Então, como estariam preparados para refutar isso?

Esse meu cliente não era nenhum idiota, e fiquei satisfeito por ele não estar atirando granadas em mim.

— Porque a lei diz que, antes do julgamento, devemos informar à promotoria sobre nossa intenção de alegar insanidade e, ao mesmo tempo, dar os nomes das nossas testemunhas, especialistas ou seja o que forem. Não podemos manter isso em segredo. As alegações de insanidade feitas de surpresa "não são legítimas," diz a lei, sensatamente Temos de informar antecipadamente o que vamos fazer.

— É uma coisa nada científica — disse meu cliente, pensativamente. — Esse negócio de insanidade é muito pouco científico, que diabo.

— Por que diz isso?

— Ora, não podemos provar insanidade sem um médico especialista, o senhor me diz. Mas o senhor e eu já decidimos que eu estava louco, sabemos que vamos alegar insanidade, o senhor me diz que é a única defesa legal que eu tenho. E eu até posso entender isso agora. Em outras palavras, o senhor, um mero advogado, e eu, um soldado tolo, decidimos, entre nós, que eu estava insano, do ponto de vista médico e legal. Tendo decidido isso, devemos agora sair por aí procurando um médico especialista que confirme *nossa* conclusão estabelecida. Mas o senhor me diz que um simples médico clínico não funcionará. — O tenente sacudiu a cabeça. — Tudo isso me parece muito pouco científico.

Aborreceu-me inexplicavelmente ouvir esse sr. Frio meter-se tão alegremente a criticar minha profissão. Tudo bem que um membro da família faça isso, mas um perfeito estranho...

— Tenente — eu disse —, a coisa mais fácil do mundo é um leigo ridicularizar a lei. Os advogados e a lei são alvos fáceis para o ridículo, e sempre foram. O advogado médio pode, durante toda a sua vida, colidir com apenas um pequeno ramo da lei, de que ele entende, mas de forma imperfeita. Ele, em geral, sabe se ganhou ou perdeu. Também talvez se lembre de que Dickens, certa vez, resmungando através do sr. Bumble, chamou a lei de idiotice. Então, para ele, a lei inteira é, dali em diante, uma idiotice, e da noite para o dia ele se torna seu crítico mais severo.

— Mas ainda não a entendo — disse o tenente. — A esse respeito, pelo menos, a lei me parece uma idiotice sem tamanho.

— Admito — concordei. — Mas a questão que quero colocar é a de que, por causa disso, as pessoas não podem impunemente partir para amaldiçoar toda a lei. O senhor, entre todos, é quem mais deveria estar grato por existir a maciça estrutura conhecida como a lei. Acontece que ela representa sua única esperança.

— O que quer dizer? — perguntou o tenente, encolerizando-se.

— Tentarei responder — expliquei. — O sr. Bumble tinha razão apenas em parte. Isso, porque, apesar de todas as suas cambaleantes e trôpegas imbecilidades, a lei, e apenas a lei, é o que impede nossa sociedade de se arrebentar nas costuras, de se tornar uma selva emaranhada. Embora a lei não seja perfeita, ainda não foi encontrado nenhum outro sistema para governar os homens, a não ser a violência. A lei é a válvula de segurança da sociedade, sua maneira mais indolor de alcançar a catarse social; qualquer outro caminho leva à anarquia. Mais precisamente, tenente, em seu caso, a lei é tudo o que impede os parentes de Barney Quill de atacarem isto aqui, de procurarem todos os Manions à vista e atirarem neles. É também o que impediria os Manions de Dubuque, sobrecarregados de hipotecas, de, por sua vez, aparecerem de armas na mão em busca dos Quills; em outras palavras, o que impede a sinuca em que o senhor se encontra agora de se desdobrar e se transformar numa espécie do caso Hatfield-McCoy da Península Superior.

Fiz uma pausa, tomando gosto por meu papel pouco familiar de defensor da lei.

— A lei é o bombeiro atarefado que apaga os incêndios no matagal da nossa sociedade; que dá às pessoas um método não físico para descarregar sentimentos hostis e conciliar diferenças violentas; que substitui o governo do dente e da garra pelo ritual ordeiro. A própria lentidão da lei, sua maciça impessoalidade, sua insistência em proceder segundo regras estabelecidas e antigas, tudo isso tende a esfriar e a deter os fogos da paixão e da violência, substituindo-os pela ordem e pela razão. Essa é uma tremenda realização em si, seja lá como termine este caso particular. Como disse alguém, e muito bem, "A diferença entre uma briga no beco e um debate é a lei." — Fiz uma pausa. — Além disso, todas as nossas belas Cartas Magnas, constituições, declarações de direitos e todo o resto não seriam nada, a não ser um monte de retórica arcaica e bombástica, se não pudéssemos, e se não o fizéssemos, em todas as ocasiões, usar a *lei* para escorá-las, para interpretá-las, para impregná-las de significado, força e vida. Abstrações grandiosas sobre liberdade individual e justiça não se cumprem por si sós. Essas coisas precisam ser outra vez, todos os dias, modeladas nos corações dos homens. E são novamente modeladas pela lei, pois todo julgamento com júri deste mundo é um pequeno milagre diário de democracia em ação.

O tenente me olhava atentamente, com um meio sorriso divertido, enquanto eu soltava o verbo.

— Ora, basta dar uma olhada, homem, basta dar uma olhada na Rússia — prossegui. — Lá a lei foi substituída por uma gangue estoica e infeliz de tipos chatos, usando chapéus redondos, calças frouxas e sobretudos trespassados, homens que, peremptoriamente, dão um duro em seus tenentes Manions e em todo o resto, em nome do Estado tirânico. *Eles* são a lei. Lá, o senhor se "confessaria" alegremente, dias atrás. — Sacudi a cabeça. — Na verdade, que Deus nos acuda, atualmente basta dar uma olhada em quase toda parte. A batida na porta, à meia-noite, para ser colocado diante de um pelotão de fuzilamento, o comando gritado com voz rouca e depois o silêncio, nada a não ser o silêncio mortal, anônimo... Ninguém sequer ousa *perguntar* o que foi feito da pessoa, e muito menos defendê-la; essa curiosidade proletária tende a se revelar repentinamente fatal.

O tenente agora sorria.

— Não sabia que dava importância a essas coisas — disse. — Só espero que tenha a metade dessa eloquência durante meu julgamento.

Eu próprio não sabia inteiramente o quanto dava importância, e não pude deixar de sorrir.

— Tendo dito tudo isso, tenente, resta acrescentar que o senhor está inteiramente certo quanto à insanidade. A presente perspectiva e o ritual da lei no tocante à insanidade legal são quase tão primitivos e sem sentido quanto os tempos em que algemávamos e torturávamos os loucos. Concordo com o senhor.

O tenente franziu a testa e fez uma expressão preocupada.

— Espero que não tenha desistido da minha defesa por insanidade. E, supondo-se que nosso psiquiatra escolhido, quando o encontrarmos, diga que não sou maluco?

— Nessa eventualidade, iremos à caça, como diz o senhor, até podermos prender numa armadilha, vivo, de algum deles que confirme a loucura. — Sacudi a cabeça. — Então, o caso é caçar. Adoro essa imagem. Estou ansioso para transmiti-la a Parnell.

O tenente lançou-me um olhar penetrante.

— Quem é Parnell?

— Ah, apenas um velho amigo advogado. Meu estímulo legal, como eu o chamo.

— Entendo. Onde iremos caçar, para encontrar esse psiquiatra?

Acendi pensativamente um charuto.

— Esse talvez seja um verdadeiro problema — eu disse. — Ou ninguém na Península é insano ou então todos nós somos malucos. Em qualquer caso, os psiquiatras parecem evitar o lugar. Os únicos psiquiatras que conheço por aqui estão ligados a instituições públicas de algum tipo: o hospital dos veteranos em Iron Mountain, a prisão em Marquette, o asilo de loucos em Newberry, as várias clínicas para crianças, esse tipo de lugar. A maioria é de funcionários assalariados, e temo que não seja possível esperar conseguir nenhum deles. É muito mais provável que a promotoria apareça com algum.

— Que faremos, então?

— Iremos à luta, meu amigo.

O tenente deu de ombros.

— Ora, suponho que, se devemos, devemos. Onde começamos?

— Não onde, tenente. A questão candente é *com o quê?* Tenho uma forte suspeita de que os psiquiatras não são mais filantrópicos do que nós, advogados. Na verdade, bem menos do que um advogado tolo que, por acaso, eu conheço. Esperarão ser pagos e dentro dos padrões.

— O senhor está dificultando as coisas. Como posso pagar a um psiquiatra? Sabe que estou quebrado. Que diabo, homem, não posso nem pagar ao senhor.

Falei com certa dose de bondade.

— Pode tentar ajudar-me, basta isso. E pare de ter tanta pena de si mesmo, que droga. — Fiz uma pausa. — Há um outro lugar onde poderíamos conseguir um psiquiatra. Eu estava com certa esperança de que o senhor mesmo talvez o sugerisse.

— Onde? — perguntou o tenente, com voz inalterável.

— No Exército norte-americano — respondi.

— Não sei se o Exército faria isso.

— Também não sei, mas o senhor pode dizer-me para onde e para quem escrever. Talvez também fosse bom fazer uma pausa aqui para uma pequena revisão, a fim de impressioná-lo com a seriedade de toda essa coisa. Um, sua única defesa legal é a insanidade. Dois, para prová-la, o senhor precisa ter um psiquiatra. Três, o senhor não pode pagar um psiquiatra. Quatro, então temos de ir à luta e capturar um deles de alguma outra maneira. Entendeu tudo?

— Eu lhe darei o nome e o endereço do meu comandante, antes de o senhor sair — respondeu o tenente. — Não me deixe esquecer.

— É melhor que faça isso agora. Vou telefonar ou escrever para ele esta noite. Pois acontece que isso, meu amigo, é a questão central do seu caso.

Capítulo 10

Enquanto meu cliente estava escrevendo o endereço, sentado, uma mulher chegou de carro do lado do tribunal, num sedã preto. Ela saiu e um pequeno *terrier* de pelos curtos, aos saltos, a acompanhou, carregando na boca, imaginem só, uma lanterna elétrica acesa. A mulher usava óculos escuros, e, enquanto avançava através da grama, em nossa direção, achei por um momento que era certa tigresa de Hollywood: ela tinha o mesmo passo animado, a mesma caminhada imprudentemente ousada e a mesma blusa cheia; tinha até a mesma massa de cabelos ruivos e cheios, a cor viva da pele, os lábios vermelho-cereja cheios. Mas não, não era minha linda rainha dos sonhos do celuloide. Antes que ela alcançasse meu carro, percebi que aquela era a mulher pela qual meu cliente matara Barney Quill.

— Olá, Manny — disse ela, com uma voz baixa e musical. — Como é que está aqui fora, ao sol? Será que aquele simpático xerife finalmente decidiu soltar você?

— Oi, Laura — disse meu cliente. — Como vai? Como vai Rover? Você conseguiu fazer o *trailer* se movimentar? — A essa altura, estávamos ambos fora do carro. — Este é Paul Biegler, Laura. Ele vai pegar meu caso. Combinou para conversarmos aqui fora.

— Como vai, sr. Biegler? — disse Laura Manion, estendendo a mão. Sorriu, pesarosamente. — Espero mesmo que consiga ajudar Manny a sair dessa terrível confusão em que eu o meti.

— Tentarei, sra. Manion. Se todos fizermos a nossa parte, acho que há uma boa chance.

Minha voz soava, achei, como a de um técnico de futebol profissionalmente pessimista, na véspera do grande jogo.

Houve um momento de silêncio. O tenente Manion ajoelhou-se e acariciou o cachorrinho. O animal estava em êxtase, e soltava latidos de alegria por vê-lo.

— Rover não vê Manny desde... desde aquela noite terrível — explicou Laura Manion.

— E a senhora? — perguntei, tranquilamente. — Quando viu seu marido pela última vez?

— Ora, no domingo à tarde. Por que pergunta?

— Só fiquei imaginando, só isso. Puxando conversa. — Fiz uma pausa. — A propósito, quando poderemos conversar, a senhora e eu?

— Ora, a qualquer hora que quiser — ela disse, inclinando a cabeça. — Vim aqui hoje para vê-lo. Agora, se quiser.

— Quanto mais cedo melhor — eu disse. — Acha que todos nós devemos conversar juntos?

Aqui, houve uma pausa perceptível. Ela fez um muxoxo, com seus lábios úmidos e vermelhos.

— Como o senhor e Manny acharem melhor — disse.

O tenente ainda estava ajoelhado, acariciando o cachorro.

— O que acha, tenente? — perguntei.

O tenente Manion ergueu os olhos para mim, de esguelha.

— E se a escolha for sua, sr. Biegler? Faça o que achar melhor.

Dei uma olhada em sua esposa e me pareceu que ela sacudiu a cabeça.

— Acho que é melhor conversarmos sozinhos, pelo menos no momento, tenente — eu disse. — Acha que pode suportar voltar para os amorosos cuidados de Sulo? Eu preferiria conversar aqui fora, no carro. — Houve outra pequena onda de silêncio, que se pareceu com alívio. — Há outra coisa — eu disse. — Parece bastante provável que nós todos nos vejamos bastante, de agora em diante. Não sou particularmente nenhum escravo do culto da informalidade, mas posso sugerir que nos chamemos por nossos nomes?

— Ok, Paul — disse o tenente, levantando-se e fazendo um cumprimento. — Deixarei você e Laura sozinhos, para conversarem. — Virou-se para sua esposa. — Até mais tarde, querida. — Começou a caminhar em direção à cadeia. — Vamos, Rover — chamou, e o cachorrinho correu alegremente atrás dele.

Frederic e Laura Manion, observei, não se haviam tocado durante o encontro.

Mantive a porta do carro aberta para a sra. Manion. Ela entrou e eu a fechei, depois dei a volta e me sentei do lado do motorista.

— Quer fazer o favor de tirar os óculos, sra. Manion? — pedi.

— Meu nome é Laura — ela disse. — Não se lembra do que sugeriu? Se consegue suportar o que verá, acho que também consigo. — Tirou os óculos.

— Meu Deus! — disse eu. Em meus dez anos como promotor público, nunca vira um par de olhos mais deploravelmente escurecidos, e me vira, profissionalmente, diante de muitos. — Barney Quill fez mesmo isso?

Prendi a respiração. Os olhos dela eram grandes e formavam uma espécie de luminosos aquários verdes. Olhar para dentro deles era como perscrutar as profundezas do mar. Eu nunca vira nada exatamente como aqueles olhos e começava, embora obscuramente, a entender um pouco o que poderia ter tirado Barney Quill dos eixos. Aquela mulher era atraente de tirar o fôlego, de uma forma perturbadora, com seu jeito vibrante e elétrico. Sua feminilidade era ostensiva ao ponto do espalhafato; havia algo asfixiante e tropical nela; era, não há outra palavra para descrever isso, desejável, de maneira chocante. Tudo aquilo também era uma espécie de truque, para uma mulher com dois dos mais lindos olhos roxos que eu já vira. Lembrei-me de algo que Parnell McCarthy me dissera certa vez: "Algumas mulheres irradiam sexo," dissera. "Todas as outras meramente negociam com ele." Ela ergueu seus longos cílios e me observou solenemente, fazendo um sinal afirmativo com a cabeça.

— Sim — ela sussurrou. — Barney Quill fez isso comigo.

— É melhor pôr esses óculos escuros — admiti, olhando-a de esguelha, com uma leve sensação de tontura. Tateei à procura de um charuto. — Importa-se se eu fumar?

— De forma nenhuma — ela respondeu, com sua voz baixa. — Ou seja, se me der fogo.

Fumamos em silêncio, durante um curto período de tempo.

— Acho que a primeira coisa que é melhor eu descobrir — comecei — é se planeja ficar durante o julgamento, ficar e ajudar, quero dizer.

Os óculos escuros giraram abruptamente, e meus olhos foram penetrados; quase que eu podia ver a mirada atenta e redonda daquelas profundezas verdes.

— Como pode perguntar uma coisa dessas, sr. Biegler? — indagou ela, com voz inalterável. — O que o fez pensar que eu não ficaria?

— Ouça, sra. Manion — ponderei —, pergunto isso porque, como advogado do seu marido, tenho de saber. A senhora é uma testemunha chave neste caso, e, se não planeja ficar e ajudar até o fim, eu diria que as chances do seu marido de escapar à condenação são muito pequenas. Imagino que, do jeito como está, são apenas meio a meio. E a senhora ainda não respondeu à minha pergunta. — Lamentei ter pedido que cobrisse os olhos. Senti que, naquele momento, observá-los poderia ser revelador. — A pergunta é: está a favor dele, ou contra?

Laura Manion esmagou no cinzeiro do meu carro o cigarro que acabara de acender. Sua mão tremia quando ela pegou outro e se virou para mim, esperando fogo. Inalou profundamente a fumaça e a prendeu, e, quando a exalou, pareceu escapar-lhe como um soluço.

— Calma — falei, tranquilamente. — Nunca se pode dizer como acabará um caso como este.

Fiz uma pausa, cautelosamente procurando o caminho a tomar e seguindo um nebuloso mas crescente palpite de que nem tudo estava bem entre essa mulher e seu marido.

— Não se pode jamais confiar no resultado de um julgamento com júri. Uma testemunha chave pode ir embora e a pessoa, mesmo assim, ser absolvida. Ou uma testemunha chave pode ficar e a pessoa, mesmo assim, ir para a prisão. Nunca se sabe quanto a essas coisas.

Ela ouvia tensa.

— O que Manny lhe disse? — perguntou. — Não me refiro ao caso, mas sobre nós, sobre nossas vidas juntos, sobre quaisquer planos que talvez tivéssemos para o futuro?

Ah, então planejavam separar-se, pensei.

— Nada, sra. Manion; nenhuma insinuação, nenhuma deixa — afirmei, sinceramente. — Isso eu juro.

— Como o senhor pôde saber, então... como pôde sentir... — Ela parou e, novamente, amassou seu cigarro e se virou e me encarou. — Diga-me — indagou falando rápido —, como pôde duvidar de que eu ficaria e ajudaria? Pareceu-lhe tão... tão óbvio que havia dúvidas quanto eu ficar ou não? Diga-me, por favor, diga-me.

— Ora, sra. Manion — concordei, com brandura —, nunca duvidei por um momento de que ficaria. É apenas rotina para nós, advogados, tentar ter certeza quanto às nossas testemunhas. Acho que talvez eu tenha sido um pouco desajeitado e brusco quando perguntei. Estou afastado do meu trabalho há algum tempo.

— Foi porque não houve nenhum sinal de afeto quando nos encontramos há poucos instantes, foi isso?

Ela tirou os óculos e seus olhos brilhavam, com as lágrimas.

— Vai ficar, Laura? — repeti.

— Sim — ela respondeu, vagarosamente, fechando os olhos molhados. — Sim, vou ficar. É o mínimo que posso fazer pelo pobre Manny.

— Então, digo-lhe que notei, sim. Você sabia que sim, e eu queria que soubesse que sim. E, se vai ficar, não acho que será bom se muitas outras pessoas notarem. Esta é uma pequena comunidade observadora, duplamente alerta por causa desse assassinato, e, como em todos os lugares assim, pequenos boatos perigosos, muitas vezes sem fundamento, têm o hábito de viajar com a velocidade da luz. — Abri a porta do carro, do meu lado. — Dê licença, sra. Manion, tenho de ir falar com o carcereiro. Voltarei num momento. Ainda temos uma porção de coisas sobre as quais conversar.

Ela se inclinou rapidamente em minha direção, com uma mão no assento.

— Nem uma só palavra a Manny — pediu. — Por favor, nem uma só palavra.

— Não sei a respeito do que está falando, Laura — falei, sorrindo. — Mas, seja o que for, nem uma só palavra.

Capítulo 11

QUANDO EU SAÍA da cadeia, dei de cara com o promotor, Mitch Lodwick, que acabava de sair do escritório do xerife. Nós nos cumprimentamos e apertamos as mãos. O jovem promotor era uma imagem viril em tons de castanho-amarelado: um terno de verão castanho-claro, uma camisa franzida castanha, combinando com uma gravata de seda de bolinhas no mesmo tom, sapatos clássicos esportivos em dois tons de castanho, um chapéu de palha macia de aspecto elegante, cor de *waffle*, com uma fita dobrada castanha. E havia seu sorridente rosto bronzeado, que fazia seus dentes brancos e brilhantes parecerem quase indecentemente incompatíveis. Ele parecia combinar mais com o portão de entrada de um clube de campo, em vez de estar ali rondando a cadeia de Max Battisfore.

— Bem, Polly — falou Mitch —, Max acabou de me dizer que você está no caso Manion. Então, acho que vamos estar juntos novamente. Este parece um caso, de fato, sensacional.

— Tem tudo, menos o Technicolor, Mitch — acrescentei. — Assassinato, estupro e até um cachorrinho. Hollywood não faria melhor.

Mitch sorriu.

— *Suposto* estupro, não é o que quer dizer, Polly?

— Não posso dizer nada com certeza, Mitch. Acabei de entrar no caso e acabei de conhecer a dama.

Mitch sorriu maldosamente.

— Acabou, Polly? Ouvi dizer, em alguns lugares, que o último homem, que mal a conheceu, morreu envenenado com chumbo. — Ele baixou a voz. — Queria mesmo me encontrar com você.

— Bem, aqui estou, Mitch. O que deseja?

Seria a hora, pensei, de falar sobre o detector de mentiras?

— É sobre um adiamento — disse Mitch. — O que acha de adiarmos o caso de setembro para dezembro? Ambos temos essa maldita eleição para o Congresso se aproximando, lembra-se?, e não posso imaginar que você queira abandonar sua amada truta por qualquer mero caso de assassinato. E o juiz Maitland ainda está na Mayo Brothers e, muito provavelmente, não poderá comparecer em setembro. Suponho que prefira, como eu, vê-lo julgando o caso, em vez de se arriscar a ter algum juiz barato, desconhecido, vindo lá do interior. O que acha?

Fiquei pensando. Achava a oferta atraente sob todos os aspectos, especialmente quanto à conveniência de ter meu velho e sábio juiz, com quem trabalhara durante tanto tempo, o juiz Maitland. O juiz nesse caso, eu percebia, tinha de ser um verdadeiro advogado, não algum amável charlatão político, com uma toga negra e um diploma de Direito. E havia ainda outras boas razões, também, que Mitch não mencionara porque não tinha consciência delas. Se o caso fosse prorrogado para dezembro, será que eu também não teria uma chance muito melhor de insistir num pagamento substancial para mim, e consegui-lo? Só Deus sabia como isso era muito importante. E, depois, havia a espinhosa questão de conseguir um psiquiatra competente e harmonizar meu cliente com ele, e minha dúvida crescente se tudo isso podia ser feito — se, na verdade, podia chegar a ser feito — a tempo para o termo de setembro do tribunal. Havia realmente uma única grande objeção a uma prorrogação — meu próprio cliente.

— O que diz, Polly? — perguntou Mitch. — Adiamos o caso? Não achei que houvesse problema.

Sacudi a cabeça.

— Não, Mitch, acho que não podemos concordar com nenhum adiamento. Eu gostaria, realmente gostaria de adiar, por todos os motivos que você diz e vários outros. Mas assassinato, como você sabe, é delito inafiançável, e não tenho muitas condições de pedir ao meu cliente para ficar sentado na cadeia de Max, aqui, por mais três meses, simplesmente para atender às nossas conveniências. E não há certeza de que o juiz Maitland poderá comparecer, mesmo em dezembro. De fato, estou começando a temer que ele nunca mais volte. Obrigado, de qualquer jeito, Mitch. Espero que entenda meu ponto de vista.

— Entendo sim seu ponto de vista — disse Mitch, acenando pensativamente com a cabeça. — Então, que tal seu cliente admitir uma culpa menor, em segundo grau, no próximo mês, e sair, acabando com toda essa maldita coisa?

— Não, Mitch, mesmo assim ele poderia pegar uma prisão perpétua por causa disso. É duro demais, arriscado demais. Ele não aceitaria isso, e eu não deixaria que aceitasse. Mas tenho uma sugestão. Que tal você reduzir a acusação para homicídio culposo, para eu poder tirá-lo da cadeia com uma fiança? Assim, você e eu conseguiremos nosso adiamento, você pode sair por aí seduzindo os eleitores e eu posso sair por aí alarmando as trutas, e todos viverão felizes para sempre. E então, antes do termo de dezembro, poderemos seriamente explorar a possibilidade de que ele admita homicídio culposo, desde que, claro, você e o juiz Maitland estejam suficientemente imbuídos do espírito de caridade natalina.

— Não, Polly. Esse negócio é assassinato ou nada. Você sabe disso. *Você* reduziria para homicídio culposo se ainda fosse promotor? — Mitch estalou os dedos. — Da prisão perpétua para um máximo de quinze anos, sem mais nem menos? Como eu poderia concordar com isso?

— Bola bem devolvida, Mitch — eu disse, sorrindo. — Mas, se eu fosse promotor e convencido de que Barney Quill estuprou a mulher de Manion, realmente acho que consideraria seriamente reduzir a acusação. — Fiz uma pausa. — Especialmente se eu tivesse um belo e gordo teste de detector de mentiras para me apoiar, se me apoiasse. — Fiz uma pausa, pensativamente. — Mas acho que talvez eu não reduzisse a acusação, mesmo pensando que o estupro é "suposto", como acabou de designá-lo.

Minha referência ao teste com o detector de mentiras não estava dentro do plano. Mas Mitch, que certamente conhecia os resultados, acabara de visitar o xerife e Max sem dúvida lhe contara nossa recente conversa sobre o assunto. Esperei que ele falasse.

Mitch piscou pensativamente e pigarreou, depois movimentou-se agilmente em torno de mim, como um bem-treinado jogador de meio de campo, e abriu a porta externa da cadeia.

— Ora, Polly, parece que logo estaremos trabalhando. Você não concorda com o adiamento e eu não posso concordar em reduzir a acusação para homicídio culposo. — Sorriu. — Mas o que vai usar como defesa? Metade da cidade de Thunder Bay viu o seu tenente atirar em Barney e matá-lo.

— Não se apresse, Mitch, arrumarei alguma coisa. E, como último recurso, há sempre aquele confiável remédio doméstico: A Cura Especial de Todos os Males do dr. Crocker para Acusados de Delinquência.

— O que é isso?

Franzi a sobrancelha de forma parecida com a de Patrick Henry, bati uma mão no peito e apontei desdenhosamente para um júri imaginário.

— Senhooooorras e cavalheeeeiiiiros — trovejei. — Não podem jogar este homem na prisão estadual com base em adivinhações! Ora, senhores, eu não pensaria em mandar nem um vira-lata para a carrocinha com as provas que temos aqui.

— Perfeito — disse Mitch, rindo. — Só lhe falta a peruca vermelha do velho Crocker. Bem, até logo, Polly.

— Até logo, Mitch.

A porta da cadeia fechou-se com um suspiro em suas dobradiças pneumáticas, e a conversa estava encerrada.

Laura Manion caminhava nervosamente ao lado do meu carro quando saí da cadeia. Ao me ver, ela pisou em cima do seu cigarro e entrou rapidamente no carro. Mal eu me coloquei ao seu lado, ela começou a falar, rapidamente, sem fôlego.

— O senhor esteve com Manny... O senhor contou a ele, *sei* que sim... e me disse que não faria isso... Ah, por que fez isso, quando prometeu que não faria? — Estava à beira de um colapso nervoso. — Não deveria nunca... eu... eu...

— Sra. Manion — eu disse, bruscamente. — Por favor, controle-se. Não pus os olhos no homem. Aqui, acenda um cigarro e se acalme. — Girei meu isqueiro e o segurei para ela, esperando até dar várias tragadas profundas antes que eu falasse. — Estou perdoado? — perguntei.

— Desculpe — ela disse. — Mas você se afastou tão repentinamente... e ficou lá dentro por tanto tempo. O que o manteve lá por tanto tempo?

— Viu aquele belo homem vestido de castanho sair da cadeia?

Ela fez um sinal afirmativo com a cabeça.

— Sim. Quem é ele?

— Ele é o destemido demônio promotor, Mitchell Lodwick. Eu estava conversando com ele. — Rapidamente, contei minha conversa com Mitch. — Então, foi isso em que esteve metido o velho Chiador Biegler — concluí. — Tornei a ganhar sua confiança?

— Desculpe, Paul — ela repetiu, colocando impulsivamente a mão em meu braço. — Estou tão terrivelmente perturbada e... e...

— Com medo? — sugeri. — É essa a palavra? Tem medo do seu marido, Laura? É essa a causa da tensão? — Fiz uma pausa e prossegui. — Acho que tenho o direito de saber o que se passa entre vocês dois. Não posso fazer o máximo que posso quando estou trabalhando no escuro.

Novamente, ela tirou os óculos e olhou para mim, longa e inquisitivamente. E me senti como se estivesse deslizando para o fundo do mar, na "batisfera" de William Beebe. Tateei para encontrar um charuto e arranquei meus olhos dos seus, para poder acendê-lo.

— Sim — ela disse, com voz baixa. — Confiarei em você, Paul. E simplesmente preciso conversar com alguém se não explodirei. Eu... eu... — Ela fez uma pausa e sorriu. — Não sei por onde começar.

Sacudi meu charuto em cima do cinzeiro.

— Digamos que comece respondendo à minha pergunta — sugeri. — Tem medo do seu marido?

Quando ela falou, foi como se falasse consigo mesma.

— Medo? Medo? — Virou-se para mim. — Não, Paul, não é medo precisamente, é... é algo mais sutil e mais degradante do que isso. Já sentiu ciúmes?

— Quer dizer, de uma mulher de quem eu gostasse?

Ela fez um rápido sinal afirmativo com a cabeça.

— Sim, é isso que quero dizer. De alguém que realmente amasse?

— Graças a Deus não — respondi, pensativamente. — Nunca seriamente, quero dizer, além de crises ocasionais. E isso foi há muito tempo... Considero o ciúme a mais corrosiva e destrutiva de todas as emoções, e há muito tempo decidi que me recusava a sentir ciúmes de alguém ou inveja de alguma coisa. A vida é, simplesmente, curta demais para isso. Mas meus pontos de vista sobre o ciúme não ajudarão seu marido a vencer essa acusação de assassinato e os seus talvez ajudem. — Fiz uma pausa e continuei. — O ciúme está no fundo da tensão entre Manny e você? — Esse era um desdobramento importante e possivelmente sério, e eu precisava saber o que havia.

Ela ficou ali sentada, num silêncio pensativo.

— Sim — concordou, vagarosamente —, ciúme é a palavra isolada que mais resume o que se passa. — Fechou os olhos por um momento e depois continuou. — Tentarei contar-lhe — ela disse. — Manny sempre teve ciúme de mim, mesmo antes de nos casarmos. Eu deveria saber como seria. Mas então só considerava isso lisonjeiro e protetor. — Ela fez uma pausa. — Mais tarde, depois que nos casamos, descobri como... como podia ser terrível.

— Estamos num jogo da verdade, agora, Laura, então não usarei circunlóquios. Ele, alguma vez, teve alguma razão possível para sentir ciúmes?

A resposta dela pareceu demasiado rápida, demasiado segura para ser fingimento.

— Não, não! Nem uma só vez. E Deus sabe que não foi por falta de oportunidade. — Ela sorriu, e seu sorriso parecia de menina, ansioso e patético. — Essa coisa... — ela gesticulou vagamente... — seja lá o que for, eu tenho... tem sido sempre... difícil. — Ela sacudiu a cabeça. — Não quero levá-lo a pensar que não gosto de alegria, divertimento e elogios — ela continuou. — E dos homens também, mas não da maneira como Manny aparentemente pensa. Ele tem ciúme de qualquer homem que eu encontre da maneira mais casual. Na verdade, provavelmente tem ciúme de você, neste exato momento.

Tive um sobressalto involuntário e, durante um incômodo instante, visualizei uma Lüger apontada para as minhas costas. Depois, ocorreu-me que havia sempre a possibilidade de ela estar exagerando e que, estando emocionalmente perturbada e compreensivelmente atormentada por sua recente experiência, de alguma forma tentasse expiar seu sentimento de culpa. Lembrei-me, de repente, que meu cliente, na véspera, localizara meu equipamento de pesca em meu carro. O automóvel estava estacionado no mesmo lugar. Havia apenas uma maneira de descobrir umas poucas coisas, uma maneira rápida e simples.

— Desculpe-me — eu disse, bruscamente, e saí depressa do carro e, de forma intencional, bocejei e me espreguicei, ao mesmo tempo girando e dando uma olhada, casualmente, para as janelas da prisão, lá em cima. Apesar da poeira e da fuligem, não havia equívoco: pude dar uma rápida olhada num rosto moreno e familiar com um bigode, esquivando-se; e, num rápido relâmpago, o tom cáqui militar, que sumia. Ora, qualquer pobre homem tinha o direito, admiti, de ficar em pé e olhar para fora da janela da sua cela; de fato, eu sabia que alguns deles simplesmente tinham de fazer isso, como animais numa jaula. Mas, no caso, a rápida retirada fizera um efeito, contara a história; o ciumento tenente estava condenado; agora, eu via que aquela mulher, provavelmente, contava a verdade.

— Você está bem? — Ela perguntou ansiosamente quando voltei para meu lugar ao seu lado.

— Cãibras nas pernas — declarei, disfarçando. — Por favor, continue com sua história.

— Ora, não há muito para contar. Pensei, quando Manny foi designado para cá, que as coisas melhorariam. Esta não era sua função regular, como sabe.

— E melhoraram? — perguntei. — As coisas melhoraram, de alguma forma?

Ela sacudiu a cabeça.

— Não, só pioraram, se é que é possível. Apenas significou que havia todo um novo e estranho grupo de homens para ele sentir ciúmes.— Ela fez uma pausa. — Manny é realmente uma pessoa maravilhosa, mas ele está estrangulando meu sentimento por ele. Como se pode continuar a amar um homem que, constantemente, nos faz sentir como uma... uma prostituta comum, das que caminham pelas calçadas?

— Continue — pedi.

Não me propus a novas digressões sobre o ciúme ou sobre as reações masculinas a esse sentimento.

— Apenas duas semanas atrás, fomos a um coquetel do Exército no hotel. Um jovem segundo-tenente qualquer, tolo e meio bêbado, que eu nunca tinha visto, não parou de me seguir de um lado para outro e de me chamar de Cleópatra. Era apenas um menino, acho que eu poderia ser a mãe dele. Finalmente, de brincadeira, ele agarrou e beijou minha mão, como um bichinho de estimação no auge do afeto. Foi só uma dessas coisas que todo o pessoal do Exército experimenta e entende. Mas Manny derrubou o rapaz com um soco. Foi a última vez em que saí, socialmente, até aquela noite terrível. Ora, acho que ele até tinha certo ciúme de Barney Quill.

Fiquei alerta.

— O que quer dizer?

— Fomos várias vezes ao bar do Barney. Talvez fosse o único lugar decente para se beber, na cidade. Barney era um daqueles donos de bar tagarelas, aduladores, que bajulariam até uma feiticeira montada numa vassoura, bastando que usasse uma saia. Costumava parar uma ou duas vezes em nossa mesa — fazia a mesma coisa com a maioria das outras, também — e esgotava seu pobre estoquezinho de brincadeiras lisonjeiras, o mesmo monótono tipo de coisa que ouvi numa centena de bares e postos do Exército, com ou sem Manny. Mas, uma vez, Manny entrou num dos seus mais complicados amuos. Então, paramos de ir ao bar do Barney.

— Houve algum incidente, alguma cena? — perguntei, prendendo a respiração.

— Não, graças a Deus. Manny me fez acabar às pressas minha bebida e saímos. — Sacudiu a cabeça. — Era tão profundamente infantil. É tudo tão infantil... e, agora, tão trágico. E eu me sinto tão culpada.

Eu disse, com descontração:

— Você mencionou à polícia estadual alguma dessas coisas sobre as quais acabamos de conversar? Ou a alguma pessoa?

— Meu Deus, não. Contei a eles os... os incidentes daquela noite, claro. Não tinha nada a esconder.

— Tem certeza? Pense melhor, faça um retrospecto.

— Tenho absoluta certeza.

— Contou a eles o ataque sexual de Barney? E todo o resto, tanto antes quanto depois do ataque?

— Com os mínimos detalhes.

— Contou tudo durante seu teste com o detector de mentiras?

— Claro que sim — disse ela, com impaciência.

— Quem sugeriu primeiro que você fizesse esse teste?

— Fui eu. Tinha lido sobre isso em algum lugar.

Sem curiosidade, ela analisou suas unhas.

— Sabe o resultado do teste?

— Não, nem pensei mais nisso. Mas, se a máquina serve para alguma coisa, o resultado só pode ter sido um. Contei a eles a simples verdade. E só Deus sabe que foi muito ruim.

Eu não pretendera contar nem ao tenente nem à sra. Manion, pelo menos por enquanto, que sabia o resultado do teste com o detector; isso não apenas para proteger Sulo, mas por alguns motivos próprios. Agora, vi que teria de mudar meus planos.

— Bem, você passou no teste — informei. — Mostrou que dizia a verdade.

— Ah — exclamou, com um interesse médio. — Aquele promotor bonito acabou de lhe contar?

— Enxerga bem mesmo com seus óculos escuros, madame — falei. — Não, o promotor bonito não me disse nada. Não posso lhe contar como, mas sei. Há certos sintomas, neste negócio, que aprendi a reconhecer.

Um deles me ocorreu enquanto eu falava. Mitch, com certeza, sabia o resultado do teste, e, se fosse ruim para o nosso lado, sem dúvida ele me contaria, para ajudar sua causa, quando fazia sua jogada de uma admissão de culpa de assassinato em segundo grau. Não tinha nenhum motivo para esconder o resultado de um teste ruim — ruim para nosso lado —, e, sendo favorável a nós, hávia vários bons motivos para não fazer isso, a fim de não prejudicar sua posição. Por que eu não tinha pensado nisso antes?

— Manny sabe? — ela perguntou.

— Ainda não, mas decidi contar a ele. — Pois agora era bastante claro para mim que teria de reconfortar aquele homem perturbado, e depressa, do contrário talvez não fosse preciso empregar um psiquiatra nem ninguém para dizer-nos que ele estava louco; ele, de fato, *estaria*.— Há mais uma coisa — eu disse. — Não conte a ninguém que sabe o resultado do teste com o detector de mentiras. Se as pessoas perguntarem, qualquer pessoa, simplesmente diga que não sabe. Isso pode ser vital. Promete?

— Como quiser, Paul. E você não contará a Manny essas coisas que acabei de lhe contar.

Estremeci interiormente, com o pensamento.

— Meu Deus, não, minha amiga. E você também não.

— Não, claro que não — concordou, sorrindo sem graça. — Agora temos segredos. E espero ter feito você ver certas coisas com mais clareza.

— Estou começando a ver uma porção de coisas — afirmei.

Outra vez, ela pôs rapidamente a mão em meu braço.

— Por favor, não pense que eu disse essas coisas para criticar Manny. Ou para ser desleal. Ele era... ele é... tão terno e bom, de tantas maneiras. Ele iria até ao inferno por minha causa.

— Até poderia matar por você? — indaguei.

Ela enterrou o rosto nas mãos e lamentei ter falado. Tive medo de que ela chorasse.

— Força, Laura — incentivei-a. — O homem, provavelmente, não consegue controlar-se. Algumas vezes, acho que o ciúme é uma doença — uma espécie de doença da personalidade ou das emoções. Não sei... Você quer ajudá-lo. Como advogado dele, quero ajudá-lo. — Fiz uma pausa. — Agora, preciso ir. Quero falar com você amanhã de manhã. Esta noite devo trabalhar neste caso. Sugiro que faça uma pequena cena de reunião amorosa com Manny, para ser assistida por Sulo e pelo xerife. Mas, principalmente, em benefício do próprio Manny. Estou ficando um pouco preocupado com aquele homem.

— Obrigada, Paul — agradeceu. Estendeu a mão e eu a peguei. — É muito compreensivo. Já me sinto muito melhor.

Manteve sua mão na minha.

— Temos segredos agora, Laura, de modo que lhe contarei outro. Eu não o mencionaria, se não fosse pelo que me contou esta tarde. — Olhei para sua mão. — A janela da cela do seu marido dá para meu carro. — Ela enrubesceu e retirou a mão rapidamente. Saí do carro e caminhei em torno dele para abrir a porta do lado dela. Forcei-me a não olhar para a janela da cadeia, lá em cima.

— Boa-noite, Paul — cumprimentou Laura Manion, sorrindo.

— Boa-noite, Laura. Ande com o queixo erguido, como uma boa esposa do Exército.

Capítulo 12

Aquela noite, trabalhei até tarde em meu escritório. Examinei algumas leis e escrevi uma carta para Maida assinar por mim e enviar ao oficial de comando do tenente, expondo o caso e seus problemas e fazendo um pedido urgente de um psiquiatra do Exército. Depois, deixei um bilhete para Maida, dizendo-lhe para informar a Parnell McCarthy que eu queria vê-lo em meu escritório, na noite seguinte, mais tarde. "Depois da pescaria," acrescentei, desafiadoramente. Então, caí em minha cama desarrumada.

— Olá, Sulo — eu disse. — Saudações de um madrugador. Quero ver o tenente por um minuto. Que tal eu dar um pulo na cela dele e poupar um bocado de agitação?

— Claro, claro, vá em frente, Polly — concordou Sulo amavelmente, tirando sua grande chave de latão e deixando-me entrar nos aposentos internos, a cadeia propriamente dita. — Suba três andares, depois vire à direita, caminhe até o fim, a porta da cela dele não está trancada, e é lá onde vive o seu tenente, em seu endereço novo. — Sulo riu com sua piadinha.

Consegui apresentar um fraco sorrisinho, enquanto começava a subir a íngreme escada de ferro.

— Se a sra. Manion aparecer, diga a ela que espere em meu carro.

Enquanto eu subia penosamente a escada, que rangia e provocava um eco, e que serpenteava através de um labirinto de canos de todos os tipos, canos de água, canos de esgoto, canos de vapor, além de uma miscelânea de suportes e vigas, todos de um tom cinzento de navio de guerra, refleti que, aparentemente, os homens podiam acostumar-se a quase tudo. Milhares de homens, no mundo inteiro, viviam em lugares como aquele, ou piores.

Pensei nas centenas de mineiros em minas de ferro, a apenas alguns quilômetros de distância dali, que não se queixavam e, diariamente, mergulhavam no frio e na umidade de buracos no chão, mal iluminados, e nos quais, horas a fio, tateavam de um lado para outro à procura do seu caminho, como se estivessem dentro de um imenso queijo, pouco seguro. Pensei também em quando, fazendo campanha, perambulara inadvertidamente para dentro da sala dos serradores de uma fábrica de soalhos e de repente fora apanhado e paralisado pelo grito demente, um terrível gemido de demônios, das muitas dezenas de serras giratórias — cada uma delas manobrada por um operário calmo, distraído — e precisara fazer um esforço físico para me virar e fugir do lugar, aterrorizado. Até meu habitualmente teimoso zelo na busca de votos para Biegler deixara de me sustentar.

Vindo de uma cela distante, ouvi um intérprete invisível dedilhando com suave habilidade um violão, que acompanhava uma trêmula voz de falsete, uma voz queixosa que suplicava à namorada que encontrasse o cantor na praia em frente. Parei e prendi a respiração, de repente apanhado e angustiado, desamparadamente agarrado pelas cordas do coração, infinitamente comovido por aquela esquisita mistura de tristeza e comédia. Resisti a um impulso de sair à procura daquele artista anônimo, de pegar sua mão, de contemplar afinal uma pessoa que não tratava esse instrumento sobrenaturalmente evocativo como uma espécie de tambor. Mas havia um assassinato para ser desenredado, e eu não devia deixar-me desviar. Dei de ombros e segui em frente, refletindo que, numa encarnação anterior, com certeza eu fora um jardineiro que tocava violão em alguma *hacienda* espanhola. Pablo O'Biegler, sem dúvida.

"Ah, diga-me que não me deixará mais," a voz trêmula me perseguia. "Quando nos encontramos naquela praia em frente..."

— Olá, Polly — alguém me chamou, de uma das celas mais próximas, e reconheci os destroços de um dos maiores beberrões de Chippewa. Aquele macilento espectro alcoólatra acenava alegremente para mim, como se fosse eu quem estivesse preso na cadeia e ele fosse um mero visitante de passagem. Devolvi o aceno, não muito alegremente, e, enquanto me esforçava para subir o último lance de escadas, ouvi-o explicar, com uma voz extravagantemente alta, ao seu vizinho de cela exatamente quem eu era e o promotor durão que eu tinha sido. — Mas um bom sujeito. Rapaz! Ora, esse Polly ali até *me* mandou para a cadeia, uma vez, por bebedeira e desordem em terceiro grau... — Era ótimo, pensei, ter um cliente tão agradecido e satisfeito.

— Bom-dia, tenente — cumprimentei.

Meu cliente estava sentado em seu catre desfeito, lendo um jornal; usava velhas calças militares e uma camiseta branca, seu cabelo escuro emaranhado e sem pentear e o rosto com a barba por fazer. A não ser pela mancha de bigode, ele me fez lembrar uma foto de Lawrence da Arábia que eu vira certa vez.

— Ah, bom-dia, bom-dia — ele disse, levantando-se rapidamente e apontando para o banquinho isolado, próximo do toalete sem tampa, escancarado. — Por favor, sente-se. Eu... eu não esperava que viesse tão cedo, se soubesse estaria preparado. — Fez um gesto em direção à sua cela. — Desculpe a aparência deste... deste...

— Chiqueiro — eu disse, prestimosamente, sentando-me. Esquecera de como as celas são, de fato, opressivamente sórdidas. Tampouco percebera que o homem se preparava e se vestia cuidadosamente para suas sessões diárias comigo. — Aqui — eu disse, entregando-lhe um grosso livro. — Isto pode ajudá-lo a afastar sua mente do meio ambiente. — Era *Look Homeward, Angel*, de Thomas Wolfe. — Espero que ainda não o tenha lido.

— Ah, obrigado. Muito obrigado. — Examinou cautelosamente o grosso livro. — Não... não li — respondeu. Inclinou-se sobre seu catre e com cuidado empurrou o livro para debaixo do travesseiro, dando-lhe palmadinhas depois para escondê-lo. — Jamais, na verdade, ouvi falar nele. — Riu, rapidamente. — Sou apenas um típico tipo do Exército, eu acho, interessado apenas em três coisas: vinho, mulheres e guerra, como certa vez ouvi um soldado dizer, em Pusan: cerveja, garotas e combate. O livro é bom?

— Bom? — repeti. — Bom? — repeti de novo. — Foi escrito por um homem que é uma baleia destroçada, escrito com sua própria cauda a se agitar, mergulhada em seu próprio sangue irado... Mas não subi até aqui para falar de Wolfe. — Baixei a voz. — Vim para lhe dizer que sua esposa passou em seu teste com o detector de mentiras. Ela dizia a verdade.

O tenente ficou ali sentado, olhando-me atentamente, num silêncio tenso e enroscado. Olhava como quem procura, quase sem compreender. Os olhos escuros se agitaram. E então ele falou.

— Como sabe? — perguntou, com a voz repentinamente rouca de emoção.

Seus olhos também se haviam estreitado e eram agora apenas fendas. Meu palpite, senti, não era equivocado: ele suspeitara dela o tempo inteiro.

— Não posso dizer-lhe, tenente — respondi, com firmeza. — Mas sei que é verdade. — Fiz uma pausa. — Não há a menor dúvida em meu espírito, agora, de que a história da sua esposa é verdadeira, em todos os detalhes importantes, inclusive o estupro.

O tenente fechara os olhos e estava com os lábios apertados, sacudindo rapidamente a cabeça de um lado para outro. "O pobre filho da puta," pensei. "O pobre e atormentado filho da puta." O câncer da dúvida ainda o mordia, ele duvidava se fora ou não estupro, se *ela* não encorajara ou até convidara Barney Quill.

— Há mais uma coisa — acrescentei, levantando-me para sair. — Não devemos deixar ninguém saber que sabemos o que sabemos. Isso compõe uma bela frase críptica, não é? Quero dizer, o resultado desse teste. — Virei-me para ir embora.

— Entendo — respondeu o tenente. — Já vai embora? Ah, acho que prefere esperar por mim lá embaixo. — Ele sorriu e deu uma olhada em torno da sua cela. — Eu não o culparia muito. Não demorarei. — Ele se levantou e caminhou até a porta da cela.

— Só o verei lá pelo meio da tarde de hoje, tenente — informei-o. — Ah, a propósito, escrevi para o Exército, a noite passada, sobre a possibilidade de nos fornecerem um psiquiatra. Fiz o pedido e enfatizei a situação. Agora vou conversar com sua esposa. Minha expectativa é de que teremos uma sessão um tanto pesada esta manhã. — Fiz uma pausa. — Prefiro que você não esteja presente.

O tenente interrompeu seus passos.

— Mas já conversou com ela ontem — explodiu de repente. — Conversou durante ... durante mais de duas horas. Ora... eu...

Fez uma pausa, ficou em silêncio, ali em pé, mordendo nervosamente o lábio inferior.

— Sim, tenente? — indaguei, virando-me e encarando-o. — Já respondi a tudo o que queria dizer? Acabou?

O rosto do homem enrubesceu, ficou cor de tijolo.

— Eu... eu só estava pensando — ele disse.

Fiquei observando-o, a oscilar entre a zombaria e a piedade.

— Tenente — disse-lhe, gentilmente —, acho que não gostaria de saber o que está pensando. Acho que realmente não gostaria. Já revelou bastante. — Fiz uma pausa. — E, se posso dizer isso, acho que já está com problemas suficientes sem devanear mais ainda. Agora, saia dessa, tenente. Por favor. Temos de lutar contra um perigo real, este maldito caso de assassinato.

Estendi a mão. Ele ainda estava ali em pé, paralisado, corado e franzindo a testa, com os olhos sem piscar, o lábio inferior preso nos dentes. Houve uma pausa perceptível, e, depois, ele pegou minha mão.

— Sim — disse, e a palavra lhe escapou como uma rajada de vento forte. Virei-me e saí rapidamente.

Enquanto descia com estrépito a escada rangedora da cadeia, arranquei meu lenço e dei pancadinhas com ele em minha testa. O violão silenciara. Parece que eu ainda tinha um cliente. Descobri que corria, e retardei o passo. Ao chegar em baixo, chacoalhei a grande porta principal como um homem que foge de um pesadelo.

— Pelo amor de Deus, deixe-me sair daqui, Sulo! — gritei. — Preciso de ar. Eu... estou sufocando.

— Não se arrisque a um infarto — disse Sulo, correndo para me libertar de... de que, precisamente, eu não sabia...

Fiquei do lado de fora da porta da prisão respirando profundamente. Meu Deus, era bom estar vivo e... e livre de testemunhar um câncer aberto de ciúmes. Quando cheguei ao carro, Laura Manion e seu cachorrinho estavam à minha espera.

— Contou a Manny? — ela me perguntou ansiosamente, antes mesmo que eu me sentasse. — Como ele aceitou o fato?

— Contei a ele o quê? — perguntei secamente, sabendo o que ela queria dizer e sentindo uma inexplicável alfinetada de irritação. Com que tipo de par de adolescente emocionais eu estava metido?

— Ora, os resultados do teste com o detector de mentiras, claro. Mal podia esperar para lhe perguntar.

— Ah, isso — reconheci quase alegremente, lutando contra o estado de espírito sombrio em que parecia me encontrar. — Sim, contei a ele — falei, com leveza. — Tudo foi ótimo, ótimo. Também disse a ele para manter em segredo. — Fiz uma pausa, sentindo-me uma espécie de árbitro diplomático aflito e indeciso, como alguém tentando promover a doçura e a luz, digamos, entre os soviéticos e os Estados Unidos.

— Tudo está sob controle — prossegui. — Ele está se arrumando e ajeitando seu quarto de solteiro, e planejo vê-lo depois do almoço. Enquanto isso, gostaria de ouvir sua história. Quero tudo, de A a Z. Gostaria de acender um cigarro?

— Quer que conte tudo exatamente como contei à polícia estadual?

— Quero exatamente como contou à polícia estadual, e mais.

— Mais o quê?

Sorri.

— Mais, minha querida, o que *não* contou à polícia estadual. Vamos, Laura, você é uma mulher inteligente e sem dúvida está muitos anos-luz adiante de mim. Quero toda a história, sob todos os ângulos, bons ou ruins. Não entende, se não contar ao seu advogado o que ele pode ter para encarar e lutar contra...

— Por onde devo começar?

— Vamos dizer — falei —, vamos dizer que comece por A.

Capítulo 13

— Passei roupa durante a maior parte da tarde — falou Laura Manion, começando com um simpático comentário doméstico. — Manny veio do local de treinamento de tiro para casa, um pouco mais tarde do que de costume, mais ou menos às seis horas, quero dizer, na noite dos disparos. — Ela usava calças esportivas e um suéter apertado, vi que teria de lhe falar sobre isso, e tinha puxado as pernas para baixo do corpo, sentando-se de pernas cruzadas, à moda indiana. — Acho que tinha ido ao bar de Barney, com alguns outros oficiais, e tomou uma ou duas rodadas de bebidas. Estava com sono e faminto.

— Estava bêbado? — perguntei.

— Ah, não, só um pouquinho, estava descontraído, sabe, um pouco corado.

— Sei — concordei. — Você falou com a polícia sobre isso? Quero dizer, sobre o fato de ele estar com sono e corado?

— Não contei a eles e não me perguntaram sobre isso.

— Muito bem — admiti. — Continue. Tentarei não interromper, a não ser que ache necessário.

Laura Manion continuou com sua história. Manny cochilara um pouco antes do jantar; depois comera; depois tornara a cochilar. Mais tarde, acordara e pedira um uísque e soda, mas não havia uísque no *trailer*; então, ele quis um pouco de cerveja, mas não havia cerveja. Laura sugerira que fossem ao bar do Barney, mas Manny resmungara alguma coisa e virara o rosto para a parede.

— E o que você estava fazendo todo esse tempo? — perguntei.

— Estava terrivelmente entediada — ela respondeu. — Eu não saía daquele maldito *trailer* há uma semana, a não ser para fazer compras. Aquilo começava a parecer uma cela.

Cleópatra, pensei. Cleópatra aprisionada, acorrentada à tábua de passar roupa, num *trailer* hipotecado. Havia algo levemente incongruente no quadro.

— Continue — eu disse.

Manny dormiu novamente. Uma lua cheia nadou para cima, e saiu do Lago Superior; sua luz se filtrava através dos pinheiros que cercavam o *trailer.* Era uma maravilhosa noite de verão e, durante algum tempo, ela ficou ali sentada, contemplando o lago reluzente. Finalmente, acordou Manny e lhe disse que planejava ir ao bar do hotel, pegar umas cervejas. Será que ele gostaria de ir junto? Manny bocejou e disse que não, mas acrescentou que talvez fosse encontrar-se lá com ela, mais tarde. Depois, adormeceu novamente. Dessa vez, começou a roncar. Soava como, ela pensou, "um motor de popa fora do lugar".

Laura ouviu esse ronco enquanto pôde e depois chamou seu cãozinho Rover, pegou sua lanterna elétrica e caminhou até o bar de Barney, no hotel, seguindo pelo caminho através do bosque. Esse era o percurso normal para a cidade, muito mais curto do que ir pela estrada. Ela achava que foi pouco antes das nove horas, não podia lembrar exatamente, mas de qualquer forma estava escurecendo. Deve ter chegado lá em cerca de dez minutos.

O bar de hotel de Barney estava quase deserto, havia apenas uns poucos clientes, na maioria moradores locais. Não, não havia pessoal do Exército. Talvez houvesse um ou dois turistas. Ah, sim, o estacionamento para turistas onde os Manions ficavam estava inteiramente cheio; era aquele período do ano.

— Turistas à nossa direita; turistas à nossa esquerda...

As únicas outras pessoas no bar eram o barman, cujo nome era Paquette, ela achava, e uma garçonete loura chamada Fern alguma coisa, ela não tinha muita certeza quanto ao sobrenome, talvez Malmquist ou Youngquist, algo parecido. Sem dúvida, temos alguns nomes bastante estranhos aqui neste lugarejo remoto, não é?

— Sim — admiti. — Mas, por aqui, Smith é um nome mais estranho. E onde estava Barney Quill? Não se achava lá, quando você chegou?

— Não, ele só apareceu mais tarde. Pedi um *highball*, minha bebida habitual, um *bourbon* e bastante água. Depois me aproximei da máquina de fliperama e comecei a brincar.

— Fliperama! — exclamei, encolhendo-me de horror. De alguma maneira, não conseguia visualizar inteiramente essa linda criatura mexendo com jogos eletrônicos. — Você jogou? — perguntei-lhe, incrédulo.

Ela sorriu, desafiadora, em seu capricho.

— Adoro fliperama — disse. — É engraçado, mas sou assim.

— É uma neurose que ataca você e milhões de pessoas — completei, sacudindo tristemente a cabeça. — Ora, há até pessoas que adoram quadrilha, quadrilha ao som de música caipira, cantada através da narina esquerda. Já vi isso, com estes meus olhos cansados.

— Uma esposa do Exército tem de encontrar alguma maneira de passar seu tempo e continuar a ser uma esposa do Exército — ela afirmou. — Seja como for, adoro fliperama.

— Continue — pedi, num tom de cansaço.

Ela continuou com os jogos; não havia como fugir daquilo; mais luzes estavam acesas, havia novas campainhas tocando, ainda mais cores e números relampejavam e cascateavam, enquanto tremores e espasmos sacudiam a máquina — e ela continuou a jogar. Então, Barney Quill surgiu tranquilamente ao seu lado e a desafiou a jogar apostando uma bebida. Ela aceitou o desafio dele e jogaram; e ela ganhou o primeiro jogo. Sim, Fern lhes serviu bebidas por cima da máquina.

— Esse Barney, como ele estava? — perguntei. — Como agiu? Parecia bêbado? Ele... ele tentou, de alguma forma, conquistá-la?

— Achei que estava sóbrio. E devo dizer que agiu como um cavalheiro. Lá no bar, quero dizer. Não houve nenhuma sugestão de conquista. — Ela fez uma pausa e sorriu. — E, com base numa longa experiência, acho que me tornei bastante sensível a todos os sinais.

— Sim, acho que sim. A polícia também lhe perguntou sobre isso?

— Sim. E dei a eles a mesma resposta, porque é verdade. Ele foi amável e cortês, só isso.

— Continue — pedi. — Quando foi que, finalmente, você se arrancou da hipnose do fliperama?

Ela e Barney fizeram vários outros jogos. Beberam um pouco no bar. Durante a noite, ela tomou três ou quatro *highballs*; tinha absoluta certeza de que não mais de quatro. Não, não estava embriagada, apenas sentia-se descontraída e se divertia, talvez mais ou menos como se sentia como Manny, quando chegou em casa para jantar. Depois, quando notou que eram quase onze horas, pediu sua embalagem de seis cervejas e preparou-se para ir embora. Foi então que Barney se ofereceu para levá-la de carro de volta ao *trailer*. Sim, ele ainda se mostrava cortês, mas ela lhe agradeceu e recusou, dizendo que, com sua lanterna e o cachorro, ela poderia caminhar muito bem até lá.

Barney, então, advertiu-a de que havia uma porção de tipos estranhos vagando pela cidade naquela época do ano e disse que achava ser seu dever levar a esposa do tenente em segurança até em casa. E depois mencionou os ursos.

— Ursos! — indaguei. Primeiro, o fliperama; agora, ursos. Laurinha e os três ursos. — Que ursos? — perguntei.

— Parece que quase todas as noites ursos-pretos chegam para pilhar a vila e os depósitos de lixo do estacionamento dos *trailers*. Lembrei-me de que Manny mencionara ter visto um urso, certa noite, quando dirigia pela estrada principal. Depois, lembrei-me de que um dos nossos soldados tinha sido ferido por um urso na semana anterior.

— O que fez, então?

— Bem, àquela altura eu estava meio convencida a ir de carro com ele, mas sabia que Manny não gostava de Barney nem, na verdade, de qualquer homem que se mostrasse simpático comigo. Então novamente recusei e lhe agradeci pela noite agradável. E depois voltei para o toalete, que fica atrás da máquina de jogos eletrônicos, para me preparar, pensando que dali poderia escapulir pela porta lateral do bar, sem maiores despedidas.

— Entendo — eu disse.

Laura Manion acendeu sua lanterna, ao sair do toalete, e entregou-a a Rover — ele a carregava na boca, como se fosse um osso, era o pequeno truque que ele sabia bem fazer —, e ela e o cachorrinho escapuliram pela porta lateral, como ela planejara.

— Que aconteceu, então? — perguntei.

Alguém, em pé nas sombras, tinha dito: "Psiu!" e se adiantou. Era Barney. Ele tinha o motor do carro ligado e outra vez a convidou para levá-la em casa; novamente, manifestou sua preocupação com os tipos desconhecidos e ursos.

— O que você fez? — perguntei.

— Ora, parecia assustadoramente escuro ali do lado de fora, depois da sala muito iluminada do bar. E, por mais que depois se revelasse uma tolice, eu começava a ficar com mais medo de possíveis ursos estranhos do que de qualquer homem estranho. Também achei pouco cortês e até insultante da minha parte continuar a recusar a oferta dele. Pareceu-me muito mais fácil deixá-lo levar-me em casa — era tão perto. Então, consenti, e Rover e eu entramos em seu carro, Rover sentado entre nós, com sua lanterna.

— Continue — eu disse.

— Bem, Barney foi pela estrada principal até a entrada habitual dos carros no estacionamento dos *trailers*. É apenas um pouquinho mais longe do que o percurso a pé, que eu tinha feito mais cedo, quando fui até a taverna. Quando ele virou e entrou no estacionamento para turistas, lembro-me de que me senti um pouco tola por ter recusado por tanto tempo uma carona, pois ali estava ele, levando-me direto para casa, exatamente como me prometera.

— Prossiga — pedi.

— Há uma pequena extensão de estrada com muita floresta, pouco antes de se chegar à fronteira do estacionamento para turistas, onde fica a entrada principal. Ao chegarmos lá, vi um portão fechado bem no meio da estrada. Eu nunca o vira.

— O que aconteceu, então?

— Quando comecei a abrir a porta do carro e a lhe agradecer por me levar em casa, ele colocou sua mão na minha, ou em meu braço, não com força, apenas de leve, e me disse que se esquecera de que o encarregado trancava o portão à noite; que conhecia outra pequena estrada para o parque sem nenhum portão, e que não estaria fechada; e que não adiantava eu ficar toda empoeirada atravessando a sebe e caminhando pela estrada areenta porque ele teria prazer de me levar pelo outro caminho. Dizendo isso, fez o carro recuar rapidamente para fora da estrada principal e disparou em frente, afastando-se, pela estrada, num sentido ainda mais distante do que o bar da taverna.

— A essa altura, você já estava com alguma sensação particular de alarma?

— Não, nenhuma, absolutamente.

— Muito bem. E então, o que aconteceu?

— Ele dirigiu rapidamente pela estrada e depois virou de repente, saindo da estrada principal e entrando num estreito caminho com duas marcas de pneus de carros, que ficava à direita, distanciando-se do estacionamento para os turistas. Foi essa a primeira vez em que tive uma sensação de que as coisas não estavam certas. Perguntei: “Barney, para onde você está indo?” Em vez de me responder, ele agarrou meu braço, dessa vez com força, e continuou dirigir furiosamente. Não sei até que distância seguimos. De repente, ele parou o carro, que rodava aos pulos, e apagou os faróis. Àquela altura, eu estava inteiramente alarmada; abri a porta e tentei sair, mas ele me puxou outra vez para dentro. Ele era incrivelmente forte. Então, Rover começou a ganir, e Barney abriu a porta do seu lado e o atirou para fora. O tempo todo não disse uma só palavra. Eu não conseguia ver nada, mas ouvia Rover choramingando, do lado de fora.

— Continue — disse eu.

— Então Barney se aproximou de mim, chegou muito perto, me apertando, e disse, com uma voz rouca e selvagem, que mal pude reconhecer, que ia me estuprar.

— Usou essa palavra?

— Foi a própria palavra que ele usou. Depois, disse que era melhor eu aceitar, se não eu não sairia viva do carro. O tempo inteiro, ele estava pondo suas patas em cima de mim, procurando me alcançar, e eu tentava afastá-lo.

— Até esse momento, você gritou?

— Não. Acho que senti que não adiantava. Parecia que estávamos a quilômetros de distância de qualquer lugar. Era como estar abandonada no meio de uma floresta. E eu começava a sentir um medo terrível de que ele me matasse, como tinha ameaçado.

— Continue.

— O tempo inteiro, ele continuou a me agarrar e a bater em meus joelhos com os punhos fechados, uma batida regular. Eu tinha os joelhos apertados juntos. Mas senti que ficava mais fraca. Finalmente, eu disse: "Se você fizer isso comigo, meu marido o matará."

— Disse *isso* a ele? — perguntei, piscando e fechando os olhos.

— Sim, eu estava ficando desesperada e achei que, dizendo isso, talvez eu o assustasse e o fizesse se afastar, pondo a cabeça outra vez no lugar. E, além disso, eu falava sério.

Isso abria certos panoramas sombrios; panoramas, percebi, que poderiam talvez agradar a um promotor alerta. Mas agora não era o momento de me deter nisso.

— O que aconteceu, então? — perguntei.

— O fato de eu dizer isso só pareceu fazer com que ele piorasse, no mínimo. Ele riu, se é possível chamar aquilo de riso, parecia um horrível cacarejo, e afirmou que Manny não teria coragem de matá-lo: que ele, Barney, era um dos melhores atiradores de Michigan, do Meio-Oeste, de qualquer parte; que era craque em judô e não lembro o que mais, e que podia enfrentar uma dúzia de sujeitos do Exército, como

Manny, com um braço amarrado atrás das costas. Continuou com esse palavreado, como se estivesse louco. Parecia que ele era o melhor em qualquer coisa.

— Humm — murmurei. — Interessante, muito, muito interessante. Continue.

— Outra vez, eu lhe disse que, se fizesse aquilo comigo, Manny o mataria; estávamos lutando o tempo inteiro, lembre-se, e, ouvindo isso, ele se afastou de mim de repente, curvou-se e me bateu com o punho fechado. Com força. Ele me xingava. "Tome lá, sua maldita puta do Exército!" É uma das coisas que me lembro que ele disse. Quase perdi a consciência. Senti que algo se rasgava, enquanto ele arrancava minhas calcinhas. Mais ou menos tudo de que posso me lembrar, depois disso, é que ele continuou como um louco me agarrando e batendo em meus joelhos, para afastá-los. Eu estava praticamente desmaiada. Podia ouvir o cachorro a choramingar e se lamuriar, do lado de fora, arranhando a porta do carro.

Eu a observava atentamente, durante esse recital. Ela não suspirou, não chorou, não hesitou; contou sua história como se tentasse reproduzir fielmente um pesadelo.

— E depois, o que houve? — perguntei.

— Ora, finalmente eu percebi que ele estava... ora, que ele tinha conseguido, estava fazendo o que queria.

— Tem certeza?

— Uma mulher não se engana nessas coisas, Paul. Ainda sinto dor por causa daquele homem; não o queria; estava... Com certeza entende isso...

— Continue — pedi, fazendo um aceno afirmativo com a cabeça.

— Ele parecia uma fera enraivecida. Parei de lutar. Em primeiro lugar porque não aguentava mais; de qualquer jeito era melhor acabar com aquele terrível pesadelo. Perdi toda a noção de tempo. Tudo o que lembro é que, de repente, ele não estava mais em cima de mim, Rover tinha voltado para meu lado e o carro se movimentava outra vez.

Devo ter mais ou menos desmaiado. Só queria, naquele momento, fugir daquele louco. Ele parecia querer rasgar e despedaçar alguma coisa.

— Algum de vocês dois falou? Mais do que você já contou, quero dizer?

— Não, nenhuma outra palavra foi dita. Barney respirava profundamente, quase como um homem agonizante, com um horrendo ruído gutural, entre soluço e gemido. Era o som mais estranho que eu já tinha ouvido e foi, num certo sentido... isso pode soar muito esquisito para você, uma das piores partes da minha experiência. Era como se ele estivesse prestes a chorar, a ter um colapso... — Ela sacudiu a cabeça. — Ainda ouço aquilo à noite.

— Continue — insisti.

— Afinal, fomos dar na estrada principal. Então, vi que nos aproximávamos novamente do portão trancado. Segurei a porta do carro e consegui abri-la, em parte, ao mesmo tempo em que Barney me agarrava. Eu não podia sair. Ele queria tirar meu suéter... Depois, quis que eu ficasse inteiramente nua. Tentaremos isso desse jeito, ele disse. Parecia um louco, o tempo inteiro puxando, tentando rasgar e tirar meu suéter. A essa altura, o carro teve de parar, se não bateria no portão. De alguma forma, abri novamente a porta do carro e Rover pulou para fora. Sua lanterna ainda estava acesa. Barney ainda me segurava. "Ele vai me matar," pensei. De repente, recobrei as forças e, não sei como, consegui me soltar e corri. Podia ver Rover, com sua lanterna, correndo furiosamente para a frente e para trás, numa abertura na cerca. Corri na direção dele, na direção da luz.

— Conseguiu atravessar a cerca?

— Não sei, realmente. De repente, Barney veio para cima de mim. Pisou em mim e me chutou, e depois caiu em cima de mim. Começou a me bater com os punhos fechados, com força, bateu em meu rosto e em meu corpo inteiro, repetidas vezes. Juro que ele tentava me matar. Senti que desmaiava, estava quase sem sentidos. Foi quando gritei. Gritei duas ou três vezes, com todas as minhas forças. De repente, descobri que estava sozinha, correndo, seguindo Rover e sua luz, correndo em direção ao nosso *trailer.* Tropeçava, caía e me levantava novamente, não sei quantas vezes, mas não parei de correr na direção da luz.

— Não viu mais Barney?

Ela fechou os olhos e sacudiu a cabeça.

— Não. Nunca mais pus os olhos nele, vivo ou morto.

— Continue — pedi.

— Quando cheguei à porta do nosso *trailer,* Manny estava justamente saindo. Parecia apenas meio acordado. Me contou, mais tarde, que tinha sonhado que eu estava gritando, e acordou. Joguei-me em seus braços.

Olhei para meu relógio.

— Quer descansar um pouco? — perguntei. — Talvez fumar ou caminhar com o cachorro?

Se ela não queria, eu queria.

— Não, não — afirmou ela, e depois sorriu. — Mas talvez você queira.

— Acho que descansarei uns cinco minutos — admiti. — Enquanto isso, você pode pôr seus pensamentos em ordem.

Capítulo 14

"SE FIZER ISSO COMIGO, Manny o matará," dissera Laura Manion. E ela tinha razão; ela conhecia o seu Manny, e Barney não. Barney "fizera isso", e Manny, sem dúvida, tivera a coragem; marchara para lá e matara Barney. A reação fora tão inteiramente primitiva e elementar — sim, e tão inevitável — quanto manter a mão de uma pessoa em cima de fogo: forçosamente, a mão se queimaria. Se Manny estivera louco aquela noite, então o próprio Barney devia estar louco varrido. A certeza de que alguma coisa de ruim aconteceria com ele se estuprasse Laura Manion era a maior dúvida nessa história. Que diabo Barney Quill *pensou* que aconteceria com ele se fizesse apenas metade do que ela declarava? Será que o homem tentara, deliberadamente, destruir a si mesmo? Quem era aquele sujeito, Barney Quill? Qual era o problema dele? Vi que ainda tinha uma porção de trabalho para fazer; que ainda havia muitas questões desconcertantes nesse estranho caso.

"Manny matará você," ela dissera. A frase profética zumbia como um mosquito em meus ouvidos. E, como advogado de defesa, não fingi gostar dela. Mas minhas mãos estavam atadas; não havia nada que eu pudesse fazer a respeito; as palavras fatais haviam sido proferidas. Sacudi a cabeça. Os advogados são meio parecidos com os atores, refleti: seu alcance fica limitado à peça; precisam aceitar o roteiro como o encontram; não ousam mudar as palavras nem consertar o diálogo. Quando fazem isso, tornam-se canastrões, por um lado, ou então rábulas, pelo outro. O que Laura Manion dissera era bastante natural. Mas, se eu tivesse escrito o roteiro, não a deixaria dizer o que dissera. Antes de mais nada, de uma só vez, aquilo não tirava uma porção de vento das velas da nossa alegação de insanidade? Será que essa reveladora advertência, que ela fizera a Barney, não tendia mais a caracterizar o caso como assassinato deliberado, cometido num acesso de retaliação e raiva, exatamente como ela predissera? E teria ela contado à polícia o que dissera a Barney? Ou, o que era ainda mais importante, teria ela contado a Manny o que dissera a Barney? Será que, de fato, ela não sugerira ao seu marido que fosse e despachasse o condenado Barney, que estava à espera? Ora, eu logo descobriria.

— Laura — eu disse, novamente ao lado dela, no carro —, você contou à polícia que avisou Barney que Manny o mataria se... se ele a "molestasse", como nossos jornais domésticos adoram dizer quando se trata de estupro?

— Sim, sim, claro. Contei à polícia tudo o que aconteceu, tudo o que pude lembrar que foi dito e feito. Não agi bem?

— Sim, claro. — Procedi calmamente. Não adiantava nada assustá-la inutilmente. — E também disse a Manny o que dissera a Barney? — Prendi a respiração, enquanto aguardava a resposta.

— Sim, foi o primeiro a quem eu disse — ela respondeu.

Meu coração teve um baque. Esse podia ser um desdobramento sério do caso, não apenas atrapalhando, perante o júri, a eficácia da nossa alegação de insanidade, mas também a questão ainda mais importante — talvez, considerando isso, será que um psiquiatra de reputação estabelecida encontraria alguma insanidade no tenente? Ora, era melhor receber todas as más notícias de uma vez.

— E também contou à polícia que disse isso a Manny? — perguntei.

— Sim — ela respondeu, e fiquei ainda mais desanimado. — Contei isso a Manny enquanto seguíamos de carro para a prisão. Os policiais sem dúvida ouviram o que eu disse e, de qualquer forma, contei novamente a eles mais tarde.

Meu ânimo melhorou e eu poderia quase — mas não de fato — abraçá-la.

— Quer dizer — falei — que a *primeira* vez em que contou a Manny foi *depois* de ele ter atirado em Barney, não antes?

Minha crescente preocupação e repentino alívio não foram percebidos por Laura.

— Sim. Nunca pensei em contar a ele antes — ela respondeu, despreocupadamente. — Acho que tinha medo, também, de que Manny fizesse exatamente o que fez. Conheço o homem... De qualquer jeito, as coisas aconteceram tão depressa...

— O que você estava usando, aquela noite? — perguntei, desviando-me abruptamente do assunto perturbador. — Estava vestida como está agora? — Olhando novamente, tive uma certa esperança de que não estivesse. Mas ela já não dissera que usava um suéter?

— Bem — ela falou, pensativamente. — Usava um suéter, muito parecido com este — estremeci, interiormente — e uma saia, uma combinação e calcinha.

— Uma cinta? — perguntei, esperançosamente.

— Meu Deus, não — ela respondeu. — Nunca uso essa coisa.

— Essa... calcinha que Barney arrancou... quem está com a peça agora? A polícia?

— Nunca mais a vi, desde então. Demos a saia rasgada à polícia. No dia seguinte, a polícia me levou e Rover também, até o local. Parece que decidiram onde era por causa de algumas marcas recentes de pneus nas proximidades, no gramado onde Barney, evidentemente, deu a volta e também pela maneira como o pobre Rover ganiu e se comportou nesse lugar — ela estendeu a mão e, afetuosamente, dava palmadinhas no cachorro, enquanto falava —, mas não encontraram minha calcinha, embora tivessem vasculhado a floresta por toda parte, em torno do lugar. Tudo o que encontraram foram meus óculos, ainda intactos, graças a Deus.

— Óculos? — perguntei. — Quer dizer que usava óculos o tempo inteiro, durante tudo isso?

— Não, não usava, mas os levava comigo, em seu estojo. Eu segurava os óculos em minha mão, e na luta com Barney, quando tentei sair do carro pela primeira vez, com certeza os deixei cair.

— Por que não os usa agora? — perguntei.

— Bem, neste momento acho que ainda preciso dos meus óculos escuros. — Riu, zombando, com sua risada forte. — De qualquer jeito, só os uso para ler, ou para qualquer coisa bem próxima. Usei os óculos para o fliperama aquela noite. — Tornou a rir. — Estou muito satisfeita porque foram encontrados, não consigo ler nem uma manchete de jornal sem meus óculos.

Óculos!, refleti. Outro pequeno ponto para o nosso lado. Seria difícil, para não dizer impossível, tornar mais discreta essa criatura com aspecto lúbrico, mas eu teria de tentar. Por mais que detestasse usar uma cinta, diabo, ela teria de usar uma no julgamento. Eu precisava lembrar-me de dizer isso a ela.

— Parece que me lembro de que você ou seu marido falaram alguma coisa sobre andar com o *trailer* — eu disse. — O que foi isso?

— Levei nosso *trailer* do estacionamento para turistas, em Thunder Bay, até um pequeno espaço privado para *trailers* em Iron Bay — ela disse. — Antes de mais nada, queria escapar daquele... daquele lugar — fez uma pausa —, e também escapar dos turistas e dos curiosos. Desde aquela noite, rodeiam o lugar quase noite e dia, parece, como se eu fosse algum tipo de monstro de duas cabeças. Eu estava num estado de sítio. Todas as vezes em que ousava sair pela porta, lá estavam eles, olhando atentamente para mim, feito corujas, ou pedindo descaradamente que eu e Rover posássemos para que tirassem fotografias nossas. Alguns foram até atrevidos o bastante para querer discutir os detalhes do caso comigo. Nunca vi tamanha exibição de curiosidade mórbida e intrometida. — Sacudiu a cabeça.

— O preço da fama, madame — reconheci. — Mas você ainda não viu nada. Espere só o julgamento. Descobrirá que a curiosidade mórbida não ataca apenas os turistas. Acho que é da natureza da besta humana.

— Acha que a sala do tribunal estará superlotada, no julgamento? — ela perguntou, ansiosamente.

— Com toda certeza — confirmei. — O caso tem tudo. Estupro, assassinato. Até um cachorrinho. — Mas vi que o "medo da sala do tribunal" tomava conta dela, e então rapidamente mudei de assunto. — Contou à polícia, na essência, a mesma história que me contou, até agora?

Ela fez um sinal afirmativo com a cabeça.

— Sim, praticamente a mesma. — Deu de ombros e riu. — Só podia ser assim. Foi o que aconteceu.

— Muito bem. Você a contou muito bem, bem e eficazmente. Soa verdadeira. Só espero que possa contar assim também no tribunal.

— Obrigada, Paul. Sem dúvida, tentarei.

— Há mais uma coisa... uma coisa importante.

— O que é? — ela perguntou.

— Você entende, claro, que o promotor a interrogará assim que eu terminar, quando estivermos no tribunal, durante o julgamento?

— Sim, achei que ele faria isso. Sempre fazem isso nos filmes, não é? Sacudindo os dedos, e tudo mais?

— Bem, ele pode tentar abalar sua história, ou confundir você, ou tentar trazer à baila coisas de que talvez não gostemos muito que sejam abordadas. Não posso predizer quais serão. Mas está entendendo o que quero dizer?

Ela fez um sinal afirmativo com a cabeça.

— O que quero é que entenda a importância — continuei — de dizer a verdade em todas as ocasiões. Acho que, até agora, você tem feito isso, mas Mitch, quero dizer, o promotor, pode tentar arrancar coisas de você, possivelmente novas coisas que, em sua confusão natural, ou com o desejo de ajudar, você pode sentir que é melhor esconder ou minimizar, ou até mentir a respeito. — Fiz uma pausa. — Não faça isso. Quando estiver em dúvida, diga a verdade. É a melhor maneira que existe de responder a um interrogatório cerrado e inteligente. Sei do que estou falando. Tentarei impedir Mitch de avançar muito, mas a amplitude permitida no interrogatório pode ser mortal, e Mitch, além disso, pode tentar fazer você passar por maus pedaços.

Laura sacudiu a cabeça.

— Por que ele tentaria fazer isso comigo? E ele parece tão aberto, tão franco, tão simpático e gentil também.

— Ele pode tentar derrubar ou lançar dúvidas sobre sua história do estupro. O fato brutal desse estupro é o grande problema dele, e ele sabe disso. Não entende, Laura, se ele puder ficar pressionando você, se ele puder baixar sua guarda e fazer você dizer alguma mentirinha tola com relação a algum ponto de menor importância e depois, mais tarde, na réplica, ou de alguma outra maneira, demonstrar ao júri que você mentiu, se ele puder fazer isso, então talvez possa lançar uma dúvida sobre sua grande verdade, a amarga e de outra forma inescapável verdade do estupro. Não entende? É um dos mais velhos truques da lei.

— Sim, entendo, Paul. Mas por que ele tentaria abalar minha história do estupro? Ele já *sabe* que eu disse a verdade, ele tem seu próprio teste com o detector de mentiras para lhe mostrar isso.

Ri, um tanto cinicamente, temo.

— Minha cara senhora — eu disse —, um advogado no tribunal tentando ganhar um grande caso é como um jornalista com um grande furo: não se deve confiar nele. Nunca. Nessas ocasiões, um advogado trairia sua própria avó. Então me ajude, já fiz isso eu próprio. Na verdade, eu era uma verdadeira fera nesse negócio.

Ela abanou a cabeça.

— Mas que coisa profundamente sórdida — disse. — Achei... achei que a lei estava acima disso... Como pode um advogado tentar torcer e deturpar o que já sabe que é a verdade?

— Nós, advogados, desenvolvemos rapidamente uma autoproteção para enfrentar isso — eu disse. — É tudo bastante simples. É nossa elevada convicção, tão profundamente entranhada em nossos corações, de que nossa causa é basicamente justa e correta e de que a causa das pessoas do outro lado é apenas um pacote de mentiras e falsificações.

— Abanei a cabeça. — É apenas o velho dilema do homem, sob um novo disfarce: o de que os supostos fins nobres justificam sempre os meios sórdidos. Mitch dirá a si mesmo, e com considerável força, que, mesmo que Barney tenha de fato estuprado você, isso não dava a Manny nenhuma justificativa legal para matá-lo. Então, o homem deve ser condenado. A partir daí, é apenas um pequeno salto, uma coisinha de nada, convencer a si mesmo de que a verdade ou falsidade do estupro, em última instância, não importa realmente. Entende?

— Acho que entendo, sim — disse Laura Manion, mas sacudindo a cabeça, com ar de dúvida.

Eu estava ficando com medo de ter dito a ela coisas demais, cedo demais, de talvez ter feito nascer nela aquilo que os advogados chamam de "medo do tribunal," a versão jurídica do medo do microfone ou do nervosismo diante das câmeras, no ameno universo do rádio e da televisão. Mas tinha de ser feito; não seria mais fácil se eu atirasse tudo aquilo em cima dela pouco antes do julgamento; e, dessa maneira, talvez ela pudesse, pelo menos, ter tempo de refletir e aprender a conviver com sua carga.

— Não deixe que a perspectiva a desanime, Laura — alertei. — Tudo o que você tem de fazer é abrir muito esses seus grandes olhos e dizer a verdade. Posso ver que ela lhe vem naturalmente, de qualquer jeito, mas precisamos garantir que não diga nenhuma pequena inverdade, de modo que possamos proteger nossa grande verdade. Espero poder algemar a promotoria o tempo inteiro com *isso*. Então, não vamos enfraquecer nossa história de estupro para ganhar algum pequeno triunfo temporário.

Era reconfortante, refleti, que a estratégia jurídica e a verdade pudessem, de vez em quando, caminhar alegremente de mãos dadas.

— Obrigada, Paul — agradeceu ela, tocando rapidamente em meu braço. — Abrirei meus olhos bem abertos e só deixarei fluir a verdade. — Fez uma pausa e sorriu. — Você quer mesmo ganhar este caso, não é?

— Não sabia, madame — comentei, rindo —, que eu também estou convencido da justiça e da correção da nossa causa? Os acusadores não passam de um bando de patifes mentirosos. Você vê, é uma doença profissional de que nós, advogados, sofremos.

Dei uma olhada em meu relógio. Estava quase na hora do almoço. E eu podia ver o sr. Frio andando, agitado, de um lado para outro da sua cela, espiando ansiosamente através da janela fuliginosa, perfurando minhas costas com seus fumegantes olhos escuros.

— Por falar em seus grandes olhos arregalados — continuei —, quero que procure hoje um fotógrafo e faça com que seus olhos escurecidos sejam fotografados em toda a sua glória. E todos os seus machucados, também. Eles desbotaram um pouco, de ontem para cá. Para ter certeza, faça com que ele tire pelo menos duas fotos de cada pose. Quando isso tudo terminar, eu lhe darei uma série para guardar entre os seus suvenires. É melhor procurar Tom Bennett; vou telefonar primeiro para ele. Não quero que exagere seus machucados, eles não precisam disso, mas também não quero que ele tire fotos artísticas e minimize tudo. Como classe, esses fotógrafos têm a seguinte fraqueza: querem fazer todo mundo sair parecendo coelhos albinos com uma semana de nascidos. Quanto a mim, sou fã do Mathew Brady. E não vá lá querendo parecer glamourosa. — Saí do carro. — Depois, quando tiver terminado, volte aqui. Quero ouvir o resto da sua história.

— Será feito como disse, Paul — falou Laura Manion, rindo. — E prometo parecer uma perfeita bruxa.

— Isso, madame — apoiei, com galanteria —, exigirá um esforço sem limites.

Capítulo 15

Se clientes e testemunhas algumas vezes sofrem de nervosismo da sala do tribunal, os próprios advogados, vez por outra, são vítimas do que se poderia, mais canhestramente, chamar de nervosismo da "preparação do caso". Naquele meio-dia, enquanto comia meu almoço no Iron Bay Club, pensei detectar algumas pontadas desse nervosismo em mim mesmo. Os sintomas são sutis e bastante difíceis de definir; de repente, eu parecia dominado por uma sensação de irrealidade com relação ao caso e ao seu possível resultado, uma sensação esquisita de inadequação e dúvida, uma ideia de que eu estava, de alguma maneira, perdendo o navio; uma impressão ansiosa de que eu chegara tão perto daquele maldito caso que não podia ver a floresta, só as árvores.

Também descobri que estava segurando um sanduíche, sem o comer, bem no meio do ar. Abruptamente, dei uma grande mordida nele e um ou dois dos meus companheiros de almoço deram rápidas olhadas em minha direção, como se faz quando está por perto uma pessoa desagradável.

— Não foi um bom pedido — resmunguei, com uma voz abafada pelo sanduíche. — Este lugar que vá para o inferno.

As estratégias experimentais para o julgamento, que pareciam de grande inspiração, agora se juntavam e batiam de frente com outras estratégias, já inconsistentes, que no nascedouro pareciam igualmente brilhantes. Era mais do que tempo, refleti, de eu mandar para o diabo os turbulentos Manions e seus emaranhados problemas emocionais e virar minha lanterna de busca em direção ao próprio caso bruto. Dali em diante, foi apenas um passo decidir que eu ia pescar. Suspirei e empurrei para um lado meu sanduíche inacabado. Fui para o andar de cima e telefonei para a prisão municipal.

— É você, Sulo? — perguntei, como se houvesse alguma outra pessoa, no mundo inteiro, capaz de dizer "Aqui fala a Prisão Municipal de Iron Liffs" com metade do charme do tempo antigo que tinha Sulo. — Aqui é Polly Biegler — continuei. — Ouça, Sulo, por favor, diga aos Manions que surgiu um contratempo inevitável e não poderei vê-los esta tarde.

— Surgiu o quê? — gritou Sulo e tornei a lembrar que ele sempre gritava pelo telefone; era um daqueles resolutos conservadores que jamais acreditam inteiramente que tais engenhocas estejam aqui para ficar.

— Ouça, Sulo, diga ao meu cliente do Exército que não irei aí hoje. Sim... Quero dizer, não... Não estarei aí. — Eu também gritava. — Entendeu? *Não irei aí*! Estou doente, vou pescar. Estou bêbado! Não irei aí!

— Droga, Polly — disse Sulo, brandamente. — Por que não me disse isso logo no começo? Não vem aqui hoje.

— Até logo, Sulo — respondi. — Adoro você.

— O quê? — gritou Sulo.

— *Não irei aí!* — gritei, em resposta, fechando os olhos e colocando o receptor, suavemente, em seu gancho.

Sim, já era hora de ir pescar.

Mas ainda era cedo demais e estava claro demais para uma boa pescaria, então pedi uma garrafa de cerveja, peguei uma revista sobre vida ao ar livre e, ociosamente, fui virando as páginas. O universo infestado de mosquitos e de *bacon* tostado dos esportistas do ar livre, percebi, naquela estação ia rapidamente para o inferno com um motor de popa. Enfiada entre a floresta dos anúncios, encontrei uma matéria sobre uma nova maneira de ajeitar a rede para pesca da perca. Eu a li como alguém que vez por outra lê, de forma macabra, os obituários de completos estranhos. A incongruência da minha leitura sobre pesca da perca, que eu detestava, fez-me lembrar do tempo em que meu amigo Raymond e eu visitamos, certa vez, numa viagem de pescaria, a cabana do velho Dan McGinnis, o rei do Lago Oxbow. Danny morava sozinho, "acampado", como dizia o pessoal da Península Superior, numa das áreas mais ermas e distantes do condado. Para chegar lá, nos últimos — vários — quilômetros, era preciso caminhar; nem mesmo o melhor jipe podia enfrentar aquele campo coberto de vegetação rasteira. Encontramos o velho Danny sentado junto de sua janela, os cotovelos remendados do casaco apoiados na mesa da cozinha, coberta com um linóleo axadrezado, e lendo atentamente uma velha e esfrangalhada revista sensacionalista. Seus lábios moviam-se silenciosamente, como se recitasse uma ladainha. Tão absorto estava em sua leitura que mal ergueu os olhos quando entramos pisando forte e atiramos no piso da sua casa nossas sacolas a tiracolo e equipamento de pesca.

— O que está lendo, Danny? — perguntou Raymond cortesmente.

— Ah, quem, eu? — falou Danny, aborrecido, erguendo os olhos. — Ora, *tô* lendo uma reportagem sobre uma espécie de cara eremita que mora lá pelas florestas do norte completamente sozinho. Ele *tá* ficando maluco, aos poucos, diz aqui. Morando assim sozinho o ano todo. Pode imaginar um pobre maluco desse tipo, fazendo isso? Acho pouco natural. Sim, sim, sim. Mas é interessante como diabo!

E ali estava eu sentado agora, no coração de um dos melhores locais para pescaria de truta do país, lendo uma matéria que visava a ensinar os pobres sujeitos presos na cidade e aos lavradores de Indiana a pegar mais daquelas verminosas *percas*, peixe que eu, pessoalmente, considerava apenas um grau acima, se tanto, de uma lagosta de uma loja de rede. Fechei com força a revista e saí silenciosamente daquele lugar, seguindo pela rua que levava ao consultório de Doc Trembath.

O consultório do médico estava apinhado, como de costume; e, como de costume, na maior parte com mulheres carrancudas e estoicamente grávidas, que eram sua especialidade; mas a recepcionista de Doc era uma mulher compreensiva e pareceu sentir que minha própria gravidez era mais avançada; em poucos minutos eu estava sentado junto do médico em pessoa, um homem gigantesco e maciço, com uma aparência de marechal de campo e a gentil e sofrida fisionomia de um anjo sobrecarregado de trabalho.

— Sou advogado de defesa no caso de assassinato Manion — informei, apertando sua grande pata —, e, acredite se quiser, preciso de um conselho sobre a mecânica do sexo. Como caem os poderosos. Por favor, tente explicar de uma forma direta, não com o latim cheio de erros que vocês, médicos, em geral usam.

— Pode mandar bala — disse o dr. Trembath, dando um suspiro cansado e acendendo um cigarro.

— Sem dúvida, leu sobre o caso nos jornais, inclusive o fato de que a esposa de Manion declara que Barney Quill a estuprou — eu disse.

— Sim — respondeu o médico.

Era uma espécie de homem quieto e raramente desperdiçava palavras. As mulheres o adoravam; um simples caso de atração dos opostos.

— Bem, a dama do caso, Laura Manion, é um vulcão de mulher. Está agora vivendo com seu segundo marido. Será que um médico poderia dizer, examinando-a, se ela foi estuprada?

O médico abanou vagarosamente a cabeça, dizendo que não.

— Ou se ela, recentemente, manteve relações sexuais?

— Só se um esfregaço mostrasse espermatozoides.

— Os Manions me contaram que o velho Doc Dompierre deitou a mulher, na noite seguinte, na cadeia, a pedido deles, e tirou um esfregaço com uma vareta de esfregão. Depois disso, informou que o resultado era negativo para esperma masculino.

— Primeiro ele dilatou a... abertura vaginal? — perguntou Doc, levando em conta minha advertência contra o latim médico.

— Os Manions dizem que não. Mas será que a maneira como ele fez isso é legal?

— Não é a maneira como eu teria feito — advertiu o médico.

— Mas é uma maneira aceita, do ponto de vista médico? — insisti.

— Não — ele repetiu. — Eu diria que, definitivamente, não.

— Se a mulher parecesse melindrosa e sofredora demais, isso não poderia ser uma evidência de que havia sido possuída à força?

O médico ergueu os olhos para o teto e piscou pensativamente.

— Antes, eu colocaria as coisas da seguinte maneira — falou, com cuidado. — Os sintomas de que fala são puramente subjetivos, então um médico não poderia ele próprio testemunhar quanto à sua dor e sofrimento. Assim, não haveria nenhuma evidência física direta de um estupro nem, na verdade, de qualquer ato de relação sexual que ele pudesse afirmar ter existido. Mas, se a declaração da mulher quanto a esse sofrimento fosse verdadeira, e também sua declaração de que aquilo resultava de uma relação sexual não desejada, se sua história fosse aceita, em outras palavras, um médico cuidadoso poderia testemunhar no sentido de que essa era uma evidência de que a relação sexual foi à revelia. — Fez uma pausa e sorriu levemente. — Acho que não preciso lhe dizer que uma mulher normal tem de ser receptiva ao ato, tem de estar preparada. Além disso, entendo que, entre vocês, advogados, a falta de vontade da mulher é um elemento importante para a caracterização legal do estupro.

— Certo, doutor — reconheci. — Mas será que o senhor testemunharia, se lhe pedissem, no tribunal, que a sensibilidade dela poderia ser o resultado da relação sexual à revelia?

Ele pensou por um momento.

— Eu gostaria de examiná-la primeiro — declarou.

O bom doutor fora apanhado.

— Ótimo — falei. — Quando pode examiná-la?

O médico resmungou e fez um gesto cansado em direção à sala de espera cheia de mulheres.

— Uma a mais ou a menos não fará muita diferença, eu acho. — Suspirou. — Algumas vezes, desejaria ter uma profissão como a de encanador, um negócio em que eu pudesse simplesmente jogar para um lado minha chave inglesa e dar o fora quando me desse na telha.

— Talvez, doutor — eu disse —, talvez sua visão de mundo esteja se tornando um pouquinho limitada demais.

Ele sorriu fracamente.

— Quando quer mandá-la para cá?

— Que tal esta tarde?

— Acho que sim. Sim, mande-a.

— Será que também verificará quaisquer possíveis machucados e lacerações, no local ou em outras partes, e anotará suas descobertas?

— Sim, sim. Mande-a.

— Obrigado, doutor. Agora, apenas mais uma pergunta: existe alguma maneira pela qual uma autópsia de Barney Quill pudesse ter mostrado que *ele* tivera uma relação sexual pouco antes de sua morte e alcançara um orgasmo?

— Existe sim.

— Como?

— Através de possíveis manchas em seu corpo ou em suas roupas, e, melhor ainda, através do exame das vesículas seminais, que naturalmente estariam vazias, ou seja, se ele recentemente alcançou um clímax sexual. Veja, vou mostrar-lhe.

Estendeu a mão, escolheu um grosso livro de medicina, folheou as páginas e me mostrou e explicou um quadro com as coisas complicadas que acontecem com o macho da espécie humana quando ele embarca no último abraço do amor.

— Ah, a natureza é maravilhosa — eu disse, quando ele terminou. — Mas acho que, de agora em diante, vou me limitar exclusivamente à pesca.

— Posso perguntar se foi realizada uma autópsia no falecido? — perguntou o médico.

— Suponho que sim — eu disse. — É a única maneira segura para provar legalmente a causa da morte, e que faz parte do que nós, advogados, chamamos de *corpus delicti*, sabe, com perdão pelo sotaque estrangeiro.

— Foi feito um exame no corpo e nas roupas para os fins que acabamos de discutir?

— É isso exatamente o que não sei, doutor. É um dos motivos pelo qual vim vê-lo. — Eu chegara à parte difícil, e fiz uma pausa. — Teria alguma objeção, doutor, a depor pela defesa sobre essas coisas, caso se torne necessário? — perguntei. — Para ser honesto, devo acrescentar que, provavelmente, será necessário.

O médico ficou ali sentado, refletindo e soltando baforadas do seu cigarro. Ali estava um homem deploravelmente ocupado, um dos mais ocupados e melhores do condado. Mas poderia eu culpá-lo se ele se esquivasse de se envolver com um caso de assassinato tão fétido e espalhafatoso? "Dr. Orion Trembath, destacado médico e cirurgião de Iron Bay, testemunhou hoje pela defesa!", os jornais proclamariam. E ele, naturalmente, previa tudo isso.

— Doutor — falei, baixinho, levantando-me —, esse meu tenente, que está aqui entre estranhos, é um homem solitário como diabo. E está também inteiramente duro. Tentarei encontrar uma outra pessoa, se preferir não ajudar.

O médico esmagou seu cigarro, levantou-se e me estendeu a mão. Embora eu seja alto, ele se elevava bem acima de mim.

— Se as coisas ficarem muito difíceis — ele decidiu —, pode contar comigo.

— Obrigado, doutor — agradeci. — Espero que nenhum bebê tenha nascido lá fora, de repente, enquanto estávamos conversando.

As mulheres estoicamente grávidas pareceram fechar ainda mais a cara enquanto eu, o homem intrometido, um dos odiosos membros da raça descuidada responsável pela sua provação, atravessava suas fileiras cerradas e descia ruidosamente a escada. Ah, mas elas não perceberam todos os belos segredos mecânicos que eu agora sabia sobre seus maridos e amantes. E, de qualquer jeito, eu conseguira o meu médico, o que eu queria, um médico cujas opiniões não estavam à venda para quem fizesse o lance mais alto. Do lado de fora, descobri que nuvens haviam encoberto o sol. Dei uma olhada para o alto, para a torre do clima. Um vento suave soprava do oeste. "E, quando o vento vem do oeste, as pescarias são as melhores." Minhas narinas começaram a se dilatar.

Caminhei de volta para o clube e tornei a telefonar para a prisão, pedindo a Sulo para, por favor, colocar o tenente ao telefone. O tenente, segundo parecia, ainda estava lá sentado esperando por mim. Sulo o traria.

— Seu advogado quer falar com o senhor! — gritou.

— Não irei aí esta tarde, tenente — informei-o.

— Sim, Sulo me disse, instantes atrás. Estou esperando Laura. Está tudo bem?

— As coisas estão ficando um pouquinho atrapalhadas, só isso, e vou pescar. Quero ficar sozinho e preparar algumas bombas para jogar no sr. Lodwick.

O tenente riu, e eu rapidamente contei-lhe os acertos que fizera para um exame de sua esposa, ainda naquela tarde, mais tarde, pelo dr. Trembath.

— Por favor, providencie para que ela vá até lá — acrescentei.

— Mas ela já tem um médico — contrapôs o tenente, com aquela voz melindrada que eu começava a conhecer tão bem.

— Sim, eu sei — reconheci.

— Então, ele não basta? Precisamos de *dois*?

Contei mentalmente até dez.

— Não quero parecer exigente, tenente, mas acontece que considero seu médico particular profissionalmente equiparado a Amos Crocker. De fato, ele deve tê-lo recomendado. — Fiz uma pausa. — Ouça, tenente, estou ficando um pouco cansado de ter de ameaçar retirar-me deste maldito caso todas as vezes em que preciso do seu consentimento para qualquer recomendação que faço. Mas devo adverti-lo, se insistir em ficar com esse médico, acho melhor também melhor se segurar por aí e esperar que a perna do velho Crocker fique boa. Eles fazem um par tão encantador; ambos improvisam tão bem. Fui claro?

— Com certeza.

— Vai mandar sua mulher para o novo médico? — Houve uma longa pausa, e eu podia imaginar o rápido rubor de raiva, as mordidas no minúsculo bigode, o lábio inferior preso aos dentes. — Estou contando até dez, tenente, e quase chegando lá.

— Sim, que diabo, vou mandá-la.

— Ah, assim é melhor. Agora posso sair para pescar com o coração leve.

— Espero que entre em forma.

— O que quer dizer?

— Digo, que diabo, que espero que tenha boa sorte.

— É a velha guerra, tenente. Agora entendi o que disse. Está falando a minha língua.

— Aparecerá aqui amanhã?

Eu não tinha pensado nisso antes, pelo menos não de forma consciente, e minha resposta saiu inesperadamente.

— Não, tenente, não aparecerei amanhã. Acabei de decidir que é hora de eu visitar o cenário de todo esse negócio. Amanhã, irei para Thunder Bay.

— Quando o verei, então?

— Provavelmente no dia seguinte. Mas não quero assumir um compromisso com você. Eu o verei quando for possível. Neste momento, vou pescar.

Então fui pescar, e meu coração estava despreocupado e alegre. Ao anoitecer, minha linha de pesca agarrou duas trutas com a idade de votar e, finalmente, logo que escureceu, prendi o avô, e a guerra começou. "Venha, venha, minha querida, adorada...," eu adulava e engabelava. "Venha para o papai, venha para o papai." Vinte minutos depois, parti para o artifício familiar e deslizei a rede para debaixo dela. "Ah..." Era minha maior truta de regato da temporada. Parecia uma fatia de crepúsculo malhada e escorrendo água, sob a luz vacilante da minha lanterna elétrica. Mas o melhor de tudo foi que, durante vinte minutos completos, eu tinha conseguido esquecer inteiramente o caso Manion.

Capítulo 16

Quando cheguei em casa, de volta da pescaria, encontrei o velho Parnell McCarthy cochilando no banco que o quiroprático do outro lado do corredor havia atenciosamente providenciado para os aleijados e coxos que procuravam seus serviços.

Parnell estava sentado com as mãos gorduchas entrelaçadas na frente do seu colorido e axadrezado colete tartã. Eu escolhera o colete para ele, para pasmo de Maida, numa das minhas viagens de pescaria no Canadá; estava entre as mais prezadas posses dele, uma coisa parecida com um barbeiro dono de um Cadillac; e me ocorreu que eu jamais o vira uma só vez abotoar seu casaco por cima dessa vistosa peça de vestuário desde que eu lhe dera o colete de presente, no ano anterior. Secretamente, eu ansiava por usar eu próprio um colete daqueles; mas, sujeito covarde, faltava-me a ousadia.

Parnell balançava-se suavemente, enquanto cochilava. "O irmãozinho delinquente de Whistler," pensei, perversamente. A série de queixos do velho repousava gentilmente em seu peito, e, quando ele exalava, seus lábios, expelindo o ar, soavam ligeiramente como um distante barco a motor. Ora, não tão distante, pensei, com ponderação; era mais como os ruídos entrecortados, parecendo uma trombeta, que os cavalos do meu pai, Oliver, faziam com os lábios depois que eu jogava água neles, à noite, quando era garoto. Eu não ouvia esse ruído há anos. Parnell suspirava e trombeteava continuamente.

Fiquei ali em pé olhando para meu velho amigo. Inclinei-me para a frente e cheirei sua respiração. "Ah, aparentemente sóbrio," concluí, com alívio. Farejei novamente, apenas para me certificar. Exatamente naquele momento, Parnell abriu um olho e me pegou no ato.

— Devia envergonhar-se de si mesmo, rapaz — ele trovejou. — Farejando e espionando um velho cavalheiro que está tirando seu cochilo do anoitecer! — Cambaleou e ficou em pé pesadamente. — Onde diabo você estava? Quase desisti de esperá-lo. Ah, pescando, vejo pelo seu traje esquisito e fedorento. Em que fétido pantanal cheio de malária você chafurdou hoje? E precisa se arrumar todo e ficar assim com a aparência e o cheiro de um vagabundo de praia só para pegar um simples peixe? Está vendo, também posso farejar, meu caro rapazinho... Vamos, vamos, rapaz. Há trabalho a ser feito. E agora... conte-me toda a história, de A a Z. Estou louco para saber de tudo.

Destranquei meu escritório e levei para dentro minha roupa que viera da lavanderia e estava encostada na porta. Indiquei a Parnell uma cadeira confortável, coloquei meus peixes no gelo, enfiei meus pijamas e um velho roupão de banho, acendi o fogo com a lenha que a atenciosa Maida deixara em minha lareira de ferro e apaguei as luzes. Depois, sentei-me e contei a Parnell toda a história, o bom e o ruim, meus planos e esperanças, todos os meus temores e ansiedades. Ele ficou sentado, quieto, durante todo o recital, na maior parte em silêncio e sem piscar os olhos, às vezes, à luz bruxuleante do fogo, parecendo, com variações, uma estátua do Juízo Final, um sátiro envelhecido, um maltrapilho informante de barbadas nas corridas de cavalos, o próprio Buda, o falecido W.C. Fields, um busto de Sócrates — e até aquele lindo anúncio antigo do Lash's Bitters. Mas, principalmente, graças a Deus, ele parecia o bom, velho e astuto Parnell McCarthy.

Parnell interrompeu-me raramente e apenas de maneira rápida, de maneira a me fazer saber que sua mente alerta estava correndo, correndo mais depressa do que os números e luzes de um fliperama desembestado. Já era bom apenas tê-lo ali, e um pouco da confusão e da incerteza que me oprimiam no início do dia parecia magicamente desaparecer com o simples ato de contar.

Do outro lado da praça deserta, o sino rachado do relógio, na torre da prefeitura, bateu uma hora. Eu amava seu vacilante clangor. O sino estava rachado desde onze de novembro de 1918, e qualquer vereador que sugeria substituí-lo arriscava-se a um rápido esquecimento político. O som era mais um baque dissonante do que um dobrar de sino; um prolongado estremecimento metálico, como se um gigante armado com um malho tivesse batido num trilho quebrado. Aos poucos, o eco desafinado diminuía de volume, até se extinguir.

— Ora, Parnell — falei —, e o que diz o promotor público? Será que a defesa tem uma ínfima chance? Não procure me poupar. Me dê as duas posições, meu amigo.

— Estou pensando — ponderou, fechando os olhos e puxando o cabelo grisalho do papo da garganta.

Esse era nosso joguinho. Durante a maior parte do meu período como promotor, Parnell agia como uma espécie de advogado de defesa voluntário. Tínhamos "experimentado", antecipadamente, todos os meus grandes e duros casos, sentados junto da lareira ou por sobre o tampo da velha mesa da sala de jantar de Vovó Biegler. Assim, Parnell martelara e testara — e, frequentemente, revisara — a teoria e a estratégia dos meus casos, na sólida bigorna da sua mente. Ele era, como eu dissera ao sr. Frio, meu dínamo jurídico.

Provavelmente, esse velho sagaz era, de fato, o maior motivo isolado para eu, como promotor público, ter batido o recorde de condenações, das quais ele parecia muito mais orgulhoso do que eu. Com frequência, eu imaginava por que ele se dava ao trabalho, e algumas vezes sentia vagamente, como sinto agora, que, para Parnell, eu era uma espécie de "o que ele poderia ter sido".

— Tenho alguma chance? — tornei a perguntar.

— Claro que tem uma chance — ele começou rispidamente. Pigarreou. — Não fale dessa maneira, rapaz. Não se venda barato. É má psicologia e, pior ainda, no seu caso, falsa modéstia também. Não combina com você. Vamos, por favor, dispensar a conversa fiada. Você é bom e sabe muito bem disso, que diabo. — Sacudiu a cabeça. — Um caso e tanto, rapaz, um caso e tanto, de fato — reconheceu, pensativamente. — Só... só queria estar trabalhando nele. — Suspirou. — E há muitos anos eu não desejo trabalhar em caso nenhum.

Era a abertura pela qual eu esperava.

— Vai trabalhar nele, Parnell — garanti, tranquilamente. — Até o fim. Só precisa dizer que sim. O que diz?

Houve um silêncio. Parnell ficou sentado, muito quieto, e pensei, por um momento, que tinha cochilado de novo. Inclinei-me para mais perto e vi que seus olhos estavam abertos, arregalados. Ao brilho agonizante da lareira, achei que brilhavam suspeitosamente, mas talvez estivesse enganado.

— Fala sério, rapaz? — perguntou, num tom pouco acima do sussurro. — Quer realmente que eu trabalhe em seu grande caso de assassinato?

— Você ouviu o que eu disse, Parn. Quero você, preciso de você, e estou falando sério. Também não estou sendo magnânimo. Simplesmente, de forma bem egoísta, preciso da sua ajuda. Sabe o que ganhar esse caso significa para mim, não preciso lhe dizer.

— Farei... farei isso, Paul — ele disse — mas com uma condição.

— Que condição, Parn?

— A de que Parnell McCarthy fique atrás dos panos, apenas no segundo plano. Entende? Nem mesmo seu cliente deve saber. Ninguém a não ser nós, e a srta. Maida, claro. Não deve haver nenhum vazamento de informação.

— Por quê, Parn? — perguntei. — Diga-me por quê? — Este era um desdobramento interessante.

Parnell riu, com desdém.

— A visão deste velho inchado, bebedor de uísque, com o nariz vermelho, sentado a uma mesa de advogado seria suficiente para prejudicar qualquer caso — ele continuou. — Meu Deus, você já tem obstáculos bastantes para transpor sem me acrescentar. E, se alguma coisa der errado, o júri é sempre imprevisível, você sabe, rapaz, eu não desejaria ter isso pesando em minha consciência, nem na sua. Eu... é melhor que me sente ao seu lado em espírito. Estarei por perto, de qualquer jeito. — Fez uma pausa. — E existe outro motivo, rapaz.

— Qual é, Parn?

— Quando ganhar esse caso, quero que seja uma vitória unicamente *sua*. Você já está no caminho certo, rapaz, sabe disso, e não precisará realmente de mim. Você ganhou uma porção dos seus grandes casos antes mesmo de nos tornarmos amigos. Tentarei ajudá-lo, claro, à minha maneira atrapalhada, naturalmente, mas basta, para um sujeito velho como eu, ver *você* ter sucesso. Entende o que estou dizendo? — Fez uma pausa e, quase com raiva, pigarreou. — Eu... eu... Ah, que diabo, me dê um desses horrorosos charutos italianos. Vou fumá-lo como autodefesa, esse fedorento que você está fumando faz meus olhos arderem. Valha-me Deus, o cheiro é de cebola. É cebola mesmo, rapaz?

— Entendo, Parn — concordei, passando-lhe um charuto. — Aceitarei seus termos, com uma condição.

— Ah, o que é, agora? Até parece que estamos discutindo os termos de um maldito arrendamento, por 99 anos, de uma cadeia de lojas. Diga lá, qual é essa sua condição?

— A de que dividiremos meio a meio qualquer honorário que eu receber — disse. — Já lhe contei qual era e o risco, que provavelmente estou assumindo, de não receber nada.

Parnell piscou os olhos.

— O que pretende fazer, Paul? Fazer um velho como eu chorar? É o que está tentando fazer?

— Falo sério, Parn, da mesma forma como falei quando o convidei para trabalhar no caso — acrescentei, num tom mal-humorado. — Dividiremos os honorários, ou não haverá parceria no caso. É justo que seja assim.

— Que Deus o abençoe, rapaz. Farei isso. Farei isso para ajudá-lo e satisfazer seu capricho generoso. E tendo dito isso, talvez seja pouco cortês e soe comercial da minha parte acrescentar que, se não for pago antes do julgamento, provavelmente jamais será pago depois, você perca ou ganhe. — Ele riu, rapidamente. — Tenho de dizer isso agora para você não pensar que é de dinheiro que estou atrás, pois Deus sabe que nunca estive. Mas você também não está, Paul, você também é um advogado e não um lojista mal orientado que, equivocadamente, foi para a Faculdade de Direito. Estou satisfeito e muito orgulhoso com o fato de que você vai defender esse homem solitário, com... sem...

— Ouça, Parn — interrompi —, você sabe bem demais que a provação do tenente Manion tem pouco ou nada a ver com o fato de eu estar trabalhando nesse caso. Não me lisonjeie assim. Por favor, Parn, por favor — não tente me elevar à categoria de um liberal heroico.

— O papel é mais adequado a você do que pensa, rapaz, mais do que pensa — prosseguiu Parnell. — Agora, escute o que lhe digo. Você não consentiu em adiar o caso do seu cliente, quando aquele jovem sujeito, o Mitch, lhe deu a grande oportunidade, não foi? Não, não consentiu. Ora, você poderia ter feito seu cliente aceitar esse adiamento, e sabe muito bem que sim, e continuar com o caso, apesar disso, por todos os outros motivos seus, e ainda se dando mais tempo para tirar dele algum dinheiro. E mais tempo para sua pescaria. Tudo isso você poderia ter feito. Digo que estou orgulhoso de você, que diabo. Você não deixaria aquele pobre safado jogado na prisão por mais três ou quatro meses. Ora, não quero ouvir você dizer mais nada sobre isso. Atice esse fogo e pegue uma garrafa de cerveja para mim. — Fez uma careta. — Não faria diferença beber simplesmente água, mas há trabalho a ser feito, vamos começar.

Levantei-me, orgulhosamente.

— Gostaria que entendesse, sr. McCarthy, que pago mais de cinco paus por pacote da minha cerveja. Toda garrafa é testada por virgens com luvas de borracha. Não há toques de dedos. Vi até Heinie, o mestre cervejeiro, na TV. Um sujeito encantador, articulado, que fala através de uma permanente névoa de chucrute, como meu tio-avô Otto. *Meus bbbons amiggos, esta malte, estas lúpulos, o melhorrr que seu dinheirrro pode comprrrarrr!* Autêntico, entende, muito Velho Mundo, e tudo feito puramente por amor, como o pão da mãe. Mas talvez você prefira uma boa água morna da torneira.

— Vamos em frente — ordenou Parnell, sorrindo, levando um fósforo aceso até o seu charuto e, depois, inclinando maliciosamente a cabeça. — E quem, me diga, por favor, quem faz o teste para ver se elas são mesmo virgens?

Capítulo 17

Parnell deu um gole em sua cerveja. Engoliu, ficou com um ar pensativo e, depois, fez uma expressão de desagrado, como um menino comendo espinafre, a contragosto.

— O diagnóstico inicial estava correto — afirmou. — É melhor você processar seu bom amigggo Heinie, *ya*!

— Muito bem, sr. promotor. Pare de difamar minha hospitalidade. Vamos ouvir seus motivos segundo os quais meu cliente deverá ser condenado. Está ficando tarde.

Ele me olhou atentamente por um momento, depois inclinou-se para a frente e falou com seriedade.

— Seu eu fosse promotor, rapaz — começou —, martelaria implacavelmente nesta única grande pergunta: se o acusado Manion não pegou uma arma e foi para o bar de Barney Quill *unicamente* para matá-lo, por que diabo ele foi até lá? "Membros do júri," eu diria, "aqui está um homem que pega deliberadamente uma pistola carregada, oculta-a na roupa, busca sem erro o homem que acabara de estuprar sua esposa e o enche de chumbo. Por quê, por quê, por quê, se não fosse para matar o homem, que foi o que ele fez, imediatamente?" — Parnell fez uma pausa, seus olhos cinzentos brilhando, iluminados. — Será que o advogado de defesa concede algum mérito a esse argumento? Como, meu engenhoso amigo, você se propõe a contornar isso?

— Continue, Parn — pedi. — Há mais, muito mais. Vá jogando tudo isso em cima de mim e, depois, tentarei jogar de volta em cima de você.

— Sim, há mais — continuou Parnell, pensativamente. — Em relação a essa mesma linha de argumentação e também para contestar sua alegação de insanidade, eu continuaria a insistir no fato de que, imediatamente após os disparos, o acusado, segundo parece, ameaçou atirar no barman que o acompanhou até a saída do lugar e, em seguida, voltou para seu *trailer* e se entregou ao vigia substituto do estacionamento dos *trailers*, com estas palavras significativas: "Acabei de atirar em Barney Quill." Ou, dito de outra forma: "Pode levar-me, sr. policial, minha missão está cumprida; fui lá *pegar* Barney e *peguei* mesmo." São essas as ações de um homem louco ou de um homem que não sabia o que fazia? Ora, até a esposa dele, que conhecia sua natureza ciumenta, previu que ele mataria Barney, e foi exatamente o que ele fez.

— Objeção, Parn — interrompi. — Não é justa essa questão do ciúme. É informação interna. Espero que o promotor não a tenha e não vá tê-la. Mas, quanto ao resto, você realmente andou batendo em mim onde realmente dói.

— Objeção negada — continuou Parnell friamente. — Esse jovem sujeito, Lodwick, é inexperiente etc. e talvez não seja lá muito competente como promotor, pelo menos até agora, mas simplesmente sentirá o *cheiro* do ciúme, a partir da declaração dela, de que o seu cliente mataria Barney *se*... E, se ele não sentir o cheiro, o júri provavelmente sentirá, de qualquer jeito.

— Não vou dizer que gosto dessa declaração dela, Parn — eu disse. — Você sabe que me deixou preocupado. Mas eu responderia ao argumento dizendo que ali estava uma mulher numa situação desesperada, prestes a ser estuprada, que se agarrou a um fio, um último e desesperado estratagema para deter o homem, a ameaça de retaliação e punição física se Barney a estuprasse. O que mais poderia a pobre mulher fazer ou dizer? E, afinal, como poderia ela saber o que o seu marido talvez fizesse? Exatamente quantos outros homens pode a promotoria mostrar que ele matara por a estuprarem? E pense como seria pior se fosse *antes* dos disparos que ela contasse a Manion o que disse a Barney.

— Bom rapaz que você é, Polly — admitiu Parnell, acenando afirmativamente com a cabeça. — Sim, uma resposta bastante boa, rapaz. Acabou de pensar nela?

— Acho que andei pensando nela o tempo inteiro em que estive pescando hoje. — Sacudi a cabeça sombriamente. — Mas ainda tenho muito trabalho a fazer. Mal arranhei a superfície. Ainda tenho muitas leis para examinar. Simplesmente não tive tempo de chegar lá. De qualquer jeito, gostaria de conseguir todos os fatos primeiro. Tudo o que queremos são os fatos, madame.

— *Não. Temos* muito trabalho a fazer — falou Parnell, em tom de reprovação. — *Temos* uma porção de leis para examinar. Lembre-se, agora eu também estou neste caso, rapaz.

— Aceito a correção — admiti, sorrindo. — Mas, exatamente neste momento, você é o promotor. Prossiga com sua acusação, sr. promotor.

Depois disso, Parnell e eu reviramos o caso pelo avesso, planejamos estratégias que depois rejeitamos, substituímos por outras, ponderamos como poderíamos chegar a provas do estupro, como a acusação poderia bloquear isso, como poderíamos tentar apresentar pelo menos o fato do teste de Laura com o detector de mentiras... Parnell, finalmente, puxou seu relógio de prata.

— Valha-nos Deus, eu não ficava acordado até tão tarde desde o velório de Terence Cronin. Por esta noite basta, rapaz. Agora, vamos para a cama. Ambos temos de manter a cabeça no lugar, neste caso; está cheio de sutis questões jurídicas. A propósito, espero que esteja lá o juiz Maitland.

Abanei negativamente a cabeça.

— Não, Parn, temo que não. Ele ainda está na Mayo, e sua condição de saúde não é boa.

— Quem é, então?

— Não tenho a mínima ideia. E, se Mitch sabe quem é, não está dizendo. Espero que não seja um daqueles horrorosos mercenários políticos do interior. Vamos precisar de um verdadeiro advogado neste caso. A propósito, vou de carro até Thunder Bay, amanhã, para dar uma olhada em torno. Quer ir comigo?

— Que Deus o abençoe, claro que sim. Estava aqui esperando que me convidasse. E Maida, também vai?

— Maida? — perguntei. — Por que diabo Maida? Ela é apenas uma garota que datilografa cartas e lê Mickey Spillane.

— Maida — respondeu firmemente Parn. — Há trabalho de detetive para ser feito. Se houver alguma bela e madura velhacaria lá em Thunder Bay, uma mulher inteligente a farejará. Maida é inteligente e ela vai conosco. Esta é uma ordem do conselheiro sênior, meu jovem.

— Sim, senhor, sr. McCarthy — respondi, docilmente. — Por favor, senhor, a que horas partiremos?

— Às oito em ponto, daqui do seu escritório.

— Mas Maida só chega aqui às nove. E não tenho coragem de telefonar para ela, a esta hora tardia. Meu Deus, já passam das duas.

Quando Parnell caminhou até a porta, parecia haver em seu procedimento uma animação que eu não via há anos.

— Prepare seu despertador e telefone para ela às sete, rapaz. O velho Thomas Edison viveu muito bem, durante anos, dormindo apenas quatro horas por noite. Será que um jovem como você quer apodrecer na cama? — Fez um leve aceno de mão. — Há trabalho a ser feito e devemos seguir em frente. Vamos sair daqui às oito.

— Sim, senhor — concordei. — Alguma coisa mais, senhor? E muito obrigado, Parn. Você... você já me deu uma porção de alimento para as úlceras.

Parnell enganchou seu polegar através da cava da manga do seu colete axadrezado e sorriu, seu irresistível sorriso irlandês.

— Boa-noite, Polly, e que Deus o abençoe. Esta noite, você me fez sentir um verdadeiro advogado, como eu não me sentia há muitos anos. — Fez uma pausa. — Agora, eu... eu devo ir embora depressa, antes de cair no chão e berrar. Que diabo, boa-noite.

— Boa-noite, Parn — disse eu, baixinho, por trás da sua figura que se retirava, caminhando com dificuldade.

Fui até a vitrola e coloquei um disco do obsessivo *La damoiselle élue*, de Debussy. Depois, fiquei sentado, na escuridão, olhando atentamente para o fogo. Pequenos foles invisíveis pareciam, de vez em quando, abanar adequadamente as brasas que se apagavam, fazendo-as brilhar e desbotar como vaga-lumes acorrentados. Contemplei o eterno fascínio e o mistério do fogo... suspirei; estava cansado, cansado física e mentalmente. "Então, agora, Biegler," cismei, "você está prestes a se tornar um detetive." Era um papel novo para mim, e fiquei imaginando se obteria metade do sucesso alcançado por Parnell, em seu novo papel de promotor.

A vitrola tomou conta de tudo, as vozes femininas agora unindo-se à orquestra, em murmúrios, crescendo, desaparecendo, erguendo-se num êxtase de som comovente e melancólico. Fiquei sentado ali, arrepiado, até soarem os últimos acordes. O fogo estava apagado. Tive um calafrio e segui até meu quarto cambaleando, coloquei o despertador, dei um imenso bocejo, joguei a parte de baixo do meu pijama num canto e caí na cama, dormindo instantaneamente. Tive um sonho, um sonho interminável sobre uma monstruosa truta de regato que parecia decidida a me puxar para dentro d'água. Durante algum tempo, fiquei por um triz. O que me salvou de ir para um túmulo aquático foi o retinir pavoroso do meu despertador. Espiei com um só olho aberto; o dia estava claro; o Detetive Biegler precisava levantar-se e sair.

Capítulo 18

Tão sem pecados e devotada às virtudes pastorais é a Península Superior que, praticamente, não existem aqui os investigadores particulares treinados. Como em toda parte, claro, há a proporção habitual de adolescentes desejosos e ocasionais excêntricos que ganharam uma estrela de estanho e um dispositivo para tirar impressões digitais de uma das fábricas de diplomas por correspondência, do tipo que produz detetives com doze lições fáceis. Mas essas figuras desajeitadas não nos fazem nenhum bem; em geral, acabam com um olho preto, ou informando inadimplências a departamentos de crédito, por dois dólares por cabeça. Com mais frequência, acabam com o olho preto, depois do que tendem a se inscrever em algum curso sobre refrigeração avançada.

Os advogados ou clientes da Península, ou qualquer pessoa que precise dos serviços de um verdadeiro detetive particular, têm necessariamente de importar um ou fazer tudo por conta própria. Como meu cliente não podia sequer pagar a mim, nem ao seu psiquiatra, quanto mais a um detetive, contratar um estava claramente fora de questão; teríamos de bancar, nós mesmos, os detetives.

Thunder Bay era uma antiga vila de pesca no Lago Superior, dedicada ao corte e transporte da madeira e ao seu comércio, que tranquilamente desfalecera e expirara quando o pinheiro-branco-do-canadá acabou de ser cortado e os peixes, de ser pescados. Depois de dormir durante uma geração ou mais de distinta pobreza, ao estilo dickensiano de Rip Van Winkle, foi redescoberta e miraculosamente ressuscitada pelo advento daqueles curiosos nômades por temporada, os modernos ciganos americanos conhecidos como Turistas de Verão. Como o atendimento e a alimentação dos visitantes absorviam cada vez mais a atenção das pessoas da cidade, passei a evitar o lugar; como classe, os turistas têm uma tendência a me aborrecer demais; e foi quase um choque lembrar que eu não chegava nem perto da pitoresca cidade antiga fazia mais de dez anos. Barney Quill, relativamente um recém-chegado, não passava, para mim, de um simples nome; achava que lera a seu respeito nos jornais, uma ou duas vezes; ele matara um urso a tiros, ou pegara um peixe grande, coisas do gênero...

Quando Maida, Parnell e eu seguíamos de carro pela beira do lago, todos apertados no assento dianteiro do meu cupê, vi que me esquecera de como era linda a viagem de carro para Thunder Bay; os suspirosos bosques de altos e perfumados pinheiros de troncos avermelhados, as amplas extensões de areia limpa e branca, as gaivotas, sempre as gaivotas, girando interminavelmente; uma ocasional águia-de-cabeça-branca parecendo decidida a se elevar diretamente para o céu; os intermitentes montes de granito ou grés, escarpados e cobertos de pinheiros, algumas vezes elevando-se lugubremente até a dignidade de pequenas montanhas, e depois, novamente, repentinas extensões de areia, ou mais majestosos pinheiros — e sempre, claro, o vasto, cintilante e revolto lago, o maior mar doméstico do mundo, tão traiçoeiro e enganador quanto uma mulher rejeitada, ora acariciando a praia, ora quebrando-se nela, o mais das vezes turbulento; mas, naquele dia, com seu comportamento melhor, de quem recebe visitas, apresentava o aspecto falsamente plácido de uma barragem.

— Andei pensando — começou Parnell McCarthy.

— Por favor, Parn — implorei. — Por favor, não fale do maldito caso, agora não. — Apontei para o lago. — Toda essa incrível beleza. Algumas vezes, acho que pesco demais.

— Andei pensando — Parnell prosseguiu solenemente — que há mais de um quarto de século não me dava ao trabalho de vir por este caminho. Da última vez, minha Nora e eu estávamos numa charrete puxada por uma parelha de éguas baias... Andei pensando em como de fato somos loucos, nós, mortais, deixando toda essa beleza definhar sem ser vista, enquanto nós, como lemingues suicidas, corremos pelo caminho que conduz aos nossos obscuros túmulos caçando dólares, caçando mulheres, caçando trutas, caçando os duvidosos prazeres da garrafa. — Ele suspirou e, depois, respirou fundo. — O desperdício, o horrendo desperdício da vida é bastante para fazer a pessoa chorar. Rapaz, preciso mesmo endireitar minha vida.

— Pare, Parn, pare — disse Maida, dando risadinhas como uma colegial. — Você se parece, cada vez mais, com Cyrano. Se continuar falando assim, juro que me apaixonarei.

Dei uma olhada em Maida.

— Quando trocou Spillane por Rostand? — perguntei, com um tom insinuante. — Se me permitem dizer isso, acho melhor fugirmos desta linda praia de lago antes de todos nós começarmos a perder a cabeça.

O carro subiu com dificuldade por um íngreme penhasco de granito, com a estrada cavada entre altas muralhas de pedra sólida, e depois começou a longa descida. Ali, espalhada diante de nós, estava a vila de Thunder Bay, tão arrumada e ordenada como se fosse vista de um avião, apertadamente comprimida entre os altos pinheiros, ao longo da baía cintilante, e agora tranquila, que dera à cidade o seu nome.

— E agora, vamos à guerra — eu disse, prendendo um novo charuto entre os dentes e pisando no acelerador.

Especulei um pouco sobre o que atrairia os turistas para aquele lugar remoto. Faltava-lhe a atmosfera do saber antigo que possuía St. Ignace, com sua grande ponte nova e chefes indígenas "autênticos", com suas vestimentas completas, vendendo solenemente aos turistas, que pareciam carneirinhos, tacapes também "autênticos", supostamente de cem anos atrás, mas, na verdade, fabricados no inverno anterior, em Gaylord; não tinha as interminavelmente fotogênicas comportas do Salto Ste. Marie, que podia se vangloriar, e o fazia, interminavelmente, de que por suas comportas passava, anualmente, mais tonelagem do que em qualquer outra do mundo; seu litoral não era enfeitado com os coloridos e dramáticos Rochedos Pintados, de Munising; não tinha as imponentes docas de carga do minério de ferro de Marquette, cada uma delas transformando em mero anão, em altura e comprimento, até o *Queen Mary*.

Não, a cidade não possuía nenhuma dessas atrações turísticas sedutoras; não tinha campos de golfe nem fortalezas em ruínas; não tinha nenhuma cachoeira alta e ribombante, do alto da qual uma monótona procissão de donzelas indígenas legendárias tivessem pulado, por amor e só por amor; carecia de quaisquer fontes medicinais, dentro das quais se pudesse jogar cascas de laranja e garrafas de Coca-Cola, ou de quaisquer minas de cobre ou ferro, ou de elevadas pistas de esqui, ou de túmulos indígenas em montículos, ou de lugares onde cavar para encontrar ágatas ou antigas pontas de flechas; tampouco tinha quaisquer exposições de vitelas de duas cabeças ou de ursos, ou de lobos treinados, ou até mesmo de coiotes sarnentos. Tampouco, ignomínia final, nenhum dos seus pontos de venda de hambúrgueres ou balcões de lanchonetes havia sido abençoado por Duncan Hines. Talvez, refleti, talvez possuísse os simples mas incomparáveis atributos da tranquilidade rural, um ar fresco e lavado pelo mar, que varria para longe os mosquitos — e grande beleza natural, uma beleza até então não danificada pelo homem. E, como vi pouco depois, certamente tinha turistas; o lugar estava cheio deles; reduzi abruptamente a marcha para evitar colher um espécime representativo com meu para-lama; um troféu em perspectiva mais revoltante, para eu contemplar, do que a cabeça de um alce macho.

— Veja por onde está dirigindo, cara! — gritou o espécime.

— Desculpe — pedi, contritamente. — Eu devia ter ido pela calçada.

Seguimos vagarosamente de carro pela rua principal da cidade, passando pelo parque turístico à nossa direita, aninhado em meio a um alto bosque de pinheiros, na margem do lago, passando pelo habitual aglomerado de postos de gasolina, uma mercearia, o correio e depois duas igrejas, e, como se fosse para alcançar proporção e equilíbrio, por uma abrupta quantidade de tavernas iluminadas a néon, a inevitável loja de suvenires, um salão de beleza e todo o resto. Perto do fim da rua comprida, à nossa direita e dando para o lago, ficava uma atraente e grande casa branca de madeira de três andares. Uma varanda fechada estendia-se ao longo de toda a sua fachada e metade do lado mais próximo do lago. Era a Estalagem Thunder Bay, em cujo bar o proprietário Barney Quill encontrara a morte tão pouco tempo antes. Da última vez em que eu a vira, a Estalagem era toda revestida de tábuas e agora, recém-pintada, era uma Meca para professoras e turistas de verão. A pouca distância depois da Estalagem, parei o carro e desliguei a chave do motor.

— Ora, Parn — indaguei —, qual é a estratégia?

— Polly — falou Parnell —, sugiro que me deixe numa das tavernas menores, não tenha medo, não vou beber, e, depois, deixe Maida no salão de beleza para fazer as unhas, ou algo parecido. Ambos os lugares me parecem indicados para começar nossa busca. Depois, você segue diretamente para a Estalagem. Logo circulará a notícia de que você está na cidade, e eles o estarão esperando. Então, você poderá muito bem ir até lá em primeiro lugar e encerrar o assunto. Depois, sugiro que todos nos encontremos no hotel, por volta do meio-dia, para almoçar e, possivelmente, comparar o que obtivemos de informação. O que acha?

Fiz um sinal afirmativo com a cabeça.

— Acho ótimo, Parn.

— Mas não *preciso* fazer as unhas — Maida fez um muxoxo. — De qualquer jeito, eu mesma faço minhas unhas.

Parnell fez uma curvatura galante.

— Tenho certeza de que qualquer cuidado da parte desses sórdidos negociantes da beleza para com sua bela pessoa, querida senhora, será chover no molhado — afirmou. — Mas tenho igual certeza de que sua grande inteligência, que rivaliza apenas com sua beleza arrebatadora, lhe sugerirá uma razão plausível para visitar seu recinto malcheiroso.

— Já o adverti, Parnell — Maida riu. — Se continuar falando desse jeito, terá uma mulher apaixonada nas mãos.

— Ah, minha querida, esperarei com impaciência e receberei com prazer essa eventualidade — Parnell respondeu, outra vez curvando-se gravemente, com seu ar ao mesmo tempo malicioso e de antiquada cortesia. Ergueu uma mão gorducha, com seus olhos cinzentos dançando. — Mas, por favor, madame, por favor, eu lhe suplico, jamais sugira matrimônio — continuou, gravemente. — Os homens já inventaram poucos dispositivos mais mortais para o romance do que o casamento em si. — Agitou levemente os dedos no ar. — Asas alegres — murmurou, soprando um beijo para Maida. — Ah, garota, mas vamos decidir, com firmeza, que ficaremos sempre alegres e desacorrentados.

— Ah, Parnell, Parnell... — murmurou Maida, sacudindo melancolicamente a cabeça.

— Ah, Cyrano, Cyrano — resmunguei, agitando-me, inquieto. Parnell devia ter sido um rapaz e tanto, em seu tempo, refleti, um rapaz e tanto... — Tolice! — falei, com petulância, girando o carro numa brusca volta completa. Bastava daquela bufonaria romântica.

Capítulo 19

Com alguma apreensão, deixei Parnell na primeira taverna onde chegamos e depois Maida no salão de beleza, desejando-lhes boa sorte. Quando dirigi de volta para o hotel, estacionei perto da entrada do bar, na rua — a mesma porta por onde chegara o tenente Manion e por onde saíra, depois de atirar em Barney — acendi um charuto, respirei fundo e empurrei a porta.

Ela não abriu. Sacudi e torci a maçaneta; a porta estava trancada. Um pequeno letreiro datilografado, no vidro, informou-me que o lugar só estaria aberto ao meio-dia. Espiei através da janela; o lugar estava escuro, e não havia nenhum sinal de atividade. Dei de ombros e dei a volta pela frente, até chegar à principal entrada do hotel; talvez eu pudesse pelo menos dar uma espiada no bar. O hotel ficava num íngreme morro arenoso, elevava-se consideravelmente mais alto, a partir do nível da rua do que os fundos, onde o prédio, na verdade, entrava alguns metros no morro. Subi os degraus que davam no alpendre fechado.

Eu estava enganado; o sr. Duncan Hines estivera ali antes de mim, como seu pequeno letreiro de estanho discretamente convidativo agora me garantia. Thunder Bay, afinal, tivera sucesso; podia-se comer com o conhecimento certificado de que Duncan aprovava. Eu podia visualizar esse ubíquo homenzinho — seu avental cheio de manchas de molho, os bolsos cheios de pílulas, a alma cheia de esperança — abrindo caminho agressivamente através de um continente, deixando diplomas de aprovação em sua esteira, como uma espécie de Kilroy gastronômico. Suspirei e entrei no hotel. "As úlceras pépticas, agora, podem ser alegremente enfrentadas," pensei. "Duncan esteve aqui."

O saguão estava deserto, a não ser por um grupo de turistas entorpecidos e com aspecto sonâmbulo, reunidos em torno de uma flamejante e grande lareira de pedra. A temperatura do lado de fora era de apenas 22 graus... Dei rapidamente uma olhada em torno e descobri um letreiro numa porta dizendo "Bar". Empurrei a porta, descobri que estava destrancada e desci rapidamente a escada. "Biegler," pensei, "sua carreira de detetive oficialmente começou."

O rançoso cheiro matinal de cerveja de uma sala de bar não ventilada invadiu minhas narinas. Fiz uma pausa, no final da escada, para me acostumar com a penumbra. Eu parecia estar sozinho. A sala era grande e estava cheia de mesas e cadeiras empilhadas, a não ser num pequeno espaço para dança, cercado por cordas, no centro. Localizei a máquina de fliperama de que falara Laura Manion no canto, à minha esquerda, entre um piano de armário e uma vitrola automática com um colorido berrante. Contíguos e mais perto de mim estavam os banheiros. Avancei lentamente na sala. À minha direita, a cerca de dez metros de distância da porta da rua, pela qual eu acabara de tentar entrar, ficava o bar em si. Levei um susto. Em pé, imóvel, atrás do balcão do bar, segurando uma toalha e um copo, e me olhando atentamente, estava um homem baixo e moreno, um homenzinho magro, mas rijo, com um ar astucioso, usando um avental branco.

— Olá — disse eu, avançando. — Sou Paul Biegler, de Chippewa, advogado do tenente Manion.

— Sim, eu sei — ele respondeu, desviando os olhos e atarefadamente polindo o copo. — O que posso fazer pelo senhor, sr. Biegler? Sou Paquette, o barman.

— Ora — disse eu, sorrindo —, depois que me servir uma garrafa de refrigerante, a escolha é sua, pode contar-me se estava presente quando os tiros foram disparados.

O refrigerante e um copo foram colocados à minha frente, com ágil habilidade; o dinheiro tilintou; e, depois, ele voltou a polir outro copo.

— Eu estava presente — confirmou, com voz inalterável. — Exatamente como saiu nos jornais.

— Quem sabe podemos conversar um pouco sobre o que aconteceu — sugeri.

— Quem sabe — admitiu, examinando seu copo sob a luz. — E, quem sabe, talvez não possamos.

Esse tipo de discussão poderia continuar durante dias, percebi, uma empreitada para a qual eu não tinha nem tempo nem gosto; preferia ver raposinhas no bosque. Rapidamente, decidi derrubar meu bem acomodado amigo. Ele falaria ou não; quanto mais rápido eu descobrisse o que aconteceria, melhor. Até o fato de ele deixar de falar poderia provar alguma coisa.

— Ouça, sr. Paquette — falei —, se escolherá se fechar ou falar é questão que me deixa bastante indiferente. Terei meu momento com o senhor no tribunal, onde terá de falar e muito, pode crer. Mas talvez todos nós poupássemos um bocado de tempo e de confusão se me ajudasse a descobrir o que vim aqui para descobrir, e que lhe prometo que descobrirei.

O polimento do copo tinha parado.

— Como o quê? — perguntou ele.

Dei de ombros.

— Ah, para começo de conversa, o local onde Barney e Manny, quero dizer, o tenente Manion, estavam quando os tiros foram disparados.

— Não vi nenhum tiro ser disparado.

Isso não ficara claro nos jornais.

— Onde o senhor estava? — perguntei.

— Estava lá em pé no salão, conversando com alguns clientes, numa mesa. Tivemos uma noite excepcionalmente movimentada, e o sr. Quill havia me dispensado, para eu poder descansar. Ele era sempre atencioso, nesse sentido. O grande número de clientes estava diminuindo.

"O sempre atencioso sr. Quill", pensei. E então um sininho tocou na minha cabeça. O cansado barman tinha dito que estava em pé no salão. Ali estava um pobre e cansado barman, que fora dispensado por seu atencioso patrão, para poder descansar, *em pé* no salão, conversando com clientes. Fui atrás da pista.

— Quem eram esses clientes? — perguntei, em tom casual.

— Um sujeito chamado Pedersen e sua esposa e um amigo de Iron Bay. Tinham saído para um passeio de carro.

Fiz uma anotação mental para me lembrar do nome.

— Onde estava localizada a mesa de Pedersen? — continuei.

— Lá no salão.

— Naturalmente — eu disse. — Mas onde, no salão? Ao lado da máquina de fliperama? Junto da escada? Do piano? — Fiz uma pausa, apontando, de repente certo de que não fora em nenhum desses lugares. — Ou a mesa deles era mais adiante, junto à porta para fora, ali?

— Sim — ele murmurou.

Qualquer pessoa em pé junto da janela, perto da porta, adivinhei, poderia ter uma vista desobstruída e avistar qualquer cliente que se aproximasse da porta, vindo do lado de fora. Até um cliente, digamos, como o tenente Manion. Mas era melhor deixar isso de lado naquele momento, decidi; não adiantava apertar, logo de início, aquele tipo astuto. Ora, talvez eu devesse sondá-lo apenas um pouquinho, para aborrecê-lo, para fazê-lo adivinhar um pouco o que eu realmente suspeitava.

— Como foi isso, sr. Paquette? — continuei, em tom descontraído. — Como foi que o senhor não se sentou enquanto conversava com os Pedersens? Não há, geralmente, quatro cadeiras em cada mesa?

Ele disparou um breve olhar para mim, mas respondeu com bastante presteza.

— Eles tinham um pacote na outra cadeira — acrescentou.

Pelo pequeno e rápido brilho de triunfo em seus olhos, adivinhei que dizia a verdade. Mas seu triunfo foi de curta duração; eu não podia deixá-lo escapar do anzol com tanta facilidade.

— Será que esse pobre e cansado barman não poderia sentar-se e colocar o pacote deles em seu colo? Não me diga que era uma bigorna.

Ou não poderia ele puxar outra cadeira? — Ergui uma mão em advertência. — Agora, não me diga que não havia nenhuma cadeira desocupada, os clientes estavam rareando, lembra?

Dessa vez eu realmente o peguei. Ele franziu as sobrancelhas, apertou os lábios e deu uma olhada apreensiva em direção à escada.

— Ou talvez — prossegui — você seja como o carteiro que escala montanhas nas férias e simplesmente adora ficar em pé.

Como a maioria das pessoas, o sr. Paquette podia suportar quase tudo, menos o ridículo.

— Aonde quer chegar? — perguntou, irado. — Sentado ou em pé, que maldita diferença faz?

"O Pequeno Touro em Pé," pensei. Mas não estava pronto para expressar todos os meus pensamentos, pelo menos ainda não, e, de qualquer forma, agora eu tinha certeza de que ele sabia que eu sabia. Talvez isso lhe desse um pouco mais de respeito pela verdade.

— Não perca a cabeça — pedi. — Seja como for, Barney Quill estava sozinho, atrás do bar, quando o tenente Manion entrou?

— Já lhe disse que sim.

— Sentado ou em pé?

— Em pé. Ele sempre ficava em pé quando estava no bar.

Refleti, antes de fazer minha próxima pergunta.

— Há quanto tempo ele estava substituindo o senhor, em seu posto em pé atrás do bar?

— Há quase uma hora, eu acho.

O Pequeno Touro em Pé tinha mantido a cansada vigilância, perto da porta, durante quase uma hora inteira!

— E *quando* ele o dispensou?

— Por volta da meia-noite, acho.

— E a que horas ocorreram os tiros?

— Exatamente à meia-noite e 46.

— Como sabe?

— No primeiro tiro, dei a volta e olhei o relógio.

Será que ele se surpreendera, imaginei, vendo o homem errado abatido? O relógio estava na parede atrás do bar.

— Então, deve ter visto alguns dos outros tiros sendo disparados, não foi, sr. Paquette?

Ele acendeu um cigarro, e achei que sua mão teve um levíssimo tremor.

— Eu vi o tenente Manion em pé junto ao corrimão do bar, apoiado em cima e apontando para alguma coisa embaixo, atrás do bar.

Há muito eu descobrira que esse ar de imparcialidade meticulosa numa testemunha muitas vezes era um sinal seguro de que ela era hostil ou estava mentindo.

— Veja só, esse "alguma coisa" claro que era Barney Quill, não?

— Ora, sim. Viu-se depois que sim.

— E onde, no bar, o tenente Manion estava em pé?

Ele apontou.

— Perto do meio, ali, bem entre aqueles dois corrimãos de serviço. Era o único lugar aberto; o bar em si estava apinhado, só de homens. Barney tinha acabado de trazer outra rodada de bebidas. Demonstrou generosidade. O tenente virou-se e foi embora quase imediatamente depois de dar a volta. Corri porta afora, atrás dele; a porta pela qual o senhor acabou de tentar entrar.

— Ah, então me viu lá fora. O que aconteceu, então?

— Quando saí, ele virou-se, encarou-me e disse: "Quer levar um pouco também, cara?"

Estremeci por causa disso, mas prossegui corajosamente.

— O que fez, então?

— Eu disse "Não, senhor", e voltei correndo para dentro.

Isso era ainda pior para o nosso lado do que o jornal noticiara, essa sombria conversa belicosa, por parte do meu tenente, era muito discrepante do nosso proposto quadro de um homem cujo juízo ficara abalado por causa do choque e da dor excessivos. Mas o espetáculo tem de continuar.

— E claro que seu nome não é "cara" — continuei.

— Não, Alphonse é meu primeiro nome. As pessoas em geral me chamam de Al ou de Phonse.

Sim, as pessoas continuam originais como sempre, pensei.

— Barney ainda estava vivo?

— Não, parece que morreu instantaneamente. Cinco dos seis tiros acertaram nele. O homem não teve nenhuma chance.

— Quer dizer, uma chance para ele próprio dar um tiro?

Rapidamente:

— Quero dizer, uma chance de viver.

— Viu se algum dos dois homens falou?

— Pessoalmente, não ouvi nada; porém, mais tarde, soube que Barney tinha dito "Boa-noite, tenente".

— E Manion? Alguém o ouviu falar?

— Não. Aparentemente ele não disse uma só palavra, embora várias pessoas mais tarde declarassem que tinham falado com ele, inclusive uma das nossas garçonetes.

— Como é o nome dela?

— Fern Rundquist.

Essa era uma notícia razoavelmente boa; sabem, nosso pobre cliente confuso não conseguia ver nem ouvir nada. A defesa subia, descia e depois ficava num canto neutro...

— Foi olhar Barney? — perguntei.

— Sim.

— Examinou o corpo?

— Sim, mas sem dar muita atenção a ele. Só fui dar depois que esvaziei o bar e tranquei o lugar.

— A que horas foi isso?

— Cerca de uma hora. Ninguém teve de ser pressionado a sair; a maioria fugiu do bar pouco depois dos tiros.

— Então, afinal, ficou inteiramente sozinho com o cadáver?

— Sim. Alguém tinha de esperar pela polícia.

— Quem chamou a polícia?

— Fui eu.

— Quando?

Ele hesitou por um instante.

— Pergunto por perguntar, sabe — acrescentei. — *Eles* me dirão, se o senhor não disser.

— Eu estava apenas pensando — comentou. — Acho que cerca de 1h15.

— Ah, meu Deus. Como é que esperou tanto tempo para notificar a polícia, sr. Paquette?

— Ah, a agitação, tudo aquilo...eu.... eu acho que, simplesmente, esqueci de fazer isso.

— Humm, seu patrão é morto a tiros à meia-noite e 46 e, com toda a agitação, o senhor não se esquece de notar *isso*, e depois só se lembra meia hora mais tarde de que talvez a polícia deva ser notificada. Simplesmente não lhe ocorreu antes, não é?

— Isso mesmo — ele respondeu, imediatamente.

Tomei uns golinhos da minha bebida e acendi um novo charuto. Alphonse Paquette recomeçara a limpar um copo. Notei que era o mesmo que ele já limpara demoradamente. Esse homem, concluí, provavelmente sabia muito mais do que dissera a qualquer pessoa, ou talvez mais do que pretendia dizer, algum dia, mas certas probabilidades já haviam emergido, apesar da sua relutância. Eu estava convencido, agora, de que Barney Quill esperava pelo tenente; de que substituíra deliberadamente o seu barman não apenas para tirá-lo do caminho do esperado acerto de contas, mas também para que ele pudesse, no devido momento, avisar Barney, a fim de que este pudesse, ele próprio, colocar-se atrás do bar. Que era sua fortaleza. Então, oferecendo bebidas, cercou-se também de um cordão humano protetor que nada percebia — com exceção do posto de serviço das garçonetes, que os clientes, em toda parte, não se supõe que ocupem. O fato de que esse único ponto aberto se mostrasse o calcanhar de aquiles de Barney era um belo toque irônico. Agora, eu estava igualmente certo de que ele devia estar armado — do contrário, por que esperaria ali? Decidi arriscar com o meu palpite.

— Quando a polícia chegou?

— Foi pouco depois das duas — a distância, as estradas difíceis, o senhor sabe.

— Sim, eu sei. — Fiz uma pausa. — Então, ficou sozinho com o corpo durante mais de uma hora?

— Sim, correto. Alguém tinha de suportar esse castigo e esperar. — Ele ainda estava preocupado com o mesmo copo, polindo-o, absorto, e eu começava a ter medo de que o copo se gastasse.

— O senhor acabou de me dizer isso — falei, e fiz outra pausa. — Será que se importaria muito de guardar esse copo, sr. Paquette? Está trabalhando nele já há uma meia hora. De qualquer jeito, gosto de olhar para as pessoas com quem estou conversando, é uma ideia antiquada que tenho.

Ele guardou o copo e ficou em pé na minha frente com um ar de hostilidade desafiadora e espontânea.

— Estou olhando, senhor — afirmou. — Pode falar.

— Ótimo — agradeci. — E então foi durante essa vigília solitária, de uma hora, que o senhor tirou as armas de fogo de trás do bar e se livrou delas?

Os olhos dele continuaram a olhar firmemente os meus. Mas a expressão de irada hostilidade agora parecia misturada a um brilho repentino de medo.

— Que pistolas? — indagou ele com voz neutra, tentando controlar-se. — Não sei do que está falando. Quem falou alguma coisa de pistolas? Se veio aqui para colocar armadilhas espertas de advogado em cima de mim, é melhor ir andando, meu senhor. Tenho trabalho a fazer.

— O senhor parece já ter caído numa dessas "armadilhas de advogado", meu amigo. Eu disse "armas de fogo" e não pistolas. O que fez com as pistolas?

De repente, ele estava pálido e tenso.

— Ora, dificilmente seria um fuzil — contrapôs.

— Eu não saberia dizer — falei. — Mas *você* disse que eram pistolas... eu não. É melhor lembrar-se disso, para o julgamento. Não caia novamente nessa armadilha.

— É só o que tinha para dizer? — perguntou ele friamente. — É só o que queria me perguntar?

— Com certeza não — reconheci. — Mas talvez seja melhor partirmos para alguma coisa menos sensível. Barney saiu do bar, durante a noite?

Soturnamente:

— Sim.

— A que horas?

— Por volta das onze, pouco antes de a sra. Manion sair.

— Qual foi a próxima vez em que o viu?

— Por volta da meia-noite, pouco antes de ele me dispensar.

— Por que caminho ele entrou: veio da rua ou da escada do hotel? — Fiz uma pausa. — Lembre-se, outros saberão.

Constrangido:

— Ele veio do hotel.

Até aí, tudo bem; isso daria a Barney o tempo e a oportunidade para trocar de roupa, limpar-se e — ah, sim — livrar-se da calcinha de Laura Manion, que sumiu.

— Ele trocou de roupa? — perguntei. Não houve resposta, e repeti a pergunta. Ele ainda permaneceu em silêncio.

— Devo continuar a lhe lembrar, a cada pergunta, que posso descobrir através de outras pessoas, se não quiser falar?

— Por que não vai perguntar aos outros, então? — falou, acaloradamente. — Por que continua perguntando a mim?

— Só se conversa com uma testemunha de cada vez — eu disse. — Até agora, é a sua. — Dei de ombros. — Mas, se quer assim... — Virei-me, como se fosse embora. — Talvez prefira que eu diga no tribunal que se recusou a responder a essa pergunta simples?

Ele quase cuspiu sua resposta.

— Ele mudou de uma camisa branca para outra de malha. Ele ...muitas vezes fazia isso. Era uma noite quente. Que outras roupas mudou eu não saberia dizer. Eu era o barman do cara, não o seu criado pessoal.

— Talvez a camisa de malha lhe desse mais liberdade para erguer um copo, digamos, ou até mesmo uma arma — sugeri, gentilmente. — Não ficou surpreso quando se virou e viu o tenente ainda em pé, e não Barney? E, quando se virou, será que não estava verificando a hora, para poder testemunhar mais tarde, em favor de Barney?

Ele sorriu gelidamente, e logo concluí que preferia vê-lo de cara fechada.

— Por que — disse ele, vagarosamente —, por que o senhor não tenta verificar isso com os outros?

Seu dardo foi bem lançado, percebi, e percebi, além disso, que dele eu só obteria pouco, ou nada, que não pudesse ser confirmado por outros.

— Então, Barney desceu com sua camisa de malha e imediatamente o substituiu, tomando sua posição atrás do bar.

— Correto. Todos viram isso. — Ele parecia quase estar se desculpando comigo, talvez consigo próprio por admitir alguma coisa que poderia ajudar a defesa. Era um desdobramento interessante; tanto interessante quanto desafiador. E podia ser sério. Por que aquele homenzinho se mostrava tão evasivo e hostil?

— Era prática regular de Barney, substituí-lo atrás do bar? — perguntei.

Seus olhos movimentaram-se depressa.

— De vez em quando.

— Quantas vezes ele o substituiu, digamos, nas últimas duas semanas antes dos disparos? Tudo isso também pode ser verificado, lembre-se. Agora, prometo solenemente parar de dizer isso se me prometer lembrar-se.

— Bem, por acaso aconteceu que ele não me substituiu nesse período. Mas fez isso em muitas outras ocasiões.

— Durante o mês inteiro, então?

— Não me lembro.

— Não creio que um júri goste dessa resposta. Eles até podem suspeitar que está sendo evasivo, ou algo parecido; e, para uma pessoa tão franca e aberta, seria realmente uma pena. Que tal tentar novamente?

— Ele não me substituiu.

Apesar de algumas lacunas evidentes, algumas das peças agora se encaixavam.

— Ah, agora estamos chegando a algum lugar — concluí. — Barney *por acaso* substituiu o senhor na noite mesmo em que *por acaso* estuprou e espancou Laura Manion. — Era hora de abrir o jogo. — Escute, companheiro, será que ele, na verdade, não lhe disse para se afastar do bar, a fim de não se ferir? E, obedecendo às suas ordens, o senhor não ficou quase uma hora, aproximadamente, em pé junto daquela janela, para poder verificar a hora da chegada do tenente e avisar a Barney?

— Quem disse que Barney a estuprou? — ele perguntou.

— Duvida disso? — respondi.

— Eu não estava lá.

— Sei que não estava lá, camarada. Mas só lhe perguntei se duvidava que ele a estuprou. — Ele tinha o hábito interessante de desviar minhas perguntas para outros canais.

Desafiadoramente:

— Sim, duvido. Se chegou a acontecer alguma trepada, do que também duvido, foi com o consentimento dela. Qualquer um pode perceber que ela é uma vadia.

Haveria muito divertimento no tribunal com esse personagem encantador, eu vi.

— Entendo — reconheci. — Você não podia me dizer, há poucos instantes, se ele a estuprou ou não porque não estava lá; mas, agora, mesmo não estando lá, tem todas as respostas para o que aconteceu. Não é assim?

Fiz uma pausa, refletindo se me arriscaria a calar a boca daquele homem, aumentando o antagonismo com ele, ou se continuaria, teimosamente, obtendo o máximo que pudesse, através de uma abordagem menos radical. Decidi assumir o risco e dizer umas poucas verdades grosseiras.

— Sr. Paquette — eu disse —, o senhor não gosta que eu lhe faça todas essas perguntas constrangedoras, eu acho, e realmente admito que tem razão. Ninguém gosta de situações difíceis. Na verdade, é óbvio que se ressente amargamente do fato de eu estar fazendo essas perguntas. Mas esse é o castigo por ter um assento na primeira fila para assistir a um assassinato, e quando acontece que a liberdade e todo o futuro de um homem dependem desse caso. E acontece que o senhor tem algumas das respostas. Agora, pretendo obter essas respostas, meu amigo, mas o senhor não está agindo de maneira limpa comigo, nem mesmo pela metade. E, se eu conseguir perceber claramente isso, prometo-lhe que farei o júri também perceber isso. O que já teve da minha parte até agora, por mais desagradável que possa considerar, não será nada diante do interrogatório cerrado que lhe farei no tribunal, a menos que deixe de lado essa rotina confortável. Farei do senhor um maldito tolo ou mentiroso, ou as duas coisas. Não ficará pedra sobre pedra.

Ele corou, com uma raiva intensa, e deu um rápido passo para trás.

— É uma ameaça?

Durante um instante, pensei que talvez tentasse bater em mim. O instante passou.

— Não, não é uma ameaça — falei. — É uma promessa. Direi que se trata de uma pequena prévia do que está à sua espera se não tentar me dizer a verdade. E depressa. A verdade é tão fácil, sr. Paquette; nada a inventar, nada de evasivas, nenhum emaranhado, nenhuma declaração inconsistente para tentar evitar explicações. Apenas a simples verdade. Recomendo-lhe que tente fazer isso alguma vez. Por que não agora?

— Acha que tudo o que eu *lhe* disse é um monte de mentiras? — ele perguntou.

— Claro que não. Mas o senhor está escondendo alguma coisa, não está dizendo *toda* a verdade. Acha que sou algum idiota? Já lidei com especialistas nisso. E, embora o senhor seja bom e, sem dúvida, vá melhorar, mesmo assim não joga nesse time.

— O que quer dizer? — indagou.

— Está sendo franco comigo apenas com relação às coisas que já sabe que eu sei, ou que outros dirão de qualquer forma em seus depoimentos, ou coisas que o senhor sabe que posso verificar. E é evasivo, evasivo como diabo. Poucos instantes atrás, eu lhe perguntei se não era verdade que, em vez de substituí-lo, na verdade Barney o mandou para fora do bar, para não ficar na linha de tiro, quando a fuzilaria começasse, e também para avisá-lo. O senhor não tentou me responder. Acha que me esqueci dessa pergunta ou que simplesmente ela passaria sem resposta?

Alphonse Paquette piscou os olhos, pensativo. Segundo parecia, eu lhe dera material para pensar; ele parecia estar sopesando algo, considerando os prós e contras de certa situação que eu não conhecia. Fiquei imaginando qual era o seu ponto de vista. Estava convencido, agora, de que escondia algo, mas por quê? Por que essa lealdade, esse desejo de proteger algo, ou alguém? Será que o atencioso sr. Barney significava tanto para ele? E, em caso afirmativo, o que estaria em jogo para ele? Quem colocara nele o "silenciador," e qual o motivo?

— Ainda não me respondeu — afirmei.

Ele suspirou e abanou a cabeça.

— Ele não me *mandou* embora — disse quase teimosamente. — Ele me substituiu, exatamente como lhe disse. Eu não estava à espreita do tenente Manion, nem de ninguém.

Senti que quase o pegara.

— Muito bem, meu amigo. Quer dessa maneira; escolheu seu caminho. Mas não se esqueça que lhe avisei. E não me importo de lhe dizer que está mentindo descaradamente. Até uma criança pode ver isso.

— É a verdade, garanto — insistiu, sombriamente, quase com resignação. A raiva e o desafio haviam desaparecido, ou estavam escondidos; tudo o que ele queria era que eu fosse embora.

Decidi atender ao seu desejo, até certo ponto; sairia temporariamente para visitar o toalete.

— Com licença — pedi. — Vou ao toalete e espero ver o senhor aqui, quando voltar.

Capítulo 20

FIQUEI LEVEMENTE SURPRESO ao encontrá-lo ali quando voltei, e não perdi tempo antes de reiniciar o interrogatório.

— Por quanto tempo trabalhou para Barney? — comecei. — Anime-se. Está vendo? Esta é outra pergunta que o senhor pode se permitir responder dizendo a verdade. Posso verificar isso, e com certeza não lhe vai prejudicar nada.

Com um tom de voz neutro:

— Dezoito meses.

— Já o conhecia antes?

— Não. Simplesmente apareci aqui. Ele precisava de um barman e consegui o emprego.

— Para quem está trabalhando agora?

Depois de uma pausa:

— Não sei ao certo.

— Vamos, vamos, homem. Sem dúvida, alguém está encarregado deste boteco. Quem é? Ou será que o senhor é o novo patrão?

— É uma mulher.

Senti uma pequena sacudidela interior de reconhecimento. Claro, uma mulher — tinha, simplesmente, de haver uma dama. Por que eu não pensara *nisso* antes? Ora, uma pessoa não podia pensar em tudo — e, durante a temporada das trutas, as mulheres eram a coisa mais distante da minha cabeça. Bem, quase a mais distante...

— Essa mulher — perguntei —, quem é ela?

— Mary Pilant. O senhor a encontrará no andar de cima. Ela está administrando as coisas lá. Ela... ela era a *hostess* de Barney.

Ele tivera uma minúscula hesitação antes de usar a palavra "*hostess*." Ela abriu novos panoramas.

— Ela agora... será a dona deste bar?

— Não sei ao certo — respondeu ele. — Sou apenas um barman estúpido, sabe. Somente trabalho aqui. Por que não tenta perguntar a ela?

— Não tão estúpido — falei. — Mas vamos deixar isso de lado; posso descobrir isso com a maior facilidade com outras pessoas.

— Pode? — perguntou ele, com um ar surpreso. — Como?

— Verificando os arquivos na vara de sucessões ou as fichas do cartório de registro de escrituras, em Iron Bay. Ou, então, telegrafando para a Comissão de Controle de Bebidas, em Lansing, para perguntar sobre qualquer solicitação pendente para a transferência da licença da venda de bebida de vocês. E há outras maneiras. Vivemos numa era de documentos e registros, sabe; a pessoa não pode nem morrer adequadamente, hoje em dia sem que algum tabelião prenda seu selo oficial no cadáver. Mas é uma pena, não é, submeter-me a todo esse incômodo inútil? — Fiz uma pausa. — Vamos, Alphonse, ela é a dona deste bar? Não atrapalhe nossa florescente nova amizade me fazendo suspeitar de que você está com resistência a mim.

— Barney deixou um testamento — confessou, resignadamente. — Acho que deixou este lugar para Mary, a srta. Pilant. Na verdade, sei que sim. Ainda terá de passar pela vara de sucessões e tudo isso, mas acho que, no final, ela ficará com tudo. — Ele estendeu as mãos magras e flexíveis, como se quisesse abraçar o lugar. — *Tudo.*

— Essa Mary estava presente durante o tiroteio?

— Não.

— Humm... onde ela estava?

Ele baixou os olhos.

— De fato, não sei — respondeu, e tomei nota, mentalmente, para verificar isso.

Tive um repentino palpite.

— Esse testamento, Alphonse — perguntei —, você foi uma das testemunhas dele?

Ele pareceu espantado.

— Como sabe?

Ri.

— Sou um homem vivido, Alphonse. Sou um homem vivido. E quando Barney fez esse testamento, ao qual você serviu de testemunha, Alphonse? Ou prefere que eu verifique isso por mim mesmo?

— Cerca de três semanas antes... antes de ser assassinado.

— Barney era casado?

— Casado e divorciado. Há muito tempo. Lá no Wisconsin.

— Ele tem pai ou mãe?

— Ambos morreram.

— Algum filho?

Ele teve um sorriso fugidio, e eu coloquei esse sorriso num *freezer*. Então, Barney era assim...

— Acho que há uma filha — admitiu.

— Ele deixou algum outro parente, e algum deles apareceu para o enterro?

— Ele foi enterrado lá no Wisconsin.

— Muito bem, mas minha pergunta tinha dois lados — insisti. — E os parentes?

Ele deu uma olhada nervosa em direção à escada.

— Além da esposa divorciada e da filha, pode haver uma irmã casada, mas não sei nada sobre isso. — Ele se mexeu pouco à vontade; o que era bastante estranho, esse novo assunto parecia incomodá-lo mais do que o assassinato em si.

Fiz uma pausa e acendi outro charuto italiano, refletindo sobre essa rápida mudança no quadro. A trama, como a sopa de ervilhas francesa feita em casa, ficava cada vez mais complicada. Se Barney não tivesse deixado nenhum testamento, sua filha ficaria com tudo; esta era claramente a lei; ela seria sua única herdeira. Se ele não tinha nenhuma esposa e deixara tudo em testamento para uma estranha, então a estranha ficaria com tudo e a filha com nada; esta era igualmente a lei. Mas se um parente ou tutor, ou alguém mais, contestasse e conseguisse, de alguma forma, bloquear o testamento — alegando coerção, influência indevida, fraude, bebedeira, incapacidade mental ou algo parecido —, então o testamento perderia o valor e a filha ficaria com tudo. E o que estava em jogo, certamente, era muito — um próspero e bem conservado hotel de veraneio, localizado no principal circuito turístico. Em qualquer contestação do testamento, também, as testemunhas do documento seriam trunfos importantes — e *valiosos*. Começava a surgir uma luz.

— Quem era a outra testemunha do testamento? — perguntei.

— O funcionário noturno que trabalha lá em cima.

Era quase arrumado demais. Isso deixava unicamente Mary Pilant e seus leais empregados no comando. Decidi testar meu crescente palpite quanto à causa — ou uma das causas — de toda essa reticência. Não seria com medo de que alguém atrapalhasse o testamento?

— E a bebida de Barney? — perguntei.

Ele fez um gesto largo com as mãos.

— Ele bebia um pouco. As pessoas que estão neste negócio são quase todas obrigadas a isso.

— Sim, acho que sim. Como o fato bem conhecido de que os donos de lojas de doces passam o dia inteiro por lá, comendo doces — acrescentei. — Mas, no dia desse assassinato, como estava ele, em matéria de bebida?

— Bebeu mais ou menos o mesmo que o de sempre. Na verdade, ele bebia mais ou menos a mesma quantidade, todos os dias.

— Ouça, amigo, isso poderia ser dito, sem mentir, a respeito de alguém que bebe dois copos por dia ou de um bêbado sem esperanças. A questão é a seguinte: *quanto* ele bebia?

— Se quer dizer que ele estava bêbado, não é verdade. Tinha bebido sua cota regular.

Pacientemente:

— E de quanto era essa cota?

— Ah, algumas poucas doses, mais ou menos.

— Que diabo, homem, não me diga essas coisas. Ele bebeu mais do que isso só com Laura Manion. Que diabo fazia ele atrás do bar durante uma hora, oferecendo bebidas por conta da casa e tudo isso, e se enchendo de refrigerantes? Mas vamos deixar isso de lado, por ora, e partir para essa interessante Mary: o que ela era para Barney?

Ele sorriu, um sorriso apertado de quem sabe das coisas.

— Por que não vai perguntar a ela? Ela é muito amável. Já lhe disse que era a *hostess* dele. — Ele deu uma rápida olhada no relógio no alto da parede do bar. — Com licença, tenho de destrancar a porta da rua. — Suspirou. — Chegou mais ou menos a hora em que aparece a leva dos turistas.

Eram 11h30, e o letreiro da porta dizia 12h. Será que meu amigo nervoso queria deixar entrar o rebanho dos turistas apenas para poder ser interrompido? Deixei isso de lado.

Em vez de destrancar a porta externa, Alphonse Paquette galopou rapidamente escada acima, até o hotel, sem dúvida para avisar à herdeira, Mary Pilant, que o infame e barulhento Biegler estava por perto. Fui deixado sozinho na grande e vazia sala de bar, e em consequência todas as ânsias frustradas de embriaguez e instintos de pileque implantados em mim por gerações de resolutos destiladores, cervejeiros e botequineiros com o nome Biegler dominaram-me de repente; acabei deslizando para trás do bar como se fosse arrastado por um ímã.

— Humm... — eu disse. E parei.

No chão, no meio do bar, havia uma grande mancha escura. Seria o lugar onde Barney caíra. Estudei cuidadosamente o bar nesse ponto. Depois, ajoelhei-me e examinei a situação nessa posição.

—Humm...

Cerca de 25 centímetros abaixo da superfície do bar propriamente, perto do posto de serviço do bar e fora da vista de qualquer pessoa em pé diante dele, encontrei uma estreita prateleira de madeira com cerca de um metro e vinte de comprimento. Assobiei baixinho e me inclinei para mais perto. Era feita de madeira inferior à do bar e fora acrescentada mais tarde, toscamente acrescentada, eu vi, como se o serviço tivesse sido feito por um amador. E com que finalidade? Naquele momento, havia nela uma coleção abandonada de variados saleiros e pimenteiros, além de vidros de mostarda. Mas, em caso de necessidade, também poderia, vi claramente, ter guardado um pequeno arsenal de armas de fogo, sim, até mesmo uma espingarda de cano serrado ou um fuzil de cano curto. Podia até guardar um par de pistolas.

Virei as costas para o bar, ficando diante do espelho e da prateleira com as garrafas. O espelho parecia intacto. Na ponta dos pés, estiquei o pescoço por cima das fileiras das garrafas. Havia um buraco pequeno e certinho, estilhaçado, perto da base do espelho, mais ou menos na altura — sim — do coração de um homem. Se fosse causado por um dos tiros do tenente, então pelo menos uma das garrafas deveria ter sido quebrada. Enquanto eu caminhava para fora, saindo de trás do bar, senti-me como Sherlock Holmes e ansiei por um cachimbo curvo e grosso e um daqueles bonés com palas na frente e atrás, e orelheiras. Sim, que diabo, e um colete de tecido xadrez. Alguém estava batendo na porta trancada que dava para a rua. Podia ouvi-lo xingando baixinho, e visualizei-o em pé, lá fora, desabando de sede, olhos vidrados e língua ressecada e pendente. Tive vontade de enfiar um par de suspensórios de elástico enfeitados em cima das mangas da minha camisa e deixá-lo entrar, e depois fugir correndo para trás do bar, com as palmas das mãos para baixo e os cotovelos para fora. “O que deseja, amigo?,” diria, quando ele se adiantasse. Sacudi a cabeça. “Pare com isso, Vovô, pare com isso,” pensei; não era hora de brincar de botequineiro.

Ocorreu-me que o barman e sua nova patroa deviam estar numa longa conferência secreta. E devia ter sido premente a necessidade disso, para me deixarem sozinho com toda aquela riqueza de bebida. Senti-me tocado e honrado por aquel sutil certificado da minha honestidade e sobriedade. O sujeito sedento que batia à porta desistiu e foi embora, mas me serviu de conforto saber que ele, bem perto, encontraria outro oásis.

Aproximei-me da porta e fiquei junto da mesa e da janela onde o barman dissera que ficara em pé "descansando". Um toldo do lado de fora obstruía até certo ponto minha visão, e me curvei até o nível que supus ser o da altura de Paquette, que era mais baixo. A visão agora estava ótima — podia ver o lado de fora e, virando-me ligeiramente, também o bar, um lugar perfeito para uma vigília de advertência. Dei uma olhada em torno. Na parede vizinha à porta, do outro lado, mais perto do bar, havia um grande quadro de avisos, que parecia estar coberto com vários anúncios, contagens de jogos, recortes de jornais, fotografias e coisas parecidas. Rapidamente, aproximei-me dele e coloquei meus óculos.

Logo me descobri lembrando Max Battisfore, o xerife. Pois aquele quadro de avisos, verifiquei, era um relicário aparentemente dedicado por Barney Quill a Barney Quill, sobre Barney Quill; destinava-se quase unicamente a celebrar suas explorações como pescador, caçador, perito em tiro ao alvo e, em medida menor, jogador de boliche, esquiador em encostas e participante de corridas de barcos com motor de popa. E houve muitas explorações; ali estavam muitas dezenas de fotografias instantâneas e posadas, e recortes de jornais, velhos e novos, todos atestando suas proezas em todas essas coisas e mais: Barney Quill ganhara o campeonato de tiro ao peru, no outono anterior, ganhara o de tiro ao prato, conseguira outro primeiro lugar num campeonato de tiro com pistolas; esquiara na pista de Iron Bay em 1h53. Em outro lugar, Barney matara a tiro o maior cervo, a uma distância de mais de duzentos metros; Barney pegara a maior truta de regato na estação passada, e com uma simples linha de pescar 5-X também (li esse detalhe com uma punhalada de inveja); Barney e seu barco tinham ganhado...

— Ele era mesmo um sujeito fantástico, não era? — perguntou uma voz atrás de mim. Com um susto, dei a volta. Alphonse Paquette, o barman, voltara.

— Que sapatinhos macios você usa, vovó — disse eu.

Ele sorriu de leve.

— Tenho de usar estes sapatos por causa dos meus joanetes. Fico em pé o tempo inteiro, naquele maldito bar, sabe.

— Em pé e apreciando a vista desta maldita janela, quando não está — falei. — Teve uma conversinha agradável a meu respeito com Mary Pilant? — perguntei, sorrindo.

— A mais satisfatória possível, e bem apropriada. Ela me disse para manter a boca fechada. Nada mais de perguntas nem de respostas. Essas foram as ordens... e ela é a patroa.

Ora, talvez Mary Pilant tivesse chegado só um pouquinho atrasada, pensei. Fiquei imaginando que tipo de feiticeira seria ela. Provavelmente uma dama carregada de pérolas, com dentes de ouro e uma voz de barítono, e que fazia a barba duas vezes por semana; do tipo que, depois de cinco minutos, começava a chamar perfeitos estranhos de "querido" e "meu bem" e que usava longos brincos de argola, nos quais meninos pequenos podiam ficar pendurados, fazendo ginástica. O retrato não era bom; talvez eu pudesse passá-la para Parnell.

— Ora — eu disse —, como não pode ou não quer falar, acho que é melhor me levantar e ir embora. É mesmo hora de almoçar. Quando um advogado contratado não pode falar, fica perdido; ele não consegue abrir a boca e não fazer perguntas.

— Foi o que notei.

Algo no quadro de avisos me chamara a atenção. E me deixara perplexo.

— Mas tenho apenas uma pergunta mais, uma pequena pergunta fácil e inofensiva — esclareci. — E ela não exige nenhuma concentração mental, além da exigida por aquelas perguntas bobas feitas na TV, e que trazem constantemente rendas vitalícias e viagens de ida e volta à Jamaica, para quem adivinha, por exemplo, o primeiro nome do Presidente Lincoln. Só mais uma perguntinha.

— Promete que, depois, me deixará em paz e irá embora? Tenho meu trabalho para fazer.

— Juro, como um bom escoteiro! — afirmei. — Mas não prometo que não voltarei.

Ele abanou a cabeça e suspirou.

— Mande lá sua maldita pergunta. Vocês advogados não param de chatear.

— Este é o maior dos elogios que já recebi, desde que me retirei da vida pública — reconheci. — Obrigado, Al.

Apontei para uma grande fotografia lustrosa, sem moldura, no quadro de avisos. Mostrava um casal em pé, numa praia. O homem, que tinha cabelos ondulados já ficando grisalhos nas têmporas, e que era claramente Barney, pelo que julguei, a partir das outras fotos, sorria para a mulher, uma morena linda, que olhava gravemente para a câmera fotográfica. Eles eram um casal surpreendente, bonito, e eu acharia que eram casados ou estavam apaixonados, a não ser por uma coisa: a considerável disparidade entre suas idades; percebi que o homem, em caso de necessidade, tinha idade suficiente para ser seu pai. Será que aquela moça frágil e, aparentemente, de boa estirpe era a conspiradora Mary Pilant?

— Estes são Barney e Mary? — perguntei.

— Sim, são Barney e Mary — confirmou. — Tenho uma patroa bonita, não acha?

— Muito — concordei, tentando esconder minha perplexidade, diante daquele repentino novo desdobramento. O nevoeiro se adensava. — Agora, vou embora — falei — como prometi. — E como um bom escoteiro, marchei resolutamente para a escada. Fiz uma pausa no primeiro degrau e olhei à volta. — Uma dica amistosa — sugeri —, não é uma pergunta.

— O que é? — perguntou ele, com uma complicada manifestação de paciência.

— Não tire a prateleira das armas de trás do bar. É tarde demais — eu já a vi e só vai piorar as coisas se você a tirar agora. Devia ter feito isso antes de a polícia chegar... na mesma hora em que se livrou das pistolas.

— No próximo assassinato eu me lembrarei de ensaiar — ironizou. — O senhor não vai querer desempenhar o papel do cadáver, não é? Seria um grande prazer vê-lo assim.

— Só por cima do seu cadáver, cara — repliquei, virando-me e subindo a escada com dificuldade.

Ali estava, de fato, um tipo muito amável. Certamente, também não era nenhum idiota; talvez apenas estivesse um tanto nervoso. Fiquei imaginando qual seria seu quinhão, se tudo desse certo. Ora, eu também não desejava nenhum mal a ele nem à sedutora Mary Pilant. Viva e deixe viver, era o meu lema. Não, nenhum mal, absolutamente — desde que não prejudicassem a defesa do meu caso de assassinato. Mas, caso se movimentassem nesse sentido, haveria realmente uma guerra, com ou sem sedução. E já começava a parecer uma guerra.

Eu dissera a Mitch que esse caso tinha tudo, menos Technicolor. Fora a declaração sem alarde mais acertada do ano. Porque o Technicolor, agora, fora acrescentado — e seu nome era Mary Pilant. Apressei o passo, na subida da escada.

Capítulo 21

Os HOTÉIS QUE ASPIRAM a parecer confortáveis e caseiros em geral fracassam tão fragorosamente quanto as cadeias de padaria que pretendem enganar as pessoas chamando seus nacos de massa inchada de pão caseiro da Vovó Higgins; mas, na medida em que qualquer hotel talvez possa ser arrumado de forma a ter um aspecto caseiro, alguém quase obtivera êxito com a Estalagem Thunder Bay. O lugar era de fato atraente. Mesmo com todos os turistas girando de um lado para outro ali, havia nele uma atmosfera de descontração e alegria não planejadas que desafiava a análise, especialmente no saguão.

Talvez fosse a linda lareira de pedra ou as maravilhosas cabeças de três veados galheiros que a ornavam (com certeza, Barney os abatera a tiros), ou as coloridas mas repousantes cortinas nas grandes janelas panorâmicas, que davam para a extensão azul do lago, ou as paredes com um atraente revestimento inacabado de cedro vermelho, que brilhava e reluzia como cobre polido, ou as gravuras e fotografias cuidadosamente escolhidas — e até mesmo algumas aquarelas interessantes —, todas retratando cenas locais da Península, em vez da arte habitual para turistas, que mostra castelos de contos de fadas em Gales. Fosse qual fosse o motivo, a sala tinha um charme inegável. Será que a enigmática Mary Pilant dera um toque em tudo aquilo?, fiquei imaginando.

O saguão estava repleto de gente, inclusive Maida, que se achava sentada junto à lareira, ignorando o ruído e o torvelinho em torno dela, com o nariz enterrado num dos seus inevitáveis *thrillers* de mistério. Um *thriller* de mistério, vê se pode. Ali estava ela, trabalhando num caso que tinha nele mais mistério real do que uma dúzia de *thrillers* inventados, um caso tão eriçado de mistérios quanto um porco-espinho — e ela ficava sentada lendo um maldito *thriller* de mistério. Pensei em meu velho eremita Danny McGinnis, incredulamente colado na matéria sobre seu colega eremita.

Era verdade que, em nosso caso, havia pouco mistério quanto ao que realmente ocorrera — isso se tornava evidente de uma forma até excessivamente brutal. Mas esses fatos, embora melodramáticos, apenas roçavam a superfície, eram em si apenas a ponta do *iceberg* no mar; eram os "fatos interiores", o cerne do caso, que estavam cheios do material do verdadeiro mistério, o profundo emaranhado de impulsos sombrios e motivos misturados de homens e mulheres reais.

Dei uma olhada em torno. Havia um grupo de pessoas perambulando sem rumo, olhando ociosamente em torno. Mas onde estavam todas as altas patentes militares? O que acontecera com o Exército? Aproximei-me da recepção, no saguão.

O funcionário de óculos parecia jogar uma partida perdida de paciência, com um maço de fichas de registro. Era óbvio que sua enlevada concentração não toleraria nenhuma interrupção. "Ah, trapaceando!", pensei, quando ele, no final, tirou uma ficha de baixo. Depois de um intervalo indecente, ele suspirou, tornou a embaralhar as fichas e ergueu os olhos.

— Sim? — perguntou, com aquela fina mistura de condescendência, tédio e dor interior que parece ser a marca registrada dos recepcionistas de hotel pelo mundo inteiro.

— O que aconteceu com o Exército? — perguntei. — Não vejo nenhum metal reluzente. Será que houve uma nova guerra?

— O Exército retirou-se — ele respondeu, solenemente. — Graças a Deus saíram ontem, com sacolas e malas. — Ele girou os olhos para o alto, claro que um homem dolorosamente vítima de abusos. "Ninguém sabe os problemas que tive", parecia dizer.

— A retirada atendeu a um plano ou foi por causa do fuzilamento do perigoso Dan McGrew*? — perguntei. — Achei que o Exército deveria permanecer aqui, fazendo manobras, até o final de setembro.

— O Exército não me informou oficialmente os motivos da partida — ele respondeu, com invejável sarcasmo. — Tudo o que sei é que, graças a Deus, partiram.

— A propósito — perguntei, casualmente —, você estava em serviço na noite em que Barney foi assassinado?

Ele me lançou um olhar penetrante.

— Por que quer saber? — perguntou, friamente.

— Sou o advogado do tenente Manion — informei. — Paul Biegler, de Chippewa.

— Ah — disse, dando de ombros. — Pensei que talvez fosse um daqueles turistas intrometidos.

— Sorria quando disser isso, camarada — repliquei, estremecendo. — Mas estava em serviço?

— Sim, trabalhei à noite, a semana passada.

"Ah, uma abertura, afinal," pensei, enquanto prosseguia rapidamente.

— Lembra-se de quando Barney entrou? Como ele estava vestido? Sua aparência geral.

Ele fez um sinal afirmativo com a cabeça.

— Claro que sim — respondeu, enfaticamente. — Barney veio correndo pela entrada principal, mais ou menos às...

Nesse momento crítico, uma grande, macia e gorda mulher, toda afobada, colocou-se diretamente entre nós e disparou no homem da recepção uma rajada de perguntas.

— Sim, madame, serviremos o almoço até a uma e meia — ele explicou pacientemente. — Não, madame, não embalamos refeições para viagem. Não, madame, a hora do *check-out* é quatro, não cinco. Sim, madame, lá embaixo foi o lugar onde o pobre homem indefeso

*A referência é a um poema de Robert Service, *The shooting of Dan McGrew*. (*N. da T.*)

foi morto a tiro. — O funcionário tornou a se virar, cheio de cansaço, para mim. — Vê como é? — ele murmurou. — Estão me levando *simplesmente* à loucura.

— Você estava exatamente dizendo... — comecei.

E, naquele momento, uma garçonete chegou às pressas na recepção, quase correndo, e falou muito séria com o funcionário.

— A srta. Pilant quer ver você no salão de refeições... *imediatamente*! — falou.

— Sim, sim, claro — ele respondeu, afastando-se a trote, inocentemente, para ser amordaçado.

Então, Mary Pilant queria jogar daquela maneira, não é? Eu me virei, cheio de pesar e amargura, para a turista ainda à espera.

— Desculpe intrometer-me — falei, friamente, pensando em como seria agradável aplicar um belo chute lento naquele saco de gordura. E me afastei, com um andar afetado.

Então, o Exército sumira de cena, não era? Retirara-se diante do poder de fogo superior do tenente Manion? Assim ficava difícil. Eu tinha chegado um dia atrasado e agora não podia descobrir o que sabia o Exército, se é que sabia de alguma coisa. E agora até Mary Pilant tentava me atrapalhar. E como será que essa fuga repentina do Exército afetaria nossas chances de conseguir um dos seus malditos psiquiatras?

Enquanto eu permanecia ali, soturnamente, Parnell investiu saguão adentro, resfolegando e arquejando como uma locomotiva a carvão, com seu rosto largo suando e vermelho feito uma beterraba. Fiquei preocupado com ele, até ver a expressão de selvagem triunfo em seus olhos; sem dúvida, o garoto devia trazer alguma coisa; parecia tão orgulhoso e satisfeito como um cachorro velho com um osso novo. Passou cegamente, roçando em mim, e se uniu a Maida, junto à lareira, deixando-se cair ruidosamente numa cadeira, como uma baleia sem fôlego, mas não tão exausto, eu notei, a ponto de se esquecer de exibir seu colete xadrez para os turistas deslumbrados.

Enquanto eu abria caminho com dificuldade, através da agitada multidão, para chegar até Parnell e Maida, tive minha passagem bloqueada pela mesma senhora turista que acabara de interromper a conversa entre mim e o homem da recepção. Ela estudava atentamente um grande mapa rodoviário afixado à parede, inclinando-se e, pensativamente, coçando as nádegas. O alvo era magnífico, e fiquei ali ansioso pesando as possibilidades de dar um chute bem-sucedido e fazer um gol. Ela estava vestida de forma atrevida, com bermudas suficientemente grandes para servirem de vela para o *Kon-Tiki*. Usava um bustiê feito com um lenço colorido e outro lenço infantil na cabeça e, nos pés minúsculos, calçava uma espécie de sandálias alegres, que lhe deixavam os dedos de fora. Era, percebi, uma das variedades comuns de turistas adoradores do sol, e sua aparência era de quem tinha sido recentemente mergulhada numa panela com lagostas fervendo — e fora mantida lá dentro. Como disse Mencken, certa vez, ela era do tipo de mulher que faz um homem desejar queimar todas as camas do mundo.

"Deus misericordioso", pensei, estudando aquele espécime premiado de *homo tourosis*.

— Gosta do meu novo penteado, patrão? — gorjeou amavelmente Maida quando me uni a eles.

— Está ótimo — concordei —, se ficar parecendo uma zulu loura e cacheada é um disfarce eficaz para o trabalho secreto que você está fazendo. Mas a questão central é a seguinte: será que os resultados compensam todo o sacrifício? Com quem está tentando parecer, com Mata Hari durante uma bebedeira?

Ela apelou para Parnell.

— Veja, Parn, veja — disse, com um muxoxo. — Agora você pode entender por que vivo tão necessitada de uma palavra gentil.

Dei uma olhada para a turista, que ainda se coçava.

— Pensando melhor, Maida — acrescentei. —, você está com uma aparência positivamente deslumbrante. Perdoe minha explosão, acabei de passar por uma experiência penosa. Vamos comer e lhe conto qual foi.

Quando entramos no salão de refeições, uma moça se adiantou para nos encontrar. Prendi a respiração. Era Mary Pilant. Era muito mais linda em pessoa do que na fotografia, uma moça pequena e bem aprumada, com grandes e inteligentes olhos escuros.

— Três? — perguntou ela, cortesmente.

— Por favor — respondi. — E por favor, também, longe dos turistas.

— Quem sabe o senhor não prefere jantar na varanda — ela sugeriu. — Temos algumas mesas excedentes para instalar ali. Assim, evitarão os turistas — ela fez uma pausa e sorriu, levemente — e também ficarão sozinhos para poder conversar.

— Obrigado — agradeci, retribuindo o sorriso. — É muita consideração da sua parte. Por favor, coloque-nos na varanda.

Enquanto seguia através da multidão de turistas barulhentos em pleno ato de comer, observei-a com o tipo de ávida e pesarosa admiração que os homens de meia-idade ficando carecas sentem pela inatingível beleza jovem. Notei o aprumo e a esguia graça do seu andar, a modelagem perfeita das suas pernas e tornozelos, as pequenas orelhas na cabeça pequena e bem-feita, com anéis de cabelo escuro erguendo-se de sua nuca, e o tipo de inteligência introvertida e meditativa que seu rosto expressava. Sim, aprumo, graça e inteligência eram o veredicto para Mary Pilant.

E como, imaginei, como foi que um tipo como Barney Quill chegou a...? Ora, por que, se ele era até mais velho do que eu? Suspirei e lembrei o clássico comentário que o juiz Holmes fizera para o juiz Brandeis. Os dois tinham saído para uma caminhada em Washington. Uma pequena e petulante estenógrafa passara por eles e seguira saltitando, com suas pequenas nádegas remexendo-se e o peito de perdiz, tudo contribuindo com cada parte para o efeito do conjunto. "Ah, Louis, Louis," disse, suspirando, o grande Holmes, abanando pesarosamente sua cabeça leonina. "Ah, se eu pudesse ter novamente setenta anos..." Exatamente naquele momento, eu alegremente concordaria em ficar novamente com os meus quarenta.

— Aqui estamos — falou Mary Pilant, parando diante de uma mesa posta com gosto e da qual se tinha uma maravilhosa vista para o lago.

— Obrigado, minha jovem — respondi. — Que lindo panorama. Vejo que devo vir aqui com mais frequência.

— Por favor, faça isso, sr. Biegler — sorrindo. — Temos muitos pontos de interesse em nossa pequena cidade.

— Foi o que observei — eu disse. — Já andei investigando alguns deles, como deve ter sabido. Mas tenho certeza de que há muitos outros — isto é, se minha visão não for obstruída demais.

Ela manteve seu olhar no meu durante um instante, enquanto eu observava seu sorriso levemente zombeteiro. Era como um jogo de xadrez.

— Mandarei uma garçonete para o senhor dentro de um minuto — avisou, virando-se em seguida e se afastando.

— Quem é essa? — perguntou Maida, pouco depois que ela foi embora. — Quem é essa criatura adorável? E em que tipo de briga verbal vocês estavam metidos? Para mim, parecia que falavam esperanto.

— Essa é Mary Pilant — informei. — Ela era a *hostess* de Barney Quill. Chegarei mais tarde à parte da briga.

Parnell ficara um tanto quieto.

— Lindo, lindo — resmungou, virando-se e fitando pensativamente o lago.

Os olhos de Maida se arregalaram de espanto e inveja.

— Então, *esta* é a mulher do caso — ela murmurou. — Acho... acho que mais ou menos esperava um monstro feminino de duas cabeças, algum tipo de bruxa conspiradora.

— Sei o que quer dizer — disse eu. — Diga-me — continuei —, diga-me o que soube a respeito dela? Há alguma coisa aqui que não se encaixa.

Maida tinha descoberto muita coisa. Teve de esperar mais de meia hora até chegar sua vez no salão de beleza. O lugar estava apinhado de mulheres loucas para se embelezarem, tanto turistas quanto moradoras locais, além de mais de meia dúzia de empregadas.

— Aquele lugar parecia uma sauna. E todas fofocavam sobre o assassinato de Barney Quill; praticamente só falavam disso.

— Qual era o tema principal da conversa delas, Maida? — perguntei. — Podemos tratar dos detalhes mais tarde.

— Bem — começou Maida —, segundo algumas histórias, essa tal Mary, ao que se supõe, era amante de Barney, embora pareça haver bastante dúvida quanto à questão.

Parnell falou, afinal.

— Quando qualquer grupo de mulheres fica assim tagarelando, num salão de beleza, elas não poupam suas irmãs — ele observou secamente. — Eu diria que elas criaram uma tremenda dúvida quanto a essa questão.

Dei uma rápida olhada em Parnell. Será que ele se apaixonara por Mary? Se fosse o caso, seríamos dois...

— Quem é ela, Maida, de onde veio?

— Parece que ela veio para Thunder Bay, vários verões atrás, com um grupo de professoras em férias — continuou Maida. — Devia ser uma verdadeira boneca, porque Barney se apaixonou loucamente por ela, foi o que disseram, transformou-a na patroa deste local e de todas as garçonetes universitárias, ganhando o dobro do que ganhavam como professoras. Quando suas companheiras professoras voltaram para seus fedelhos, ela ficou aqui, inesperadamente, como *hostess* de Barney.

— Bem, entendo Barney perfeitamente — disse Parnell, pensativo. Suspirou fundo, e outra vez seu olhar vagueou pela cintilante superfície do lago. — Ela... ela me faz lembrar alguém que conheci — disse vagarosamente — há um milhão de anos...

Outra vez, dei uma rápida olhada em Parnell. Será que se referia à sua Nora, que perdera há tanto tempo? Se fosse o caso, eu podia agora entender e examinar sob uma nova luz sua carreira cheia de altos e baixos.

— Mas, se Barney gostava tanto da srta. Mary Pilant — indaguei —, por que fez aquela coisa terrível com Laura Manion? O que há por trás disso?

— Bem — admitiu Maida —, há uma meia dúzia de histórias a respeito: uma delas a de que Barney estava meio louco por causa da bebida, e dizem também que Laura Manion o atraiu, aquela noite, e que já tinha feito isso antes, e ainda que essa rotina de estupro era apenas um velho truque de Barney com as turistas de verão. E, depois, há a turma que faz escândalo às avessas e diz que ele não estuprou Laura Manion e nem sequer tocou nela, embora todas concordem que ele era um lobo voraz. — Maida fez uma pausa. — Sobre o fato de ele ser um lobo, até suspeito que a moça que fez o serviço em meu cabelo sabia do que estava falando por experiência própria. Tive a impressão de detectar um tom de nostalgia na voz dela.

— Será que a voz da experiência me faz o favor de continuar? — pedi.

— A história mais insistente que ouvi foi a de que Barney, simplesmente, enlouqueceu de raiva, com o pensamento de que perderia Mary Pilant, e de que foi ela, de alguma forma, quem deflagrou toda a explosão. — Maida fez uma pausa e baixou a voz. — Aí vem a garçonete! — sibilou ela tão habilmente quanto a própria Mata Hari.

Esperei com impaciência que a garçonete anotasse nossos pedidos e partisse.

— O que quer dizer quando fala que Barney tinha medo de perdê-la, ou que foi ela quem deflagrou uma explosão?

— A história é a de que Mary Pilant, recentemente, tinha começado um caso com um jovem oficial do Exército, da unidade do tenente Manion — um segundo-tenente chamado Loftus, Sonny Loftus, foi o que disseram, e que Barney tentou acabar com isso. Uma versão é de que Barney se ofereceu para se casar com ela, outra é a de que também quis dar a ela este hotel, mas Mary se recusou a parar de se encontrar com o jovem oficial e estava mesmo prestes a ir embora, ou ameaçou fazer isso. Tudo é fofoca, claro, mas acho que nessas cidades muito pequenas não se pode nem mesmo bocejar com uma privacidade decente. E eu que pensei que Chippewa era ruim. — Ela fez uma pausa e sorriu astuciosamente. — E eu até consigo bocejar lá de vez em quando...

— Continue — insisti. — Não vamos fazer uma pausa agora para ouvir a história, que não tem nada a ver, da sua vida amorosa secreta. Lembre-se, o julgamento é no mês que vem.

— Tem razão, patrão — concordou Maida amavelmente. — Todas as histórias parecem concordar em que Barney, ultimamente, estava bebendo muito, parece que o sujeito sempre aguentava uma carga tremenda de bebida, até aquela noite em que Laura Manion apareceu lá no bar para jogar *pinball*.

— Mas por quê? Por que ele fez isso? — perguntei mais para mim mesmo do que para Maida. — Como ele pensava em conservar, ou conquistar novamente, a linda Mary fazendo uma coisa tão espetacularmente ruim?

— Esse é o grande mistério — concordou Maida. — É por isso que todo mundo está confuso. — Ela sacudiu a cabeça. — Não sei o que dizer, patrão.

— Talvez fosse Barney quem realmente precisava de um psiquiatra — intervim, meio para mim mesmo.

Parnell falou, vagarosamente.

— De certa forma, parece... quase parece que os Manions entraram casualmente no palco de uma tragédia grega na qual não tinham nenhum papel, na verdade uma tragédia sobre a qual a cortina já quase se fechara.

Astuto velho Parnell, pensei.

— Muito bem dito, Parn — concordei, enquanto ele irradiava satisfação. — A impressão cada vez maior é a de que os Manions podem ter sido peões inocentes e casuais num jogo maior e mais misterioso. Cabe a nós descobrir que jogo é esse. Talvez traga a solução.

Mas fiquei imaginando o que tudo isso tinha a ver com a defesa desse caso de assassinato. Supondo que soubéssemos de tudo, e daí? E por que Mary Pilant, de forma tão óbvia, procurava proteger Barney?

Mas será que *estava* mesmo preocupada em proteger Barney? Ou sua preocupação maior era garantir que o testamento não fosse contestado, para que ela, em última instância, ficasse com todo o butim para si mesma? Sacudi a cabeça, em dúvida. Tamanha avareza, ávida e calculada, de alguma forma não parecia combinar com aquela criatura linda e feminina, simplesmente não fazia sentido. Mas havia mais coisas, nesse caso, que não faziam sentido. Por que ela concordara em trabalhar para um homem daqueles? "Cuidado, Biegler," pensei. "Não vá atrás de reluzentes miragens morenas, atrás da fugaz visão de uma beleza morena e aveludada. Lembre-se, camarada, do ditado "Não acredito em bruxas, mas..." E, quaisquer que sejam os objetivos da dama, seu único objetivo agora, Biegler, é obter a verdade!

— *Cuidado!* — alertou Maida.

A garçonete apareceu e tomou nossos pedidos de sobremesa, enquanto Maida continuava a tagarelar afavelmente sobre os lindos pinheiros, o tempo maravilhoso, a vista fantástica, com os olhos brilhando e se movimentando de um lado para outro, na excitação do seu novo papel.

— *Magnifique*! — exclamei, depois que a garçonete se foi. — Sem a menor dúvida, devemos enviar você para Moscou, a fim de espionar os mujiques.

— E pensar — lembrou Maida —, pensar que andei, todos estes anos, batucando numa máquina de escrever, quando... quando há trabalho como este para ser feito. Trabalho de detetive, um jogo absorvente...

— Espanar a máquina de escrever, você quer dizer — observei. — Pelo menos desde que entrei neste maldito caso. E, se acha isso divertido, ainda prefiro cortar grama. E, lembre-se, não é frequente os advogados pegarem casos bizarros como este. Na maioria, os casos criminais são mais monótonos do que o jogo de *bridge* com declaração de vazas. De fato, durante os meus 110 anos como promotor público, houve poucos de que eu possa lembrar, neste momento, que possam sequer comparar-se a este.

Parnell virou-se para mim.

— Que tal nos atualizar, Polly?

— Sim. — Maida suspirou. — Não posso esperar. É como trabalhar com um quebra-cabeça. Até Mickey Spillane perde, e temos apenas *um* assassinato. — Ela sacudiu a cabeça, maravilhada. — Nem parece possível: *apenas um assassinato*!

A sobremesa fora servida e já estávamos em nossa terceira xícara de café, antes de eu descrever como descobrira a prateleira das armas debaixo do bar. E abordei apenas os pontos mais importantes. Contei-lhes minha teoria de que o barman servira de vigia, falei do quadro de avisos, do fato de que o adorável barman finalmente se recusara a falar, da repentina convocação do funcionário da recepção para que lhe ajustassem a mordaça. Passava muito das duas horas quando terminei.

— Quer dizer — concluiu Maida, em tom de espanto, abrindo as mãos —, quer dizer que Mary Pilant fica de qualquer forma com todo esse patrimônio, embora estivesse saindo com outro homem? Ora vejam só. E eu não consigo nem um só homem que me leve para jantar fora mesmo quando sou eu quem paga.

— Pelo menos, você tem dois velhos camaradas meio gagás que a trazem para almoçar. — Olhei-a bem de frente. — Você precisa agir com calma, Maida, agir com calma. — Virei-me para o silencioso Parnell. — Bem, Parn, acho que é sua vez. Você não apenas parece um gato que acabou de engolir um rato, mas até um rato que acabou de engolir um gato. Bote tudo para fora, meu amigo.

Capítulo 22

PARNELL TIVERA UMA manhã atarefada; enquanto ele contava a história das suas atividades antes do meio-dia, maravilhei-me de que um velho cheio de artrite e problemas de saúde pudesse concluir, ainda que fosse a metade, em tempo tão curto. Poucos detetives profissionais poderiam ir tão longe, achei, e nenhum deles, eu tinha certeza, poderia fazer aquilo tudo com tanta eficácia. O garoto era um detetive nato: astuto, engenhoso e sempre atento para a oportunidade principal: enquanto ele falava, fiquei a olhá-lo com crescente admiração.

Ele começou devagar; as únicas pessoas no primeiro botequim aonde ele foi eram um índio "bêbado de cair" e o proprietário — "um indivíduo grande, de nariz roxo e rosto cheio de bolhas, com os olhos parecendo os de um bacalhau, peixe com o qual ele tinha um óbvio parentesco e que, com a mesma obviedade, dedicara alegremente sua vida ao consumo das suas próprias mercadorias". No momento em que Parnell trouxe à baila o assunto do tiroteio fatal, esse homem encantador trancou-se e fugiu para a sala de trás.

— Ficou claro que aquele pigmeu intelectual entorpecido e encharcado de bebida não se comportava de forma evasiva nem esperta — explicou Parnell. — Juro que, em vez disso, em sua mente alcoólatra, ele elaborou a ideia de que, como seu botequim era o mais próximo do bar de Barney, ele era o próximo da lista para ser morto a tiros, e que eu tinha ido lá para matá-lo. — Parnell abanou a cabeça. — O assassino é McCarthy — afirmou. — Valha-me Deus, nem sei de que lado de um revólver saem as balas.

Parnell fora a todos os bares da cidade — havia sete — e consumira, teimosamente, pelo menos uma garrafa de refrigerante em cada um.

— Nunca tomei tanto essa droga desde que saí da Faculdade de Direito — afirmou.

Felizmente, nos outros bares — que tinham como donos, na maioria, moradores locais, motoristas de caminhão ou cortadores de polpa de madeira dos acampamentos voltados para a derrubada das árvores em torno — todos já falavam sobre o assassinato ou se mostravam mais do que desejosos de recomeçar a falar sobre o assunto favorito. Ele foi informado de uma porção de coisas sobre a vida e os tempos do falecido Barney Quill, caçador, pescador e perito em tiro, que só falhou uma vez...

— Não vou parar agora e contar exatamente onde e de quem eu soube o que soube — prosseguiu Parnell —, mas, quando cheguei ao último bar, várias coisas haviam claramente surgido com relação ao caráter e à reputação do falecido.

— Diga o que foi, Parn — falei.

— Em primeiro lugar, e antes de mais nada, talvez ele fosse a pessoa mais detestada da cidade — contou Parnell. — O ar geral de satisfação por sua morte era tão chocante quanto óbvio. Tomando de empréstimo uma das suas deselegantes mas pitorescas frases, Paul, a maioria das pessoas simplesmente "não ia com a cara dele," com seu intolerável fingimento de uma virtude superior, com sua atitude mal disfarçada de machão dominador, de que era uma espécie de super-homem que podia atirar melhor, brigar melhor, amar melhor, fazer qualquer coisa melhor do que três homens da cidade juntos.

— Há alguma evidência, sabe, Parn, de que talvez ele não estivesse tão enganado assim — sugeri.

— Não me adiantei muito e descobri que esse grande ódio também estava misturado com medo — prosseguiu Parnell —, e um medo que parecia muito bem fundamentado. — Fez uma pausa. — Parece que todos os relatos, em grande parte, eram verdadeiros: ele *podia* mesmo caçar melhor, atirar melhor e fazer todo o resto melhor do que qualquer outro homem, se não três, em Thunder Bay inteira. Para não falar do ambiente silvestre em torno, que abordarei logo depois. Aparentemente, o homem não apenas *pensava* que era bom, ele *era* mesmo bom. Queria ser o sr. Grande de Thunder Bay e do Distrito de Mastodon, e juro que era. E, em sua busca dessa dúbia distinção, parece que não sabia o que era medo. Um tipo verdadeiramente espantoso, assim ele era.

— Pode dar um exemplo? — perguntei. — Talvez seja importante, sabe.

— Bem — prosseguiu Parnell, ignorando minha interrupção —, vamos pensar na ocasião em que ele quase matou o jovem e vigoroso motorista de caminhão que foi espancá-lo. — Parnell fez uma pausa, pensativamente, e franziu os lábios. — Sim, esse é um exemplo razoavelmente bom. Há muitos outros.

— Ah, que maravilha, que maravilha — saudou Maida, inclinando-se para a frente.

— Parece que, antes de essa jovem, Mary Pilant, vir trabalhar para Barney — os olhos de Parnell pareceram suavizar-se quando disse o nome dela —, o hotel e o bar de Barney, particularmente o bar, eram em grande parte um ponto de encontro de barulhentos lenhadores e motoristas de caminhão, e das várias espécies de pessoas de boas famílias deprimidas e embriagadas, todos escravos das bebidas fortes. Mas, quando a srta. Mary entrou em cena, tudo isso mudou repentinamente; ela, evidentemente, vendeu a Barney a ideia de que ele estava desperdiçando seu tempo e seus talentos; que o verdadeiro dinheiro deveria ser ganho com os turistas. Mas, primeiro, os tipos locais tinham de ser mandados embora. De qualquer jeito, e seja lá como foi, o capacho com a inscrição "bem-vindo" de repente foi retirado; um dia, Barney disse aos tipos locais que fossem para o inferno e ficassem por lá.

— Quer dizer que não houve nenhuma briga, afinal? — perguntou Maida, parecendo à beira das lágrimas. — Eles foram embora feito carneirinhos?

— Paciência, meu bem — pediu Parnell. — Na verdade, houve brigas, socos, olhos arrancados e cabeças quebradas em número superior até aos mais loucos sonhos do seu herói literário. As pessoas locais de boa família ressentiram-se imensamente de perder para os turistas seu feliz lar de bebedeiras, porque haviam chegado ali primeiro; e, assim, eles ainda insistiram em voltar para o bar do Barney. — Parnell fez uma pausa. — Infelizmente, os resultados foram inevitáveis.

— O que quer dizer? — interrompeu Maida, sem fôlego.

— Quanto mais rápido entravam pela porta, mais rápido Barney os atirava para fora, com uma espécie de monótona e distraída regularidade, como um entediado policial de história em quadrinhos malhando com seu cassetete as pessoas que deveria proteger. Aconteceu que os turistas se reuniam, especialmente nas noites de sábado, para espiar a violenta expulsão. Durante algum tempo, aquilo se tornou uma espécie de atração turística em Thunder Bay, como espiar os ursos no depósito de lixo — Barney estava, outra vez, fazendo a limpeza doméstica do seu bar.

— Lindo — murmurou Maida, piscando os olhos.

— Quando os intrusos queriam boxear, Barney boxeava com eles; quando queriam luta livre, Barney lutava com eles; e, se queriam um jogo sujo, ele alegremente os atendia. Parece que, entre suas muitas outras realizações, era ótimo nas artes pesadas do judô, do jiu-jítsu, ou seja lá qual for o nome. De fato, era um sujeito surpreendente, uma espécie de Ben Franklin do universo das proezas físicas e da violência. Pois bem, uma noite, três caras atacaram Barney, todos mais jovens do que ele, e, quando a fumaça clareou, um deles estava nocauteado, inconsciente, o outro tinha fugido noite adentro e o terceiro gemia e segurava um pulso quebrado. Ninguém ainda tem completa certeza de como isso aconteceu. De qualquer forma, foi um caso claro de força irresistível colidindo com três objetos altamente removíveis.

— O tenente Manion devia ter recebido a Medalha do Congresso por ousar enfrentá-lo — afirmei. — E, aqui, eles querem mandar o pobre homem para a cadeia.

— Não se esqueça da história do fortão motorista de caminhão — Maida lembrou Parnell, com o apetite estimulado. — Lembre-se de que prometeu contar.

— Daqui a pouco, minha querida, daqui a pouco — acudiu Parnell, sorrindo com benevolência. — Depois desse último tumulto, as coisas, compreensivelmente, acalmaram-se, e, durante um intervalo, os turistas herdaram a Estalagem Thunder Bay sem perturbações; mas só até esse vigoroso jovem motorista vir para a cidade, ou melhor, para um dos acampamentos para corte de madeira nas proximidades.

— Quem era ele, de onde vinha? — implorou Maida.

— Não importa, mas parece que não apenas tinha duas vezes o tamanho de Barney que, claro, não era um homem de um tamanho excepcional, mas também tinha a metade da sua idade. Além disso, havia sido pugilista amador, e realizara proezas nada desprezíveis, tendo chegado, segundo se diz, às semifinais daquele campeonato, campeonato... Luva de Diamante, patrocinado pelo timidamente autoproclamado maior jornal do mundo, o *Tribune*, de Chicago.

— Você quer dizer Luvas de *Ouro*, Parn — acrescentei —, esperando mantê-lo afastado *desse* assunto. — É a competição anual Golden Gloves Tournaments.

— Ah, sim, de ouro — afirmou Parn. — Mas não importa, de ouro ou de estanho... o que importa é a luta.

— Ah, a luta, a luta... vamos à luta! — intrometeu-se a ávida Maida.

— Quando os homens do acampamento desse jovem boxeador souberam das suas proezas com os punhos, já no sábado seguinte marcharam todos juntos para dentro do bar do Barney, com o robusto jovem gladiador à frente deles, e pediram a Barney que servisse bebidas por conta da casa.

— O que aconteceu? — perguntei.

— Não interrompa! — disse Maida, puxando minha manga.

— Ora, Barney e o rapaz lutaram, claro. Lutaram usando os punhos. Lutaram do lado do bar, lutaram atrás do bar, lutaram na pista de danças, lutaram na escada, uma vez lutaram do lado de fora, na rua. Lutaram durante uma hora e sete minutos, de acordo com o relógio, os homens que me contaram estavam lá e viram tudo. Até que... até que esse Barney, ele próprio, que já estava, como seu adversário, todo esfarrapado e coberto de sangue, quase liquidado, fez de repente uma rápida finta com a mão esquerda — em sua excitação, Parnell levantara-se e dava golpes no ar, com seus braços gorduchos — e depois acertou um soco arrasador com a direita: *pam*! E o jovem orgulho dos lenhadores foi abaixo e caiu no chão como um alto pinheiro.

— *Madeira*! — Maida gritou encantada. — Quer dizer que Barney o nocauteou e o deixou caído no chão?

— Durante bastante tempo — respondeu Parnell secamente. — Barney acabou com ele. A luta tinha terminado. Seus camaradas carregaram às costas seu herói caído e, em silêncio, o levaram embora. Um dos homens que me contou a história disse que a coisa foi tão ruim que ele teve de dirigir o caminhão do jovem boxeador de volta para o acampamento. Na manhã seguinte, o gladiador cambaleou até a tesouraria, calculou seu tempo de serviço, recebeu o que lhe era devido e deixou o acampamento. — Parnell fez uma pausa e suspirou, como se relutasse em encerrar sua história. — E essa foi a última visita dos lenhadores locais e dos não desejados frequentadores do bar às instalações santificadas da Estalagem Thunder Bay.

— Meu Deus, Parn — exclamei, horrorizado com o pensamento. — Tudo isso deve ter acontecido enquanto eu ainda era promotor público. Onde estava a polícia? O xerife? Nunca ouvi um sussurro sequer sobre nada disso. Parece incrível.

— Talvez os policiais pensassem que Barney era, em si, uma força suficiente, ainda que sem consciência disso, para manter a lei e a ordem. Ou talvez fosse um caso em que a discrição era a melhor parte da bravura. O único subxerife da cidade era o velhinho gentil vigia do lote para estacionamento dos *trailers*, o mesmo homem a quem o nosso tenente se entregou, na noite em que matou Barney.

— É melhor elevar a parada para *duas* medalhas do Congresso, patrão — interveio Maida. — Meu Deus, eu devia ter conhecido esse Barney. Que homem, que homem...

Uma garçonete apareceu e ficou postada, à espera, perto da nossa mesa ainda entulhada de coisas. Dei uma olhada em meu relógio.

— Está ficando tarde — reconheci. — Vamos sair daqui e terminar nossa conversa no carro.

— Mal posso esperar — falou Maida, recompondo rapidamente a expressão do seu rosto.

Capítulo 23

Enquanto eu esperava nossa conta, no salão principal de refeições, Mary Pilant não era vista em parte nenhuma.

— Obrigada, moça — agradeci à garçonete. — Gostamos imensamente do nosso almoço: o serviço, a vista, a deliciosa truta do lago, tudo estava maravilhoso. Desculpe tê-la feito esperar tanto tempo e, por favor, diga à srta. Pilant que voltaremos, com certeza. Não se esqueça de dar o recado.

— Obrigada — murmurou a garçonete, afastando-se, com movimentos furtivos, para pegar sua gorjeta.

— Ouça! O candidato ao Congresso usando sua fala de campanha eleitoral — Maida disse sarcasticamente. — Charme aos montões para todo mundo, menos para sua oprimida secretária. Doravante, vou votar inteiramente com os Federalistas.

— Ah, a verdade aparece — devolvi o ataque. — O tempo inteiro suspeitei da sua traição nas urnas.

— Não vai tentar vê-la? — perguntou Parnell, quando passamos para o saguão. — Quero dizer, Mary Pilant?

Sacudi a cabeça.

— Não adianta, Parn. Com certeza, agora não pelo menos, quando ela nos dá tamanho gelo. Se e quando eu estiver com ela, alguma vez, quero ter a história completa, ou o máximo possível que pudermos conhecê-la. Ainda nem ouvi toda a sua história, mas, pelo sorriso que vi em seu rosto, sei que ainda tem alguma carta na manga. — Fiz uma pausa e baixei a voz. — Fique por perto, agora, e observe enquanto vou tentar falar com o homem da recepção. Verá que não adianta tentar falar com ela.

Fui até o balcão da recepção.

— Perdoe-me — pedi. — Quando fomos interrompidos, ao meio-dia de hoje... — comecei. O funcionário ergueu os olhos e me encarou com uma expressão impassível. — Será que adianta conversar?— perguntei. — A mordaça está muito apertada, não?

Para seu crédito, o homenzinho fez uma expressão constrangida, enquanto sacudia a cabeça.

— Não adianta — respondeu. — Lamento... Preciso do emprego.

— Mas terá de me dizer no final — eu o pressionei, tranquilamente. — De qualquer jeito, vou extrair isso de você no tribunal.

Ele me olhou por um momento, atentamente, com uma expressão vazia, e depois deu uma olhada em direção à sala de refeições.

— É mesmo? — perguntou, e se virou para o outro lado.

Dei a volta e, claro, Mary Pilant estava em pé, imóvel, no vão da porta. Ela sorriu e me fez um amável cumprimento com a cabeça, desaparecendo em seguida no salão de refeições.

— Triste, triste — murmurou Parnell, enquanto saíamos, sacudindo pesarosamente a cabeça. — É difícil acreditar que ela pudesse descer a tal ponto de engodo e intriga. Ela fez um sinal para ele, sem dúvida, eu a vi sacudir a cabeça, eu *vi*. Ah, meu Deus, meu Deus, que velho mundo melancólico e complicado...

— Isso parece mesmo uma guerra, Parn — afirmei, cerrando o maxilar e, sem dúvida, acrescentando três novas rugas à minha testa já vincada.

Uma coisa era clara: fossem quais fossem os seus motivos, mesmo com seu jeito quieto, Mary Pilant era, profundamente, a mesma lutadora implacável que havia sido o fabuloso e inacreditável Barney Quill.

— Está vendo, Parn — acrescentei —, essa pequena senhora parece tentar suprimir a verdade... a verdade de que tanto precisamos.

Parnell suspirou e sacudiu a cabeça. Sentia uma dor profunda com o fato de sua doce Nora-Mary comportar-se dessa maneira.

Antes de deixar a cidade, seguimos de carro para o estacionamento dos turistas, a fim de entender a configuração do terreno, dando uma parada no agora aberto portão e na abertura menor na cerca, ao lado, através da qual o cachorrinho de Laura Manion havia iluminado seu caminho, na noite em que Barney a estuprara e espancara. Maida estava no sétimo céu de prazer, só por estar presente no cenário de tanta violência deliciosa.

— E este lugar parece tão calmo e inocente agora — suspirou ela. — Brrr...

A estrada serpenteava através do parque e dava a volta em direção ao lago, por baixo dos pinheiros, descrevendo em seguida um círculo, no sentido do lago, e logo outra vez avançando terra adentro, de volta para o chalé do vigia, perto do qual o *trailer* dos Manions estivera estacionado, como adivinhamos pela área de grama amarelada. Parnell pediu-me que observasse como o *trailer* ficara a uma distância considerável do portão, na direção norte, ou seja, mais perto da cidade, e do bar de Barney, do que do portão de entrada em si. Coloquei a mão na porta do carro, tencionando sair.

— Para onde vai? — indagou cortesmente Parnell.

— Pensei em procurar o vigia — respondi. — Quer vir comigo?

— Poupe-se — replicou Parnell, cheio de orgulho. — Já o procurei. Não perdi minha manhã, como algumas pessoas que conheço, andando pelo bar mais chique da cidade.

— Será que valeu a pena?

— Eu lhe direi quando sairmos daqui. A visão de todos esses turistas e *trailers* está me deixando com alergia. Vamos embora. *Atchim*...

Saindo da cidade, parei perto de uma estrada obscura e cheia de poeira, com sulcos de pneus em mão dupla, uma estrada que se estendia para dentro do bosque no sentido oeste, distanciando-se do estacionamento dos turistas.

— Esta deve ser a estrada para onde Barney trouxe Laura em seu carro, quando a estuprou — falei, apontando-a.

Em suas perambulações daquela manhã, Parnell ouvira dizer que um dos tiros do tenente Manion quebrara não apenas o espelho do bar mas também uma garrafa de uísque de primeira; que Barney era um atirador perito com todo tipo de armas pequenas, incluindo fuzis, espingardas de caça e pistolas, particularmente pistolas; que possuía uma considerável coleção de armas de fogo em geral, outra vez incluindo particularmente pistolas; que tinha a reputação de guardar armas de fogo num lugar escondido, atrás do bar; que também guardava no bar uma placa coberta de veludo que expunha, para admiração dos turistas, as muitas medalhas e fitas que ganhara por suas proezas no tiro.

— Não vi nenhuma medalha, Parn — afirmei —, e dei uma olhada bastante cuidadosa por lá.

— Talvez tivessem sido enterradas junto com o homem — Maida, prestativamente, sugeriu. — Li em algum lugar, no inverno passado, que eles enterraram a parafina usada nos esquis, os óculos de proteção e tudo mais junto com um esquiador que quebrou o pescoço.

— A parafina para os esquis provavelmente foi usada para preencher a cavidade vazia do cérebro — esclareci.

— As medalhas estavam lá até a noite do assassinato — insistiu Parnell. — Um dos meus informantes as viu, um pouco mais cedo, àquela noite.

— Pensei que Barney não permitia que nenhum dos camponeses locais entrasse em seu bar — disse Maida.

— Apenas uns poucos escolhidos e fumigados, que se comportavam bem e tomavam banho regularmente, ficando à altura dos novos padrões elevados — respondeu Parnell. — E, presumivelmente, só os que tivessem a adequada admiração pelo grande Barney.

— E que tal o vigia do estacionamento, Parn? — perguntei. — Soube de algo novo?

— Ah, sim, o vigia — repetiu Parnell deliciado. — Um bom velhinho chamado Lemon. Por acaso, ele estava num dos últimos bares aonde fui, apenas comprando um maço de Peerless, não é homem de beber, segundo me contou. Um dos clientes o apontou para mim e eu, simplesmente, aproximei-me dele, apresentei-me e fiz minhas perguntas.

Ele não hesitou em responder. Um bom e franco velhinho, e, para sua idade, bem esperto.

— O que você descobriu? — perguntei. — Além do fato de que ele é esperto?

— Ora, antes de tudo perguntei e ele me respondeu, que não havia nenhuma outra estrada para automóveis que levasse ao parque ou saísse de lá; em outras palavras, Barney pregou uma grande mentira quando disse a Laura Manion que podia levá-la para casa por outro caminho.

— Ótimo, Parn, ótimo; devemos lembrar-nos disso.

— Também soube que o vigia gostava dos Manions, particularmente da esposa, e novamente tomando emprestada sua linguagem forte, que não ia com a cara de Barney. Chamou o sujeito de valentão e gabola, e disse que, embora oficialmente condene a violência e o assassinato, a cidade desejava livrar-se dele.

— Ótimo, ótimo, Parn, continue.

— Ele também gosta de Mary Pilant; acha que ela é uma perfeita dama e não pode entender por que chegou a trabalhar para um patife como Barney, e muito menos que tenha sido sua amante, coisa de que ele duvida muito. — Parnell fez uma pausa. — Sim, um velho homenzinho foi um excelente observador — disse ele, obviamente satisfeito por ter encontrado, em suas jornadas, um fã tão grande de Mary.

— E o que mais, Parn? Tudo isso é bom, mas o que mais? Aposto que está guardando alguma coisa. Vamos ouvir o resto.

Eu não estava errado; com seu instintivo senso irlandês para o teatral, Parnell havia mesmo guardado o melhor para o final. Fez vários ruídos, pigarreando, limpando a garganta, e afinal falou.

— Agora, vou chegar na parte boa — afirmou. — Você sabe, Polly, que devemos estar preparados, no julgamento, para encontrar uma alegação, ou pelo menos uma sugestão, por parte da promotoria, de que Barney não estuprou nossa dama no bosque, mas, em vez disso, o caso foi de acordo mútuo, uma trepada fácil, como você poderia dizer, e, além disso, que não foi Barney quem a espancou no portão, mas sim seu zangado e ciumento marido, no *trailer, depois* que ela foi para casa. Está acompanhando o meu raciocínio?

— Com certeza, Parn — afirmei, ponderadamente. — E essa possibilidade me preocupou muito, como sabe.

— Ora, agora acho que podemos ter um remédio para liquidar com essas alegações. — Parnell fez uma pausa, embalando seu "furo de reportagem" como uma mãe faz com seu bebê recém-nascido. — Um verdadeiro remédio — acrescentou, misteriosamente.

— Fale, homem, fale! — interveio Maida. — O senhor está me matando.

— Tenha paciência, minha frágil boneca — repreendeu-a Parnell gentilmente. — Ora, dois turistas que ficaram aqui durante quase um mês, um casal idoso de Akron, foram embora com o *trailer* deles esta manhã, cedo. Haviam acabado de se despedir do sr. Lemon e se viravam para partir quando a mulher comentou, casualmente, o tipo de conversa ociosa, que esperava que, agora, seus pesadelos acabassem e ela pudesse dormir bem a noite inteira.

— O que aconteceu? — arquejou Maida.

— Ora — Parnell prosseguiu, placidamente —, o sr. Lemon, claro, perguntou a ela o que queria dizer quando falou em seus pesadelos. E ela, imediatamente, disse a ele que ainda acordava no meio da noite ouvindo os gritos daquela pobre mulher no portão...

— Tem certeza de que ela disse *no portão,* Parn? — interrompi. — Tem certeza? Isto é vital, você sabe.

— No portão — respondeu firmemente Parnell. — E precisamente às 11h59, ela olhou o relógio. Perguntei várias vezes ao vigia se ela dissera no portão e ele disse que tinha certeza. Depois, contou-me que o *trailer* desse casal de Ohio, entre todos os que estavam no estacionamento, era o mais próximo do portão e que, de qualquer forma, os gritos *tinham* de ser ou no portão ou perto dele e não lá no *trailer,* porque essa mulher de Ohio era um pouco surda e tanto ela quanto o seu marido foram acordados pelos gritos, enquanto ele, o sr. Lemon, que tinha um sono leve e ouvia bem, e cujo chalé é bem próximo do *trailer* dos Manions, não ouviu nem um só som.

— Meu Deus, Parn — exclamei —, essa é uma abertura maravilhosa. Você conseguiu os nomes deles?

Parnell deu palmadinhas no bolso do peito.

— Tenho os nomes e endereços deles escritos em meu caderninho. Eles já contaram suas histórias à polícia estadual. E isso, com certeza, acabará com qualquer tentativa por parte da promotoria de deslocar o espancamento para o *trailer.*

— O que mais você descobriu? — exigi. — Percebo que ainda tem alguma coisa guardada.

Parnell franziu a testa e ficou sério.

— Tem razão, Paul — admitiu. — Há mais. — Parnell suspirou. — O que estou prestes a lhe contar pode ser a chave para todo o motivo desconcertante *deste* caso. Refiro-me a Mary Pilant.

— Então, por que está tão abatido, Parn? — perguntou Maida. — Desembuche, homem.

— Quando entrei às pressas no hotel, ao meio-dia de hoje, eu estava louco para contar isso. — Parnell fez uma pausa e suspirou fundo. — Depois que *vi* Mary Pilant, meu pequeno triunfo se transformou em cinzas, e então não quis mais contar, e ainda não quero.

"Nora, novamente," pensei.

— Como achar melhor, Parn — comecei...

— Mas preciso contar, é importante demais para o caso. Não sei exatamente como poderemos usar isso, se chegarmos a usar, mas, como boa parte das outras coisas que soubemos hoje, e que, provavelmente, não poderemos usar, isso é importante para uma coisa ainda maior... deve nos ajudar a perceber bem e entender o nosso caso. — Parnell tornou a suspirar. — E, quando um advogado de fato *entende* o seu caso, metade da batalha está ganha.

— Está certo, Parn — falei tranquilamente.

— Ao chegar no sétimo e último botequim — começou Parnell —, encontrei um jovem soldado de boa aparência que estava tomando uma garrafa de refrigerante. Já tinha ouvido dizer que o Exército se retirara, e então, como intrometido que sou, aproximei-me dele e, sem pedir licença, perguntei-lhe se, porventura, pertencia à unidade do tenente Manion. Pertencia sim e, com um rápido pressentimento, apresentei-me, disse que ajudava o advogado do tenente Manion a investigar o assassinato e perguntei se ele sabia de alguma coisa que pudesse colaborar com nossa causa. Foi um tiro no escuro.

— Continue, Parn — pedi, imaginando o que tudo isso tinha a ver com Mary Pilant.

— Bem, depois que falei isso, ele olhou em torno, puxou-me para uma cabina dos fundos e disse que estava mesmo com algo em mente que talvez nos ajudasse; não tinha certeza mas, de qualquer forma, era melhor me contar, porque estava em vésperas de sair da cidade.

— O que ele disse, Parn?

— Disse que, na noite da véspera do assassinato, seu companheiro de beliche estivera fora, em licença, altas horas, e, sendo uma noite enluarada e quente, e estando um tanto cheio de cerveja, o companheiro de beliche decidiu caminhar pela praia, até uma certa distância, e nadar nu. Bem, ele estava caminhando pela praia, tranquilo, cuidando da própria vida, quando tropeçou, de repente. Então acendeu sua lanterna e viu um dos seus oficiais subalternos deitado na areia e em pé, a alguns passos de distância, atrás de uma pilha de madeira trazida pela água, uma mulher que ele reconheceu apenas como a bonita *hostess* da Estalagem Thunder Bay, cujo nome nem sabia. Ele ainda não sabe, na verdade.

— Meu Deus — exclamei. — E então, o que aconteceu?

— Ele correu como um cervo — contou Parnell, e depois ficou em silêncio, examinando taciturnamente o seu charuto apagado. Enquanto contava o fato, foi ficando cada vez mais mal-humorado, e achei que era hora de alegrá-lo. Mas ainda não conseguia ver como isso tudo era importante para o nosso caso.

— Ora, não existe nenhuma lei contra um jovem casal estar na praia, Parn — admiti. — Ainda não, pelo menos. Maida nos disse, durante o almoço, lembra-se, que essa garota, Mary, estava de namoro com um jovem oficial. Por que toda essa onda?

— Não foi o fato de estarem na praia — prosseguiu Parnell teimosamente. — Foi a maneira como estavam vestidos, suas roupas, ou melhor, ausência de roupas. — Girou os olhos em nossa direção. — Parece que não estavam com muita roupa.

Maida e eu nos entreolhamos rapidamente, sem palavras, enquanto o sombrio Parnell olhava fixamente para a frente. Tive quase pena por ele ter descoberto o incidente. Qual seria o possível uso de uma coisa dessas, por mais apimentada que fosse, para a defesa do nosso caso? Com certeza o respeitável velho Parnell não sugeria, mesmo indiretamente, que de alguma forma chantageássemos Mary Pilant, para forçá-la a colaborar com a defesa, não é? Ou será que sim?

— Talvez fosse apenas fofoca militar, Parn — falei. — Afinal, você soube da história num bar, por intermédio de um homem que nem sequer estava no local.

Parnell sacudiu a cabeça.

— Não, Polly. Verifiquei isso. Perguntei a esse jovem soldado de quem tinha ouvido a história, e ele me disse que ouvira diretamente do seu companheiro de beliche, que viu tudo. Então perguntei-lhe quando e *onde* tinha ouvido isso do seu companheiro de beliche, e ele disse que seu camarada lhe contara a história quando os dois bebiam juntos uma cerveja, no bar do Barney, na noite seguinte, ou seja, na própria noite do assassinato, no início da noite, pouco antes de Laura Manion aparecer para jogar *pinball*. Então perguntei-lhe se mais alguém sabia dessa história. Agora ouça isto, Paul: ele disse que ninguém mais sabia, que seu camarada se trancou, deliberadamente, para não entrar em conflito com seu oficial subalterno. Insisti com ele com relação a isso, perguntando quem estava no bar, e ele disse que mais ninguém a não ser o barman. Perguntei se o barman não teria ouvido por alto o que havia sido dito e ele, finalmente, concordou que era possível porque, como lembrou naquele momento, o barman de repente saiu do bar e sumiu no andar de cima, deixando os dois sozinhos.

— Technicolor, pipocas generosamente amanteigadas com velho óleo do cárter e uma tela do comprimento de um quarteirão — resumi, abanando a cabeça. — Juro que não existe caso igual a este.

— Quer dizer — falou a excitada Maida —, quer dizer, Parn, que o barman correu, contou tudo a Barney e então... e então as coisas foram para o brejo?

— Eu... eu não sei — afirmou Parnell sombriamente. — Estou contando a vocês o que ouvi. Então, perguntei a esse jovem soldado onde estava seu camarada e ele disse que ele tinha voltado para o acampamento e estava carregando o último caminhão, em preparativo para a partida. Falei: "Leve-me até onde ele está." E meia hora depois da minha primeira e incômoda viagem de jipe, ouvi a história diretamente do rapaz. Chequei cada detalhe.

Fiz um esforço para visualizar Parnell, com seu colete xadrez, viajando de jipe. Com certeza, as próprias ondas se ergueram, numa saudação.

— Onde estão os jovens soldados agora, Parn? — perguntei.

— Estão a caminho de um acampamento na Geórgia. Partiram antes do meio-dia, já com várias horas de atraso. Tenho seus nomes e endereços em meu livrinho — deu de ombros, mal-humorado. — E este é o meu grande "furo".

— Mas, se Barney soube mesmo através do seu barman do, ahn, mau comportamento de Mary com esse jovem oficial — perguntou Maida —, então por que ele não atirou no jovem oficial? Ou até mesmo em Mary? Por que caiu em cima dos pobres e inocentes Manions?

Parnell estendeu as mãos.

— Não sei — respondeu, vagarosamente. — Quanto mais ouço sobre esse caso, menos sei. Sequer sei, com certeza, se Barney soube mesmo dessa história de Mary, ahn, que ela estava na praia, na véspera, com o jovem oficial. Mas parece do conhecimento comum que ele sabia que ela estava namorando esse rapaz, e também que tentava desesperadamente acabar com isso. — Parnell fez uma pausa. — Acho que seria preciso todo um painel de psiquiatras para desemaranhar a cabeça daquele sujeito... Talvez ele estivesse irado com o Exército inteiro, por causa dos militares, ele não era mais o valentão de Thunder Bay, e finalmente, para piorar as coisas, estavam roubando sua garota. Então, quando a esposa de um militar, Laura Manion, caiu em sua teia, ele concentrou em cima dela todo o seu veneno e sua frustração acumulados. — Sacudiu a cabeça. — Não sei, sou apenas um velho advogado bebedor de uísque e também, lamento, um velho tolo sentimental.

Depois, seguimos em silêncio no carro, cada um perdido em seus próprios pensamentos, ou talvez todos perdidos, como eu estava, no encanto do lago magnífico, ondulando suavemente abaixo de nós com uma tranquilidade ilusória, banhado pelo brilho do sol agonizante, cada gaivota que girava parecendo presa ao céu.

A caminho de casa, desafiamos os turistas e paramos diante da Halfway House, para nossa ceia, precedida por algumas bebidas merecidas — "apenas duas", resolvemos solenemente —, e lá encontramos um novo pequeno conjunto negro de *jazz*, com um pianista extravagante que tocou nossos corações ou, pelo menos, o meu, a ponto de nos fazer esquecer todas as resoluções. Nosso entusiasmo foi tão grande que, mais ou menos na hora de fechar, Maida até convidou Parnell para dançar com ela, empresa calamitosa em que, eu acredito, o velho bode se empenharia, se não estivesse misericordiosamente sofrendo de uma cãibra em sua perna ruim, o que o levou a se desculpar e não aceitar. Em vez disso, todos nós seguimos na direção de casa e, felizmente, não encontramos nenhum xerife em patrulha.

Capítulo 24

Parnell apareceu em meu escritório na manhã seguinte até antes de Maida, e me acompanhou em minha segunda xícara de café "para acabar de acordar".

— Estive pensando, rapaz — cornentou ele. — Não dormi bem a noite passada.

— Também estive pensando, Parn — falei, apontando para uma carta aberta em cima da minha escrivaninha. — Encontrei este pequeno presente em minha caixa de correio a noite passada. Carta do oficial militar para o qual escrevi, em Thunder Bay, nos dando o fora com relação a um psiquiatra do Exército. Ele escreve que, como o tenente Manion não pertencia mais à sua unidade, estava lá apenas como empréstimo, será melhor se escrevermos para a unidade do próprio tenente. Enviou-me o endereço. — Abanei a cabeça. — Então, estamos novamente na estaca zero: nenhum psiquiatra, enquanto a data do julgamento se aproxima rapidamente.

— Essa é uma das coisas sobre as quais andei ruminando, Paul — falou Parnell. — Claro que você sabe que, segundo o estatuto, devemos informar pontualmente, pelo menos quatro dias antes do julgamento, nossa intenção de fazer a defesa com base na insanidade. Quando propõe que seja dada essa informação, rapaz? O tempo está voando.

— Esse problema foi o que mais me incomodou a noite inteira, Parn, desde que li a maldita carta. Até agora, tenho adiado a apresentação dessa notificação por vários motivos, até ver se podíamos, de fato, conseguir um psiquiatra; depois, com a vaga ideia de não informarmos o que pretendemos ao outro lado antes de ser necessário; e também para, possivelmente, impedir que a promotoria atice seus próprios psiquiatras contra nosso homem, refutando tudo, ou retardar isso. — Fiz uma pausa. — Estou satisfeito por você trazer o assunto à baila, porque acabei de tomar a decisão de que devemos fazer a notificação agora, hoje, e vamos deixar que as coisas se ajeitem como puderem. O que acha?

— Mas será que isso não provocaria exatamente o que você está tentando evitar? — perguntou Parnell pensativo. — Informar qual será nossa defesa e permitir que psiquiatras do outro lado ataquem o tenente por mais tempo? Ouça, não estou fazendo objeções, rapaz; estou apenas testando seu pensamento, nosso joguinho, você sabe. Vamos lá, estou escutando.

Então, Parnell e eu começamos outra vez, interminavelmente, a debater os prós e contras da nossa estratégia para o julgamento, que se aproximava rapidamente. Observei que, se retardássemos a informação, isso poderia, por si só, dar ao promotor base para um adiamento, pois Mitch poderia então argumentar que precisava de mais tempo para obter um exame psiquiátrico decente, a fim de fazer a refutação. Parnell concordou e, depois, levantou outra questão — se a promotoria poderia, alguma vez, examinar nosso cliente.

— Foi um pequeno surto de ideias que tive, durante a noite — acrescentou ele.

— O que quer dizer? — perguntei. — Com certeza conhece o procedimento pelo qual o promotor pode, em casos de delito grave, fazer uma petição ao tribunal, sugerindo insanidade e pedindo um psiquiatra. Logo que informarmos que nossa defesa terá como base a insanidade, Mitch pode fazer uma petição dessas, com base apenas no que lhe fornecemos, dizendo que o acusado *podia* estar louco (ele não precisa admitir isso) e ir em cima do nosso cliente.

Parnell sorriu, maliciosamente.

— Conheço esse procedimento, rapaz — admitiu. — Estou com ele inteiramente na minha cabeça. Se, ou quando, essa petição for feita, diremos ao nosso cliente que se feche em copas e diga ao psiquiatra da promotoria que vá pentear macacos. Não falará, e pronto.

Remexi-me de um lado para outro, pouco à vontade.

— Você quer dizer, Parn, que diremos ao tenente Manion para não deixar o psiquiatra da promotoria interrogá-lo?

— Não, apenas lhe diremos que não deixe que o examinem, que nem mesmo fale com eles — afirmou Parnell. — Nosso cliente dirá a eles que vão para o inferno, é o que quero dizer.

— Mas como pode esperar sair-se bem com isso, Parn? Esse procedimento está nos livros jurídicos, cara, e há anos. Eu não me arriscaria a ser preso por desacato, ou algo parecido?

— Nós nos arriscaremos — respondeu Parnell. — Há uma porção de velhas coisas enferrujadas na lei e nos livros jurídicos, rapaz, que não poderiam se sustentar nem por cinco minutos se sua constitucionalidade fosse seriamente contestada. Quase todo novo relatório da Suprema Corte que sai tem pelo menos um exemplo claro. O Poder Legislativo tem sempre falhas, coisas inconstitucionais em seu funcionamento, e acho que essa velha lei é uma delas. Há anos que olho sempre com pesar para esse estatuto, e, na minha opinião, ele não vale o papel em que está escrito. Do ponto de vista constitucional, quero dizer.

— Estou começando a perceber — murmurei. — Estou começando a perceber...

— Não vê — continuou Parnell, entusiasmando-se — que uma das cláusulas básicas, tanto da Constituição estadual quanto da federal, é que ninguém deve ser compelido a testemunhar contra si mesmo em qualquer caso criminal. Esta, claro, é a Quinta Emenda, a mesma cujo nome está virando palavrão, atualmente, em certos fortes setores patriotas.

— Não vamos falar disso agora, Parn — pedi, girando os olhos para cima.

Parnell acordara durante a noite com toda a argumentação inteiramente preparada.

— Devo ter colocado uma moeda em meu inconsciente. Se qualquer estatuto ou procedimento tentasse *forçar* uma pessoa acusada de crime a se submeter a um exame psiquiátrico hostil, não seria ele inconstitucional e inválido?

— Humm — resmunguei, refletindo sobre a ousada solidez da visão do velho. — Mas vamos supor que o bom juiz rejeite todos os nossos belos argumentos constitucionais? Ou recorremos, o que equivale a um adiamento, pedido pela promotoria, ou o outro lado consegue, de qualquer forma, o exame psiquiátrico.

Parnell sorriu e sacudiu a cabeça.

— Não, rapaz. Não existe isso. Se o juiz decidir contra nós, nosso cliente ainda pode dizer a todos que vão para o inferno. E, se disser isso, o que eles vão fazer? O juiz, Mitch, o doutor, qualquer um deles? Se nosso cliente simplesmente não quiser falar, *quem* o obrigará a isso? Podem ameaçar prendê-lo, sim, por desacato, mas o pobre coitado já está na cadeia. E você está livre de culpa, Polly. Você cooperou. E que tipo de exame psiquiátrico eles fariam, se ele não quiser dizer nada? Todo o procedimento da psicanálise, para ser eficaz, supõe uma ardente cooperação do sujeito; daí o sofá bem estofado.

Uma chave fez barulho na porta externa e Maida entrou de repente, com sua habitual calma turbulenta e apenas vinte minutos atrasada.

— O que vocês dois estão fazendo? — perguntou. — Contando piadas pesadas?

— Ah, como eu queria que fosse isso. Estávamos explorando os horrendos pântanos legais da insanidade.

— Bem — Maida torceu o nariz —, devo dizer que os dois têm em si um excelente material de laboratório para trabalhar.

— Traga seu livro, moça — ordenei. — Chega dessa insubordinação. Por favor, respeite nossos anos, se não os nossos cérebros. Você não pode brincar de detetive todos os dias. Está vendo, Parn, um dia fora e ela está mais atrevida e mimada do que nunca.

Maida foi até a sua sala e, pouco depois, reapareceu com seu livro e uma bateria de lápis afiados.

— De volta à dura labuta — suspirou, retorcendo-se e se colocando na posição correta para seu ditado, como todas as estenógrafas parecem destinadas a fazer, como o cachorro que descreve um círculo quando se deita para dormir

— Pronta? — perguntei, quando as torceduras e manobras pararam.

— Pronta.

— Tenho um conjunto de notificação e prova de que foi feita, mais três cartas. Faça para a notificação um original e três, não, quatro cópias, precisamos de uma série para Parn... com uma capa azul para arquivar. Entendeu?

— Entendi.

Virei-me para o formulário da notificação de insanidade, no trabalho do juiz Gillespie sobre a lei criminal de Michigan, e comecei a ditar.

Capítulo 25

DITEI A NOTIFICAÇÃO de insanidade e uma carta comunicando Mitch de sua cópia, e outra para o funcionário municipal, referente ao original.

— Acrescente um pós-escrito, na carta para o funcionário municipal: "Confio que, por puro acaso, como de costume, o senhor dará um jeito de conseguir pelo menos uma garota bonita para figurar no júri, a fim de aliviar a nossa dor."

Maida fungou e deu uma olhada em Parnell.

— Crime ou não crime, o patrão precisa sempre fazer sua piadinha.

— Agora, prepare uma carta para o coronel Mugfur, com o endereço que está nesta carta — falei, entregando-lhe a carta de recusa do oficial do Exército de Thunder Bay. — Envie para ele a mesma carta que escrevi para o militar de Thunder Bay pedindo um psiquiatra do Exército, ajeitando-a onde for preciso para fazer sentido. Envie a carta por entrega aérea rápida. O tempo voa. Entendeu?

— Entendi.

— Boa menina. Agora, datilografe tudo isso o mais rápido que puder. Os detetives da casa, McCarthy e Biegler, precisam prender seus bigodes falsos e partir.

— E deixar aqui a pobrezinha, inteiramente só? — protestou Maida, em tom queixoso.

— Está vendo, Parn, não há maneira mais rápida de arruinar uma boa estenógrafa, bem treinada para atender, do que deixá-la fazer o papel de detetive por um dia.

— É quase tão ruim quanto ser rainha por um dia — observou Parnell, com admirável neutralidade, enquanto Maida se arrastava para a sua rotina.

Recostei-me na cadeira e acendi um charuto Napolitano bem fedorento.

— Parn, todas essas coisas que discutimos só servem mais como evidência do estado de loucura da lei com relação à defesa por insanidade em casos criminais — falei. — Essa notificação para Mitch. Não é um exemplo precioso do que digo? Aqui notificamos Mitch da nossa intenção de alegar e provar insanidade e, ao mesmo tempo, ousadamente admitimos que não temos, e portanto com certeza ainda não consultamos, nenhum psiquiatra. Nosso cliente é maluco simplesmente porque eu digo que ele é maluco. Um homem é morto a tiros, a sangue-frio. Digo que o assassino deve ser inocentado, porque o dr. Biegler nomeou a si mesmo como único psiquiatra do tribunal. Rápido, Watson, meu sofá de couro negro! Mas que história!

— Não está exagerando a situação? Afinal, não é você quem determina que o homem é insano. Você ainda tem de procurar um psiquiatra para apoiá-lo em seu palpite.

— Encontraremos um. Sabe disso, Parn. E, se tivéssemos o dinheiro, provavelmente estaríamos com uma meia dúzia à espera, agora mesmo.

— Não está sendo um pouco agressivo com relação à profissão do psiquiatra, Paul? Declara que todos eles são curandeiros e charlatães?

— Não, não quero dizer isso, Parn. Não quero dizer isso, de jeito nenhum. Acho que o significado disso é... — Fiz uma pausa. — ... É que, como disse o tenente Manion, todo esse procedimento da insanidade é diabolicamente pouco científico. Eu... eu acho que me deixa triste o fato de nossa profissão continuar com um estado de coisas tão primitivo e frouxo.

— Talvez, Paul — disse Parnell —, mas, outra vez, a lei pode ser mais sábia do que você pensa. Talvez isso seja apenas mais evidência da maravilhosa elasticidade da lei, de sua ampla acomodação, do *espaço* que ela dá para um júri ter mobilidade e alcançar um resultado justo. — Parnell fez uma pausa, pensativo. — A justiça, você sabe, rapaz, não pode ser medida com compasso. E, com certeza, você não pretende deduzir que seria um veredicto injusto se o tenente Manion fosse inocentado com base numa insanidade temporária? Ou será que seu zelo pela justiça abstrata se estende até tão longe?

O astuto Parnell me encurralava, e ambos sabíamos.

— Ora — eu disse, com um tom de voz pouco convincente —, não... não quero dizer exatamente isso. É... é apenas...

— Não, claro que não quer dizer isso, Paul — interveio secamente Parnell. — Então, do que tanto se queixa? Como *você* solucionaria o problema, se acha que o atual sistema é tão ruim? Qual é o novo e aperfeiçoado Plano Biegler? Gostaria que algum juiz indicasse um grupo de psiquiatras pagos pelo Estado para dizer que seu cliente estava são quando atirou em Barney e o matou? Isso faria você se sentir melhor e mais científico? Suponha que um grupo de barbudos psiquiatras "imparciais", pagos pelo Estado, caísse em cima do nosso cliente, como você tanto parece desejar, para determinar o estado de sanidade dele quando atirou em Barney. O que *você* acha que eles descobririam? Dou-lhe três opções. E o que você faria quando eles saíssem da sua conferência secreta e o declarassem são? Ora, você gritaria como um cavalo ferido e sairia correndo à procura de mais três psiquiatras que jurassem que ele estava maluco. Provavelmente quatro. E, então, talvez o Estado fizesse surgirem dois, como uma dupla de cozinheiros noturnos jogando pôquer na cozinha. Ora, pelo menos, da maneira como as coisas vão, você é poupado dessa troça. Pelo menos não será uma batalha para ver que lado apresenta mais psiquiatras.

— Você está magoando, Parn — respondi, sorrindo dolorosamente.

— Acho que é hora de eu magoar, rapaz. O que você esquece, Polly, é que os julgamentos criminais são, por sua própria natureza, questões que envolvem uma apaixonada tomada de partido, combates primitivos, para derrubar, cada um por si, o oposto mesmo das determinações científicas distanciadas. Você, entre todos os homens, era quem mais deveria saber disso. De fato, acredito que uma das razões pelas quais, nesta maravilhosa era do laboratório, quando tudo em que tocamos ou que compramos está inflado de ciência e quase mais nada, as pessoas se sentem imensamente atraídas pelo tumulto de um julgamento por assassinato. Estão *famintas* de verdadeiro drama e emoção bruta, da catarse purificadora que representa saber que a situação é mesmo terrível; reconhecem que um julgamento por assassinato é uma coisa autêntica. — Parnell sacudiu a cabeça. — Não, Paul, a lei pode ser mais sábia do que você pensa. Pare com essa história de que ela é pouco científica.

A pressão de Parnell foi forte.

— Ora, Parn, talvez você esteja com a razão quando diz que não há nenhuma alternativa fácil para o atual procedimento — acrescentei. — Na verdade, acho que tem razão, sim. Mas, se a análise constitucional que acabou de fazer está correta, a promotoria não apenas não terá uma abordagem imparcial ao nosso acusado, mas de fato não terá abordagem nenhuma. E isso é certo e justo? Que diabo, eu quase espero que Mitch tente fazer uma petição para que nosso cliente seja examinado. Se você tem razão, sob os atuais procedimentos eles *não podem* examiná-lo, caso nós não deixemos. Ainda acho que é um sistema jurídico primitivo, emaranhado e diabolicamente pouco científico. Que tal se considerarmos que houve empate na argumentação?

— Discussão, rapaz, não argumentação — afirmou Parnell. — Sim, vamos considerar que houve empate. E, agora que já esboçamos claramente a lei da insanidade e já a dividimos em partes, o que mais faremos hoje?

— Bem, Parn, acho que é melhor que eu vá visitar meu pessoal. Antes de mais nada, é melhor eu ir ver se ainda estão juntos... tudo pode mudar da noite para o dia. E preciso rever algumas coisas com eles, à luz da expedição de ontem. Gostaria de ir comigo?

Parnell fez um sinal afirmativo com a cabeça.

— Sim, gostaria, Polly. Tenho um pequeno plano próprio. E acho que terei de ir de carro com você, ou de ônibus. — Fez uma pausa e sorriu para mim. — Você sabe, não tenho dirigido muito nos últimos anos... infelizmente, desde que aquela descuidada da Dolly Madison enrolou meu Maxwell em redor de uma árvore. — Piscou seus olhos azul-claros. — Agora, fico imaginando se *ainda* sei dirigir... Humm...

— Não sei do que está falando, Parn, mas vou levar você de carro — falei, sorrindo. — Em que está metido agora, sua velha raposa astuta?

— Não fique perguntando, rapaz. Tudo na hora certa, tudo na hora certa. Tenho meu planozinho...

Maida entrou com as cartas finalizadas, que assinei, e ela as guardou em seus envelopes.

— Para onde vamos hoje, rapazes? — perguntou, exultante. — Estou louca para ir.

Suspirei e sacudi a cabeça.

— Tudo bem, tudo bem — concordei. — Ponha um letreiro na porta e venha junto conosco. Colocaremos essas coisas no correio no caminho.

— Os dados estão lançados — proclamei, ponderadamente, saindo da agência dos correios em Chippewa. — Pelo bem do tenente, espero que tenhamos acertado em nossa previsão.

Durante a maior parte do trajeto até Iron Bay, ficamos calados. Maida voltou rapidamente à vida quando passamos pela Halfway House.

— Vocês dois não gostariam de parar e recuperar sua juventude perdida? — brincou. — Ah, ser jovem, despreocupado e alegre novamente... por alguns centavos a dose.

— Humm — fez Parnell mal-humorado, estalando os lábios ressequidos. — Um dia simplesmente vou parar de beber essa droga vil.

— Quando a lua se transformar num queijo azul — Maida riu, com desdém.

— Verde, minha querida — corrigiu-a Parnell. — Sim, senhor, algum dia, muito em breve, vou simplesmente parar com isso...

Conduzi Maida e Parnell até a porta lateral do tribunal.

— Polly — falou Parnell, com seriedade —, depois que você botar o tenente em dia sobre o que fizemos ontem, há uma pergunta que quero que lhe faça.

— Qual é, Parn?

— Pergunte-lhe simplesmente o seguinte: "Se você não pretendia matar Barney quando foi até o bar com um revólver carregado, então o que, *de fato*, pretendia fazer? Pergunte isso a ele, Paul, e *faça* com que ele responda... talvez seja importante.

— Ok, Parn — concordei, dando de ombros. — Isso é parte do seu misterioso pequeno plano?

— Pode ser, pode ser — afirmou Parnell, sorrindo enigmaticamente. — Vamos, Maida, vamos embora. Seu patrão, um homem sem imaginação, está ficando novamente inquisidor.

— Humm... — eu disse, refletindo sobre o que o astucioso bode velho estaria tramando agora.

Capítulo 26

O TENENTE E EU ESTÁVAMOS sentados ao sol, nos degraus de trás do tribunal, bem em frente à estrada de acesso à garagem que a separava da cadeia.

— E então, tenente — falei —, agora já está informado praticamente de tudo o que fiz em minha viagem para Thunder Bay.

— Parece que teve um dia atarefado, advogado — observou o tenente.

"Um fraco elogio do patrão," pensei.

— Médio — respondi, pensando que ele não sabia nem a metade de tudo, que havia muita coisa que eu apenas lhe insinuara, e ainda mais, que eu absolutamente não lhe contara, inclusive a relutância do pessoal da Estalagem Thunder Bay em contar o que sabiam. Dizer-lhe, pelo menos naquele momento, só faria preocupá-lo e perturbá-lo mais do que ele já estava; afinal, só precisava que ele estivesse louco na ocasião do tiroteio, não também no julgamento.

Tampouco lhe contei o que já soubéramos sobre Mary Pilant e seu encontro à meia-noite, na praia, com o jovem oficial do Exército; embora verdadeiro, o episódio ainda cheirava demais a mexerico enfadonho de cidade pequena, e, além disso, eu tinha uma crescente sensação, embora vaga, de que, se esse petisco tinha algum valor para a defesa, era pelo fato de não *ser* do conhecimento de todos. Se todos soubessem, então... "Claro, Biegler," pensei, "claro que você não está pensando numa espécie de chantagem elegante, está?" Mas a chantagem jamais era elegante; por mais que fosse disfarçada, era uma palavra feia; talvez fosse mais bonito dizer que eu estava obscuramente avaliando a possibilidade — de alguma forma, de alguma maneira — de trocar com Mary Pilant um contínuo silêncio discreto por, digamos, um pouco de verdade útil. Sim, isso soava muito melhor. Virei-me para o meu tenente.

— Sabia, antes daquela noite, tenente, que Barney Quill era um atirador perito, especialmente com pistolas?

— Sim, tinha ouvido falar disso, vi suas medalhas no bar e ouvi alguns outros oficiais comentando o fato. O homem, aparentemente, não fazia nenhum segredo de que era bom. Mas, pessoalmente, nunca competi com ele no tiro.

— Só atirou uma vez, quer dizer, e ele perdeu... — comentei. — Sabia que ele tinha uma porção de revólveres e pistolas, e diziam que guardava algumas dessas armas atrás do bar?

— Era conversa comum na vila que ele possuía uma verdadeira coleção de armas, inclusive armas brancas, e que guardava algumas atrás do bar.

— Ótimo. E o que mais?

— Agora que fala disso, lembrei que um dos nossos oficiais me contou que esse Barney e um grupo dos nossos rapazes estavam conversando sobre armas pequenas certo dia, no bar dele, e esse... esse Barney estendeu a mão para trás do bar e mostrou uma semiautomática.

— Ótimo. Muito bom. E sabia disso, então, na noite do tiroteio?

— Claro que eu sabia antes do tiroteio... desde então, estou na cadeia.

— É verdade — concordei. — Mas o oficial poderia ter vindo até aqui e lhe contado depois do tiroteio. Mesmo assim, prefiro da maneira como diz. Nunca viu pessoalmente, então, nenhuma dessas armas?

— Não, não fiz amizade com esse sujeito, Barney, e evitava, o máximo que podia, tanto ele quanto seu bar. Nunca fomos camaradas.

Tentei imaginar esse meu cliente distante sendo realmente camarada de alguém, mas desisti.

— E esse oficial que viu Barney mostrar a pistola... onde está agora? — perguntei.

— Sem dúvida, a caminho da Geórgia, se o Exército se retirou, como diz.

— Humm... — fiz. — Também sabia ou ouviu dizer que Barney era bom no combate pessoal, ou seja, com seus punhos, com o judô e todo o resto?

O tenente deu de ombros.

— Ora, eu tinha ouvido tudo a respeito, esse Barney não era de esconder o jogo, o senhor sabe, do jeito como ele expulsou do seu bar os lenhadores, e o que fez com um jovem boxeador bastante forte. Depois, Laura confirmou tudo, quando me contou como ele agiu com ela, aquela noite, gabando-se de como era bom no judô e todo o resto.

Meu coração teve um aperto.

— Quer dizer que ela lhe contou isso antes do tiroteio?

— Não, mais tarde... ou aqui na cadeia, ou a caminho.

Meu coração se aliviou novamente, ou seja lá o que fazem os corações depois de se desapertarem.

— Entendo — concordei —, mas, de qualquer forma, aquela noite, quando foi para o bar, sabia que estava prestes a enfrentar um sujeito duro, um homem com ampla reputação de saber muito bem cuidar de si mesmo para se defender de quem chegasse ali?

O tenente pareceu relutante em admitir que havia alguma coisa boa em Barney Quill em qualquer área.

— Sim — admitiu, de má vontade —, sim, eu tinha ouvido dizer que o sujeito era muito bom nessas coisas.

— E, apesar disso, teve a coragem, a coragem bruta de ir atrás dele? — perguntei, com admiração.

Ele me lançou um olhar penetrante.

— Nem o demônio em pessoa me impediria de fazer isso — declarou, com voz baixa e intensa.

Estávamos chegando em terreno perigoso, e meu impulso foi de me desviar, mas então pensei na pergunta que Parnell me pedira que fizesse a ele. Deveria arriscar-me a fazer uma pergunta tão carregada? Mas, se eu não fizesse, a promotoria não faria, mais tarde? Não era melhor encará-la agora?

— Tenente — disse eu tranquilamente —, vou fazer-lhe uma pergunta e quero uma resposta honesta. Tudo o que peço é que sua resposta seja honesta e que pense bem antes de responder.

— Atire — ordenou o tenente.

— Se não pretendia matar Barney Quill aquela noite, quando foi até o bar dele com uma arma carregada, o que pretendia fazer?

— Agarrar... aquele homem — respondeu rapidamente o tenente. — Botar minhas mãos nele e o segurar... para fazer com que parasse.

Uma luz mortiça começava a se acender. Será que o astuto velho Parnell havia novamente ganhado?

— Que quer dizer com agarrá-lo e o segurar?

— N... não sei exatamente o quê. Apenas o que eu disse, acho... Se aquele... aquele homem havia feito o que Laura disse que ele fez, que eu acreditava que havia feito, então eu sabia que ele não devia ficar solto. — O tenente fez uma pausa e depois falou depressa. — Não entende?... Eu não podia descansar com aquele... aquele animal ainda à solta... Era tudo tão louco... Se ele pôde fazer aquilo, como eu podia saber se ele ainda não estava à espreita, lá fora, ou se não voltaria outra vez, ou se tentaria fugir, ou até vir atrás de mim... se eu não fosse até lá, agarrá-lo e segurá-lo?

— Agarrá-lo e segurá-lo para quem? — perguntei, quase num sussurro.

O brilho, a audácia do jogo astucioso de Parnell vagarosamente me apareciam.

— Para os guardas, eu acho. Tudo o que eu sabia era que tinha uma sensação de precisar agarrá-lo antes de ele fugir ou, de alguma forma, me pegar. Eu, simplesmente, *tinha* de fazer isso.

— Matar o homem? — perguntei.

— Não, não... não o matar... fazê-lo parar. — Os olhos do tenente escureceram. — Mas, serei honesto... eu o mataria se ele fizesse um movimento em falso.

— E ele fez? — perguntei. — Ele fez um movimento em falso?

— Eu... eu realmente não sei dizer. — O tenente esfregou o polegar em cima das suas sobrancelhas. — Está tudo meio borrado.

— E se tentar me dizer do que se lembra? — perguntei. — Pense bem.

O tenente piscou os olhos.

— Quando me aproximei do lado do hotel, estacionei meu carro e fiquei em pé junto dele, por um momento, a fim de me acostumar com a luz — ele começou. — Depois, fui rapidamente para dentro do bar. Esse... esse Barney estava atrás do bar, de frente para o espelho dos fundos, de costas para mim. — O tenente falava agora aos arrancos, como se tudo estivesse acontecendo enquanto ele falava. — Eu o vejo e ele me vê. Observamos um ao outro... Não vejo nada mais... o bar, ao que me dizia respeito, podia estar deserto... a cena está congelada, como num quadro... eu me movimento para a frente, ainda estamos observando um ao outro... então, quando estou mais ou menos a meio caminho, talvez mais, entre a porta e o bar, ele se vira — melhor dizendo, ele gira e deixa cair o antebraço esquerdo por cima do bar, à sua frente, assim. Seu braço direito está para baixo, fora da visão... seus lábios estão retorcidos e se movimentam... — O tenente fez uma pausa e, depois, suspirou. — Então, acho que atirei... Depois, está tudo nublado.

Acendi um charuto e fiquei soltando baforadas, em silêncio. Um preso se aproximou e, rapidamente, ajoelhou-se e pegou um dos meus tocos de charuto. Levantei-me e, silenciosamente, entreguei-lhe um novo, prendendo o toco embaixo do tacão do meu sapato. Ele resmungou alguma coisa e passou por nós se espremendo, com seu balde e um esfregão.

— Licença, por favor.

O tenente enxugou o suor do rosto. Era a primeira vez em que eu ouvia a verdadeira história do tiroteio. Que despreocupação ou intuição me fizera esperar até aquele momento? Lembrei-me do estalido que ouvira, vagamente, nos fundos da minha cabeça, no dia em que refletira sobre o possível significado do fato de Barney Quill solto, depois do estupro, ser um criminoso ainda sem mandado de prisão. O estalido, agora, soava como castanholas. Astuto velho Parnell. Mas havia ainda coisas que não se encaixavam...

— Se achava que aquele homem tinha de ser "agarrado", como diz, não lhe ocorreu acordar o velho guarda, que era um delegado, para prender Barney? — perguntei. — Você sabia que ele era delegado, não?

O tenente deu um riso rápido e triste.

— Sim, acho que sabia que o velho era um delegado. Mas nunca pensei nisso, nem nele. Mesmo se tivesse pensado, eu não o incomodaria. — Virou-se e me olhou: — Se... se essa coisa tivesse acontecido com o senhor, advogado, mandaria até lá seu velho pai?

Soltei baforadas em meu charuto e olhei atentamente para o intrincado trabalho em pedra do outro lado da prisão fechada.

— Acho que essa é a resposta completa, tenente — reconheci. Mitch podia fazer com isso o que quisesse. — Sim, acho que ficaremos por aqui.

Permaneci ali sentado, pensando, com um charuto apagado na boca. Bom e velho Parnell! Talvez tivesse, afinal, acabado com uma das nossas maiores dores de cabeça: *por que* aquele homem fora ao bar? As peças começavam a se encaixar. Tive vontade de procurá-lo imediatamente, para lhe dar a grande notícia.

— Humm... — eu disse.

— Gostaria de estar com minha máquina fotográfica — falou uma voz de mulher. — Até parece que vocês dois estavam planejando uma viagem de pesca.

Era Laura Manion, com seu cachorrinho. Ela beijou rapidamente o tenente, enquanto me lançava uma olhada, depois apertou minha mão e se sentou ao nosso lado nos degraus iluminados pelo sol. Estava vestida com um discreto terno de linho escuro, usava meias simples, sapatos de salto alto e um pequeno chapéu de palha, com um véu que lhe caía em cima dos olhos. Era a primeira vez em que eu a via vestida mais formalmente, e calculei que, de óculos e com alguns metros de corda, para mantê-la amarrada nisso, ah, sim, eu poderia arriscar-me a mostrá-la a um júri.

— Estou satisfeito de que tenha vindo, Laura — declarei. — Manny lhe contará, mais tarde, sobre a viagem que fiz a Thunder Bay, mas há algumas perguntas que quero lhe fazer. — Ri. — Um advogado tem sempre mais perguntas para fazer.

O tenente levantou-se, como se fosse sair.

— Sente-se, tenente — pedi. — Não creio que haja nada que não possamos discutir juntos. Se houver, eu o mandarei de volta para Sulo. Na verdade, quero que ambos me ajudem, se puderem. — Virei-me para Laura. — Lembrou-se de tirar as fotos e ir ao médico?

— Sim, Paul, fui fotografada e examinada e manuseada como se fosse uma estrela de Hollywood. As fotos estarão prontas amanhã.

— Ótimo. Agora vejamos essa moça, Mary Pilant, os dois a conhecem?

— Sim — afirmou Laura. — Ela não é mesmo encantadora?

— Sim — concordei, lembrando-me de uma frase sucinta e rasteira que o velho Danny McGinnis usava para todas as mulheres atraentes: "Ela faria um cachorro quebrar a corrente." — Sim, sem dúvida ela é encantadora. Algum de vocês dois pode me dizer mais alguma coisa a respeito dela? Trabalhava para Barney, vocês sabiam?

Eu não apenas queria saber o quanto Laura e Manny sabiam, mas também quão pouco eles sabiam.

— Bem — reconheceu Laura —, havia histórias a respeito dela com Barney. — Fez uma pausa. — Mas, pelo que sei, ela era uma perfeita dama. Um dos nossos jovens oficiais também era um grande admirador dela.

— Quem era ele?

— Não me lembro... talvez Manny se lembre.

Virei-me para o tenente.

— Sonny Loftus, segundo-tenente — afirmou ele, resumidamente.

— Eles eram... Era uma coisa séria? — perguntei.

Laura e Manny se entreolharam e deram de ombros.

— Meu Deus, não sei, Paul — ela falou, sorrindo para Manny. — Esses diabólicos homens do Exército, você sabe... Trabalhando sempre, nada de brincadeira... — Ergueu as mãos. — Sério? Um namoro de verão? Quem sabe?

— E você, Manny? — perguntei.

Ele abanou a cabeça.

— Não sei dizer — declarou ele, sempre prestativo.

— E sobre o barman, Paquette? — perguntei.

— Ele fazia os melhores *old-fashioneds* da cidade — afirmou Manny. — Falo do drinque, não da salada de frutas.

— Ele era sempre gentil comigo — reconheceu Laura. — Acho que é apenas um barman alerta e inteligente, um bom homem para a casa. E foi solícito conosco, depois do tiroteio.

Endireitei-me na cadeira.

— O que quer dizer? — perguntei.

— Bem, ele me procurou e se ofereceu para me levar de carro à cadeia, a fim de visitar Manny, naquele primeiro domingo; eu não estava em forma para dirigir, e ele trouxe para Manny uma caixa com seus cigarros favoritos.

Fiquei com os ouvidos em alerta.

— Mais alguma coisa? — perguntei.

— Enquanto dirigia, ele me disse como lamentava por Manny e por mim e acrescentou, como foi mesmo que falou?, acrescentou que devia ter me avisado de que Barney era um lobo, um homem que costumava tomar liberdades com as mulheres.

Olhei atentamente para ela. Uma das intermináveis fascinações — e também frustrações — da lei são as constantes surpresas — boas e ruins — que os advogados têm com seus clientes e testemunhas.

— Quer dizer — falei, farejando alguma coisa, e agora já quase gritando —, quer dizer que o barman de Barney avisou que devia ter lhe avisado que Barney era um lobo? Usou essa palavra? Disse "lobo"?

— Ora, sim, Paul. Achei que já tinha lhe dito. Ele também informou que Barney andava bebendo muito ultimamente e que era pena que tivéssemos vindo para Thunder Bay exatamente quando ele estava nessas condições. Isso... isso é bom?

"Clientes são clientes e advogados são advogados — e nunca os dois tipos de pessoas se encontrarão," pensei.

— Talvez ajude — concordei. — Mais alguma coisa?

— Bem, ele trouxe para Manny aqueles cigarros, como eu falei. Foi realmente simpático e atencioso.

Virei-me para o tenente, com uma expressão interrogativa.

— Quando ele me deu os cigarros — disse o tenente —, lamentou meus problemas e queria que eu soubesse que, da parte dele, a única coisa que tinha contra mim era o fato de, quando atirei em Barney, ter quebrado uma garrafa do suprassumo dos uísques, em vez de um uísque ordinário de uso culinário.

— Usou esses termos?

— Sim. Fez uma curta visita e depois foi embora. Disse que alguns amigos o levariam de carro até Thunder Bay. Laura ficou aqui, aquela noite... tentamos encontrá-lo o dia inteiro.

Contive o impulso de pular, gritar e procurar Parnell para lhe dar a notícia.

— Algum de vocês dois o viu, desde então? — perguntei. — O barman, quero dizer?

Laura sacudiu a cabeça.

— Eu o vi uma vez, na rua, em Thunder Bay, claro que não voltei ao bar, e ele parou rapidamente e perguntou por Manny, seguindo depois o seu caminho. Foi a última vez em que um de nós o viu ou ouviu falar dele.

— Houve mais alguma conversa sobre Barney, quando você se encontrou com ele na rua?

— Não. Foi exatamente como lhe contei. — Laura fez uma pausa e refletiu. — Agora que você falou, lembro que ele parecia um pouco contido, reticente. E apressado. Limitou-se a dizer olá, perguntar como ia Manny... e depois foi embora.

Novamente, vi a bela mão de seda de Mary Pilant trabalhando. Qual era o segredo? O que acontecera? Ali estava um homem que deixara suas ocupações para ser gentil com os Manions, que dissera que o seu patrão morto era um lobo — e, depois, quando falei com ele, mostrou-se fechado e evasivo e se referiu à sra. Manion como uma "prostituta", uma "trepada fácil". O que havia por trás disso? Sacudi a cabeça.

Depois, contei aos Manions a recusa referente ao psiquiatra; e informei-o, também, de que agora eu havia escrito para a própria unidade dele; e que eles deviam começar a aprender a viver com a sombria perspectiva de que poderíamos deixar de conseguir um psiquiatra a tempo para o julgamento.

— Faltam apenas duas semanas e meia. Mas ainda não desisti. Vou arrancar um psiquiatra desse seu Exército, tenente, nem que tenha de fazer um letreiro e começar a protestar em frente ao Pentágono. "O Exército está sendo injusto com o tenente." — Levantei-me. — Agora preciso ir. Amanhã é sábado e não vou aparecer. Na próxima semana, devo colocar meus protetores de mangas de cetim preto e atacar seriamente os livros jurídicos. Mas manterei contato com vocês. Por enquanto, até a vista. — Virei-me e me afastei.

— Boa pescaria este fim de semana, Paul — gritou Laura, atrás de mim.

Virei-me e ela e o tenente estavam em pé, sorrindo, de braços dados, um quadro de compatibilidade íntima e felicidade conjugal. Era uma pena, pensei, que os ubíquos fotógrafos dos jornais nunca estivessem por perto quando eram realmente necessários

Capítulo 27

Fui até a ensolarada porta dos fundos do tribunal em busca de Parnell e Maida. Ao alcançar o alto corredor principal de mármore, virei-me e subi pela larga escada, também de mármore, que levava ao segundo andar, onde ficava o tribunal, pensando que poderia encontrá-los na vizinha biblioteca jurídica. Meus passos faziam um ruído oco ao longo dos desertos corredores de cima, e me ocorreu que havia poucos lugares mais solitários e vazios no mundo do que o recinto de um tribunal rural nos períodos entre as sessões. Para companhia eu teria um dia sozinho para conduzir até o anoitecer...

Seguindo meu caminho até o emaranhado de corredores, nos fundos da sala do tribunal, encontrei a biblioteca jurídica deserta, cheirando a mofo e quente como uma sauna finlandesa, no terrível calor do verão. Pacotes de obras jurídicas ainda fechados e empoeirados, provas de livros e envelopes entulhavam as mesas e cadeiras. Saí desse forno e dei uma olhada na sala de reuniões do júri, onde tantos destinos eram decididos, e encontrei-a vazia, a não ser pela mesa comprida e as doze cadeiras tradicionais.

A sala de reuniões dos advogados também estava vazia como um necrotério; uma tábua para marcar a pontuação das cartas no jogo de *cribbage*, sem os pinos de madeira nos buracos, jazia em cima de uma mesa. A porta do escritório do promotor — meu antigo escritório, e agora de Mitch — estava aberta; o escritório também estava vazio, com sua escrivaninha e cadeiras empoeiradas. Uma mosca mais ou menos do tamanho de um Mig russo zumbia loucamente, para cima e para baixo de uma das vidraças fuliginosas, com seu panorama do Lago Superior reluzindo, muito distante. Igualmente vazio estava o escritório da estenógrafa do tribunal; a pesada porta do gabinete do juiz achava-se fechada, mas destrancada, e entrei. Caminhei pelo poeirento escritório do juiz, cheio de livros nas paredes, e ao longo de um curto corredor — e tentei abrir uma grossa porta de mogno. Ela afinal se abriu e se fechou atrás de mim, e me encontrei em pé, sozinho, numa obscura e vazia sala de tribunal.

Nos idos de 1905, os supervisores do Condado de Iron Cliffs fizeram um esforço sobre-humano quando construíram o novo tribunal do condado. Concebendo a estrutura como um monumento imortal à sua habilidade para governar, e procurando pôr em prática a teoria de que, se um projeto ou motivo arquitetônico podia ser impressionante, uma combinação de estilos, era de se supor, deslumbraria ainda mais, eles obtiveram um sucesso que foi além dos seus mais loucos devaneios. Poucas estruturas na Península apresentavam uma pilha mais surpreendente de pedras, ardósia, mármore e argamassa, vestígios da arquitetura romana, normanda e gótica concorrendo poderosamente entre si pela predominância, com a autêntica St. Louis Brewery, do século XIX, ganhando talvez por um focinho.

O interior do tribunal era tão revestido e recoberto com mogno e mármore quanto um bolo de chocolate com um pesado glacê. Pedreiras e florestas devem ter sido cavoucadas e derrubadas, em sacrifício. Os altos corredores de mármore eram largos o suficiente para se jogar futebol dentro deles — inclusive com chutes altos —, enquanto boa parte da verdadeira atividade do tribunal ocorria em lugares pequenos e fechados. O lugar era um monumento à teoria de Thorstein Veblen sobre o "lixo conspícuo". Para as cerimônias de inauguração (minha mãe Belle me contara), lenhadores, fazendeiros e mineiros acorreram do país inteiro, e faziam piqueniques no grande gramado, ouvindo os discursos dos estadistas rurais e contemplando, pouco à vontade, esse notável motivo para o aumento acentuado da dívida pública do condado.

Toda a vasta construção tinha no alto uma grande cúpula oval, como uma espécie de segundo pensamento arquitetônico com inspiração bizantina, como se uma mesquita turca tivesse voado e se aproximado, durante a noite, e inadvertidamente deixado cair um filhote. Essa cúpula arredondada era visível por quilômetros e quilômetros em torno de Iron Bay, e, segundo se dizia, os marinheiros bem distantes, no Lago Superior, mapeavam habitualmente os seus trajetos com base nela. Mas era também utilitária, servindo como claraboia para o tribunal (pelo menos uma vez, uma simpática economia), e fiquei olhando, pensativamente, para seus vitrais, lá em cima — com as marcas da atuação dos pombos —, imaginando que feliz acidente conspirara para dar àquela sala não apenas uma grande dignidade, mas também para torná-la a única, em todo o tribunal, onde se precisava gritar como um estivador para ser ouvido.

O assento do juiz, uma coisa maciça de mogno, erguia-se como uma solitária ilha judicial na extremidade da sala mais próxima de mim; a cadeira e a escrivaninha do xerife, cercadas de mogno, ficavam à sua direita, mais perto de mim; o estrado das testemunhas, à esquerda, e o cubículo do escrevente, cercado por corrimãos, ficava à frente; o conjunto inteiro parecia um pouco uma nave de guerra truncada, tendo suspensos barcos salva-vidas de mogno. Dando uma rápida olhada culpada em torno, subi ao assento do juiz e me sentei agilmente na alta cadeira giratória de madeira, fazendo-a inclinar-se. — "Ah" — e quase caí para trás. "Upa!" Dei uma penetrante olhada em torno, à espera de que alguém me mandasse prender por desacato. Os carrancudos retratos a óleo de três barbudos juízes falecidos, na parede, pareceram franzir ainda mais ferozmente a testa para quem estava embaixo...

O compartimento vazio do júri assomava à minha esquerda; as duas largas mesas dos advogados, com tampo de couro, destacavam-se na frente, a mesa da promotoria (e do queixoso) à minha esquerda, a mesa da defesa à minha direita, com altas e antiquadas escarradeiras de latão, em forma de ampulheta, elevando-se como acorrentados cães vigias, em cada canto. Imediatamente além das duas mesas estavam as cadeiras dos advogados, correndo quase através da largura da sala do tribunal, e depois o corrimão de mogno com os portões em cada extremidade e, para além, as duas fileiras de desconfortáveis bancos quadrados de mogno para os jurados extras, para os litigantes, testemunhas, espectadores, curiosos, pessoas à cata de sensacionalismo e todo o resto. Dentro de apenas duas semanas, estariam todos ali, esticando o pescoço, sussurrando, suspirando, soluçando, cochilando e, sem parar, ruidosamente saindo e entrando. Acendi um charuto, olhei, sem ver, na direção da parte de trás da câmara profunda e pigarreei, gutural e pomposamente.

— Quietos aí atrás — resmunguei — senão terei de pedir ao beleguim para retirá-los do recinto! Esta é minha última advertência.

Parte das minhas palavras voltou, num eco oco — "advertência final... advertência... cia... cia..." — e repeti as palavras, encantado com o efeito sepulcral. Se um psiquiatra me visse naquele momento, suspiraria e me internaria, rapidamente, num asilo. Será que nós todos somos um pouquinho loucos? Deslizei para fora da cadeira do juiz, pulei do estrado e saí apressadamente da sala do tribunal, para continuar minha busca por Parnell e Maida. Já bastava daquela fantasia de verão... Finalmente, encontrei os dois na abóbada com revestimento de aço do setor de arquivamento da vara de sucessões, no andar de baixo, com Parnell segurando, sob seus olhos, um papel oficial, e ditando sub-repticiamente a Maida o que estava escrito nele.

— *Cuidado*! — silvei, do vão da porta.

Parnell levou um susto e me olhou por cima dos seus óculos de aros de aço.

— Nos dê mais cinco minutos e acabaremos tudo — falou, quase num sussurro. — Agora, dê o fora antes que alguém venha e nos descubra. Não estamos preparados para isso.

— Desculpe, por favor — pedi, e dei de ombros, saí e fui cortejar de forma bastante laboriosa a linda Etta, a escrivã da vara de sucessões, uma solteirona que possuía mais calor e charme, aos sessenta anos, do que a maioria das mulheres conseguem adquirir no curso de uma vida inteira. Se fosse mais jovem, ou eu um pouquinho mais velho, com certeza eu consideraria a possibilidade de fazer uma brincadeira com ela...

— Ah, Polly — Etta corou —, você diz as coisas mais tolas do mundo, realmente diz...

Parnell saiu penosamente da abóbada, com sua pasta surrada, Maida acompanhando-o como uma fiel guarda-costas, e os dois roçaram por mim e saíram para o corredor principal.

— Partir é uma dor tão doce — dirigi-me a Etta e a deixei, corando encantadoramente, para alcançar Parnell e Maida perto da extremidade mais afastada do longo corredor de mármore.

— Qual é a sujeira? — perguntei. — Tomei um banho a semana passada e me lambuzo regularmente com unguento Aladdin, que compro no grande frasco econômico. O que descobriram lá dentro? Petróleo ou uma porção de dinheiro confederado?*

— Petróleo — afirmou Parnell secamente, pelo canto da boca, como um corretor de apostas dando uma dica sobre a quinta, em Pimlico. — Espere até ficarmos sozinhos, que diabo. Esse negócio é quente.

— Sim, senhor — eu disse, docilmente prendendo o charuto em minha boca e seguindo-os diligentemente até o carro, como o pequeno Rover, com sua constante lanterna elétrica.

Parnell saíra correndo desse jeito, ele explicou, porque o advogado do espólio era esperado a qualquer momento na vara de sucessões e o velho não queria ser descoberto "atacando" o arquivo de Barney Quill. — Ainda não estou preparado para isso — disse ele, enigmaticamente.

Ele e Maida estavam radiantes; tinham escavado os registros de sucessões e encontrado o novo arquivo: "Espólio de Barney Quill, falecido." O espólio fora iniciado na segunda-feira seguinte ao assas-

*Dinheiro sem valor do sul dos Estados Unidos, no tempo da Guerra Civil. (*N. da T.*)

sinato, o dia em que eu entrara no caso. Mary Pilant preenchera a petição para o registro do testamento, enumerando, tal como exige a lei, uma filha, Bernadine Quill, com a idade de dezesseis anos, como a única herdeira legal, com residência em Three Willows, Wisconsin. O testamento deixava tudo para Mary Pilant e tinha a data — como dissera o barman — de cerca de três semanas antes do assassinato. O documento importante, depois desse, fora o aparecimento e a notificação de contestação do testamento, por um advogado de Green Bay em favor de uma certa Janice Quill, individualmente e como guardiã da filha, Bernadine, atacando o testamento com base em praticamente todos os fundamentos clássicos pelos quais um testamento pode ser atacado, inclusive influência indevida e falta de capacidade testamentária por parte de Barney Quill, devido ao excessivo uso da bebida, por ser um alcoólatra.

— Janice Quill? — perguntei. — Deve ser a mãe da menina, a esposa de quem de Barney Quill se divorciou.

— Correto — reconheceu Parnell, secamente —, só que a dama não admite ser *divorciada*; ela fez um aviso e enviou uma torrente de pedidos de pensão alegando que o divórcio, em Wisconsin, entre ela e Barney era nulo porque jamais recebera o processo nem notificação adequada do processo de divórcio de Barney contra ela.

— Mais Technicolor — acrescentei. — Qual é o ponto de vista dela? Com certeza, depois de todos estes anos, essa senhora devia saber que estava divorciada. Por que diabos estaria ela tentando negar o divórcio agora?

— Dinheiro — respondeu Parnell, dando de ombros e esfregando as secas palmas das mãos uma contra a outra. — Apenas a velha e terrível história de amor: dinheiro, dinheiro, dinheiro... Como o inteligente ex-prefeito irlandês de Chicago disse certa vez aos alunos de um curso universitário: "Rapazes e moças", falou, "lembrem-se, quando saírem pelo mundo, de que *dinheiro* não compra felicidade, *dinheiro* não compra respeito, *dinheiro* não compra honra. Quero dizer, dinheiro confederado." — Parnell assentiu com a cabeça. — Não percebe, Paul? Se essa mulher puder jogar fora esse velho divórcio *e* o testamento, ela fará jus ao seu terço estatutário, como viúva, e um pouco mais do butim, aconteça o que acontecer, mesmo que a filha fique de fora, desamparada. É claro feito água. E o advogado dela, do Wisconsin, também não é nenhum incompetente — já o chequei no Martindale.

— Sim — concordei —, mas como pode ela esperar entrar numa vara de sucessões de Michigan e tentar fazer um ataque colateral a uma sentença de divórcio promulgada em outro lugar? Isto é *verboten*, não é, sob a cláusula constitucional do "plena fé e crédito"?

— Geralmente, Polly — admitiu Parnell. — Mas ela também alega que está iniciando ação por lá a fim de anular divórcio no Wisconsin. Além disso, se ela alegar que é a esposa de Barney, acho que pode caber a Mary Pilant provar em contrário.

— Sim, Parn. Agora parece que não temos apenas o caso de assassinato do tenente Manion para defender, mas também o testamento e o divórcio de Barney Quill.

Parnell sorriu.

— O que quer dizer, rapaz? — perguntou ele. — O que significa isso para nós?

— Porque esse negócio de contestação de testamento e divórcio está claramente afetando as possibilidades do nosso cliente de ganhar seu caso. Foi por isso que Mary Pilant e o resto do pessoal da Estalagem Thunder Bay se fecharam tanto. Não percebe? É para proteger o maldito testamento, não sobretudo para nos prejudicar. Se eles conseguirem proteger seu precioso testamento, Mary Pilant ainda ficará com mais ou menos dois terços dos despojos, haja o que houver, mesmo que a ex-mulher anule o divórcio, e a sedutora Pilant ficará com tudo, se puder manter tanto o testamento quanto o divórcio. Então é por isso que eles não podem deixar que Barney seja um bêbado e um alcoólatra, um sujeito tão viciado e enlouquecido pela bebida que não era capaz de redigir um testamento e capaz de fazer aquilo com Laura Manion.

— Foi exatamente o que eu também imaginei — afirmou Parnell, sorrindo secamente. — Mas não esperaria que um advogado criminal percebesse as implicações da questão.

— Foi por causa disso que o barman se fechou de repente com os Manions — continuei, ignorando a alusão. — É por isso que ele agora quer fazer de Laura uma prostituta. É por isso que Mary Pilant prefere deixar que nosso cliente seja enforcado a nos deixar chegar à verdade. É um belo caldeirão de peixes, quero dizer de percas, que diabo, e não de trutas.

— Mas o que nos importa tudo isso? — perguntou Maida. — Como isso pode afetar nosso tenente?

— Porque, minha querida — expliquei —, esse estupro, se posso usar uma palavra tão deselegante em sua resguardada presença, é a chave de ouro para nossa defesa. Qualquer coisa que leve a alguma dúvida sobre esse fato brutal prejudica nosso caso.

— Ainda não entendo.

— Ouça, uma das maiores áreas de possível dúvida, em todo este caso, é a de que um homem sóbrio ou com o juízo no lugar fizesse o que Barney fez. Na medida em que essas maravilhosas pessoas, sejam quem forem, retratem Barney, com sucesso, como um escoteiro sóbrio, temente a Deus, desarmado, e tentem derrubar Laura Manion no processo, elas podem lançar dúvidas sobre nossa história, e, ao mesmo tempo, colocar uma aura de simpatia em torno do falecido. Essa espada tem vários gumes, entende? Além disso, acontece que não é verdade.

— Entendo — concordou Maida, franzindo a testa. — Acho que vou lá arrancar o cabelo da Mary Pilant.

— Eu apenas gostaria de caminhar descalço em cima dele e mostrar a ela os caminhos da verdade — disse eu, desejosamente.

— O que quis dizer quando falou, há pouco, que o barman se fechou com os Manions? — perguntou Parnell. — Quando foi que o homenzinho alguma vez se abriu?

— Vou lhe contar — falou. — As coisa estão se esclarecendo tão depressa que nem tive tempo de lhe contar.

Contei a Parnell e a Maida o que acabara de saber, pela boca dos Manions, sobre a manifestação de simpatia do barman, no dia seguinte ao assassinato, e todo o resto — seguido por seu repentino distanciamento. — As pontas estão se juntando agora — continuei. — Ele é a testemunha estrela de Mary Pilant e seu homem-chave para sustentar o testamento. Só Deus sabe qual será a fatia dele nos ganhos ilícitos. Provavelmente uma parte do bar. — Fiz uma pausa.

— Vamos vender essa trama para o cinema — assegurou Maida — e todos viajarão para ver os procedimentos.

— Uma viagem para a terra dos tolos — acrescentei sombriamente. — Trama, atualmente, é uma coisa anti-intelectual e proibida, a marca dos filisteus, o mascate com uma pena. Não deve haver muita trama e esta deve ser envolta por um nevoeiro e amortalhada por um pesado simbolismo, incluindo o fálico, como uma espécie de enrolada charada literária. Simbolismo é a palavra de ordem atualmente, a única verdadeira escada para o céu literário.

Parnell sorriu e sacudiu a cabeça.

— Ah, a dor que há nisso, o impenetrável mistério. E, como a região tem a reputação de ser algo mais escura do que a maioria, é melhor que pouca ação ocorra em suas entranhas.

— Do que vocês dois estão falando? — Maida fez um muxoxo. — Lamento ter chegado alguma vez a mencionar trama. Não está mais aqui quem falou.

Parnell sorria de orelha a orelha.

— E por que está sorrindo, seu velho sátiro gorducho? — perguntei. — Estou quase lamentando ter me metido nessa incrível confusão. Se... se não visse, não acreditaria.

— As fichas mostram que o velho Martin Melstrand, aqui da cidade, é o advogado de Mary Pilant — informou Parnell. — Como sabem, Martin é um astuto velho advogado de testamentos e propriedades, mas preguiçoso como o pecado tropical. Ele não resumirá seu caso, até ser obrigado a isso, e, infelizmente, nosso julgamento estará terminado antes que essa contestação de testamento seja ouvida. Esse é ainda outro bom motivo pelo qual o nosso caso de homicídio deveria ser adiado; a essa altura, a contestação do testamento e tudo o mais estarão inteiramente terminados, ganhos ou perdidos, e acabará a ansiedade.

— Que diabo, Parnell — intervim, sombriamente —, sem dúvida haverá um recurso do testamento, seja qual for o caminho que isso siga — então, um adiamento do nosso caso não adiantará. Meu Deus, que caso enlouquecedor.

— Mas pense só na lei, Polly, na lei — Parnell suspirou, em êxtase. — Pense na doce e linda lei que temos de buscar. Mal posso esperar para chegar até ela. Deveremos ir para casa e começar agora? — Ele parecia um menino desempacotando sua primeira bicicleta.

— Começando esta noite, vou pescar durante todo o fim de semana, Parn — falei. — Vou me esconder lá no acampamento Sul. Simplesmente tenho de sair para algum lugar, sozinho, e submeter esse caso a um júri dos meus pares: as trutas. E esta é, provavelmente, minha última escapada para pescar. Segunda-feira, temos de começar a revirar seriamente os livros jurídicos. — Dei de ombros. — Mas, se você não pode esperar, não faço objeção a que comece a entrar de cabeça.

O rosto de Parnell demostrou tristeza, e lembrei-me, com uma pontada de pena, que há muito ele gastara com bebida o dinheiro obtido com a venda dos livros de sua biblioteca jurídica.

— Apenas para ter mais certeza de que tudo dará certo, vou lhe dar uma chave extra do meu escritório — eu disse, entregando-lhe a chave. — A qualquer hora do dia ou da noite, advogado — reiterei. — Lembre-se, somos parceiros agora. Se, durante sua busca noturna, damas estranhas parecerem rondando o lugar, serão minhas sobrinhas. Invariavelmente, são minhas sobrinhas. Mande-as embora com firmeza.

— Obrigado, Polly — disse Parnell, colocando a chave no bolso, muito sério. — Obrigado, meu amigo. Eu a usarei esta noite.

— E há um assunto interessante que pode começar a ser examinado imediatamente — afirmei. — A lei referente ao direito de uma pessoa particular fazer uma prisão sem mandado, por um delito grave cometido fora da sua presença. Graças a você, esse assunto está agora em destaque no meio do nosso caso.

Os olhos de Parnell se iluminaram, com rápida ansiedade.

— Lembrou-se de perguntar a ele? — perguntou, alegremente. — Fez mesmo a ele a pergunta que lhe pedi? Diga-me, o que ele respondeu? Foi outra coisa com que sonhei a noite passada, em minha cama, sem dormir, Polly. Não percebe? Ela... ela abre perspectivas. — Ele fez uma pausa, piscou os olhos e sacudiu a cabeça. — Lindas perspectivas da linda lei e suas instruções. Rapaz, ah, rapaz!

Naquele momento, Parnell parecia quase indecentemente feliz; como um homem prestes a lançar uma mosca artificial como isca em cima do avô de todas as trutas, que se erguia firmemente. Invejei-o, porque ali estava um daqueles raros e felizes mortais cujo principal *hobby*, pelo menos logo em seguida ao uísque, por acaso era sua profissão: a ciumenta amante que é a lei.

PARTE II

O julgamento

Capítulo 1

— OUÇAM TODOS, OUÇAM todos, ouçam todos — cantou o xerife Max Battisfore, com sua clara voz de barítono, segurando, na posição, o martelo de juiz que usara para fazer todos os presentes à sala do tribunal se levantarem. — O tribunal itinerante do condado de Iron Cliffs está agora em sessão. — Baixou o martelo, junto com a voz. — Por favor, sentem-se.

Eram dez horas da manhã de uma segunda-feira, a primeira manhã da sessão de setembro. Na maioria, os advogados do condado estavam presentes, esperando serem chamados, de acordo com a lista do tribunal. Achavam-se sentados nas cadeiras reservadas para eles, que corriam ao longo da parte interna do comprido corrimão de mogno. Parnell estava sentado ao meu lado. Seu cabelo fora recentemente aparado e ele usava um terno novo xadrez em tons de cinza, que comprara com sua parte do adiantamento que o tenente me pagara. Era a estreia da roupa, e observei, com certa nostalgia, que o colete xadrez tinha sido banido. E onde ele conseguira aquela gravata tricotada? O garoto tinha um aspecto realmente distinto e, inclinando-me e sussurrando, eu lhe disse isso.

— Estou sabendo! — ele respondeu com um sussurro rouco, todo satisfeito.

— Agora, recomeçaremos com as citações da agenda criminal — anunciou tranquilamente o juiz Weaver, consultando sua lista impressa. Pigarreou. — A promotoria contra Clarence Madigan — disse. — Arrombamento e invasão à noite.

Os acusados, que não haviam pago fiança e, obrigatoriamente, tiveram de esperar na cadeia, estavam sentados, enfileirados, na banca dos jurados, sob o olhar vigilante de Sulo Kangas. Sulo, agora, com um jeito extravagante, conduziu o acusado Madigan para tomar seu lugar diante da bancada do juiz. Sorri e pisquei para o tenente Manion, que se encontrava sentado junto do desafortunado Madigan. O tenente franziu a testa quando Madigan tropeçou e quase caiu, ao sair da banca dos jurados. Madigan e eu éramos velhos conhecidos profissionais, dos meus tempos de promotor público, e ele sorriu para mim, ao se virar para encarar o juiz. "Pobre velho 'Smoky'", pensei. "Tornou a fazer a mesma coisa."

Mitch Lodwick ficou em pé junto à escrivaninha do taquígrafo do tribunal, com seu montículo de arquivos criminais pendentes. Pescou no primeiro, achou os sumários de culpa e, pigarreando, começou a ler.

— Estado de Michigan, Condado de Iron Cliffs — leu Mitch. — Eu, Mitchwell Lodwick, promotor do Condado de Iron Cliffs, e em nome do Povo do Estado de Michigan, entro a partir de agora no dito tribunal, na sessão de setembro, e faço o tribunal entender e ser informado de que Clarence Madigan, também conhecido como "One-Shot" Madigan, também conhecido como "Smoky" Madigan, de acordo com testemunhas, em 4 de julho passado, na cidade de Iron Bay, no condado já citado, na noite do mencionado dia, utilizando força e armas, arrombou criminosamente e entrou na residência de um certo Casper Kratz, ali situada, com a intenção de cometer um delito naquele lugar, segundo testemunhas, com a intenção de cometer o crime de furto, contrário à forma do estatuto para tal caso, elaborado e promulgado, e atentando contra a paz e a dignidade do Povo do Estado de Michigan. Assinado: Mitchell Lodwick, Promotor do Condado de Iron Cliffs, Michigan.

Mitch entregou a indiciação ao juiz, voltou para seu lugar e ficou examinando as unhas, enquanto o juiz Weaver passava a controlar a situação. Essa era a forma como a lei acusava "Smoky" Madigan de arrombamento e invasão, no dia 4 de julho, para roubar um engradado de uísque do porão da casa de um dono de bar chamado Kratz e, depois, de entrar num estado explosivo que empalideceu até os bravos esforços passados de Smoky e os fez parecerem uma espécie de sobriedade constrangida.

— Sr. Madigan, consultou um advogado? — perguntou o juiz.

— Nada disso — respondeu Smoky, aereamente. — Não há dinheiro. A gente precisa ter dinheiro, para pedir qualquer coisa a eles.

Houve uma rápida irrupção de risadas nas cadeiras dos advogados.

— Entende que tem direito a um advogado e que, se for financeiramente incapaz de contratar um, o tribunal pode, caso seja solicitado, indicar um advogado para o senhor, à custa do erário?

— Sim, já tive antes. — Smoky andava por toda parte e, sem dúvida, ouvira dizer que o juiz Weaver era do interior; não queria que houvesse nenhuma dúvida a respeito do assunto em pauta.

— Quer um advogado agora, ou uma oportunidade para consultar um advogado?

Smoky sorriu, amavelmente.

— Nada disso. Entrei na casa de Casper e roubei o uísque, foi isso mesmo. Não estava bêbado naquela hora, e me lembro disso; não preciso de nenhum advogado para me dizer o que fiz. — Smoky fez uma pausa, pensativamente. — Mas, acho que vou precisar de todos os advogados que estão aqui hoje para me ajudar a lembrar o que aconteceu depois.

Pude vagamente visualizar o trajeto meteórico de Smoky, depois que pôs suas mãos quentes em cima do uísque de Casper. Houve uma onda de risadas contidas; o juiz franziu friamente a testa, e as risadas rapidamente acabaram.

— Agora, sr. Madigan — prosseguiu o juiz, prosseguindo pacientemente com o ritual prescrito, embora ele e todos os advogados presentes na sala do tribunal soubessem que Smoky estava louco para se declarar culpado e acabar com aquilo —, entende que tem o direito constitucional a um julgamento com júri?

Smoky fez um sinal afirmativo com a cabeça, e Grover Gleason, o taquígrafo do tribunal, que anotava diligentemente tudo, ergueu os olhos e, fechando a cara, pediu que o réu respondesse sim ou não.

— O taquígrafo precisa registrar tudo o que dizemos — explicou o juiz. — Ele não consegue ouvir muito bem um aceno de cabeça, sabe?

— Sim — respondeu Smoky, obedientemente, a olhar com um certo orgulho para o taquígrafo, como se quisesse confirmar que alguém podia estar registrando, para uma imortal e arquejante posteridade, todas as coisas que Smoky Madigan teve algum dia a dizer. — Entendo que a Constituição diz que posso ter um júri

— Deseja ter um julgamento com júri? — insistiu tranquilamente o juiz.

Smoky sacudiu a cabeça, negando, e depois deu uma olhada culpada para o taquígrafo do tribunal e acrescentou "Não", em voz alta. Claramente, apreciava os esforços da Constituição em seu favor, mas, não, obrigado, desta vez.

— Agora, é acusado, a partir da indiciação arquivada contra o senhor, e que acabou de ouvir, quando foi lida, de invadir casa de um homem após o escurecer, com a intenção de roubar. Entende a natureza da acusação feita contra o senhor?

— Claro, claro — respondeu Smoky, energicamente. — Mas, na verdade, eu não *arrombei* e entrei em casa nenhuma; entrei no porão do velho Kratz pela calha de escoamento de carvão. Simplesmente, entrei deslizando e, *pam*!, lá estava eu, praticamente dentro da fornalha de Casper. E não só pretendia roubar alguma coisa, Meritíssimo juiz, roubei mesmo — a voz de Smoky ganhou um toque de nostalgia desejosa —, um engradado inteiro de bebida. — Sacudiu a cabeça, à maravihosa lembrança.

O juiz Weaver sorriu de leve e continuou.

— Devo lembrar-lhe que um porão faz parte da residência e que, se roubou mesmo alguma coisa enquanto estava lá, a lei permite uma leve suposição de que o senhor, provavelmente, também pretendia roubá-la.

Quanto à parte da "invasão" de propriedade, não é necessário que a pessoa quebre nem arrebente nada para entrar para que isso constitua uma "invasão" perante a lei; basta alguém, simplesmente, abrir um trinco, ou até a tampa de um escoadouro de carvão. Entende?

Smoky estava ficando entediado com toda essa elaboração do óbvio. Afinal, não era seu quinto caso desse tipo? — isto é, o quinto em que havia sido apanhado?

— Claro, claro — respondeu. — Falando de um jeito técnico, acho que arrombei, juiz, como o senhor diz.

— Então, entende plenamente a acusação contra o senhor?

Smoky suspirou.

— Claro que sim, juiz. Fui apanhado com a mão na massa. Mas, se não estivesse bêbado, nunca que me pegariam. Do jeito como estava, era presa fácil.

— Então, qual é a sua argumentação: culpado ou não?

— Culpado, claro — respondeu Smoky, virando-se para ir embora.

— Espere um minuto, sr. Madigan — continuou, pacientemente, o juiz. — Antes de eu poder aceitar sua argumentação de que é culpado, há mais algumas poucas perguntas que devo lhe fazer. Esse dever me é imposto pela lei, para a proteção do público, do senhor e de homens como o senhor, então por favor, fique comigo um pouco mais.

— Vamos lá, pode dizer — falou Smoky, com indulgência, dando de os ombros, como se dissesse: "Se ele, velho falador, quer prolongar a agonia, o velho Smoky não vai estragar sua brincadeira..."

O juiz fez pontaria e disparou:

— Pergunto, sr. Madigan, se essa declaração de que é culpado foi feita de forma livre, com compreensão e voluntariamente?

— Sim, sem a menor dúvida. Fui apanhado e preciso enfrentar a situação.

— Houve alguma influência indevida, compulsão ou coação, da parte do promotor, dos oficiais do seu tribunal ou de qualquer outra pessoa, para induzir o senhor a se apresentar como culpado?

— Não entendo todas essas palavras, juiz, mas ninguém insistiu para eu me entregar, se é isso que quer dizer. Pensei em tudo isso... desde a noite de 6 de julho, do outro lado daquele beco ali. — Fez um gancho com o polegar, por cima do ombro, em direção à cadeia. — Foi quando me pegaram.

— Muito bem. Fez sua declaração de que é culpado por causa de quaisquer ameaças, induções ou promessas feitas ao senhor pelo promotor, por quaisquer funcionários deste tribunal ou qualquer outra pessoa? Alguém lhe prometeu facilitar as coisas para o senhor?

— Nada disso. Eles sabiam que me pegaram, eles me pegaram para valer desta vez. — Com seriedade: — Sabe, juiz, os tiras nunca prometem nada a um homem quando pegam ele para valer.

Uma leve onda de risadas correu pela fileira dos advogados ali sentados, a maioria deles numa espera entediada da chamada pelo registro civil. O juiz franziu a testa e olhou atentamente na direção deles, e eu e Parnell olhamos significativamente um para o outro. O que mais pudesse ser ou não esse juiz, ele é que claramente dirigiria seu tribunal, que ninguém tentasse deixar de levar isso a sério.

— Declara-se culpado dessa acusação, então, sr. Madigan, porque é culpado, porque fez as coisas de que é acusado pela promotoria, em sua indiciação?

— Sim, Meritíssimo.

— E tem plena consciência de que poderá ser punido por seu crime?

A voz de Smoky parecia uma bênção.

— Com certeza tenho, juiz. Sou um pouco como aquela noiva de junho: não é uma questão de se, mas de quando. Só espero é que o senhor me mande para qualquer outro lugar que não a prisão Marquette. Qualquer lugar que seja, menos aquela espelunca piolhenta.

Ninguém riu às escondidas, dessa vez.

— Aceitarei sua admissão de culpa — concordou o juiz, gravemente. — Será sentenciado mais tarde, sr. Madigan. Agora pode voltar para o seu lugar.

Smoky deu de ombros e, resignadamente, girou os olhos para cima, em minha direção, quando se virou para tornar a ocupar seu assento, perto do tenente Manion, na banca dos jurados. Engoli um calombo em minha garganta. "Esse pobre idiota de quem a gente acaba gostando," pensei. Ali, a não ser pela graça de Deus...

O juiz consultou seu registro.

— A promotoria contra Clyde Tate — bradou. — Falsificação.

Sulo fez um aceno para que o infeliz sr. Tate se levantasse, e ele avançou, piscando os olhos, e ficou diante do juiz, onde todo o monótono ritual seria novamente repetido. Devo tê-lo testemunhado mil vezes...

Smoky era o primeiro caso no sumário de culpa e o do tenente era o número 23, todos numerados democraticamente, na base de quem chega primeiro é atendido primeiro. Sussurrei para Parnell que ia sair para fumar um pouco. Deixei a sala do tribunal e segui para a sala vazia do júri — o júri só deveria apresentar-se dali a dois dias — e observei o Lago Superior, lá fora, com sua longa e ondulante pluma de fumaça, de uma embarcação invisível, provavelmente de transporte de minério, enquanto dizia a mim mesmo como estava satisfeito por não ser mais o promotor do Condado de Iron Cliffs — isso, e também revendo mentalmente os rápidos e emaranhados acontecimentos das duas últimas semanas.

Conseguimos finalmente, com grande dificuldade, um psiquiatra do Exército, mas não antes de eu quase fazer piquetes na frente do Pentágono, não antes de Parnell e eu praticamente nos candidatarmos ao divã de um psiquiatra. Pensando retrospectivamente, a coisa toda tinha uma característica irreal, de Alice no País das Maravilhas, um ar de cintilante fantasia, como se participássemos de uma comédia grotesca e sem sorrisos, encenada indecisamente no fundo do mar. Houve um silêncio cheio de ecos depois que enviei minha segunda carta para o Exército; esperei quase uma semana e não parei de telefonar, freneticamente; um auxiliar me disse que o oficial para quem eu escrevera se encontrava numa enfermaria de bordo; o assunto seria devidamente examinado; eu seria devidamente notificado. "Mas..." argumentei. Outros dias se arrastaram e reabri o fogo, pelo telefone; o assunto ainda estava sendo examinado; o pedido era muito incomum e precisava ser estudado... Dessa vez, xinguei, o Exército xingou e alguém desligou...

Então, deflagrei uma alarmante série de comunicações: cartas, telefonemas, telegramas. Por um segundo, até pensei, loucamente, em disparar mísseis guiados. Fiz o tenente e Laura me ajudarem, avançamos todos os sinais vermelhos do órgão; bombardeamos o Exército com palavras. Então, finalmente, recebi um telefonema; o assunto tinha chegado aos escalões militares superiores — e, afinal, foi submetido à atenção do próprio general; em seguida, foi transferido para o santo padroeiro de todas as confusões do Exército, o auditor de guerra; esperava-se que eu entendesse que a situação era extremamente incomum; também muito delicada; eu devia perceber que coisas como aquela podiam estabelecer um mau precedente; o Exército, tradicionalmente, jamais gostara de interferir nos assuntos dos tribunais civis e, com certeza, não queria parecer estar fazendo isso agora. Finalmente, não se podia prever a decisão em Washington ("garoto esperto," pensei), mas não devíamos ficar desapontados demais, se... "O quê!", eu gritei, e depois xinguei, o Exército xingou e alguém desligou...

Assim estava a situação inquietante. No início da manhã de terça-feira, antes de o tribunal abrir — faltava menos de uma semana —, saí cambaleando da cama, depois de uma noite insone, e passei um telegrama para o próprio general. Talvez meu telegrama tivesse a eloquência do desespero. Lembrei-lhe que o nosso pedido de um psiquiatra estava pendente há quase três semanas; e que era tarde demais para tentar outra solução; que, com certeza, aquela não era a primeira vez, desde Valley Forge, que um homem do Exército se chocara com a lei civil e precisara e pedira ao serviço ajuda médica ou similar; que não queríamos incomodar mais do que eles, aparentemente, apreciavam de ser incomodados, mas que o meu cliente estava inteiramente quebrado, não havia escolha, simplesmente não havia nenhum outro meio; que rejeitar agora o pedido do tenente não era apenas condená-lo a três meses ou mais na cadeia — pois o caso teria de ser adiado —, mas, possivelmente, ao resto de sua vida, já que a insanidade era o centro da nossa defesa. Disse que tudo o que pedíamos agora era um exame; e balancei a isca de que o psiquiatra do Exército talvez o achasse são na noite fatal e, nesse caso, tranquilamente, sairíamos de cena...

Concluí declarando que seria um simples ato de caridade cristã tirar o companheiro deles de dificuldades e que, se não conseguisse uma resposta em 24 horas, meu cliente e eu, com relutância, suporíamos que o Exército, com o qual ele combatera em duas guerras, agora o desertara, dando-lhe um não como resposta final. Então, endireitei-me na cadeira e esperei que uma dupla de policiais militares de um metro e 90 de altura viesse e me levasse.

Nesse ínterim, Parnell e eu examinamos a lei, escrevendo memorandos jurídicos, preparando nossa pergunta hipotética para um psiquiatra mítico, esboçando pedidos de instruções — tudo isso, praticamente, dia e noite. Depois, examinamos minuciosamente a lista dos jurados — telefonando, fazendo viagens de carro, buscando, checando, farejando, perguntando — e preparamos pequenos dossiês para cada jurado em potencial. Parnell não tomara uma só bebida desde a noite em que havíamos parado em frente à Halfway House, e tudo isso aumentava a crescente sensação de fantasia. Apenas Maida e eu impedimos que nosso escritório parecesse uma sucursal da Associação Feminina em Favor da Temperança.

Parnell fez um serviço de escrevente com os livros jurídicos, e me apareceu com dezenas de casos antigos obscuros, mas apropriados, de que eu jamais ouvira falar. Com sua viseira verde, parecia o caixa de um sindicato de *bookmakers* e, às vezes, o chefe de impressão de uma quadrilha de falsários. Estava no sétimo céu da felicidade, planejando, escavando, escrevendo, ditando.

— Anote isso, por favor, querida Maida...

— Mas de que adianta? — eu gemia. — De que adiante examinar toda essa lei se não conseguimos nem laçar um maldito psiquiatra? E perdi todo esse tempo sem pescar...

Tarde da noite, naquela terça-feira, o Exército telefonou. Parnell e eu demos um pulo, e eu sabia que era o Exército antes mesmo de atender. O coronel fulano de tal estava na linha. Meu telegrama fora recebido e o general acabara de emitir uma ordem. Espere, ele pegaria a ordem... Fiz um esforço para captar o som de pífaros marchando e carros de munições passando com estrondo. Ah, sim, ali estava a ordem... Se o tenente se apresentasse, na quinta-feira de manhã, às oito horas, no Hospital Militar Bellevue, no Lower Michigan, um psiquiatra do Exército seria designado para examiná-lo; essa ordem seria confirmada, mais tarde, por escrito. Enquanto isso, o coronel me faria o favor, com toda a cortesia, de ler para mim a ordem do general. A ordem, numa prosa militar profissionalmente límpida, dizia o seguinte:

> "Não haverá objeção, se as autoridades civis transportarem o acusado para uma instalação militar apropriada, com o objetivo de se realizar um exame psiquiátrico, com vistas a utilizar a decisão num julgamento civil. O Hospital Militar Bellevue, em Michigan, está designado como a instalação médica apropriada."

— Quer dizer — falei, incrédulo — que temos de transportar nosso cliente para um hospital militar perto de Detroit, antes de podermos ter nosso exame?

— Correto, senhor.

— Mas que diabo, coronel — protestei —, o tenente Manion está na prisão distrital, muito longe, aqui nestas brenhas, por uma acusação de assassinato em primeiro grau. Assassinato é delito inafiançável... ele não pode sair de forma nenhuma. Nem mesmo, acredite ou não, em nome do Exército norte-americano. Diga-me, como conseguiremos fazer o espírito do tenente sumir da prisão e levá-lo até Lower Michigan, a fim de ser examinado ou qualquer outra coisa?

O coronel foi inflexível.

— Isso, senhor, é problema seu. As ordens do general são as que acabei de ler para o senhor; essa é nossa palavra final; essas ordens serão confirmadas por escrito.

Depois, xinguei o Exército, o Exército xingou — e, dessa vez, eu desliguei e contei bombasticamente a Parnell o que acontecera.

— Tenho uma desculpa danada de boa para sair e ficar bêbado — falei olhando melancolicamente para o telefone.

Parnell agarrou seu chapéu.

— Aonde vai, velho? — perguntei. — Fazer-me companhia? Ótimo. Vamos encher a cara.

— *Vamos* para a prisão municipal, convencer o xerife a levar nosso cliente de carro, ele mesmo ou um substituto, até Lower Michigan — resolveu Parnell. — Pagaremos o frete e assim o tenente, tecnicamente, ainda estará sob custódia civil. E todos salvarão as aparências. É a única maneira, Polly. Acho que foi Napoleão quem disse: "Se você não pode derrotar um exército de frente, então dê a volta em torno dele. Vamos, rapaz... está ficando tarde.

— Também vou — falou Maida, agarrando seu bloco de nota e seus lápis. — E é melhor levar os arquivos. Nunca se pode prever o que acontecerá em seguida, neste caso mal-assombrado.

Por sorte pegamos o xerife Battisfore em casa, de volta da patrulha rodoviária; na verdade, tive minha audiência com ele em seu quarto de dormir. Foi surpreendente e um pouco decepcionante notar como ele parecia tão prosaicamente do Meio-Oeste, sem sua roupa de caubói e usando um amassado camisão de dormir de algodão. Bem, pelo menos ele tinha as pernas arqueadas... Rapidamente, expliquei minhas aventuras com o Exército e, depois, o dilema que se criara com a ordem do general. Lembrei que o xerife era um antigo membro da Marinha e sombriamente lamentei que o tenente não estivesse na Marinha — eu apostava que os marujos, sim, evitariam toda aquela confusão e fariam tudo funcionar; *eles jamais deixariam* um dos seus homens na pior...

— O que fazer? O que fazer? — murmurei, tentando parecer a metade desconsolado do que realmente me sentia.

— É fácil, Polly — admitiu o xerife, tranquilamente. — Farei meu subxerife Carl Vosper levá-lo até lá de carro, amanhã. Carl tem uma cabeça firme e dirige muito bem em alta velocidade. Você terá de pagar a dose, claro — gasolina, quilometragem e a diária de Carl —, assim ninguém será criticado... Agora, é melhor ir para casa e dormir um pouco, Polly, está com a aparência de quem foi arrastado pelo chão.

— Xerife, você é um gênio — saudei, e apertamos as mãos solenemente.

Daquele momento em diante, da minha parte, Max Battisfore poderia fazer patrulha dia e noite, vestido até como um chefe indígena — ele era gente minha. Mas, em vez de ir para casa e dormir, Maida, Parnell e eu ocupamos o escritório do xerife, na cadeia, e terminamos nossa complexa pergunta hipotética e fizemos uma carta de apoio da parte de um psiquiatra de que jamais tínhamos ouvido falar e cujo nome sequer sabíamos ainda.

— Por favor, dê isto a Sulo, para dar ao tenente Manion de manhã — pedi ao carcereiro noturno, entregando-lhe um gordo envelope.

— A máquina de escrever do xerife — falou Maida, depois que tudo terminou, esfregando seus dedos dormentes — deveria ficar exposta em câmara-ardente no Smithsonian Institute. Com certeza, é a mesma máquina que foi usada para esboçar os termos da rendição de Cornwallis.

Os pássaros gorjeavam e ralhavam quando fomos de carro para casa. Notei, mal-humorado, que as folhas começavam definitivamente a mudar, um sombrio lembrete de que a pesca, na maior parte, estava encerrada de vez ... De volta ao escritório, Parnell quase se uniu a Maida e a mim, tomando uma bebida — quase, mas não chegou a acontecer.

— A Napoleão, Max Battisfore e Parnell McCarthy — brindei. — Minhas três raposas favoritas.

— E este é para Maida — declarou Maida, brindando a si mesma. — Ela se lembrou de levar os arquivos. A boa, velha, não louvada e não paga Maida...

— A você também, querida — retribuí, inclinando meu copo.

Maida sorriu amavelmente.

— Até lembro aquela desafiadora balada alcoólica, de um anônimo poeta doméstico — comentou, começando a cantar uma ladainha, em tom de contralto. — "Todos os animais são estritamente abstêmios, eles vivem sem pecado e morrem rapidamente, mas os homens pecadores, cheios de gim, encharcados de rum, sobrevivem por muitos e muitos anos."

— Amém — proferi, girando os olhos para cima. — Louvem a Deus e passem o uísque, irmãos.

— Beberrões — Parnell torceu o nariz. — Nada mais do que um par de beberrões viciados.

Bem cedo, na manhã seguinte, quarta-feira, o tenente e o subxerife Carl Vosper partiram para Lower Michigan, para o hospital militar, armados com nossa carta. Nada mais se ouviu falar deles até chegarem em casa, pouco antes de meia-noite de domingo, na véspera da abertura do tribunal. O tenente me telefonara uma vez, como eu lhe dissera para fazer. Eu estava sozinho, olhando fixamente para o resplandecente fogão Franklin.

— Bem, tenente, você estava maluco mesmo?

— Doido de hospício — declarou o tenente.

— Como foi que ele denominou isso?

— Ah, meu Deus, você nem imagina. Ele até me convenceu agora.

— Não estava convencido antes, tenente? — perguntei, gentilmente.

— Ah, sim... sim... claro... mas ele mais ou menos me explicou a coisa. É difícil de explicar. Você verá.

— Mas eu lhe falei, homem, para pedir a ele para lhe explicar tudo resumidamente.

— Esses sujeitos nunca falam resumidamente, advogado. Não creio que saibam fazer isso. Vamos ver... ele disse que, quando atirei em Barney, sofria de reação dissociativa, seja lá o que isso for — uma coisa algumas vezes chamada de... humm... impulso irresistível.

Fechei os olhos.

— Ah, meu Deus... não, não... — *ele não pode ter dito isso*!

— Foi o que o homem disse. Não é bom?

— Como é o nome dele? — continuei, cautelosamente evasivo. — Precisarei dizer no tribunal, de manhã.

— Dr. Matthew Smith. Ele é capitão, também.

— Smith? — repeti. — Apenas Smith? Tem certeza, tenente, de que pelo menos não disse Schmidt? Sempre pensei que todos os psiquiatras precisavam, para obter seus diplomas, de ter compridos sobrenomes estrangeiros, com nunca menos de quatro sílabas, e que o primeiro nome de todos eles era Wolfgang.

— Matthew Smith — repetiu estoicamente o tenente. — Andou bebendo, advogado? Tem certeza de que está bem?

— Nunca me senti tão bem desde a batalha Antietam, tenente. Eu o verei no tribunal amanhã. Agora, vá para a cama e durma. Chegou o dia, meu amigo.

Então, impulso irresistível era o veredicto. Parnell e eu nos havíamos batido durante semanas, estudando a lei da tradicional insanidade com base no "certo e errado" (ou seja, quando a pessoa sabia a diferença entre uma coisa e outra era considerada sã do ponto de vista legal), o único tipo de insanidade aceito como defesa criminal em todos os tribunais americanos. E, agora, o destino e um general relutante nos haviam arrumado, entre todos os outros, um psiquiatra chamado Smith e ele dissera que fora impulso irresistível — e isso significava que não importava se o tenente era capaz de distinguir a diferença entre certo e errado ao atirar em Barney; ele não podia deixar de fazer isso...

Tudo o que eu sabia sobre a doutrina do impulso irresistível como defesa de um crime aprendera muitos anos atrás, nas aulas de Crimes para Calouros, na Faculdade de Direito. O resíduo perturbador que ficara era fria e completamente rejeitado como defesa pela vasta maioria dos tribunais do país. E eu sabia que as chances eram horrivelmente excelentes, quase inevitáveis, de que a Suprema Corte de Michigan, cautelosa e tradicionalmente moderada, estaria dentro dessa maioria.

Discuti comigo mesmo se telefonaria para Parnell e daria a má notícia. Pelo menos, teria companhia em minha infelicidade. Mas não, era tarde demais, os dados estavam lançados; tínhamos jogado e perdido. O pobre Parnell merecia uma boa noite de sono; o grande garoto precisava disso; não adiantava que nós dois... Arrastei-me para minha cama desfeita, caí em cima dela e fiquei deitado, olhando fixamente para o teto, a maior parte da noite, o mesmo teto construído por meu avô cervejeiro um milhão de anos antes... Ora, vejamos a fabricação de cerveja; ali estava um negócio simples e sensato — você fazia a cerveja e milhões de pessoas, diariamente, sucumbiam ao impulso irresistível e a bebiam; aos poucos, sucumbiam a outro impulso e se livravam dela; depois, compravam amendoim salgado ou batata palha e bebiam ainda mais cerveja — não havia nunca nenhuma artimanha em alguma Suprema Corte, a capacidade da pessoa era seu único guia... Gradualmente, caí numa espécie de cochilo intermitente. "Ouçam todos, ouçam todos, ouçam todos..." — As palavras zumbiram em meus ouvidos até que o alarme do despertador tocou.

Capítulo 2

— O Povo contra Frederic Manion — falou o juiz Weaver. — Acusação: assassinato.

Levantei-me, fiz um sinal com a cabeça para o tenente, esperei até ele ficar em pé diante do juiz — inteiramente ereto e com um aspecto muito militar, em seu uniforme recém-passado a ferro — e então fui até onde ele estava, colocando-me à sua esquerda. Mitch ficou em pé à direita, segurando a indiciação e me olhando, em expectativa. Será que eu insistiria em que ele fizesse, penosamente, a leitura da longa indiciação?

— Quem são os representantes? — perguntou o juiz.

— Paul Biegler, em defesa do acusado. Minha representação formal já está no arquivo, Meritíssimo.

— Muito bem — afirmou, virando-se para Mitch. — Pode prosseguir com a leitura da indiciação, sr. promotor.

— Meritíssimo — tomei a palavra —, o acusado abre mão da leitura da indiciação e permanece calado.

— De acordo com isso, a alegação de que ele é inocente será apresentada ao tribunal — pediu o juiz, rapidamente. — Ambos os lados estão preparados para o julgamento?

— A defesa está preparada — confirmei, e o juiz virou-se para Mitch, que estava ali em pé com a testa franzida e o lábio inferior projetado para fora. O juiz pigarreou.

— Talvez seja preciso solicitarmos um adiamento, Meritíssimo — observou Mitch.

O juiz me olhou inquisitivamente.

— A defesa está preparada — repeti. — Não recebemos nenhuma notificação formal de um adiamento e seremos obrigados a recusar, se for pedido. Meu cliente, naturalmente, está sem a possibilidade de fiança.

— Cabe ao senhor tornar a falar, sr. promotor — ordenou o juiz.

— O outro lado fez uma notificação de defesa por insanidade — esclareceu Mitch —, mas ainda não nos forneceu o nome do psiquiatra que virá testemunhar, como exige a lei.

O juiz me olhou, por cima dos óculos.

— E então, sr. Biegler?

— Uma cópia da notificação de insanidade foi dada ao promotor há quase três semanas, dezoito dias, para ser exato. O original está no arquivo, com o funcionário. Continha os nomes das testemunhas que então conhecíamos, relacionadas com a questão da insanidade. A cópia do sr. Lodwick foi acompanhada por uma carta, explicando que eu não podia, na ocasião, lhe dar o nome do nosso psiquiatra pelo simples motivo de que não o conhecia, e faria isso tão logo o conhecesse. Com a licença do tribunal, estou agora preparado para fazer isso, só soube o nome dele a noite passada, muito tarde.

O juiz ergueu as sobrancelhas.

— Permissão concedida — disse ele, diante do que eu me adiantei e entreguei ao juiz o original de uma notificação suplementar contendo o nome e o endereço do dr. Matthew Smith. Depois, dei a Mitch uma cópia. O juiz olhou para Mitch. — Será que a promotoria ainda pressionará? — perguntou.

— Ainda acho que estamos habilitados a um adiamento — reconheceu Mitch. — Agora, sob o fundamento adicional da surpresa.

O juiz falou com tranquilidade.

— Será que a promotoria, depois de quase três semanas da notificação de insanidade, agora alega estar surpresa com o fato de que a defesa contratou *um* psiquiatra para apoiar suas declarações? — Fez uma pausa e sorriu de leve. — Ou será que insiste, sr. Lodwick, em que esse psiquiatra particular da defesa, cujo nome acabou de saber, é tão eminente em seu campo e tão devastador em sua autoridade que o senhor precisa de mais tempo para contratar ainda outros psiquiatras, a fim de ter a possibilidade de confundi-lo e refutá-lo?

O procedimento estava um tanto duro, e Mitch corou, mas manteve teimosamente sua posição.

— Não, Meritíssimo — afirmou —, não insistimos numa coisa dessa, tampouco a admitimos. Acreditamos que o psiquiatra que já temos é plenamente capaz de refutar a defesa. É... é simplesmente que a defesa não cumpriu a lei.

— Sr. Biegler? — chamou o juiz.

— Por favor, dê-me licença um momento, Meritíssimo —, eu disse e, depois que o juiz fez um sinal afirmativo com a cabeça, fui até a pasta que estava em cima da minha cadeira vazia e tirei dela um volume das leis anotadas de Michigan. Parnell estava sentado com a mão em cima dos olhos. Rapidamente, voltei para o assento do juiz.

— Permita-me referir-me à seção 28.1043 do nosso código anotado — observei. O juiz fez um sinal afirmativo com a cabeça e eu continuei. — A lei requer que, quando é preenchida e apresentada, a notificação de insanidade deve conter os nomes das testemunhas do acusado, e, eu cito, "conhecidos por ele naquela ocasião". Que a lei contempla a existência frequente da própria situação da qual se queixa agora o sr. Lodwick é, argumentamos, claramente mostrado por essa citação e pela própria frase seguinte, que diz: "Os nomes das outras testemunhas poderão ser preenchidos e apresentados antes ou durante o julgamento, com licença do tribunal..." Meritíssimo, acabamos de obter essa licença, e o nome da "outra" testemunha foi agora apresentado. Teríamos de tirar o sr. Lodwick da cama para lhe dar mais cedo esse nome. Argumento que cumprimos integralmente tanto a letra quanto a intenção da lei.

— Estou bastante familiarizado com seu estatuto, sr. Biegler — disse o juiz. Olhou atentamente para a sala do tribunal. — São com frequência surpreendentes as coisas que nós, advogados, algumas vezes descobrimos em nossos estatutos, quando nos damos ao trabalho de lê-los. É também surpreendente a quantidade de tempo que poderia, assim, ser poupado. — Suspirou e tornou a se virar para Mitch, agora tão vermelho quanto uma beterraba. — Será que a promotoria ainda insiste?

— Declarei minha posição, Meritíssimo — respondeu Mitch teimosamente, recusando-se a voltar atrás.

— Pelo que disse, sr. Lodwick — prosseguiu o juiz —, entendo que a promotoria também contratou um psiquiatra para a refutação.

— Sim, contratamos, Meritíssimo.

— E já disse ao sr. Biegler quem ele é?

— Não, Meritíssimo. O nome dele está endossado na indiciação, juntamente com os das outras testemunhas. O advogado contrário obterá sua cópia diretamente.

O juiz juntou as pontas dos dedos e balançou-se em sua cadeira. Parecia estar estudando o relógio na parede distante.

— Humm... — murmurou. — A defesa não sabe o nome do médico da promotoria e a promotoria acaba de saber o nome do médico da defesa. Isso torna as coisas bastante iguais, não é, sr. Lodwick? Talvez, neste momento, até levemente a seu favor, não?

— Sim, Meritíssimo — admitiu Mitch.

O juiz sorriu, com alguma gentileza.

— Então, acho que talvez seja melhor deixar as coisas como estão. Se a promotoria fez uma moção pedindo adiamento, está rejeitada. Quanto tempo demorará o julgamento? Também aceito as sugestões do advogado sobre o momento em que poderemos começar.

— Calculo que o julgamento levará dois ou três dias — avaliou Mitch. — Gostaria de começar na quarta-feira, o primeiro dia de júri.

O juiz virou-se para mim.

— O advogado acabou de me entregar uma cópia da indiciação — afirmei. — Já contei mais de trinta testemunhas da promotoria. Acho que entre quatro dias e uma semana é um prazo mais aproximado. Mas começar na quarta-feira de manhã nos agrada.

— Em alguns anos já de experiência nesta posição — declarou o juiz —, descobri que é uma prática muito segura pelo menos dobrar os cálculos dos advogados. — Sorriu. — Eles são excessivamente modestos; não parecem perceber adequadamente seu enorme talento para consumir, se não desperdiçar, tempo... De qualquer forma, assinalaremos este caso como o número um na agenda de julgamentos, e espero que termine até o Natal. Gosto de visitar meus netos nessa temporada. O julgamento começará às nove da manhã desta quarta-feira. — Baixou a voz. — O advogado quer ter a gentileza de conferenciar comigo na sala de audiências, após o chamado da lista? — O juiz consultou sua lista e depois ergueu os olhos. — A promotoria contra Peter Findlay e Lois Green... coabitação indecente e lasciva.

Enquanto Peter e Lois se adiantavam, para ficar em frente ao juiz, as antigas palavras de Crabbe me voltaram: "Próximo do nosso altar estava um casal sem sorte, levado até ali por fortes paixões e um mandado..."

Dei um pequeno empurrão no tenente e ele marchou de volta para o seu assento no compartimento do júri. Não havia aberto a boca; não houvera oportunidade. Fui às pressas para meu assento, guardando meu fidedigno livro jurídico.

— Rodada número um — sussurrou Parnell, quando me sentei. — Bom menino.

— Conseguimos um juiz, Parn — respondi, também sussurrando. — Meu Deus, acho que talvez a gente tenha conseguido um juiz de verdade.

O chamado da lista finalmente terminou, e o juiz Weaver, Mitch e eu nos sentamos na sala de audiências do juiz.

— Fumem um pouco, cavalheiros, e relaxem — ele convidou, sorrindo. — Já devorei meu advogado do dia. Nos últimos anos, só tenho permissão para um, ordens estritas do médico.

Ele se sentou à sua escrivaninha, enchendo cuidadosamente um grande e castigado cachimbo com um fumo chamado *Peerless*, a delícia estimulante de um trabalhador, que suspeitei ter sido resgatado do pano de velhos colchões — por sua vez resgatados de orfanatos. Mitch e eu acendemos um cigarro, ambos apreciando silenciosamente aquele desconhecido juiz do interior, com o qual tínhamos de aprender a conviver durante mais de uma semana.

— Lindo dia de outono — aventurou-se experimentalmente Mitch, dando uma olhada em seu relógio.

— Humm... — murmurou o juiz, terminando sua tarefa e ignorando nossos isqueiros oferecidos; remexeu em seu bolso em busca de um grande fósforo de madeira. — Ah — exclamou — soprando, afinal, uma nuvem ondulada de fumaça. Mitch franziu o nariz e piscou para mim.

O juiz Harlan Weaver era um homem grande, lento, com aparência pesada, em meados dos cinquenta anos, calculei; falava devagar, agia devagar e, como adivinhei, estava longe de pensar devagar. Tinha mãos grandes e dedos também grandes e largos. Um topete pendente, ruivo, que ele não parava, pacientemente, de afastar dos olhos, dava-lhe uma aspecto curiosamente infantil. Eu podia quase imaginá-lo como um menino descalço, no velho tanque para nadar, na rica comunidade agrícola de Lower Michigan, onde ele, agora, regularmente atuava como juiz. Era um desses homens que, depois da adolescência, não mudam muito a aparência física, adivinhei. Olhava-nos pensativamente, com seus calmos olhos azuis.

— Sou, como os cavalheiros devem ter notado, digamos, um urso na sala do tribunal. — Sua voz tinha uma espécie de ronco baixo, ressonante. — Acho que isso dá tanto dignidade quanto presteza ao trabalho que se faz. — Soltou algumas baforadas pensativo. — Também acho que os advogados e o público tendem a deduzir que excesso de indulgência num juiz é sinal de fraqueza. — Fez uma pausa. — Bem, há alguma coisa em seus baús? Alguma coisa que possa nos ajudar e facilitar a tarefa que temos pela frente?

— Bem — avaliou Mitch —, gostaria de apresentar nosso patologista primeiro, se possível. É uma coisa fora da ordem, eu sei, mas ele é um homem ocupado e só Deus sabe quanto tempo ele ou nós teremos de esperar se nos mantivermos na estrita ordem das provas.

O juiz me olhou.

— Concordo — admiti. — Uma sugestão sensata, Mitch. Vamos matar Barney imediatamente.

— Alguma outra coisa, cavalheiros? — perguntou o juiz.

— Gostaria, também, que alguns assentos fossem reservados para as testemunhas da promotoria — pediu Mitch. — Há um verdadeiro rebanho delas, como Paul observou, e, se não tiverem assentos reservados, a multidão pode barrar sua passagem e...

— De quantos precisa?

— Calculo que três bancos serão suficientes — avaliou Mitch. — Pelo menos no primeiro e segundo dias.

— Serão solicitados — o juiz lançou uma olhada para mim —, a não ser que a defesa pretenda fazer uma moção de segregação. — Sacudi a cabeça dizendo que não. — Mais alguma coisa? E se eu pedir um júri de quatorze pessoas? Seria uma pena julgar este caso e então acontecer que algum pobre jurado, bem no fim, adoeça com mormo ou beribéri, sendo então necessário julgar novamente todo o caso. Que tal, cavalheiros? Seja como for, posso solicitar isso, e provavelmente assim seria, mas gosto de trabalhar junto com os advogados, quando demonstram alguma disposição de trabalhar comigo.

— Eu mesmo havia planejado fazer essa moção, antes de o senhor abordar o assunto — falei.

— Excelente ideia — concordou Mitch. — Seria péssimo ter de passar outra vez por tudo isso. — Sorriu e me lançou uma olhada. — E Polly e eu temos um assunto político a tratar, em breve.

— Foi o que ouvi dizer — falou o juiz. — Muito bem, entrarei com uma ordem, em ata, para que o júri seja de quatorze pessoas. Mais alguma coisa?

— Mapas — pediu Mitch. — Fizemos um mapa do bar, do *trailer* do acusado, do estacionamento dos *trailers* e da área em torno, relacionando tudo com a estalagem. Talvez possamos poupar tempo se...

O juiz me olhou.

— Quem tomou as medidas e fez os mapas, Mitch? — perguntei.

— Julian Durgo e seus rapazes da polícia estadual tomaram as medidas e fizeram tudo — respondeu Mitch. — Anderson e Ives, os arquitetos, desenharam os mapas a partir dos dados que eles forneceram.

O belo detetive-sargento Julian Durgo, da polícia estadual, fora um dos meus antigos guardas quando eu era promotor público e era um dos melhores no negócio. Se Julian dissesse que uma porta ficava a três metros e quinze centímetros de certo banco de bar, ou máquina de jogo eletrônico de *pinball*, meu Deus, era *isso* mesmo — não seriam quatro metros nem quatro e meio.

— Não teremos nenhum problema com os mapas, Mitch —avaliei. — Na verdade, eu estava com a esperança de que você fornecesse alguns. Provavelmente, poderemos aceitar isso.

— Alguma outra coisa, cavalheiros? — o juiz continuou a resmungar. — Acredito com firmeza na proposição de que homens mais ou menos civilizados podem entrar em acordo com relação a muito mais coisas do que geralmente entram, bastando simplesmente, primeiro, darem-se ao trabalho de fazer uma pausa e avaliar seus próprios interesses vitais. — Sorriu. — Digo "mais ou menos civilizados" porque nunca encontrei um homem inteiramente civilizado. Mas continuo procurando e com a esperança de acabar encontrando, incorrigível otimista que sou. Mais alguma coisa?

Mitch riu, incerto.

— Só me lembro disso, no momento, Meritíssimo — respondeu.

Dei uma rápida olhada no juiz, pensando que, se não fosse esse maldito caso de homicídio, poderíamos nos sentar brindando com alguns copos altos, em frente à minha lareira Franklin, e talvez descobrir com mais profundidade nossos interesses. Será que eu estava detectando, em sua máscara, uma forte veia, possivelmente aparentada com a minha própria, de retorcido cinismo?

— E o senhor, sr. Biegler? — perguntou o juiz. — Não disse muita coisa. Com certeza, um castigado e velho ex-promotor público como o senhor deve ter munição para enfrentar todos os tipos de perversidade gentil. Também já fui promotor público, sabe? Alguma sugestão para aliviar a dor do nosso suplício em perspectiva?

"Sim, na frente da Franklin," pensei, rindo e traçando uma linha com o dedo através da testa.

— Estou carregado até aqui, juiz — confessei. — Mas não seria uma pena, também, se todos nós revelássemos antecipadamente nossas pequenas surpresas?

O juiz girou a cadeira, com seus olhos azuis fitando pensativamente o Lago Superior, lá fora.

— Tem razão, advogado — reconheceu, devagar. — Mas só até certo ponto. — Olhou-me de esguelha. — Quando um advogado guarda para si mesmo sua estratégia e teoria por tempo demais — observou —, algumas vezes atrai o tribunal para o erro, e assim, com frequência, engana apenas a si mesmo. Digo a ambos os senhores que, se acharem que há qualquer coisa que possam legitimamente confiar a mim, com a finalidade de apressar a resolução *correta* deste caso, o que disserem será tratado com sigilo. Mas não quero dizer que um ou outro dos senhores deva vir correndo procurar-me no momento mesmo em que o outro vira as costas; não proponho julgar este caso nos corredores nem na sala de audiências. Lembrem-se, eu disse "confiar legitimamente". — Fez uma pausa. — Mais alguma coisa, sr. Biegler?

Eu desejara um juiz astuto e perceptivo, e parecia ter encontrado um. E também franco. Sorri.

— Instruções — comentei. — Se um lado ou outro tiver algum pedido de instruções, será que o tribunal permitirá ao advogado submetê-lo a ele, antes do fim do julgamento?

A teoria da nossa defesa estava embrulhada nos pedidos de instruções que Parnell e eu havíamos elaborado com um imenso esforço, durante tanto tempo; eu não pretendia mostrar nosso trabalho antes de ser necessário, mas ali estava um juiz claramente nos pedindo para lhe dar uma pista, dizendo-nos que podíamos confiar nele. Então, por que mantê-lo na ignorância?

— Não apenas levarei em consideração seus pedidos de instruções, eu os desejo — manifestou o juiz. — Quando os advogados desenvolvem suas estratégias jurídicas o mais que podem, talvez para confundir e iludir seus adversários, podem elogiar a erudição e a clarividência do juiz, talvez, mas com a mesma frequência se arriscam a iludi-lo também. Não declaro que sou um leitor de pensamentos. Tampouco declaro que conheço toda a lei. Os senhores têm algum pedido para submeter agora?

— Ainda não neste momento, Meritíssimo — menti, com ar de inocência, dando uma olhada em Mitch. Não queria que Mitch soubesse, se pudesse evitar, que eu planejava pedir *qualquer* instrução que fosse. — Mas talvez, quem sabe, daqui a um ou dois dias. Se isso acontecer, será que teríamos uma oportunidade de emendar ou suplementar nossos pedidos, de acordo com os desdobramentos do julgamento? Acho que também não se pode atribuir ao advogado uma clarividência anterior ao julgamento.

O juiz sorriu e fez um sinal afirmativo com a cabeça; ele vira minha rápida olhada em Mitch.

— Com certeza podem emendar e suplementar suas instruções, quando chegar a hora. Ou começar tudo do nada, embora eu não recomende isso. Eu trataria quaisquer pedidos preliminares mais sob o aspecto de um memorando confidencial do julgamento, com o objetivo exclusivo de auxiliar o tribunal. Então, a qualquer momento que seja, sr. Biegler, e quanto mais cedo melhor.

— Por falar de memorandos do julgamento — observei —, naturalmente também serão tratados como confidenciais, não?

— Certamente, sr. Biegler, a menos que os advogados prefiram trocar informações. E tudo isso, claro, vale também para o senhor, sr. promotor. O tribunal não tem favoritos, a não ser ocasionalmente, e em segredo, em áreas diferentes.

— Humm — murmurou Mitch distraído, dando uma olhada em seu relógio de pulso, o que fizera várias vezes durante a conversa entre o juiz e eu.

Tive pena do coitado e pude imaginar como estava ansioso, diante do seu primeiro julgamento por assassinato, com mais de trinta intimações para serem datadas e entregues, com seu telefone sem dúvida tocando sem parar, e guardas e advogados correndo para dentro e para fora do seu gabinete — neste e em outros casos — e as *pessoas* clamando, incessantemente, para falar com ele. "Por favor, sr. Lodwick, isso só vai demorar um minuto." Sempre demorava apenas um minuto, e, de amargas experiências, eu sabia que Deus e o mundo sentiam uma compulsão sombria e inexplicável para ficarem emboscados à espera do promotor já no primeiro dia de abertura do tribunal. Nenhuma outra ocasião parecia adequada...

— Muito bem, cavalheiros — falou o juiz, levantando-se. — Acho que nosso pequeno encontro talvez já tenha mostrado que foi mutuamente lucrativo. E achei bom chegarmos a nos conhecer um pouquinho melhor, se devemos sorrir e conviver uns com os outros nos dias atarefados que se estendem diante de nós.

— Obrigado, juiz — agradeceu Mitch, avançando aos poucos em direção à porta. — Foi um encontro realmente simpático... Bem, acho melhor ir andando. Uma porção de coisas para fazer...

O juiz se adiantou e nos conduziu até a porta.

— Bom-dia, cavalheiros, bom-dia. Acontece que eu também tenho algumas coisas extras para fazer.

— Sujeito simpático — disse Mitch, ao sairmos juntos da sala de audiências. — E cheio de enigmas e velhas piadas, como Joe Miller.

— Ele funcionará bem, Mitch — eu disse. — Tratará os dois lados de forma justa.

"Sim," pensei, "esse juiz dará certo — acontece que ele também é um verdadeiro advogado." Corri até o carro, lá fora, para encontrar Parnell. Nós dois, agora, teríamos de enfrentar a incerta e decisiva batalha do "impulso irresistível".

Capítulo 3

Visitei rapidamente o tenente para ouvir a história das suas aventuras com o dr. Smith. Ele passara por todas as etapas — fora examinado, interrogado, medido, testado, recebera tapas, fora rolado, calibrado e cutucado por uma equipe com vários técnicos, seguindo-se a isso três longas e intensivas sessões com o bom doutor em pessoa. E, não havia erro, o resultado final era o "impulso irresistível".

— Você lhe contou — perguntei — que teve um branco e, depois, viu Barney girar e deixar cair o antebraço esquerdo em cima do bar, com o braço direito escondido?

— Contei a ele tudo o que lhe contei, talvez até mais. Ele, na verdade, arrancou tudo de mim.

— Você, claro, deu a ele minha carta com nosso esboço da pergunta hipotética?

— Sim. Ele disse que o ajudava a chegar ao seu diagnóstico e pediu que eu lhe agradecesse.

Revemos alguns aspectos do que já havíamos conversado, e, como um pai ansioso despedindo-se da filha que vai sair para a rua, outra vez eu o adverti para não conversar nem trocar ideias com nenhum médico ou psiquiatra estranho que se aproximasse dele. Também lhe pedi para lembrar Laura de que devia usar seus óculos e sua cinta nova, durante o julgamento. E, acima de tudo, nada de suéteres.

— Preciso ir agora, tenente — comentei. — Há ainda uma pequena lei que preciso examinar.

— Essa coisa do "impulso irresistível" o está incomodando, não é? — ele perguntou.

— Nem é bom pensar nisso — respondi, sorrindo corajosamente, sentindo-me como uma espécie de Pagliacci rural. — Mantenha o queixo erguido, tenente. Se não puder vê-lo amanhã, eu lhe telefonarei. Quarta-feira é o grande dia.

Parnell e eu fizemos um longo trajeto de volta para casa por estradas secundárias, até Chippewa, através do ondulado campo agrícola finlandês. Seguimos silenciosamente de carro absorvendo a selvagem beleza do cenário. Observei, com dor no coração, que o verão ferido de fato declinara e se transformara no colorido outono nortista, como uma bela mulher corada e parecendo feita de cera, com a febre da morte que se aproxima. "Ah, perdida e sofrendo com o vento..."

Contei a Parnell minha sessão, na sala de audiências, com o juiz e Mitch; falei da minha crescente convicção de que talvez tivéssemos ganhado na incerta loteria dos juízes estranhos, vindos do interior — vez por outra eu já trabalhara com algumas figuras fantásticas, curiosos exibicionistas, e com outros que esmurravam o seu assento, e nos quais eu, pessoalmente, não confiava nem para autenticar uma escritura; e disse que, pelo menos, talvez não tivéssemos estudado toda a nossa lei em vão; eu até começava a gostar do sujeito.

Parnell estava inclinado a concordar.

— Gostei da maneira paciente como ele explicou a cada acusado seus direitos constitucionais e outros, antes de aceitar a declaração de culpa da parte deles. Isso não apenas demonstra cuidado e meticulosidade, mas um permanente respeito por nossos processos constitucionais tradicionais, o zelo, na atualidade, por aquilo que dificilmente se diria que está alcançando proporções epidêmicas... — Parnell sacudiu a cabeça e continuou. — Sim, Polly, gostei da maneira como ele tentou desviar aquele jovem Mitch da sua mal-informada intenção de adiamento, e depois da maneira gentil como deixou o rapaz de lado, quando ele, mesmo assim, ainda não quis ser guiado. Isso mostra bondade e uma ausência de arrogância intelectual — muitos juízes exibiriam sua erudição como um diamante de penhorista. — Parnell soltou uma risada estridente. — Embora eu tivesse adorado a maneira oblíqua como ele, merecidamente, deu uma ou duas sacudidelas no garoto, mas não tenho certeza se ele sequer chegou a sentir isso.

— Parece que não vou ter uma oportunidade de tratar da sua questão constitucional favorita, aquela que recentemente discutimos... ou melhor, pesquisamos. Como você viu, Mitch ainda não disse uma só palavra sobre querer ou não algum exame de sanidade. Parece que ele simplesmente perdeu a chance. Até hoje, eu pensava que ele talvez tivesse alguma carta na manga, mas sua mão saiu vazia. Quase senti pena de Mitch.

— O orgulho é o caminho da queda — entoou Parnell. — De qualquer jeito, ele pode, mesmo sem consciência disso, ter ficado por cima nessa questão de impulso irresistível. Vamos, rapaz, dirija com mais rapidez. O espetáculo dessas folhas de outono está partindo meu velho coração sentimental, mas estou louco para pegar os livros de Direito. Eles têm a nossa resposta.

Enquanto seguíamos velozmente, Parnell reviu a lista das testemunhas da promotoria, anexada à nossa cópia da indiciação.

— Há 37, – afirmou. — Infelizmente, o nome de Mary Pilant não está entre eles. — Suspirou. — Não a verei, eu acho.

Por pouco não bati num caminhão carregado de madeira para fabricação de papel.

— A mocinha parece que se safou direitinho — reconheci. — Como é o nome do psiquiatra? Simplesmente me esqueci de olhar. Por favor, Senhor, faça com que seja Wolfgang... não destrua minhas ilusões infantis.

— Humm, vamos ver — disse Parn, estudando outra vez, cuidadosamente, a longa lista de nomes. Passamos por uma mina de ferro, nas imediações da cidade, e os distantes vagões com caçambas, em cima das imensas reservas de minério marrom-avermelhado, pareciam brinquedos sobre areia empilhada por crianças. — Há três médicos na lista — esclareceu Parnell. — Dr. Raschid, este seria o patologista do St. Francis que examinou o falecido sr. Quill, e um dr. Dompierre...

— É o médico da cadeia municipal que tirou o esfregaço da nossa dama — informei —, ou melhor, tentou tirar.

— E um tal dr. Gregory... W. Harcourt Gregory.

— Deve ser o psiquiatra deles, Parn — imaginei. — Nunca ouvi falar desse sujeito. Quem sabe o trouxeram de avião diretamente de Menninger. E talvez, vamos rezar para isso, talvez o W. seja de Wolfgang.

— *Heil! Deutschland über alles* — entoou Parnell solenemente.

Diz-se que o mundo da ciência está cheio de notáveis exemplos de pesquisadores independentes, desconhecidos um do outro e, algumas vezes, separados por continentes inteiros, dando respostas idênticas às mesmas inquietantes perguntas, exatamente ao mesmo tempo. Pelo menos uma vez isso foi verdade — mas verdade antes que nossos primos soviéticos reescrevessem confortavelmente a história, lembrando-nos que, invariavelmente, eles chegaram primeiro. De qualquer forma, essa noite, pouco antes da meia-noite, Parnell e eu — separados não por continentes mas apenas pela velha mesa de jantar de Vovó Biegler — experimentamos em grande medida, talvez mais modestamente, a mesma emoção eufórica.

Tínhamos caçado o fugidio fogo-fátuo do impulso irresistível nos livros de Direito durante a maior parte da tarde e da noite. Eu me concentrara nas autoridades de Michigan, e Parnell, usando sua viseira verde e em mangas de camisa, perambulara amorosamente através dos livros-textos e das autoridades em geral. Até aquele momento, eu fora incapaz de encontrar sequer menção à expressão nas fontes de Michigan. Parnell escavara uma porção de belas declarações gerais e discussões interessantes da doutrina, mas nenhuma que tivesse uma referência ao caso, ou uma deixa qualquer para nossa grande e candente questão: o que dizia a lei, exatamente, sobre o assunto, em Michigan. O que a lei era na Pennsylvania ou em Podunk poderia revelar-se absorvente para os acusados de crimes e seus advogados lá, e para os eruditos em leis, distanciados; o que era em Michigan poderia revelar-se fatal para um sujeito chamado Frederic Manion. Nossa busca tinha muito da incerteza e da natureza palpitante de tentar pescar uma fugidia truta erguendo-se da água.

Em desespero, eu começara teimosamente a reler todos os velhos casos com alegação de insanidade em Michigan que servissem como pontos de referência. Sem dúvida, pensei, se Michigan *não* aceitava a doutrina do impulso irresistível como defesa de crime, então deveria haver pelo menos algum velho caso, em alguma parte, em que a proposta fora apresentada e recusada. Suspirei, aproximei-me das pilhas e tirei outro velho relatório bolorento, voltando em seguida para nossa mesa entulhada. Meus ouvidos tiniam, e eu começava a enxergar apenas borrões. Soprei a poeira, folheei as páginas e vagueava penosamente através de um fino emaranhado de prosa jurídica do século XIX quando, de repente, da velha página ressecada e amarelada, com finas letras impressas, saltou para mim uma frase com letras de forma de mais de meio metro de altura: "Se o acusado não era capaz de saber se estava agindo erradamente no ato particular, ou *se ele não tinha o poder de resistir ao impulso de praticar o ato...* esta seria uma mente insana." Engoli em seco, fechei os olhos, sacudi a cabeça e tornei a olhar — puxa, a frase ainda estava lá. Em silêncio, eu fazia o livro deslizar através da mesa, em direção a Parnell, quando ele se levantou, soltou um grito abafado e atirou sua viseira verde para o ar.

— Mãe Machree! — berrou, e saiu andando compassadamente. — Depressa, Polly, pegue o processo Durfee 62 Michigan 487. Acho que encontramos, acho que encontramos...

— Está bem na sua frente, advogado — afirmei. — Leia e chore.

Assim Parnell e eu nos unimos à longa série dos cientistas imortais — tínhamos descoberto a mesma resposta exatamente na mesma hora.

Finalmente, Parnell tirou uma bela anotação sobre impulso irresistível dos Relatórios Americanos Jurídicos setenta, página 659. Tudo se encaixava perfeitamente.

— Ouça isto, Polly — ele disse; e, pegando outra vez sua viseira caída, começou a caminhar vagarosamente, para a frente e para trás, como um abade gorducho que tivesse acabado de encontrar uma perfeita confirmação da sua visão do Paraíso, há muito acalentada.

— Em primeiro lugar, Polly, aqui está a história do antigo e importante caso M'Naghten inglês, que estabeleceu, como sabemos, o teste clássico de insanidade ainda prevalecente em muitos estados, ou seja, descobrir se o acusado, ao praticar o ato, sabia exatamente a diferença entre certo e errado. Agora, ouça isto.

— Estou ouvindo, que diabo. Leia, homem, não pontifique. Sou formado em Direito.

— Depois, ele diz: "Desde então, o teste do "certo e errado" enunciado por esse caso, embora condenado, pelo peso esmagador da autoridade médica, como pouco científico e baseado em princípios enganadores, foi adotado tenazmente, não obstante, por grande número de tribunais." — Parnell fez uma pausa e me olhou, parecendo uma coruja, por cima dos seus óculos. — Rapaz, eu já estava preparado para abrir tranquilamente o gás. Sabia, então, que o grande peso da autoridade estava contra nós.

— Ah, mas os bons e velhos Dodgers alcançaram a vitória? — perguntei solenemente num murmúrio.

— Então, a anotação revisou todas as velhas citações e decisões antiquadas dos nossos incultos estados irmãos, e a esta altura estou lendo com um olho, rapaz, e esperando que o tiro seja desferido.

— Será que nosso herói fica com a garota no fim, Parn? Depressa, estou louco para saber.

Parnell ignorou meus irreverentes comentários.

— E cheguei finalmente, então, à parte com o cabeçalho "doutrina reconhecida". A essa altura, minhas mãos estão tremendo, rapaz, enquanto leio que num *mero punhado de estados* a regra é esta: e agora ouça: — "... o fato de um acusado de cometer um crime talvez ter sido capaz de compreender a natureza e as consequências do seu ato, e saber que estava errado, não impede que seja desculpado, se foi forçado à sua execução por um impulso cujo controle estava acima das suas forças..."

— Você devia ter interpretado Shakespeare, Parn — falei. — Nos celeiros de Connecticut. Você está me provocando arrepios tão grandes quanto os que me provoca a desova das trutas.

— Depois vem a curta lista dos estados — continuou Parnell, com os olhos brilhando. — Agora, desço pela lista com meu dedo, olhando para baixo, de viés, como um homem que abre uma garrafa de champanha de dois dólares: Alabama, Arkansas, a boa e velha Georgia, Kentucky, claro, Louisiana — uma verdadeira chamada da querida e velha Região Sul, e depois... e depois o bom e velho rebelde ianque Michigan, simpatizante com o Sul! O processo Durfee, valha-me Deus, lá nos idos de 1886, quando até o bom e velho Parnell não passava de um brilho nos olhos de Terence McCarthy. Em seus olhos bastante certeiros, devo acrescentar, porque nasceram onze filhos...! Bem, Polly, a essa altura percebi que, pela graça de Deus e da nossa Suprema Corte, fizemos o nosso tenente superar mais um obstáculo. Um viva para os confusos Durfees!

— Vou beber alguma coisa — declarei, levantando-me. — Vou pegar para você um refrigerante sabor laranja. — O velho garoto tinha desenvolvido uma tolerância bastante boa para a coisa.

Parnell examinava com atenção, amorosamente, o velho caso Durfee, quando voltei da minha pilhagem.

— Ora, como é que deixamos de ver isso por tanto tempo? — ele murmurou. — Sem dúvida, devemos ter lido este caso, durante as últimas duas semanas, até parece que distingo minhas próprias misteriosas marcas a lápis, na margem.

— É como o amor ou a beleza, eu acho, Parn — admiti. — Se o homem não está procurando isso, provavelmente nunca encontrará. Ora, não estávamos procurando impulso irresistível, então não o encontramos. E, aparentemente, não é chamado assim em Michigan. Acho que não o chamam de nada.

Mas o distraído Parnell voltara para seus livros.

— "Ou, se ele não tinha o poder de resistir ao impulso para praticar o ato..." — sussurrou, em êxtase. Sacudiu a cabeça. — Que frase indescritivelmente linda. Ah, que bela indiciação ela dará.

O desafinado relógio da torre da prefeitura bateu as doze horas. Ergui silenciosamente meu copo e bebi em homenagem ao mais maravilhoso advogado que eu já conhecera.

Capítulo 4

NA QUARTA-FEIRA DE MANHÃ, às dez para as nove — depois de uma rápida rodada de apertos de mão finais —, deixei Laura e o tenente no escritório da cadeia, entrei correndo pela porta dos fundos do tribunal, subi a larga escada de mármore e abri caminho através dos corredores apinhados de gente que se movimentava lentamente, até conseguir chegar outra vez à sala de audiências do juiz.

— Bom-dia... bom-dia... bom-dia...

O juiz, Mitch, o xerife e um relator do tribunal, Grover Gleason, estavam ali, o último sentado a um canto, escrevendo distraidamente num dos seus inevitáveis livros de palavras cruzadas, que adquiria aos montões. Grover vivia num pequeno mundo secreto de palavras, um mundo místico e distante, composto de pássaros extintos, lêndeas, tonéis inteiros de ervilhaca-brava, preguiças com três dedos nas patas, deusas do sol egípcias, golfos árabes e longos e estreitos braços de mar... Um quinto homem levantou-se e ficou em pé tranquilamente, esperando para ser apresentado. Mitch pigarreou.

— Polly, este é Claude Dancer, da equipe do procurador-geral em Lansing, Paul Biegler. Claude vai mais ou menos ficar ao meu lado durante o julgamento.

— Como vai, Biegler? — cumprimentou Claude Dancer, com uma voz profunda e melódica, sorrindo amavelmente e me dando um rápido e firme aperto de mão. — O patrão me enviou para dar uma mão ao Mitch, se ele precisar. O rapaz parece controlar perfeitamente o caso, e não acho que o incomodarei muito. É ótimo conhecê-lo.

Claude Dancer era um homem baixo, de movimentos rápidos, rijo, com cerca de quarenta anos; baixo e careca — muito mais careca do que eu, notei com uma espécie de torta perversidade —, com tufos fugitivos de cabelos, ou cabelos curtos que pareciam extensões de pelo, colados de cada lado da sua cabeça. Isso, acoplado com sua pele cor de rosa e suas feições alertas, ansiosas e com um nariz algo arrebitado, davam-lhe uma aparência curiosamente travessa, deixando-o algo parecido com um bebê sobrenaturalmente sábio, que crescera a ponto de ficar do tamanho de um homem — ou talvez um homem ainda mais astuto, que se ajeitara para parecer um bebê, eu não tinha muita certeza... A voz forte e profunda só fez aumentar minha incerteza. E eu apostaria minhas varas de pesca com iscas artificiais contra uma vara com isca enferrujada, que ele tomara aulas de elocução e declamação e liderara seu grupo de debates na escola secundária.

— Sua fama o precedeu, sr. Dancer — comentei. — Permita-me parabenizá-lo por sua maneira brilhante de lidar com aquela investigação do júri de instrução, em torno do suborno em Detroit. O senhor realmente pegou os patifes.

Claude Dancer sorriu modestamente.

— Obrigado — agradeceu. — Tenho certeza de que será um prazer trabalhar com o senhor.

Olhei pela janela o grande lago dançando ao sol e pisquei pensativamente os olhos. Muito bem, Mitch finalmente aparecera com sua pequena surpresa; dessa vez, sua manga não estava vazia. Jogavam em cima do tenente Manion uma verdadeira raposa, talvez um dos mais capazes e astutos homens voltados para os julgamentos de crimes da equipe do procurador-geral. O fato de que o procurador-geral era membro do mesmo partido político de Mitch e de que Mitch e eu estávamos concorrendo em lados opostos por uma cadeira no Congresso claro que não tinha nada a ver com o caso. Nem era bom pensar nisso — pensamentos assim pesados eram cínicos e sombrios demais para serem alimentados.

O juiz Weaver falou.

— O sr. Dancer estava discutindo algo aqui, informalmente, pouco antes de o senhor chegar. Como diz respeito ao senhor e ao seu cliente, pedi a ele que esperasse até o senhor chegar. Prossiga, sr. Dancer.

Claude Dancer virou para mim seu rosto inocente de boneca de celuloide.

— Bem, Biegler, fiz uma pequena sugestão a Mitch, depois que, finalmente, revimos o caso, a noite passada.

— E qual foi? — perguntei, já com absoluta certeza do que se tratava.

Claude Dancer era um orador fluente e fácil. Modulava sua bela voz como um músico treinado, tocando-a como se fosse uma espécie de Piatigorsky da palavra falada. — Bem, desde que o senhor alegou insanidade e conseguiu um psiquiatra, e a promotoria, por outro lado, tem um — informou — e como, segundo o estatuto, a acusação tem claramente o direito de fazer uma petição pedindo um exame mental... — ele fez uma pausa — Acho que está familiarizado com esse procedimento, não é, advogado?

— Mais ou menos — eu disse, fazendo um sinal afirmativo com a cabeça. — Prossiga, estou ouvindo.

— E como seria apenas um atraso desnecessário preencher agora uma petição formal, ocorreu-me que todos nós podemos, informalmente, estipular que o julgamento seja adiado um dia ou dois para nosso médico poder visitar o seu cliente. — Ele estendeu as mãos. — Apenas uma sugestão para poupar tempo, só isso.

Ali estava, tão simples quanto rolar uma tora de madeira; só um idiota deixaria de entender a sabedoria simples do seu projeto. E tão maravilhosa e plausivelmente expresso, também. Apenas uma pequena conversa amável, de dois ou três dias, entre o psiquiatra da promotoria e o tenente Manion. Dei uma olhada no juiz. Ele estava sentado contemplando o lago com impassível atenção, os olhos azuis fixos.

— Ora essa, Dancer — indaguei —, quer que concorde em deixar seu psiquiatra cair em cima do meu cliente?

Houve um movimento rápido das suas mãos ágeis.

— Cair em cima? Ora, sim, cair em cima, se quer usar essa expressão. Simplesmente para poupar tempo, apenas isso. O tempo de todos seria poupado.

Virei-me para Mitch. Queria ver exatamente até onde aquele suave homenzinho com a voz forte queria chegar.

— Acho que todas as suas testemunhas estão intimadas e à espera lá fora, não é, Mitch? — Fiz um sinal com a cabeça em direção à sala do tribunal. — E o grupo de jurados está todo reunido e pronto?

— Tudo arrumado — confirmou Mitch.

Virei-me para Claude Dancer.

— Minha resposta à sua pequena sugestão para poupar tempo, sr. Dancer, infelizmente é não. — Estava mortificado por ele me tomar por um completo caipira inexperiente. — Mas tenho uma pequena sugestão.

— Qual é? — perguntou ele, com seu rosto ansioso inclinado em minha direção.

— Vamos agora para a sala do tribunal, para a promotoria poder colocar no registro sua moção atrasada de licença para fazer uma petição para exame mental.

— O que quer dizer?

Era minha vez de estender as mãos.

— Porque a resposta é fácil e simples, sr. Dancer — expliquei. — Para que, quando o juiz o rejeitar por ousar entrar aqui numa hora tão tardia e sem nenhuma desculpa, os jurados reunidos, os repórteres dos jornais e todo mundo possam ver a importância decisiva que a promotoria atribui à necessidade de que o seu psiquiatra examine meu cliente. — Fiz com a mão um movimento tipo Alphonse-e-Gaston. — Vamos agora... se o tribunal quiser?

Claude Dancer lançou-me um olhar penetrante, como um boxeador esperto atingido no primeiro *round* e reavaliando, astuciosamente, o caráter do seu adversário. Dei uma olhada no juiz, que ainda estava preocupado com o lago, embora agora parecesse haver pequenas fendas e rugas nos cantos dos olhos.

— Não há necessidade de nenhum exame desse tipo — anunciou Claude Dancer, friamente, com aquela bela voz profunda. — Nem a promotoria admite uma necessidade dessas. Foi apenas uma pequena sugestão para poupar tempo, só isso.

— E para poupar dinheiro — acrescentei, sorrindo, e não pude resistir a acrescentar: — Pense em todo o *dinheiro* que o público também economizaria, mandando para casa mais de trinta testemunhas e todo um regimento de jurados, que terão de ser pagos com dinheiro público. Sua preocupação me comove.

Claude Dancer corou, e vi que acertara um sorrateiro soco de direita.

— Qual é uma palavra com quatro letras que descreve uma mulher de má reputação? — perguntou o relator Grover Gleason, saindo, distraído, do seu pequeno jogo, e girando os olhos, pensativo, enquanto fazia um muxoxo.

— P-u-t-a — soletrei. — Você não sabia? Na Península Superior, Grover, é invariavelmente puta.

— Vá para o inferno, Biegler — disse Grover.

— Ah, meu Deus, que palavra *obscena*, Grover — eu disse em tom de repreensão, enquanto Grover me olhava com gratidão e tornava a mergulhar em seu mundo mágico.

O juiz falou com voz impessoal, olhando para Mitch.

— Entendo, então, sr. promotor, que a promotoria não propõe fazer uma petição formal para fazer um exame psiquiátrico do réu?

Prendi a respiração enquanto Mitch dava uma olhada interrogativa para Claude Dancer, que, rapidamente, negou com a cabeça. O olhar do procurador-geral assistente e o meu se encontraram, e ambos sorrimos. Tínhamos rapidamente alcançado uma compreensão tácita: aquela era *nossa* briga, agora, e não era uma pena, de certa forma, que precisasse existir um terceiro homem atravancando o ringue...?

O juiz levantou-se pesadamente e sacudiu as pregas da toga, agitando os braços estendidos, frouxamente, como se fosse um grande pássaro preto.

— Vamos, cavalheiros — disse ele, energicamente. — Há um interessante caso de homicídio lá fora, esperando para ser julgado. Não chegaremos a isso se ficarmos aqui dentro brigando.

Todos ficamos respeitosamente para trás quando o juiz passou à nossa frente, no curto corredor que dava na sala do tribunal. Seu andar era meio aos saltos, um andar decidido, quando plantava cada grande pé, e no entanto curiosamente ágil, como se caminhasse em cima de um trampolim invisível. Todos nós ficamos obedientemente atrás dele, como participantes de menor importância num ritual medieval tradicional, o que, depois de refletir, senti que éramos mesmo.

Capítulo 5

A SALA DO TRIBUNAL estava apinhada, principalmente de mulheres do tipo que, em geral, encontramos sentadas, em vários estados de transe cataléptico, debaixo dos secadores de cabelos dos salões de beleza, lendo sequiosamente os mais recentes romances "autênticos". Todos os assentos disponíveis na parte do fundo do tribunal estavam tomados e o excedente achava-se em pé, distribuído de forma desigual, nas passagens laterais e ao longo da parede de trás. O juiz, com sua toga negra farfalhando, subiu os degraus baixos que levavam à bancada e ficou em pé, com a testa franzida, atrás da sua cadeira, até ocuparmos nossos lugares. Uma lâmpada de *flash* explodiu. O juiz, franzindo ainda mais a testa, virou-se e fez um sinal afirmativo para o xerife, à espera, e este fez a assembleia erguer-se, com a batida do seu pequeno martelo de madeira.

— Ouçam todos, ouçam todos, ouçam todos! — berrou Max, como se estivesse do lado de fora, no espaço aberto, chamando de volta para casa os seus cãezinhos perdidos.

— O Tribunal Itinerante do condado de Iron Cliffs está agora em sessão. Por favor, ocupem os seus lugares.

O juiz Weaver ficou sentado, com um olhar pétreo dirigido à multidão que se movimentava lentamente e sussurrava.

— Senhoras e senhores — começou, com sua voz forte e uniformemente ressonante —, vim para cá designado pelo Lower Michigan para ficar no lugar do juiz Maitland, atualmente convalescendo de um problema de saúde. Não desejo, de forma nenhuma, perturbar os hábitos nem as tradições desta comunidade durante julgamentos por homicídios, quaisquer que sejam; mas, enquanto estou sentado aqui, este é meu tribunal, e aviso aos senhores que vou dirigi-lo.

O juiz fez uma pausa, e os espectadores tossiram discretamente; depois, ele prosseguiu.

— Numa coisa eu insistirei: nenhum espectador que não puder encontrar um assento confortável terá permissão para assistir às sessões do julgamento deste caso. Não sabia que havia tantos zelosos estudantes de homicídio entre os senhores. (Dei uma olhada em torno, em busca de Parnell, mas não pude localizá-lo.) De qualquer jeito, devo lembrar-lhes que este é um tribunal de justiça e não um jogo de futebol nem uma luta de boxe. Nosso letreiro indicando que só há lugar em pé está em conserto. Tanto o réu quanto a promotoria estão habilitados a um julgamento público, e o terão, mas decidi interpretar essa injunção com o significado de que será um julgamento para um público *sentado*. Lamento. — Virou-se para o xerife. — Sr. xerife, por favor, mande seus homens tirarem da sala do tribunal todas as pessoas que não estiverem sentadas.

— Sim, Meritíssimo. Imediatamente.

Max saiu afobado, agitando os braços num gesto de quem enxota, como se agora conduzisse seus cachorrinhos. Quando o desapontado bando de espectadores em pé começou vagarosamente a se afastar, protestando e resmungando, procurei Parnell em torno e o localizei sentado do lado da sala do tribunal, à minha esquerda, numa das cadeiras reservadas para advogados, perto da alta porta de mogno pela qual entráramos havia pouco. Ele olhava atentamente, confuso, para a mesa de Mitch — devia ser por causa de Claude Dancer —, e, quando me viu, deu de ombros, ergueu as sobrancelhas e sorriu. "O orgulho conduz à queda," lembrei o que ele dissera. Mais provavelmente, à queda de bunda no chão, pensei, com pesar.

A mesa de Mitch estava impressionantemente entulhada, quase escondida, com livros de Direito, pastas e uma massa de mapas, papéis, arquivos e objetos para serem apresentados, como uma espécie de vasto serviço de bufê americano. Atrás da mesa de Mitch, Bob Birkey, um repórter da *Gazette*, estava sentado a uma mesinha, rabiscando sem parar. Procurei dentro da pasta aos meus pés e tirei uma fina pasta de papel-manilha para anotações e um bloco para rabiscos, colocando-os em cima da minha mesa nua, junto com um lápis. Parnell e eu tínhamos planejado as coisas, à maneira de Amos Crocker, da seguinte maneira: um quadro do poderoso Estado desdobrando suas tropas para investir contra um pobre soldado solitário...

Max Battisfore estava de volta ao seu lugar.

— Meritíssimo — começou —, já foram retirados da sala do tribunal os espectadores em pé.

— Obrigado, sr. xerife — agradeceu o juiz. — Agora, há mais uma coisa em que vou insistir. Que não seja tirada nenhuma fotografia nesta sala de tribunal durante este julgamento. Esse assunto me deixa louco. Também não permitirei a publicação ou circulação da foto que acabou de ser tirada, e peço que o filme me seja entregue. Qualquer violação a essas ordens será tratada de forma sumária, sem a menor consideração. — Sorrindo de leve, deu uma olhada para baixo, em direção ao repórter da *Gazette*.

— Tenho a intuição de que essas palavras serão transmitidas ao infrator, se não estiver mais presente. Sr. meirinho, faça a chamada.

Clovis Pidgeon levantou-se do seu cubículo de mogno, que ficava em frente à bancada do juiz, e ergueu os olhos para a claraboia manchada de guano. Por um instante, achei que ele diria uma prece.

— O Povo contra Frederic Manion — ele gritou, com sua voz alta de tenor. — Acusação: assassinato.

— Por favor, faça os jurados prestarem o juramento — ordenou o juiz.

Clovis encarou solenemente todos os jurados, sentados nos fundos do tribunal, e ergueu a mão direita.

— Por favor, ergam a mão direita — pediu. Seu magro e ansioso rosto gálico era coroado por uma gloriosa cabeleira prematuramente grisalha, que ele usava como uma espécie de boina prateada.

— Jurem solenemente — ele disse, como se entoasse uma prece comovente — que darão respostas verdadeiras às perguntas que lhes possam ser feitas, no tocante à sua competência para figurarem como jurados neste caso, e que Deus os ajude.

Os jurados resmungaram seus "juro" e se sentaram. Havia um tremor especial, um fervor na voz, que Clovis reservava estritamente para ocasiões como essa. Há muito aprendera de cor o ritual do seu trabalho, o que o deixava livre para se concentrar unicamente em sua realização, que era soberba e ímpar. (Esses memoráveis desempenhos também impediam que fossem distribuídos inúmeros cartões de campanha política.) De fato, durante as sessões do tribunal, Clovis se parecia um pouco com um experiente ator coadjuvante que chega perigosamente perto de roubar o espetáculo.

— Por favor, convoque um júri de quatorze pessoas — o juiz lembrou a Clovis.

Clovis sentou-se e estendeu a mão para uma caixa de madeira quadrada contendo as tiras de papel que traziam os nomes individuais de cada membro do grande painel do júri. Começou a sacudir ostentosamente a caixa, como um barman competente misturando uma bebida, e lembrei, nostalgicamente, que o homem era bom em ambos os departamentos. Depois, ele abriu uma tampa e, com o floreio de um mágico prestes a tirar um coelho da cartola, meteu a mão na caixa e pescou uma pequena tira de papel.

— Oscar Haverdink! — entoou Clovis.

Escrevi esse nome em meu bloco e virei-me para observar um homem envelhecido destacar-se do grupo sentado nos fundos do tribunal e se adiantar, capengando, até a bancada vazia dos jurados.

— Doris Flanders! — chamou Clovis, e Doris, uma ondulante e flexível criatura jovem, com brincos compridos e muita maquiagem, foi deslizando até a bancada dos jurados, ostentosamente virginal, corando de constrangimento e carregando, como se guardasse uma chama sagrada, seu pequeno tesouro de feminilidade, frágil e protegido. Dei uma olhada em Clovis e ele achou tempo para me dar um sorrisinho esperto de triunfo. "Missão cumprida," seu olhar parecia dizer: "vê, Polly, já arrumamos nossa sereia para a sessão".

— John Traski — chamou Clovis, e isso continuou até que quatorze jurados silenciosos e embaraçados, nove homens e cinco mulheres, ficassem sentados e olhando para o juiz, em expectativa.

— Senhoras e senhores — falou o juiz amavelmente, dirigindo-se aos quatorze jurados em potencial —, este é um caso criminal que estamos prestes a julgar e talvez eu possa familiarizá-los melhor com sua natureza precisa lendo uma parte pertinente da indiciação que a promotoria apresentou.

O juiz ergueu a indiciação.

— Em sua indiciação, a promotoria acusa o réu Frederic Manion de ter, no dia 16 de agosto passado, e aqui passo a citar: "no Distrito de Mastodon, no Condado de Iron Cliffs e Estado de Michigan, criminosa, deliberadamente e com desígnio doloso, assassinado um certo Barney Quill".

O juiz deixou a indiciação cair em cima de sua bancada, como se fosse uma folha morta, e tornou a encarar o júri.

— Isso, senhoras e senhores, coloca o delito na categoria de assassinato em primeiro grau. Agora, antes de continuarmos, quero interrogá-los rapidamente com relação às suas qualificações para se sentarem aqui como jurados. Esperarei que cada um dos senhores fale com franqueza, mesmo que nem sempre eu me dirija individualmente a cada um. Por favor, levantem a mão se eu inadvertidamente esquecer algum dos senhores. E, por favor, lembrem-se de que estão sob juramento. Entenderam?

Houve um ruído surdo de assentimento e sinais afirmativos com a cabeça, por parte do júri.

O juiz então explicou, rapidamente, a doutrina da presunção de inocência e dúvida razoável, e depois perguntou aos jurados se entendiam e se aplicariam essas doutrinas ao réu durante o julgamento. Todos entendiam e concordaram, e então ele passou para as qualificações regulamentares.

— Em primeiro lugar, os senhores são todos cidadãos? Levantem a mão, se não forem.

Novamente houve o rumor abafado, como o responso fora de hora de uma congregação na igreja. Nenhuma mão foi levantada. O taquígrafo, que estava sentado de costas para o júri, deu uma olhada inquisitiva para o juiz, que, por sua vez, fez um sinal afirmativo com a cabeça.

Em seguida o juiz prosseguiu, fazendo as perguntas de praxe: se havia algum deles surdo ou com problemas de saúde; se havia algum com mais de setenta anos e, por causa disso, queria ser dispensado, como tinha direito; se todos falavam e entendiam inglês; se algum jurado em perspectiva participara de um júri do tribunal itinerante nos últimos doze meses; se havia entre eles algum funcionário federal, estadual ou municipal que quisesse ser dispensado; se havia entre eles algum juiz de paz ou funcionário do Poder Judiciário, ou se havia algum deles relacionado a coisa do gênero... Todos os jurados passaram, triunfalmente.

— Basta de qualificações — comentou o juiz. — Agora, vou interrogá-los sobre o envolvimento na ação judicial. Vejamos, o promotor, sr. Lodwick, está sentado à direita dele, na mesa dos advogados mais próxima dos senhores. Acho que alguns dos senhores jurados o conhecem, não?

Cerca de metade dos jurados ergueu timidamente a mão.

— Algum dos senhores o conhece intimamente?

Nenhum respondeu.

— Algum dos senhores tem algum negócio pendente com ele? — Outra vez, nenhum. — Algum dos senhores conhece algum motivo ou circunstância, em suas relações com ele, que os constranja ou impeça, de alguma forma, de decidir livre e justamente este caso, com base nas leis e evidências apresentadas aqui?

Outra vez, um silêncio imperturbável.

O juiz então perguntou sobre Claude Dancer, "o procurador-geral assistente, de Lansing", mas ninguém o conhecia nem ouvira falar dele, e, aparentemente, não estavam a par das investigações dele no júri de instrução.... Depois, ele me deu o mesmo tratamento que dera a Mitch, com substancialmente os mesmos resultados, a não ser que, praticamente, todos os jurados admitiram que me conheciam. "Ah, o preço da fama," pensei. Meus dez anos como rábula público ainda não haviam sido inteiramente esquecidos.

— Agora, vejamos o réu, Frederic Manion, sentado à esquerda do sr. Biegler. Algum dos senhores o conhece?

Senti que o tenente ficava tenso e rígido, ao meu lado.

Os jurados permaneceram imperturbáveis, sem piscar, sacudindo a cabeça negativamente e olhando com atenção curiosa para o tenente, que manteve o seu olhar direto para a frente. Então, aquele era o soldado que atirara no estalajadeiro de Thunder Bay e o matara?

— Ou a mulher dele, Laura Manion? Por favor, levante-se, sra. Manion.

Laura estava sentada numa das cadeiras dos advogados, atrás de nós, e se levantou, com uma aparência muito recatada e recolhida, sorriu levemente para o júri e depois se sentou, com os jurados novamente sacudindo negativamente a cabeça.

— Muito bem — disse o juiz. — Agora, de uma maneira geral, a alegação da promotoria é de que, nas primeiras horas da madrugada de sábado, dezesseis de setembro, cerca de uma hora, acredito, o réu entrou no bar do hotel de um certo Barney Quill, na vila de Thunder Bay, no Distrito de Mastodon, neste condado, e o matou a tiros. Algum dos senhores conhecia o falecido?

Um jurado solitário ergueu a mão. Consultei minhas anotações; era Oscar Haverdink, o primeiro jurado a ser chamado, o idoso. Parnell e eu sabíamos que ele era um trabalhador de serraria aposentado, em Thunder Bay, e que seria um bom jurado. Sabíamos, além disso, que não podíamos esperar mantê-lo — que ele detestava Barney e não fazia segredo disso.

— Sr. Haverdink — indagou o juiz —, há quanto tempo o senhor conhecia o falecido?

— Há cerca de nove anos, senhor, desde que ele chegou à nossa cidade.

— Até que ponto o senhor o conhecia?

O jurado refletiu.

— Bem — ponderou —, Thunder Bay é um lugar pequeno. Acho que todos conheciam esse Barney, o sr. Quill, quero dizer.

— Discutiu o caso ou conversou com alguém com o objetivo de conhecer os fatos?

O jurado sorriu.

— Acho que o pessoal daqui, ultimamente, só fala sobre isso. Não é comum termos tanta agitação assim, em nossas vidas. O último assassinato foi... vamos ver... foi perto do fim daquele verão seco...

— Não precisamos falar disso, sr. Haverdink — observou o juiz gentilmente. — Este caso já nos ocupará bastante. Agora, não diga qual é, se tiver alguma, mas lhe pergunto se já formou alguma impressão ou opinião sobre os méritos do caso ou a culpa ou inocência do réu.

O jurado olhou para seus pés, depois para o jurado que estava ao seu lado e depois, novamente, para o juiz. Falou com uma voz baixa e perturbada.

— Sabe, juiz, eu... eu não gosto de falar mal dos mortos...

— *Pare*! — interveio o juiz rapidamente, erguendo a mão. — Isso basta.

O jurado olhou em torno, confuso, como se tivesse, sem querer, usado uma palavra obscena. O juiz chamou os advogados até a bancada, com a mão em concha, e Mitch, eu e Claude Dancer rapidamente nos reunimos em torno dele, como conspiradores amontoados.

— Bem, cavalheiros — sussurrou o juiz, sombriamente, inclinando-se para a frente —, parece que encontramos petróleo em nosso primeiro buraco.

— Petróleo da defesa — sussurrou Claude Dancer, encarando-me.

— É melhor dispensá-lo sem maiores problemas, juiz — sussurrei. — Se não o fizer, a promotoria, com certeza, fará isso mais tarde, de qualquer jeito, e isso só retardará o nosso caso. — Sorri para Claude Dancer. — Enviarei ao jurado vetado a sua condecoração, mais tarde.

Mitch cochichou rapidamente com Claude Dancer e, depois, fez um sinal afirmativo com a cabeça para o juiz, que, por sua vez, fez um sinal afirmativo com a cabeça para nós, e rapidamente retomamos nossos lugares, às nossas mesas.

— Sr. Haverdink — prosseguiu o juiz —, desde que mora na mesma comunidade do falecido, talvez se sentisse melhor, ou menos embaraçado, se fosse dispensado de ser jurado neste caso, não é?

O jurado fez ansiosamente um sinal afirmativo com a cabeça.

— Ah, sim, Meritíssimo, muito melhor. O senhor entende, eu...

— Basta. O tribunal o dispensará. Pode afastar-se agora. Alguma objeção, por parte dos advogados?

— Nenhuma, Meritíssimo — Mitch e eu nos levantamos na mesma hora e zelosamente respondemos. Quis dar uma olhada em Parnell, mas não ousei.

— Sr. meirinho — ordenou o juiz.

O meirinho, ostentosamente, sacudiu sua caixa e tirou outro nome.

— Alexander James Petrie — anunciou, e tive certeza de que jamais o sr. Petrie ouvira seu nome pronunciado com tal fervor declamatório e amoroso cuidado. De fato, o ardor de Clovis parecia um tanto excessivo, até para ele, mas depois lembrei que o festival das eleições do outono estava quase chegando, e que ele proclamava, suavemente, a aproximação da grande Estação do Amor bienal.

O tenente se inclinou em minha direção e sussurrou.

— Acho que aquele último sujeito, o idoso, não gostava lá muito daquele sujeito, Barney. Que pena não ter sido mantido.

— Não havia nenhuma chance — sussurrei. — De qualquer jeito, ele já nos prestou um serviço. Em certo sentido, foi de fato nossa primeira testemunha, e talvez uma das melhores.

O novo jurado estava em seu assento.

— Devo pedir a todos os jurados para não levarem em consideração quaisquer comentários que possam ter ouvido de outros jurados, durante este interrogatório — determinou o juiz. — Tampouco deve qualquer um dos senhores tirar alguma dedução do que ouviram ou possam ouvir um do outro, durante este interrogatório. Entenderam?

Os jurados, solenemente, fizeram um sinal afirmativo com a cabeça, e, novamente, tive vontade de olhar para Parnell. O jurado dispensado empurrara um primeiro prego em favor da defesa, e o juiz, ao realizar seu simples dever, fora obrigado a martelá-lo no lugar. Coisas como aquela eram um dos estranhos elementos imponderáveis dos julgamentos com júri.

O juiz falava com o novo jurado. Ele ouvira as perguntas que haviam sido feitas aos outros? Ele... e mais... ele...? Não, ele não conhecia nenhum de nós, advogados nem o tenente, tampouco o morto. Quando terminaram as perguntas, o novo jurado sobrevivera, miraculosamente.

— Agora, pergunto a todos os jurados se algum dos senhores conversou sobre este caso, ou leu alguma coisa a respeito?

Todos os jurados levantaram as mãos; qualquer um que não o fizesse teria, por causa disso, praticamente condenado a si mesmo por perjúrio, estupidez ou por deixar de pagar aos entregadores de jornais.

— *Algum* dos senhores formou qualquer impressão ou opinião quanto à culpa ou inocência do acusado? Respondam simplesmente sim ou não, ou levantem a mão.

Todos haviam aprendido suas lições, agora; nenhuma mão foi levantada, e quatorze cabeças acenaram negativamente em meio ao abafado coro de "nãos".

— Agora, pergunto se algum dos senhores conhece algum motivo para não poder entrar no julgamento deste caso, se for escolhido, com a mente aberta, tendo em vista que, de acordo com a lei, se supõe que o réu seja inocente até sua culpa ser estabelecida para além de qualquer dúvida razoável?

Ninguém conhecia um motivo.

— E pode cada um dos senhores apresentar um veredicto justo e imparcial, baseado unicamente na lei e nas evidências apresentadas aos senhores aqui no tribunal aberto?

Todos achavam que podiam. O juiz olhou para Mitch.

— E a dispensa por justa causa, cavalheiros? — perguntou. — Primeiro, o sr. promotor.

Mitch fez para o juiz um sinal com a cabeça e continuou com uma conversa séria, aos sussurros, que ele mantinha com Claude Dancer. O juiz abriu um livro jurídico e começou a lê-lo em silêncio. Sussurrei para meu cliente:

— O que acha deles, tenente?

Ele deu de ombros.

— A escolha é sua, advogado — sussurrou, em resposta.

A promotoria tinha quinze objeções peremptórias e a defesa, vinte, ou seja, podíamos dispensar esse número de jurados sem dar nenhum motivo. Um mero leve aceno de mão era suficiente. "Sai, demônio...", como diria Parnell. Além disso, podíamos objetar "por justa causa" contra qualquer jurado que nosso interrogatório pudesse mostrar que não tinha qualificações ou que, de alguma outra forma, fosse incompetente. Essa questão logo se colocaria diante de mim.

— A promotoria passa — afirmou Mitch, afinal. — Não há questões por justa causa.

— É a sua vez, sr. Biegler — disse o juiz.

Engoli em seco e me levantei rapidamente.

— A defesa passa — falei.

— Objeções peremptórias — disse o juiz. — Outra vez o senhor, sr. promotor.

— Desculpe-me, Meritíssimo — pediu Mitch, e ele e Claude Dancer novamente se juntaram, aos sussurros, e consultaram suas anotações, enquanto eu desenhava, em meu bloco de rabiscos, o que pretendia que fosse uma truta saltando. Um psicólogo me diria, provavelmente, que eu era obcecado por sereias gorduchas...

— A promotoria dispensa Michael Powers — declarou Mitch finalmente.

O jurado Powers ficou ali sentado com o aspecto de quem fora atingido no rosto por um esfregão molhado. O que fizera ele? Olhou, aborrecido, para o juiz. Não era muito desagradável o rumo dos acontecimentos: por acaso, Michael Powers era um dos jurados que estavam na minha lista e da Parnell daqueles que achávamos duvidosos.

— Muito bem, sr. Powers, pode afastar-se — determinou o juiz. — Está dispensado de prestar novos serviços, neste caso. Obrigado. Muito bem, sr. meirinho.

— Kenneth Medley — chamou Clovis afetuosamente, quando o dispensado sr. Powers rastejou para fora da bancada dos jurados e voltou para os fundos do tribunal, olhando ferozmente para Mitch. "Um voto para Biegler para o Congresso," pensei. "O camarada do povo."

Mais uma vez, o juiz pronunciou, corajosamente, todo o complicado palavreado com o novo jurado; mais uma vez, o jurado, de alguma forma, deu as respostas certas; mais uma vez, ambos os lados deixaram de lado o "justa causa" — e, finalmente, a grande decisão me caberia... Será que eu queria despedir, ditatorialmente, qualquer um daqueles jurados?

— Quem decide agora é o senhor, sr. Biegler — determinou o juiz.

— Preciso de um tempinho, por favor, Meritíssimo — pedi, e ele fez um sinal afirmativo com a cabeça e, tranquilamente, recomeçou a leitura do seu livro de Direito.

A sala do tribunal ficou em silêncio, aos poucos; era a hora. Havia ainda dois jurados na bancada que estavam em nossa lista de duvidosos. As dúvidas eram grandes e, ao mesmo tempo, não eram; não fazia um ano eu derrotara o irmão de um dos jurados na contestação bastante difícil de um testamento, e uma vez, quando ainda era promotor, eu prendera o marido de uma jurada por dirigir alcoolizado. No entanto, coisas menores podiam mudar a maneira de pensar dos jurados... Mas, meu Deus, será que um jurado seria suficientemente mesquinho para condenar um homem por assassinato por causa de... Humm...

Por outro lado, no grupo que se achava nos fundos do tribunal, havia vários jurados que eu esperava fazer participarem. Havia também um casal, entre as quatorze pessoas naquele momento na bancada, que eu queria manter. Não eram impostores nem nada parecido, mas eu acreditava que seriam jurados justos e sem preconceitos, com pontos de vista próprios. Um deles era um jovem veterano finlandês da Segunda Guerra Mundial, com aspecto inteligente, um minerador de ferro que vivia numa das vilas agrícolas. O outro jurado eu vira e conhecera por acaso alguns anos antes, num comício político, e ficara favoravelmente impressionado com ele. Mas será que um veterano, particularmente inteligente, não estaria louco para se vingar dos militares? E será que o outro não estaria agora votando apenas com os Republicanos? E, caso contrário, e daí? Todos esses e ainda outros pensamentos me vieram. Talvez fosse melhor deixar tudo para lá. Talvez eu fosse deflagrar uma orgia de contestações se dispensasse um só jurado que fosse. Talvez, se eu aprovasse de forma peremptória, quem sabe Mitch, miraculosamente, nos deixasse em paz. Afinal, havia outros igualmente duvidosos e piores que talvez ainda fossem chamados.

— O que acha, tenente? — sussurrei.

Eu sabia o que ele pensaria, mas me sentia obrigado a perguntar a ele; sempre se devia perguntar, para o caso de algo dar errado... O tenente me deu seu esperado dar de ombros e fui tranquilizado por sua total dependência em mim e no meu julgamento. Além dele, consultei Parnell, com uma olhada. Ele também deu de ombros, quase imperceptivelmente, e eu me encontrei outra vez comigo mesmo. A decisão era unicamente minha, como tinha de ser. Respirei aceleradamente e me levantei.

— Meritíssimo — falei —, a defesa está satisfeita com o júri.

— É novamente sua vez, sr. promotor — ordenou o juiz.

Mitch e Claude voltaram a se reunir numa longa reaproximação, aos sussurros, enquanto eu voltava para minha arte e prendia um pescador à truta que havia desenhado — um simpático pescador meio careca, com o nariz comprido. Nesse ínterim, os jurados, agora percebendo que podiam ser banidos de repente, mesmo tendo passado em todos os testes anteriores, tentavam parecer despreocupados, como se fossem candidatos a membros de algum clube, numa espera disfarçadamente nervosa, imaginando, constrangidos, se receberiam uma bola preta.

— Meritíssimo — Mitch estava em pé —, a promotoria está satisfeita.

O milagre acontecera; escolhêramos um júri, num caso de assassinato, em menos de metade de um dia. Eu fora promotor em casos criminais em que só a escolha do júri demorara dois dias e, num deles, quase três. E nenhum dos dois lados mencionara insanidade nem estupro, como se estivéssemos, ambos, com medo de entrar nesses assuntos emaranhados e controvertidos antes de ser necessário. O tenente Manion também batia outro recorde, também embora não soubesse disso: aquele era o primeiro caso de assassinato que eu já vira, ou de que já ouvira falar, no qual a defesa não fizera nem uma só dispensa peremptória de jurado. "Júri escolhido rapidamente no caso do assassinato Manion," era provável que dissesse a *Gazette*. "Observadores das salas dos tribunais não conseguem lembrar de maior rapidez do que essa."

— Submeta os jurados a juramento — ordenou o juiz tranquilamente, olhando para Clovis, abaixo dele, por cima dos seus óculos.

Clovis ficou em pé imediatamente e administrou o juramento final aos jurados, que também já estavam em pé.

— Juram solenemente — entoou ele — que, da melhor forma possível, e sinceramente, tentarão fazer, e farão, uma declaração verdadeira, entre a promotoria deste estado e o prisioneiro no foro judicial, cuja sorte decidirão, segundo as evidências e a lei deste estado. Que Deus os ajude.

Essa era, de longe, a melhor hora de Clovis; era uma pena, pensei, que ele não tivesse feito o juramento da última coroação. Nenhum monarca poderia, algum dia, ficar mais colado ao trono.

O juiz se dirigiu ao resto do júri comum que estava à espera, sentado lá fora, no corpo da sala do tribunal.

— Todos os demais jurados estarão dispensados, até a próxima segunda-feira, às nove horas da manhã — declarou. — Se houver maiores atrasos, serão devidamente notificados. — Ele olhou para o relógio do tribunal. — Em vista do atraso da hora, acho que suspenderemos a sessão até amanhã de manhã. — Virou-se para o júri de Manion. — Serão dispensados até uma e meia. Nesse ínterim, por favor não falem do caso entre si. Ou com outras pessoas, claro. Se qualquer pessoa tentar discutir o caso com os senhores, informem-me imediatamente. Muito bem, sr. xerife.

— Ouçam todos, ouçam todos, ouçam todos — cantou Max, com profundo sentimento, parecendo inspirado pelo desempenho espetacular de Clovis. — Este ilustre tribunal está em recesso até uma e meia.

O xerife se aproximou e ficou ao lado do tenente, bem próximo dele. Afinal, ali estava um homem sendo julgado por assassinato; um xerife alerta certamente não assumiria nenhum risco... O tenente e eu poderíamos sentar-nos do lado de fora, em meu carro, sozinhos, durante semanas, naturalmente; mas, naqueles momentos, não havia nenhuma sala de tribunal cheia de votantes desfilando ao lado do meu carro.

— Tudo está correndo bem, xerife — murmurei.

Vi que Mitch e Claude Dancer estavam empenhados numa profunda conversa secreta, bem juntinhos, à mesa deles.

— Até logo — eu disse ao meu cliente e, agarrando minha pasta, alcancei o juiz e o segui até a sala de audiências.

Um rolo de filme de máquina fotográfica estava colocado bem no meio da escrivaninha do juiz.

— Quando o gato está fora, os ratos fazem a festa — disse o juiz, deixando o filme cair na gaveta da sua escrivaninha. — Concorda, sr. Biegler?

Eu avaliei o peso que estava carregando.

— Aqui estão cerca de três quilos de pedidos de instruções e também uma súmula do julgamento, Meritíssimo — avisei, colocando em cima da sua escrivaninha um grosso envelope de papel pardo.

— Ah, ótimo, obrigado. Gosto de recebê-las e estou ansioso para lê-las. — Exatamente nesse momento, o telefone do juiz tocou e ele agarrou o receptor com uma mão grande e sorriu envergonhadamente para mim, corando como um menino. — Dê licença, sr. Biegler — pediu. — Hoje é nosso aniversário de casamento, e acho que Edith está retornando agora o meu telefonema.

— Parabéns — murmurei baixinho, fechando a grande porta atrás de mim e imaginando se era mesmo verdade que todo homem precisa ter uma mulher — e onde e quando eu acharia a minha?

Capítulo 6

PARNELL E EU SEGUIMOS de carro ao longo da margem do lago até um restaurante distante, de beira de estrada, onde serviam dentro do carro — e assim poderíamos comer e conversar sem sermos perturbados. A maioria dos turistas já saíra da Península Superior, voando para o Sul como pássaros migratórios, e eu estacionei de modo a podermos observar o frio e cintilante lago. Tínhamos deixado Maida em casa, para ela cuidar do escritório e datilografar algum material que Parnell lhe dera — e, eu esperava, talvez receber algum dinheiro.

— Aos poucos, estou me apaixonando por aquele juiz — disse Parnell. — Ele se parece cada vez mais com nosso velho juiz Maitland: dirige seu tribunal como um tribunal mesmo, e não como uma sessão dupla de cinema, com os espectadores enchendo o chão de pipocas. E adorei aquela alfinetada que ele deu nos mórbidos observadores. — Parnell riu. — "Zelosos estudantes de homicídio", de fato. O melhor de tudo, eu acho, é que ele é um advogado; tenho certeza de que no mínimo entenderá, mesmo que não acompanhe, as instruções que pedimos.

Fiz um sinal afirmativo com a cabeça e soltei algumas baforadas do meu charuto, meditativamente.

— Tem certeza de que deu a ele todas as instruções — prosseguiu Parnell —, inclusive nossas mais recentes, sobre a prisão por particular e o impulso irresistível?

Parnell trabalhara nessas últimas instruções sozinho; eram seus bichinhos de estimação, seu orgulho especial. Também eram declarações modelares de prosa jurídica concisa, compreensível e exata.

— Atirei todos os trabalhos no colo dele, Parn — comentei. — Pelo menos, ele saberá aonde queremos chegar.

— O que acha do sr. Claude Dancer? — perguntou Parnell maliciosamente, olhando-me de esguelha, por fora dos cantos dos óculos.

Resmunguei.

— Ele nos dará muito mais trabalho — afirmei. Parnell deu um sorriso. — Olha só, seu bode velho, eu o acusei, acho que está até satisfeito porque Mitch o trouxe para o caso.

O sorriso de Parnell se alargou.

— Ora, gosto de uma boa luta, rapaz, e consegui para mim um belo assento nas primeiras fileiras. — Ele prosseguiu mais sobriamente. — Na verdade, Polly, eu estava um pouco preocupado com você e esse Mitch.

— O que quer dizer?

— Ora, esse jovem sujeito, Mitch, é um bom menino e, sem dúvida, será um bom promotor, algum dia, se persistir nisso. Mas, no momento, vocês dois são tão claramente incompatíveis que eu tinha medo de que você não despertasse para isso, ou então, se despertasse, que pudesse se manifestar no júri uma espécie de reação inconsciente em favor do inferior, beneficiando Mitch. Agora, não há perigo de que isso aconteça.

— Não, Parn — eu disse —, não há nenhum perigo disso, agora. E não é provável que eu durma, em nenhum momento. Na verdade, tenho um palpite, uma intuição treinada, como disse o juiz, de que estamos diante de uma partida verdadeiramente lenta.

Bem longe, no lago que se agitava suavemente, observei uma embarcação de transporte de minério elevar-se devagar acima do horizonte, arrastando sua longa cauda de fumaça, como um grande pássaro marinho flutuante, um pássaro fumando seu grande charuto. Muito breve, todos os barcos seriam a diesel, pensei, e então todos pareceriam balsas num canal imundo. *Eles* já haviam condenado o antigo apito sobrenatural do barco a vapor, quem quer que fosse esse sinistro "eles". A ciência não era mesmo maravilhosa? Logo teríamos, sem dúvida, a truta mecânica...

— Mitch sequer *tentou* conseguir um exame psiquiátrico — comentei, quase pesarosamente. — E desperdiçamos toda aquela maravilhosa lei, que procuramos, em nossa questão constitucional. Mas não gosto da maneira dissimulada como ele contrabandeou esse sujeito, Dancer, para dentro do caso. Podia, no mínimo, ter me informado antes.

Parnell sorriu ainda mais.

— Gosto do seu aguçado sentido de partidarismo, Polly, mas não se deixe levar longe demais por ele. — Lancei-lhe um olhar penetrante. — Pelo menos, *agora* você sabe que Claude Dancer está no caso, mas nenhum dos dois sabe que eu estou. Será que o velho Parnell não compensa o sr. Dancer nem um pouquinho? — Tocou em meu braço. — Um pouco de senso de medida, Polly, e tudo dará certo.

Não pude deixar de sorrir.

— Você corresponde a doze Claude Dancers, Parn — respondi, bocejando. — Acho que preciso é de uma noite decente de sono.

— Você a conseguirá — afirmou Parnell —, mas só depois que este caso terminar. — Puxou seu grande relógio de prata. — Vamos, rapaz, é hora de ir para o tribunal. A sineta está quase pronta para tocar, anunciando a rodada um da disputa principal.

O julgamento começou de forma bastante tranquila. Quando o tribunal apinhado se reuniu, perguntei ao juiz se Laura Manion poderia sentar-se à nossa mesa de advogados. Ele atendeu ao meu pedido e Laura veio ficar conosco. Depois, o juiz acenou com a cabeça para a mesa de Mitch. Este se levantou e, calmamente, colocou-se diante do júri.

— Se me permitem o tribunal e as senhoras e os senhores do júri... — e prosseguiu, fazendo a declaração de abertura da promotoria.

Finalmente, tínhamos dado partida... Primeiro, ele apresentou Claude Dancer ao júri — "o procurador-geral assistente que, a meu pedido, estará associado a mim durante o julgamento" —, e Claude Dancer levantou-se, fez uma simpática e rápida curvatura para o júri e, modestamente, sentou-se.

A declaração de abertura de Mitch foi boa; foi clara e rápida, e não lhe faltou nada do que deveria ter. De fato, foi tão bem organizada que suspeitei que a mão inteligente de Claude Dancer talvez tivesse dado um toque nela. Lancei um rápido olhar em Parnell. Pelo sorriso deliciado em seu rosto, percebi que pensava a mesma coisa. "Ora, aquele velho safado," pensei, "ele está mesmo gostando de me ver em dificuldade." A declaração de Mitch foi tão significativa em suas omissões quanto no que continha. Ele não fez nenhuma menção a estupro nem ao fato de que haviam sido feitos testes com o detector de mentiras. Estava claro, agora, que a promotoria pretendia manter, a todo custo, seguir à risca a linha do simples assassinato, e bloquear, se pudesse, qualquer prova de alguma outra coisa. Cerrei com força o maxilar curvei-me para a frente, olhando atentamente para Mitch. Também ficara bastante claro que não havia nenhum perigo de que eu dormisse.

— A defesa alega que o réu estava temporariamente louco na ocasião em que os tiros fatais foram disparados — relatou Mitch. — Esperamos provar que ele estava são e que seus atos foram praticados no calor da paixão e da raiva. Esperamos, além disso, mostrar que o assassinato foi premeditado e resultou de um desígnio doloso, como o juiz definirá esses termos. Em outras palavras, senhoras e senhores do júri, esperamos plenamente provar, e provaremos, que o réu, Frederic Manion, foi culpado do crime de assassinato em primeiro grau. Obrigado.

Mitch voltou para sua mesa, onde Claude Dancer, silenciosa mas bastante obviamente, parabenizou-o por sua declaração de abertura. De forma excessivamente óbvia, pensei; se meu palpite estava certo a respeito da inspiração e fonte da declaração, esse desempenho de ator secundário cheirava demais a uma autocongratulação. E cheirava também a impostura surrada. Se é verdade o que se diz, que todos os bons advogados de julgamentos são, em parte, atores, então aquele homenzinho, Dancer, prometia apresentar-se como uma pequena maravilha. De qualquer jeito, descobri que estava aborrecido com ele além de toda medida — e ele ainda nem abrira a boca. Ele podia pensar que era capaz de enganar o júri, com sua manipulação do caso feita nos bastidores, mas eu me ressentia com o fato de ele achar que era capaz de me enganar tão facilmente. Mas, talvez, pensei — talvez ele não se preocupasse nem um pouco em me enganar; afinal, eu não tinha um voto no júri. Eu sofria, percebi, os primeiros sintomas de um amor florescente e durável pelo sr. Dancer.

— Sr. Biegler — perguntou o juiz —, quer fazer sua declaração agora?

— Se me dá licença, Meritíssimo — respondi, levantando-me —, a defesa gostaria de reservar sua declaração para mais tarde.

— Muito bem — ele concordou, olhando para a mesa de Mitch. — Chamem sua primeira testemunha.

— A promotoria chamará o dr. Homer Raschid — anunciou Mitch.

O dr. Raschid, patologista do Hospital St. Francis, em Iron Bay, adiantou-se, e Clovis Pidgeon apareceu dramaticamente para tomar seu juramento, de forma muito parecida como faria um aprumado timpanista numa orquestra de cem peças que esperasse pacientemente meia hora para bater num minúsculo triângulo uma única pancada. "Clovis, o homem dos juramentos," pensei.

— Jura solenemente que dirá a verdade, toda a verdade e nada além da verdade, e que Deus o ajude — disse tremulamente Clovis, com aquela voz de tenor que era ouvida longe.

Havia uma coisa com relação a Clovis: quando fazia uma testemunha jurar, o juramento valia mesmo. Como poderia alguém mentir depois de uma imposição tão solene e comovente? Mas era impressionante quantas achavam que podiam, sim...

— Juro — disse o dr. Raschid, e ocupou o banco das testemunhas. Era um tipo de indivíduo esguio, com rosto fino, cabeça pontuda, com uma aparência de quem se sentiria melhor escrevendo sonetos do que cortando cadáveres. Nunca lera nenhum dos seus poemas, mas o conhecia como patologista altamente competente.

— Seu nome, por favor? — perguntou Mitch.

— Homer Raschid — respondeu o médico.

— Qual a sua atividade, ou profissão?

— Médico.

— Tem alguma especialidade, doutor?

— Sou patologista. Do Hospital St. Francis, nesta cidade. — O médico falou rapidamente, como se estivesse ansioso para sair e chegar ao dentista na hora marcada. Numa dezena de anos, eu jamais o vira de outra maneira, fosse no tribunal ou fora dele.

— Há quanto tempo pratica a medicina, doutor?

— Ah... — O médico piscou os olhos, como se estivesse espantado com a maneira como o tempo voava. — Há 31 anos.

— Onde estudou medicina?

Levantei-me depressa.

— As qualificações eminentes do doutor são estabelecidas — interrompi. Mitch fez um sinal afirmativo com a cabeça, e o médico me olhou agradecido, como se eu lhe tivesse conferido um diploma honorário. Eu não tentava agradá-lo, mas sim levar o julgamento avante e evitar ao máximo o tédio desnecessário. Todos sabiam que o dr. Raschid conhecia sua profissão e que não mentiria nem para salvar a vida de sua avó. Tínhamos de levar avante a carnificina...

— Teve a ocasião de realizar uma autópsia no corpo de um certo Barney Quill? — perguntou Mitch.

— Tive.

— Quando e onde?

— Num sábado à noite, dia dezessete de agosto, no Hospital St. Francis, nesta cidade.

— A pedido de quem?

— Do legista Leipart.

— Quem estava presente?

— O legista, o detetive sargento Durgo, da polícia estadual, e dois ou três outros policiais... e, claro, eu mesmo.

— Quem identificou o corpo?

— Foram eles.

— Quer fazer o favor de nos contar o que descobriu, doutor? — pediu Mitch.

O médico enfiou a mão num envelope de papel pardo, que estava segurando, e tirou algumas folhas de papel.

— Fiz um relatório sobre a autópsia — informou. — É bastante longo, e eu o resumirei em termos leigos, se quiser.

Levantei-me.

— Concordaremos com esse sumário se a promotoria concordar.

Mitch virou-se e deu uma olhada em Claude Dancer.

— A promotoria concorda — ele disse. — Prossiga, doutor.

— Bem, havia múltiplos ferimentos penetrantes e perfurantes no corpo, que poderiam ser causados por balas. No total, havia dez ferimentos desses, como se todas as balas tivessem entrado e saído. Uma bala entrou pela frente do ombro direito e saiu do lado posterior do mesmo ombro, na linha axilar posterior... quero dizer, saiu do outro lado.

— Continue, doutor.

— Duas balas entraram na região da clavícula direita e saíram na espinha dorsal; outra atravessou o coração e o pulmão direito e saiu na parede torácica direita, no nível da nona costela, no meio da linha axilar, resultando em hemorragia maciça em ambos os espaços pleurais. A quinta bala perfurou o abdome cinco centímetros abaixo do nível do umbigo e passou através dos músculos retos abdominais, saindo cerca de vinte centímetros à esquerda da linha do meio. O peritônio e a cavidade abdominal não foram penetrados.

Ocorreu-me que, se aquele era um resumo em termos leigos, então todos nós precisaríamos ter feito um curso de latim avançado se o médico tivesse escolhido dar-nos o tratamento completo. Também me ocorreu que os advogados eram escravos do idioma das salas de bar, em comparação com esses médicos.

— O senhor pôde determinar a causa da morte? — perguntou Mitch.

— Pude.

— Será que foi causada pelos ferimentos que o senhor testemunhou que existiam?

— Eles poderiam... ela poderia, quero dizer.

— Em sua opinião, doutor, a morte foi causada por esses ferimentos?

— Foi. Em minha opinião, o ferimento através do tórax e do coração foi a causa imediata e principal da morte. Os outros ferimentos, claro, contribuíram para ela.

— O senhor fez um relatório datilografado sobre suas descobertas?

— Fiz. Está aqui comigo, com algumas cópias.

— Posso ficar com esse material?

O médico entregou a Mitch as cópias do relatório.

— Peço que esse original do relatório da autópsia seja assinalado como peça de exposição número um da promotoria, para identificação — falei, entregando uma cópia ao relator do tribunal, que ergueu os olhos para o relógio e depois rabiscou no papel "Peça de exibição número um da promotoria". Então, Mitch trouxe o relatório e o entregou a mim, juntamente com uma cópia extra. — A promotoria entrega à defesa o relatório da autópsia, para que seja examinado — determinou.

— Um pouco de tempo, por favor, Meritíssimo — pedi, e o juiz piscou os olhos e assentiu, com um sinal de cabeça.

O relatório consistia em cinco páginas de uma análise, datilografada com espaços pequenos, traçando com amplos detalhes o curso das balas e o dano maciço causado. Eu estava errado: o relatório verbal do médico fora uma forma de gíria abreviada em comparação com aquilo. O documento também informava sobre outras áreas não lesadas do corpo. Perto do final do relatório, uma frase interessante me chamou a atenção. "A espermatogênese estava ocorrendo em ambos os testículos," dizia. Essa descoberta fora necessária para determinar a causa da morte? Li o relatório até o fim e levei-o para Mitch, que estava em pé ao lado da testemunha.

— A defesa não tem objeções — admiti.

— A promotoria oferece como prova a peça de exposição número um, para identificação como peça de exposição número um da promotoria — justificou Mitch, entregando o relatório ao relator.

— Assim será recebida e assinalada — disse o juiz Weaver.

— Pode interrogar a testemunha — disse Mitch, e voltou para sua mesa.

Avancei para a frente da testemunha.

— Doutor, achou que Barney Quill foi atingido cinco vezes com balas de um revólver? — perguntei.

— Sim, achei.

— E achou que cada tiro o atravessou, como diria um leigo, e saiu do outro lado?

— Sim, correto.

— Um leigo poderia até dizer que o falecido estava bem ventilado?

— Rá... Precisamente.

— Então, suponho que não encontrou nenhuma bala, não é?

— Não. Menciono isso em meu relatório.

— Sim, notei isso. Mas sua conclusão de que os ferimentos foram causados por balas foi mais ou menos uma suposição, não é verdade?

— Bem, em certo sentido sim.

— Baseado até certo ponto na história do caso e nas informações que lhe foram dadas pelos homens que pediram a autópsia e estavam presentes quando ela foi feita?

— Sim.

— Entendeu, quando realizou esta autópsia, que o indivíduo fora morto a tiros pelo réu, numa sala de bar?

— Sim.

— E essa e certas outras informações lhe foram dadas pelos policiais?

— Ora, sim. A partir delas e da leitura dos jornais, naturalmente.

— Mas os policiais lhe deram certas informações de antecedentes, antes que cumprisse sua função?

— Sim, correto.

Alguém andava baixinho atrás de mim e me virei. Era Claude Dancer, agora balançando-se nos calcanhares e olhando com atenção, inocentemente, para a claraboia. Tornei a me virar para a testemunha.

— Então, até certo ponto, suas explorações foram sugeridas pelas informações que recebeu deles?

— Sim. Mas meu objetivo básico era determinar a causa da morte. E eu a determinei. Não precisei de nenhuma informação de ninguém para fazer isso.

— Claro que não, doutor — concordei. — Deixou muito claro que o falecido estava bem perfurado.

Eu também queria deixar perfeitamente claro para o júri que a defesa não tentava lançar nenhuma dúvida sobre o fato evidente de que o tenente atirara em Barney Quill e o matara; minha intenção, de fato, era exatamente o oposto. Mas, naquele justo momento, eu estava em busca de um jogo diferente, se não maior — e o inteligente Claude Dancer talvez suspeitasse de uma tramoia. De qualquer jeito, eu logo veria.

— Então diga, doutor — falei, vagarosamente —, diga-nos por que o senhor verificou se a espermatogênese estava ocorrendo nos testículos do indivíduo?

— Objeção! — uma voz profunda e retumbante explodiu em meus ouvidos, e Claude Dancer, finalmente, arrancou a máscara de mero ajudante.

— Com que base, sr. Dancer? — o juiz perguntou, brandamente.

— Com base em incompetência e em imaterialidade — afirmou. — A promotoria chamou essa testemunha para mostrar a causa da morte. Ele a mostrou. O interrogatório deveria limitar-se a essa questão. Com certeza, a questão relativa à capacidade ou não desse homem de ter espermatogênese, ou coisa parecida, não teria nenhum sentido nessa questão.

— Sr. Biegler? — interrogou o juiz.

— Precisamente por isso foi que fiz a pergunta, Meritíssimo — acrescentei. Virei-me e peguei o relatório da autópsia na escrivaninha do taquígrafo. — Acabei de ler essa parte do relatório do médico chamada "Descobertas Gerais", no alto da página cinco, e cito: "A espermatogênese estava ocorrendo em ambos os testículos." Isso faz parte do relatório da autópsia da promotoria. Esse relatório foi agora admitido como evidência, neste caso, e acho que estou autorizado a perguntar sobre qualquer coisa que esteja no relatório deles.

— Objeção negada — determinou o juiz. — Anote a resposta.

— Pode responder agora, doutor — pedi.

— Responder ao quê? — indagou o médico, compreensivelmente confuso. — Acho que me esqueci da pergunta.

— Torne a ler a pergunta — ordenou o juiz ao taquígrafo.

O taquígrafo franziu as sobrancelhas e folheou as páginas do seu caderno, ao mesmo tempo movimentando rapidamente os lábios, lendo ou xingando eu não sabia. Encontrou o lugar e pigarreou.

— Por que o senhor verificou se a espermatogênese estava ocorrendo nos testículos do indivíduo? — ele tornou a ler, no tom monótono de ladainha que todos os taquígrafos de tribunais parecem profissionalmente compelidos a cultivar.

— Pode arriscar-se a responder agora, doutor — sugeri. — A barra está limpa.

— Porque eles me pediram para fazer isso — respondeu o médico.

— Quem lhe pediu?

— Os policiais presentes.

— Entendo — admiti. — Ora, o senhor sabia que, quando fez esse exame, outro médico tirara um esfregaço vaginal da esposa do réu e informara não ter encontrado espermatozoides?

— Sim.

— Objeção — trovejou Claude Dancer. — Baseado em ouvir dizer, irrelevante... O relatório do outro médico é a melhor evidência.

— Está um pouco atrasado, sr. Dancer — falou o juiz, amenamente. — A pergunta parece que já foi respondida.

— Então, peço que a resposta seja vetada e o júri instruído a deixar de considerar tanto a pergunta quanto a resposta.

A voz do juiz pareceu elevar-se um pouquinho.

— O pedido está negado. Por favor, continue, sr. Biegler.

— Ora, o objetivo básico dessa parte do seu exame era determinar se o líquido seminal do falecido continha ou não esperma? — prossegui.

— Correto.

— E esse inquérito não tinha nada a ver com a determinação da causa da morte?

— Absolutamente nada.

— Para determinar a morte, comumente, o senhor jamais faria tal exame num corpo que, de forma tão óbvia, encontrara a morte por ferimentos de balas?

— Jamais.

— E fez esse exame específico unicamente porque foi solicitado a isso pelos funcionários da promotoria?

— Sim.

— Ora, doutor, se chegou a surgir uma indagação sobre o fato de um homem ter tido ou não relações sexuais com uma mulher, que declarava que isso ocorrera, e o esfregaço dela, em busca de esperma, deu um resultado negativo, tudo isso não poderia ser prova de que ele *não* tivera relações?

— Objeção — Claude Dancer trovejou atrás de mim.

— Negada — disse o juiz.

— Sim — respondeu a testemunha.

— De modo que, se essa questão chegasse alguma vez a surgir, em data posterior, como, digamos, num julgamento por assassinato, ninguém pudesse argumentar ou declarar, nem mesmo um advogado de defesa, por exemplo, que a alegada ausência de esperma na mulher talvez *fosse causada* pela ausência de esperma no homem?

Virei-me e olhei para Claude Dancer, projetando a cabeça para o lado, como se fugisse de uma bola de neve, e a sala do tribunal teve um riso abafado, enquanto Claude Dancer me olhava impassivelmente. Tornei a me virar para a testemunha.

— Suponho que seja verdade — ele admitiu. — Acreditei, na ocasião, como acredito agora, que esse foi o principal objetivo do pedido.

— Objeção... a testemunha acha — insistiu Claude Dancer.

— Objeção aceita — decidiu o juiz.

— Tome medidas para que a resposta seja vetada e o júri instruído a desconsiderá-la.

— A moção está garantida. Que o júri faça o favor de desconsiderar a última resposta. Prossiga, sr. Biegler.

— Doutor, pediram ao senhor que fizesse um exame para determinar se o falecido havia mantido relações sexuais recentemente e alcançara um clímax sexual?

— Não me pediram isso.

— O senhor fez algum exame desse tipo?

— Não.

— Poderia ter feito?

— Sim, poderia.

— E ele daria a resposta?

— Sim, daria.

— Mas não lhe pediram isso, e o senhor não fez o exame?

— Correto.

— E ouviu o assunto ser discutido?

— Não, não ouvi.

Dei uma olhada no júri. Alguns jurados se entreolharam e meu ex-soldado finlandês olhava atentamente para mim. Será que tive a impressão de detectar uma espécie de meio sorriso em seu rosto?

— Ora, doutor, uma ou duas perguntas a mais e acho que encerraremos. O senhor fez algum exame para determinar o teor alcoólico do sangue do falecido?

— Não fiz.

— Pediram-lhe para fazê-lo?

— Não.

— Poderia ter feito, se lhe fosse solicitado?

— Com a maior facilidade.

— É o suficiente, doutor. Obrigado — falei, e voltei para minha mesa.

— Está indo bem — sussurrou o tenente.

— Pelo menos chegamos perto — sussurrei em resposta.

— Alguma nova pergunta, sr. promotor? — indagou o juiz.

Mitch e seu auxiliar conferenciaram.

— Nenhuma outra pergunta — admitiu Mitch, levantando meio corpo.

O juiz virou-se para o dr. Raschid.

— Obrigado, doutor. É o suficiente.

Enquanto o médico, agradecido, ia embora às pressas, o juiz olhou para o relógio.

— Entraremos num recesso de quinze minutos — determinou, com gravidade. — Tudo bem, sr. xerife.

Max bateu o martelo, e todos, na apinhada sala do tribunal, levantaram-se.

— Ouçam todos, ouçam todos, ouçam todos... Este ilustre tribunal está em recesso por quinze minutos.

Houve um suspiro coletivo, como um jato de vapor escapando, e a maioria das pessoas seguiu, com dificuldade, para as saídas.

Capítulo 7

Parnell havia desaparecido e não podia ser encontrado em parte alguma. Esperei que ele não tivesse sentido uma repentina e irresistível sede. Apressadamente, fui encontrar-me com os Manions na sala de conferências, ficando o xerife, cheio de importância, a vigiar a porta, do lado de fora — o júri, observador, tinha de passar por aquele caminho —, e expliquei a eles o possível significado de uma parte do testemunho que fora dado pelo bom dr. Raschid, ficando satisfeito de ver que haviam entendido quase tudo. Sim, a promotoria agora parecia ter a intenção de suprimir todas as menções ao estupro, eles perceberam imediatamente. Talvez, se eles haviam visto as coisas dessa maneira, o júri também visse, esperava eu. De qualquer jeito, eu tomaria conta de tudo isso mais tarde, em minha argumentação. Rabisquei o rápido lembrete, em meu confiável caderno, sem o qual a maioria dos advogados em julgamentos voaria diretamente para o espaço.

Mas, acima de tudo, eu queria acalmar e tranquilizar os Manions; o importante, no momento, era impedir que *eles* sim voassem para o espaço; a maior parte do nosso verdadeiro trabalho juntos fora feita. Era torturante pensar que o julgamento em si era como uma peça bem ensaiada, uma peça que deveria ser encenada numa noite e, depois, tirada de cena para sempre, e destinada apenas a ficar guardada. Porém, outra vez, num sentido diferente e mais perturbador, o julgamento não era, em absoluto, como uma peça bem ensaiada: inevitavelmente, algum personagem esquecia suas falas ou, pior ainda, alguém poderia inserir sorrateiramente algum diálogo novo, de surpresa, que talvez mudasse todo o curso do drama. Eu era um assistente de noites de estreia de salas de tribunais demasiado velho e castigado para não ter consciência dessa probabilidade sempre atormentadora. *Alguma coisa*, com certeza, aconteceria; como o pobre velho Smoky Madigan e sua noiva de junho não eram uma questão de "se", mas de "quando"...

— Não gosto desse Claude Dancer — disse Laura, esmagando e apagando seu cigarro. — Ele é... ele é tão arrogante e presunçoso. E age como se nos odiasse.

— Confidencialmente, Laura — confessei —, estou aprendendo eu mesmo a não o amar.

Antes de mais nada, pensei, mas não disse, ele era demasiado inteligente e perigoso; além disso, possuía a zumbidora persistência de um mosquito.

O tenente, sentado em cima de um aquecedor desligado, perto da janela, lendo sobre seu naquele momento próximo julgamento, num exemplar velho do *Mining Gazette*, ergueu os olhos.

— Quando o juiz negou o pedido de Dancer, quando você estava interrogando o médico, um dos jurados sorriu e quase riu alto — falou.

— Foi aquele sujeito forte, jovem e louro, sentado na primeira fila, na ponta, à esquerda? — perguntei.

— Foi ele. Parece um fã seu. Observa-o tempo todo.

Acendi, pensativo, um charuto e olhei fixamente o lago. Talvez, pensei, talvez fosse melhor eu julgar meu caso pensando naquele jovem jurado inteligente. (Qualquer fã de Biegler, claro, chegava às portas da genialidade.) Lembrei-me de que, quando eu era promotor público, quase inconscientemente selecionava um jurado solitário e atuava para ele, durante meus julgamentos mais longos. Algum pequeno sinal se seguia, em geral algum minúsculo reconhecimento tácito de que você e seu jurado falavam a mesma língua. E, dessa maneira, a pessoa parecia ganhar — ou, pelo menos, eu parecia ganhar — um senso maior de proximidade e impacto, durante seus esforços; dessa maneira, parecia haver uma meta tangível na qual se concentrar, um alvo distinguível no qual fazer mira, fossem quais fossem as artes de convencer e persuadir que se possuísse.

— Humm... — murmurei, distraidamente, estendendo meu isqueiro para Laura.

— Obrigada, Paul — ela agradeceu, tirando os óculos. — Não consigo ver do outro lado da sala, com essa maldita coisa. Será que você também pode conseguir que eu tricote sapatinhos de bebê?

Sorri, maldosamente.

— Dificilmente, minha querida — falei. — Dificilmente.

Sim, meu trabalho com os Manions fora muito bem feito. Se não tivessem aprendido seus papéis, se não conhecessem seus desempenhos, seria tarde demais, agora, para fazer o que quer que fosse com relação a isso. Lembrei-me da ocasião em que, anos antes, eu fizera meus exames de Direito, em Lansing, e fora para lá com vários dias de antecedência, talvez esperando encharcar-me com alguma sabedoria e certa medida de atrasada inspiração apenas pela simples proximidade. Parecendo uma coruja e louco de medo, rastejei nervosamente até a Suprema Corte e chamei o funcionário, o amável pequeno Jay Metzner, que também atuava para os examinadores de Direito. Ele me fez parar à porta.

— Pare! — ordenou. — Nem mais um passo, rapaz! Pela sua aparência horrorosa e devastada, posso ver que está aqui com a intenção de fazer os exames da ordem dos advogados. Então, chamou o pequeno e velho Jay e quer que ele lhe dê o segredo da aprovação. — Aproximou-se e pôs as duas mãos em meus ombros. — Ora, pois aqui está o seu segredo, filho. Saia e beba um pouco, não muito, claro. Depois, consiga uma garota a fim de você. O *campus* deste velho prédio está cheio delas. Em seguida, saia e se esqueça de tudo sobre seus malditos exames de advocacia. — Sacudiu a cabeça. — Se, depois de três anos de estudo monástico, você não conhece sua matéria, por Deus, meu filho, jamais conhecerá, jamais conhecerá. — E o pequeno Jay tinha razão, que Deus o abençoe.

Max Battisfore enfiou de repente a cabeça pela porta.

— Mais cinco minutos, Polly — informou. — O juiz quer ver você.

— Obrigado. Imediatamente, Max — eu disse. — Estou recarregando as baterias. Mas o espetáculo tem de continuar.

O juiz, Mitch e Claude Dancer estavam sentados, conversando, na sala de audiências, junto com o jovem fotógrafo perdoado da *Gazette*.

— Este jovem diz que o seu público, ou seja, o seu patrão, quer que ele tire nossas fotografias, isto é, fora da sala do tribunal — contou-me sorrindo o juiz. — Achei que o advogado de defesa poderia gostar de se unir a nós.

— Obrigado, juiz — agradeci. — Foi muita consideração sua. — Sabia que esse assunto seria abordado, mais cedo ou mais tarde, e estava preparado para ele. — Mas desculpe — menti, suavemente. — Neste momento, estou atolado com meus clientes. Talvez mais tarde.

— Muito bem — disse rapidamente o juiz. — Por favor, volte para o seu pessoal.

Quando me virei, achei ter detectado um brilho apreciativo nos olhos do juiz. Será que estaria consciente da minha estratégia de construir uma imagem do Estado todo-poderoso e muito divulgado contra o solitário, o não louvado — e não fotografado — advogado de defesa?

— Por aqui, longe das janelas, cavalheiros — ouvi o fotógrafo dizendo.

Voltei correndo e disse aos Manions que, em nenhuma circunstância, deveriam permitir que suas fotos fossem tiradas. Haveria tempo suficiente para tudo isso mais tarde, se as coisas dessem certo. Nem sequer tentei explicar; no momento, já estavam com coisas suficientes na cabeça.

— Ouçam todos, ouçam todos, ouçam todos...

O resto da sessão da tarde passou cambaleando, com uma enfadonha espécie de velocidade. Os julgamentos jamais são rápidos, a não ser na televisão, onde a insípida realidade deve sempre ceder lugar à realidade mais premente da promoção das panaceias do patrocinador. Segundo a determinação, os mapas foram introduzidos como evidência e colocados diante do júri. A próxima testemunha da acusação foi o legista Leipart, um homenzinho de aparência bastante tímida que levava uma dupla vida — legista e agente funerário.

Sob o interrogatório de Mitch — Claude Dancer parecia ter tornado a colocar sua máscara —, ele contou que encontrara o corpo perfurado de Barney Quill caído de cabeça para baixo atrás do bar. "Jazendo numa poça de sangue." Estava deitado do lado direito, quase no meio do bar, e, sim, o homem estava morto. O barman os deixara entrar, quando ele chegou com a polícia estadual por volta das duas horas da madrugada. O que fizera, então? Bem, depois de as medidas terem sido tomadas e as fotos tiradas, ele colocara o corpo na cesta, levara-o para Iron Bay e o mantivera em armazenamento refrigerado até a autópsia, no domingo, à qual assistira. Depois, levara o corpo de volta ao seu lugar, embalsamara-o e o embarcara para Wisconsin. Enquanto o legista dava seu depoimento, ocorreu-me o pensamento de que ele poderia estar falando sobre os infortúnios de um rolo de linóleo.

— A testemunha é sua — falou Mitch.

Em meu interrogatório, eu trouxe à luz o fato de que o barman estava sozinho, quando fez entrarem o legista e a polícia estadual; que isso foi mais de uma hora depois da ocasião noticiada do assassinato; que ele, o legista, entregara as roupas do falecido à polícia estadual, a qual, presumivelmente, as embarcara para East Lansing, a fim de serem submetidas a testes, no laboratório criminal...

— Com que objetivo? — perguntei.

— Para encontrar evidências de esperma, ou mancha seminal — respondeu o legista.

Dei uma meia olhada em torno, esperando que o "órgão" de Lansing trovejasse, mas houve um silêncio pastoral.

— Sabe os resultados desses testes com as roupas?

— Não sei. A polícia estadual deve saber.

— Estava presente durante a autópsia quando os policiais pediram ao dr. Rashid para determinar as capacidades espermáticas do falecido?

— Estive lá o tempo inteiro.

— E?

— Sim, estava lá nesse momento.

— E isso foi feito com o objetivo de refutar qualquer possível alegação posterior de que o falecido talvez não tivesse essas capacidades?

— Foi o que entendi, sim.

— Houve alguma discussão entre os policiais quanto a pedir ao médico para determinar se o falecido tinha ejaculado recentemente? — perguntei. (Fiquei imaginando como a graciosa jurada, a pesadamente virginal Doris Flanders, resistia a tudo isso. Dei um pequeno olhar de esguelha e descobri que suportava notavelmente bem, na verdade até se inclinando para a frente e ficando na beirada do seu assento.)

— Houve alguma discussão, sim — disse o legista.

— Na presença do médico?

— Não.

— E esse exame não foi feito.

— Não tenho certeza se poderia ter sido feito.

— Ahn? Estava aqui quando o dr. Raschid prestou seu depoimento, mais cedo?

— Não, acabei de chegar. Tenho dois casos à minha espera, agora.

Ergui as sobrancelhas, em surpresa.

— Duas outras pessoas assassinadas? Meu Deus... Não tinha ouvido falar disso. Parece que nunca chove, apenas que há aguaceiros.

— Não, dois corpos.

— Em seu papel de legista ou de embalsamador?

— Esperando para serem embalsamados.

— Meus sinceros parabéns, sr. legista, mas quer fazer o favor de responder à minha pergunta anterior?

— Que pergunta?

— Perguntei-lhe se, de fato, o dr. Raschid fez algum exame para descobrir se o falecido tinha... — a expressão idiomática fez pressão para sair, mas a expressão idiomática, lamentavelmente, perdeu — tinha, recentemente, alcançado um clímax sexual.

— Não, não fez.

— Ou algum teste para verificar o teor alcoólico do sangue?

— Não fez.

— Isso foi discutido pelos policiais?

— Não sei.

— É o suficiente, sr. legista. Acho que pode voltar, agora, para os clientes que o esperam.

Sorrindo:

— Eles não estão com nenhuma pressa, sr. Biegler. Raramente se queixam.

Mitch não tinha nenhuma nova pergunta a fazer e, em seguida, chamou um fotógrafo comercial que rapidamente identificou uma série de fotos brilhantes seis por dez que tirara para a promotoria, tudo isso, segundo o estipulado, admitido rapidamente como prova. Barney as teria amado, pensei, porque eram todas dele: várias visões do grande Barney jazendo inerte e amassado atrás do bar; Barney jazendo exposto na lousa, o rosto inteiro, o perfil esquerdo e o direito, Barney de costas, as marcas de ventilação aparecendo esplendidamente. E mostrando, também, aquele corpo maravilhosamente soberbo e poderoso, imobilizado para sempre, tudo por causa de um impulso sinistro e emaranhado...

— A vez da defesa — disse Mitch.

Eu estava prestes a desistir do interrogatório quando Laura Manion inclinou-se para a frente e sussurrou para mim, cheia de excitação:

— Aquele homem! Ele tirou algumas fotos minhas naquela noite. Acabei... acabei de me lembrar.

— Ótimo — sussurrei, e levantei-me vagarosamente. Saí da minha mesa e caminhei pensativo em direção à testemunha. Ora, ali estava o primeiro desvio no diálogo esperado, pensei; com sorte, dessa vez, talvez felizmente, para o nosso lado. Mas haveria outras vezes, vezes que machucariam, sempre acontecia.

— Sr. Burke — avaliei amavelmente, apontando para as últimas peças exibidas —, estas foram todas as fotografias que o senhor tirou para este caso?

Ele disparou um olhar para a mesa de Mitch.

— Não, houve algumas outras.

— Mas não ficaram boas? — perguntei.

— Não, todas ficaram boas. — Uma nota de orgulho profissional insinuou-se em sua voz. — A maioria das minhas fotos fica boa.

— Claro, sr. Burke — concordei. — E estas o senhor apresentou aqui como exemplos esplêndidos da sua habilidade — Fiz uma pausa. — Talvez tenha esquecido de trazer as outras? — Não houve resposta, e eu não insisti. — Talvez não fosse preciso copiar as outras?

— Não. Não eram nenhuma duplicata de poses.

— Ah — murmurei, surpreso. Dei uma olhada no júri e vi que todos se identificavam com a minha surpresa. — Será que as outras fotos não tinham absolutamente nada a ver com o caso? Seriam apenas algumas interessantes pequenas fotos secundárias? Feitas para satisfazer um capricho artístico? Um toco de árvore retorcido, ao qual o senhor não pôde resistir? Quem sabe uma árvore? Ou um urso pilhando o depósito de lixo de Thunder Bay? — Fiz uma pausa. — Ou, ainda, talvez, de uma mulher?

A testemunha não estava muito satisfeita.

— Eram fotografias da esposa do tenente Manion.

Fiz uma pausa e olhei no sentido contrário. As cabeças de Mitch e do seu assistente estavam próximas uma da outra, confundidas. Dei uma olhada para os jurados, que, por sua vez, se entreolharam rapidamente. Meu jovem jurado finlandês olhava diretamente para mim e — seria possível? — pareceu quase fazer um sinal afirmativo com a cabeça. Tornei a me virar para a testemunha.

— E essas fotos da sra. Laura Manion... ficaram boas?

— Excelentes.

— Quando as tirou?

— Naquela mesma noite.

— Então, elas poderiam mostrar exatamente a aparência da sra. Manion logo depois dos disparos?

Em tom sombrio:

— Certamente sim.

— Quantas tirou?

— Três.

Novamente, ouvi os curtos e inquietos passos acolchoados atrás de mim; o sr. Dancer estava novamente rastejando à minha retaguarda.

— Será que se importaria de me mostrar as fotos?

— Não estão comigo... estão em meu estúdio.

— Que pena... E acredito que não me respondeu quando perguntei se esqueceu as fotos. Por que não trouxe essas fotografias?

— Pediram-me para não fazer isso.

— Humm... Com certeza não foi alguém ligado a este caso, não é?

— Foi sim, senhor.

— Vamos, sr. Burke, diga-nos quem foi.

— Objeção! — Trovejou Dancer em meus ouvidos.

— Negada — afirmou o juiz, enquanto eu, afetadamente, mergulhava o dedo mínimo em meu ouvido, como se quisesse tapá-lo. — A testemunha pode responder.

— Sr. Burke — insisti, suavemente —, será que essa pessoa que lhe disse para não trazer as fotos foi alguém que, neste momento, está a uma distância de mim, digamos, num perímetro de três quarteirões da cidade?

— Ele está em pé bem atrás do senhor. Foi o sr. Dunstan, que aí está. Ele simplesmente disse que não seria necessário trazer para o tribunal as fotos da sra. Manion.

— Dancer! — A voz de Claude Dancer arranhou meu ouvido. — O nome é Dancer, não Dunstan.

— Veja só, o nome do homem é *sr.* Dancer — reprovei a testemunha. — E os Dunstans talvez também não gostassem de nenhuma confusão de nomes, sabe, talvez eles conheçam o sr. Dancer. (Eu precisava divertir-me, sempre que achasse uma oportunidade; a vez de Dancer chegaria, inevitavelmente.)

— Desculpe — pediu a testemunha. — O sr. Dancer me disse que não trouxesse as fotos.

— Bem, se não tem as fotos, não pode mostrá-las — declarei. — Mas talvez possa descrever para nós o quadro que viu com seus próprios olhos, da sra. Manion naquela noite. Isso talvez seja ainda melhor.

— Objeção — falou o sr. Dancer, de forma menos trovejante dessa vez. — Claramente irrelevante e uma questão da defesa, caso seja admissível nessa ocasião, o que duvido.

— Retiro a pergunta — eu disse, rapidamente, antes que o juiz pudesse tomar sua decisão.

Se o pequeno sr. Dancer achava que estava ajudando sua acusação ao impedir que ouvisse esse depoimento um júri que, eu percebia, já devia estar louco de curiosidade a essa altura, ele podia desistir. A maior parte do desapontamento e da frustração cairia sobre ele. — A testemunha volta para o senhor — eu disse, curvando-me e retornando à minha mesa.

— Nenhuma pergunta — disse o sr. Dancer, olhando-me com raiva, impassivelmente. Minha vez chegará, pensei. *Courage, Camille...*

Olhei em torno, em busca de Parnell, para me rejubilar com sua aprovação, mas não pude localizá-lo. "Que diabo," pensei, "exatamente quando tenho uma rodada bastante boa, o garoto deve estar fora, passando o tempo na sala dos armários." De qualquer jeito, eu esperava que ele não estivesse do lado de fora emborcando o álcool.

Capítulo 8

— EU ESTAVA TOMANDO, tranquilamente, uma cerveja no bar — testemunhava Carl Yates, o guarda-caça, a primeira de um longo desfile de testemunhas oculares. — Antes, estava fora, numa patrulha em busca de caçadores ilegais, que usam seus faróis para entontecer os animais. Suspeitei que alguns daqueles jovens soldados estacionados perto de Thunder Bay rodando de um lado para outro, à noite, faziam os cervos ficarem tontos com os faróis dos seus jipes. Na verdade, já tinha apanhado vários deles... Ora, estou ali em pé, tomando minha cerveja, como disse, e ouço, de repente, uma série de tiros; me viro em direção ao som e vejo um homem em pé, junto ao corrimão, inclinando-se bem para a frente por cima do bar, apertando o gatilho de um revólver vazio na direção de alguma coisa embaixo, do outro lado.

— O que fez? — perguntou Mitch.

— Porra, como corri... — a testemunha deu uma rápida olhada no juiz Weaver. — Desculpem... Saí dali depressa. Não era lugar para um guarda-caça.

— Conhecia o homem que estava dando os tiros?

— De nome não, mas eu o reconheceria.

— O senhor o vê na sala do tribunal agora? — perguntou Mitch, e eu, rapidamente, cutuquei o tenente para que se levantasse.

— Sim, ele está sentado... não, em pé... ao lado do advogado Biegler, ali, naquela outra mesa comprida, o homem com o uniforme de tenente, de bigode.

— Refere-se ao réu deste caso, Frederic Manion, e aponta para ele?

— Sim.

— A testemunha é sua — falou Mitch.

Em meu interrogatório, não fiz nenhuma tentativa de inquirir sobre que movimentos Barney poderia ou não ter feito exatamente antes dos disparos. Senti que as chances eram entre boas e excelentes de que a maioria das testemunhas oculares, inclusive esta, não tivessem visto nenhum movimento simplesmente porque, logo antes dos disparos, não estavam prestando atenção, não havia nenhum motivo para isso; e, para mim, ter cada testemunha negando ter visto qualquer movimento feito por Barney seria fortalecer gratuitamente a crença do júri de que não ocorrera nenhum movimento. Da mesma forma, não tentei lançar nenhuma dúvida quanto ao fato de que o tenente disparara os tiros fatais; na verdade, minhas perguntas presumiam inteiramente o contrário. Apenas o advogado favorito de Parnell, o velho Amos Crocker, o primeiro e único Willie, o Chorão, possuía a audácia de ficar em pé diante de um júri e negar um assassinato a tiros num só fôlego e, no seguinte, insistir que seu cliente estava louco ao fazer aquilo.

— Sr. Yates — eu disse, trazendo à baila um belo quadro —, quando o tenente Manion atirou em Barney Quill, e este se curvou e caiu, e o tenente ficou em pé junto ao corrimão do bar, inclinou-se por cima do balcão e esvaziou sua arma no homem caído — fiz uma pausa —, o tenente disse "Tome isso, seu f.d.p," ou palavras correspondentes?

— Não ouvi nada disso. Minha lembrança é de que, em nenhum momento, o tenente proferiu um som sequer. Entrou como um carteiro entregando a correspondência; entregou sua correspondência, virou-se e, calmamente, caminhou para fora.

Uma das intermináveis fascinações de julgar casos, pensei, eram os quadros verbais inesperadamente penetrantes que as testemunhas leigas algumas vezes pintam, sem sequer tentar. Na verdade, quando tentam é que fracassam.

— Havia nele algum sinal de raiva? — continuei a insistir.

— Não vi nenhum. Claro que não dei uma boa olhada nem fiquei parado muito tempo, depois dos tiros. Fui pedalando para casa.

— A que hora foram? Os tiros, quero dizer.

— Cerca de 12h40 ou 12h45, é o que lembro. Era uma hora e um minuto da madrugada quando cheguei em casa, isso eu notei.

— Ora, sr. Yates, esse copo de cerveja que estava tomando... foi oferecido pelo falecido?

— Sim. Pus meu dinheiro em cima do balcão do bar, mas Barney fez sinal para eu o pegar de volta. "É por conta da casa, Carl," disse.

— Entendo. E o bar estava cheio?

— Sim, praticamente o balcão inteiro. Acho que o tenente entrou no único lugar que restava. Há alguns corrimãos ali.

— Refere-se ao posto de serviço das garçonetes?

— Acho que sim. Seja como for, naquele lugar Barney nunca queria que ficássemos.

— E Barney pagou uma rodada de bebida para o bar inteiro?

— Sim, para todos nós. Ouvi dizer, mais tarde, que não foi a primeira rodada que havia pago.

— E ele estava bebendo?

— Na rodada que pagou para mim, sim, ele bebeu.

— Servir bebidas por conta da casa era uma prática comum para ele? Tem essa informação?

— Humm... Deixe-me pensar. — A testemunha fez uma pausa. — Foi a primeira vez em que o vi oferecer alguma coisa, no bar, desde que estou servindo em Thunder Bay. Fará três anos em maio próximo.

— E o senhor era um cliente bastante regular no bar de Barney... para tomar seu ocasional copo de cerveja, quero dizer? — Eu não queria colocar em situação difícil esse sincero e trabalhador guarda-caça, nem fazer parecer que era um frequentador assíduo de bares; para mim, qualquer homem que protegesse os nossos cervos e peixes da Península Superior — especialmente a truta, para Biegler — merecia emborcar toda a cerveja que pudesse, de graça ou não.

Ele sorriu apreciativamente.

— Sim, um cliente bastante regular — confirmou.

— Entendo. E onde, no bar, o senhor estava em pé, e junto de quem?

— Na extremidade mais afastada, mais perto da rua, conversando com os gêmeos Mongoose. (Os irmãos Mongoose eram dois jovens índios, ambos ex-soldados, e a investigação de Parnell e a minha, antes do julgamento, indicavam que qualquer guarda-caça podia muito bem dar-se ao luxo de relaxar um pouco, desde que pudesse manter os irmãos Mangoose bem debaixo do seu olhar vigilante.)

De propósito, não entrei no assunto, de saída controvertido, das proezas de Barney com armas de fogo e pistolas, embora essa testemunha, sem dúvida, soubesse alguma coisa a respeito. Queria deixar o palco claramente preparado para o júri em outras direções, e não deixar que o quadro fosse deturpado nem esquecido em meio a um fluxo de confusas objeções do traiçoeiro sr. Dancer. As pistolas podiam ficar para mais tarde.

— Onde estava o barman, durante todo o tiroteio? — perguntei.

— Em pé, perto da porta, eu acho. Pelo menos falei com ele ali, quando entrei.

— Era a prática comum, caso saiba, que Barney trabalhasse sozinho atrás do bar?

— Não, não era. Até comentei isso com os gêmeos Mongoose. Muitas vezes, ele ficava em pé na extremidade ou atrás do bar, mas raramente servia bebidas. Seu barman ou as garçonetes eram quem, habitualmente, cuidavam disso.

— E não seria também pouco comum o barman ficar do lado de fora do bar, no salão, em pé, junto da porta?

A testemunha ergueu pensativamente os olhos para a claraboia da sala do tribunal.

— Pensando bem, era pouco comum, sim. Phonse, em geral, ficava atrás do bar.

Algumas peças mais se encaixavam, tranquilamente, no crescente mosaico de provas. Dei uma olhada em torno, e, com certeza, o sr. Dancer estava novamente me rondando; o homenzinho parece que também sentira isso. Ora, ele se esforçara tanto para me tocaiar, não seria uma pena deixá-lo em pé ali, tão ansioso e mudo? Eu precisaria perguntar logo alguma coisa que fizesse aquela linda voz se exercitar.

— Bem, sr. Yates — prossegui —, pouco antes dos tiros, qual era, em sua opinião, a aparência do falecido?

— O que quer dizer?

— Ele parecia um homem nervoso, inquieto, esperando que alguma coisa ruim acontecesse — fiz uma pausa —, ou, em vez disso, estava alegre, calmo e à vontade?

A pergunta era passível de objeção, por vários motivos, eu sabia bem disso, mas apostei que o sr. Dancer, por sua vez, era suficientemente apostador e curioso para querer saber a resposta. Parecia que eu ganharia; tudo era silêncio dourado atrás de mim.

— Ele parecia perfeitamente calmo e à vontade — respondeu Carl Yates. Quase pude ouvir Claude Dancer ronronando de contentamento atrás de mim, sem dúvida pensando no golpe pesado que nossa história do estupro acabara de receber. Como podia um homem que acabara de perpetrar um ataque e estupro tão brutais ao mesmo tempo parecer tão calmo e à vontade? Fiz uma pausa para deixar essa impressão causar seu efeito e, depois, achei que era tempo de acabar com o pequeno sonho de Claude Dancer.

Falei rapidamente.

— De modo que, se o senhor não estivesse aqui hoje, depondo neste caso de *assassinato*, sr. Yates, poderia, mesmo assim, ainda dizer honestamente a mesma coisa, que Barney Quill estava calmo e à vontade, mesmo que o caso julgado aqui, agora, fosse de estupro cometido por Barney Quill?

O inconfundível "sim" da testemunha e a objeção espalhafatosa de Claude Dancer explodiram em meus ouvidos ao mesmo tempo. O homenzinho estava fora de si, e imaginei como o pobre taquígrafo, que corria, poderia dar conta do excitado fluxo de palavras.

— A pergunta é claramente objetável — decidiu com severidade o juiz, quando Claude Dancer, finalmente, acabou sua fala veemente e silenciou. — E tanto ela quanto a resposta serão vetadas, e o júri será solicitado a deixar inteiramente de considerá-las. — Lançou-me uma expressão carrancuda. — Claro, sr. Biegler, devia saber como sua pergunta era altamente imprópria. De qualquer forma, devo adverti-lo contra uma repetição.

— Lamento, Meritíssimo — desculpei-me, contritamente. — Por favor, atribua isso ao excessivo zelo do combate — murmurei. — Tentarei emendar minhas maneiras. — Virei-me para Claude Dancer, e seu cabelo escovinha eriçado, ao estilo militar, de cada lado da cabeça, parecia inteiramente em pé. — A testemunha da promotoria está de volta ao seu assistente, promotor chefe Dancer — eu disse.

— Nenhuma pergunta — disse asperamente o sr. Dancer, e, afinal, qualquer dúvida ou fingimento em torno de quem estava ajudando quem havia sido inteiramente deixado de lado.

Enquanto me sentava, vi que Parnell estava de volta ao seu lugar, sóbrio, graças a Deus, e sorrindo de uma orelha a outra. Havíamos discutido, durante semanas, a estratégia dessa última pergunta objetável, e Parnell era a favor. O argumento dele era de que tínhamos de trazer cedo e de modo dramático ao julgamento o fato de que, se Barney tinha de fato estuprado Laura, ele fazia a única coisa que poderia fazer, fora fugir ou se entregar, ou seja, enfrentar calmanente o fato, com desfaçatez e, ao mesmo tempo, construir suas defesas contra a inevitável acusação de estupro. Barney *precisava* parecer calmo. Dei uma olhada em meu jurado favorito e o descobri me olhando. Os olhos dele se iluminaram, e desviei rapidamente a vista; parece que o velho Parnell talvez tivesse novamente vencido. De qualquer forma, o estupro agora começara, claramente, a entrar em cena. E, de forma igualmente clara para o júri, segundo eu esperava, havia a determinação estabelecida, por parte da promotoria, de desalojá-lo e mantê-lo fora.

As próximas oito ou dez testemunhas, todos homens, estavam em pé no bar, aquela noite, e, fora as discrepâncias de menor importância, que inevitavelmente aparecem quando pessoas diferentes tentam descrever o mesmo acontecimento, todos concordaram, em grande medida, que o tenente caminhara até o bar e, sem uma só palavra, descarregava seu revólver em cima de Barney; que ele ficara em pé junto ao corrimão do bar, depois que Barney caiu e depois, silenciosamente, virou-se e saiu. Todos concordaram que os disparos ocorreram em torno das 12h45. A partir de várias dessas testemunhas, inclusive os inescrutáveis gêmeos Mongoose, desenvolvi, no interrogatório, o fato de que Barney tinha pagado até cinco rodadas de bebidas naquela noite; que ele próprio, segundo parecia, tomara um uísque a cada vez; que toda essa repentina filantropia de salão de bar era um notável desvio da sua prévia austeridade (o marido de uma das garçonetes discordou disso e, notando o viço do seu grande nariz vermelho, não tive ânimo para discutir com ele); que o barman estava em pé, no salão, também um procedimento bastante incomum; e que Barney parecia estar de bom humor, calmo e à vontade. Por duas das testemunhas, fui informado de que elas haviam falado com o tenente quando ele se aproximou do bar, pouco antes dos disparos, mas que o réu não respondeu aos seus cumprimentos nem olhou para eles. Essas mesmas duas testemunhas também achavam que tinham ouvido Barney Quill dizer "Boa-noite, tenente", ou palavras correspondentes, quando o réu se aproximou do bar.

Mitch conduziu o interrogatório de todas essas testemunhas, como fez com as duas garçonetes que se seguiram, e concluí que Dancer tentava recriar a impressão, algo maculada, de que Mitch ainda dirigia a acusação ou, talvez, de que ele se poupava para as testemunhas mais importantes que viriam, provavelmente as duas coisas. Nenhuma das duas garçonetes acrescentou muito à história dos disparos, a não ser pelo fato de uma delas me dizer também, durante o interrogatório, que o tenente não respondera ao seu cumprimento, ao entrar. A outra garçonete, uma amável moça gorducha, provocou um rugido de risadas quando disse a Mitch que, depois do primeiro disparo, ela "galopara

para o toalete feminino", o que, por sua vez, provocou uma batida de advertência do martelo do juiz e uma repreensão sua ao aglomerado de pessoas.

Àquela altura, passavam das cinco horas, e, em resposta à interrogação de Mitch sobre a possibilidade de chamar alguma testemunha nova, o juiz lhe fez um sinal afirmativo com a cabeça para que prosseguisse, e Mitch me olhou e deu de ombros, em muda resignação, chamando em seguida Ditlef Pedersen. Não tínhamos apenas um juiz que administrava seu tribunal com mão de ferro, mas também um juiz que acreditava firmemente na plena jornada de trabalho para jurados, advogados e testemunhas, igualmente. Meu coração começava ter pena de Max Battisfore, por estar tanto tempo longe da sua amada patrulha. A aplicação da lei, ali no sertão, achava-se claramente prejudicada.

Ditlef Pedersen (eu adorava esse nome; ele rolava na língua da pessoa, como uma bala) era o homem que estava sentado à mesa perto da porta externa, com a esposa e a cunhada. Foi perto da sua mesa que o barman, Alphonse Paquette, ficara em pé, "descansando", depois que Barney assumiu o bar. Sob o interrogatório de Mitch, o sr. Pedersen, um estucador alto e louro, de Iron Bay, contou que ele e seu grupo passaram no bar para tomar uma bebida e comprar umas cervejas, a fim de levar para o chalé deles, na beira do lago, para o final de semana; e que conversaram durante algum tempo com o barman, que estava em pé, junto da mesa deles; e que, de repente, ouviram uma série de tiros — "soavam como traques gigantescos"—, e, depois, viram o tenente Manion ir embora do lugar, seguido rapidamente pelo barman.

— A testemunha é sua — disse Mitch.

— O barman voltou ou ficou do lado de fora? — perguntei.

— Voltou na mesma hora.

— Ele lhe disse alguma coisa?

— Sim, disse que havia reconhecido o tenente Manion.

— Mais alguma coisa?

— Não. Foi às pressas em direção ao bar.

— Tem certeza de que ele não disse mais nada? — insisti, pensando na questão do "cara" .

— Não tenho a menor dúvida. Saímos pouco depois. Minha esposa estava nervosa... ela está grávida, como sabe.

— Eu não sabia, sr. Pedersen. E por quanto tempo o barman ficou em pé junto da sua mesa?

— Bastante tempo, bem mais de meia hora, eu acho. Talvez até mais. Não tínhamos nenhuma pressa, uma bela noite enluarada etc.

— Sim, claro, sr. Pedersen. O barman se sentou e conversou com o senhor?

— Ele conversou, mas não se sentou, embora eu lhe dissesse várias vezes para fazer isso.

— O senhor lhe *pediu* para se sentar? — perguntei. Isso era melhor do que eu esperava: o barman cansado, descansando, e vigilante, não quis nem se sentar quando convidado a fazer isso.

— Sim, mas ele disse que esperava um amigo de fora da cidade e queria ficar vigilante à espera dele. Não parava de olhar pela janela.

Dei uma olhada em torno das fileiras das testemunhas da promotoria, à espera, e descobri o barman, Alphonse Paquette, sentado de braços cruzados e olhando diretamente para a frente. Não dava para ver Mary Pilant; de fato, nem Parnell nem eu a havíamos visto na sala do tribunal desde que o caso fora aberto.

— O barman conversava com o senhor e com seu grupo?

— Vez por outra. Apenas uma conversa leve sobre o tempo, a pesca, os turistas, os soldados na posição de tiro, lá fora, o fato de que Barney, recentemente, havia ganhado outra competição de pistola, coisas casuais desse tipo.

Tive vontade de me levantar e beijar o homem. "Coisas casuais" de fato.

— Então, o barman lhe disse que Barney tinha ganhado outra competição com pistolas? — perguntei.

— Sim. Não prestamos muita atenção; era uma história antiga; Barney estava sempre ganhando outras competições com pistolas, acho que ele era um dos melhores nisso.

Fiz uma pausa pensativo. Os advogados de julgamentos que procuram polir a perfeição muitas vezes só conseguem empaná-la. Talvez fosse melhor deixar tudo por ali. Virei-me em direção a Mitch, ignorando Claude Dancer que, outra vez, rondava atrás de mim.

— A testemunha é sua, sr. promotor — informei.

Mitch deu uma olhada em Claude Dancer, enquanto eu observava tanto ele quanto o júri. Ah, houve o pouco informativo sacudir de cabeça.

— Nenhuma pergunta — respondeu Mitch apressadamente.

— Sr. xerife — determinou o juiz —, vamos encerrar o dia.

— Ouçam todos, ouçam todos... — trovejou o xerife.

Capítulo 9

Parnell fez para mim um sinal afirmativo com a cabeça, depois levantou-se e encaminhou-se para o carro. Sentei-me à nossa mesa e conversei com Laura e o tenente durante um curto período, enquanto Max ficava em pé, com os braços cruzados, uma atitude de "eles não passarão", a uma respeitável distância da nossa mesa. Quando a multidão de espectadores, murmurando, arrastando os pés, zumbindo, afinal desapareceu, presumivelmente abrindo tortuosamente seu caminho de volta para os salões de beleza e úmidas cavernas onde cochilavam, entre um e outro julgamento por assassinato, Max fez para mim um sinal afirmativo com a cabeça; depois, jogou bruscamente a cabeça na direção da cadeia e seguiu seu caminho às pressas. Seu pequeno *show* tinha terminado... Meu impulso foi soltar um grito exultante. Tomei o fato de Max, a essa altura, deixar o tenente sem ser atendido como o melhor augúrio do julgamento até aquele momento; eu havia esperado, atentamente, por um sinal assim; eu próprio não tinha a menor ideia de como estávamos progredindo.

Um advogado que busca avaliar seu caso no meio de um julgamento é como um marido enganado: é, frequentemente, a última pessoa a suspeitar do verdadeiro estado das coisas. A boa vontade de Max em deixar o tenente encontrar seu caminho de volta para a cadeia sem ser guiado falou eloquentemente que, pelo menos em sua opinião, meu cliente ainda não estava em grande perigo. E eu desenvolvera um total respeito pelas opiniões do sr. Max Battisfore em matéria de psicologia de massa e temperamento da multidão. Afinal, o homem passava a maior parte das suas horas acordado estudando isso, um verdadeiro sr. Demos em pessoa. Mas eu não disse nada disso aos Manions.

— Tenho más notícias para você, advogado — avisou o tenente.

— "Boas notícias, más notícias, notícias que circulam pela cidade" — cantarolei. — E aí, *Herr* tenente? *Qual serr a problema?*

— Laura pegou a correspondência hoje, mais cedo, e se esqueceu de me dar uma carta do Exército.

— Que diabo! Não me diga que seu psiquiatra quebrou uma perna?

— Não, não é tão ruim assim. O Exército apenas me escreveu que vão suspender meu pagamento até o caso terminar. — Ele deu de ombros. — Desculpe, eu estava pensando em pagar outra parcela dos seus honorários.

Um advogado no meio do trabalho com seu caso tende a se desligar por completo de tudo que não seja esse trabalho: dinheiro é a última coisa em que pensa.

— Não se preocupe com isso, tenente — eu disse, descontraidamente. — Gostou daquele soco que dei em seu amiguinho Dancer?

— Humm —murmurou vagamente o tenente, e Laura estendeu a mão e impulsivamente tocou em meu braço.

— Perca ou ganhe, Paul, jamais o esqueceremos. Você é maravilhoso.

A conversa desviava-se um pouco para o lado das lágrimas, e fiz aos Manions algumas sugestões que me haviam ocorrido durante a coleta do dia. Finalmente nos separamos, Laura acompanhando marido para fora, através da porta principal da sala do tribunal, em direção à prisão, e eu tomando meu trajeto habitual através da sala de audiências do juiz, com uma nostalgia semiconsciente dos meus tempos de promotor público.

O juiz Weaver estava sentado à sua escrivaninha, sozinho, lendo um relatório jurídico de Michigan. Uma pilha de relatórios jurídicos atados jazia em torno dele, em cima da sua escrivaninha. A pasta em papel-manilha, contendo nossa grossa fatia de instruções pedidas, jazia junto ao seu cotovelo. Ele ergueu os olhos.

— Bem, sr. Biegler, mais um dia de labuta — disse ele, amavelmente.

— O senhor é uma verdadeira fera para o trabalho, juiz — reconheci. — Quando é que come?

O juiz sorriu.

— Não sei. Acho que sou tão preguiçoso quanto qualquer outra pessoa. Mas, quando os advogados me atolam de pedidos de instruções tão complicados quanto os que o senhor atirou em cima de mim, não se pode fazer outra coisa a não ser trabalhar. Acho que ficarei queimando as pestanas até tarde da noite. — Deu palmadinhas na pasta de papel pardo. — Você não juntou isto tudo da noite para o dia.

— Não, juiz — concordei, achando uma tremenda canalhice não poder dizer a ele que a maior parte do trabalho era de Parnell. — Espero que esteja encontrando algum alimento para o pensamento.

O juiz colocou as grandes e nodosas mãos diante de si, em cima da sua escrivaninha. Naquele momento, fez-me lembrar meu falecido pai, Oliver, prestes a fazer um dos seus discursos improvisados, depois do jantar, sobre as belezas da temperança e de se madrugar. O juiz virou-se e olhou pensativamente pela janela.

— Em nenhum sentido estou formando juízo sobre o esboço de instruções que me deu. Podem ou não ser dadas, em última instância, seja integralmente ou em parte. — Olhou para mim. — Mas o senhor tão obviamente trabalhou e pensou com tanto esforço sobre essas instruções que talvez seja apenas um ato de clemência dizer-lhe que, até agora, elas brilham. As autoridades que cita sustentam de fato o proposto. Até onde li, estão entre as melhores instruções que já vi, em suas partes essenciais. — Sorriu. — Agora, vamos falar de outra coisa. Sente-se e acenda um dos seus pistolões horrorosos, não podem ser todos apenas bombas que não explodem.

— Obrigado, juiz — murmurei, duplamente embaraçado, porque não podia dar ao velho Parnell seu devido crédito. — É generosidade da sua parte, ficamos muito solitários e inseguros durante um julgamento como este. É... é pesadelo e êxtase, tudo misturado.

— Sim, eu sei, eu sei. — O juiz afastou seu livro e encheu seu cachimbo. Fiquei sentado, com uma perna passada por cima do braço da minha cadeira, olhando atentamente para o lindo lago vazio, ansiando por estar lá fora, diante de uma fatia de pão, um jarro de vinho e... e em companhia de quem? Quase corei; estava pensando, imaginem só, em Mary Pilant.

— Gosta de ser juiz, não é? — perguntei, dispersando meu sonho inútil.

O juiz lançou-me uma olhada penetrante e sorriu.

— Tenho uma confissão a fazer, rapaz — admitiu, com o cachimbo afinal aceso. — Sou fã ardoroso dos julgamentos por assassinato, um fã tão alucinado, à minha maneira, quanto essas hordas de harpias pintadas e arquejantes que ficam lá fora entulhando nossas sessões. Fico infindavelmente fascinado pelo drama bruto de um julgamento por assassinato, o réu lutando em silêncio por sua liberdade, seu drama é o da declaração velada, dos advogados contrários, esses mestres da declaração exagerada, disputando bombasticamente a vitória, a fama, mais clientes, avanço político e Deus sabe o quê. O seu drama é também o do júri ventoinha, mudando de posição, do juiz em si, tentando com toda sua força adivinhar o que é certo e, ao mesmo tempo, preservar uma medida de decoro. — Fez uma pausa. — Sim, um julgamento por assassinato é um desfile fascinante.

— Sim, juiz — concordei, sobriamente. — Nenhuma peça do mundo se parece com essa. Nesse tipo de drama, o espetáculo pode não apenas se encerrar bruscamente, mas também os protagonistas podem perder tudo se fracassarem.

— É interessante que tenha dito isso. — O juiz estendeu a mão e pegou um livro de Direito. — Escute só. Encontrei o trecho outro dia, na obra de Callaghan sobre o procedimento e a prática de Michigan, na Seção 38.48. O editor que o escreveu deve ser um filósofo ou romancista frustrado. — Habilmente, folheava as páginas e parava, murmurando "dum-dum-dum-dum", até encontrar o lugar. — Aqui está. Ele fala sobre julgamentos com júri.

O juiz fez uma pausa, pigarreou e começou a ler.

— "No curso de qualquer julgamento com júri, há a probabilidade de ocorrerem muitos incidentes que, mais tarde, serão abordados pelos advogados desapontados e astutos, como fundamento para modificarem o resultado. Isto é particularmente verdadeiro nos julgamentos criminais, nos quais todos os métodos possíveis para influenciar o júri, de uma maneira ou de outra, são habitualmente utilizados, e todos os erros concebíveis, no caso de recurso, são apresentados ao tribunal que faz a revisão."

O juiz fez uma pausa e ergueu os olhos.

— Aqui está o trecho. Agora ouça. "O campo é altamente interessante. De longe, supera e torna inconsequentes tanto as produções do palco quanto da tela, e as melhores obras dos romancistas, pela simples força da experiência verdadeira acumulada, a ponto de tornar os jorros da imaginação pálidos e murchos, pelo contraste concreto... Sempre que há um julgamento por júri há interesse na vizinhança, reputações em jogo, séria responsabilidade e, muitas vezes, até a vida futura envolvida.

— Amém — falei. — Esse homem, com certeza, disse muita coisa.

O juiz fechou seu livro e o empurrou vagarosamente para longe.

— Presidi a julgamentos por assassinato em todo o estado — prosseguiu. — Na verdade, procuro essas indicações. A maioria dos juízes as evita e diz que não pode suportar toda pieguice palavrosa e emocional. No interior, todos os outros juízes, perto da minha comarca, sacodem a cabeça e me chamam de Weaver "em Primeiro Grau". — O juiz fez uma pausa e sorriu. — Minha paixão pelo assassinato é quase ilícita. E, apesar de toda a minha preocupação e reverência pela lei, algumas vezes suspeito, pesarosamente, que o júri médio dos assassinatos na verdade toma suas decisões *sem levar em conta* a lei. — Deu de ombros e sorriu. — É uma admissão bastante sombria, da parte de um velho rato de biblioteca como eu. Mas não posso deixar de suspeitar que o senhor é um estudante da mesma teoria... e também da psicologia do júri.

— Bastante, juiz — confirmei. — Nunca parei para pensar nisso, eu acho. Mas também creio que os homens jamais inventarão um sistema melhor para resolver seus conflitos uns com os outros e com a sociedade. Pelo menos, o nosso sistema de júri, apesar de todos os seus absurdos e imperfeições, alcança uma espécie de tosco esquema de democracia em ação, e o resultado não é predeterminado, como acontece em alguns lugares.

— Ah, sim —reconheceu o juiz, olhando para o lago, lá fora. — Mas não podemos deixar de sonhar e tatear em busca da perfeição...

— Como um cão uivando para a lua — acrescentei.

O juiz fez um sinal afirmativo com a cabeça e baixou a voz.

— O homem é o único animal que ri e chora — ele afirmou — porque é o único animal consciente da diferença entre o que as coisas são e o que deveriam ser.

— É uma observação poderosa, juiz — eu disse. — E maravilhosamente expressa.

O juiz riu e bateu seu cachimbo, esvaziando-o.

— Posso ter dito isso maravilhosamente, rapaz, mas um sujeito chamado Hazlitt foi quem escreveu a frase. É bom ler esse homem algum dia, se ainda não leu; ele se afligia terrivelmente com o caráter e o cérebro — duas mercadorias por cuja posse observei que o rebanho comum dos homens não se destaca em excesso.

Houve um estrépito na porta externa de mogno, que se abriu para introduzir um cabo de esfregão, um grande balde fumegante de água e, finalmente, Smoky Madigan.

— Desculpem, cavalheiros — pediu Smoky, curvando-se contritamente e recuando com ruído. — Pensei que a barra estivesse limpa. — A pesada porta fechou-se com um clique.

Levantei-me e esmaguei meu charuto, apagando-o.

— Juiz — falei, vagarosamente —, gosto dos sentimentos do seu amigo Hazlitt. — Fiz uma pausa e acenei com a cabeça em direção à porta fechada. — Ele me encoraja a ser ousado, de fato... — Fiz outra pausa, imaginando se teria a coragem de dizer o que pensava. — Se... se eu ainda fosse promotor deste condado, deixaria de lado a acusação de delito grave de arrombamento e invasão contra aquele pobre coitado e, em vez disso, o acusaria de simples furto e recomendaria uma curta estada de cura com o xerife, do outro lado do beco, um lugar onde ele ficaria feliz e faria algum bem, e não apodrecendo na prisão subsidiária, em meio a uma porção de profissionais sem salvação. Se aquele homem é um criminoso, então meu nome é William Hazlitt.

O juiz sorriu.

— O tribunal é sempre sensível aos pontos de vista dos advogados, que são, afinal, todos funcionários do tribunal. Veremos, sr. Biegler, veremos.

— Obrigado, juiz, e boa-noite. Foi agradável conversar com o senhor. E feliz exame da lei.

O juiz ergueu os olhos do seu livro, para o qual já voltara, sorrindo distraidamente.

— Muitíssimo agradável, sr. Biegler, muitíssimo agradável. Bom-dia, senhor.

Fui às pressas contar a Parnell o elogio que o juiz fizera às nossas instruções e informações de apoio. Enquanto descia com estrépito os quilômetros da suja escada de mármore, sentia-me muito expansivo e virtuoso, como um escoteiro que tivesse acabado de lançar uma corda para um Smoky Madigan que se afogava. Ou quem sabe a corda fora, em vez disso, atirada do túmulo distante de um inglês pensativo, que certa vez escreveu: "O homem é o único animal que ri e chora..."?

Parnell não estava no carro nem em nenhum lugar em torno. Dei uma espiada no carro, para ver se ele deixara sua pasta de papéis. Não havia pasta nenhuma, mas descobri, no assento, um bilhete rabiscado às pressas. "Caro Polly," dizia. "O velho cão de caça foi farejar um cheiro novo. Não posso esperar mais. Não se preocupe. Vejo você em algum momento, no fim do dia de amanhã, se tiver sorte. E como estou me saindo? Ora, rapaz, fiz uma promessa solene, consegui uma nova carteira de motorista e aluguei um carro. Você está se saindo maravilhosamente, como imaginei. Cuidado com o pequeno Dancer. E não se preocupe. Parn."

— Ah, meu Deus — eu disse, jogando-me para dentro da cadeia, roçando em Sulo, de passagem para o escritório vazio do xerife, onde telefonei para Maida, no apartamento dela. — Maida — falei —, onde diabo está Parnell? Em que ele está metido? — Li para ela o enigmático bilhete e expliquei o seu desaparecimento durante o dia e outra vez agora.

Maida não tinha a mais leve ideia de onde ele estava, jurava que não.

— Escute, moça — afirmei. — Você está pregando uma mentira sem tamanho. Sempre percebo quando está mentindo, afinal, fui eu quem a ensinou a fazer isso. Em que está metida? Qual é esse misterioso trabalho que ele está dando a você? Vamos, fale, que diabo.

Em vez de falar, Maida teve um *piti*, como diria Sulo Kangas.

— Não direi — respondeu, em tom cortante. — Prometi não fazer isso. Parnell não quer que saiba nem que se preocupe. Então, pare de me perguntar, que droga.

— Mas *estou* preocupado — gemi. — Ele é um velho doente e sobrecarregado de trabalho, que não dirigia há mais de dez anos. E era um Maxwell de cem anos, que ele movimentava com a força de orações e fazendo retinir uma série de correntes. Ainda está ao telefone? Fale, que droga, senão vou demitir você.

— Demitir *a mim*? — Maida arrulhou. — Antes de mais nada, cara, você precisa pagar o que me deve, senão jogo a lei contra você. Mitch ficará encantado.

Isso funcionou. Xinguei, em seguida Maida xingou, apoiada por seu rico legado, vindo de Mickey, e, depois, alguém desligou.

— Você está bem, Polly? — perguntou Sulo, ansiosamente, quando saí do escritório de Max. — Parece um pouco preocupado.

— Estou ótimo, obrigado, Sulo — respondi, sorrindo palidamente. — Estou simplesmente ótimo. Obrigado por me deixar usar o telefone.

Então, fiz a única coisa sensata que um homem preocupado poderia fazer — dei uma passada na Halfway House, para tomar uma bebida no copo alto, apenas uma. Por volta da meia-noite, tendo comprado minha entrada para o conjunto de *jazz*, o velho aficionado Polly Biegler, com seu mata-moscas emprestado, enlouqueceu com a bateria. “Lissen to dat *ma-a-a-n...*”

Capítulo 10

Quando o tribunal voltou a se reunir, na manhã seguinte, quinta-feira, e meus olhos vidrados conseguiram finalmente focalizar, observei que algo fora acrescentado à mesa de Mitch — um homem magro, alto, moreno, um tanto encurvado, com um bigode negro caído, de aspecto oleoso, antiquado, e um rosto fino, parecendo uma adaga, que me fez pensar num pianista de aparência romântica que visitara nossa cidade quando eu era criança. Minha mãe, Belle, achara-o indescritivelmente bonito. Todos os homens "bonitos", para Belle, tendiam a parecer que tinham apenas um perfil, como os personagens altos, esguios e elegantemente fatigados que desenha Charles Dana Gibson... Quando trouxeram o júri e aquele grávido silêncio anterior às sessões já caíra sobre a sala do tribunal — a hora em que o juiz faria um aceno com a cabeça para Mitch reabrir as hostilidades —, levantei-me, com a cabeça latejando, e me dirigi ao juiz.

— Meritíssimo — proferi —, a defesa observa que uma terceira pessoa foi acrescentada à mesa da promotoria, e imaginamos se o tribunal partilha nossa curiosidade quanto à sua identidade e função.

Os quatorze pares de olhos do júri, igualmente curiosos, cravaram-se no recém-chegado, que devolveu o olhar fixo deles com a mirada esnobe, lânguida, ligeiramente desdenhosa, de um T.S. Eliot. O juiz fez um sinal com a cabeça, em direção à mesa de Mitch.

— Meritíssimo — começou Claude Dancer, erguendo-se —, o cavalheiro em nossa mesa é o dr. W. Harcourt Gregory, o psiquiatra da promotoria neste caso. Estávamos prestes a identificá-lo e pedir ao tribunal permissão para que ele se sente à mesa da promotoria, como observador, quando o advogado de defesa, com suas características fanfarronadas e pieguice, sentiu-se obrigado a se adiantar e tentar fazer disso um espetáculo de exibicionismo. Respeitosamente, fazemos a identificação e o pedido.

— Sr. Biegler? — falou o juiz, girando os olhos e soltando uma espécie de pesado suspiro, como quem diz "aqui vamos novamente".

Sorri, do outro lado da sala, para Claude Dancer, com minhas têmporas latejando. Se aquele homenzinho sentia uma ânsia irresistível de confronto, claramente escolhera o dia errado.

— A defesa lamenta imensamente seu mau gosto e curiosidade vulgar, por imaginar quem poderia ser o cavalheiro estranho — esclareci, com uma suave impertinência —, mas, apesar disso, pergunto: o que quer a promotoria que ele observe? A vista de Pompey's Head?*

O juiz franziu a testa e mordeu o lábio, para conter o sorriso.

— Sr. Dancer?

— Observar o réu, claro — respondeu asperamente Claude Dancer —, como esse advogado sempre exibicionista sabe muito bem.

Pacientemente:

— Sr. Biegler, a bola volta para o senhor... ou devo dizer o estilete?

— Nesse caso, Meritíssimo, a defesa não tem nenhuma objeção. Por nada deste mundo impediríamos o curso da pura ciência. De fato, movimentarei minha cadeira para trás, para que o médico possa obter uma boa vista. Manifestamos nosso alívio, no entanto, com o fato de que o novo recruta não é, como especulamos temerosamente, um reforço legal adicional trazido para cá às pressas, de Lansing, para ajudar a promotoria.

O dr. Gregory rinchou apreciativamente e logo cobriu a boca com a mão. Claude Dancer lançou-me uma olhada raivosa, e se olhares matassem eu estaria liquidado.

— O pedido da promotoria está concedido — aquiesceu o juiz, secamente. Olhou, por cima das cabeças da aglomeração humana

---

**The view from Pompey's Head* é o título de um filme da época. (*N da T.*)

silenciosa, o distante relógio do tribunal. — Agora que os senhores, cavalheiros, já fizeram seus exercícios matinais de emagrecimento, agitaram suficientemente sua bile e deram vazão ao seu mau humor, será que poderemos ousar continuar com este julgamento? Ou será que prefeririam que o tribunal fizesse uma pausa e administrasse uma enérgica massagem verbal?

Mitch e eu ficamos em pé de um pulo.

— A promotoria está pronta — disse Mitch.

— A defesa está pronta — resmunguei; e mais um dia de combate começava.

Mitch chamou a esposa de Ditlef Pedersen e, depois, sua bonita irmã loura. O testemunho delas foi essencialmente o mesmo que o de Pedersen. Quando terminei de interrogá-las, Mitch levantou-se e se dirigiu ao juiz.

— Meritíssimo, há sete outras testemunhas oculares dos tiros, arroladas na indiciação, e para as quais foram emitidas citações e colocadas nas mãos do xerife para notificação. O xerife me informou que não conseguiu notificar nenhuma delas, porque as testemunhas estão além das fronteiras do estado. Para informação do advogado da defesa, posso acrescentar que três delas eram soldados temporariamente estacionados perto de Thunder Bay e, agora, estacionados na Geórgia, e as outras quatro eram turistas que residem fora do estado.

Mitch então bradou os nomes das sete testemunhas ausentes.

— Sr. Biegler — interveio o juiz —, o que diz o senhor?

— A defesa pergunta à promotoria se essas testemunhas foram entrevistadas antes de ir embora, e, em caso afirmativo, se o depoimento delas iria apenas somar-se, cumulativamente, aos outros que já foram dados ou que serão? — indaguei.

— Todas as sete testemunhas foram entrevistadas, e registramos nos arquivos que o depoimento delas seria amplamente cumulativo — explicou Mitch.

Nesse caso, eu sabia que o tribunal podia, e sem dúvida faria isso, dispensar a promotoria da obrigação de apresentar essas testemunhas ausentes, e, de qualquer forma, tudo o que a promotoria tinha a obrigação de fazer era um esforço honesto no sentido de que as testemunhas fora do estado fossem notificadas, quando a data do julgamento fosse marcada, o que eles, aparentemente, haviam feito. Um pouco de amabilidade cairia bem, nesse momento.

— Nesse caso, Meritíssimo — acrescentei —, a defesa abre mão da apresentação dessas testemunhas e abre mão, além disso, de que sejam submetidas a qualquer interrogatório. Fazemos isso porque há muito tempo está evidente para todos os interessados aqui que não há, agora, nem nunca houve, qualquer contestação do fato de que o réu, Frederic Manion, causou mesmo a morte de Barney Quill, atirando nele. Só contestamos se foi assassinato.

Claude Dancer levantou-se.

— Não há necessidade de o advogado fazer um discurso. Ou ele abre mão ou não abre...

— Muito bem, cavalheiros — interveio o juiz. — Um bom discurso não merece outro. Chame sua próxima testemunha, sr. promotor.

— A promotoria chama Alphonse Paquette — chamou Mitch, e Clovis Pidgeon levantou-se e, dramaticamente, administrou seu juramento ritual. O pequeno barman de Barney, todo maneiroso, com um traje esportivo e cabelo imaculado que, suspeitei, fora colado com gordura de ganso derretida, proferiu "juro" e subiu para o banco das testemunhas.

— Pode sentar-se — autorizou o juiz.

— Obrigado, Meritíssimo — disse a testemunha.

— Declare seu nome, por favor — pediu Mitch.

— Alphonse Paquette.

— Onde mora?

— Thunder Bay, Michigan.

— Onde trabalha?

— Na Estalagem Thunder Bay.

— Exercendo que função?

— Barman, no novo salão e bar do Lago Superior.

Um pouco de propaganda gratuita para a indústria doméstica era sempre boa, até no tribunal, pensei.

— Estava trabalhando na noite de sexta-feira, quinze de agosto, e durante as primeiras horas de sábado, dezesseis de agosto, deste ano? — continuou Mitch.

— Estava, sim.

— Conheceu o falecido Barney Quill durante a vida dele?

— Sim.

— Por quanto tempo?

— Cerca de um ano e meio. Ele era meu patrão, trabalhei para ele durante esse período.

— Conhecia o réu Frederic Manion antes daquela noite?

— Sim.

— Há quanto tempo?

— Aproximadamente três semanas. Ele era cliente ocasional do nosso bar.

— Pode identificar nesta sala de tribunal o homem que conheceu como tenente Manion? (Outra vez, cutuquei o tenente, que ficou em pé num salto, ereto como uma vareta de espingarda.)

— Posso.

— Quer fazer isso, por favor?

— O cavalheiro com uniforme militar, em pé junto ao seu advogado, o sr. Biegler.

— Estava no bar quando ocorreram os disparos?

— Sim, estava.

— Onde estava?

— Estava em pé junto da mesa dos Pedersens, os últimos a prestar depoimento aqui.

— Viu de fato o tiroteio?

— Não. ("Mentiroso filho da puta", pensei.)

— Ouviu-o?

— Sim, senhor, ouvi seis tiros disparados. Mais ou menos depois do segundo tiro, olhei naquela direção e vi um homem com uma jaqueta militar curvado por cima do bar.

— E então, o que aconteceu?

— Bem, então esse homem se levantou, virou-se e saiu pela porta afora, perto de onde eu estava.

— O senhor o reconheceu?

— Não tive certeza — respondeu a testemunha. (Isso, senti, era deslavada tolice; uma dúzia de clientes casuais havia reconhecido o tenente com um rápido olhar, mas o "vigia" de uma hora não, o filho da puta mentiroso e frio.)

— O que fez, então? — perguntou Mitch. ("Ah, aqui entra a parte do 'Também quer um pouco, cara?'" pensei.)

— Corri para a porta, atrás dele.

— Pôde identificá-lo do lado de fora?

— Pude. Ele se virou, me encarou, e eu o reconheci.

— Quem era o homem que o encarou?

— Tenente Manion.

Mitch virou-se casualmente, deu uma olhada em Claude Dancer e, outra vez, vi o pequeno e revelador aceno com a cabeça.

— A testemunha é sua, sr. Biegler — disse Mitch.

Durante um momento, fiquei sentado, pasmo. Ali estava uma das poucas testemunhas da promotoria que possuía informação vital para eles — "Quer um pouco também, cara?" — para ajudar a derrubar nossa defesa por insanidade. Eles haviam deixado sua testemunha no portal dessa informação danosa e então saíram, indiferentes, passando-a para mim. Que diabo estavam tramando?

— Estou revendo minhas anotações — menti cortesmente para o juiz, que fez um aceno indicando que eu poderia ter mais tempo. Olhei fixamente, sem ver, para o bloco em branco à minha frente.

Se Mitch estivesse cuidando sozinho do caso, eu não farejaria tão fortemente um rato; mas, com o pequeno Dancer e seus acenos de cabeça por perto... Mas, e o que era o rato? Espere! Ah, eu começava a entender a estratégia... O sr. Dancer estava, àquela altura, louco para me pegar com as calças arriadas, claro. Se me deixavam andar às tontas com essa testemunha, era para que eu mesmo, *o advogado de defesa*, provocasse essas palavras prejudiciais. Dessa maneira, não apenas daria um imenso prazer a Dancer, fazendo o papel de tolo, mas também, o que era mais importante, daria maior impacto e peso ao testemunho do barman. Essa não é uma testemunha, diria o júri, talvez, que estivesse preparada e ansiosa para cuspir qualquer coisa que pudesse prejudicar o tenente; veja, a própria defesa teve de arrancar isso dele. Só pode ser verdade... E então, se eu escapasse da inteligente armadilha e deixasse de fazer a pergunta mágica, a promotoria ainda poderia fazê-la, na rodada seguinte de interrogatório. Era uma bela teia de aranha danceriana. Provavelmente, o motivo para eu a reconhecer era o fato de eu mesmo, no passado, ter usado tantas vezes uma estratégia idêntica.

Levantei-me e caminhei em direção à testemunha.

— Falou com o tenente, quando "saiu correndo pela porta, atrás dele", como acabou dramaticamente de descrever?

— Sim, chamei: "Tenente Manion".

— Entendo, e esse era o mesmo homem que acabou de testemunhar que não tinha certeza de reconhecer?

— Sim.

— As luzes da sala do bar não o ajudavam, quando o chamou corretamente pelo nome, não foi?

— Adivinhei que era ele.

— Minha pergunta foi, sr. Paquete, se as luzes o ajudavam?

— Não.

— Entendo. No entanto, mais de uma dúzia de clientes casuais do bar reconheceu claramente o tenente, mas o senhor, que estava em pé junto da porta, quando ele entrou, e também quando saiu, o senhor teve de adivinhar sua identidade?

— Correto.

"Mentiroso filho da puta," pensei. A frase se tornava uma espécie de ladainha.

— O que fez o tenente, se é que fez alguma coisa, quando o senhor disse seu nome?

— Ele fez uma volta.

— E então o senhor pôde confirmar sua astuta adivinhação de quem ele era?

— Sim, senhor.

O palco agora estava preparado, e insisti.

— O tenente disse alguma coisa?

— Sim.

Dei uma espiada em Claude Dancer, que olhava fixamente para o teto, sem dúvida com os dedos alegremente cruzados.

— Quer fazer o favor, sr. Paquette, de nos contar o que ele disse? — insisti.

— Ele disse, "Quer um pouco, cara?"

— Ah, e ele apontava sua arma para o senhor?

— Acredito que sim.

— Sua arma *vazia*?

— Eu não saberia dizer.

— O senhor ouviu todas as testemunhas da promotoria, aqui, declarando que o tenente não parava de clicar seu revólver vazio na direção de Barney, não foi?

— Sim, mas eu não sabia, naquela ocasião, que não estava carregado. (Ah, o inteligente filho da puta, que muda a toda hora.)

Dei uma olhada em torno e descobri Mitch e seu assistente com as cabeças inclinadas, juntas, em consultas sorridentes e atarefadas.

— Agora, sr. Paquette — concluí —, suponho que o senhor contou à polícia sua história dos incidentes daquela noite, não foi?

— Sim.

— E ao promotor Lodwick?

— Sim.

— E ao seu ajudante meio-turno, sr. Claude Dancer?

— Sim.

— E o senhor claro, contou *toda* a história que acabou de me contar, a saber, que o tenente fez uma volta e disse: "Quer um pouco também, cara?"

— Objeção! — Dancer trovejou. — A defesa está sugerindo que a promotoria tenta esconder alguma coisa. Não quisemos trazer isso à baila porque poderia criar um erro ou um julgamento equivocado, por se tratar de possível evidência de que mais um delito foi cometido pelo réu.

Virei-me e olhei fixamente para Claude Dancer.

— O réu está tocado com sua solicitude pelo bem-estar dele, sr. Dancer — repondia. — O senhor moveria montanhas para que isso fosse dito, se eu não perguntasse.

— Lamentável, cavalheiros — reprovou o juiz. — Aceitarei a resposta.

— Sim, contei tudo a respeito, a todos eles.

— E quando contou ao sr. Dancer? — insisti.

— Na noite passada, e outra vez esta manhã.

— E ele, ou alguma outra pessoa, avisou-o que não contasse essa história do "cara", porque podia ser um erro e prejudicar os interesses do tenente?

A testemunha tentou olhar, para além de mim, a mesa do promotor.

— Olhe para mim e responda — pedi.

— Não, não creio que esse assunto tenha sido mencionado.

Dei uma olhada no meu jurado e notei que ele estava acompanhando essa valsa bastante complicada de sala de tribunal. Fiz uma pausa e pensei no que esse barman, um tipo trapaceiro, tinha anteriormente dito a Laura e ao tenente sobre Barney, sua manifestação de simpatia, aquela história do "lobo" e tudo mais. Talvez fosse melhor entrar nisso agora, pensei, mas teria de agir indiretamente; se eu me aproximasse repentinamente dele e lhe perguntasse isso de forma direta, seria provável que negasse tudo.

— Sr. Paquette — indaguei —, como barman, como chamam suas marcas mais baratas de uísque?

Surpreso:

— Ah, uísque ordinário, uísque de cozinha ou veneno de rato... são expressões de gíria.

— Sim, claro. E seu uísque de boa marca?

— Ora, simplesmente uísque de boa marca ou, algumas vezes, o suprassumo dos uísques.

Ele, aparentemente, ainda não percebia o motivo do desvio.

— Entendo — falei. — E como você chama um homem que tem um pendor insaciável pelas mulheres: qualquer mulher, todas elas?

— O que é "pendor", senhor?

— Desejo, apetite, paixão, gosto, fome, gana, meu amigo.

Os olhos dele se agitaram, e, agora, vi que ele entendera o rumo da conversa. Cuidadosamente:

— Ora, um mulherengo, eu acho. — Deu uma olhada para o juiz. — Ou, talvez, simplesmente um grande idiota. — O tribunal riu abafadamente, e o juiz lançou um olhar penetrante para os espectadores que os fez calarem-se.

— Mais alguma coisa?

Dancer estava em pé.

— Não entendemos o rumo de tudo isso, Meritíssimo. Eu...

— Quer dizer, sr. Dancer, que *vê*, sim, o rumo — interrompi.

— Continuem, cavalheiros, continuem — ordenou o juiz secamente.

— Mais alguma coisa, sr. Paquette? — perguntei.

— Caçador de mulheres — ele arriscou.

— Humm... Bastante medieval. Por favor, tente novamente.

— Mão-boba.

— Vamos, sr. Paquete... essa expressão é velha demais, mas o senhor está chegando perto. Mais alguma coisa?

Diligente, reflexivamente.

— Não, senhor, acho que esgotei os termos. Entende, senhor, não tive as vantagens educacionais que o senhor teve.

Pequeno filho da puta esperto, pensei.

— E a expressão "lobo", ou "comedor de mulheres"? — perguntei. — Ou será que o senhor levou uma vida protegida demais para ouvir coisas assim?

— Naturalmente ouvi. Apenas me escapou.

— Naturalmente que escaparia. Ali dentro do bar, de um lado para outro, sempre sacudindo aquelas coqueteleiras enferrujadas, só poderia escapar. Já usou o senhor mesmo essa expressão?

— Natural... — ele começou, mas se conteve. — Claro que sim. Todo mundo usa.

— O que quer dizer?

— Ora, acho que mais ou menos o que o senhor disse, uma fera, louco por mulheres.

— Usou essa expressão ultimamente?

— Não me lembro de jeito nenhum.

— Talvez eu possa referescar sua memória — eu disse. — Lembra-se de ter levado a sra. Manion de carro até Iron Bay, no domingo seguinte ao tiroteio? — A testemunha esticou o pescoço para o outro lado, a fim de olhar para Claude Dancer. — Não precisa olhar para o sr. Dancer — afirmei. — Não creio que ele estivesse caçando na Península Superior naquele período.

Dancer ficou em pé com um pulo.

— Deixe a testemunha responder — gritou, acaloradamente. — Não tente fingir que ele está sendo evasivo.

— Não precisaria nem tentar — eu disse.

O juiz falou, cansadamente; nós o esgotávamos.

— Sugiro que ambos os cavalheiros façam um pouco de silêncio e deixem a testemunha responder. De fato, ordeno que ajam assim. Prossigam.

— Sim, eu me lembro — respondeu a testemunha.

Decidi, de repente, desviar-me de tudo aquilo e deixar a testemunha fritar um pouco; algumas vezes, uma fritura lenta faz bem à memória.

— Ora, sr. Paquette — continuei —, o senhor conhecia intimamente o falecido, não é?

— Sim.

— Considerava-se até certo ponto um confidente dele?

— Sim.

— Seria justo dizer que o senhor era tão íntimo dele quanto qualquer um dos conhecidos que ele tinha?

Pensativamente:

— Ora, sim.

— E era capaz de dizer quando ele estava bebendo muito ou não?

— Objeção — interrompeu Claude Dancer. — Não há nada, neste caso, envolvendo bebida. Mesmo que o falecido tivesse morrido bêbado, não serviria como defesa para a acusação que pesa sobre o réu.

O homenzinho tinha o hábito aborrecido de formular suas objeções como se ditasse um telegrama. Também tinha o hábito, ainda mais aborrecido, de fazer algumas objeções muito astuciosas.

— Não vejo nenhuma relação, Meritíssimo — ele concluiu.

— Verá, Dancer, verá — eu disse.

— Acho que a objeção poderia, talvez, ser aceita — admitiu o juiz —, mas deixarei a testemunha responder a essa pergunta.

Fiz, para a testemunha, um sinal com a cabeça.

— Não creio que ele estivesse bebendo de forma especialmente pesada naquela noite — respondeu a testemunha.

— Não lhe perguntei se Barney estava bebendo muito aquela noite, sr. Paquette — eu disse. — Perguntei-lhe se era capaz de dizer *quando* ele bebia muito.

— Sim.

Tinha de ser encarado:

— E ele estava bebendo muito naquela noite?

— Não. ("Mentiroso covarde," pensei, variando a fórmula.)

— Ou naquele dia?

— Não.

— E quanto ele bebia, quando bebia muito?

— Objeção. A testemunha disse, claramente, que o falecido não estava bebendo muito, naquele dia, o dia que nos interessa. De qualquer jeito, não vejo nenhuma relevância ou ligação.

— O senhor está empurrando isso até bastante longe, sr. Biegler — disse o juiz —, mas, como já fomos até aí, aceitarei a resposta. Mas eu o aviso... o limite está próximo.

Decidi desviar-me disso, antes de ser derrubado.

— Vou retirar a pergunta, Meritíssimo. — Tornei a me virar para a testemunha. — Agora, pergunto-lhe, a partir da sua intimidade com o falecido, se sabia que ele era um perito em atirar com pistola?

— Objeção. Não há nada de autodefesa neste caso. Toda a evidência aponta para o fato de que o réu foi, inquestionavelmente, o agressor. Imaterial e irrelevante.

— Sr. Biegler? — indagou o juiz.

Eu estava num dilema. Certamente, sabia por que queria entrar na questão da bebida e na questão de Barney ser perito atirador com pistolas. Só Deus sabia, e, como tinha todos os nossos pedidos de instruções, com certeza o juiz também sabia. E o Dancer era suficientemente astuto para sentir que minhas intenções não eram nada boas, então fazia objeção, e, com toda franqueza, eu tinha de admitir para mim mesmo que, até aquele momento suas objeções, provavelmente, eram válidas. Eu poderia pedir ao juiz para colocar o júri em recesso e discutir todas as minhas teorias favoritas diante de Deus, do júri e da *Mining Gazette*, mas não estava preparado para mostrar minha habilidade a Dancer e, assim, dar-lhe a troco de nada um mapa da estrada da minha estratégia, para seus futuros bloqueios. Além disso, meu senso piegas de drama rebelava-se contra uma revelação de todos os meus lances, naquele momento; queria guardar algumas surpresas para o júri. Mas não podia, ao mesmo tempo, ter meu bolo e comê-lo também; teria de aprender a ser paciente, e ser paciente com o pequeno sr. Dancer, como eu descobria rapidamente, era um exercício de disciplina que não apreciava.

— Acreditamos que essa evidência pode ser substancial, Meritíssimo — falei —, e várias das testemunhas da promotoria já indicaram, os Pedersen, acho eu, que o falecido era perito nisso. Acreditamos que isso tem uma ligação com certas questões importantes neste caso. Porém, naturalmente, nós nos curvaremos à determinação do tribunal. — Era uma retirada capenga e relutante, de uma tensa e tocante situação de sala de tribunal.

— Acredito que devo sustentar a objeção — disse vagarosamente o juiz. — Até que as questões adequadas sejam levantadas, tornando essas perguntas relevantes, não acho que possamos permitir essa linha de perguntas. Tenho ainda de detectar qualquer dessas questões nas evidências até agora apresentadas neste caso. Se e quando quaisquer questões que o senhor possa ter em mente forem adequadamente levantadas aqui, permitirei a ambos os lados que viajem até bem longe. Mas, antes disso, não. É a determinação do tribunal.

Dei uma olhada em meu jurado e o encontrei abatido; a única coisa boa na decisão do juiz era o fato de que, agora, ela mostrava, para além de qualquer dúvida, que o meu jurado estava ligado. Claude Dancer irradiou sua satisfação e aprovação diante de um juiz tão erudito. Nesse meio-tempo, Paul Biegler tinha de salvar as aparências.

— Meritíssimo — ponderei —, será que é possível deixar estabelecido que a defesa pode esperar e tornar a interrogar esta testemunha, quando as questões forem levantadas?

— Pode ficar estabelecido assim, e assim determino. Esta testemunha e, de fato, todas as testemunhas estão sob intimação aqui. Não as dispensarei permanentemente, e elas não podem sair da jurisdição deste tribunal sem minha permissão. Se e quando as questões adequadas forem levantadas aqui, permitindo que sejam feitas essas perguntas e outras do gênero, ambos os lados poderão fazê-las quando o desejarem, e com a bênção do tribunal.

— Muito bem, Meritíssimo — admiti. — Com essa determinação, não temos mais nenhuma pergunta para esta testemunha, no momento.

— Alguma nova pergunta da acusação? — perguntou o juiz, olhando para Mitch.

Claude Dancer pensou durante um instante, com o queixo repousando, napoleonicamente, em cima da mão.

— Não, Meritíssimo — respondeu. — Mais nenhuma pergunta.

— Há mais uma coisa, Meritíssimo — falei. (Havia um comovente pequeno discurso que eu estivera guardando para uma ocasião exatamente como aquela.) — Acho que chegou a hora de a defesa objetar contra as táticas de objeção aos interrogatórios postas em prática pela promotoria. Por exemplo, esta testemunha da acusação, que agora está no banco, começou sendo interrogada pelo advogado da promotoria, sr. Lodwick. Então, eu assumi o interrogatório, e o sr. Lodwick saiu rapidamente de cena, entrando o sr. Dancer e trovejando sua artilharia de objeções. Então, quando chegou a hora de voltar a interrogar a testemunha, o zeloso sr. Dancer, esqueceu-se de todo o fingimento de que aquele homem fosse testemunha do sr. Lodwick, e *ele* concedeu que *ele* não tinha mais perguntas a lhe fazer. O sr. Lodwick, obedientemente, consultou o sr. Dancer, mas, como os Lowells, o sr. Dancer, evidentemente, consultava apenas a Deus. — Fiz uma pausa e dei uma olhada em meu jurado. — Estou inteiramente disposto a enfrentar esses dois gigantes jurídicos, mas acho que, por uma questão de justiça comum, deveria ser apenas um de cada vez. Não quero os dois disparando em série contra mim.

Era um pequeno discurso bastante comovente para o júri, equivalente ao melhor da pieguice trêmula de Amos Crocker, e, dando outro olhar furtivo, fiquei aliviado de ver que meu jurado já se recompusera, não estando mais desanimado.

— Sua objeção é bem recebida, sr. Biegler — reconheceu o juiz. — Esperava mesmo que o senhor a fizesse. Estabelecerei uma regra com relação a isso. Apenas um advogado, de um lado, terá permissão para interrogar uma dada testemunha. E, em vista do número de testemunhas neste caso, determinarei ainda que só esse mesmo advogado poderá fazer alguma objeção a qualquer pergunta feita a essa testemunha. — O juiz deu uma olhada no relógio. — Sr. xerife — disse —, vamos fazer um intervalo de dez, não, de quinze minutos.

Capítulo 11

O RESTO DA MANHÃ de quinta-feira deslizou com asas de chumbo. A promotoria parecia voltada para uma limpeza das miudezas, em suas testemunhas restantes, e deixar o melhor para a última — ou seja, o melhor para a própria promotoria. Mitch fora destacado, ou destacara a si mesmo, para essa monótona tarefa, e tive uma terrível dificuldade em permanecer acordado. Toda uma fileira de alertas e bem-apessoados jovens soldados da polícia estadual desfilou até a bancada, e, como ansiosos jovens professores de matemática, eles conversaram interminavelmente, com exatidão, os mapas e sobre as intermináveis medições que haviam sido feitas: onde jazia o corpo, a que distância ficava o bar da porta, o hotel do estacionamento dos *trailers*, o *trailer* do chalé do vigia, medições *ad nauseum*. O tempo inteiro eu bebia galões de água e imaginava, ociosamente, para onde fora Parnell e em que estaria metido o velho camarada.

Mitch não podia deixar de apresentar tudo aquilo, mas eu podia ajudar um pouco, e o fiz, não prolongando a agonia. Meu interrogatório foi superficial e deixei inteiramente de lado algumas testemunhas. Não tentei entrar na vida pessoal de Barney, em seus hábitos nem em seu arsenal, cuja existência, de qualquer forma, aquelas rapazes provavelmente ignoravam, e afastei-me cuidadosamente de toda conversa sobre estupro e Laura Manion e, acima de tudo, da delicada questão de algum teste feito com o detector de mentiras. Estava decidido, agora, a não me arriscar a ser outra vez derrubado pelo tribunal, nem me arriscar a dar pistas da minha estratégia ao mutável Dancer, o contra-atacante. Se a promotoria queria jogar daquela maneira, eu esperaria pelas minhas oportunidades até a defesa assumir o comando, na verdade até o Natal, se fosse preciso. De qualquer jeito, se a promotoria guardaria suas melhores testemunhas para o final, eu também pouparia para o final o que esperava que fossem as minhas melhores cartadas. Nesse ínterim, fiquei sem água e comecei a ver brilhantes miragens de lagos de suco de tomate frio.

O tribunal, felizmente, suspendeu a sessão um pouco mais cedo, no recesso do meio-dia; fui cambaleando até o meu carro e segui às cegas até a casa de Parnell, passando pela minha lanchonete favorita à margem do Lago Superior. "Fechada para o Inverno," dizia um letreiro. "Ev e Al." Ora, feliz inverno na Flórida Ev e Al, pensei — e que todos os problemas de vocês continuem a ser os turistas esfomeados. Quanto a você, Biegler, sofra, seu idiota, sofra... Fiquei sentado e olhei com atenção, entorpecido, para o lago suavemente ondulado, para as ondas acariciantes, que rolavam ritmicamente — "no berço, balançando-se interminavelmente" —, até que, afinal, tive de fugir daquele lugar, para não pegar no sono.

O pequeno e velho vigia, sr. Lemon, um homenzinho cortês e esguio, foi a primeira testemunha da promotoria, depois do almoço, com Dancer na sela. Com invejável presteza e economia de palavras, ele conduziu habilmente a testemunha por entre os obstáculos, fazendo-a contar que era de fato um subxerife, que sempre usara sua insígnia de sub, e que era o guardião do estacionamento dos *trailers*; que seu chalé ficava a cerca de dez metros do *trailer* dos Manions; que trancava o portão do parque todas as noites, às dez horas, e que isso era bem conhecido pelos que usavam o parque, pois, em geral, avisava a todos (a essa altura, Dancer virou-se obliquamente para a frente, na expectativa da nossa história da defesa, e eu, sombriamente, admirei a decidida esperteza do homenzinho); e, finalmente, como foi acordado, na noite do tiroteio.

— E quem o acordou? — continuou suavemente o sr. Dancer.

— O tenente Manion — respondeu a testemunha.

— Com que finalidade?

— Queria que eu o levasse preso.

— E o que disse ele, se disse alguma coisa? (Era agora.)

— Disse: "É melhor me levar, sr. Lemon — acabei de atirar em Barney Quill."

Claude Dancer fez uma pausa, como um bom ator, para deixar essas significativas palavras se fixarem.

— E a que horas foi isso? — continuou.

— Pouco antes da uma hora da madrugada.

— O que fez o senhor?

— Eu lhe disse para esperar em seu *trailer* que eu iria ao centro da cidade notificar a polícia estadual.

— E ele foi esperar?

— Sim, senhor.

— E, no final, a polícia chegou e assumiu o controle da situação.

— Sim. Outra pessoa fez a notificação primeiro.

O sr. Dancer virou-se em minha direção e sorriu, ele realmente sorriu, e depressa concluí, como acontecera no caso do barman de Barney, que preferia, de longe, vê-lo de cara fechada, já que era forçado a vê-lo. Ele estava com um ânimo benevolente, o dia transcorria bem, e, de certa forma, Biegler estava atirando para fora do alvo...

— A testemunha é sua, sr. Biegler — ele sorriu docemente e caminhou sem ruído, agilmente, de volta para seu patrão assistente. Quando me levantei, sentia-me mais velho do que a testemunha que estava prestes a interrogar.

— Que idade o senhor tem, sr. Lemon? — perguntei.

— Farei 69 em fevereiro — ele respondeu.

— E há quanto tempo é vigia do estacionamento dos *trailers* dos turistas em Thunder Bay?

— Vai fazer nove anos, senhor.

— E para quem trabalha... quem paga seu salário?

— A municipalidade... Municipalidade de Mastodon.

— E há quanto tempo é subxerife?

— Há uns três anos.

— E quem paga seu salário para esse cargo?

Surpreso:

— Ora, ninguém, senhor... simplesmente não há nenhum salário.

— Então, sua única renda, do seu trabalho pelo menos, vem da municipalidade de Mastodon, como vigia do parque dos *trailers* e dos turistas?

— Sim, senhor.

— Como subxerife, era sua prática apresentar documentos jurídicos, percorrer as rodovias, caçar os que ultrapassem a velocidade, prender os transgressores, acabar com os tumultos, patrulhar greves, vigiar os bares afastados nas noites de sábado e dias de pagamento e todas as muitas coisas que nosso atarefado xerife, que ali está, e todos os seus leais vices, devem fazer, noite e dia? (Dei uma olhada no xerife. Esta era a recompensa de Max, e, sem seu momento de glória, ele estava todo corado e inflado, como uma pomba-papo-de-vento. Naquele instante pelo menos, o tenente poderia simplesmente levantar-se e sair caminhando, sem impedimentos, até a Geórgia.)

— Ah, não, senhor — respondeu a testemunha, recuando horrorizada com o pensamento. — Só trabalho no parque.

— De fato, sr. Lemon, o senhor nunca fez nenhuma dessas coisas, não é? Sua condição de vice é puramente uma conveniência ligada aos seus deveres no parque; o senhor nunca ganhou um centavo como vice; não usa uniforme nem porta uma arma; e, provavelmente, nunca prendeu um só homem em sua vida, não é?

— Tudo isso é correto, senhor. Nem mesmo uso uma arma. — Ele hesitou e sorriu. — Talvez eu possa explicar. O senhor... o senhor entende, sr. Biegler, cerca de três anos atrás, alguns dos rapazes da nossa cidade começaram a aparecer no parque, à noite, cantando e perturbando os turistas. Nada muito sério, eles são jovens, sabe? Bem, eu... eu achei que se me tornasse subxerife isso talvez os assustasse um pouco.

— E eles se assustaram, sr. Lemon? — perguntei, sorrindo.

— Não imediatamente — respondeu ele, com timidez. — Foi a sra. Lemon quem, finalmente, resolveu o problema.

— Como?

— Com biscoitos.

— Biscoitos, sr. Lemon?

— Biscoitos, sr. Biegler. Isabelle... a sra. Lemon, quero dizer, descobriu que a melhor maneira de fazer os rapazes da cidade calarem a boca era enchê-los de biscoitos feitos em casa. — Estendeu as mãos. — Desde então, não tivemos mais problemas.

Que homenzinho adorável, pensei. Dei uma olhada no sr. Dancer, que estava mergulhado em profundos pensamentos — provavelmente ansiando pela receita de Isabelle.

— Passando agora para o portão trancado — eu disse. — Creio que disse que fecha e tranca esse portão às dez, todas as noites, e que isso é bem conhecido pelos clientes do seu parque, não foi?

— Disse, sim.

— E suponho, então, que isso seria ainda *mais* conhecido dos residentes de Thunder Bay?

— Ah, sim, todos sabem disso. É trancado a essa hora desde que o parque foi aberto, muito antes de eu me tornar vigia.

— Então, se algum residente local sugerisse levar de automóvel um turista, digamos, para dentro do parque, depois dessa hora, com certeza saberia que o portão estava fechado e trancado?

— Objeção — pediu Dancer. — O portão é irrelevante e sem substância.

— Sr. Biegler? — indagou o juiz.

Eu começava a me sentir um pouco benevolente, também.

— Atenderei à sua determinação, Meritíssimo.

— Objeção negada. A promotoria abriu o portão, por assim dizer, e a defesa pode fechá-lo, dentro da lógica. Aceite a resposta.

— Ah, sim, senhor — confirmou o sr. Lemon. — Todos sabiam disso.

Depois, passei um tempo balançando-me, alegremente, no portão rangedor do parque, mostrando que o vigia dissera ao tenente a hora do fechamento e lhe dera uma chave, mas nada dissera a Laura a respeito; que, nas poucas ocasiões em que os Manions ficaram fora juntos, depois das dez, ele, o sr. Lemon, deixara o portão não apenas destrancado, mas aberto para eles; que havia, de fato, alguns degraus ao lado do portão, mas que os turistas raramente ou nunca os usavam, preferindo, em vez disso, passar de carro através do portão ou, quando caminhavam, usar a trilha para a cidade localizada mais ao norte, que serve como atalho e passa perto do chalé do sr. Lemon. Também mostrei que ursos eram vistos frequentemente, dentro ou perto do estacionamento e do parque para os turistas, especialmente à noite, próximo do depósito de lixo, ao sul, ou na entrada da extremidade. Finalmente, mostrei que não havia nenhuma outra estrada para automóveis que conduzisse para dentro do próprio parque, a não ser a que passava pelo portão principal.

— Fechando o portão, agora, sr. Lemon — indaguei —, qual era a aparência do tenente Manion quando lhe disse o que o senhor contou?

O fato de Claude Dancer deixar de entrar diretamente nisso podia ser uma armadilha, senti; mas, por outro lado, nunca se sabia...

— Ele estava branco como um fantasma e muito ereto, com uma atitude militar. Ele... ele parecia ter problemas para falar; parecia falar através dos dentes cerrados. Ele... ele agia como um homem mergulhado num sonho.

"Um pequeno vigia os conduzirá," pensei, fazendo uma pausa para deixar resposta se fixar. Embora não fosse inteiramente discrepante da raiva fria, era ainda menos discrepante, senti, do quadro de um homem dominado por alguma perturbação grave, emocional ou mental. Decidi encerrar o assunto ali.

— E a sra. Manion? — perguntei. — O senhor a viu?

— Ah, sim. Fui caminhando até o *trailer* com o tenente e ela chegou até a porta, chorando, e disse: "Veja o que Barney fez comigo."

Quase me agachei, esperando a objeção trovejante, mas não, Dancer era esperto demais para chamar duas vezes atenção para a questão, fazendo objeção — a coisa escapara e talvez fosse embora.

— E qual era a aparência dela? — perguntei, tentando certificar-me de que isso não passaria despercebido.

— Ela... ela estava com uma aparência terrível. — A testemunha fechou os olhos, como se quisesse fugir de um pesadelo.

Todos na sala do tribunal e no condado sabiam, claro, que Laura Manion *alegara* que Barney a estuprara. Mas essa era a primeira pequena mostra de verdadeira evidência do fato. O júri agora sabia que patinávamos na beirada do estupro. E, como as mulheres silenciosas e com o queixo caído, sentadas na sala do tribunal, provavelmente eles também estavam loucos para ouvir alguma coisa a respeito. Mas diabos me levassem se eu me arrisca outra vez a ser derrubado; por outro lado, tinha de tentar fazer o desapontamento do júri bater em outra porta. Começava a gostar das coisas desse jeito. Ergui os olhos para o juiz.

— Meritíssimo — falei —, parece que chegamos bastante perto de um assunto tabu. Não tenho nenhum desejo de aborrecer o tribunal nem de tentar evitar sua determinação anterior, e continuarei ou não com o assunto, como o tribunal fará a gentileza de indicar.

Fiquei em pé olhando curiosamente em torno da sala, como se fosse a primeira vez que eu visse tal lugar, tão despreocupado quanto qualquer turista entediado e queimado de sol, com bolhas, sendo conduzido por Sulo pelo local.

— Humm... — murmurou o juiz, inclinando-se para trás e estudando a claraboia em forma de cúpula. Eu passara para ele um pequeno problema, e ambos sabíamos disso. Mas ele estava à altura do desafio; como um bom jogador de futebol de meio de campo com problemas, ele imediatamente passou a bola, pela lateral, para Claude Dancer. — E a promotoria, sr. Dancer? — perguntou. — O que diz o senhor?

— Absolutamente não. — Dancer veio, pontualmente, esbravejando; sempre se podia contar com o homenzinho.

— O tribunal determinou; o advogado tem consciência disso; e não há nem uma centelha de evidência de nenhum... — Fez uma pausa, e dessa vez o garoto orador ficou sem palavras. Eu tinha certeza de que ele quase dissera "estupro".

— Sim, sr. Dancer? — Olhei-o de soslaio, prestativamente.

— ... de qualquer questão para a qual essa linha de interrogatório seria relevante — ele concluiu, olhando-me raivosamente e se deixando cair em sua cadeira.

— Talvez, sr. Biegler — sugeriu o juiz —, talvez, diante da atitude da promotoria, talvez fosse melhor o senhor continuar com algo diferente. Pode tornar a chamar esta testemunha mais tarde, claro, como ficou combinado anteriormente.

Toda a sala do tribunal suspirou, um suspiro coletivo, como se alguém tivesse estourado um balão. Quase todos pareciam estar olhando raivosamente para outra pessoa. O mais interessante para mim, porém, foi o fato de que um homem do júri estava agora olhando raivosamente para Claude Dancer. Estudei os poeirentos retratos dos juízes falecidos até os olhares raivosos pararem, e depois pigarreei.

— Sr. Lemon — comecei, aproximando-me, vagarosamente, de outro assunto delicado —, a que horas o senhor se recolheu, naquela noite?

— Cerca das dez e quinze, minha hora habitual, logo depois de fechar o portão e ouvir o noticiário do rádio.

— E o seu descanso foi perturbado entre essa hora e o momento em que o tenente Manion o acordou, por volta da uma da madrugada?

— Não, embora eu tenha um sono leve.

— E sua audição, sr. Lemon? — perguntei baixinho.

Orgulhosamente:

— Ouço muito bem. A sra. Lemon diz que posso ouvir a queda de um alfinete.

— E seu chalé fica a cerca de que distância do *trailer* dos Manions?

— Cerca de dez metros, exatamente como diz o mapa aí.

— E do seu chalé para o portão principal?

— Cerca de cem metros, como diz aí.

— E nada perturbou seu cochilo, ou, no mínimo, seu repouso?

— Não, senhor.

Vagarosamente:

— Nenhum rapaz cantou?

— Não, senhor.

— Nenhuma mulher gritou?

— Os gritos foram lá perto do portão...

— Objeção, objeção! — Claude Dancer estava praticamente respirando em cima do meu pescoço.

Havia irritação na voz do juiz.

— Por favor, deixe a testemunha completar sua resposta antes de fazer objeção, sr. Dancer — falou ele, bruscamente. Virou-se para a testemunha. — Prossiga — ordenou.

— Foram os gritos da senhora Manion que os turistas de Ohio ouviram, perto do portão.

Objeção. Ouvir dizer. A melhor evidência seriam os turistas — essas foram algumas das objeções que Claude Dancer fez insistentemente, numa torrente, em cima do juiz.

— Meritíssimo — eu disse, agindo por um repentino palpite. — Retiro a pergunta. A testemunha volta para o senhor, sr. Dancer.

— Não tenho perguntas a fazer — respondeu, asperamente.

— Obrigado, sr. Lemon — agradeci.

— Faça um recesso de dez minutos, sr. xerife — pediu o juiz, franzindo a testa, pensativamente, em direção à claraboia, lá em cima.

Capítulo 12

O COMPASSIVO JUIZ deve ter adivinhado as condições em que eu me encontrava; dispensou-nos um pouco mais cedo, aquela tarde. Devido a uma providencial confusão, dois advogados de fora do condado adentraram o tribunal, durante a tarde, com seus clientes à revelia e testemunhas de casos de divórcio, pensando, equivocadamente, que seus casos estavam marcados para audiência naquele dia, em vez de uma semana depois. Quando, durante o recesso, o juiz soube da provação deles, não teve coragem de mandá-los embora, com seus zangados e não libertos clientes; afinal, a profissão tinha de salvar as aparências. O velho caixeiro-viajante Biegler teve vontade de beijar todos eles, e até seus clientes de aparência sombria. Por volta das quatro horas, Mitch já levara mais algumas testemunhas de rotina para a bancada, e, finalmente, fiquei livre. Com a língua ressecada e as têmporas latejando, quase corri para meu carro, lá fora, e fugi do tribunal e de Iron Bay.

Havia começado a chover, primeiro de leve e, depois, com uma espécie de monótona selvageria outonal. O machucado advogado de defesa dirigiu para casa pela estrada lateral, respingando água através de coloridos túneis gotejantes e encostas onduladas com a folhagem que mudava de cor, descrevendo, cuidadosamente, um amplo arco, em torno da enganadora Halfway House, que, como eu lembrava, de forma obscura, se recusava a vender bebidas a pessoas acima da velocidade permitida. O dia de caça na sala do tribunal resultara numa presa misturada, algumas coisas boas e outras ruins. Mas, na maior parte, coisas ruins, concluí taciturnamente, pois não apenas o barman e a acusação se uniram para bloquear a defesa, mas agora até o bom juiz contribuía para a empresa. E que garantia tinha eu de que o pequeno barman chegaria a se abrir e contaria uma mínima parte da verdade, e de quando o juiz, finalmente, me deixaria realmente atacá-lo? Não, no cômputo geral não fora um bom dia, e as perspectivas estavam longe de ser agradáveis. E onde, pelo amor de Deus, estava o meu errático Parnell?

Nas imediações de Chippewa, parei numa lojinha e, galopando através da chuva, peguei um exemplar da *Mining Gazette*, que li avidamente, sentado no fumegante carro bombardeado pelas gotas de chuva, parecendo um fã das lutas de boxe que corre das primeiras fileiras do ringue para a banca de jornais mais próxima depois de uma grande disputa, como se quisesse confirmar o que realmente aconteceu e até mesmo se, de fato, acontecera mesmo uma luta. "Duras disputas entre advogados no julgamento de Manion por assassinato," alardeava uma das manchetes. Continuei a ler, descrente, preso num aperto diabólico. Seria Paul Biegler, o tranquilo pescador de trutas, um dos sujeitos brigões misturados naquela tempestade disfarçada, naquela ríspida disputa de sala de tribunal? Será que nós dois nos comportávamos mesmo como "dois escorpiões dentro de uma garrafa", como dizia o jornal? O jovem repórter, Bob Birkey, estava fazendo um trabalho corajoso, e também justo; a maior parte do que acontecera estava ali, o bom e o ruim. Mas faltava a maioria das sutilezas; os jornais raramente têm tempo para sutilezas. No entanto, as sutilezas eram o cerne mesmo desse caso. "Veja julgamento por assassinato na página 8", dizia o jornal, e folheei as páginas.

Ah, havia as fotografias do juiz e do bonito Mitch, com seu cabelo cortado à escovinha, e de Claude Dancer, careca e com cabelos parecendo pelo de animal, pulando em cima de mim — Dancer tão alerta e com aspecto tão ansioso quanto um menino cantor de coro. Sim, lá estavam todos eles, com com fileiras intermináveis de livros jurídicos compondo um impressionante pano de fundo. O pequeno sr. Dancer passava um papel para Mitch, o inevitável misterioso documento que os fotógrafos dos jornais, de alguma forma, se sentem compelidos a mostrar — aquele, sem dúvida, continha as instruções de Mitch para o dia, pensei, perversamente. Havia também uma boa foto do juiz sentado à sua bancada, imperturbável e sozinho, e depois outra de Mitch e o cara da sexta-feira, dessa vez sem dúvida devolvendo as instruções. Um título adequado ocorreu-me para a última: "A tripulação náufraga do tenente Manion."

De volta ao meu bolorento escritório, abri de uma só vez as janelas e passei um telegrama fonado para nosso psiquiatra, dizendo que não deveria chegar depois de sábado (aquela era a noite de quinta-feira); e, depois, li minha correspondência. Havia uma carta de minha mãe, Belle, que chegaria em casa dentro de duas semanas e esperava que o seu Polly não estivesse trabalhando em excesso e que dormisse bastante (o próprio pensamento de dormir me fez bocejar até ficar com medo de que meu maxilar ficasse preso) e que esperava que eu estivesse molhando regularmente seus gerânios ("meu Deus", pensei). O resto eram contas, contas, contas, como repiques de sinos, contas flutuantes e coloridas, tingidas pelo outono...

Ociosamente, tentei a televisão, mas estava um horror. Felizmente, estávamos longe demais de ter boa televisão. Trabalhei durante algum tempo em minha argumentação para os jurados; era preciso sempre estar preparado para isso; os julgamentos têm o hábito irritante de terminar abruptamente; de repente, a pessoa se descobre largada à deriva diante de um júri composto de Budas nativos, com rostos pétreos, tentando, aproximadamente no curso de uma fugidia hora, dar um mínimo de sentido a dias caóticos.

"Passar ao júri um quadro verdadeiro da tensa situação no bar, naquela noite," rabisquei. "Enfatizar que Barney sabia que o portão estava fechado e Laura não." Por Dancer num inferno. Mostrar que o barman é um maldito mentiroso. Acabar com a arrogância de Dancer..." O relógio da Prefeitura tocou as nove horas; a escuridão se instalou; eu não parava de rabiscar; o relógio ribombou as dez; minha mente entorpecida não funcionava direito; continuei querendo colocar Dancer num inferno;

na verdade, eu condenaria aquele homenzinho ao limbo. Eu bocejava sem parar; minha cabeça caía em direção à minha escrivaninha... Devo ter dormido...

— Polly — dizia alguém, baixinho. — Polly, Polly. Acorde, rapaz. Sou eu...

Parnell estava diante de mim, parecendo o velho Cronos sem barba; as bolsas debaixo dos seus olhos avermelhados pela fadiga pendiam como as de um velho sabujo; seu novo terno estava sujo e amassado, e parecia ter tomado um banho de chuva. Mas o velho estava sorrindo e sobriamente frio. Deixou cair sua pasta e afundou na cadeira diante da minha escrivaninha.

— Problema com os pneus... — murmurou, sacudindo a cabeça. — Não sou mais o motorista que era, rapaz. Além disso, nunca fui grande coisa ao volante.

"Ele está em casa," pensei, "graças a Deus o velho está em casa."

— Onde você esteve, Parn? — perguntei, cheio de cansaço, ainda apenas parcialmente acordado. Eu não percebera, até então, o quanto eu gostava daquele velho, o quanto eu gostava e dependia dele.

Parnell suspirou e se espichou em sua cadeira, como um golfinho, suas mãos gorduchas entrelaçadas em cima da barriga.

— Primeiro, me traga um daqueles refrigerantes de laranja que viciam, garoto Polly — pediu. E suspirou: — Onde estive? Ah, rapaz, algumas vezes não acredito em mim mesmo, tenho a impressão de que estive no Polo Sul.

Com o refrigerante junto ao seu cotovelo e já tendo ingerido parte dele, Parnell recuperou um pouco as forças e se inclinou para a frente.

— Aconteceu da seguinte maneira, rapaz... — começou, e foi em frente, com sua história de aventuras no Polo Sul.

Parnell trabalhara sigilosamente na questão da contestação do testamento de Barney Quill. Ele e Maida haviam labutado nisso durante dias. Ele fizera um sumário de todo o caso, inclusive da questão do divórcio no Wisconsin, e se convencera de que, legalmente, a oposição não tinha a mais remota possibilidade de abalar o testamento de Barney nem o divórcio. Depois, ele fora procurar o advogado de Mary Pilant, Martin Melstrand, e colocara suas cartas na mesa. Ele e o velho Martin eram contemporâneos; haviam feito juntos seus exames de Direito, anos atrás; ele sabia que podia confiar em Martin...

— Mas, Parn — interrompi — por que... por que você não me contou? Somos parceiros neste caso, lembra-se?

— Eu não queria que se preocupasse, rapaz. Você já estava com a cabeça bastante cheia com o julgamento. Se eu falhasse, eu não queria... — Fez uma pausa e estendeu suas mãos sujas, numa súplica. — Ouça-me até o fim! — disse.

— Continue — resmunguei, cheio de dúvida.

Parnell examinara seu sumário junto com Martin Melstrand. Fizera o outro entender que ele tinha razão; Martin Melstrand disse que, além disso, eles tinham recibos e cheques compensados provando que a ex-mulher de Barney recebera pensão alimentícia durante anos; que Barney estava mesmo sóbrio quando fez o testamento; que ele estivera na cidade para fazer um *check-up* com o dr. Broun; que Martin Melstrand, ele próprio, esboçara o testamento e o entregara a Barney; que tanto ele quanto sua estenógrafa e o médico sabiam que ele estava sóbrio na ocasião; que ele assinara imediatamente o documento, ao chegar a Thunder Bay, naquele mesmo dia; e que, além das duas testemunhas, o juiz de paz local também estivera presente.

Parnell dera uma cópia do seu sumário ao agradecido Martin Melstrand; ele explicara a Martin por que tínhamos de chegar à verdade, em nosso caso de homicídio; Martin, um advogado astuto, embora preguiçoso, entendera claramente; Parnell convencera Martin a telefonar para Mary Pilant e tranquilizá-la quanto à contestação do testamento e ao divórcio e, ao mesmo tempo, tentar indiretamente (mantendo-nos fora disso) amaciá-la quanto ao caso do crime. Martin fizera isso na presença de Parnell, mas os resultados não foram conclusivos; Mary

Pilant dissera que estava tranquila quanto ao testamento, mas parecia oprimida com a ideia de que a ex-mulher de Barney pudesse ainda invalidar o divórcio e ficar com alguma coisa. Foi igualmente teimosa quanto a admitir qualquer coisa que pudesse macular o nome de Barney, ou mostrá-lo como culpado de estupro. (Enquanto Parnell continuava, eu afundava cada vez mais em minha cadeira, como se ouvisse um bizarro enredo de filme de Hollywood.)

Parnell, então, concluíra que a única maneira de acabar com a fixação de Mary Pilant na questão do divórcio no Wisconsin era ele ir até lá. Tomara emprestadas de Martin Melstrand cópias fotostáticas dos recibos da pensão e dos cheques. Depois alugara o carro e partira pela trilha de mais de duzentos quilômetros até Green Bay. Teve problemas com os pneus praticamente o caminho inteiro, e, mesmo assim, o dia ainda estava claro quando chegou. Conseguiu algumas horas de sono no carro. Estava gritando à porta da casa do tribunal rural quando ela se abriu e logo ele examinava atentamente os arquivos e registros do antigo caso de divórcio.

A intimação judicial original, como ele esperava, não constava no arquivo; a seguir ele rondou o escritório do xerife — "um belo de um homem forte, chamado Sullivan", e, depois disso, os Sullivans e McCarthys cooperaram maravilhosamente. Parnell remexera durante horas nas velhas fichas do xerife, e, finalmente, descobriu uma velha ficha mostrando que um subxerife chamado Griffin cuidara das intimações, no caso de divórcio, mas a ficha não revelava se houvera notificação pessoal ou não. Depois, ele soube que esse velho Mike Griffin, o vice, estava aposentado; sim, ainda morava em Green Bay, e o xerife Sullivan de bom grado levaria Parnell de carro até lá.

— A convenção do Wisconsin, da Antiga Ordem dos Irlandeses — murmurei. — Viva a Irlanda! Abaixo os malditos soldados britânicos!

— Era convenção mesmo, rapaz — afirmou Parnell, fazendo uma pausa para bebericar seu refrigerante e depois continuando. Mike Griffin era um irlandês alto, alerta, de setenta anos. Será que ele se lembrava de ter entregue pessoalmente uma intimação de divórcio a uma certa senhora Barney Quill? Janice era o seu nome. Ah, então *lembrava-se* dela? Certamente ele se lembrava daquela dama, de cabelo pintado de vermelho e com uma cicatriz clara na face direita, que o xingara em todas as línguas menos em árabe, quando ele ousou entregar-lhe uma intimação de divórcio. Quem se esqueceria de uma tal megera barulhenta e desbocada? Sem dúvida não o velho Michael Griffin...

O trio de felizes irlandeses voltara então para o escritório do xerife, com as sirenes silenciosas, e Parnell ditara um maço em duplicata de declarações juramentadas, para as quais o declarante, Michael Thomas Joseph Griffin, fizera um juramento solene e, depois, laboriosamente assinara seu nome. Então, foram todos juntos ao escritório do advogado da ex-mulher, em Green Bay, um advogado grande, astuto, ruivo.

Parnell parou para tomar fôlego.

— E qual era seu nome? — disse com seus olhos brilhando.

— Grogan — respondi. — Terence O'Toole Grogan, claro.

— Menino, você está errado, era Patrick Finkelstein!

Parnell, o advogado e Mike Griffin fecharam-se lá dentro; no devido momento, saíram e apertaram calorosamente as mãos de todos em torno; o advogado agradecera a Parnell por sua informação e seu sumário e lhe informara que dispensaria os procedimentos de Wisconsin para anular o divórcio e se retiraria imediatamente do caso do Michigan.

Parnell, então, telefonou para Martin Melstrand, a fim de lhe informar os últimos desdobramentos, e lhe pediu para dar a notícia a Mary Pilant, o que o seu agradecido advogado concordou prontamente em fazer. Depois, separou-se dos seus amigos de Green Bay e partiu de volta para casa, em seu carro alugado. Foi apanhado por uma série de tempestades com relâmpagos, houve novos problemas com pneus...

— Acho, rapaz, que passei mais tempo *debaixo* daquele maldito veículo do que dentro dele. — Tentou duas vezes telefonar para o escritório, mas não me encontrou. O último pneu que furou foi a apenas 40 quilômetros do perímetro urbano de Chippewa, e ele teve de comprar um pneu novo. — Acho que terei de comprar aquele maldito carro, para não perder meu investimento ah, isso eu vou — ele concluiu, com forte sotaque, mostrando as sequelas do seu recente envolvimento irlandês.

Fiquei olhando atentamente para o bravo velho. O que se pode fazer com um homem baleia como aquele, o que se pode dizer-lhe?

— Obrigado, Parn — agradeci. — Depois de todo o trabalho que você teve, só espero que funcione.

Parnell sacudiu a cabeça, sobriamente.

— A questão é essa, rapaz. Com certeza não funcionará se deixarmos as coisas por aqui — disse. — Isso é apenas o alicerce. Só *você* pode, realmente, fazer com que isso funcione.

— O que quer dizer, Parn? Por que me escolheram? Eu pago meus impostos.

— Você deve ir procurar Mary Pilant e defender pessoalmente sua causa. *Deve fazer* isso, rapaz. Não entende? É sua causa; é seu cliente quem está em perigo; você é o único que pode fazer com que ela entenda isso. — Estendeu as mãos gorduchas. — Passei para você a munição, agora você tem de ir à luta com ela!

— Mary Pilant! Onde, quando?

— Agora... esta noite... Não podemos perder mais nem um só momento... O tempo voa, rapaz... O julgamento talvez tenha terminado dentro de mais um dia, aproximadamente... Não fique aí dizendo tolices... pegue o telefone, homem.

O relógio batia a uma hora quando telefonei para a Estalagem Thunder Bay e pedi ao funcionário que passasse a ligação para a srta. Pilant. Eu meio que rezava para ela não estar, para se encontrar fora, na praia, transando com algum namorado novinho em folha.

— Alô — cumprimentei. — É Mary Pilant? Quem fala é Paul Biegler... Sim, o advogado do tenente Manion. Gostaria de vê-la esta noite... Sim, sei que é tarde, mas amanhã talvez seja tarde *demais*... Não, não posso de forma nenhuma explicar pelo telefone... Posso sair imediatamente e, com sorte, estarei aí dentro de uma hora... Quarto 202, diz a senhorita? Obrigada. Até logo.

— Ah, rapaz, ela o receberá— murmurou Parnell e girou para cima seus olhos vermelhos e sua cabeça inclinou-se para a frente, em cima da minha escrivaninha.

Dentro de um instante, dormia e roncava. Às pressas, levei-o como se fosse uma trouxa para meu quarto de dormir e o despi, como se faz com um bêbado, coloquei-o em minha cama e estendi seu terno novo para nossa criada de todos os serviços, Maida, limpá-lo e passá-lo. Depois, deixei um bilhete dizendo que o veria no tribunal, no dia seguinte, agarrei minha pasta, uma escova de dentes e uma camisa limpa e desci a escada de madeira, com um barulho oco. A chuva havia parado de cair, o céu limpara; era uma bela noite estrelada, com a lua saindo, cheia. Dirigi como Paul Revere. Em minha louca viagem, passei por um coiote e nove veados. O bom velho Parnell estava certo; ele me dera a munição — agora, era minha vez de ir à luta.

Capítulo 13

O CORREDOR VAZIO, atapetado, tinha aquele cheiro seco, azedo, ressequido, de lavanderia chinesa, que parece peculiar a todos os hotéis. A porta do quarto 202 estava ligeiramente aberta. Bati de leve e Mary Pilant me fez entrar.

— Boa-noite, sr. Biegler — cumprimentou, sorrindo gravemente e apertando de leve minha mão. Conduziu-me a uma espécie de sala de estar escura, cuja atração mais notável era uma grande janela panorâmica dando para o Lago Superior. Através dessa janela fluía uma torrente dourada de luar. Parei no meio do caminho.

— Que incrível beleza — murmurei, olhando para o vasto lago, lá fora. Rios inteiros de luar pareciam correr e fluir através da larga extensão de lago cintilante; a cena estava investida de uma espécie de grandeza impressionante, sobrenatural.

— Lindo — ela falou. — Nunca me canso disso. — Fez uma pausa, pensativamente, durante um momento, para observar; depois, pegou meu chapéu e a amassada capa de chuva. — E agora — ela prosseguiu —, o que posso trazer-lhe para beber? Com certeza, deve estar com vontade de tomar um drinque, depois de sua longa e tardia viagem de carro — fez uma pausa — e das suas outras atividades sobre as quais tenho lido ultimamente.

"Depois de beber sob este luar," pensei, "nenhum homem com a cabeça no lugar deveria jamais querer novamente beber uísque."

— Uísque num copo alto, com muito gelo e água, por favor — pedi, agradecido.

Quando ela saiu para preparar o *highball*, fiquei em pé olhando fixamente para o lago lá fora. Imaginei qual seria minha estratégia.

Estratégia? Só restava uma única estratégia possível, agora, a mais pura de todas — a da simples verdade. Não era hora para nenhum truque nem engodos de advogado.

Mary Pilant entrou com duas bebidas. Seu cabelo escuro estava preso no alto da cabeça e ela usava um penhoar franzido, em cima de um folgado pijama de seda, que subia bem alto no pescoço, à moda dos mandarins, juntamente com sandálias combinando, com solado anabela, e discretos pompons em cima dos dedos dos pés. Era difícil combinar essa moça aprumada e bela com o quadro de uma feminilidade dura e ansiosa que ela me compelira a construir em minha cabeça.

— Obrigado — agradeci, pegando minha bebida. — Foi muito gentil da sua parte. — Lutei para sufocar um bocejo. — Sem dúvida eu precisava disso.

Ela apontou para um sofá diante da janela e ela própria ocupou uma cadeira próxima, repousando seu copo numa mesinha entre nós e permanecendo sentada, ereta como uma menininha. Agradecido, sentei-me e, depois, cheio de culpa, levantei-me, fiz um sinal com a cabeça e tomei um grande gole da minha bebida.

— E agora, sr. Biegler — observou ela, calmamente —, diga-me como espera que eu o ajude em seu caso.

"Está vendo, Biegler," disse para mim mesmo. "Como pode um simples homem esperar levar a melhor com uma dama inteligente como esta?" Dei outro gole em minha bebida e, depois que ela assentiu, fazendo um aceno afirmativo com a cabeça, acendi um charuto. Então, prendendo mentalmente a respiração, comecei.

— Tentarei dizer-lhe...

E numa torrente de palavras contei-lhe os problemas do meu caso e o perigo mortal no qual eu ainda acreditava que estivesse o tenente Manion. Contei-lhe minha conversa anterior com o barman dela, em Thunder Bay, a respeito da qual ela fora informada, claro, sendo minha convicção a de que ele, agora, estava ainda mais evasivo, negando-se a dizer tudo. Expliquei por que considerava tão necessário e urgente que levássemos a verdadeira história perante o júri, esclarecendo como Barney bebia, o fato de ele estar de posse de pistolas e todo o resto; expliquei-lhe como, por causa da contestação do testamento, eu achava que entendia o motivo de ela ter relutado tanto em deixar que todos soubessem do comportamento de Barney e de como estava bebendo, e agora eu esperava que a aparente necessidade de tudo isso não existisse mais. Contei-lhe como o velho Parnell trabalhara para resolver a questão; como ele fora sozinho a Green Bay e havia desvendado inteiramente o caso; como chegara em casa molhado e exausto, pouco antes de eu telefonar para ela; e como, há apenas uma hora, eu o colocara em minha cama desfeita. Até lhe contei sobre o coiote e os nove veados que eu vira, em minha louca viagem de carro até Thunder Bay.

Mary Pilant ficou ali sentada, pensativa, de vez em quando dando pequenos goles em sua bebida. Ocorreu-me o pensamento de que, se ela estava unida à promotoria e a Claude Dancer, certamente a coisa agora se espalharia; de que isso podia, de fato, ser a grande abertura do homenzinho, no caso. Mas era tarde demais, agora, não havia como recuar, e então tornei a dar um gole em minha bebida e continuei com minha história, como se procurasse convencer um júri de uma só pessoa. Disse a ela como considerava importante a prova do estupro, para a defesa apropriada do caso; disse que, em minha opinião, o maior elemento que restava de dúvida quanto ao estupro era como um homem sóbrio poderia ter saído e feito o que Barney fizera.

Ela se levantou tranquilamente e, fazendo um aceno afirmativo com a cabeça, levou meu copo vazio, enquanto eu tornava a acender meu charuto esquecido e andava de um lado para outro, no dourado caminho do luar que se espalhava. Senti-me de repente velho e triste por estar ali numa noite daquelas para cumprir tal missão, em vez de fazer a corte, seriamente, àquela criatura enigmática e reservada. "Firme, Polly," pensei. "Se não tiver cuidado, os raios de luar pegam você."

— Obrigado — eu disse, com voz rouca, a mão tremendo, quando ela me trouxe uma nova bebida, mas nenhuma para si mesma. Ela se sentou e acendeu um cigarro. Pensativamente, soprou a fumaça através do caminho do luar, onde ela pairou, num nevoeiro que era um fluxo de poeira de puro ouro.

— Como — perguntou, tranquilamente —, como pode ter tanta certeza de que Barney... — fez uma pausa — de que ele fez essa coisa com essa mulher? — Olhou-me com curiosidade. — Nunca lhe ocorreu que ele pode não ter feito?

Olhei-a. Estava sentada muito quieta e branca, ao luar, olhando para fora, em direção ao lago. Meu Deus, pensei, será possível que essa mulher ainda alimente a ideia de que ele não fez aquilo? Ou, quem sabe, a esperança? Jogue com a verdade, Polly, pensei. Jogue com a verdade. Falei devagar.

— De início tive minhas dúvidas — admiti, sobriamente. — E graves. Mas não tenho mais nenhuma.

Ela me olhava, agora, analisando-me.

— Por quê? — perguntou, em voz baixa. — Por favor, diga-me por quê.

Novamente, falei sem parar. Contei-lhe sobre o vigia e sua história dos turistas de Ohio, que foram acordados ouvindo os gritos de uma mulher no portão principal, pouco antes da meia-noite. E, depois, dando um gole em minha bebida, contei-lhe sobre o teste com o detector de mentiras que Laura fizera, e como eu estava moralmente certo de que esse teste mostrava que ela contara a verdade solene sobre o estupro.

Mary Pilant esmagou e apagou seu cigarro e terminou sua bebida. A mão dela tremeu muito de leve, ou foi um efeito do luar?

— Então — ela comentou, com voz neutra —, se tem todas essas informações, por que precisa alguma coisa de mim?

Expliquei-lhe que os turistas de Ohio não estavam mais ali e que eu poderia ter graves problemas para apresentar as provas dos gritos. Também lhe disse que os resultados do detector de mentiras não eram admissíveis em Michigan e nem, na verdade, em nenhum tribunal anglo-americano, e que eu, sem dúvida, encontraria ainda mais problemas tentando trazer esse teste à baila.

— Por isso precisei procurá-la — informei-lhe, calmamente. — Tudo o que quero, tudo o que os Manions querem, é apenas uma pequena medida de verdade. — Fiz uma pausa. — Quanto ao fato de os turistas ouvirem os gritos e do teste com o detector de mentiras, não sabia?

Ela se virou em minha direção e, em silêncio, sacudiu a cabeça, e seus olhos — não houve engano do luar desta vez — brilharam, cheios de lágrimas.

— *Mary*, srta. Pilant — eu disse, levantando meio corpo, desajeitadamente —, deixe que eu lhe traga uma bebida. Eu... eu...

Ela sacudiu a cabeça e, rapidamente, levantou-se, pegou meu copo e saiu às pressas da sala.

Aproximei-me da grande janela e fiquei olhando o lago. Depois de algum tempo, ouvi o suave tilintar de gelo e Mary Pilant estava ao meu lado, entregando-me solenemente minha bebida. Fiz um sinal afirmativo com a cabeça e ficamos ali, em pé, por um longo tempo, olhando o lago. Ela não falou; eu não falei. Dissera o que precisava... o que mais poderia dizer? Finalmente, falei:

— Irei embora agora, se preferir assim.

Ela colocou a mão em minha manga.

— Espere — sussurrou. — Por favor, espere. Quero pensar.

Ambos ficamos ali, em pé, até Mary Pilant começar tranquilamente a falar. Sua voz tinha a curiosa característica de uma voz de criança... de uma criança pequena e solitária. Ela me contou de como viera para Thunder Bay como professora, em férias; de como se sentira atraída pelo lago, pelos pinheirais e pela selvagem beleza natural do lugar; de como Barney fora gentil e cheio de consideração para com ela e suas amigas; de como o hotel estava ficando abandonado, sob a administração do irresponsável e descuidado Barney. Contou que a *hostess* dele, do salão de refeições, fora embora no auge da afluência dos turistas e que ela, finalmente, concordara em preencher a vaga. Contou que Barney lhe implorara para continuar, quando o verão acabou, prometendo aumentar seu salário muito acima do que ela poderia ganhar, algum dia, como professora do interior, e prometendo-lhe, além disso, dar-lhe plenos poderes. Ela baixou a voz:

— E ele cumpriu suas promessas.

Novamente, tocou de leve em meu braço e dei uma olhada em seu pequeno rosto branco.

— Seja o que for que tenha ouvido, Paul, e seja lá quem Barney possa ter sido com outras pessoas, ele foi um perfeito cavalheiro comigo. Sempre. Eu o considerava quase um pai.

Fiz um sinal afirmativo com a cabeça e olhei fixamente para o lago flamejante, lá fora.

Ela me contou, baixinho, como trabalhara duro, melhorando o hotel; como as coisas foram bem, apesar do ocasional comportamento errático de Barney e de suas fases de bebida; como a ex-mulher de Barney se mostrara uma bruxa; como ela, finalmente, conhecera a filha de Barney; como gostara da tímida e perturbada criança e se sentira profundamente ligada a ela. Fez uma pausa e ficou em silêncio durante algum tempo.

— Talvez o meu afeto pela criança fosse por eu também ter vindo de um lar desfeito.

— Eu não sabia — confessei. — Não sabia de nenhuma dessas coisas.

— E então, este verão, veio o Exército. Isso pareceu marcar o início do fim.

Olhei-a interrogativamente e ela fez um sinal para que nos sentássemos. Saí de perto da janela e me sentei, tomando minha bebida aos pequenos goles e esperando, com um silêncio espantado.

Ela continuou a falar, em voz baixa. Disse que, como eu com certeza sabia, Barney era a figura central de Thunder Bay, até o advento do Exército; que, com a chegada do grande grupo de soldados e oficiais jovens, belos, bons bebedores e decididos a tudo, ela notara que Barney sofrera uma mudança; não apenas se tornara cada vez mais difícil, com sua bebida e suas atenções para com as mulheres, mas também o que antigamente passava por camaradagem e fanfarronice mais ou menos desculpável ganhara naquele verão características de comportamento inteiramente neurótico; que, finalmente, apenas ela parecia capaz de discutir com Barney, que ele parecia venerá-la como sua única defensora leal, seu único contato restante com a realidade...

— Finalmente, convenci-o a procurar um médico, em Iron Bay — ela prosseguiu. — Achei que talvez houvesse alguma coisa organicamente errada com ele. Ele foi, mas não havia nada errado em seu corpo. — Ela fez uma pausa e sacudiu a cabeça. — O que havia de errado em Barney estava em sua cabeça, ali e em seu ego terrivelmente devorador... Foi então que ele comprou duas grandes apólices de seguro para sua filha e para mim. Talvez tivesse uma premonição das coisas que aconteceriam. — Novamente fez uma pausa. — Terá de acreditar em mim quando lhe digo que eu não sabia nada da apólice nem do seu testamento até... até depois daquela noite horrível.

— Acredito no que diz — falei.

Ela sorriu, tristemente.

— Acho que deve ter pensado que eu me agarrava terrivelmente a esta propriedade comercial. Não posso culpá-lo muito por isso. Mas meu impulso foi fugir da coisa toda, especialmente quando a ex-mulher de Barney começou a criar problemas. Depois, pensei em todo o trabalho que eu havia feito aqui e como Barney se orgulhava do lugar. Então, quando aquela mulher gananciosa entrou com sua contestação do testamento, decidi ficar e lutar, pela filha de Barney, tanto ou mais do que por mim mesma.

— O que quer dizer com isso?

Ela me deu uma olhada rápida.

— Meu plano é dividir a propriedade com a filha dele — disse ela, calmamente. — Já fiz acertos para a criação de um consórcio em que a mãe dela não possa nunca pôr as mãos.

As coisas haviam marchado bastante rápido e me senti lançado numa espécie de coma mental e emocional. Silenciosamente, estendi meu copo, e ela o pegou e saiu. Suspirei, recostei-me no sofá, tateei em busca de um charuto e acendi a ponta errada. Tateei e encontrei outro.

— Obrigado, obrigado — murmurei, quando ela me entregou a bebida.

— Acho que houve também um sentimento de lealdade e gratidão para com Barney — ela continuou —, algo que me fez fechar os olhos para a possível verdade de ele ter feito aquilo. Perguntei a mim mesma como poderia um homem tão bondoso e generoso ter feito uma coisa daquelas. — Fez uma pausa. — E acho que houve uma sensação de culpa...

— Culpa? — perguntei, baixinho.

— Culpa no sentido de que a responsabilidade talvez possa ser atribuída a mim, pelo menos em parte.

— Não entendo direito — falei, sentindo um medo sombrio de que, na verdade, entendesse.

— Barney não apenas teve ciúmes do Exército — ela continuou —, mas também de um jovem oficial com quem me encontrei algumas vezes. O nome dele... o nome dele é Sonny Loftus.

— Barney tinha algum motivo? — perguntei, com o coração acelerado, de repente interessado muito acima e além do que o dever exigia. — Barney tinha algum motivo para sentir ciúme? — prendi a respiração, à espera da resposta.

Ela sacudiu a cabeça.

— Não. Não, Paul. Não tinha nenhum motivo real. Mas, no estado em que estava, bastava, para Barney, que eu olhasse para outro homem. Ele não percebia que Sonny era apenas um rapaz desengonçado e simpático da Geórgia. E solitário. Na maior parte das vezes em que nos encontramos, nós dançamos, lá em Iron Bay; e, às vezes, fizemos piqueniques e nadamos na praia. O pobre Sonny, saudoso de casa, passava a maior parte do seu tempo me contando sobre sua namorada, lá em sua terra, que entendi que era uma das maiores beldades de Atlanta, desde Scarlett O'Hara.

Tentei tirar da minha voz o tom de alegria e alívio.

— Barney sabia que esse Sonny, de fato, não significava nada para você?

Ela respondeu devagar.

— Não sei. Quanto mais Barney se metia em minha vida e ficava com raiva por eu sair com Sonny, mais decidida eu ficava de sair. — Sorriu para mim. — Algum dia, entende, há sempre a chance de eu poder encontrar um homem de quem realmente goste. Eu não queria iludir Barney nem deixá-lo achar que eu era sua prisioneira. Só há uma coisa que me incomoda, que me dá esse pequeno sentimento de culpa.

— O que é?

— Quando essa coisa horrível aconteceu, eu não estava nem mesmo aqui. Sonny e eu havíamos ido de automóvel para a praia nadar. A lua estava cheia. Tínhamos estado lá na noite da véspera, também.

— Por que isso deveria incomodá-la, Mary? — eu mal sussurrei.

— Ora, na noite da véspera do assassinato de Barney, enquanto eu tirava meu maiô molhado para tornar a vestir minha roupa, alguém veio pela praia e, de repente, acendeu uma lanterna. Não posso tirar da minha cabeça a ideia de que essa pessoa desconhecida talvez tenha entendido mal a situação e foi contar a Barney. — Ela fez uma pausa. — De fato, conhecendo Barney, às vezes até penso que pode ter sido ele próprio.

— Não, não — afirmei, dogmaticamente; e, depois, recuperei-me às pressas. — Não — prossegui —, duvido que Barney tenha sabido desse incidente na praia. Minha impressão é de que, se soubesse, ele deixaria que você soubesse disso, revogando seu testamento, cancelando o seguro ou de alguma outra maneira inconfundível.

Ela buscou meu rosto, ao luar.

— Espero que tenha razão, Paul — disse. — Mas ele era um homem tortuoso e complicadíssimo. Talvez tivesse escolhido *essa* terrível maneira de me dizer. De qualquer jeito, agora você já sabe do meu segredo. — Tocou em meu braço. — Espero que o guarde.

— Juro por tudo o que há neste mundo, Mary — falei, colocando meu copo em cima da mesa e fazendo um sinal da cruz com os dedos, um gesto que não eu fazia desde menino. Depois, menti galantemente, minha primeira grande mentira da noite. — Tenho certeza de que Barney não sabia de nada sobre sua ida à praia. Tire isso da cabeça, garota. Há uma semana estou investigando este caso e não ouvi nem uma só palavra sequer sobre o fato de você conhecer algum soldado.

Ela me sorriu, cheia de gratidão.

— Acho que fiquei cega para a verdade principalmente por causa da filha de Barney. Tendo uma mãe como a que ela tem, eu simplesmente não podia suportar o pensamento de que ela, agora, pensará em seu pai como... Na verdade, isso ainda me oprime mais do que qualquer outra coisa.

— Mary — pedi, colocando minha mão em cima da sua —, por favor, faça uma coisa para mim. De manhã, antes de mais nada, telefone para o promotor e pergunte sobre o teste com o detector de mentiras. Ele lhe contará. Depois, vá procurar o vigia do estacionamento dos *trailers*, o sr. Lemon, e pergunte sobre os turistas que ouviram os gritos. Quero que tenha certeza.

— Farei isso, Paul, mas, na verdade, agora sei. Temo que seja a verdade. — Sorriu palidamente. — Você não me contaria se não fosse. *Percebi* que você disse a verdade. Você parecia muito desesperado e não falava como um advogado. — Olhou para minha mão, que ainda cobria a sua, e depois novamente para mim.

— Obrigado, Mary — agradeci, levantando-me abruptamente. — Eu... eu realmente preciso ir. Mantive você acordada até tarde demais. Perdoe-me por me intrometer aqui numa hora dessas.

— Obrigada por ter vindo, Paul — agradeceu Mary Pilant. — Estou tão aliviada de ter podido, afinal, conversar com alguém em quem sei que posso confiar. — Esfregou a testa com as costas da mão. — Eu... eu estava tão confusa.

— Há apenas uma coisa que devo dizer-lhe, Mary — falei. — Eu *devo* trazer à luz esse estupro, a bebedeira as pistolas. Tudo isso aconteceu e preciso revelar. Você entende isso, espero.

— Sim, entendo — reconheceu ela, pesarosamente, sacudindo a cabeça.

— Será duro para você e para a criança, eu sei — concordei. — Mas não seria muito pior para a criança pensar que seu pai, inteiramente sóbrio, tivesse feito uma coisa daquelas? Não entende, Mary, a verdade em si traz uma espécie de desculpa humana, embora não uma desculpa jurídica. Houve fraqueza... não foi tudo puro mal.

Ela fez um sinal afirmativo com a cabeça e caminhou comigo até a porta. Parecia tão profundamente sozinha e desamparada, e ansiei para abraçá-la até os seus problemas se resolverem. Em vez disso, fiz uma coisa imensamente singular, sentido-me, ao mesmo tempo, tão velho quanto George Bernard Shaw, embora nem de longe tão sábio: ergui minha mão e, cuidadosamente, dei palmadinhas no alto de sua cabeça, murmurando: "Calma, calma", ou as eternas palavras confortadoras desse gênero.

Ficamos ali em pé, desajeitadamente, numa haste de luar que fluía. Mary Pilant pegou minha mão e agarrou-se a ela ferozmente, durante um momento, com as suas, olhando-me fixamente.

— Você é um bom homem, Paul Biegler — sussurrou e, depois, foi sua vez de *ela* fazer uma coisa extremamente singular: agarrou as minhas lapelas, puxou-me para baixo, e seus lábios roçaram de leve os meus, frios, macios e trêmulos como as asas de uma mariposa.

— Boa-noite, Paul — sussurrou, virando-se e fechando rapidamente a porta. Por um momento, fiquei ali em pé, sozinho, piscando para a porta, e, depois, dei uma guinada, cambaleando, bêbado, cheio de êxtase, pelo silencioso corredor, contendo um impulso selvagem de gritar, cantar e assobiar.

Estava bêbado não de uísque, mas de cansaço e alívio por causa do meu caso e — o que mais poderia ser? — por causa de uma vibrante esperança para o futuro. As palavras dela tiniam em meus ouvidos, repetidas vezes. "Algum dia," ela dissera, "algum dia conhecerei um homem de quem realmente goste..." "Você é um bom homem, Paul Biegler..." Com certeza, em meu delírio iluminado pelo luar, eu devia ter sonhado o resto.

Capítulo 14

Por mais tentado que estivesse a pegar um quarto e dormir na Estalagem Thunder Bay, considerando tudo achei melhor não fazer isso e preferi voltar de carro para Iron Bay. A viagem foi um pesadelo enluarado, eu estava tão cansado! Tirei então algumas poucas horas de sono num hotel perto do tribunal, deixando um pedido para me chamarem; levantei-me a tempo de me barbear, trocar de camisa, tomar um rápido café da manhã e sair correndo para o tribunal. Quando seguia por um atalho, através do escritório da recepcionista, sua auxiliar, Mollie, estava ao telefone.

— Ele está aqui, agora — informou, entregando-me o telefone. Batiam exatamente as nove, e fiquei tentado a pedir a Mollie para anotar o número. Depois, mudei de ideia: nunca se sabe...

— Alô — falei. — É Paul Biegler.

— É Mary — respondeu uma voz baixa.

Ela me contou que confirmara minha história dos gritos e do detector de mentiras e que também tentara acalmar o barman que, evidentemente, aprendera a me amar tanto quanto eu o amava.

— Obrigado, Mary. Tentarei lidar com nosso pequeno barman com luvas de pelica.

— Por favor, Paul, mantenha-me informada dos acontecimentos — pediu —, e boa sorte.

— Telefonarei para você, Mary... — afirmei. — Sabe que sim.

Enquanto eu galopava no ar até a escada revestida de aço, nos fundos do prédio, pude ouvir a batida abafada do martelo do xerife, e cheguei sem fôlego à sala do tribunal exatamente a tempo para o

"Sentem-se por favor". Ora, pelo menos eu tivera confirmação direta do teste com o detector de mentiras.

O juiz olhou para minha mesa, abaixo dele, e depois para a de Mitch.

— Cavalheiros — iniciou —, normalmente insisto para que os advogados se levantem e permaneçam de pé quando se dirigem ao tribunal ou interrogam uma testemunha. Mas, em vista da extensão crescente e incerta deste julgamento e — fez uma pausa e sorriu de leve — e sua marcha um tanto frenética, daqui em diante vou deixá-los permanecer sentados, se assim o desejarem. — Sorriu. — Ouvi alguma objeção?

Mitch e Claude Dancer ficaram em pé com um pulo.

— Nenhuma, Meritíssimo — disseram, maquinalmente.

— A defesa está encantada e grata, Meritíssimo — respondi, permanecendo sentado, para experimentar essa nova dispensa generosa. Que gentil e deferente juiz!

— Chamem sua primeira testemunha — ordenou o juiz, acenando com a cabeça em direção à mesa de Mitch.

— Detetive sargento Julian Durgo — anunciou Claude Dancer.

Moreno, simpático, com os cabelos cacheados, Julian Durgo subiu à bancada e prestou juramento. Ele poderia entrar em qualquer estúdio de filmagem sem maquiagem: confiante, inteligente e taciturno. Apesar de tudo isso, era um ótimo policial, eficiente e honesto, e eu esperava que não tivesse notícias demasiado ruins para dar. Trabalhara com ele nos meus últimos quatro ou cinco anos como promotor, e jamais, uma só vez, o vira tirar uma vantagem injusta de um advogado de defesa criminal, fosse no tribunal ou fora dele. Se Julian dissesse uma coisa, era aquilo mesmo, ou então havia chances bastante boas de que fosse a solene verdade.

Habilmente interrogado por Claude Dancer, Julian deu seu nome e endereço e, rapidamente, contou sua considerável experiência como detetive à paisana, trabalhando para a polícia estadual.

— Teve ocasião de investigar o assassinato de Barney Quill? — perguntou Claude Dancer cheio de energia.

— Sim. Chefiei a investigação — respondeu Julian, tranquilamente.

— Quer nos contar o que fez?

Julian Durgo relatou como recebera o chamado do posto em Iron Bay por volta de 1h15 e foi para Thunder Bay imediatamente, levando o legista, o tenente Webley e um jovem soldado da força pública estadual. Deixaram o legista e o soldado no bar, para cuidar do corpo e tomar as medidas e tudo mais, e foram na mesma hora para o chalé do vigia. O sr. Lemon apontou o *trailer* dos Manions e os dois policiais foram para lá, identificaram-se, foram recebidos pelo tenente e lhe deram ordem de prisão.

— O senhor conversou sobre os tiros na ocasião, ou mais tarde, com o tenente Manion? — perguntou Claude Dancer.

— Sim. Tanto na ocasião quanto mais tarde.

— Quer nos contar, policial, o que ele disse?

O juiz me deu uma rápida olhada e abanei a cabeça. Poderia ter feito objeção, com o fundamento de que ainda não fora mostrado que a polícia primeiro avisara ao tenente dos seus direitos constitucionais, inclusive do seu direito de não falar. Mas não fiz objeção, porque estava moralmente certo de que Julian avisara mesmo ao meu cliente, ele sempre o fazia. Além disso, eu sabia que o júri devia estar louco para ouvir a história e, se eu objetasse, isso revelaria, da nossa parte, falta de franqueza e um aparente esforço para esconder a verdade. Claude Dancer sabia de tudo isso também, e armara, sem dúvida, outra das suas inteligentes armadilhazinhas.

— Perguntei ao tenente onde estava o revólver e ele apontou para uma mesa e disse que o pegaria, mas eu disse que não e preferi eu mesmo pegar a arma — respondeu Julian Durgo, com seu jeito cuidadoso, pensativo, não respondendo mais do que lhe era perguntado.

— E este é o revólver? — perguntou Claude Dancer, entregando a arma a Julian, que a identificou, tendo a peça rapidamente sido admitida como evidência. Fiquei imaginando se o tenente alemão morto, lá de algum Valhala escarpado que agora ocupasse, podia ver o que estava acontecendo com seu velho revólver.

— Estava presente mais tarde, no bar, quando foi feito um esforço para recuperar as balas? — perguntou Claude Dancer.

— Estava. Conduzi a busca.

— Alguma delas foi recuperada?

— Foram encontradas quatro balas e cinco cartuchos. Também descobrimos que o espelho havia sido quebrado, juntamente com uma garrafa de uísque.

— Guardou e agora está com as balas e os cartuchos?

— Guardei e estou com as balas e os cartuchos— respondeu a testemunha, e mostrou uma sacola de pano com um rótulo, fazendo o relator do tribunal partir para marcar o número dessa última peça de exposição da promotoria pública. Claude Dancer então estendeu a mão para dentro da sacola de pano e pegou as balas.

— São estas as balas que mataram Barney Quill?

— São as bolinhas de chumbo que encontramos no bar, senhor — respondeu Julian Durgo, com voz inalterável, recusando-se cuidadosamente a assumir mais do que de fato sabia.

Claude Dancer ficou parado diante do júri, pensativo, girando amorosamente as balas em seus dedos, de forma muito parecida com a do Capitão Queeg e seus famosos rolimãs. Era um simpático pequeno espetáculo: o advogado criminalista do Lower Michigan demonstrando ao júri sua vasta experiência em julgamentos criminais e sua entediada familiaridade com o manuseio de balas que haviam apagado as vidas de homens assassinados. Olhei-o atentamente, com certa admiração por sua inteligência e com certa zombaria por sua viscosa exibição da teatralidade das salas dos tribunais.

— Perdoe-me, Meritíssimo — pediu, e trotou até minha mesa, com seu meio galope curto, mexendo com o traseiro; e, erguendo bem alto a mão, fez como se fosse despejar as balas na minha, enquanto dizia:

— A promotoria entrega agora ao advogado de defesa, para exame, as balas que mataram Barney Quill.

"Filhinho da puta", pensei, cruzando rapidamente os braços e me recostando em minha cadeira.

— Não, obrigado, sr. Dancer — agradeci. — Uma vez vi uma bala. Foi tirada do corpo de um caçador de veados — dei uma olhada de esguelha, avaliando-o —, mais ou menos do seu tamanho. — Ergui os olhos para o juiz. — A defesa não tem objeções, Meritíssimo.

A sala do tribunal conteve um riso sufocado, e o juiz franziu a testa, estendeu a mão para o seu martelo e depois disse, quando o silêncio se restabeleceu:

— As peças serão recebidas como evidência. Prossiga, sr. Dancer.

Claude Dancer tornara a deslizar para a frente da testemunha.

— Voltando ao réu, no *trailer*, o que mais ele disse, se é que disse alguma coisa?

— Ele nos contou que sua esposa tivera algum problema com Barney Quill e que ele fora até lá e atirara nele. Também nos perguntou se o homem estava morto, e dissemos que sim.

— E depois?

— Depois nós o levamos de carro, com sua esposa, até a prisão municipal.

— Houve mais conversa no carro, durante a viagem?

— Sim, na viagem o tenente disse que pensara em tudo, antes de ir até o bar, e decidira que um homem daqueles não devia viver.

Claude Dancer fez uma pausa para deixar que isso se fixasse e me lançou uma rápida olhada. Era um grande golpe para nossa defesa por insanidade, e ambos sabíamos disso. Dei uma olhada no júri e todos olhavam atentamente para a testemunha. Não ousei parar para perguntar ao meu cliente, naquele momento, se isso acontecera mesmo. De qualquer jeito, o diálogo do nosso drama agora mudara radicalmente contra nós e me inclinei para a frente, enquanto Dancer insistia, implacavelmente.

— Qual era a aparência do réu?

— Estava perturbado e emocionado, e parecia muito zangado.

Isso, provavelmente, era passível de objeção, como dedução ou conclusão desautorizadas da testemunha, mas permaneci colado em minha cadeira. Não adiantava sublinhar como eu considerava importante tudo aquilo, arriscando-me a perder uma objeção. De qualquer forma, o júri agora já ouvira... e *eles* não se esqueceriam...

— O que mais? — perguntou Claude Dancer, rastejando felinamente.

— Ele disse que não lamentava o que fizera, que faria tudo de novo. Várias vezes mais, perguntou se o falecido estava realmente morto.

Tudo isso representava mais golpes maciços para nossa defesa, e fiquei sentado tão quieto quanto um camundongo. Meu Deus, será que o tenente também assinara uma confissão escrita sobre a qual eu não fora informado? Será que nossa defesa iria diretamente para o brejo?

— E então o quê? — ronronou Dancer.

— Então, chegamos à prisão municipal e perguntei ao réu se queria fazer uma declaração formal e ele disse que não. Foi autuado por assassinato e trancafiado, e voltamos imediatamente para Thunder Bay, a fim de continuar a investigação.

Claude Dancer me olhou com um sorriso e um aceno de cabeça.

— A testemunha é sua — disse, quase ronronando.

Dei uma olhada em Parnell, que estava pálido, e depois ergui os olhos para a claraboia. Tinha diante de mim um problema delicado. Ali estava uma testemunha que eu admirava e respeitava, tanto como policial quanto como homem. Também admirava e respeitava sua organização estadual de polícia. Mas não havia dúvida, em minha cabeça, que o seu depoimento estava sendo manipulado por alguém e que esse alguém era, provavelmente, Claude Dancer e não o próprio policial. Julian Durgo era o tipo de policial cuidadoso e consciencioso, que não respondia a mais do que lhe era perguntado, e era evidente que Dancer, com cuidado, limitara suas perguntas apenas às partes ruins. Mas, fosse qual fosse o motivo, o depoimento de Julian fora imensamente prejudicial para meu cliente — o quanto eu ainda não podia dizer —, e eu esperava e sentia que devia haver algo que pudesse ajudar. Como poderia arrancar tudo isso sem parecer que estava colocando esse bom policial, ou sua corporação, em situação difícil? Ora, eu precisava arrancar tudo...

— Policial Durgo — comecei, permanecendo sentado —, sob interrogatório direto, acredito que testemunhou que o tenente lhe disse que atirara e matara Barney Quill, depois de saber, por sua esposa, que ela tivera "algum problema" com o falecido, não foi isso?

Tranquilamente:

— Sim, senhor.

— Policial, foram essas palavras, "algum problema", as que o tenente Manion usou diante do senhor, ou são, em vez disso, as palavras que o senhor usou aqui, a fim de descrever rapidamente o que ele de fato lhe disse?

— Foram minhas palavras, senhor. Não me lembro de ouvir o tenente Manion usar essa expressão.

— Muito bem, detetive — continuei. — Quer fazer o favor, agora, de dizer ao tribunal e ao júri quais foram as palavras que o próprio réu usou quando descreveu esse problema que sua esposa teve com o falecido?

— Sim, senhor. Ele disse...

— *Objeção*! Objeção, Meritíssimo — trovejou o Dancer. — O tribunal já decidiu sobre tudo isso. Não seria relevante para nenhuma questão propriamente...

Fiquei em pé, de um pulo.

— Ouça, Dancer! — gritei, de repente espicaçado para além de toda a minha capacidade de suportar. — O que está tentando fazer, colocar uma mordaça nesse pobre sujeito? Isto aqui é um interrogatório de um caso de assassinato, não é um debate de escola secundária. Você e sua incessante conversa sobre questões importantes, questões, questões... (Eu ouvia o juiz chamando meu nome e batendo com seu martelo, mas a única maneira como ele poderia fazer-me calar, naquele momento, era usando o martelo na minha cabeça.) Quer descarregar todas as más notícias em cima do meu cliente e nenhuma das boas. Questões, questões, questões! — Eu imitava a voz dele. — Caro juiz, por favor, não vamos mencionar nada tão horrendo quanto estupro, até alguém ser estuprado! Não vamos deixar nosso filhinho chegar perto da água, mãe, até ele aprender a nadar... Escute, cara, quem diabo está pensando que engana?

— Sr. Biegler, sr. Biegler — o juiz não parava de chamar, e eu, finalmente, virei-me para ele, acalorado e corado.

Ele também estava profundamente corado de raiva.

— Devo adverti-lo contra outro surto de raiva como este — disse ele, severamente. — O senhor é um advogado experiente e sabe que não deve agir assim. De agora em diante, por favor, dirija seus comentários sobre objeções unicamente ao tribunal. Não posso tolerar outra exibição descontrolada como essa, e aviso-o de que não tolerarei. O único motivo para estar deixando de lado este é o fato de que percebo que os dois estão sob forte tensão.

— Desculpe, Meritíssimo — eu disse. — E peço desculpas ao tribunal. (Em meu surto de raiva, eu não perdera inteiramente de vista o fato de que o surto poderia, indiretamente, fazer algum bem a ele, também.) Meritíssimo — prossegui —, devo agora dirigir meus comentários sobre as objeções, se me permite. — O juiz fez um sinal afirmativo com a cabeça, sombriamente, e eu continuei. — Esta testemunha é uma testemunha-chave para a promotoria. Ele investigou esse suposto assassinato. Ele prestou aqui, hoje, um depoimento que, se não for explicado ou não for mais explorado, poderia ser, é o que se imagina, altamente danoso para o réu. Penso e insisto que temos o direito, *agora*, enquanto o impacto unilateral deste depoimento ainda está vivo diante do júri, de saber *tudo* o que ele sabe, tudo o que o réu e sua esposa lhe contaram. Acho que devemos ter esse direito, a fim de trazer o verdadeiro clima e as circunstâncias em que essas admissões, se houve alguma, foram feitas. A insanidade é uma questão neste caso; foi uma questão neste caso desde o início deste julgamento; e propusemos que qualquer *problema* que a esposa do réu tenha tido com o falecido deve ter deflagrado ou, pelo menos, contribuído, para a alegada insanidade. Agora, procuramos descobrir qual foi esse "problema".

Fiz uma pausa, com meus pensamentos correndo, e sentindo que a questão era essa e que era melhor eu ser bom.

— Entre outras coisas, esta testemunha declarou que o réu lhe disse que atirou em Barney porque sua esposa teve "algum problema" com o morto. Que tipo de problema? Será que Barney a xingou? Será que ele a enganou no jogo de *pinball*? Considerando os fatos, deve ser evidente até para uma criança que o réu disse mais do que isso ao policial Durgo, se é que chegou a dizer alguma coisa. O fato de que ele disse *alguma* coisa, essa testemunha já declarou. Solicito e insisto, com a maior seriedade, que devemos ser autorizados a examinar essa "alguma coisa" aqui e agora, e não mais tarde, depois que a impressão desse testemunho direto e habilmente restrito já tiver congelado. — Baixei a voz; uma pequena advertência cortês poderia não ser inoportuna. — Seria uma pena, Meritíssimo — asseverei —, injetar um grave erro neste caso agora, quando estamos tão perto de terminar. — Virei-me abruptamente para o outro lado e me sentei. O final de todo o caso, eu sentia, estava agora em jogo.

O juiz ouvira atentamente e inclinou-se para trás, em sua cadeira, olhando para a claraboia, no alto, com as pontas dos dedos juntas e os lábios num pensativo muxoxo. Claude Dancer levantou-se e avançou, como se fosse argumentar, mas o juiz fez sinal para que se afastasse. A sala do tribunal ficou em silêncio cada vez maior. Ouvi o clique elétrico do relógio na parede atrás de mim e ele soou como um gongo de latão. O juiz inclinou-se para a frente e olhou para o relógio, como se quisesse marcar a hora da sua decisão.

— Vou aceitar a resposta — disse.

— O réu nos disse que o falecido havia estuprado sua esposa — disse calmamente Julian Durgo.

Suspirei em meu íntimo e fiquei satisfeito por estar sentado. "Finalmente," pensei, "finalmente consegui deitar a dama!" Jamais tivera uma tarefa tão difícil, no tribunal ou fora...

— O que mais?

— Ele disse que estava cochilando e que, em torno das nove horas, sua esposa fora para o bar do hotel comprar umas cervejas, e que ele planejava encontrar-se com ela mais tarde. A próxima coisa que ele lembrava era ter ouvido alguns gritos e sua esposa caiu em seus braços.

— E o senhor viu a esposa dele?

— Sim, senhor.

— Como é que ela estava?

— Ela estava quase histérica e soluçando, e seu rosto e os braços estavam muito machucados.

— E ela lhe contou sua história?

— Sim, contou.

— E o que ela disse?

— Objeção, Meritíssimo... esta....

— Objeção negada. Prossiga.

— Ela disse que Barney Quill a estuprara e espancara.

— Sem entrar em detalhes agora, sargento, o senhor lhe perguntou e ela lhe disse que Barney Quill a havia estuprado?

— Sim, perguntei e ela disse isso.

— Com grandes detalhes?

— Com grandes detalhes.

— E ela lhe disse que isso havia acontecido no bosque, do outro lado da estrada principal?

— Sim.

— E sobre o segundo ataque, de volta ao portão do estacionamento para turistas, quando ela fugiu e foi apanhada, e outra vez atacada e gritou e, finalmente, escapou?

— Ela contou isso.

— E ela levou os senhores, policiais, até a estrada lateral onde, supostamente, teria ocorrido o primeiro ataque?

— Sim.

— E o senhor encontrou marcas e sulcos de pneus, e pegadas de cão, nessa estrada?

— Sim.

— E procurou a calcinha da sra. Manion, mas não conseguiu encontrá-la?

— Correto, senhor.

— E esse foi o "algum problema" ao qual se referiu o tenente Manion?

— Sim, foi.

— E sua ideia era entrar neste tribunal e descrever o fato com essas palavras?

Tranquilamente:

— Não era, senhor.

— A sugestão no sentido de fazer o senhor descrever o fato da maneira como fez lhe foi feita por alguém que agora está nesta sala?

A testemunha olhou para Claude Dancer, como adivinhei que faria, como policial cuidadoso, para confirmar se ele ainda estava ali.

— Está, sim.

Fiz uma pausa e decidi deixar o assunto por ali; eu havia feito Julian Durgo falar e colocar a culpa, finalmente, em quem ela cabia.

— Houve testemunho aqui, policial, de que lhe foi dada a saia rasgada de Laura Manion, com o objetivo de submetê-la a um teste, em busca de esperma ou mancha seminal. Esse teste foi feito?

— Sim.

— E o resultado?

— Foi negativo.

Eu temia isso, mas precisava ter certeza, por causa da possibilidade eventual de o silêncio estudado da promotoria sobre o assunto ser uma tentativa de encobrimento. Claude Dancer, afinal, havia preparado uma das suas pequenas armadilhas contra mim e me sorriu amavelmente, enquanto eu, recuando, fiz um grave sinal afirmativo de parabéns, com a cabeça.

— E as roupas usadas pelo falecidos, também foram testadas? — insisti, teimosamente, como um boxeador socado sem piedade para cima das cordas.

— Foram.

— E o resultado?

— Também negativo.

Outra vez um encantado e cheio de dentes Claude Dancer me sorriu, feliz.

— O fato de estarem encharcadas de sangue pode ter tido algum efeito no teste? — continuei, sombriamente, dando um tiro no escuro.

— Sim — respondeu a testemunha. — Na verdade, o perito do nosso laboratório achou que de nada adiantava fazer esse teste, parece que o sangue em excesso tem uma tendência a apagar ou fundir evidência de esperma ou mancha seminal, mas, mesmo assim, ele fez o teste, para completar a série e silenciar qualquer discussão futura.

Bem, pelo menos eu suavizara um pouco o golpe. Minha pergunta seguinte visava mais ao júri do que à testemunha.

— Estava também presente a grande possibilidade de que, se o falecido *tivesse* mesmo estuprado a sra. Manion, sem dúvida ele trocaria suas roupas antes de ser morto a tiros, não estava?

Claude Dancer meio que se levantou em sua cadeira, como se fosse fazer objeção, mas, depois, pensando melhor, tornou a afundar, vagarosamente.

— O senhor está liberado — insisti com a testemunha. — Pode ousar falar agora sem perigo mortal.

— Sim — respondeu a testemunha, e por fim, pude devolver a zombaria de Claude Dancer.

Era tempo, eu vi, de deixar de lado o difícil assunto das roupas manchadas de sangue.

— Agora, policial — indaguei —, suponho que realizou uma investigação independente na ocasião, e mais tarde também, para verificar a história do alegado estupro, não foi?

— Realizei sim. E bastante extensa.

— E essa investigação tendeu a confirmar ou a refutar a história de estupro contada pela sra. Manion?

— A confirmá-la.

— Em todos os detalhes?

— Sim, em todos os detalhes.

— E quais foram algumas dessas coisas que confirmaram sua opinião nessa questão?

— Bem, o cenário do ataque, que descrevi. — Fez uma pausa. — Mas a maior coisa foram os gritos.

— Gritos, detetive? Que gritos? — Se eu parecia surpreso, tinha certeza de que não estava nem metade do que me sentia.

— A sra. Manion nos contou que havia gritado várias vezes, no portão. Naturalmente, verificamos isso, não apenas para descobrir se ela havia gritado, mas para ver se os gritos não podiam, em vez disso, ter vindo do *trailer.*

— Quer dizer, policial, descobrir se não poderia ter sido seu marido que a havia espancado, por andar por aí transando adoidado?

Ele sorriu, de leve.

— Ora, sim, foi mais ou menos isso.

— E o que descobriu?

— Que os gritos vieram do portão, como ela dissera. Descobrimos quatro turistas cujos *trailers* ficavam mais próximos do portão principal. Todos disseram que foram acordados por volta da meia-noite por uma série de gritos vindos do portão. Um deles também ouviu um gemido e uma pancada surda, como a de alguma coisa caindo no chão.

— E o senhor tem os nomes e endereços dessas testemunhas?

— Tenho, sim.

— E há muito passou essas informações para as autoridades da promotoria?

— Sim, senhor.

Fiz uma pausa e dei uma olhada em meu jurado; eu o negligenciara, ultimamente, mas ele ainda tinha bom aspecto.

— Agora, pergunto-lhe, sargento, se o senhor é perito em tiros com pistola.

Modestamente:

— Ora, sr. Biegler, sim, senhor, acho que sou.

— E está familiarizado com pistolas e munições?

— Acredito que sim, senhor.

— E já participou de campeonatos de tiros de pistola com pessoas fora da força policial? (Isso também era um tiro no escuro.)

— Às vezes.

— Neste município?

— Sim, participei.

— Uma dessas pessoas foi o falecido Barney Quill?

— Sim.

— E ele também era um perito?

— Sim. Eu diria que ele estava entre os melhores que já vi.

"Subimos, descemos, subimos...", pensei. Estendi a mão para pegar a Lüger entre as peças para exposição e a entreguei à testemunha.

— Está familiarizado com este tipo de arma?

— Estou. É uma Lüger alemã.

— O que acontece quando está descarregada?

— Bem, sem usar jargão técnico, digo que, quando ela está descarregada, como agora, fica aberta, porque esse dispositivo sobre o gatilho clica e se solta, dessa maneira.

— De modo que uma pessoa familiarizada com esta arma poderia dizer que está vazia simplesmente olhando-a, sem abri-la?

— Correto.

Peguei a arma e devolvi-a à pilha de peças em exposição.

— Voltando agora, detetive, à sua confirmação da história do estupro da sra. Manion, houve algo mais que tendesse a convencê-lo da verdade da história dela? (Eu estava pelo menos tentando trazer à baila o teste com o detector de mentiras.)

— Houve.

— O quê?

A testemunha sabia que esses testes eram inadmissíveis no tribunal, e ele deu uma olhada, em dúvida, para o juiz.

— Ora — continuou —, nós a interrogamos novamente, em detalhes, no quartel da polícia estadual.

— Refere-se a quem, quando diz "nós"?

— Tenente Webley, eu e... — A testemunha hesitou.

— E quem mais, sargento?

— Tenente Peterhaus, senhor.

— O que faz ele? Não creio que seu nome esteja endossado na indiciação nem que tenha sido mencionado antes neste caso.

— Ele é nosso perito com o polígrafo.

— E o que é polígrafo?

— É geralmente conhecido como detector de mentiras.

— Quer dizer, detective, que a sra. Manion foi submetida a um teste com o detector de mentiras?

— Objeção. Resultados de polígrafos jamais são admissíveis em nossos tribunais, como o advogado bem sabe.

— Meritíssimo — comentei —, ninguém está falando dos *resultados* de algum teste com o detector de mentiras, mas apenas perguntando se o teste foi feito.

O juiz, pensativamente, fez um muxoxo.

— Registre a resposta — ordenou.

— Ela foi submetida a esse teste, sim.

— E o teste foi feito antes ou depois de o senhor ter decidido, por si mesmo, que ela falava a verdade?

— Depois.

— A pedido de quem?

— Da sra. Manion.

— E depois que foi feito o teste, o senhor mudou de ideia a esse respeito?

— Meritíssimo, Meritíssimo! — Dancer gritava atrás de mim, quase fora de si, fazendo pequenos ruídos que pareciam guinchos, como um general japonês caído em cima da sua espada. — Este é um subterfúgio astuto para contornar o regulamento que proíbe esses testes. A defesa nunca nos perguntou os resultados. Eu... eu...

Olhei de soslaio, através da sala, para meu excitado amigo, e falei tranquilamente.

— Nós lhe perguntamos agora, sr. Dancer.

— Cavalheiros, cavalheiros — falou o juiz, erguendo a voz. — Houve uma pergunta e uma objeção, e devo tomar uma decisão, o que não posso fazer se continuarem com essa terrível arenga. Estamos pisando em ovos, percebo, mas não posso, em plena consciência, dizer que a pergunta é objetável. O advogado não está perguntando os resultados de algum teste com o polígrafo, mas a opinião da testemunha, baseada sobre certo conhecimento que tinha. Registre a resposta.

— Minha opinião não mudou.

— De modo que, antes do teste com o polígrafo, já acreditava que ela dizia a verdade?

— Sim.

— E depois?

— Sim.

— E ainda acredita nisso, até agora?

Firmemente:

— Sim, acredito.

— Finalmente, policial, não foi esse o verdadeiro motivo pelo qual não pediu ao dr. Raschid, durante a autópsia, para fazer nenhum teste sobre um possível relacionamento sexual, ou para verificar o teor alcoólico do sangue?

Fazendo acenos afirmativos com a cabeça:

— Sim.

— Não foi nunca com nenhuma ideia, na ocasião ou agora, por parte da sua organização, de suprimir alguma coisa aqui no tribunal?

— Certamente não.

— Mas, em vez disso, foi porque o senhor e sua organização ficaram convencidos, para além de qualquer dúvida, de que o estupro de fato ocorrera, e de que não seria necessária uma maior confirmação?

— Precisamente.

— E, naquela ocasião, policial, o senhor será que previu que alguma pergunta seria feita, ou que surgiria alguma controvérsia com relação ao fato de ter ocorrido aquele estupro, pelo menos por parte da promotoria?

A testemunha disparou um olhar para a mesa de Claude Dancer.

— Com certeza não previ — afirmou.

Julian Durgo, percebi, não estava feliz com o papel que desempenhara no julgamento deste caso.

— Obrigado, policial — agradeci. — A testemunha é sua, sr. Dancer.

O buldogue Dancer não era homem de desistir facilmente.

— Policial — ele continuou a se esforçar —, será que os gritos no portão não poderiam ser de um homem?

("Ah," pensei, "agora Laura está estuprando Barney.")

— Seria possível, sr. Dancer — respondeu energicamente a testemunha. — Mas todos os turistas disseram que eram de uma mulher.

— Mas os turistas sabiam que eram os gritos *desta* mulher? — perguntou ele, apontando para Laura.

— Não sabiam, senhor.

— A testemunha é sua — disse Claude Dancer, parecendo tão triunfante como se tivesse acabado de descobrir um maço novinho em folha de pergaminhos do mar Morto.

— Policial — perguntei —, durante sua investigação, o senhor ouviu falar de alguma outra mulher ou mulheres que houvessem gritado no parque, aquela noite? No parque ou em qualquer outra parte?

Sorrindo, brevemente:

— Não ouvi, não.

— Não conseguiu descobrir nenhuma evidência de uma epidemia geral de mulheres gritando, naquela noite?

— Apenas numa única ocasião, no portão.

— Não tenho mais perguntas — concluí.

— A testemunha está dispensada — disse Claude Dancer.

— Quinze minutos, sr. xerife — ordenou o juiz.

Capítulo 15

DURANTE O RECESSO, Parnell e eu nos reunimos na sala de conferências, onde tentei, às pressas, atualizá-lo sobre minha estranha sessão ao luar com Mary Pilant. Contei-lhe tudo — ora, quase tudo. Seu alívio empalidecido, ao saber que sua Nora-Mary era todas as coisas que ele esperava que ela fosse, foi tocante de se ver.

— Ah, Polly, Polly, eu sabia, rapaz, eu sabia o tempo todo...

Despertei de um sonho reflexivo com Mary e dei de ombros.

— Bem, Parn — observei —, agora parece que todo o nosso trabalho e a nossa preocupação com a contestação do testamento, sobretudo seu trabalho e sua preocupação, foram em vão. Acho que não faz muita diferença, agora, se o barman ficará do nosso lado ou não.

— De jeito nenhum, Polly — afirmou Parnell. — Você já trouxe à cena o seu estupro, sim, e graças a Deus por isso, mas isso ainda não é uma defesa *legal* para esse assassinato. Temos ainda esse problema para encarar e também o grande problema duplo dos *motivos* para o tenente ter ido ao bar, naquela noite, levando uma arma escondida. O barman pode nos ajudar em tudo isso, se quiser. Acha que ele fará isso, rapaz?

— Só Deus sabe, Parn — eu disse. Contei-lhe que Mary Pilant me telefonou. Muito breve, descobriremos o que fará o escorregadio barman. Eu gostaria de ter sido mais brando com ele. "Ah, perdido e sofrendo com o vento."

Max Battisfore enfiou a cabeça pela porta.

— A cortina do segundo ato se abre dentro de dois minutos, Polly — informou.

— Obrigado, Max — agradeci, endireitando minha gravata.

— Você sabe — comentou Parnell, pensativo, enquanto eu fechava minha gorda pasta — que esse nosso xerife poderia ter possibilidades, se pelo menos desistisse de se meter com política. Ele... ele mais ou menos cresce no meu conceito.

Mitch levantou-se, depois do recesso, e se dirigiu ao tribunal.

— Meritíssimo, agora obtivemos as três fotografias da sra. Manion tiradas pouco depois do assassinato e as oferecemos à defesa. — Ele se aproximou e me entregou as três fotografias que faltavam.

O tenente, Laura e eu as estudamos; o pequeno e velho vigia descrevera o aspecto de Laura como "terrível", e as fotos confirmavam amplamente o que ele dissera; seu cabelo caía em cima dos olhos; seu rosto estava riscado pela sujeira e as lágrimas; e ela possuía dois dos mais lindos olhos roxos a oeste do antigo local de treinamento de Rocky Marciano.

— Obrigado, sr. promotor — agradeci. — As ovelhas perdidas voltaram. Mas não quero estas fotos para meu álbum; quero que fiquem como evidência, neste tribunal. Seu fotógrafo as tirou, não o meu. Não posso ficar com elas. Não propõe apresentá-las como evidência, como fez com as outras? Não será necessário tornar a chamar o fotógrafo... aceitarei isso, alegremente.

Eu havia colocado Mitch em dificuldade, e ele deu uma olhada em Claude Dancer, pedindo socorro, e o homenzinho foi astuto o suficiente para ver a luz vermelha adiante. Fez um sinal afirmativo com a cabeça, Mitch murmurou "OK" e as fotos desaparecidas foram rapidamente marcadas pelo relator e recebidas como evidência, entre as peças de exposição da promotoria.

Fiquei em pé, ao lado da minha cadeira.

— Meritíssimo — comecei, amavelmente — a defesa pede a permissão do tribunal para fazer o júri olhar agora essas últimas peças em exibição, isto é, se a promotoria não fizer nenhuma objeção.

As dificuldades de Mitch chegavam aos montões, e ele, outra vez, buscou uma deixa do seu assistente e novamente recebeu o sinal afirmativo com a cabeça — todos eles pequenas pantomimas, que os atentos jurados cuidadosamente absorveram, notei, sem espanto.

— Nenhuma objeção, Meritíssimo — respondeu.

— Muito bem, sr. Biegler, as fotografias da promotoria da esposa do réu podem ser mostradas ao júri agora — disse o juiz.

Reclinei-me indolentemente em minha cadeira, de forma muito parecida com a de um lânguido turista, com um cesto de cerveja, pescando num cais público.

— Pensei que talvez o promotor Lodwick me faça o favor de entregá-las ele mesmo ao júri — eu disse. — Ele agora está com as fotos, está muito mais perto, é muito mais jovem, infelizmente, e, nos últimos tempos, tem gozado de um repouso tão bom, também.

Mitch corou, disparou-me um olhar sombrio, e, sem palavras, empurrou-as para o jurado mais próximo. Este ficou examinando atentamente as fotos, enquanto os outros, cheios de curiosidade, inclinavam-se e esticavam o pescoço para vê-las.

— A Promotoria chamará o dr. Adelord Dompierre — anunciou rapidamente Claude Dancer.

Sua estratégia era transparente — conseguir que outra testemunha distraísse os jurados e os impedisse de olhar as fotos da devastada Laura e dos seus elegantes olhos roxos. Isso se tornou ainda mais claro quando ele gesticulou fazendo um sinal para que Mitch começasse a interrogar a testemunha, que agora alcançara o banco.

— Seu nome, por favor? — começou obedientemente Mitch.

— Meritíssimo — intervim —, posso sugerir que o interrogatório dessa nova testemunha seja suspenso por alguns instantes, até os jurados terminarem de examinar as peças de exposição, isto é, se o sr. Dancer não se sentir compelido a objetar contra um exame das suas próprias peças em exposição.

O olhar gélido que o homenzinho disparou para mim tornou o de Mitch, em comparação, uma longa carícia.

— Claro que não, advogado — ronronou suavemente Claude Dancer, e retribuí seu sorriso, manifestando minha apreciação pelo seu controle e bravura sob fogo adverso.

Os jurados examinaram as fotos com amoroso cuidado e, finalmente, tornaram a entregá-las ao primeiro jurado, que as entregou a Mitch. Este as atirou na pilha crescente das peças de exibição da promotoria, como se fossem borbulhantes pizzas quentes, recém-saídas do forno.

— O interrogatório pode prosseguir — pediu o juiz secamente.

Mitch abriu caminho através das preliminares — nome, endereço e tudo mais —, apresentou as qualificações do médico e depois falou que ele tirara o material de Laura para as lâminas do microscópio, na noite do assassinato. Pois esse era o médico da prisão municipal, um homenzinho amável e moderadamente distraído, que vivia conversando fiado, em estado de semiaposentadoria, e que ocupava seu tempo ajudando, eventualmente, a trazer à luz um novo bebê, mas, principalmente, livrando os doentes encarcerados do sofrimento.

— Fez um teste na sra. Laura Manion em busca da presença de esperma? — prosseguiu Mitch.

— Sim.

— Quando?

Consultando um caderno:

— Fui chamado para a prisão cerca das cinco horas do dia dezesseis de agosto.

— O que fez?

— Fez? — a testemunha espalhou as mãos. — Tirei uma lâmina vaginal e tirei outra lâmina vaginal mais profunda e as submeti a um teste, em busca de esperma.

— Qual foi o resultado do seu teste?

— Negativo.

— A testemunha é sua.

Levantei-me, avancei para as peças em exibição da promotoria, peguei as fotos de Laura e, silenciosamente, entreguei-as ao médico.

— Doutor — indaguei —, notou alguma machucadura ou marca na sra. Manion — quando a examinou? — Era como perguntar a um esquimó gotejante, num caiaque recém-virado, se a água estava fria.

— Ah, claro, claro, ela estava péssima, especialmente no rosto e no pescoço, como aparece nas fotos.

— Foi instruído para procurar e anotar os vergões e equimoses que ela tinha?

— Não, não.

— Então, seus comentários sobre o que observou, quanto aos seus machucados e suas contusões, foi meramente incidental, diante da questão central de tirar material para suas lâminas? — perguntei, afastando as fotos da testemunha.

— Sim. Não se poderia deixar de notar.

— E chegou a contar aos funcionários da promotoria sobre suas descobertas relativas a algum machucado, ou coisas do gênero?

— Não.

— E chegaram a lhe perguntar a respeito?

— Não.

— Com relação ao esfregaço, como o tirou?

— Bem, eu a fiz se deitar e tirei os esfregaços com um aplicador.

— E o que é isso?

— Uma comprida vareta fina, com uma mecha de algodão na extremidade.

— Dilatou o orifício vaginal?

— Não precisei fazer isso, não houve nenhuma dificuldade.

— Sabia, quando foi até a cadeia tirar os esfregaços, que havia alguma dúvida quanto ao fato de uma mulher ter sido estuprada ou não?

— Ah, sim.

— Sabia sua idade, se era uma mulher madura ou uma virgem de quinze anos?

— Não.

— Então, apostou na possibilidade de não precisar fazer a dilatação com um espéculo?

— Bem, sim. — Abriu as mãos. — Não tenho nenhum espéculo.

— Mas não é a boa prática padrão, doutor, usar um espéculo ou dilatador ao coletar material vaginal para exame?

— Não é necessário. De qualquer forma eu não tinha nenhum.

— Mas não há situação em que um médico *deve* usar um espéculo para coletar corretamente material vaginal?

— Ah, sim.

— Não seria justo dizer, doutor, que coletar material vaginal não é, e nunca foi, uma de suas especialidades?

— Bem, sim.

— Durante os últimos dez anos, quantas vezes coletou material vaginal na prisão municipal?

O médico deu de ombros.

— Ah, talvez quatro ou cinco. Não mantenho registro.

— E, na maioria dos casos, foi pesquisa de gonorreia?

— Em todos os casos, menos neste.

— Então, nos últimos dez anos, fez uma única série de lâminas para determinar a presença de esperma? Esta?

— Bem, sim.

— E o que fez com essas lâminas?

— Levei-as para o laboratório do Hospital St. Margaret.

— E quem trabalhou com elas?

— Um técnico.

— Que tipo de técnico?

— Ah, de raios-X, algo assim.

— Ele é médico, patologista ou um perito no trabalho com lâminas para detectar a presença de esperma?

— É um técnico.

— Entendo. E qual a idade desse técnico?

— É jovem, tem mais ou menos trinta anos.

— Sua principal função é tirar raios-X de pessoas com pernas quebradas e coisas parecidas?

— Sim.

— Doutor, não seria o procedimento normal ou, pelo menos, o mais seguro mandar um especialista trabalhar com as lâminas?

Dando de ombros:

— A polícia estava com muita pressa, e eu sabia que esse rapaz chegava às sete.

— Era mais rápido mandar o rapaz do raios-X fazer isso, mesmo não sendo o procedimento mais seguro, foi o que ocorreu?

— Ora, sim, acho que sim.

— Mas seria mais seguro levar o material para um perito, embora não fosse mais rápido?

— Sim.

— E isso não seria verdadeiro, doutor, especialmente se um possível questionamento do estupro dependesse do resultado?

O médico começava a parecer um tanto desanimado.

— Sim — concordou.

— Mas o jornal local, da tarde de dezesseis de agosto, declara que o senhor informou não ter descoberto nenhum sinal de estupro. Esse é um relato correto sobre suas descobertas?

— Não, eu não disse nada disso.

— E o senhor não sabia, na ocasião, se essa mulher fora ou não estuprada?

— Não. É impossível dizer isso quando se trata de uma mulher adulta.

— E sobre qualquer questão em torno do estupro, doutor, dispõe-se a aceitar a palavra daqueles que possam estar em melhores condições de saber?

Aliviado:

— Com satisfação.

— Não tenho mais perguntas — declarei.

— De volta ao senhor, sr. promotor — falou o juiz.

Mitch não precisou de uma deixa do seu assistente.

— Não tenho perguntas a fazer — afirmou, apressadamente.

— Chame sua próxima testemunha.

— Meritíssimo — observou Mitch —, o tenente Webley, que acompanhou e assistiu o detetive sargento Durgo na investigação deste caso, está doente, com uma infecção virótica, desde o início deste julgamento. Ele está, atualmente, no hospital, sob cuidados médicos. Podemos apresentar seu médico se... — Mitch fez uma pausa e me olhou.

Levantei-me e me dirigi ao tribunal. Certamente não queria insistir em que outra testemunha entrasse e repetisse a história da danosa admissão, por parte do tenente, na noite do tiroteio (durante o recesso, o tenente me contara que não tinha nenhuma lembrança de ter atirado), e, além disso, sentia que ninguém melhoraria as boas coisas que Julian Durgo tivera para dizer.

— O médico não é necessário, Meritíssimo — disse. — Ouvi falar da desafortunada doença do tenente Webley e estamos convencidos de que seu depoimento é, em grande medida, cumulativo; a defesa abre mão da sua apresentação aqui, como testemunha.

— Muito bem — fez o juiz Weaver. — A testemunha pode ser dispensada. Chame a próxima.

— Um momento, por favor, Meritíssimo — interveio Claude Dancer, e o juiz fez um sinal afirmativo com a cabeça, tendo Mitch e seu assistente, em seguida, caído numa prolongada conversa os sussurros, da qual Mitch finalmente saiu, levantando-se e anunciando:

— Meritíssimo, a promotoria encerra.

Um marco no julgamento fora alcançado... mas fora mesmo?

— Meritíssimo — falei —, acredito que a promotoria, sem querer, se esqueceu de uma coisa inacabada. Eu não completei meu interrogatório da testemunha da acusação Alphonse Paquette, o barman do Thunder Bay Inn. Penso que chegou a hora.

— Está bem, sr. Biegler — disse o juiz olhando para a mesa de Mitch. — Senhores?

Claude Dancer soergueu-se em sua cadeira e disse, asperamente:

— A promotoria torna a chamar a testemunha Paquette.

Observei com cuidado o untuoso e pequeno barman desprender-se do corpo da sala do tribunal e seguir apressadamente para o banco, logo erguendo a mão para o juramento.

— Já prestou juramento — disse o juiz cortesmente. — Um juramento por pessoa. Por favor, sente-se. A testemunha é sua, sr. Biegler — disse o juiz, e eu me levantei e me movimentei vagarosamente em frente da testemunha, sentada diante de mim, tenso e completamente imóvel.

Era como se aproximar de uma praia estranha, cheia de minas terrestres escondidas. Qual seria meu movimento inicial, meu balão de ensaio? Mas por que sondar? O homenzinho estava conosco ou contra nós.

Capítulo 16

— O ASSUNTO, SR. PAQUETTE, são as pistolas — falei. — Barney Quill era um perito no tiro com pistolas?

— Objeção, Meritíssimo — jorrou o sr. Dancer, como o gêiser Old Faithful em meu livro de leitura da quinta série. — O tribunal já decidiu sobre isso. Irrelevante e imaterial. Inteiramente fora da questão.

— Mas a própria testemunha da promotoria, detetive sargento Durgo, agora tornou o falecido um perito em tiros de pistola — eu disse. — Procuramos apenas desenvolver esse assunto interessante.

O juiz consultou o relógio.

— Falando estritamente, talvez tenha razão, sr. Dancer — reconheceu. — Mas o assunto agora está no caso, e essa testemunha encontra-se agora no banco. Além disso, ele está esperando aqui, com despesas para o erário, desde o início do julgamento. E presumo que ele, como a maioria de nós, precisa, vez por outra, trabalhar para viver. A testemunha pode responder.

Prendi a respiração à espera da resposta.

— Diria que ele era um perito, senhor — disse a testemunha.

— Objeção, objeção. A testemunha não mostrou estar qualificada a dar opinião especializada.

— Chegarei lá, Meritíssimo — eu disse —, se o sr. Dancer fizer a gentileza de permitir.

— Prossiga, prossiga. Reservarei minha decisão — observou o juiz.

— Em que baseia sua conclusão, sr. Paquette, de que Barney era um perito em tiros de pistola? — perguntei.

Essa testemunha tinha uma alma sensível, descobri; ele agora começava também a se aborrecer um pouco com Claude Dancer.

— Porque o vi atirar, competindo com os melhores, e ganhar — afirmou. — Tirou o primeiro lugar em muitas dezenas de competições de tiro, em toda a Península. Ninguém o derrotava.

— Mais alguma coisa?

— Vi Barney derrubar perdizes em pleno voo; na verdade, era a maneira como ele as caçava.

— Mais alguma coisa?

— Barney e eu costumávamos sair para o depósito de lixo com uma quantidade de garrafas vazias do bar. Minha tarefa era jogá-las para o ar. Barney atirava nelas tão rapidamente quanto eu as jogava e gritava pedindo mais. Raramente perdia o tiro.

— E as proezas de Barney com a pistola eram conhecidas de todos, em Thunder Bay inteira?

— Sim, eram. — A testemunha fez uma pausa. — O sr. Quill nunca foi de esconder suas vitórias. Mantinha suas medalhas expostas na parte de trás do bar.

Olhei para Claude Dancer.

— A promotoria ainda insiste em sua objeção?

— A decisão é sua, Meritíssimo — disse Claude Dancer, combatendo valentemente até o fim.

— Temo que a objeção da promotoria esteja indeferida — sentenciou o juiz, secamente.

Pensei ter detectado um leve sorriso passar rapidamente pelo rosto da testemunha.

Passando agora para a questão da posse de qualquer pistola por parte do sr. Quill, indaguei:

— Ele possuía alguma?

— Ele possuiu muitas pistolas — algumas vezes chegou a quinze ou vinte de uma vez. Acho que poderia ser chamado de colecionador amador. Estava sempre comprando, vendendo, trocando. Na ocasião do... — a testemunha fez uma pausa — durante o verão passado, ele se limitou a seis das suas favoritas.

"A testemunha está chegando lá, a testemunha está chegando lá," pensei.

— E onde ele guardava essas pistolas? — insisti, exultante.

A testemunha hesitou, por um momento.

— Guardava duas em seus alojamentos, no andar de cima do hotel — declarou.

— E as outras quatro? — fiz a inevitável pergunta.

A testemunha ficou em silêncio e ergueu os olhos para a claraboia. Àquela altura, eu daria minha melhor vara de pesca para poder dar uma espiada em sua mente agitada. A sala do tribunal silenciou; até as mulheres que cochichavam agora pareciam sentir que se tratava de um momento significativo.

— Ele guardava as pistolas no bar — respondeu a testemunha, em voz baixa.

— Carregadas?

— Sempre.

Dei uma rápida olhada em Parnell, que estava sentado, estoico como um Buda; depois, voltei para a testemunha.

— E em que lugar do bar? — perguntei.

— Atrás do balcão.

— E em que lugar atrás do balcão do bar? — continuei a perguntar.

— Ele guardava duas numa pequena prateleira que mandou fazer no meio e as duas outras, uma em cada extremidade.

— Elas eram visíveis para as pessoas que ficavam em pé na frente do balcão do bar?

— Não, não eram.

— E qual era a finalidade dessas pistolas?

Os olhos da testemunha agitaram-se levemente, e temi que tivesse pressionado demais.

— Proteção — informou. — Proteção contra problemas.

— Problemas? — perguntei.

— Assaltos.

Isso abria imensas perspectivas, mas não as segui; não podia arriscar-me a fazer essa testemunha calar o bico. Era irônico: eu prometera, certa vez, sinceramente, derrotar esse homenzinho; agora, só buscava maneiras de não o irritar.

— E essas quatro pistolas estavam atrás do bar na noite dos disparos? — perguntei, tentando reprimir a alegria da minha voz.

— Não estavam — respondeu a testemunha.

Senti um baque no coração. Será que aquilo tudo era uma armadilha inteligente que a testemunha e Dancer haviam elaborado? E por que, ah, por que eu fizera essa pergunta fatal? Mas, se não a fizesse, com certeza Dancer a faria...

— Onde estavam?

— Eu havia guardado as pistolas, trancadas.

— Por quê?

— Por causa da maneira como o sr. Quill estava bebendo e se comportando, de forma geral.

Para cima e para baixo; para cima e para baixo...

— O sr. Quill consentiu que isso fosse feito?

— Não, não consentiu.

Detestei fazer a pergunta seguinte, mas tinha de fazê-la. Se não a fizesse...

— Foram essas quatro pistolas do bar que o senhor trancou ou foram todas elas? — perguntei, e prendi a respiração.

— Só as quatro. O sr. Quill não quis abrir mão das outras. Nós não insistimos na questão, depois que ele nos prometeu mantê-las em seus alojamentos.

— "Nós"?

— Depois que ele prometeu à srta. Mary Pilant e a mim. Ela era a *hostess* do andar de cima.

Estávamos chegando a território delicado e me desviei. Sentia-me como um homem caminhando descalço em cima de vidro quebrado — com o fantasma de Barney por perto, atirando em mais garrafas vazias.

— O fato de que o senhor trancara essas quatro armas era conhecido de todos?

— Era conhecido apenas pelo sr. Quill, pela srta. Pilant e por mim.

— E pode nos dizer mais sobre os motivos pelos quais se sentiu obrigado a trancar as quatro armas do bar? — perguntei cautelosamente, dando mais corda, abandonando com relutância o papel do interrogador que sonda.

Senti que, agora, tinha de dar àquele homem um espaço para a retirada se, por acaso, havia pressionado demais em território sensível. A posição era única, jamais me defrontara com ela numa sala de tribunal. A testemunha ficou pensativa.

— Bem — falou ele, vagarosamente —, cerca de duas semanas antes do tiroteio, o sr. Quill começou a beber mais do que o habitual. Ficou irritadiço, brigão, difícil, e decidimos que era melhor tirar as armas do bar.

— Quando o senhor trancou as armas?

— Mais ou menos uma semana antes do tiroteio.

Havia dezenas de perguntas que eu ansiava por fazer: Barney pedira suas armas de volta? Onde estavam, naquela ocasião e agora? Essas e muitas outras perguntas passaram-me atropeladamente pela cabeça. Mas não, eu não podia me arriscar a fazê-las, não precisávamos de duas camadas de glacê em nosso bolo.

— O senhor se aventuraria a nos dizer o motivo pelo qual o sr. Quill parecia perturbado e bebia mais do que o habitual? — perguntei.

A pergunta era puramente retórica; tinha de fazê-la porque o júri esperaria que eu a fizesse. A astuta testemunha percebeu a questão.

— Não, senhor — disse, e deve também ter percebidoo minha expressão de alívio.

— Poderia dizer-nos o seguinte, sr. Paquette: fossem quais fossem os motivos, pareciam ter alguma coisa a ver com os Manions?

— Definitivamente, eu diria que não, senhor. Absolutamente nada.

Dei uma espiada em Claude Dancer, que estava sentado, olhando atentamente, com uma expressão pétrea, a parede distante, os braços cruzados como Napoleão em Elba, e ansiei por espiar também seu cérebro agitado.

Depois disso, abordei a questão de que Barney Quill estivera no bar mais cedo, naquela noite; que jogara *pinball* com Laura, como ela declarara; que saíra mais ou menos na mesma hora que ela, por volta das 11; que voltara para o bar pouco depois da meia-noite; que liberara o barman, para poder "descansar", e, em boa parte, tudo o que o barman me contara, em minha visita anterior a Thunder Bay. Evitei cuidadosamente o assunto de ele possivelmente ser um "vigia" (a conversão de testemunhas hostis tinha suas desvantagens também, percebi) e, resolutamente, fiquei longe do assunto do testamento de Barney e do resto. Depois, se fosse o caso, poderia tratar diante do júri da questão de ele ter sido um "vigia".

— Quando o sr. Quill reapareceu no bar — prossegui —, veio pela porta da rua ou do andar de cima?

— Do andar de cima.

— Havia trocado de roupa?

A testemunha piscou.

— Pelo que me lembro, sim — respondeu, finalmente. — Lembro-me de que, depois, ele usava uma camisa de malha folgada, e antes usava uma camisa branca.

— Era uma noite quente?

— Sim, era.

— Ainda estava quente no bar, depois da meia-noite?

— Estava. Bastante abafado e quente.

"Ah, verdade," pensei, "seu fascínio é irresistível." Fiz uma pausa e não ousei olhar para Parnell. Numa noite quente, Barney achara adequado trocar uma camisa branca (estaria suja, com batom?) por uma quente camisa de malha *folgada* (liberdade de movimentos, espaço para pegar suas pistolas sem ser visto?) "Senhoras e senhores do júri...", eu quase podia me ouvir dizendo.

— Sr. Paquette — perguntei —, no outro dia, quando eu o interrogava — dei uma olhada em Claude Dancer, atrás de mim — e fomos tão rudemente interrompidos, falávamos sobre o hábito de Barney de beber. Ele bebeu mais do que o habitual naquele dia?

Encolhi-me, à espera da trovejada objeção, e fiquei quase desapontado quando ela não veio. Evidentemente, o sr. Dancer estava amuado, e continuaria zangado.

— Eu não diria naquele dia —, ele respondeu, e meu espírito se abateu. — Lembro-me, agora, de que ele estava bebendo mais do que o habitual há umas duas semanas. — Meu espírito se animou. Para cima e para baixo, para cima e para baixo...

— E qual era a ingestão diária dele, em tempos mais normais?

— Barney podia, facilmente, beber entre oito e dez doses duplas por dia.

— E de quanto era uma dose dupla?

— 59ml.

Isso representava de 532 a 591ml de uísque por dia, calculei, e fiquei enjoado só com o pensamento.

— E era uísque?

— Sim, uísque da melhor qualidade. O suprassumo dos uísques, como eu o chamo. O sr. Quill só bebia do melhor.

— E, com relação a essas duas semanas antes do tiroteio, quanto ele estava bebendo, nessa ocasião?

A testemunha sacudiu a cabeça.

— Facilmente, umas quinze doses. Era de tal jeito que eu não podia acompanhar.

— Foi o que o senhor mesmo viu?

— Sim.

— E não levou em conta o que ele poderia tomar em seus aposentos ou em outros lugares?

— Não, não levei em conta.

Barney tomara pelo menos quatro drinques com Laura e mais cinco no bar, depois do estupro. Isso dava 266ml, vejamos, 532ml desde as nove horas, naquela noite, sem falar em qualquer outra coisa que ele tivesse engolido sorrateiramente. Era quase incrível. Meu Deus, se eu continuasse com essa proporção, colocaria o homem como um bêbado total, e também não queria isso.

— Barney podia beber muito e não demonstrar?

— Não demonstrar para estranhos. Nós, que o conhecíamos bem, podíamos perceber.

— Então, ele não era do tipo que bravateia, cambaleia e fala alto quando está bêbado?

— Se havia alguma mudança, era a de que ele parecia mais cavalheiresco do que o habitual. Era seu jeito.

Chegara a hora de pressionar um pouco mais.

— Com relação ao fato de que as armas eram guardadas atrás do bar, como proteção contra assaltos, será que poderia nos dizer quantos assaltos ocorreram no bar do Thunder Bay Inn, no verão passado?

Franzindo a testa:

— Nenhum.

— Alguma tentativa?

— Não.

— Ouviu falar de algum assalto, ou tentativa de assalto, durante todo o tempo em que trabalhou lá?

— Não.

— Ouviu falar de algum assalto, ou tentativa de assalto, antes de você trabalhar lá?

— Não.

— Mas as armas carregadas eram guardadas lá para a eventualidade de assaltos?

Sorrindo ligeiramente:

— Sim, para a eventualidade de assaltos.

Eu poderia ir até a questão de Barney estar ou não com duas das suas armas atrás do bar naquela noite e todas as interessantes perguntas que esse assunto comportava, mas não ousei fazer isso. Temia arriscar-me. O júri agora sabia, claramente, que havia duas pistolas de que ninguém tinha conhecimento e a testemunha poderia entrar em dificuldades com a polícia se eu o fizesse admitir que havia armas que ele escondera ou sobre as quais não informara aos policiais. Por que o impelir a dizer que não existia nenhuma?

Bruscamente, abandonei Barney e suas armas e sua bebida. O "suprassumo dos uísques" me lembrara de outra coisa. Vi que teria de apostar ainda mais.

— O senhor levou Laura Manion de carro até a prisão de Iron Bay, para ver o marido dela, no domingo após o tiroteio?

A testemunha se remexeu, demonstrando desconforto.

— Sim, levei.

— Na ocasião, deu ao tenente um maço de cigarros?

— Sim, dei.

— E lhe disse, em suma, que a única coisa que tinha contra ele era o fato de que espatifara seu espelho e acertara um tiro numa garrafa do "suprassumo dos uísques", em vez de acertar em outra, de uísque de cozinha ordinário?

Seus olhos se agitaram, e vi que nossa breve lua de mel estava prestes a terminar.

— Não me lembro exatamente do que eu disse. — Sua voz se elevou. — Eu estava tentando alegrá-lo. Talvez tenha dito algo parecido, como brincadeira.

— Não diria que não disse isso?

— Não.

— O fato foi que seu espelho se *espatifou* mesmo e o senhor *perdeu*, de fato, uma garrafa de uísque de primeira?

— Sim.

— E no percurso, ao volante, o senhor disse a Laura Manion que era pena que ela e o tenente tivessem chegado em Thunder Bay na ocasião em que chegaram?

— Talvez tenha dito. Queria dizer que, se não estivessem lá, não se meteriam em toda essa complicação.

— Naturalmente. Talvez o senhor estivesse tentando mostrar-se solidário.

— Sim, estava.

Agora ele baixou um pouco mais o tom.

— E também tentava ser solidário quando disse a Laura Manion que poderia tê-la avisado de que Barney era um homem que costumava tomar liberdades com as mulheres?

Eu o pegara, afinal, e os olhos dele brilharam com uma repentina raiva.

— Eu não disse que tinha dito isso — irrompeu ele, iradamente. — O senhor está tentando me apanhar numa armadilha, com perguntas espertas de advogado.

Brandamente:

— Aprecio o depoimento, mas lhe pergunto agora, sr. Paquette. Claro que isso não é nenhuma armadilha. Disse isso à sra. Manion? Referiu-se a Barney como um conquistador perigoso?

— Não me lembro de ter dito nada desse tipo — respondeu ele, bruscamente, e o candidato Biegler tinha perdido outro voto para o Congresso.

Foi minha vez de estudar a claraboia. Era o fim da linha com aquela testemunha; em certo sentido, eu o usara e, no final, o traíra. Mas talvez fosse melhor encerrar com um tom de raiva, antes que o júri pensasse que a testemunha fora comprada. Virei-me para Claude Dancer.

— A testemunha volta à promotoria.

Claude Dancer ficara sombrio e pálido; parecia louco de raiva; evidentemente, contara com essa testemunha para grandes coisas — a maior, provavelmente, negativa: um vasto manto de silêncio sobre as revelações significativas que eu trouxera à luz. Levantou-se e caminhou em direção à testemunha.

— Como a sra. Manion se comportou em seu bar naquela noite, antes do tiroteio? — perguntou duramente, como se mordesse cada palavra.

A pergunta era passível de objeção com vários fundamentos, inclusive porque a testemunha estava sendo conduzida. Ocorreu-me naquele momento: aquela testemunha, antes da sua "conversão" temporária, evidentemente buscara, por motivos próprios, arrasar o comportamento e o caráter de Laura, da mesma forma como fizera comigo, quando a chamara de "vadia". Sem dúvida, agira da mesma maneira com Claude Dancer, e, agora, o espertinho Dancer tentava trazer tudo de volta. Eu me mantive estoicamente em silêncio.

— Bem — acrescentou a testemunha —, algumas vezes eu achava que o comportamento dela não era inteiramente o de uma dama.

Fiquei alerta.

— E isso aconteceu quando?

— Aconteceu, por exemplo, quando ela tirou os sapatos para jogar *pinball*.

— Muito bem. E ela fez mais alguma coisa, quando estava sem sapatos?

— Não me lembro.

— Ela também não dançou com Hippo Lukes, enquanto ele carregava seus sapatos no bolso?

(Um certo George Lukes fora uma das testemunhas oculares da promotoria, e testemunhara antes, falando do tiroteio.)

Ainda me mantive em silêncio. O juiz disparou um olhar surpreso para mim, pois essa era uma pergunta deploravelmente objetável, que conduzia, sugeria, estava eivada de preconceitos e mais ou menos todo o resto que a lei impede, mas mantive meu silêncio obstinado; preferia assim.

— Não me lembro inteiramente disso — respondeu friamente a testemunha.

Não havia dúvida em minha mente, agora, de que a testemunha dissera a Dancer precisamente isso; Dancer era um combatente duro e perigoso, mas eu tinha certeza de que ele não se rebaixaria a inventar tal coisa.

A cor desapareceu do seu rosto e quase senti pena dele, quase, mas não exatamente.

— Esteve conversando com o sr. Biegler, desde a última vez em que apareceu no tribunal?

A dedução era clara, de que eu "comprara" a testemunha, mas permaneci em silêncio.

— Sim, senhor — respondeu a testemunha, e, espantado, dei uma olhada furtiva em Parnell.

— Onde e quando? — insistiu Dancer, farejando um caminho.

— Ora, hoje, há poucos instantes, aqui no tribunal.

Com dureza:

— Não quis dizer isso. E em particular?

— Não, senhor. Não troquei uma só palavra com o sr. Biegler desde que este julgamento começou — acrescentou ele, falando a verdade.

— Ou com alguém ligado à defesa?

— Não, senhor, nem uma só palavra — a testemunha tornou a responder, dentro da verdade.

— Não me contou, em particular, que, entre outras coisas, a sra. Manion tinha dançado assim com Hippo Lukes?

Isso também era altamente objetável, mas, resolutamente, segurei meu fogo.

— Não vejo como poderia ter feito isso, quando não me lembro de forma nenhuma de ter visto — respondeu a testemunha. — O senhor e eu conversamos sobre uma porção de coisas, e o senhor pode ter entendido mal o que eu disse. — Fez uma pausa. — O senhor talvez possa perguntar ao próprio Hippo Lukes, ele deve lembrar de um incidente como esse.

Hippo Lukes já fora dispensado, eu vi, e esse inteligente e mentiroso barman filho da puta acertara isso, sem dúvida. Embora seu depoimento nos estivesse ajudando ou, pelo menos, eu esperava que sim, jamais me sentira menos gratificado ou, por outro lado, me sentira mais próximo de Claude Dancer, durante do julgamento, do que naquele momento. O homenzinho esmagado e frustrado ergueu os olhos para o juiz, abriu as mãos e deu de ombros.

— A testemunha é sua — disse ele, abanando a cabeça arrepiada.

— Tenho apenas mais uma pergunta — acrescentei. — Esse homem, Hippo Lukes, ao qual o sr. Dancer acabou de se referir, era o mesmo homem grande, de rosto vermelho, chamado George Lukes, que depôs aqui como testemunha ocular da promotoria, no outro dia, e foi interrogado pelo sr. Dancer? — Apontei para a parte dos fundos do tribunal. — O mesmo homem sentado ali, na fileira da frente, agora mesmo, sorrindo e com as mãos nos joelhos?

A testemunha sorriu.

— Sim. Aquele é o nosso Hippo.

— Sem mais perguntas — concluí, feliz por ter acabado com o mutável Alphonse "Me chamem de Al" Paquette, um tipo pequeno, que deveria estar na contraespionagem internacional em vez de desperdiçar seu tempo atendendo num bar.

Claude Dancer fez um sinal afirmativo com a cabeça, severamente.

— Nada mais — disse. — Já basta.

— Recesso do meio-dia — determinou o juiz, e Max levantou-se com um pulo e bateu seu martelo como se estivesse cortando cepos de bétula em seu campo de cervos.

Capítulo 17

— Logo enviarei o tenente até aí, Max — informei ao xerife, que rondava. — Queremos conversar um pouquinho.

— Ok, Polly — concordou Max, indo embora, e eu vi que nem tudo estava perdido — como o cordeirinho de Maria, ainda se podia confiar que o tenente encontrasse seu caminho de casa.

— Tenente — falei —, fiquei tão absurdamente preocupado com outras coisas que ainda não pude dar uma boa olhada no psiquiatra favorito do sr. Dancer. Já o observou, analisando-o com seu telescópio?

O tenente estava com sua habitual disposição prestativa e cooperativa.

— Não notei — resmungou sumariamente.

— Mas eu notei — confessou Laura. — O sujeito me deixa nervosa. Todas as vezes em que olho naquela direção, ele está olhando não para Manny, mas para *mim*. Uma ou duas vezes, acho que sorriu.

"Talvez ele esteja tentando marcar um encontro amoroso," pensei. Curvei-me, galantemente.

— Bem, pelo menos, Laura, ele escolheu a mulher mais atraente da sala — comentei, esquecendo deslealmente a bonita e virginal jurada.

Laura estava mais perto de depor do que imaginava, e eu tinha de procurar mantê-la animada. De qualquer forma, isso não passava da mais pura verdade.

— Ah, obrigada, Polly — agradeceu Laura, enrubescendo, e o tenente, previsivelmente, fechou a cara, ainda exibindo seu ciúme para todo mundo ver.

— Por favor, ponha todas as suas fitas e condecorações amanhã, tenente — pedi. Guardávamos isso para quando ele subisse ao banco. — Talvez amanhã seja o grande dia.

— Certo — disse o tenente, com sua habitual loquacidade.

Expliquei aos Manions que não precisaríamos mais usar as fotografias de Laura tiradas por nosso fotógrafo, porque as da promotoria eram muito melhores. Era apenas outro exemplo do "desperdício" de um julgamento, como toda a inútil pesquisa legal que Parnell e eu havíamos feito, para talvez impedir que o psiquiatra da promotoria investisse em cima do nosso cliente. Nos julgamentos, era tudo muito parecido, pensei, com aquilo que o Velho Leão, Sir Winston Churchill, dissera sobre a guerra, em que "nada tem tanto sucesso quanto o excesso".

Perguntei a Laura sobre a história da "dança descalça" e ela a negou veementemente.

— Não dancei com ninguém — afirmou —, e, se tivesse dançado, não seria com aquele grotesco e cambaleante Zippo, ou Hippo, ou seja lá que nome tenha. — Fez uma careta. — Eles o tiveram à disposição no banco antes, por que não perguntaram *a ele*?

— Provavelmente o pequeno Dancer estava guardando isso como uma surpresa — falei. — Ele adora surpresas, você sabe. De qualquer forma, naquele ponto inicial do julgamento, a promotoria não admitiria que uma dama chamada Laura Manion tivesse algum dia existido, quanto mais que tivesse dançado ou sido atacada. Pode ficar lisonjeada com o fato de que o sr. Dancer, agora, permite que você respire.

— Bem, eu me sinto melhor, pelo menos.

— Mas tirou mesmo os sapatos enquanto jogava *pinball*? — insisti.

— Sim, Paul — admitiu. — Agora me lembro de que tirei. Tinha mesmo esquecido. Fiz isso por uns poucos minutos, durante nosso último jogo, para poder ficar na ponta dos pés e fazer pontaria melhor. Mas não caminhei de um lado para outro dessa forma e não dancei.

— Bem, conte as coisas assim — sugeri. O tenente franzia a testa, e esperei que esse incidente com os pés descalços não fosse atirá-lo, nem ao casal, em outro torvelinho emocional. — Acho que inventaram isso — eu disse tranquilizadoramente — para derrubar você e proteger Barney.

— Mas por que não levaram a coisa até o fim, então? — perguntou Laura inocentemente. — Por que desistiram? Por que, de repente, esse barman foi tão verdadeiro sobre as bebidas, as armas e todo o resto? Você estava preocupado o tempo inteiro com esse sujeitinho, o barman.

Por várias razões, eu não contara aos Manions minha visita a Mary Pilant.

— É um grande mistério, Laura — respondi, agarrando minha pasta. — Talvez você tenha rezado... agora, preciso ir.

Os corredores desertos dos fundos do tribunal tinham um eco oco, e achei correto e adequado usar o telefone de Mitch para ligar para Mary Pilant.

— Estava esperando seu telefonema — ela falou. — Como foi tudo, Paul?

— Como um sonho — admiti. — Às vezes, nosso pequeno barman era um dragão relutante e, outras, ele fazia excitantes experiências com a verdade. Mas, de modo geral, acho que ele com certeza ajudou. De qualquer forma, Mary, estou imensamente grato a você por destravar tantas verdades como as que ele disse. — Fiz uma pausa e baixei a voz. — E quero agradecer-lhe em pessoa, logo que essa confusão terminar.

— Por favor, faça isso, Paul, tudo isso tem me preocupado terrivelmente. Não havia percebido o perigo que existia para o seu caso.

— O perigo ainda não acabou, Mary, e quero ver você muito em breve.

Houve um momento de silêncio.

— Eu também, Paul. Ficarei pensando em você. Boa sorte e até a vista.

Parnell esperava por mim em meu carro. Nenhum de nós dois estava com muita fome, e decidimos seguir no automóvel pela praia norte, debaixo dos pinheiros. No caminho, compramos algumas batatas fritas e refrigerantes. Parnell tentava fazer de mim um viciado em refrigerantes. O julgamento chegava a uma etapa crucial, e, de comum acordo, não falamos muito a respeito dele. Informei-o um pouco mais sobre Mary Pilant; e, depois, como homens abandonados numa ilha deserta, discutimos as notícias que ouvimos pelo rádio do carro — todas ruins —, e Parnell me fez algumas sugestões sobre minha próxima campanha para o Congresso. Estacionamos num local isolado e comemos nosso parco almoço observando o lago.

Sacudi a cabeça, confuso.

— Uma das coisas mais perturbadoras para mim, neste caso, Parn, é como avaliei Mary Pilant tremendamente mal. Fico incomodado com isso. Achei que conhecia um pouquinho as pessoas e, agora, estou com medo de não conhecer nada. Estremeço só de pensar o que aquele barman, uma verdadeira raposa, poderia ter dito, ou ter deixado de dizer, se você não tivesse a inspiração de me mandar procurá-la.

Olhando o lago, tive a impressão de ver o rosto doce e solene de Mary.

Parnell também olhava atentamente o lago.

— A falta de conhecimento das pessoas, nossa falta de comunicação humana, uma coisa junto com a outra, podem ser o maior problema deste nosso velho mundo — comentou Parnell, ponderadamente. — Por falta disso, nosso mundo parece estar em colapso e morrendo. Agora, parece que tendemos, fatalmente, a nos comunicar apenas através de mísseis robôs, levando cargas de ódio e destruição, em vez de nos comunicarmos através do coração humano, que tem encerrada nele uma carga de amor. — Parnell ainda olhava o lago taciturnamente. — E, agora, quase parece, rapaz, que um desesperado Deus ou a natureza ou o destino, chame isso como quiser, finalmente desafiou a humanidade a abrir seu coração ou sucumbir... — Fez uma pausa. — Vejamos nossa própria situação neste caso. O tempo inteiro achamos que Mary Pilant era uma mulher calculista e avarenta. Ela, por sua vez, pensava que não passávamos de um bando de filhos da puta astuciosos. Ora, ambos os lados estavam errados. — Sacudiu a cabeça. — Que chance tem o mundo se pessoas como nós caírem na mesma velha armadilha?

— Sim, considere até o juiz Weaver, Parn. Ambos gostamos dele e o respeitamos, mas tudo o que sabemos e, provavelmente, tudo o que chegaremos algum dia a saber sobre o homem não passam de um fiapo da realidade. É um grave mistério.

— Ah, veja só rapaz, agora você tocou no ponto. Sim, vejamos nosso juiz, Polly. Os juízes, como as pessoas, podem ser divididos, mais ou menos, em quatro classes: juízes que não têm cabeça nem coração — devem ser evitados a todo custo; juízes com cabeça mas sem nenhum coração, que são quase tão ruins quanto os primeiros; depois, juízes com coração mas sem nenhuma cabeça, o que é arriscado, mas são melhores do que os dois primeiros; e, finalmente, esses raros juízes que possuem tanto uma cabeça quanto um coração, e, graças à sorte cega, nosso juiz é um desses últimos.

Fiz um sinal afirmativo com a cabeça, sem dizer nada.

— Infelizmente, rapaz, temos uma porção de palavras de amargas acusações e zombaria para com as pessoas, mas nenhuma para descrever esse homem, ou nosso juiz Maitland. Parece que humildade, bondade e profunda inteligência estão tão raramente misturadas num só homem que o mundo, pelo menos o mundo de fala inglesa, nunca se sentiu compelido a inventar uma palavra para descrever isso. Se inventou, essa palavra me escapou. — Sacudiu a cabeça. — Nossas palavras formam frases para descrever os filhos da puta. O dicionário está simplesmente entulhado delas. Mas para descrever esse nosso juiz, tenho, em vez disso, de fazer um pequeno discurso! — Olhou seu relógio. — Mas vamos, Polly, é melhor se mexer, está na hora de voltar ao combate.

Todos os assentos na sala do tribunal estavam tomados, e parecia que havia, comprimido neles, quase duas vezes o número de pessoas que o local poderia receber confortavelmente. Na maioria, eram as mesmas mulheres de cabelos ondulados, olhos arregalados, que poderiam ter, todas, igual marca de fábrica. A sala ficou inteiramente silenciosa, e o juiz Weaver baixou os olhos para mim e fez um sinal afirmativo com a cabeça. Era hora de eu fazer a declaração de abertura para a defesa, a declaração sobre a qual eu e Parnell havíamos meditado durante tanto tempo.

Levantei-me, caminhei para a frente da bancada, curvei-me levemente e voltei-me a meio na direção do júri.

— Com a licença do tribunal e das senhoras e senhores do júri — eu disse, numa das declarações de abertura para um júri provavelmente mais curtas dos anais dos assassinatos de Michigan —, o réu propõe-se mostrar que não foi culpado de assassinato nem de nenhum crime nascido do tiroteio que matou Barney Quill; que estava insano, na verdade e do ponto de vista legal, quando atirou no falecido; e que tinha pleno direito legal de ir até o bar do falecido, como fez, e procurá-lo. Obrigado. — Virei-me e voltei para minha mesa, sentando-me.

— Chame sua primeira testemunha — falou o juiz.

— A defesa chamará o dr. Malcolm Broun — eu disse.

A cortina se erguera para o terceiro e último ato do nosso drama de tribunal.

O dr. Broun, um médico rural da velha escola, seguiu apressadamente para o banco, numa espécie de impaciente galope lateral. Era um homem grande e ruivo, parecendo um íngreme rochedo, quase desafiadoramente desarrumado, e um estetoscópio projetava-se agourentamente do bolso do seu amassado paletó de *tweed*, como se ele pretendesse examinar o juiz.

— Certamente, rapaz — trovejou o médico, em resposta ao juramento de Clovis, sentando-se em seguida e me encarando de frente.

Rapidamente qualifiquei-o — todos no condado conheciam o velho dr. Broun, ou Vermelho Broun, o apreciador ousado das corridas de cavalos das feiras do condado, uísque escocês e bebês recém-nascidos (embora eu não tivesse certeza quanto à ordem).

— Doutor — perguntei —, teve ocasião, durante o mês de julho deste ano, de fazer um exame físico em Barney Quill, por motivo da solicitação que ele fez, relacionada a algumas apólices de seguro de vida?

— Sim — trovejou o médico, e pude sentir Dancer arquejando, suavemente, em meu pescoço. — Em 28 de julho, em meu consultório.

— E fez isso da parte do sr. Quill ou da companhia de seguros?

— Da segunda, rapaz, e eles me pagaram para isso.

— E que tipo de espécime físico seu exame revelou que era o sr. Quill?

— Objeção. Irrelevante, imaterial. De qualquer forma, resultados do exame privilegiados — telegrafou Dancer para o juiz. — Remoto demais. Nenhuma condição física aparente continuou sem mudança até o assassinato.

— Sr. Biegler? — manifestou-se o juiz.

— Acredito que o privilégio seria pessoal do falecido ou do seu fiduciário — falei — e não estou informado de que o sr. Dancer tenha chegado, até agora, a ter alguma ingerência nas propriedades do morto. Além disso, o exame foi feito, por esta testemunha, para a companhia de seguros, ele não agiu como médico de Barney Quill. Quanto ao fato de ser remoto, ou a uma possível mudança, sugiro que cabe ao júri decidir a questão; e também, possivelmente, uma questão adequada para refutação, por parte da promotoria. — Fiz uma pausa e dei uma olhada em Claude Dancer. — Se o sr. Dancer quer mostrar que Barney Quill entrou em encarquilhado declínio desde 28 de julho, pode chamar o dr. Rashid e os outros que assistiram à autópsia para provar isso, e suprimir, se puder, todas as peças de exposição da promotoria que são as excelentes fotografias mostrando o falecido quando jazia na laje.

Rapidamente, encontrei e ergui as fotos de Barney, e acenei com elas, de modo que o júri pudesse ver a soberba beleza corporal do homem, mesmo na morte.

— A objeção está negada — determinou o juiz, reprimindo sem êxito um sorriso.

Durante essa troca de palavras, o dr. Broun ficara sentado, tamborilando os dedos, com impaciência, no corrimão de mogno da área das testemunhas. Seu olhar de desaprovação dizia com eloquência que ele preferia, alegremente, ficar com seus estetoscópios e seus barulhentos urinóis, se toda essa tolice infernal constituía a prática da lei.

— Pode responder agora, doutor — pedi.

— Incrível — ele murmurou. — Bem, rapaz, sou médico e não uma divindade — resmungou. — Qualquer que fosse a moral desse homem, Quill, posso dizer o seguinte: estava alojada no corpo de um deus grego. O homem era composto de ossos de baleia e cordas de piano. Era um animal magnífico, como um garanhão puro-sangue. — Remexeu-se, inquieto. — Mais alguma pergunta? — Era mais um desafio do que uma pergunta.

Era também uma boa pergunta.

— Sem mais perguntas, doutor, e obrigado — agradeci. — A testemunha é sua, sr. Dancer.

— Nenhuma pergunta — falou Claude Dancer da sua mesa, para a qual ele voltara, dando olhadas penetrantes e raivosas no dr. Broun, quando passou por ele, a galope.

— A defesa chamará o dr. Orion Trembath — comuniquei.

O dr. Trembath era o médico "de mulheres" que examinara Laura cerca de uma semana depois do tiroteio. Ele transportou com surpreendente facilidade seu corpanzil de ombros grandes, como um marechal de campo, até a bancada, prestou juramento, sentou-se e foi interrogado por mim quanto às suas qualificações.

— Bem, doutor, o senhor tem alguma especialização? — prossegui, tendo terminado as preliminares.

— Sim — ele respondeu —, obstetrícia e ginecologia.

— E ginecologia é o quê?

— Desordens pélvicas femininas.

— Teve ocasião de examinar recentemente a sra. Laura Manion?

— Sim.

— Quando e onde?

— Em vinte de agosto, em meu consultório.

— Quer fazer o favor de nos contar quais foram os resultados do seu exame?

— Sim, descobri várias áreas de descoloração, de antigos hematomas e contusões, em torno de ambos os olhos, no ombro esquerdo, nas duas nádegas e em cima do quadril esquerdo. Essa última contusão media aproximadamente dezesseis centímetros por dez.

— Essas áreas descoloridas seriam o que um leigo poderia chamar de marcas roxas?

— Sim, mas estavam ficando amarelas quando eu a examinei.

— E o que isso poderia indicar?

— A duração das equimoses.

— E formou uma opinião a respeito?

— Sim, tinham mais de uma semana.

— Doutor, o senhor tem alguma opinião sobre como a mulher poderia ter recebido a maciça descoloração em seu quadril direito?

— Quadril esquerdo, senhor. Possivelmente através de uma pancada forte, ou um chute.

— Doutor, se o senhor fosse chamado, digamos que para a cadeia do condado, para coletar um esfregaço vaginal, a fim de determinar a possível presença de esperma numa mulher, o que levaria?

— Levaria um espéculo ou dilatador vaginal, para o trato poder ser exposto e examinado, e uma luz para iluminar a área. E alguns aplicadores, que são finas varetas de madeira, com algodão na extremidade, para colher todas as secreções presentes, e lâminas de vidro, de microscópio, para as quais transferir essas secreções.

— E lhe pergunto quantas lâminas de vidro seriam, provavelmente, utilizadas?

— No mínimo duas.

— Com material recolhido de que áreas?

— Recolhido bem do alto da cérvise, que é o colo do útero. Bem dentro do canal vaginal.

— E depois de obter essas lâminas, o que faria com elas?

— Eu as enviaria para o Departamento de Saúde de Michigan, em Lansing, ou para um patologista competente.

— Em quaisquer que fossem as circunstâncias, o senhor as enviaria para um técnico de laboratório que não fosse patologista nem médico?

— Em nenhuma circunstância.

— Pergunto-lhe se seria ou não possível examinar o cadáver de um homem adulto e determinar se ele ejaculara ou não recentemente.

— Sim. Um exame das vesículas seminais indicaria se estavam cheias ou não de fluido seminal.

— E se um médico ou patologista estivesse tentando determinar esse fato, diria que, em sua opinião, isso deveria ter sido feito?

— Acho que sim.

— É sua opinião?

— Sim.

— Agora, eu lhe pergunto se fez ou não outros exames na sra. Manion.

— Sim. Examinei seu joelho direito e também fiz um exame pélvico.

— Encontrou alguma coisa em seu joelho direito?

— Ela se queixava de dor no lado interno do joelho. O joelho estava sensível naquele local.

— Alguma lesão?

— Não havia lesão aparente.

— Ela se queixou de sensibilidade excessiva ou dor em alguma outra parte do corpo?

— Ela se queixou de dor e incômodos vaginais.

— E o senhor fez esse exame?

— Sim.

— E eu lhe pergunto, doutor, se essa dor poderia ou não ter sido provocada por uma relação sexual consumada à força.

— Acredito que poderia.

— E qual é a explicação médica para isso?

O médico curvou-se para a frente e abriu as mãos.

— Comumente, quando uma mulher pretende ter uma relação sexual, há uma secreção de líquido, uma lubrificação natural. Quando o ato se realiza contra sua vontade, não há nenhuma secreção preliminar e, consequentemente, ocorrem mais atrito e subsequente inflamação e dor.

Olhei para Claude Dancer.

— A testemunha é sua — avisei.

Claude Dancer ficou em pé, pensativo, olhando para a claraboia, no alto, balançando-se nos calcanhares.

— O senhor não se especializou em patologia, não é, doutor? — perguntou.

— Não.

—E isso é uma especialidade, tanto quanto a sua própria.

— Sim, de fato.

— E o patologista é, habitualmente, mais experiente e informado sobre os procedimentos *postmortem*.

— Sim.

— E admitiria que um patologista experiente estaria mais qualificado para determinar a causa da morte, num cadáver, do que o senhor próprio?

— Sem a menor dúvida.

Claude Dancer olhara atentamente para a claraboia, durante seu rápido interrogatório. Agora, virou-se e me deu seu sorriso de pergaminho do mar Morto.

— A testemunha é sua — disse.

— Doutor — perguntei —, também admitiria, igualmente, que esse patologista experiente seria mais competente do que o senhor próprio para testar um cadáver masculino, a fim de verificar se ocorrera ejaculação seminal recente?

Pensativamente:

—Diria que estaríamos igualmente bem qualificados nessa questão e que, se houvesse uma controvérsia, um exame das vesículas seminais teria sido feito adequadamente.

— De volta para o senhor, sr. Dancer.

— Sem mais perguntas.

Virei-me, olhei para Laura Manion e fiz um sinal afirmativo com a cabeça.

— A defesa chamará a sra. Laura Manion — chamei.

O juiz olhou para o relógio e com a mão afastou da testa sua ruiva madeixa.

— Acho que teremos dez minutos de intervalo antes do interrogatório da próxima testemunha — comunicou. — Vamos lá, sr. xerife.

Capítulo 18

— TENENTE — EU DISSE, quando nós três estávamos sozinhos na sala de audiências —, quero que saia e fume um pouco, ou algo parecido, de modo que eu possa conversar sozinho com Laura. O treinador quer ter uma palavra final.

Sem uma palavra, o tenente virou-se, marchou para a porta e saiu da sala. Voltei-me para Laura.

— Bem, senhorita — falei —, chegou a hora. Eu esperava poder levá-la às pressas para o banco, antes que você tivesse tempo de ruminar tudo isso, mas o juiz não colaborou. Como se sente?

Laura riu, nervosamente, e apalpou o estômago.

— As borboletas estão batendo as asas como condores — comentou. — O que é bom para isso, treinador?

— A verdade — declarei. — Tudo o que você precisa dizer é a verdade. Lembra-se do que lhe falei antes? Não seja conduzida a nada que possa colocar qualquer dúvida quanto à sua história do estupro. — Previa que Dancer iria atrás dela com fúria, tentando abalar sua história e lançar dúvidas sobre sua moral e credibilidade e não sei mais o quê, mas não lhe disse isso. — Antes de responder a uma pergunta da promotoria, Laura — eu disse —, *pense*. Amenize a questão do ciúme, se puder, mas, se eles entrarem nisso, não minta a respeito. E não responda mais do que lhe perguntarem; e, se não entender a pergunta ou não souber a resposta, simplesmente diga não. A verdade deve ser a ordem do dia. — Eu já lhe dissera tudo isso muitas vezes. — Mais uma coisa — acrescentei —, quando chegarmos à parte do estupro, fale devagar, de maneira simples, não sinta que deve representar e, pelo amor de Deus, não tente dramatizar nenhuma emoção que não sentir.

Aquelas mulheres do júri a crucificarão se você ousar fazer fita. — Dei palmadinhas em seu ombro. — Entendeu, minha querida?

Ela fez um sinal afirmativo com a cabeça e deu um sorriso trêmulo. Houve uma batida na porta, e Max Battisfore pôs a cabeça para dentro.

— Já, Max? — perguntei.

— Gostaria de conversar com você um minuto, Polly — falou Max. — Sozinho.

— Claro, Max — respondi, surpreso, virando-me e fazendo um sinal afirmativo com a cabeça para Laura, que esmagou seu cigarro e rapidamente saiu da sala. Virei-me para Max.

— Em primeiro lugar, Polly, tenho um telegrama aqui para você — informou, entregando-me o envelope selado, que coloquei no bolso da frente do meu paletó. — Depois, quero agradecer-lhe pelo simpático elogio na sala do tribunal, que me fez e ao nosso departamento, quando estava interrogando o vice Lemon. Gostei muito, de verdade.

— Está bem, Max — agradeci, sorrindo, mas ainda confuso quanto à sua verdadeira missão. — Você e seus rapazes foram muito simpáticos com os Manions e comigo. Não podemos esquecer isso e, especialmente, como você lançou a corda salva-vidas, naquela história do psiquiatra, fazendo seu homem do mais alto escalão levar de carro o tenente até Lower Michigan. Isso foi, poderá ser, um salva-vidas...

— Ouça, Polly — interrompeu Max, baixando a voz e falando rapidamente. — O recesso está quase terminando e preciso conversar rápido. É sobre o tenente. Estou disposto a testemunhar a favor dele.

— *Testemunhar* a favor dele? — repeti, incrédulo.

Max fez um sinal afirmativo com a cabeça.

— Sim, testemunhar. Tenho pena do sujeito, especialmente pela maneira como esse Dancer está agindo com ele, tentando bloquear a verdade e impedir que apareça. Como no caso daquele detector de mentiras. Eu sabia o tempo inteiro que o teste mostrara que a esposa do tenente havia contado a verdade. Além disso, a polícia estadual pode ficar malvista, porque esse sujeito, Dancer, fez parecer que *eles* é que tentavam esconder a verdade.

— Humm... E o que você testemunharia, Max? — perguntei, pensativamente, mas com a cabeça a mil.

— Insanidade — continuou Max. — Manion foi, praticamente, um caso de catatonia naquela primeira semana, como um homem num sonho — ele não comia nem dormia, só queria ficar sentado e apático em sua cela. Quando o barman veio e lhe entregou os cigarros, ele, distraidamente, entregou a caixa a um dos nossos bêbados pedintes. Ele não lhe contou tudo isso?

— Meu Deus, não, Max — afirmei. — Fala sério quando diz que quer testemunhar para a defesa com relação a essas coisas?

Max espiou seu relógio e me deu a mão.

— A qualquer momento, Polly, e agora preciso ir — e se foi.

Rasguei e abri o envelope. Era do nosso psiquiatra, dr. Matthew Smith. "Chegando ao seu aeroporto às 21h17 hoje. Por favor me espere lá," dizia.

— Ouçam todos, ouçam todos, ouçam todos — entoou Max, e, mais uma vez, retomamos os procedimentos. O juiz me fez um sinal afirmativo com a cabeça, e eu me levantei e me dirigi à corte.

— Meritíssimo — comecei —, com a permissão do tribunal, gostaria de mudar a ordem das minhas testemunhas, se puder, e chamar outra testemunha desta vez, em lugar da sra. Laura Manion.

— Muito bem — concordou o juiz. — Chame sua outra testemunha.

— Xerife Max Battisfore! — anunciei, e houve um sussurro geral e uma agitação na sala do tribunal, quando Max se levantou e marchou resolutamente para o banco das testemunhas, prestou juramento e se sentou. Dei uma rápida olhada em Claude Dancer, que tinha a cabeça curvada, numa apressada conferência com Mitch. Dando uma olhada para o outro lado, encontrei um perplexo Parnell, inclinado para a frente e com as sobrancelhas compreensivelmente cerradas.

— Seu nome, por favor — pedi.

— Max Battisfore — respondeu o bom e velho Max.

— Ocupação?

— Xerife do condado de Iron Cliffs.

— E, sendo assim, tem a custódia da cadeia do condado e dos seus presidiários, sr. xerife?

— Sim, tenho.

— Inclusive a do réu deste caso?

— Sim.

— E há quanto tempo ele está... ahn... morando com o senhor?

— Desde sua prisão, em dezesseis de agosto.

— E o senhor o vê quase diariamente, desde que foi preso?

— Sim, vejo.

— Bem, sr. xerife — indaguei —, como eram sua aparência, conduta e comportamento geral quando foi preso, em comparação com os de agora?

— Bem... — começou Max.

— Esperem, esperem! — gritou Dancer, ficando em pé com um pulo. — Objeção, Meritíssimo. Irrelevante e imaterial. Se foi calculado para mostrar o estado mental do réu, então essa testemunha certamente não é competente para expressar uma opinião.

Virei-me e olhei para o homenzinho, que estava lívido de raiva, porque um funcionário voltado para o cumprimento da lei ousava fazer algo contrário à promotoria num caso de homicídio.

— Sr. Biegler? — interpôs o juiz.

— Meritíssimo — esclareci —, a defesa não tentaria, nem por um instante, lançar nosso xerife contra o erudito psiquiatra da promotoria. Nosso xerife parece trabalhar com a vantagem de ter visto o réu durante um período mais longo e muito mais próximo do tempo em que declaramos que ele estava temporariamente insano. Mas não se trata, aqui, de oferecer como prova a opinião do xerife sobre a sanidade ou insanidade do tenente Manion, e como possível evidência oferecida por uma das poucas testemunhas que estava em posição de observar e contar certos sintomas, a partir dos quais pessoas competentes para isso poderão talvez dar sua opinião. O sr. Dancer, com sua tática característica, parece que também quer manter isso fora.

— Oferece a evidência, advogado — perguntou-me o juiz —, não como uma opinião sobre a sanidade ou insanidade, porém mais como uma evidência que pode ter peso de referência nessas questões controvertidas?

— Correto, Meritíssimo — concordei.

— A testemunha pode responder — ele disse.

— Bem — falou Max —, o tenente Manion era praticamente um caso de cuca no pé logo que chegou à minha prisão...

— Objeção, Meritíssimo, não estou familiarizado com a gíria, a terminologia...

— Camisa de força, Dancer — interrompeu Max, com os olhos cinzentos lampejando agourentamente. — Depois, ele entrou numa espécie de sombrio estado de depressão, como um homem num sonho, não comeu nem dormiu durante dois dias e só queria ficar sentado em sua cela, ruminando. Ficamos tão preocupados que coloquei um dos nossos encarregados como falso prisioneiro numa cela próxima à dele, para manter uma vigília. Quando o barman veio, no domingo, e lhe deu aquele maço de cigarros, ele, distraidamente, entregou-o a um dos meus bêbados, e cinco minutos depois ele próprio estava pedindo um cigarro ao meu carcereiro.

— E qual era o aspecto do tenente, digamos, durante a última parte da sua permanência?

— Muito melhor. Ele pareceu recuperar o controle, como um homem que tivesse saído de um nevoeiro. Depois de cerca de uma semana, comeu e dormiu bem e nunca nos deu mais nenhuma preocupação nem criou problemas.

— Obrigado, sr. xerife — agradeci e virei-me para Claude Dancer. — A testemunha é sua.

Claude Dancer ficou em pé, olhando ferozmente para o xerife, que lhe devolveu o olhar feroz, e Dancer, sentindo, com astúcia, que agora só podia piorar as coisas se fizesse um interrogatório, murmurou "Sem perguntas" e se sentou, bruscamente.

Fiquei ali em pé, durante um momento, refletindo em silêncio que talvez eu tivesse sido culposamente deficiente por não interrogar o xerife sobre tudo isso muito antes. E se Max não se apresentasse? Todo esse testemunho seria irrecuperavelmente perdido, e por minha estúpida culpa. Mas então, voltando a pensar a respeito, talvez não; conseguir que xerifes testemunhem pela defesa em casos de assassinato é parecido com a observação de pássaros: se a pessoa vai apressada atrás dos pássaros e os chama, eles voam alegremente e vão embora; mas se a pessoa continua a cuidar das suas coisas com calma e sem preocupação, o bosque tende ganhar vida, cheio de passarinhos. Bom e velho Max...

— Laura Manion — anunciei, e Laura levantou-se e caminhou para a bancada, erguendo em seguida a mão para o juramento.

Os jurados, notei, especialmente as mulheres, a observavam atentamente.

— Seu nome é Laura Manion, e a senhora é a esposa do tenente Manion? — perguntei.

— Sou — respondeu Laura, com um jeito reservado.

— Consentiu em andar de carro com o falecido Barney Quill, na noite de dezesseis de agosto?

— Sim.

— Quer nos contar o que aconteceu? — perguntei.

Sem dar nenhuma informação sobre o que ocorrera antes, sobre como chegara a andar de carro com ele, ou os motivos para isso, Laura descreveu rapidamente como Barney primeiro a levara de carro, com seu cachorro, até o portão do parque dos turistas; como ele manifestara surpresa ao descobrir o portão fechado e dissera que a levaria para casa por outro caminho; e, depois, como ele dera uma ré até a estrada principal e dirigira velozmente pela estrada, virando de repente para a direita e entrando numa estrada lateral estranha, muito cheia de árvores. Parnell e eu havíamos planejado as coisas dessa maneira, em primeiro lugar para fazer com que ela ultrapassasse a parte difícil antes de talvez sucumbir ao choro e, em segundo lugar, para que o júri pudesse julgar o resto da história à luz do que acontecera, e terceiro (este era o motivo piegas de Biegler) por causa do maior impacto que poderia ser alcançado satisfazendo-se imediatamente a curiosidade dos jurados.

A sala do tribunal havia permanecido em silêncio.

— O que aconteceu depois que Barney virou para aquela estranha estrada lateral? — continuei.

Com voz baixa, Laura contou o que acontecera: como Barney agarrou seu braço e encaminhou-se furiosamente para dentro do bosque e de repente parou, apagou as luzes e jogou o cachorro para fora, quando ele ganiu; e como ele lhe disse que ia estuprá-la e que a mataria se ela resistisse, como ele bateu em seus joelhos e todo o resto; como ela finalmente lhe disse que seu marido o mataria se fizesse aquilo com ela; como Barney, então, gabou-se das suas proezas nos campeonatos de tiro com pistolas e como perito em judô; como ele, finalmente, bateu-lhe com força, com o punho, e a chamou de "puta do Exército"; e como ela quase desmaiou, mas sabia que isso não ocorrera porque continuou a ouvir seu cachorrinho, Rover, ganindo e arranhando a porta do carro.

— O que aconteceu, então? — perguntei, baixinho.

Com a intensidade das suas lembranças, Laura parecia ter esquecido que estava sendo interrogada ou que falava numa sala de tribunal, diante de um júri; seus olhos verdes brilhavam, enquanto ela prosseguia e descrevia como, finalmente, percebeu que o homem obtivera êxito em sua intenção; e, como, enfim, percebeu que o carro se movia e que o pequeno Rover estava novamente ao seu lado; e como Barney, finalmente, a levou outra vez até o portão...

A essa altura, perguntei-lhe como acontecera de ela andar de carro com Barney naquela noite, e Laura começou do início e contou que deixara seu marido dormindo no *trailer* e fora até o bar do hotel comprar algumas cervejas; o fato de ter jogado *pinball* com Barney e, mais tarde, de ele ter pedido, várias vezes, que o deixasse levá-la de carro para casa; de ele alertá-la sobre os ursos e homens estranhos; de ela ter afinal consentido e deixado que ele a levasse. Também admitiu ter tirado os sapatos durante um jogo de *pinball*, mas negou ter dançado com Hippo Lukes ou qualquer homem, com ou sem sapatos.

Então, levei-a de volta ao portão, depois do estupro, e fiz com que contasse o segundo ataque de Barney e sua fuga temporária, com Rover iluminando seu caminho, enquanto subia os degraus perto do portão; sua recaptura, a luta, as pancadas que levou e seus frenéticos gritos finais, pedindo ajuda; como ela seguiu com dificuldade até o *trailer* e caiu finalmente nos braços do marido. Então, tendo todo o seu testemunho demorado apenas pouco mais de meia hora, ela rapidamente contou o resto dos acontecimentos daquela noite: a prisão do marido, a ida de carro até a prisão, a tentativa do dr. Dompierre de fazer um esfregaço vaginal, sua cooperação com o detetive sargento Durgo e com outros policiais, e que ela lhes contara a história várias vezes, sendo a última vez no posto policial estadual, com vários dispositivos presos ao seu corpo e aos seus braços. Então virei-me e dei uma olhada casual em Parnell, que se levantou e deixou apressadamente o tribunal, entrando pela sala de audiências do juiz.

— E foi oficialmente informada dos resultados desse teste com o detector de mentiras? — perguntei-lhe.

— Não — respondeu Laura.

— Gostaria de saber o resultado?

— Sim.

— Gostaria que todos nesta sala soubessem o resultado?

Laura fez um sinal afirmativo com a cabeça.

— Gos...

Dancer estava em pé.

— Não, não! Objeção! — gritou. — O advogado está claramente tentando contornar a regra contra a aceitação de testes com o polígrafo.

Os jurados olharam furiosos para o homenzinho.

— Perdoe-me, sr. Dancer — pedi. — Não paro de me esquecer como o senhor zela para que nada chegue a este caso que possa, talvez, danificar um só fio de cabelo da cabeça do tenente Manion. Retiro a pergunta. — Dirigi-me ao tribunal. — Meritíssimo — continuei —, antes de dispensar esta testemunha, gostaria de trazer o cachorrinho Rover, a fim de que faça uma demonstração para o júri, se me der licença.

— Demonstração do quê? — perguntou o juiz, espantado.

— Em primeiro lugar, de que o cachorro é pequeno e amistoso e que não teria a probabilidade de dissuadir o falecido nem de proteger a testemunha, e, em segundo lugar, de que o animal e sua lanterna poderiam, de fato, ter iluminado o caminho da testemunha através dos degraus próximos do portão do parque, como ela declarou. — Fiz uma pausa. — E há um terceiro motivo, Meritíssimo — acrescentei. — Para impedir que o sr. Dancer faça desse cachorrinho um mastim salivando, se eu não tiver permissão para apresentá-lo.

Claude Dancer olhou furioso para mim e ficou em pé de um salto, mas o juiz ergueu uma mão em advertência, como um guarda de trânsito.

— O pedido está atendido. Apresente o animal.

Virei-me para Laura.

— Por favor, sra. Manion.

Laura desceu da bancada e foi até a porta dos advogados pelo lado do júri, que eu mantivera aberta para ela, e voltou num segundo carregando Rover, sem dúvida ela própria tão espantada de ver Parnell jogando o animal para ela, no corredor, quanto ficou todo o resto das pessoas, na sala do tribunal, ao vê-la tão rapidamente de volta.

— Por favor, solte o cachorro, sra. Manion — pedi, e Laura pôs o cachorro no chão, com sua lanterna acesa na boca. Abanando furiosamente a cauda, ele correu alegremente e cheirou o juiz, que franziu a testa e se virou rapidamente para o outro lado e depois, a última coisa que se poderia imaginar, correu, com os olhos brilhando, até a mesa da promotoria, com suas minúsculas patinhas batendo no chão, e tentou subir no colo de Claude Dancer.

Dancer corou e levantou as pernas, para evitar isso, de forma não muito diferente de como agiria uma donzela sendo de repente procurada por um rato, e até o júri riu. Depois, Rover localizou o tenente Manion e correu para ele, num êxtase de alegria, retorcendo-se e ganindo, depois do que o juiz, que evidentemente tinha uma visão tão sombria de cachorros em sua sala do tribunal quanto das máquinas fotográficas, perguntou-me, com uma voz um tanto aflita, se nossa demonstração para o júri havia terminado.

— Juro, Meritíssimo — afirmei, solenemente —, que não estava esperando até Rover prestar juramento — e todos riram, até o juiz e Mitch, todos, menos o sr. Dancer, e fiz um sinal com a cabeça para que Laura pegasse o cachorro e o devolvesse a Parnell, que estava à espera, e quando ela voltou, virei-me e disse:

— A testemunha é sua, sr. Dancer.

Capítulo 19

O JUIZ OLHOU pensativo para o relógio da sala do tribunal e, depois, baixou a vista para as mesas dos advogados.

— Cavalheiros, são quase quatro e meia — falou —, cedo demais para suspender a sessão por hoje, mas talvez tarde demais para terminar com esta testemunha antes das cinco. — Deu uma olhada no júri. — Tenho uma leve impressão de que é possível terminar este caso amanhã, sábado, e imagino se o júri e os advogados estariam dispostos a trabalhar algumas horas extras esta noite, se necessário, para evitar a possibilidade, embora remota, de o caso ter de entrar pela próxima semana.

A maioria dos jurados fez, rapidamente, um sinal afirmativo com a cabeça, e pegando depressa nossas deixas Mitch e eu, por força, nos levantamos na mesma hora e também fizemos sinais afirmativos com as nossas.

— Muito bem — fez o juiz —, e então que tal continuarmos com o interrogatório? — Fez um sinal com a cabeça em direção à mesa de Mitch.

Claude Dancer levantou-se rapidamente e caminhou com passos silenciosos até ficar diante de Laura, segurando um maço de anotações, com os lábios enroscados num sorriso amável e cheio de dentes, muito parecido com uma pantera em miniatura preparada para pular em cima de um coelho desavisado.

"Boa sorte, querida Laura", murmurei para mim mesmo. Ela não sabia muito bem disso, mas estava prestes a ser sacrificada aos lobos.

— Há quanto tempo está casada com o tenente? — Claude Dancer ronronou, suavemente.

— Há três anos — respondeu Laura.

— E trabalhou, durante sua vida? — ele continuou a ronronar.

— Naturalmente que sim.

— E qual foi sua ocupação?

— Fui dona de casa durante doze anos antes de me casar com Manny... quero dizer, o tenente Manion.

— Ah — o sr. Dancer indagou, com falsa surpresa. — Quer dizer que havia sido casada, antes?

— Sim.

— Humm... E teve alguma outra ocupação, além dessa, de dona de casa?

— Sim, uma vez vendi *lingerie* numa loja de departamentos e outra vez fiz demonstrações e vendi cosméticos.

— Alguma outra coisa?

— Sim, trabalhei como telefonista e também como professora auxiliar.

— Mais alguma coisa? — Claude Dancer insistiu, parecendo consultar um dossiê que tinha em suas mãos, e que ele, de fato, poderia estar segurando; ou, como um interrogador inteligente, talvez fosse apenas um velho calendário; quanto a isso, nem a testemunha nem o advogado contrário poderiam jamais ter certeza.

— Não, acho que é só isso.

Ainda consultando suas anotações:

— Não foi, uma vez, esteticista?

— Não.

— Quer dizer que não se formou num curso de estética em St. Louis?

— O senhor não perguntou isso. Tive o treinamento, mas nunca trabalhei como esteticista.

(Estava agora claro, para mim, que o homenzinho tinha mesmo algumas informações sobre o passado de Laura — ela não contara nem mesmo a mim algumas dessas coisas.)

— Mas vendeu cosméticos na rua?

— Sim.

Estava também claro que Dancer tentava mostrar Laura como uma mulher que já passara por muita coisa, mas não fiz objeção, primeiro porque não via nenhum fundamento válido para fazer isso e, além disso, porque não faria objeção mesmo se pudesse, pois até agora o sr. Dancer estava fazendo precisamente o que eu esperava que ele fizesse: tentando sutilmente atacar o caráter de Laura, mas *não* sua história do estupro.

— Quanto tempo depois da morte do seu primeiro marido a senhora se casou com o seu atual? — o sr. Dancer perguntou, com uma cândida inocência.

Prendi a respiração porque essa era uma daquelas perguntas cheias de truques, contra as quais eu advertira Laura. A pergunta dele era tão armada que ele poderia, deliberadamente, atraí-la para uma mentira, ou ela poderia, inocentemente, cair em uma, se não permanecesse alerta.

— Duas semanas — respondeu Laura, e Claude Dancer não pôde resistir a disparar um olhar de triunfo para mim, enquanto meu ânimo despencava. Meu Deus, ela caíra na armadilha.

— Então, duas semanas depois de se tornar uma mulher livre, a senhora se casou com o tenente? — insistiu Dancer, atraindo-a e fixando a mentira.

— Sim, duas semanas depois que meu divórcio foi concedido — confirmou Laura; e, mais uma vez, pude respirar.

— Divórcio? — perguntou Dancer. — Pensei que tivesse declarado que o seu marido havia *morrido* duas semanas antes de a senhora tornar a se casar.

Laura sacudiu a cabeça, surpresa, e tive então certeza de que sua falha fora inocente, que ela não entendera bem a pergunta anterior, com sua armadilha.

— Ele estava e está bastante vivo. Nunca disse a ninguém que estava morto. Na verdade, recentemente, ele escreveu para meu marido e para mim, oferecendo-se para ajudar.

(Isso, também, eu não sabia.)

— Objeção — pediu Claude Dancer. — A resposta é irrelevante e não responde à pergunta, pelo menos a parte sobre a oferta de ajuda do primeiro marido. Peço que essa parte seja retirada.

— Sim — determinou o juiz —, a referência à oferta de ajuda por parte do primeiro marido pode ser eliminada, e o júri é solicitado a deixar de considerá-la.

Levantei-me.

— Meritíssimo — comecei —, agora que três pessoas já enfiaram na cabeça do júri a significação de um testemunho transgressor, posso também torná-la unânime. Concordamos que a referência à oferta de ajuda por parte do ex-marido pode ser eliminada e desconsiderada. Tenho certeza, agora, de que os jurados resolutamente a banirão de sua memória.

Claude Dancer olhou-me, furioso.

— Também faço objeção a que o advogado de defesa comente uma objeção, após o tribunal ter deliberado — afirmou.

— Sr. Dancer — repliquei —, peço desculpas por comentar o fato de que o ex-marido ainda deseja ajudar. Se o conforta, desejo estipular que ele está aborrecido e cheio, ou morto de ciúmes.

O juiz conteve um sorriso e bateu de leve em sua bancada com o martelo.

— Cavalheiros, cavalheiros — disse —, o tempo voa. Vamos continuar com o interrogatório. Prossiga, sr. Dancer.

Claude Dancer encarou seu pequeno revés como um homenzinho; tudo fazia parte do jogo; ele agora sondaria outra coisa.

— Há quanto tempo conhecia o tenente, antes de se casar com ele? — continuou a insistir.

— Há cinco meses.

— E onde estava seu primeiro marido, durante todo esse tempo?

— Com o Exército, na Europa.

— Então, todo o tempo em que seu marido estava em serviço, na Europa, a senhora e o tenente viviam seu pequeno romance por aqui?

Os olhos verdes de Laura relampejaram atrás dos óculos.

— Eu não disse isso. O senhor me perguntou por quanto tempo eu *conhecia* Manny, e não por quanto tempo ele me cortejou.

— Ora, então, por favor, conte-nos por quanto tempo ele a cortejou — continuou o sr. Dancer a ronronar, complacente.

— Um mês.

— Em outras palavras, a senhora e ele entraram numa relação firme antes de a senhora de fato se divorciar?

— Sim.

Claude Dancer olhou para o júri e notei, com pesar, que várias das mulheres se entreolhavam significativamente.

— Agora, falando da noite do tiroteio — continuou Dancer a pressionar. — Acredito que a senhora acabou de contar ao júri que foi ao bar do hotel, naquela noite, para comprar um pacote com seis cervejas.

— Sim.

— E eram para o seu marido?

— Sim, raramente bebo cerveja. — Sorriu um pouco e olhou nervosamente para o júri. — Engorda muito.

— Entendo — disse o sr. Dancer e fez uma pausa. — Mas, se foi lá comprar a cerveja para seu marido, por que não a pegou e trouxe para casa, em vez de ficar lá por mais de duas horas?

O homenzinho estava incomodando bastante Laura. Prendi a respiração, esperando que ela tivesse inteligência suficiente para se desembaraçar dessa pergunta. Ela teve, e com uma desforra... contou a simples verdade.

— Não fui até lá, fundamentalmente, em busca da cerveja, sr. Dancer. Se quer mesmo saber, ir ao bar pegar a cerveja foi mais ou menos uma desculpa para sair do *trailer.* Eu havia passado roupa a tarde inteira, e estava louca para sair.

— Sair a fim de poder beber uísque e jogar *pinball* com Barney Quill? — insistiu o sr. Dancer, não mais ronronando.

— Não. De forma nenhuma — disparou Laura em resposta. — Apenas sair. Se o senhor fosse uma mulher, entenderia o que quero dizer.

— Mas bebeu uísque e jogou *pinball* com Barney Quill?

— Sim. Já lhe contei isso aqui hoje e contei muitas vezes à polícia estadual. (Laura estava ficando irritada, senti, e se saía muito melhor; o perigo era que perdesse a cabeça.)

— E quantas bebidas tomou?

— Quatro.

— Doses duplas?

— Não.

— E em que espaço de tempo?

— Cerca de duas horas e com um grande copo de água. Meu pai me ensinou isso.

— Sentiu os efeitos dessas bebidas? — Dancer perguntou, e inteligentemente, porque se ela dissesse não, por força ficaria parecendo uma beberrona contumaz, e se dissesse sim, ele ronronaria em cima disso também.

— Sim, eu me senti descontraída e estava me divertindo.

Claude Dancer fez uma pausa e preparou outro projétil.

— É um hábito seu tirar os sapatos quando bebe uísque? — disparou.

— Não, não é.

— Ou quando está dançando?

— Não, eu não...

— E lhe serviram uísque enquanto estava sem sapatos? — Dancer insistiu.

— Meritíssimo — protestei, levantando-me —, não quero estragar o galante divertimento do sr. Dancer... ele esperou tanto tempo para isso, mas gostaria que ele deixasse a testemunha completar suas respostas antes de fazer a pergunta seguinte. Faço objeção ao fato de que ele a está interrompendo.

— A objeção é procedente. A testemunha terá permissão para completar sua resposta — determinou o juiz.

Laura deu uma olhada agradecida para o juiz.

— Eu ia dizer que não dancei com ninguém e que só tirei os sapatos uma vez, rapidamente, durante a última partida de *pinball*.

— Tem certeza de que não dançou com ninguém? — insistiu Dancer.

— Sim, tenho certeza.

— Não dançou com um homem alto, de rosto vermelho? (A essa altura, comecei a imaginar se o cambaleante Hippo Lukes tinha mudado de posição.)

— Não, nem mesmo com um homem baixo e pálido. Não dancei com ninguém, de jeito nenhum.

— Tem certeza?

— Digo com absoluta certeza que não dancei. Danço mal e não gosto muito de dançar.

— Lembra-se de algum homem com seus sapatos nos bolsos, enquanto a senhora dançava com ele? Responda sim ou não e não faça comentários.

(Ah, era o grande Hippo, com certeza.)

— Não.

— Depois do tiroteio, quando seu marido voltou para o *trailer*, ele foi então para o chalé do vigia, sr. Lemon?

— Sim.

— Ouviu a conversa entre eles?

— Não. Só vi o sr. Lemon quando ele veio para nosso *trailer*.

— Seu marido entregou sua pistola ao sr. Lemon?

— Não sei.

— Contou ao sr. Lemon o que aconteceu?

— Sim, contei; eu disse: "Veja o que Barney fez comigo."

Claude Dancer apelou para o tribunal.

— Objeção. A resposta não tem relação com a pergunta e peço que seja extraída.

— Mas o senhor perguntou à testemunha o que ela disse ao vigia — falou o juiz —, e ela respondeu. Se tinha alguma coisa particular em mente, então faça a pergunta. Seu pedido para que a resposta seja eliminada está negado.

— Contou ao sr. Lemon que o seu marido havia atirado em Barney?

— Não, não contei.

— A senhora e seu marido chegaram a sair, socialmente, em Thunder Bay?

— Várias vezes.

— E a senhora e ele compareceram, certa vez, a um coquetel no hotel, pouco depois que chegaram?

— Sim.

— E numa dessas festas seu marido teve uma contenda com um jovem segundo-tenente?

— Contenda? — indagou Laura. — Meu marido o derrubou com um soco.

— Por quê?

— Não sei dizer. É melhor o senhor perguntar a ele. O rapaz beijou minha mão.

Suavemente:

— A senhora aprovou o comportamento do seu marido?

— Não aprovei e não aprovo — respondeu Laura.

Claude Dancer virou-se e fez uma expressão exultante para mim.

— A testemunha é sua — ele disse.

Consultei a claraboia, mas não encontrei nenhuma inspiração.

— Sem perguntas — eu disse.

— Sr. xerife — falou o juiz —, acho que encerramos por hoje.

Capítulo 20

Depois que a multidão se dispersou, fiz gravemente um sinal de agradecimento, com a cabeça, para Max, que estava adiante, junto da porta, discretamente à espera do tenente. Eu não queria constrangê-lo, deixando que alguém me visse conversando com ele naquele momento; poderia agradecer-lhe mais tarde; mas, enquanto isso, com vitória, perda ou empate, ele se tornara um dos meus xerifes favoritos.

— Como me saí, Paul? — perguntou Laura.

— Maravilhosamente — reconheci. — Simplesmente maravilhosa. Desculpe ter deixado o homenzinho insistir tanto nas perguntas a você, mas não havia como impedir. E é tudo pela causa.

Não disse a ela que achei que Claude Dancer nos havia causado pesados danos, com seu interrogatório pesado; mas, de fato, também não havia maneira de impedir isso. Eu dissera a Laura para falar a verdade, e isso ela fizera; como diria Parnell, o bom junto com o ruim. Esperava que eu e Parnell pudéssemos inventar algum remédio para melhorar isso, porque agora estava evidente que Mary Pilant, o barman ou alguém de Thunder Bay fornecera a Claude Dancer pelo menos uma parte do material que ele usara (provavelmente antes da "grande virada"), pois, de outra forma, o homenzinho dificilmente poderia fazer algumas das perguntas penetrantes que fizera. Como a questão do incidente no coquetel.

Dei palmadinhas no ombro de Laura.

— Agora, você e Manny vão para a cadeia — afirmei. — O bom xerife está à espera, e irei até lá daqui a um pouquinho, para algum exercício final com o crânio. Amanhã é o grande dia.

Depois que os Manions saíram, Parnell se aproximou, arrastando os pés, e ficou em silêncio, observando-me guardar meus papéis em lugar seguro. Ergui os olhos. Ele estivera lendo meus pensamentos.

— Bem, amanhã é o dia... o grande desfecho, de uma maneira ou de outra. O que acha, rapaz?

— O que *você* acha, Parn? — contrapus.

Parnell deu de ombros e estendeu as mãos.

— Agora, quase tudo já foi dito. Só precisamos que o tenente conte sua história e que nosso médico diga que ele estava maluco; depois, tudo ficará nas mãos dos deuses.

— Sim, Parn. E que eu faça uma argumentação decente perante o júri, que o juiz dê ao júri nossas instruções requeridas e o júri as entenda, leve tudo em consideração e nos dê uma chance... é uma porção de "se"...

— Você conseguirá, patrão — falou a voz familiar de uma mulher — Eu... eu já estou quase orgulhosa do senhor.

Virei o corpo.

— *Maida!* — exclamei. — Que diabos está fazendo aqui? Pensei que estivesse em casa, cuidando da máquina registradora. Porque... eu...

Maida riu, com desdém.

— Máquina registradora? — perguntou. — Isso já foi feito. Ficar em casa? Nem pensar, patrão. Achou, por um só minuto, que eu ficaria sentada naquele velho escritório de advocacia vazio, enquanto o patrão está a caminho da miséria ou da fortuna? E enquanto se desdobra o caso mais lindo que já aconteceu neste condado? Confesso, patrão, tenho vindo aqui todos os dias. — Inclinou a cabeça desafiadoramente. — Será que estou novamente demitida?

Olhei furioso para Parnell, que baixou a cabeça.

— Você, seu velho canalha, roubando minha estenógrafa, fechando meu escritório, destroçando minha disciplina... — fiz uma pausa, sem palavras.

Parnell levantou-se, com dificuldade.

— Já se esqueceu que somos parceiros neste caso, Polly? — perguntou. — Decidi, após reflexão, que Maida deveria estar disponível. Na verdade, ainda temos trabalho importante para fazer.

— O que vem, agora? De volta a Green Bay ou é direto para Nova Orleans, dessa vez?

Dei uma olhada em meu relógio. Precisava ir ver os Manions, talvez comer alguma coisa e, depois, esperar o maldito avião, aquela noite. Fechei bruscamente minha pasta e me levantei.

— Vamos, Maida — ordenou Parnell, oferecendo-lhe o braço.

Curvou-se solenemente, e ele e Maida saíram em grande estilo da sala do tribunal.

O avião inclinou-se para baixo como um grande pássaro rígido vindo do céu outonal que escurecia, parou perto do aglomerado de barracões do aeroporto e expeliu quatro passageiros, três homens falando alto, com ternos amassados e meio bêbados, que rejeitei, após uma olhada invejosa, e, finalmente, um rapaz bronzeado e de boa aparência, de altura mediana, e que, por um momento, sob o clarão dos holofotes, achei que podia ser Mitch, cabelo à escovinha e tudo. Mas ele, simplesmente, tinha de ser nosso psiquiatra; se não fosse, estávamos numa situação dos diabos; e, quando ele passou pelo portão, respirei fundo e disse "dr. Smith?" e ele disse "Paul Biegler?" e eu quase cambaleei, com um misto de surpresa e alívio quando peguei sua mala e o conduzi para meu cupê salpicado de lama. Cabelo à escovinha ou não, tínhamos, finalmente, nosso psiquiatra.

O dr. Smith fez um gesto em direção aos três homens à nossa frente.

— Repórteres — informou. — Seu julgamento por assassinato parece destinado à imortalidade, pelo menos durante o fim de semana, quero dizer. Pelo que entendi, foi a notícia de um cachorrinho com uma lanterna que provocou isso.

Os três repórteres chamaram ruidosamente um táxi e partiram à toda. "Um cachorrinho os conduzirá," murmurei, para mim mesmo. "Que Deus abençoe nossa imprensa livre e sem restrições."

— Uma viagem surpreendente — comentou o médico, quando saímos do aeroporto. — As cidades espalhadas de vocês não passam de cicatrizes ocasionais no meio dos lagos e bosques. Eu nem sonhava com a distância e a beleza selvagem deste lugar. Dizem que o melhor é "Ver primeiro a América", e isso está certo.

— Quem sabe, doutor — respondi —, o senhor não ingressará em minha comissão para bombardear a nova ponte sobre o estreito de Mackinac? Estou alistando recrutas, e a taxa de admissão é modesta... apenas meia embalagem de pólvora. Posso inscrevê-lo? Se não fizermos isso, temo que não demorará muito e as estradas terão uma fileira contínua de barracas de cachorros-quentes, iluminadas a néon, com um imenso engarrafamento de carros grudados uns nos outros como sabujos seguindo uma cadela no cio. Tremo só de pensar nisso, e, ultimamente, tenho pensado em minha saída de emergência, o Alasca. Durante anos, o estreito permaneceu como nosso Canal da Mancha contra a invasão do sul. E, agora, vem essa maldita ponte, que nossos alegres idiotas da Câmara do Comércio passaram a acrescentar às suas orações noturnas.

O médico riu.

— Todos nós temos nossas pequenas fixações, não é? — admitiu. — Ora, talvez eu considere a possibilidade de entrar em seu clube de demolição, mas, enquanto isso, me diga, como vai nosso caso de homicídio?

Na viagem de carro de volta para Iron Bay contei-lhe a situação do caso: que a promotoria não fizera nenhum exame psiquiátrico do tenente nem tentaria fazer seriamente. Também lhe contei as coisas, tanto boas quanto ruins, que haviam surgido desde que ele conversara com o tenente. Eu estava preocupado com o depoimento do detetive sargento Durgo, pois ele poderia modificar ou até mesmo mudar completamente o diagnóstico prévio de insanidade que ele fizera. E também com a evidência de ciúme que Dancer obtivera de Laura. O dr. Smith disse muito pouca coisa, fazendo, ocasionalmente, uma pergunta ou duas; não tardamos a chegar ao seu hotel, cuidamos do seu registro e fomos para seu quarto, onde notei com estranheza que, pela segunda noite consecutiva, eu estava meio perdido num quarto de hotel com vista para o Lago Superior. Comecei então a devanear sobre Mary Pilant, desejando estar de volta ao seu apartamento iluminado pelo luar.

Depois que o dr. Smith se instalou, eu lhe contei mais sobre o caso, inclusive toda a trama emaranhada em torno de Barney Quill, suas armas e a bebida.

— O senhor diz que esse dr. Gregory se propõe a testemunhar quanto ao estado mental do tenente Manion na noite do tiroteio apenas observando-o no tribunal? — perguntou o médico.

— Não posso ter certeza, doutor — afirmei —, mas certamente espero que sim. Não consigo imaginar outro motivo para o manterem aqui se não for por isso.

O dr. Smith abanou a cabeça.

— Lamento ouvir isso. Lamento muito.

— Bem, eu não lamento, doutor — falei. — Como pode a promotoria esperar refutar nossa prova de insanidade com base num contratestemunho desses? Mas, de acordo com a lei, devem fazer isso, e de forma a eliminar qualquer dúvida racional. As causas são claras.

— É precisamente isso, sr. Biegler — concordou o médico, ponderadamente. — O senhor percebe, eu não estava pensando tanto em seu cliente, mas sim em minha profissão. A profissão ou arte da psiquiatria ainda está em sua adolescência, se não em sua infância. E são precisamente clínicos como o dr. Gregory que a ajudam a permanecer aí, ousando dar uma opinião profissional em tal base.

Aquele jovem de cabelo escovinha, percebi, era tão dedicado à sua profissão quanto Parnell à dele. Dei de ombros.

— Entendo sua posição — falei. — Estou horrorizado por sua profissão, doutor, mas muito feliz por meu cliente. — Fiz uma pausa. — E posso acreditar, pelo que acabou de dizer, que ainda é da opinião de que o tenente estava insano, tanto do ponto de vista legal quanto médico, quando disparou os tiros fatais?

O médico me deu uma rápida olhada.

— Sim. Não há a menor dúvida a respeito disso. O que o senhor me disse esta noite só serve para confirmar isso.

— Sente-se disposto a conversar mais sobre o assunto agora? — perguntei.

Ele sacudiu negativamente a cabeça.

— Prefiro fazer isso no tribunal, se não se importa. Quando nada, pode dar ao meu testemunho um pouco mais de espontaneidade, e, ao mesmo tempo, pouparei o senhor de se entediar duas vezes, em vez de uma. Mas lhe garanto que, em minha opinião, seu cliente estava claramente insano, e testemunharei isso. Basta por ora?

— Como quiser, doutor — eu disse disfarçando um bocejo.

O dr. Smith ficou pensativo.

— Mas lhe digo uma coisa... acho que o caso do tenente Manion é rotina, em comparação com o do morto, Barney Quill. Esse, sim, era um homem cuja mente eu gostaria, de fato, de analisar. Um verdadeiro desafio.

— Sim, doutor — concordei —, o que ainda me deixa perplexo e preocupado é o fato de um homem com dons tão incomuns quanto esse Quill fazer o que fez. Acho que ele devia saber que nada, a não ser um desastre, se seguiria ao seu estupro e ataque à sra. Manion. — Meneei a cabeça. — Minha maior preocupação é a de que, apesar de todas as nossas provas em contrário, o júri ainda possa duvidar que o homem fosse capaz de um ato desses. A coisa foi profundamente selvagem e primitiva.

O dr. Smith olhou pensativamente para o lago, a distância.

— Devemos lembrar que, durante milênios incontáveis, na longa história da raça humana, algo muito parecido com estupro era, provavelmente, a ordem normal das relações entre os sexos. Falando do ponto de vista antropológico, foi apenas ontem que os homens cessaram de dar cacetadas e estuprar imediatamente qualquer mulher que lhes atraísse o capricho passageiro.

— Sim, acho que sim, doutor — reconheci. — A vida deve ter sido uma alegre caçada, naqueles velhos tempos descontraídos e informais. "Belo dia, madame. Eu a amo loucamente. *Pam*! Ah, queridinha."

O dr. Smith sorriu.

— E, exatamente como há, atualmente, um número surpreendente de homens, os chamados homens "civilizados", que de algum modo só obtêm sua maior satisfação sexual quando têm relações com as mulheres mais depravadas que conseguem encontrar, da mesma forma ainda há muitos homens que tiram seu prazer máximo de algo que não está muito distante do estupro.

— O senhor me faz sentir tão... tão antiquado, digamos, doutor — comentei. — Tão brando, tão alquebrado, imaginando que um homem deveria seduzir ou possivelmente consultar uma mulher quanto ao prazer dela durante uma empreitada do gênero. Sem dúvida, é o cervejeiro sem imaginação que existe em mim.

— E eu suspeito — continuou o psiquiatra, pensativamente — que Barney Quill pode ter sido um desses, uma espécie de caso de retrocesso frustrado, um homem que sofreu uma repentina regressão atávica a esse tipo. Quando, para seu cérebro confuso, *sua* masculinidade pareceu estar em jogo, ele, talvez quase naturalmente, desceu ao estupro. Mostraria ao mundo inteiro que sujeito másculo e dominante ele era. Altamente interessante.

— Fosse como fosse, doutor, ele se meteu mesmo numa barra pesada.

O psiquiatra olhou novamente através da janela.

— Sim, para mim o morto é, de longe, o personagem mais fascinante em todo esse drama — afirmou, pensativo. — Adoraria tentar descobrir exatamente o que o levou a tudo isso.

— Um grande personagem — concordei, bocejando e me lembrando de que Parnell, certa vez, fizera mais ou menos o mesmo comentário. — Seu diagnóstico definitivo, doutor, é de que o tenente foi, de fato, vítima de impulso irresistível, aquela noite, lembrasse ou não o que havia feito e pudesse na verdade distinguir o certo do errado? — Eu precisava, no mínimo, saber disso para poder dormir aquela noite.

O jovem médico acenou enfaticamente que sim, com a cabeça.

— Exatamente — ele anuiu. — Embora chamemos isso atualmente de reação dissociativa. É bem possível que o tenente se lembre mais do tiroteio do que admite. Ele pode, na verdade, lembrar-se de tudo, ter claramente distinguido o certo do errado naquela noite e achar que está enganando ao senhor e a mim dizendo que não se lembra. — O médico sacudiu a cabeça. — Não faria nenhuma diferença. Em minha opinião, ele, mesmo assim, não pôde controlar-se; ele foi, não obstante, irresistivelmente compelido a fazer o que fez e, portanto, estava insano do ponto de vista médico.

— Mas quase não legalmente insano, doutor — repliquei, explicando-lhe como o diagnóstico dele, de impulso irresistível, fizera a mim e a Parnell suar frio, até descobrirmos que Michigan era um dos relativamente poucos estados do país que admitiam essa defesa e mais ou menos o único, na fileira nortista de estados. — Se o tenente tivesse atirado em Barney logo atrás da fronteira do Ohio ou Wisconsin, não haveria a menor chance para a defesa dele alegar insanidade, pelo menos a partir do seu diagnóstico. A consciência do que é certo ou errado é o único fator decisivo, nestes e na maioria dos nossos estados.

O dr. Smith sacudiu a cabeça consternado.

— Como é primitivo e pouco realista, do ponto de vista médico — afirmou. — São exatamente essas vítimas que *sabem* que estão fazendo uma coisa errada, percebem o que estão fazendo e, mesmo assim, não podem resistir as que devem ser mais lamentadas e protegidas pela lei, em vez de terem a culpa criminal acrescentada ao tormento do seu erro consciente. Seu sofrimento e agonia não só são aumentados pela consciência do que fazem, mas triplicados, porque elas são punidas pelo fato de saberem.

— Talvez, doutor — sugeri —, talvez a maioria dos estados rejeite o impulso irresistível porque ele pode ser falsificado com mais facilidade do que a clássica insanidade de quem "não se lembra de nada".

— Não — disse o médico, sacudindo a cabeça. — Em minha opinião, é tão difícil, em termos médicos, se não mais difícil, falsificar isso do que qualquer outra forma de aberração mental séria. Quanto à falsificação, o resultado direto, na maioria dos estados, é forçar os réus de crimes que poderiam, na verdade, ser causados por insanidade, do ponto de vista médico, a falsificar sintomas de uma forma de insanidade legal da qual de fato não sofrem. A falsificação está inteiramente do outro lado. É uma situação desumana e lamentavelmente sórdida, pouco realista do ponto de vista médico e um incentivo ao perjúrio e à impostura, do ponto de vista legal, envolvendo réus e psiquiatras, advogados e juízes numa suja espécie de faz de conta.

— Amém, doutor — concordei, e suspirei, abafando um bocejo. — Deus sabe que estou do seu lado. Mas, exatamente neste momento, sinto-me incrivelmente feliz por estarmos num dos poucos estados emancipados que reconhecem o impulso irresistível como defesa para um crime.

O dr. Smith levantou-se e estendeu a mão, sorrindo.

— Não quero que pareça que estou fazendo diagnósticos a todo momento — afirmou —, mas acho que o lugar para onde o senhor sem dúvida deve ir, sr. Biegler, é para casa e para a cama. Sua cabeça fez constantes sinais afirmativos e suas pálpebras caíram sem cessar durante a última meia hora. A que horas começa a sessão do tribunal?

— Às nove em ponto — informei —, e nosso juiz não brinca em serviço. Gostaria que o senhor estivesse lá, para ouvir o réu testemunhar.

— Às nove em ponto — repetiu. — E, agora, vá o senhor para casa e para a cama.

Apertei-lhe a mão e bocejei prodigiosamente, em cima do rosto do pobre homem.

— Algumas vezes, doutor, acho que esse maldito caso está me derrubando. Até já.

— Até — respondeu amavelmente, fechando a porta do quarto.

Capítulo 21

NA MANHÃ SEGUINTE, sábado, os carros estavam estacionados solidamente ao longo de quarteirões em torno do tribunal, e fiquei satisfeito porque o atencioso xerife reservara um espaço para estacionamento entre o tribunal e a prisão. A fila de pessoas que esperavam para entrar na sala do tribunal, formada principalmente por mulheres, estendia-se pela escada de mármore e ao longo do corredor principal inteiro, no andar de baixo, atravessando a porta e seguindo pela escada de cimento até a calçada recoberta de folhas. Lembrei um filme que eu vira, certa vez, com uma longa fila irregular de homens empenhados na corrida do ouro, no Alasca, atravessando, penosa e lentamente, o desfiladeiro Chilkoot. Esses dedicados peregrinos nativos pareciam sentir que aquele era o grande dia, e a maioria tinha sacolas de papel e marmitas com o almoço, para não perderem seus lugares, tal era sua paixão como estudantes de homicídio, como o juiz Weaver maldosamente comentara.

Quando consegui chegar ao andar de cima, abrindo caminho à força, os jurados e os Manions já estavam em seus respectivos lugares; fiz um sinal afirmativo com a cabeça para o dr. Smith, sentado numa das cadeiras para advogados, atrás de Laura; Parnell estava gravemente sentado junto da sua porta; e os homens do xerife acabavam de admitir a tagarela guarda avançada da horda trovejante que carregava seus almoços. Todo um rebanho de repórteres urbanos amontoava-se pesadamente em torno da mesa da imprensa, conversando com Bob Birkey, o representante local da *Gazette*; parecia que reforços deles haviam chegado no trem noturno. Rover e sua lanterna haviam triunfado mais que tudo... Laura inclinou-se, aproximando-se de mim, e disse, num sussurro, fazendo um aceno de cabeça na direção de Parnell:

— Aquele velho senhor sentado ali acabou de deixar este envelope na mesa para você, o mesmo velho simpático que me entregou Rover quando testemunhei ontem. Quem é ele?

— É meu veterinário chefe, Laura, encarregado de canis e baterias de lanternas elétricas em todos os meus casos de assassinato — expliquei, sorrindo e rasgando o envelope, para abri-lo.

"Polly," dizia o bilhete de Parnell, "chame o funcionário da recepção do hotel como sua primeira testemunha. O nome dele é Clarence Furlong. Dê o crédito a Maida por um gol neste caso. O resto de nós se esqueceu, pura e simplesmente. Lembre-se de mencionar dinheiro. Boa sorte. Parn."

Dei uma olhada ansiosa em Parnell e ele piscou e desviou os olhos, como um inocente menino cantor de coro. Que homem, que homem...

A porta para a sala do juiz rangeu e se abriu, e ele próprio saiu zunindo, com longos e decididos passos, seguido por Claude Dancer e Mitch, como dois coroinhas atrás de um padre. Quando o juiz acabou de subir até seu lugar, Max, com seu martelo, nos pôs a todos em pé, berrando por seus bezerros perdidos. Quem estava na sala do tribunal finalmente se sentou. Depois de algum tempo, fez-se um silêncio amortecido, uma espécie de quietude farfalhante e tensa, como um chuveiro de folhas outonais. O aceno do juiz com a cabeça em direção à minha mesa acendeu bruscamente a mecha do combate.

— A defesa chamará Clarence Furlong — falei, rezando silenciosamente para que Parnell soubesse o que estava fazendo.

O pequeno funcionário da recepção de Mary Pilant caminhou sem ruído até a bancada, dando curtos passos de mestre de dança, não muito diferentes dos passos de Rover, e não me surpreenderia se ele segurasse uma lanterna acesa na boca, quando se virou, timidamente, depois do juramento, para me encarar, da cadeira das testemunhas. Era uma sensação curiosa, estar prestes a interrogar uma testemunha que nunca entrevistamos adequadamente. Respirei fundo e fui em frente, como se nós dois tivéssemos sido criados no mesmo parque do bairro.

— Seu nome, por favor? — perguntei.

— Clarence Furlong — respondeu a testemunha.

— Onde mora?

— Thunder Bay, Michigan.

— Ocupação?

— Atendente da recepção do Thunder Bay Inn.

— Há quanto tempo ocupa esse cargo?

— Há quase quatro anos.

— E exercia essa função na noite do tiroteio deste caso, ou seja, na noite de quinze e primeiras horas da madrugada de dezesseis de agosto?

— Estava.

— E onde, no hotel, o senhor estava trabalhando?

— No balcão do saguão principal.

— Pergunto se seu balcão tinha ou não uma visão da entrada principal.

— Sim, senhor, tinha.

— E também da escada que dava para o bar?

— Sim, tinha.

— Em outras palavras, o senhor podia ver qualquer pessoa que entrasse ou saísse do saguão, por um caminho ou por outro?

— Correto.

— Agora eu lhe pergunto, sr. Furlong — falei —, se o senhor viu seu falecido patrão, Barney Quill, no saguão na noite do tiroteio?

Tranquilamente:

— Sim.

— A que horas?

— Ele entrou e atravessou o saguão mais ou menos à meia-noite... talvez cinco minutos antes.

— Entrando por onde?

— Pela entrada principal.

— Havia mais alguém no saguão?

— Não. Eu estava sozinho.

Fiz uma pausa e depois investi.

— Agora, quer fazer o favor de descrever a aparência geral do sr. Quill, quando o viu?

O sr. Dancer já estava em pé.

— Objeção, Meritíssimo. A aparência do falecido não teria nenhum peso para as questões em jogo neste caso. Irrelevante, insignificante.

— Sr. Biegler? — inquiriu o juiz. — Por que oferece esse testemunho?

Levantei-me, junto da minha mesa.

— Tanto a defesa como algumas das testemunhas da promotoria agora injetaram no caso a questão de possível estupro. Se é verdade, Meritíssimo, o falecido deve ter entrado pouco depois do seu ataque. — Fiz uma pausa. — Ocorreu-me que o júri poderia estar levemente interessado em saber qual a aparência do sr. Quill. Claro que atenderei à decisão do tribunal. — Sentei-me.

Naquele momento, senti que não fazia muita diferença a decisão do tribunal: se o juiz mantivesse fora a história dc funcionário da recepção, o júri, sem dúvida, ressentido, a imaginaria; se ele a deixasse entrar, bem, então entraria. Talvez fosse ainda melhor deixá-la de fora, talvez fosse pelo menos mais seguro. O juiz resolveu o dilema:

— Vou permitir a resposta — decidiu.

— O sr. Quill estava todo desarrumado e arquejando, como se tivesse corrido — respondeu a testemunha. — Tinha o cabelo despenteado, e as calças e a camisa branca estavam sujas, como se ele tivesse caído.

— Ele parou para conversar com o senhor?

— Não, passou às pressas pelo saguão e subiu a escada sem dizer uma só palavra.

— O senhor o viu mais tarde, naquela noite, no saguão, quero dizer? — perguntei.

— Sim, mais ou menos dez minutos depois ele desceu a escada e, depois de parar junto ao meu balcão por um momento, seguiu para o bar. Não tornei a vê-lo vivo depois disso.

— Qual era a aparência dele naquele momento?

— Ele parecia ter tomado um banho, trocado de roupa e se arrumado.

— E o cabelo?

— Estava penteado.

— E a respiração? Ele ainda arquejava?

— Parecia muito calmo e composto, de uma forma gélida.

Fiz uma pausa e sondei:

— O senhor disse que ele parou junto do seu balcão. Houve alguma conversa entre os dois?

O funcionário ficou pensativo.

— Não — ele informou. — Não trocamos nenhuma palavra.

A testemunha enfatizara "palavra", e eu continuei a sondar.

— Alguma coisa se *passou* entre os dois? — Parnell, de forma enigmática, falara em dinheiro.

— Sim.

— O quê?

— Dinheiro. Ele me entregou, de forma um tanto furtiva, uma nota de vinte dólares.

Ah, então Parnell fizera outro gol. Houve um sussurro e uma agitação na sala do tribunal, e fiz uma pausa para refletir sobre a situação. O óbvio seria pressionar e perguntar à testemunha por que fora passado dinheiro, mas como não houvera palavras entre os dois senti que ele não poderia testemunhar muito bem sobre o que apenas podia adivinhar, o que daria ao sr. Dancer a oportunidade de um bote, com outra objeção bem-sucedida. Talvez fosse melhor deixar as coisas por ali e deixar o sr. Dancer escavar aquilo por si mesmo, se ousasse fazer isso. Fiz uma pergunta final.

— Sr. Furlong — falei —, o sr. Quill já havia feito, alguma vez, qualquer coisa parecida com isso, dar ao senhor notas de vinte dólares, ou qualquer soma de dinheiro?

— Não, nunca — respondeu a testemunha.

— A testemunha é sua, sr. Dancer — disse.

Claude Dancer e Mitch estavam empenhados numa conversa sussurrada, muito perto um do outro, enquanto todos os jurados ficaram observando-os com interesse. Dei uma olhada em Parnell, que olhava atentamente para o júri pensativo.

Mitch levantou-se.

— Sem mais perguntas — declarou.

— A próxima testemunha — avisou o juiz.

Levantei-me.

— Tenente Frederic Manion — comuniquei.

Tinha de admitir que o tenente estava uma figura imponente, ao marchar até a bancada, ereto e com aspecto militar, com seu uniforme limpo, usando todas as coloridas fitas de campanha e galões de batalhas; e o contingente de mulheres entre os estudantes de homicídio evidentemente concordou, como indicaram seus fundos suspiros. O juiz franziu a testa e acariciou experimentalmente o martelo, enquanto o tenente prestava juramento, sentava-se e me encarava. Eu me sentia como um velho cavalo cansado, numa trilha lamacenta que leva para o trecho de casa. "Não falhe agora, Biegler," pensei. "Corre, safado, corre."

— Quer fazer o favor de declarar seu nome? — pedi.

— Frederic Manion — respondeu.

— Qual o seu negócio ou profissão?

— Soldado profissional.

— Qual o seu escalão?

— Primeiro-tenente do Exército dos Estados Unidos.

— Há quanto tempo é soldado?

— Há quase dezesseis anos.

— Tenente, onde estava o senhor quando sua mulher saiu do *trailer* e foi para o bar do hotel, na noite do tiroteio?

O tenente prosseguiu, com voz baixa e calma, e contou seu cochilo depois do jantar; como Laura o acordara para lhe perguntar se queria ir para o bar do hotel; como ele lhe disse que fosse primeiro e ele iria encontrar-se com ela, mais tarde; e como tornou então a dormir.

— Quando voltou a acordar?

— Quando achei ter ouvido o som de gritos.

— Continue, conte-nos o que aconteceu — indaguei.

— Saí da cama e fui até a porta, e então Laura, minha esposa, caiu em meus braços.

— Por favor, descreva o que viu.

— Ela estava histérica; seu rosto estava inchado; sua saia rasgada; seu cabelo caía em cima dos seus olhos; ela chorava e não conseguia falar.

— O que fez o senhor?

— Coloquei-a no sofá-cama, dei-lhe algumas roupas e tentei descobrir o que havia acontecido.

— E descobriu?

— Sim — disse baixinho.

— Agora, sem entrar em detalhes, o senhor vai nos dizer o que sua esposa lhe disse que tinha acontecido com ela.

— Sim. Ela me disse que tinha sido estuprada e espancada por... — o tenente fez uma pausa odiando dizer as palavras e as cuspiu quando falou... por Barney Quill.

— O que aconteceu então?

— Tentei consolá-la e acalmá-la. Depois, tentei tirar suas roupas, ela estava paralisada e ainda meio histérica. E, então, eu vi a prova em suas pernas.

— O que fez?

— Tirei com um pano e queimei em nosso incinerador.

— E depois, o que fez?

— Fui até uma pequena bancada, tirei minha pistola da gaveta, coloquei-a em meu bolso e saí.

— Contou a sua esposa que ia sair ou, pelo que sabe, ela viu o senhor pegar a pistola?

— Não, eu não disse nada, e não creio que ela soubesse que eu estava saindo. Ela já testemunhou que não viu.

— E então, o que o senhor fez?

— Caminhei para fora do *trailer* e fiquei em pé, no escuro, durante alguns minutos, para ajustar meus olhos. Também queria ter certeza de que... de que o falecido não estava emboscado ali fora. Depois, fui para o hotel.

— A pé ou de carro?

— Fui no meu carro.

— Lembra-se de ter aberto o portão?

— Não me lembro.

— E se lembra de ter dirigido até o hotel?

— Não.

Fiz uma pausa. Estava chegando a uma das partes decisivas do nosso caso e queria fazer tudo certo e garantir que o júri ouvisse bem.

— Tenente — perguntei —, qual era o seu objetivo quando foi até o bar do Thunder Bay Inn?

O tenente ficou muito vermelho enquanto falava.

— Eu ia agarrar aquele indivíduo, e tomo Deus por testemunha.

— O que o senhor ia fazer com ele?

O tenente falou rapidamente.

— Eu não tenho certeza. Agarrá-lo e prendê-lo.

— Teve ou não qualquer intenção de agredi-lo ou matá-lo? — perguntei.

O tenente respirou fundo antes de responder.

— Eu não tinha intenção de agredi-lo ou matá-lo, mas, se esse homem tivesse feito um movimento em falso, eu o teria matado.

Fiz uma pausa. Bem, para melhor ou para pior, o nosso homem já havia declarado que tinha ido ao bar para pegar Barney Quill, uma afirmação que eu esperava que nos desse provas suficientes para justificar uma ordem de prisão do tribunal. Se assim fosse, isso poderia ajudar muitas questões da defesa.

— Quando chegou ao bar com seu carro, o que o senhor fez? — perguntei.

— Eu me lembro que eu saí do carro e entrei no bar. Parecia que ele estava me esperando, Eu ainda não tinha entrado quando o vi me observando pela janela. Eu o vi. E ele ficava me observando. Quando me aproximei do bar, ele girou em minha direção.

— O que aconteceu depois disso?

Novamente a respiração funda, como quem suspira.

— Não posso... Daí em diante, há uma confusão. Minha próxima lembrança já é de volta ao *trailer.* Minha próxima lembrança coerente é de quando eu já estava novamente no *trailer.*

— Pode mostrar para nós, tenente, que posição o falecido assumiu quando se virou?

As palavras do tenente saíram numa torrente, sem fôlego.

—Como disse, ele se virou... Pelo que me lembro, ele se virou para a direita... sua mão esquerda no bar... Não me lembro de ver seu braço direito.

— Diz que sua mão esquerda estava em cima do bar ou o braço e a mão?

— Seu antebraço esquerdo. Ele mais ou menos se inclinou.

— Lembra-se ou não de dirigir de volta para o *trailer*?

— Não, não me lembro.

— O que aconteceu quando voltou ao *trailer*?

- Acho que despertei.

— O que fazia ao despertar? — continuei a insistir.

— Estava em pé, com a pistola vazia em minha mão.

— Como sabe que estava vazia? Antes que responda, gostaria de mostrar-lhe a peça de exposição número onze da promotoria e lhe perguntar se essa é sua pistola.

— É a minha sim.

— Como soube que estava vazia?

— É uma pistola semiautomática, funciona com coice. Esse dispositivo fica preso no alto do pente quando a última rodada é disparada e não há outro projétil. Fica seguro atrás, não se pode fazer pontaria e nem soltar o dispositivo.

— Em outras palavras, olhando para a arma, pôde perceber que estava descarregada?

— Sim.

— Isso é, na essência, o que o detetive sargento Durgo explicou, no outro dia?

— Quase isso. Acho que ele, provavelmente, sabe mais sobre armas que se leva à cintura do que eu.

A essa altura, intencionalmente não entrei na história de como o tenente conseguira a Lüger; havia nela uma pequena armadilha montada para mim, e, se o inteligente sr. Dancer evitasse falar da arma, eu ainda poderia fazer isso em novo interrogatório.

— Quantas pessoas o senhor viu no bar, aquela noite?

— Apenas uma, o falecido.

— Houve testemunho aqui de que várias pessoas estavam no hotel e no bar, e que algumas delas o cumprimentaram. Observou alguma, ou teve consciência dos seus cumprimentos?

— Não vi nem ouvi nada.

— Mas, naturalmente, o senhor viu e ouviu as testemunhas oculares deporem no tribunal, no início desta semana.

— Sim.

— E o senhor conhecia, antes daquela noite, alguns daqueles que declararam tê-lo cumprimentado?

— Sim, a maioria só de vista, mas eu havia falado com eles em ocasiões anteriores. As pessoas de lá são muito amistosas.

— Falou com alguém no bar, naquela noite?

— Não.

— Incluindo o falecido.

— Correto.

— Lembra-se de quando saiu do hotel?

— Não me lembro.

— Ou de ter falado com o barman, ou com alguém do lado de fora?

— Não.

— Lembra-se de como voltou ao *trailer*?

— Também não.

— E qual é a primeira coisa de que se lembra?

— Lembro-me primeiro de estar sentado no *trailer*, com minha esposa, contando-lhe que achava que havia atirado em alguém, provavelmente o falecido. Depois, fui procurar o sr. Lemon e lhe contei o que acreditava ter feito.

— É o vigia do estacionamento dos *trailers*?

— Sim.

— Por que foi procurá-lo?

— Achei que era o único que poderia cuidar desse assunto, fosse no estacionamento ou na cidade.

— Foi procurá-lo porque ele era um subxerife?

— Talvez. De qualquer forma, fui procurá-lo.

Claude Dancer rabiscava furiosamente, e eu sabia que ele cairia em cima de toda essa história de subxerife.

— Pensou no sr. Lemon como um subxerife, antes de ir ao bar naquela noite?

— Não. Não pensei no sr. Lemon nem no fato de ele ser um subxerife, nem em nada mais, a não ser em agarrar aquele homem.

Fiz uma pausa e arremessei um lance rápido.

— Se tivesse pensado no sr. Lemon antes do que aconteceu e lembrado que ele era subxerife, iria procurá-lo?

— Não, eu não o procuraria, da mesma forma como não tiraria meu velho pai da cama para se meter com aquele... aquele homem.

— Lembra-se do que disse ao sr. Lemon?

— Não exatamente. Acredito que disse o que ele testemunhou aqui que eu havia dito.

Depois, levei rapidamente o tenente a falar do seu conhecimento das proezas de Barney com pistolas; das medalhas dele; do fato de que todos sabiam que ele possuía pistolas e, algumas vezes, as levava consigo; da experiência dele com judô; e, finalmente, do fato de que o tenente sabia de tudo isso quando foi ao bar "agarrar" Barney. Intencionalmente, evitei falar em sua ficha de guerra, sentindo que o sr. Dancer se divertiria mais desencavando isso ele próprio. Depois, revelei, passando por cima das objeções persistentes de Dancer, que o tenente fora obrigado a procurar os serviços de um psiquiatra do Exército, por motivos financeiros. E depois:

— Tenente Manion — perguntei —, na noite desse tiroteio, o senhor amava sua esposa?

— Sim, amava.

— Ainda a ama?

Ele franziu a testa e respirou profundamente, agarrando os braços da cadeira até os nós dos dedos ficarem brancos.

—Sim, eu a amo muito.

Virei-me para Claude Dancer.

— A testemunha é sua — informei, e me retirei para minha mesa.

Capítulo 22

Claude Dancer deu início ao seu interrogatório com agourenta calma.

— O senhor não se lembra de muita coisa sobre aquela noite depois que saiu do *trailer*, não é, tenente?

— Bem, foi exatamente como já testemunhei — defendeu-se o tenente, e notei que o psiquiatra da promotoria finalmente ganhara vida e estava tomando algumas notas.

— Já teve alguma vez lapsos parecidos?

— Nenhum, além dos lapsos que um homem pode ter em consequência de combate.

— O que quer dizer?

— Com muita frequência, depois que uma ação termina e voltamos e conversamos a respeito dela, se houver dez sobreviventes, haverá dez histórias diferentes sobre o que aconteceu.

— Pode dar exemplos específicos, em vez de generalidades?

Claude Dancer, com certeza, teria objetado se eu tentasse trazer à luz uma coisa desse tipo, e, no entanto, estava, diligentemente, embrulhando a bandeira em torno do nosso homem, por conta própria.

— Sim, lembro-me de um incidente na Coreia. Um dos meus semitratores apoiava a infantaria. Eu tinha oito homens nessa ação, e uma descarga de morteiro Commie caiu e feriu todos os oito. Aconteceu que eu estava a uma distância suficiente para ver o fato sem ficar ferido. Chegaram várias outras descargas. Quando silenciamos o fogo de morteiro, e os médicos puderam trabalhar com nossos homens, cada um deles contou uma história diferente. Contaram que entre uma a cem descargas haviam chegado. Na verdade, foram quatro.

Dei uma olhada em meu jurado veterano de guerra e ele estava preso às palavras do tenente, pálido, evidentemente dominado por alguma lembrança pessoal de combate.

— Por quanto tempo serviu na Coreia? — prosseguiu Dancer.

— Por quase dezesseis meses.

O sr. Dancer então, obsequiosamente, levou o tenente através da Segunda Guerra Mundial, da Sicília subindo até França e Alemanha, e o deixou inteiramente ferido no Dia da Vitória, numa ilha no distante Pacífico. Enquanto ele insistia, comecei a ver aonde estava chegando, embora o preço que pagava parecesse um tanto alto.

— O senhor viu a ação em todos esses lugares?

— Vi, sim.

— Estava em constante combate?

— Não, nenhum soldado jamais está em constante combate. Ninguém que sobreviva, de qualquer forma. Estávamos sob constante fogo de artilharia, constantemente em situação de ansiedade, como se poderia dizer.

— E de vez em quando o senhor entrava em escaramuças?

— Ah, sim.

Ocorreu-me que Dancer também estava, e não tão sutilmente, demonstrando sua própria familiaridade com condições de combate. O homenzinho, evidentemente, estivera em toda parte e fizera tudo.

— Participou dessas escaramuças?

— Sim. Como líder de pelotão, eu tinha de fazer isso.

— Durante quanto tempo?

— Algumas vezes um dia, três dias, até quatro. Algumas vezes eram três ou quatro dias dentro do buraco.

Claude Dancer fez uma pausa, para disparar outro projétil.

— E, durante esse tempo, experimentou qualquer estado mental incomum, de qualquer tipo?

— Não, senhor. Uma vez tive uma concussão, em consequência de fogo com granadas, mas voltei à ação no dia seguinte.

— Foi tratado, alguma vez, por doença mental?

— Não.

— Já foi hospitalizado por neurose ou psicose?

— Não.

O juiz estava atarefado tomando notas, evidentemente preparando suas instruções, e, em seu zelo, Claude Dancer parecia inadvertidamente ter-se colocado entre mim o tenente. Em vez de interromper, levantei-me, caminhei até lá e fiquei em pé em meio ao grupo apertado de repórteres que rabiscavam, e de onde eu podia ter uma vista desimpedida.

— O senhor testemunhou, tenente — Dancer continuou a pressionar —, que, depois de descobrir certas evidências na pessoa da sua esposa, o senhor imediatamente enfiou sua arma no bolso e partiu do *trailer*, isso é correto?

— Sim, é.

Dancer deu uma olhada por cima do ombro e, notando que eu me movera, deu outra olhada e, mais uma vez, ficou diretamente entre mim e a testemunha, disparando sua pergunta seguinte.

— E o senhor ficou irado, tenente?

Essa última manobra de bloqueio claramente não foi mais casual.

— Um tanto — admitiu o tenente. — Acho que qualquer homem ficaria.

Enquanto isso, eu me movimentara de volta para minha mesa, de modo a poder ver meu cliente, e, novamente, Dancer me localizou e, com muito cuidado, movimentou-se para ficar diretamente entre nós... e foi quando o advogado de defesa perdeu as estribeiras.

— Meritíssimo — levantei-me, gritando, enquanto o espantado juiz erguia os olhos. — Que fique registrado que, em três ocasiões, no último minuto, o promotor deliberadamente colocou-se entre mim e meu cliente, para eu não poder observá-lo.

Dancer me olhou de soslaio.

— Certamente *isso* não interferiu em nada, não é?

— Faço nova objeção à sugestão de que estou sinalizando ou desejo fazer sinais para meu cliente. Este é o mais sórdido truque de tribunal que vejo há anos.

— O senhor não tem experiência de vida — retrucou Dancer, tornando a se virar, friamente, para o tenente.

— Tenente — ele começou —, quando...

— Meritíssimo — interrompi, mais acalorado do que nunca —, peço uma decisão do tribunal referente à minha objeção.

O juiz estava perplexo, pois estava ocupado e não vira o incidente, uma situação que Dancer, claro, havia esperado, inteligentemente, que acontecesse, o que só me deixava mais furioso.

— Decidir sobre o quê? — perguntou o juiz, bruscamente. — Continue, sr. Dancer.

— Meritíssimo — insisti —, não posso deixar isso passar. Por favor, ouça o que vou dizer. Eu estava sentado aqui e o sr. Dancer colocou-se entre mim e meu cliente. Achei que era uma coisa casual e, em vez de perturbá-lo, pois vi que estava ocupado, fui até onde fica o júri. Novamente, o advogado colocou-se entre nós, e então voltei para minha mesa. Outra vez aconteceu, e então, claramente, não foi uma coisa casual, qualquer um que visse o que houve saberia disso. Peço que o tribunal instrua esse homem para não fazer isso de novo. Lamento a explosão, mas não ficarei sentado engolindo esse tipo de agressão da parte de ninguém.

Agora, irritei o juiz, com essa exigência.

— Sabe muito bem onde deve sentar-se, sr. Biegler — repondeu ele, com mau humor. — Se o advogado ficar na frente, tudo que o senhor tem de fazer é me pedir e eu o farei mudar de lugar. Devo adverti-lo contra outras explosões inconvenientes. Continue.

Dancer inclinou a cabeça para mim.

— Mais alguma coisa, sr. Biegler? — perguntou ele, docemente.

— Sim, Dancer — gritei —, faça isso mais uma vez e não vai *ouvir* a próxima objeção, vai *senti-la*! Vou chutar você diretamente para dentro do Lago Superior!

— Cavalheiros, cavalheiros — gritou o juiz, olhando furiosamente para nós e batendo com seu martelo. — Essa maledicência infernal precisa parar. O próximo que falar inoportunamente vai ter de se haver comigo. Prossiga, sr. Dancer.

Depois disso, o sr. Dancer não se colocou mais entre mim e a testemunha, mas atacou como um buldogue, agarrou o tenente e disparou em cima dele perguntas sucessivas. Trouxe à baila o fato de que o treinamento militar do tenente incluíra a apreciação fria e a confirmação de relatórios; e, repetidas vezes, enfatizou que o tenente havia ficado no *trailer* apenas pelo tempo suficiente para confirmar esse relatório de estupro e, depois, pegara sua arma e saíra. Obviamente, tentava descrever nosso cliente como uma pessoa dominada por uma raiva fria e implacável.

— Sua esposa relutou em lhe contar o alegado estupro? — ele continuou a ronronar.

— Não relutou; ela estava histérica; não conseguiu dizer nada por um longo tempo.

— Mas o senhor a interrogou cuidadosamente?

— Sim.

— Queria ter certeza, tenente, de que não mataria o homem errado.

— Agarraria, sr. Dancer... agarraria o homem errado.

— O senhor tinha uma chave do portão, não era?

— Sim, o sr. Lemon me dera a chave.

— E sabia que o portão era trancado às dez, todas as noites?

— Sim, o sr. Lemon me havia contado isso.

— E sua esposa também sabia?

— Parece que não. Acho que não disse a ela. Ela não teve nenhuma ocasião para usá-la sozinha, e as poucas vezes em que passamos da hora o sr. Lemon, por consideração, deixou o portão aberto.

— Sabia que ele era um subxerife, não?

— Acho que não, mas, se soubesse, não faria nenhuma diferença.

— Ah, então preferiu tomar a si a execução da lei, em vez de chamar o sr. Lemon?

O tenente olhou friamente para o sr. Dancer.

— Eu não pensaria em chamar o sr. Lemon para fazer esse serviço, da mesma forma como não pensaria em chamar o senhor.

O sr. Dancer não se esquecera de como era corar e fez isso naquele momento, para imenso divertimento de no mínimo duas pessoas na sala: o advogado de defesa e o ex-soldado jurado.

— Ouça, Manion — disse ele, às pressas, acalorado —, quando viu aquela coisa na perna de sua mulher, você perdeu as estribeiras e imediatamente foi até lá matar Barney Quill e matou mesmo, não foi?

Friamente:

— Acho que já passamos por tudo isso, sr. Dancer. Fui até lá agarrá-lo.

— E fez isso levando uma arma escondida? — indagou o sr. Dancer, zombeteiramente.

— A pistola só podia ser vista se eu a apresentasse.

— Escondida porque era contra a lei?

— Não pensei nisso.

Parnell e eu esperávamos ter um remédio legal para essa última acusação: um remédio que eu não contara que existia nem mesmo para o tenente, e, por um momento, senti-me quase benevolente com relação ao sr. Dancer — uma benevolência que desapareceu com a pergunta seguinte.

— Não disse ao sargento Durgo que um homem que fizesse aquilo não deveria continuar vivo e que, primeiro, pensou nisso de todos os ângulos e também que faria tudo novamente, se surgisse a ocasião?

— Não me lembro de ter dito nada disso. Tampouco nego ter dito. Respeito a integridade do sr. Durgo, mas não me lembro de ter dito isso.

— Não nega ter dito?

— Não.

Dancer se arrastara para muito perto da testemunha, balançando o dedo para ele, na melhor tradição hollywoodiana.

— Pergunto-lhe agora, faria isso novamente?

Levantei-me.

— Lamento perturbar, Meritíssimo, mas se o advogado chegar um pouco mais perto do meu cliente, temo que o tenente possa sucumbir a um impulso irresistível e agarrá-lo. Faço objeção a que o advogado fique em pé tão perto da testemunha.

— Recue, sr. Dancer — ordenou o juiz, e Dancer rapidamente se afastou, disparando a outra pergunta enquanto isso.

— Pergunto-lhe agora — ele insistiu —, faria isso de novo?

Friamente:

— Duvido que ousasse, sr. Dancer, agora que o conheço.

Houve risadas imediatas, e, depois, uma repentina e ruidosa agitação nos fundos do tribunal. Girei e vi uma cena estranha, como num friso surrealista: um jovem levantando-se cambaleante, evitando as mãos repressivas dos espectadores sentados, abrindo a boca com uma guinada, tentando desesperadamente dizer alguma coisa.

— S...ss...sol...ssoltem...ee...le — gritou, numa paródia grotesca do discurso humano. — S...ssolteem...mmm...eee...lll...e — ele grugulejou loucamente, até afinal cuspir, com terrível clareza, as palavras impetuosas. — *Pelo amor de Deus, soltem o pobre coitado*!

O martelo do juiz soou e uma fileira de policiais, desceu em cima do culpado e meio que o carregaram, meio que o arrastaram para fora. Petrificado de ódio, o juiz mandou o júri para sua sala e chamou o xerife e os advogados para a sala de audiências.

O juiz olhou ferozmente para todos nós.

— Alguém, nesta sala, sabe alguma coisa a respeito disso? — perguntou severamente; e, como o incidente era claramente favorável à defesa, corei e baixei a cabeça, sentindo-me como um hóspede suspeito de roubar todos os casacos de pele e as joias, numa festa em casa de campo, durante o fim de semana.

— Não, Meritíssimo, juro — afirmei. — Gosto de ganhar meus casos, mas não me envolveria com uma coisa dessas por nada neste mundo. Jamais vi aquele homem antes.

Claude Dancer me olhou com raiva, como se eu mentisse deslavadamente, e então o bom e velho xerife de rosto vermelho veio em meu socorro.

— Juiz — declarou Max —, se há alguém a ser responsabilizado por esse incidente sou eu. Esse rapaz foi vítima de uma explosão terrível na Segunda Guerra Mundial, mas se recusou a morrer, e tentamos ser simpáticos com ele por aqui, tirando-o das mãos de sua mãe durante algumas horas. Nós o mantivemos fora deste julgamento até hoje, e só o deixamos entrar quando ele prometeu se comportar. Acho que não avaliamos bem a situação; ele, infelizmente, perdeu as estribeiras. Deve ter sido toda a conversa sobre a guerra. Na verdade, nunca o ouvi falar tanto. Digo, com toda segurança, que nenhum dos advogados, das duas partes, teve nada a ver com isso. Lamento muitíssimo, senhor.

Claude Dancer me olhou e sacudiu a cabeça.

— Até os veteranos incapacitados lhe dão uma ajuda, seu filho da puta de sorte — murmurou.

— A causa da justiça prevalecerá — retorqui, devotamente.

— Vamos fazer um recesso de dez minutos — pediu o juiz, ainda franzindo agourentamente a testa. — Creio — acrescentou, devagar —, creio que não há nada que eu possa fazer, que diabo. Esta é, simplesmente, uma das baixas duradouras da guerra, um dos frangos aleijados da nossa civilização que vem para casa, a fim de se empoleirar. — Sacudiu a cabeça. — Pobre, pobre coitado — murmurou.

Soou como uma bênção.

De volta, depois do recesso, até Claude Dancer parecia um pouco mais sóbrio — como, de fato, todos estávamos — por causa do incidente com o veterano incapacitado. Continuou a atormentar e aborrecer o tenente com relação ao que ele dissera ao detetive sargento Durgo, e também repassando, vezes sucessivas, a história do tiroteio, num esforço para fazer com que ele admitisse lembrar-se de algum fragmento dos acontecimentos que, anteriormente, havia negado lembrar, mas o tenente, de todas as pessoas na sala do tribunal, era quem mais parecia, agora, encorajado pelo que ocorrera, e suas respostas até estavam mais frias e deliberadas do que antes.

— É verdade que o senhor socou e derrubou um companheiro oficial que dedicou alguma atenção a sua esposa, num coquetel? — perguntou Dancer a seguir.

— Sim.

— Por quê?

— Porque ele estava bêbado e a importunava.

Suavemente:

— O senhor ficou com ciúme, tenente?

— Eu não diria isso. Não gostei daquilo e me ressenti do comportamento dele.

— Ficou zangado?

Franzindo a testa:

— Até certo ponto fiquei, sim.

— Tem pavio curto, tenente? — Dancer fez uma pausa. — O senhor me derrubaria com um soco se eu ousasse beijar a mão de sua esposa?

O tenente Manion olhou atentamente para a claraboia, e um meio sorriso passou rapidamente por seu rosto quando ele respondeu:

— Não, sr. Dancer, mas acho que poderia ficar muito tentado a lhe dar umas palmadas.

O tribunal riu, e Claude Dancer corou, com a intensa raiva que sentiu, e ficou em pé mordendo os lábios, lutando pelo autocontrole, como se contasse até dez. Retirou-se em seguida para sua mesa, bebeu um copo de água e voltou para a testemunha.

— Agora, tenente — voltou ele, depois de uma pausa, animando-se e fazendo uma rápida curva para dentro (eu começava a aprender os sinais) —, falemos sobre essa Lüger que o senhor usou para matar Barney Quill.

— Sim — respondeu o tenente friamente, e dei uma olhada rápida em Parnell, esperando que o tenente se lembrasse do remédio que eu e Parnell havíamos preparado para essa ocasião.

Claude Dancer encontrou a arma fatal na pilha de peças para exposição e girou-a em seu dedo como Billy the Kid.

— Esta pistola Lüger que o senhor mantinha carregada em seu *trailer* e levava ilegalmente escondida em sua roupa naquela noite não é uma peça regular do Exército, é? — ele ronronou.

— Não — respondeu o tenente, e prendi a respiração à espera da próxima pergunta.

Ainda girando a arma:

— O senhor não havia informado ao seu oficial em comando sobre ele e seus superiores não sabiam que o senhor a possuía?

— Correto — respondeu, tranquilamente, o tenente.

Depois de uma pausa triunfante:

— Então, por favor, explique ao tribunal e ao júri como e onde a obteve.

— Sim, senhor — concordou o tenente, obedientemente e, seguindo minhas repetidas instruções, começou de repente com a escaramuça durante a patrulha, que ele me contara cerca de duas semanas antes.

— Havíamos saído para fazer uma patrulha noturna — começou o tenente e, sem mencionar ainda a Lüger, passou a contar a história de como o velho lobo cinzento, um tenente alemão, dera tiros isolados em seus homens, por trás do arruinado toco de uma chaminé; de como ele, tenente Manion, rastejara para trás do alemão escondido.

— Tenente, não lhe pedi uma excursão pelas suas heroicas aventuras na Segunda Guerra Mundial — interrompeu Claude Dancer, sentindo afinal a armadilha em que caíra. — Perguntei-lhe onde conseguiu a Lüger. Conte apenas isso para nós. — Deixou cair a pistola de volta na pilha das peças em exposição.

— Estou contando — falou, calmamente, o tenente, e continuou com sua história da morte do castigado e ferido tenente alemão, contando tudo ainda melhor, pensei, do que me contara da primeira vez. — Foi como e onde consegui a pistola Lüger — concluiu, olhando friamente para Claude Dancer e esperando com deferência pela pergunta seguinte.

Claude Dancer disparou um sorriso para mim, fez um sinal de parabéns com a cabeça e, rapidamente, mudou o assunto, num esforço para encobrir aquilo.

— O senhor e sua esposa têm filhos? — perguntou, bruscamente.

— Não.

— E esse é seu primeiro casamento?

— Não, senhor, o segundo.

— E o senhor e sua esposa têm filhos das suas respectivas, ahn, aventuras anteriores no casamento?

Com uma carranca:

— Não, senhor.

— E ambos os seus pais estão mortos, acredito?

— Sim.

— E não tem nenhum dependente além da sua esposa, tenente?

— Nenhum.

Claude Dancer agora mostrava inteligentemente ao júri que não havia nenhuma mãe viúva ou sete crianças famintas que atrapalhassem um veredicto do júri contra o tenente.

— E sua esposa ganhava a vida antes, tem boa saúde e poderia fazer isso novamente?

— Sim, senhor, se fosse preciso, acredito que ela poderia.

— A testemunha volta ao senhor — disse Claude Dancer, virando-se para mim.

— Não farei novo interrogatório — declarei, afrouxando o nó da gravata pelo simples alívio de ver o tenente, finalmente, sair do banco e das garras daquele diabólico homenzinho.

— Vamos fazer um intervalo de cinco minutos — pediu o juiz ao xerife, obviamente tornando-se mais parcimonioso quanto ao tempo, neste caso que todos esperávamos ver inteiramente encerrado naquele mesmo dia.

Durante o recesso, Parnell me contou que ele e Maida haviam ido de carro até Thunder Bay, na noite da véspera, seguindo a repentina inspiração de Maida referente ao atendente da recepção, e jantaram no hotel, contemplando a vista do lago. Depois do jantar, Parnell fizera uma longa e amistosa visita a Mary Pilant, em seus aposentos, quando o funcionário do turno da noite entrara em serviço. Mary o chamara para cima e, como contou a Parnell depois, ouviu pela primeira vez os detalhes completos e significativos do aparecimento de Barney e de suas ações na noite do tiroteio.

Inclinei a cabeça com ceticismo, diante do velho sério, mas permaneci em silêncio.

— Ah, Polly — exclamou Parnell, sacudindo a cabeça —, você pode achar difícil fazer o mesmo, mas acredito nela; acredito que foi movida pelo mais elevado dos impulsos, fechando sua cabeça para uma coisa má. Não a julgue severamente, rapaz; ela... ela é uma criança tão doce, tão grave, e, agora, tão penitente e preocupada. Ela me pediu, particularmente, para transmitir a você seus melhores e mais calorosos votos. Acho que você fez sucesso com ela, rapaz. — Piscou os olhos enevoados. — Ah, meu Deus, pensar que eu poderia ter uma filha como ela. Ela... ela me lembra tanto minha ovelhinha perdida.

Dei palmadinhas, em silêncio, nas costas do velho e saí em busca de água para beber.

"Você é um bom homem, Paul Biegler", dissera aquela moça estranha.

Capítulo 23

— Dr. Matthew Smith — chamei, e o jovem dr. Smith levantou-se, avançou, prestou juramento e ocupou o banco.

— Seu nome, por favor, doutor — pedi.

— Matthew Smith.

— Qual a sua profissão?

— Sou psiquiatra.

Os jurados entreolharam-se, surpresos, e tive certeza de que avaliavam a juventude dele, porque partilhavam comigo a noção hollywoodiana de que os psiquiatras, de alguma forma, precisavam parecer primos em primeiro grau de Svengali e Rasputin.

— Está devidamente licenciado para praticar medicina e cirurgia no estado de Michigan?

— Estou.

Depois, segundo o protocolo do tribunal, levei o jovem médico para uma rápida excursão guiada através da Faculdade de Medicina, formatura, um estágio como interno em hospitais aqui, uma residência ali, em seguida algum trabalho, já como formado acolá, mais trabalho com o pessoal de psiquiatria de um hospital de Detroit, trabalho em várias clínicas, varas de sucessões, Associação dos Veteranos e coisas do gênero, e, finalmente, até o trabalho atual.

— É membro de uma junta ou organização dedicada à sua especialidade? — insisti.

— Sim, sou certificado pelo Conselho Americano de Psiquiatria e Neurologia.

— O que isso significa?

— Significa que a Associação Americana de Psiquiatria colocou seu selo de aprovação em mim, como especialista para praticar a psiquiatria.

— E há psiquiatras praticantes que não possuem esse certificado? — perguntei.

— Há, sim.

— Quantos anos passou ativamente no campo da psiquiatria, doutor?

— Mais de oito anos.

— Qual a sua idade?

— Tenho 35 anos.

A associação do médico com o Exército tinha de ser trazida à baila, então parti para isso.

— Qual o seu *status*, é civil ou não?

— Estou atualmente na força militar, no Exército, servindo no Hospital Militar de Bellevue como chefe do serviço de neuropsiquiatria.

— Com que patente?

— Capitão.

— Agora, doutor, pergunto-lhe se foi recentemente encarregado por seus superiores de realizar um exame psiquiátrico no tenente Frederic Manion, o réu neste caso.

— Fui, sim.

— Fez esse exame?

— Sim.

— Onde?

— No Hospital Militar de Bellevue.

— Quando?

— Do dia quatro de setembro, quinta-feira, até a metade do dia sete, domingo.

— E quer fazer o favor de nos dizer, doutor, as coisas que foram feitas com relação a esse exame?

— Esse homem foi submetido a um completo exame físico, o que significa que passou por diferentes clínicas especializadas do hospital, e foi examinado por um especialista em cada departamento específico.

Depois, foi feito um completo histórico do paciente, por alguém especialmente treinado e qualificado nesse campo. Ele também foi submetido a um estudo com eletroencefalograma.

— O que é isso?

— Como constava, em seu histórico, que o tenente havia estado inconsciente como resultado de uma concussão sofrida no serviço militar, foram feitos esforços para determinar se havia efeitos residuais. Estes, provavelmente, apareceriam no eletroencefalograma. No entanto, o resultado foi perfeitamente normal.

— Continue.

— Ele também foi submetido a um teste de percepção e foi extensamente entrevistado durante os três dias e meio em que ficou lá. Esse foi meu compromisso fundamental, durante o período de internação do tenente.

— Pergunto-lhe se alguns dos testes preliminares foram realizados por pessoal subalterno ao senhor, por homens trabalhando sob suas ordens? — Eu precisava deixar isto claro antes que Claude Dancer o fizesse.

— Realizados por técnicos treinados com esse objetivo, sim. As reações foram examinadas por mim. O teste em si, ou seja, as várias reações aos testes prévios foram examinadas por mim mesmo e interpretadas, até a medida em que cabia interpretação.

— Agora eu lhe pergunto, doutor, se há instalações psiquiátricas e equipamentos modernos no Hospital Militar de Bellevue?

— Com certeza sim, senhor.

— E como os compararia com outros equipamentos da mesma natureza em outros hospitais?

— Nossas instalações se saem favoravelmente, em comparação com qualquer hospital que eu conheça.

Fiz uma pausa. Estávamos chegando à crucial hipotética questão com a qual eu e Parnell havíamos trabalhado durante tanto tempo e na qual tanto pensáramos. A questão hipotética era uma das mais corteses ficções da lei, uma espécie conveniente de faz de conta legal, através da qual o advogado, quando está examinando uma testemunha perita chamada por ele, embrulha todos os fatos, questões e teorias favoritas do seu caso numa espécie de sacola de supermercado da lei e a atira em cima da testemunha perita, pedindo sua opinião e conclusão. Isso no mínimo, graças a Deus, tinha a qualidade altamente desejável de poupar tempo.

— Doutor — falei —, pergunto-lhe se o senhor e eu já examinamos juntos uma questão hipotética baseada na questão da possível insanidade neste caso.

— Sim, examinamos.

Avancei para a bancada do juiz.

— Meritíssimo — ponderei —, entrego-lhe uma cópia da nossa questão hipotética. — Caminhei até a mesa de Mitch. — Também entrego ao advogado uma cópia. — Voltei para a minha mesa. — Com permissão do Tribunal, agora gostaria de ler, para que seja registrada, nossa questão hipotética.

O juiz fez um sinal afirmativo com a cabeça.

— Leia tudo — ordenou, e o taquígrafo do tribunal girou os olhos para cima, parecendo buscar forças para enfrentar a esperada inundação de palavras, com o que não se desapontou.

— Obrigado, Meritíssimo — agradeci, e comecei a ler. — Doutor, suponha que um homem de 36 anos é primeiro-tenente do Exército dos Estados Unidos; que ele é veterano de combate da Segunda Guerra Mundial e da Guerra na Coreia; que ele voltou para seu país, vindo da Coreia, em 1953, e durante algum tempo foi destacado para um dever militar especial em vários lugares. Que, em julho deste ano, foi destacado para um serviço numa distante cidadezinha madeireira, um balneário, na Península Superior de Michigan. Que ele era casado com uma mulher atraente e vivaz, cinco anos mais velha do que ele. Que esses dois estavam e estão muito apaixonados um pelo outro. Que moravam num *trailer*, num estacionamento público na dita cidade. Que as instalações sociais e recreativas da dita cidade eram limitadas. Que um dos poucos locais públicos recreativos que podiam convenientemente ser frequentados era o bar de um hotel vizinho. Por causa do seu longo serviço no exterior e do outro fato de estar empregado fora da sua própria unidade militar, o tenente tinha poucos relacionamentos entre o pessoal local do Exército. Que ele, ocasionalmente, ia até o bar do hotel, quando estava fora de serviço, e que suas relações sociais com o proprietário civil eram cordiais, embora, em nenhum sentido, íntimas. Acreditemos, além disso, doutor, que, aproximadamente às nove da noite do dia quinze de agosto, sexta-feira, a mulher desse tenente foi até esse hotel comprar algumas cervejas e jogar *pinball* e que o tenente foi para a cama e dormiu, e que aproximadamente às 11h45m foi repentinamente acordado. Que ele se levantou apressadamente e, logo em seguida, ouviu uma série de gritos. Que ele, então, encontrou sua esposa na porta do seu *trailer*. Ela estava soluçando, sem fôlego, histérica. Que ela, finalmente, contou-lhe que o proprietário do bar do hotel ameaçara sua vida e a atacara e estuprara; que ele, de outra vez, apenas a atacara, espancara e chutara. Que ela estava muito machucada e ferida. Que sua saia estava rasgada e sua calcinha havia desaparecido. Que o tenente passou mais de uma hora tentando acalmar, confortar e dar assistência à sua esposa. Que, durante esse tempo, ela lhe contou os detalhes das ameaças, ataques e espancamentos. Que, durante esse tempo, ele limpou um líquido da perna de sua esposa, que ela acreditava ser líquido seminal. Suponhamos mais, doutor, que esse tenente acreditava, sensatamente, que o homem que ele achava que havia acabado de atacar, ameaçar e estuprar sua esposa fosse um perito atirador com pistolas e que ele guardava pistolas em seu hotel e, possivelmente, consigo. Que ele próprio mantinha em seu *trailer*, como proteção, uma pistola automática Lüger carregada. Que sua mente estava num torvelinho com relação ao que ele acreditava que acabara de acontecer com sua esposa e com relação ao estado atual dela. Que ele, finalmente, se decidiu a procurar o dito proprietário do bar do hotel, agarrá-lo e entregá-lo à polícia. Que, embora sentisse considerável raiva, repulsa e desprezo pelo proprietário, não teve, em nenhuma ocasião, qualquer intenção de matá-lo ou de lhe causar danos, mas achou que, se o homem fizesse um movimento em falso, ele o mataria. Que foi e pegou sua pistola, sem o conhecimento de sua esposa, e deixou sua esposa no *trailer* e seguiu em direção a esse hotel. Que não se lembra a *que* horas nem precisamente como chegou ao hotel. Que, finalmente, ele chegou ao hotel e entrou. Que viu o proprietário sozinho atrás do balcão do bar a observá-lo. Que ele, então, avançou para o bar e o proprietário girou o corpo e o tenente pegou sua pistola e a apontou para o proprietário e esvaziou seu conteúdo no corpo dele, inclinando-se por cima do balcão do bar para fazer isso. Que ele não tem nenhuma lembrança consciente do seu ato. Que ele, então, virou-se e saiu do hotel, seguindo em direção ao seu *trailer*. Que ele não se lembra de nada do que aconteceu depois que entrou e saiu do hotel, além do que aqui foi dito, só voltando a se lembrar dos acontecimentos depois que chegou em sua casa, o *trailer*. Que ele, então, primeiro observou que sua pistola estava vazia; que então contou à sua esposa que havia atirado no proprietário da taverna. Que ele, então, informou a um subxerife, vigia do estacionamento dos *trailers*, o que havia feito. Que esperou em seu *trailer* a chegada da polícia e foi subsequentemente preso e acusado de assassinato. Suponha, além disso, doutor, que esse homem nunca, antes, em toda sua vida, fora preso ou sentenciado por nenhum delito, inclusive qualquer ato civil de violência para com outro ser humano. — Fiz uma pausa e prendi a respiração. — Agora, doutor, supondo que todos os fatos aqui contidos são verdadeiros, tem o senhor uma opinião quanto ao fato de estar ele ou não sofrendo de desordem mental temporária, no momento em que o falecido encontrou sua morte, de modo a ser incapaz de distinguir o certo do errado?

— Tenho, sim.

— Qual é sua opinião?

O médico hesitou aqui, como fizera na noite anterior, no quarto de hotel.

— A de que o tenente hipotético era, provavelmente, incapaz de distinguir o certo do errado. — Fez uma pausa. — Não acho que faça muita diferença — acrescentou, e, pelo canto do olho, vi Claude Dancer rabiscando furiosamente.

Insisti mais.

— O senhor tem uma opinião quanto ao fato de ele, naquela ocasião, saber, entender e compreender a natureza e as consequências dos seus atos?

— Tenho.

— Qual é essa opinião?

— A de que ele não era capaz.

— O senhor tem uma opinião, doutor, quanto ao fato de ele estar ou não num estado de espírito em que não teria o benefício da sua mente consciente e racional, achando-se, em vez disso, dominado pelo instinto e pela mente inconsciente?

— Tenho uma opinião.

— Declare sua opinião.

— A de que ele estava inteiramente dominado pelo instinto e pela mente inconsciente.

— Agora, doutor, eu lhe pergunto se o senhor tem ou não uma base ou bases psiquiátricas para as opiniões que acabou de manifestar.

— Tenho, sim.

— E existe, em sua opinião, uma condição apresentada aqui que é conhecida da psiquiatria?

— Sim, existe.

— Quer fazer o favor de explicar essas bases e a condição, se existe alguma, que podem ser conhecidas da psiquiatria?

— A condição é conhecida da psiquiatria. Não é incomum. Atualmente, o nome para essa condição é "reação dissociativa". A condição que o senhor descreve constitui, sem dúvida, um choque psíquico. Esse choque perturbou o equilíbrio mental e emocional do tenente hipotético e foi responsável pela criação de uma tensão quase esmagadora. Nesse estado, o único objetivo que o tenente buscaria só poderia ser reduzir ou aliviar a tensão, através do que quer que fosse. Sua história passada indica que ele é um homem de ação, e foi natural que, nessa ocasião, ele se voltasse para a ação. Esse estado significa que, nessa ocasião, ele não poderia considerar nenhum curso de ação alternativo. Também significa que ele não seria inteiramente capaz de entender o significado de qualquer curso de ação que seguisse. Embora pudesse perfeitamente ter sido informado de qual seria esse significado, não estava, na ocasião, em condições de poder avaliar isso plenamente. Numa ocasião dessas, a única "coisa certa" em que esse indivíduo pode pensar é a que reduzirá a insuportável tensão. Neste exemplo, ela foi responsável por certos fenômenos; em outros exemplos, responsável sob circunstâncias que têm fenômenos notavelmente parecidos.

— Pode dar exemplos?

— Essa é uma condição que vi em homens que a experimentaram durante o combate, e conversei com eles a respeito. Depois que já haviam saído dela há algum tempo. Tempo considerável. Alguns dos mais notáveis atos de heroísmo ocorrem nesse estado, bem como alguns dos mais notáveis atos de covardia.

— Esse estado mental de "reação dissociativa" sobre o qual o senhor falou tem alguma outra denominação, ou rótulo?

— Tem. Também é chamado de "impulso irresistível".

Dancer, evidentemente, começava a suspeitar que o "impulso irresistível" poderia ser reconhecido como defesa em Michigan, e não gostou dessas palavras fatais.

— Objeção, Meritíssimo — protestou. — Isso é invadir o território do tribunal e do júri. Faça com que seja excluído.

— Sr. Biegler? — disse o juiz.

— Meritíssimo, o doutor chamou a essa condição de reação dissociativa e lhe perguntei se tinha algum outro nome ou rótulo e ele simplesmente nos disse qual. — Adiantei-me. — Isso é decisivo para nosso caso, Meritíssimo, e iremos insistir...

O juiz ergueu a mão.

— Não precisa fazer um discurso, sr. Biegler — concordou. — A resposta pode permanecer.

— Doutor — ponderei —, vejo que, como profissional, o senhor se sente naturalmente impelido a expressar suas opiniões e conclusões em linguagem profissional. Mas será que não poderia, resumidamente, dar-nos sua opinião sobre a condição psiquiátrica que encontrou neste caso, de modo a torná-la mais compreensível para um leigo?

— Sim, tentarei. A situação descrita nessa questão hipotética é a de choque maciço; o equilíbrio mental e emocional desse homem seria profundamente perturbado; uma tensão aproximando-se do insuportável seria criada, e ele, em seu estado, semelhante a um transe ou feitiço, seria irresistivelmente impelido a procurar um meio imediato de aliviar sua tensão.

— Agora, doutor, pergunto-lhe se, em sua opinião, esse homem hipotético, trabalhando sob o estado mental que o senhor descreveu, estaria propenso a procurar um vigia idoso e desarmado e lhe pedir para ir, em seu lugar, capturar o falecido e mantê-lo detido até a chegada da polícia.

Claude Dancer ergueu-se, mas o juiz o silenciou com a palma da mão erguida. Tanto o Dancer quanto eu o cansávamos.

— Esse comportamento teria sido incompatível com todo o resto que o senhor enumerou nessa pergunta hipotética — respondeu a testemunha. — A pergunta indica que esse, certamente, é um homem hipotético preocupado com a honra, um homem que sentiria que a segurança pessoal depende do autorrespeito, da autoestima, dos ideais e da honra. Pensar nesse homem, nesse momento específico, recorrendo a um vigia de estacionamento idoso e desarmado seria uma coisa incongruente, não combinaria com o homem hipotético, até esse ponto. Seria difícil para mim imaginar quaisquer circunstâncias em que esse homem hipotético poderia fazer uma coisa dessas.

— Doutor, eu lhe pergunto se ele, o tenente, teria ido ao bar para capturar o proprietário ou não...

O sr. Dancer:

— Supõe-se que isso seja hipotético. Deveríamos manter as coisas assim.

— Desculpe-me, sr. hipotético assistente do promotor Lodwick — pedi.

— Parece que alguém é hipócrita — disparou Dancer, em troca.

— Cavalheiros, cavalheiros — interrompeu o juiz, com voz cansada. — Vamos, *por favor*, voltar ao trabalho hipotético.

O dr. Smith sorriu.

— No estado em que estava esse tenente hipotético, na ocasião em que teria ido ao hipotético hotel, ele faria isso com ou sem uma arma, em minha opinião, e tivesse ou não o hipotético proprietário armas hipotéticas à mão, e sabendo ele ou não que elas estavam lá. Em minha opinião, ele caminharia até para dentro de um canhão montado no bar. Acho que é importante entender que a própria essência da masculinidade desse homem hipotético estava em jogo nesse caso. Nenhuma alternativa poderia sustentar-se, a não ser o esquecimento ou a morte, e a presença ou ausência de um curso alternativo — considerando seu significado, ou o significado de qualquer outro curso de ação — não poderia prevalecer contra essa esmagadora necessidade de aliviar a tensão sob a qual ele trabalhava. A necessidade de aliviar essa tensão assumia precedência sobre todo o resto.

— Doutor, pode explicar por que essa necessidade dizia respeito ao hipotético dono do bar?

— Era a coisa mais natural, nas circunstâncias, que os esforços para aliviar essa tensão fossem dirigidos contra a hipotética causa ou o deflagrador dessa tensão. Em sua pergunta, o senhor indica apenas as condições, deixando claro que esse é um homem de ação. Ele não poderia começar, de repente, a se comportar de uma forma tão estranha a ele quanto a de refletir filosoficamente sobre o assunto. Esse homem não era nenhum personagem empenhado numa complexa busca interior, um personagem tirado de Henry James. Para ele, o essencial era a ação.

Fiquei imaginando, perversamente, quantos estudantes de Henry James tínhamos no júri.

— Pode declarar se esse tenente hipotético poderia ou não ter feito o que fez porque estava irado com o hipotético dono do hotel? (Dancer, com certeza, insistiria nisso, e achei melhor conter antecipadamente seu ímpeto.)

— Esse homem poderia sentir raiva, entre todas as outras emoções que talvez tenha sentido na ocasião. Eu acharia impossível limitar essa mistura de emoções... mas, com certeza, entre elas deve ter havido um apelo à ira.

— Doutor, pergunto-lhe se esse estado ou condição mental do qual o senhor fala interferiria necessariamente com as habilidades físicas ou a destreza manual do tenente hipotético, por exemplo com sua habilidade para puxar rapidamente uma arma e fazer uma pontaria exata.

— Não interferiria. De fato, poderia muito bem até facilitar qualquer atividade em que esse homem estivesse empenhado.

— Já viu esse fenômeno, em sua experiência como psiquiatra?

— Vi e ouvi falar. Ouvi pessoas nas quais o fenômeno ocorreu falarem dele.

— Doutor — insisti —, pode declarar se a observação e o exame psiquiátrico intensos e extensos do indivíduo são importantes para se chegar a conclusões psiquiátricas sobre o seu estado mental?

— Eu diria que são essenciais.

— Pode explicar?

— Entender que uma dada experiência seria um choque para um homem ou para outro não requer, necessariamente, observação pessoal. Entender *por que* esse choque, em particular, resultaria num curso específico de conduta ou num estado mental para um determinado indivíduo requer intensa observação, da mais alta ordem. Isso é a psiquiatria.

— Pode declarar, doutor, se o senhor se arriscaria ou não a emitir uma opinião psiquiátrica sobre o estado mental passado tanto do tenente hipotético quanto do real tenente Manion apenas permanecendo aqui sentado, durante o desenrolar do julgamento?

O Dr. Smith disparou um rápido olhar para o psiquiatra da promotoria.

— Eu consideraria impossível emitir qualquer opinião profissional válida sobre o estado da mente desse homem, ou sobre o que aconteceu no dia 16 de agosto e imediatamente a seguir, com base apenas nessas observações.

Virei-me para Claude Dancer.

— A testemunha é sua — falei.

Capítulo 24

— DOUTOR, DURANTE SEU exame do réu, o senhor encontrou alguma psicose? — disparou Claude Dancer, antes mesmo de sair de sua cadeira.

— Não.

— Alguma neurose? — ele perguntou, avançando com seus passos furtivos e suas pernas curtas.

— Essa é uma questão ampla. Não encontrei nenhuma história de neuroses sérias.

Claude Dancer, agora, fez uma pausa bem em frente da testemunha.

— Doutor, quer nos dizer que fatos ou fatores o senhor considerou mais importantes na questão hipotética?

Era uma pergunta inteligentemente carregada: dinamite mesmo; no momento em que o médico começasse a isolar fatores, em nossa questão hipotética, ele abriria o portão para que a questão — e a opinião dele — fosse, possivelmente, reduzida a frangalhos. Eu não havia previsto essa linha de questionamento nem avisara o doutor quanto a ela, e prendi a respiração, esperando a resposta que ele daria.

— Toda a questão hipotética foi importante — respondeu tranquilamente o médico, enquanto eu começava, satisfeito, a respirar novamente. — Ela delineou um homem hipotético em particular. Não um, dois ou três fatores poderiam fazer isso de forma completa, de modo que devo dizer que minhas respostas se basearam na totalidade da questão.

Suavemente:

— Não havia algumas partes um pouco *mais* significativas do que outras?

— Nenhuma parte foi tão significativa que me agradasse destacá-la do resto.

Ainda insistindo:

— Quer dizer que não se lembra das partes que eram mais significativas?

— Quero dizer o que disse, que toda a questão, como foi declarada, é significativa, e destacar a questão, parte por parte, destruiria o significado das partes individuais, como acrescentar covinhas ou eliminar o sorriso da Mona Lisa. Essa é uma questão em que uma parte depende da outra, e eu não gostaria de separar uma parte e dizer que ela é mais ou menos significativa.

Dancer não estava conseguindo nada e, sabiamente, mudou de assunto.

— Como a "reação dissociativa" é descrita pelos psiquiatras?

— É uma condição neurótica temporária.

— Não é uma psicose?

— Não é uma psicose, e habitualmente não é nem mesmo uma neurose séria. Isso depende de como o senhor se refere à reação... ela pode, claro, ser muito séria, na *ocasião* em que a pessoa está sofrendo dela, tanto em termos de consequências para ela própria quanto em termos de consequências para os demais. Mas, se considerarmos sua duração, eu diria que ela é, em geral, de natureza temporária.

— Agora, doutor, exatamente que testes foram feitos, quando o senhor examinou o tenente?

— Ele passou por todos os testes habituais de laboratório.

— Foi submetido a um teste de Wechsler-Bellevue?

— Não, não foi.

— A um teste de Bender-Gestalt?

— Não.

— Que tipos de testes são esses?

— São testes psicológicos.

— E não foi feito nenhum teste psicológico?

— Aqueles que eu achei que eram indicados foram feitos e examinados e avaliados por mim.

— Quais foram eles?

— Um deles foi um teste de percepção.

— É um teste, ou uma projeção psicológica?

— É um teste tanto psicológico quanto de projeção. Teste de projeção é uma denominação geral para os testes psicológicos.

— Qual é o objetivo do teste de Wechsler-Bellevue?

— A escala de inteligência de Wechsler-Bellevue daria, como seu nome implica, alguma avaliação da inteligência de um indivíduo, e também pode ser usado para determinar a classificação de alguns transtornos mentais.

— Que tipo de transtornos?

— Bem, ele pode dar informações sobre retardo mental, quando se suspeita disso, dependendo da habilidade da pessoa que o aplica. Pode ser uma ajuda significativa no campo da psicologia educacional. Não finjo, porém, ser uma autoridade nesse último campo.

— Tinha equipamento para aplicar esse teste?

— Sim.

— E o teste de Bender-Gestalt?

— Sim.

— Aplicou qualquer um dos dois ao tenente Manion?

— Não.

— Por quê?

— Porque achei que não eram indicados. O último é um teste psicológico visando a determinar, de forma ampla, a exatidão da percepção.

— Fez um estudo de personalidade detalhado do tenente Manion? (Dancer, evidentemente, fizera um curso compacto sobre o jargão da psiquiatria e exibia seu conhecimento com uma característica vivacidade desembaraçada.)

— Não pedi esse estudo. Fiz meu próprio estudo psiquiátrico individual desse homem. Há diferentes testes que podem ser usados. Não usei nenhum desses que o senhor mencionou.

— Que testes usou, então?

— Testei as percepções dele com bastante cuidado e, em seguida, fiz um eletroencefalograma. Depois, com minhas observações e análises intensivas, achei que estava qualificado para fazer alguns comentários sobre esse homem e talvez para entendê-lo um pouquinho.

Claude Dancer fez uma pausa, procurou suas anotações e, desembaraçadamente, atirou mais alguns nomes de testes.

— Aplicou-lhe o teste de Szondi?

— Não, não fiz com ele um exame de diagnóstico experimental de Szondi.

— Um teste de Rorschach de psicodiagnóstico?

— Não.

— Um teste temático de percepção?

— Não.

— E algum teste de triagem de personalidade?

— Não. — O médico fez uma pausa e deu uma olhada no psiquiatra da promotoria. — Posso acrescentar, de maneira geral, que pertenço à escola de psiquiatria que tende a enfatizar a análise e avaliação individuais, em vez de pertencer ao grupo que é chamado algumas vezes, em tom de brincadeira, de escola de psiquiatria caça-níquel, ou das engenhocas.

Claude Dancer ignorou o ataque e continuou a insistir.

— A partir do exame que fez no tenente, encontrou algum sinal de *delirium*?

— Nenhum.

— Ou de perda de memória?

— Nenhum, antes deste caso.

— Ou de alucinações?

— Não.

— Ou de histeria de conversão?

— Bem, a reação dissociativa, em si, abarca casos do que é chamado de histeria desse tipo.

Dancer fez uma pausa triunfal, como se tivesse escavado um osso novo.

— Em linguagem comum, doutor, a histeria de conversão também não é conhecida como acesso de mau gênio?

— Não, não é. Não conheço nenhum psiquiatra nem autoridade psiquiátrica respeitável que a descreva dessa maneira.

— Como o senhor a descreveria em linguagem comum?

— Acho que já fiz isso na linguagem mais comum que pude, mas mesmo assim preservando a exatidão — replicou o médico friamente. — Se deseja que eu repita tudo, por favor, faça as perguntas adequadas e repetirei.

Claude Dancer olhou para a testemunha e, depois, consultou suas notas.

— Doutor, no início do interrogatório, o senhor foi indagado se o tenente hipotético seria capaz de distinguir entre o certo e o errado e respondeu que, *provavelmente*, ele não seria capaz, acrescentando que não achava que isso fizesse muita diferença. Ainda pensa assim?

Tranquilamente:

— Sim — respondeu a testemunha.

— Então ele poderia, na verdade, saber a diferença entre certo e errado?

— Poderia, sim.

Triunfalmente:

— Então, como pode o senhor entrar aqui e testemunhar que o tenente estava legalmente insano? — disparou Dancer para a testemunha, e eu percebi que ele próprio, aparentemente, não sabia que o impulso irresistível servia como defesa para crime, em Michigan, dentro de uma alegação de insanidade, e não se poderia culpá-lo por isso, tendo em vista que Parnell e eu — eu, que havia sido promotor público durante dez anos — tínhamos demorado tanto, nós próprios, para desenterrar isso. Mas a situação estava eivada de perigo, e esperei ansiosamente pela resposta.

— Nunca disse que alguém estivesse *legalmente* insano — respondeu friamente o médico. — Disse que achava que o tenente hipotético sofria de uma aberração mental reconhecida pelos médicos, e chamada de reação dissociativa ou, algumas vezes, de impulso irresistível; e digo e repito que a consciência de estar agindo certo ou errado não faria muita diferença, ou não faria nenhuma, para uma vítima desse transtorno mental.

Claude Dancer deu as costas para a testemunha e lançou um olhar significativo para o júri e, depois, para mim. Então, com as costas ainda viradas para a testemunha, perguntou:

— E se dispõe a basear seu testemunho neste caso, doutor, nessa resposta? — ele quase ronronava.

— Sim.

Claude Dancer teria ele próprio uma pequena surpresa, percebi, se o juiz transmitisse ao júri nossas requeridas instruções sobre o impulso irresistível e se o júri as entendesse e levasse em consideração. Sempre havia a grande incerteza do *se*...

Claude Dancer desviou para outro assunto.

— Será que esse homem poderia sentir raiva do dono do hotel? — continuou ele a insistir, encarando novamente a testemunha.

— Refere-se agora ao tenente real ou hipotético, sr. Dancer? — contrapôs calmamente a testemunha.

Claude Dancer ficou irritado por ser corrigido por aquele jovem tão frio.

— Qualquer um dos dois — respondeu bruscamente. — Na verdade, será que o tenente não ficou irado com o proprietário do bar e não foi até lá, com raiva homicida, para matá-lo a tiros?

O médico ficou pensativo.

— Ele pode muito bem ter sentido raiva do proprietário — admitiu. — Seria até anormal se não sentisse. Mas podemos ter certeza de que não seria apenas raiva. — Fez uma pausa e sorriu de leve. — Exatamente como o senhor agora demonstrou raiva por mim, sr. Dancer, embora o seu principal desejo e mais cara aspiração sejam um só, frio e calculado: me colocar numa armadilha, se puder.

Claude Dancer olhou por um instante, furioso, para a testemunha e depois, evidentemente, decidiu não estender a questão da sua raiva.

— Mas será que o principal desejo e mais cara aspiração do réu não seriam os de dar vazão à sua raiva para com o odiado proprietário? — insistiu.

O médico sacudiu a cabeça.

— Palavras abstratas como "patriotismo," "raiva", "amor" e "ódio" existem principalmente como rótulos simplistas para as emoções complexas do ser humano, sr. Dancer — informou o médico. — Os sentimentos dos homens não existem por causa das palavras. Os sentimentos estavam presentes muito antes de os homens terem alguma palavra para designá-los. Raramente, ou nunca, as emoções dos homens estão confinadas a uma mera palavra ou série de palavras. Insistir que o tenente sentia apenas raiva corresponde a isolar e enfatizar indevidamente apenas uma das muitas emoções complexas e conflitantes que ele, sem dúvida, teve na ocasião.

— Muito bem, doutor, então, por favor, diga-nos algumas das outras — falou Claude Dancer, sorrindo, docemente. — Talvez amor?

O médico evitou o atoleiro semântico ameaçador dessa inteligente armadilha.

— Não posso dizer. Só podemos ter certeza, sensatamente, de que não foi apenas raiva, se é que houve mesmo alguma raiva. Quando discutimos, em última instância, a personalidade de um homem, a oprimida psique humana, empurrada e acuada, não penduramos nela um rótulo tipo "raiva", ou "amor", pensando que com isso a descreveremos; quando assim fazemos, apenas ignoramos o problema. Só em certas tribos primitivas e na antiga tragédia grega os homens ousavam rotular o homem inteiro através do uso de máscaras. Mas todos entendiam que elas eram meras etiquetas convenientes, símbolos convencionais que representavam a comédia, a tragédia e coisas do gênero... e nunca a totalidade do homem.

Dei uma olhada no júri, temendo que seus integrantes pudessem, eles próprios, naufragar num inescapável atoleiro semântico. Em vez disso, estavam alertas em suas cadeiras, e pareciam ter todo o tempo do mundo. "Puxa vida," suas expressões reunidas pareciam dizer, "isso derrota a sabedoria consagrada até da *Reader's Digest* e do *Saturday Evening Post.*"

Dancer conseguiu evitar a raiva.

— As neuroses são consideradas insanidade? — perguntou.

— Em geral não são.

— É só isso — concluiu o sr. Dancer, virando-se para o outro lado.

— Não haverá novo interrogatório — falei, depressa. Depois, respirei fundo e continuei. — Esta é a nossa causa. A defesa encerra.

— Recesso para o meio-dia — determinou o juiz. — Por favor, voltem à uma hora. — Deu uma olhada em Max. — Sr. xerife — murmurou.

Capítulo 25

QUANDO, DEPOIS DO RECESSO do meio-dia, Max Battisfore me informou que era hora, ele demorou na sala de audiências até o tenente e Laura avançarem na direção da sala do tribunal. Então, falou, rapidamente.

— Ouça, Polly — ele deixou escapar —, estão preparando alguma coisa, não sei o quê, mas acabei de descobrir, através de Sulo Kangas, que nosso amigo Dancer, desde ontem, está conversando com meus prisioneiros. Encontra-se com eles a sós no gabinete de Mitch, um de cada vez. Claro, eu não posso impedir que ele faça isso, mas pensei em lhe informar a respeito.

— Obrigado, Max. Sabe sobre o que são essas conversas?

— Não exatamente, mas claro que imagino que são sobre este caso. Pode-se esperar tudo daquele sujeitinho. E pode apostar que boa coisa não é. Bem, tenho de ir.

— Obrigado pela dica, Max. Vou ficar esperando alguma coisa. — Fechei os olhos, suspirei, agarrei minha pasta e cambaleei até a porta. O que o incansável sr. Dancer estaria aprontando agora?

— Ouçam todos, ouçam todos, ouçam todos! — berrou Max, e a multidão, já condicionada pela cerimônia do martelo, levantou-se como uma congregação desigualmente obediente e depois, devagar, recolheu-se numa escravidão de silêncio. O juiz, que estava à espera, olhou para a mesa da promotoria, abaixo.

— Alguma refutação? — perguntou, calmamente.

— Sim, Meritíssimo — repetiu Claude Dancer, levantando-se repentinamente. — A promotoria chamará o dr. W. Harcourt Gregory — e então o psiquiatra da promotoria estendeu sua considerável altura e caminhou, languidamente, de ombros encurvados, até a bancada, prestando juramento, muito sério, diante de Clovis Pidgeon, e depois sentando-se tranquilamente e olhando para a parte central da apinhada e silenciosa sala do tribunal. Só olhá-lo já era uma experiência ligeiramente irritante. Claude Dancer avançou devagar em direção à testemunha, sorrindo, como se dissesse: "Aqui, senhoras e senhores, aqui está, finalmente, um psiquiatra que *parece* um psiquiatra."

— Seu nome, por favor — ronronou.

— W. Harcourt Gregory — respondeu a testemunha, com uma voz precisa e aguda, apalpando rapidamente as pontas do bigode.

— Qual a sua ocupação?

— Médico.

— Especializou-se em algum campo particular da medicina?

— Sim.

— Em que campo?

— Psiquiatria.

— Há quanto tempo?

— Há aproximadamente 25 anos.

— Quer fazer o favor de descrever para nós, doutor, em linhas gerais, seus estudos e sua experiência médica e psiquiátrica?

O dr. Gregory passou então, como o dr. Smith, a falar da sua carreira, desde a Faculdade de Medicina, passando por vários cursos de graduação e pós-graduação (incluindo alguns períodos de trabalho em Paris e Viena, que causaram impressão), e daí, evidentemente, tão rápido quanto pôde, chegando à sua participação na equipe de várias instituições mentais públicas.

— E qual é sua atual posição, doutor?

— Superintendente médico do Hospital Estadual Pentland, em Lower Michigan.

— E que tipo de pacientes são tratados lá?

— Os que são considerados insanos ou débeis mentais.

— Integra algum grupo psiquiátrico nacional?

A testemunha pigarreou.

— Sou titular do Conselho Americano de Psiquiatria e Neurologia — respondeu, com a suavidade do grande orgulho.

Claude Dancer, então, ergueu um papel que parecia, suspeitosamente, ser sua cópia da nossa questão hipotética, e começou a lê-lo. Enquanto lia, minhas suspeitas foram confirmadas: o inteligente homenzinho estava disparando a *nossa* precisa questão hipotética, palavra por palavra, em cima do seu psiquiatra.

— Então, doutor, supondo-se que todos os fatos aqui declarados sejam verdadeiros, tem o senhor uma opinião, baseada em razoável certeza psiquiátrica, quanto ao fato de ser ou não provável que o homem hipotético, segundo os fatos declarados na questão hipotética, estivesse sofrendo de reação dissociativa?

— Tenho.

— Qual é a sua opinião?

— Não acredito que ele estivesse sofrendo de uma reação dissociativa — afirmou ele, tentando assim, calmamente, matar nossa principal defesa, a do impulso irresistível.

— Qual é o seu motivo para essa opinião?

— Uma reação dissociativa é um tipo grave de psiconeurose. E é uma condição de longa duração. Tenho certeza de que o tenente hipotético teria apresentado uma ou repetidas perturbações de natureza dissociativa durante o período ou os períodos do seu serviço em combate. Não se alegou a ocorrência de nenhuma.

Sob mais perguntas astutas de Claude Dancer, a testemunha continuou tentando demolir nossa causa. Sim, o tenente hipotético podia distinguir o certo do errado; sim, ele podia entender todas as consequências dos seus atos; sim, o tenente estava de posse das suas faculdades e não dominado por sua mente inconsciente. Dei uma olhada de esguelha em nosso jovem psiquiatra, que abaixara a cabeça. Claude Dancer continuou a insistir.

— Ora, doutor, se esses exemplos da questão, conforme foi apresentada, mostrando que o tenente hipotético não tinha nenhuma lembrança de certos acontecimentos, fossem eliminados e substituídos pela afirmação de que ele tinha lembrança desses acontecimentos, isso mudaria sua opinião?

— Não; em vez disso, confirmaria minha opinião.

— Se, além dos fatos, conforme declarados na questão hipotética, supuséssemos que o tenente hipotético voltou para casa e, como foi declarado na questão, contou à sua mulher que matara a tiros o proprietário do hotel e, depois, foi para a casa de um vigia que tinha a condição de subxerife, ficando a referida casa a cerca de dez metros do seu *trailer*, e lhe disse que havia assassinado um homem e queria que esse subxerife o levasse preso; e que, algumas horas mais tarde, esse mesmo tenente hipotético contou a um detetive sargento da polícia estadual os detalhes de um alegado ataque sexual, anteriormente relatado a ele por sua esposa, e declarou que o considerou sob todos os ângulos, e fez esforços para ter certeza de que sua esposa lhe contava fatos verdadeiros, e que havia decidido, então, que o homem que havia feito isso com sua esposa não deveria viver, e descreveu então como foi até o hotel, atirou e matou o proprietário e voltou para casa e se entregou ao subxerife, que morava a apenas dez metros do *trailer*... supondo que esses fatos adicionais sejam verdadeiros, doutor, isso mudaria sua opinião?

— Não. Só serviriam para confirmar que ele não estava insano, nem do ponto de vista legal nem do ponto de vista médico.

Claude Dancer virou a cabeça para trás e me olhou, exultante.

— A testemunha é sua — falou.

Tornei a olhar para o jovem dr. Smith, que ainda estava sentado com a cabeça abaixada e as mãos em cima dos olhos. Seus mais terríveis temores se haviam concretizado.

Levantei-me e, vagarosamente, avancei para destruir aquele homem, se pudesse. Tive, de repente, um pensamento sombrio. Embora eu nunca alimentasse muitas ilusões em contrário, agora estava sob o impacto direto da ideia de que um julgamento era uma floresta emaranhada; apesar de todos os obedientes "Meritíssimo" e "com a licença do tribunal", apesar de todas as regras, objeções e a suave ilusão de decoro, um julgamento era, na verdade, uma batalha selvagem e primitiva pela sobrevivência.

— Doutor — comecei, suavemente —, então o senhor tem um diploma do Conselho Americano de Psiquiatria e Neurologia?

— Sim — afirmou ele, orgulhosamente, apalpando com delicadeza seu luxuriante bigode.

— Como o seu colega, o dr. Smith, pertence à mesma organização, poderia ele ou não, se assim decidisse, referir-se a si mesmo como detentor do diploma? — prossegui.

Precisava endireitar *aquilo* rapidamente.

Rigidamente:

— Suponho que sim.

Com voz ligeiramente trêmula, mas elevando-se durante a pergunta:

— Talvez, doutor, talvez haja uma classe mais tímida e mais modesta de detentores de diplomas em seu clube, não?

— Objeção. Objeção...

— Aprovada — decidiu rapidamente o juiz.

— Há quanto tempo o senhor faz parte do quadro de várias instituições mentais públicas, doutor?

O médico refletiu.

— Há 21 anos — respondeu.

— E é chefe de serviço de uma delas, atualmente?

— Correto.

— Não é fato, doutor — insisti —, que, durante a maior parte da sua carreira profissional, trabalhando como tem feito em instituições mentais públicas, o senhor tem lidado, em grande parte, com pessoas que já haviam sido decretadas loucas por outros médicos? (Eu precisava, se pudesse, tirar uma parte da sua deplorável vantagem em experiência e em anos sobre nosso jovem psiquiatra.)

— Bem, sim — ele admitiu, porque precisava; já testemunhara claramente isso.

— E uma porção importante do seu trabalho e da sua experiência tem sido no sentido de determinar quando e se esses pacientes se recuperaram ou foram devolvidos à *sanidade*, em vez de determinar se eram insanos, qual a forma dessa insanidade ou como ficaram assim?

— Sim, senhor, e na tentativa de curá-los.

— E, além disso, não é verdade que todas as instituições mentais públicas às quais o senhor tem estado ligado, inclusive essa onde atualmente trabalha, tiveram e ainda têm longas filas de espera de pessoas mentalmente doentes esperando por internação?

Eu tocara num ponto sensível.

— Sem dúvida, é verdade — confirmou, fazendo um aceno com sua cabeça magra, com uma espécie de ênfase lânguida. — A falta de instalações adequadas para acomodar nossos doentes mentais, e a consequência terrível que é o excesso de gente nas instalações existentes, é uma desgraça para o estado e para a nação.

O homem embarcava perfeitamente na minha.

— E, como consequência desse excesso de gente, também não é verdade que apenas as pessoas com os sintomas mais objetivamente avançados de loucura, as mais difíceis de lidar socialmente, ou de deixar que permaneçam soltas, são precisamente as que têm maior probabilidade de serem admitidas em nossos asilos, inclusive no seu?

Ele ainda não percebia claramente para onde eu seguia.

— Uma grande verdade — concordou. — Naturalmente, só ficamos com os casos mais avançados.

— De modo que também seria verdade, doutor, não é mesmo, que os psiquiatras que trabalham nessas instituições mentais públicas raramente, se é que isso chega a acontecer, analisam ou observam os tipos de doenças mentais mais sutis e subjetivos?

Ele agora percebeu aonde eu queria chegar, mas estava tão comprometido que não podia mais recuar.

— Bem — admitiu, franzindo a testa —, sim, suponho que é assim.

— Não é questão de supor, não é mesmo, doutor?

— Bem, não.

— E isso incluiria pessoas que se alega sofrerem de reação dissociativa, não é?

Agora, resignadamente:

— Sim. Raramente seriam colocadas num asilo público.

Era hora, agora, de ir aos detalhes.

— Bem, doutor — perguntei —, quando o senhor colocou os olhos pela primeira vez no real e não no hipotético tenente Manion?

— Na quinta-feira de manhã, esta semana.

Fiz uma pausa e ponderei:

— Vejamos: até agora, estamos com mais ou menos dois dias e meio de tribunal, não é?

Com uma paciência arrogante:

— É, sim.

— E o senhor o viu fora do tribunal, durante esse tempo?

— Não, não vi.

— Então posso supor, doutor, que não fez nele nenhum exame pessoal?

Secamente:

— É bastante óbvio que não fiz.

— Tampouco aplicou nele *quaisquer* dos vários testes ou seja lá o que for mencionados aqui pelo sr. Dancer ou pelo seu colega?

— Não, não apliquei.

— Mas estava presente, doutor, não foi, quando o promotor Dancer interrogou o dr. Smith esta manhã?

— Estava.

Novamente, seus dedos encaminharam-se para seu bigode, do qual ele parecia gostar desmesuradamente.

— E o senhor ouviu o sr. Dancer interrogar bastante extensamente o dr. Smith, quanto ao fato de não ter... — fiz uma pausa e consultei minhas anotações... — aplicado um teste de Wechsler-Bellevue, um teste de Szondi, um teste de Bender-Gestalt, um exame psicodiagnóstico de Rorschach, um teste temático de percepção, vários testes de triagem de personalidade — fiz uma pausa, arquejando, fingindo estar sem fôlego — e, possivelmente, um ou dois outros que, na pressa, talvez me escapassem?

Aborrecido:

— Claro que ouvi. Estava sentado bem aqui.

— Sim, claro, lembro agora que o senhor estava aqui. E estou certo ao supor, doutor, que o sr. Dancer conseguiu do senhor todo esse jargão, que soou tão poderoso?

Recuando, ofendido:

— Jargão?

— Desculpe, doutor. Terminologia psiquiátrica.

Irritado com o fato de eu insistir no óbvio:

— Ora, sim, sim, claro que eu disse a ele. Muitos *médicos*, que são altamente competentes em outras áreas, não estariam aptos para usar esses termos.

O astuto Claude Dancer viu o sentido em que o vento soprava e começou furtivamente a rastejar em minha direção, enquanto eu continuava a pressionar.

— Então, estou mais certo ainda ao supor, doutor, que, se o senhor tivesse a oportunidade de testar e examinar o réu deste caso, aplicaria os testes que seu colega deixou de fazer e aplicar?

Enfaticamente:

— Certamente que sim. Em minha opinião, a necessidade deles estava claramente indicada.

— Entendo — continuei a insistir, fazendo com que se definisse. — Então, sua principal queixa com relação às descobertas do dr. Smith é a de que ele deixou de aplicar os testes psiquiátricos adequados de que ele dispunha?

Veio a esperada objeção.

— Não, não, Meritíssimo. Esta testemunha não fez nenhuma queixa. A pergunta supõe algo que não está em evidência. A testemunha...

— Objeção negada — determinou rapidamente o juiz. — Prossiga.

— Sim — respondeu a testemunha, comprimindo os lábios.

— E, dessa forma, seria justo dizer que sua crítica à descoberta do dr. Smith em grande medida seria quanto aos métodos que ele empregou? — pressionei, comprometendo-o mais ainda.

— Seria — respondeu a testemunha, em tom de reprovação, dando uma olhada sombria em direção ao dr. Smith e penteando habilmente o bigode entre os dedos.

Fiz uma pausa para deixar tudo isso ser bem absorvido. Tinha consciência de que o mundo da psicanálise era tão dividido quanto os artistas da Rive Gauche em múltiplas escolas, teorias, métodos, panelinhas em briga e grupos fragmentados. Mas não era do meu conhecimento que qualquer dessas escolas preferisse alguma teoria ou método que não fossem os que combatiam; assim, continuei com minha perseguição.

— Doutor — perguntei —, o senhor acredita, e quer que este júri acredite, que algum controle pessoal, observação, exame ou teste aplicado ao tenente, fosse qual fosse, seria melhor do que os métodos empregados pelo dr. Smith?

A marcha das coisas se chocava com a testemunha, e ele se ergueu muito alto, em sua cadeira.

— Eu não disse isso — respondeu, rigidamente.

— Sei que não disse de fato isso, doutor, mas claramente sugeriu, e por isso lhe pergunto agora: havia algum teste melhor do que os aplicados? Seria melhor testar ou não?

Começava a se fazer luz.

— O que quer dizer? — contrapôs a testemunha, pouco à vontade.

— Quero dizer o seguinte, doutor — respondi, explicando detalhadamente. — Pretende testemunhar, aqui, que o recém-anunciado sistema Gregory de não fazer nenhum teste, nenhum exame, é melhor do que o teste do dr. Smith, ou até mesmo do que os testes que o sr. Dancer mencionou com tanto desembaraço?

O pleno peso da minha pergunta atingiu agora, amplamente, a testemunha. Ele mudou de posição na cadeira e deu uma olhada em Claude Dancer.

— Eu não diria isso. — Franziu a testa. — Está tentando, senhor, fazer da minha profissão uma piada?

Cheguei mais perto da testemunha e observei que havia grandes gotas de suor em seu queixo comprido.

— *Piada*, doutor? — perguntei, suavemente. — *Eu*, fazendo da sua profissão uma piada? — Era hora de atacar.— Ouça, doutor, fiz ao senhor uma pergunta simples, e gostaria de ter uma resposta simples: será que qualquer teste psiquiátrico ou observação e exame pessoais não são *sempre* melhores do que não fazer nada, a não ser olhar de longe? É nisso que o senhor quer que o júri acredite?

— Objeção, Meritíssimo...

— Objeção negada.

A testemunha caíra na armadilha.

— Não — ele respondeu, e me pareceu que até seu bigode havia murchado um pouquinho. Ele tirou com a mão o suor do queixo, e enxugou a mão em seu lenço mole.

— Não o quê? — fui fundo, novamente.

— Não, seria melhor observar e testar pessoalmente o indivíduo.

— Então, como detentor de um diploma do Conselho Americano de Psiquiatria e Neurologia, o senhor não alega mais, nem deseja sugerir, aqui, que o fato de não ter examinado nem observado o tenente lhe permitiria o necessário distanciamento científico, de modo que seria uma vantagem positiva não o ter examinado?

— Já respondi a isso.

— Quer fazer o favor de tornar a responder? — insisti, asperamente.

Em tom ríspido:

— Minha resposta foi e é “não”.

— De modo que foi e é uma desvantagem não o ter examinado? — continuei a martelar, incansavelmente.

Houve uma longa pausa de silêncio.

— Sim — ele disse afinal, quase silvando, e notei que os jurados se entreolhavam rapidamente.

— Fez algum pedido, ou foi feito algum pedido em seu nome, para examinar o tenente Manion? (Esta pergunta era tão vergonhosa quanto qualquer coisa que Amos Crocker sonhasse em seus melhores momentos: não hesitaríamos em decapitar qualquer pessoa que tentasse examinar nosso cliente.)

— Não foi feito nenhum pedido.

Minha voz se elevou.

— E, no entanto, o senhor ousa entrar aqui e lançar sua opinião profissional contra a de um colega respeitado que, de fato, o examinou?

— Objeção, Meritíssimo. Eu...

— Objeção mantida.

Minha pergunta seguinte, por ser a última, era em grande medida retórica, visando mais ao júri do que à testemunha.

— Talvez, doutor — eu disse —, desde que o senhor não foi estorvado pelo fato de nunca o haver examinado, talvez, quem sabe, não deseja se arriscar a opinar, de improviso, sobre o estado psiquiátrico do próprio morto?

— Objeção! Claramente impróprio.

— Mantida.

Fiz uma pausa, notando um sorriso no rosto de vários jurados.

— Agora, doutor, vamos esquecer tudo a respeito das perguntas hipotéticas e dos tenentes hipotéticos e partir para o homem real — apontei — ali sentado e sobre quem pesa uma acusação real de homicídio em primeiro grau. Pergunto-lhe se concorda com seu colega diplomado, dr. Smith, quando ele diz que o homem está atualmente são?

— Concordo. É óbvio até para uma criança.

— Obrigado, doutor. Agora eu lhe pergunto se tem uma opinião quanto ao fato de o tenente real estar ou não sofrendo de insanidade na ocasião do tiroteio. Agora, por favor, esqueça quaisquer tenentes imaginários ou ficcionais.

— Objeção. Isso não seria próprio — pediu o sr. Dancer.

— Perguntei ao seu especialista, sr. Dancer, se ele tem uma opinião.

A testemunha permaneceu silenciosa, com o rosto torcido numa espécie de sombria carranca de sáurio.

— Tem uma opinião ou não? — o juiz pressionou, numa rara mostra de impaciência. — Responda sim ou não.

A testemunha puxou nervosamente o bigode e pareceu deslizar para mais baixo em seu assento.

— Tenho uma opinião — respondeu, dando um mergulho final.

— Ótimo — falei. — Quer fazer o favor de declará-la?

— Só um momento — interveio o juiz, virando-se para a testemunha. — Quero que entenda plenamente, doutor, o que pode estar prestes a arriscar. Se tem uma opinião real, permitirei que a declare. Mas não quero nenhum palpite. E deve estar preparado para defender sua opinião. Quero que tenha certeza de que entende a situação, exatamente antes de entrarmos nela. Ainda está preparado para dar uma opinião?

O médico estava irremediavelmente comprometido agora.

— Estou — afirmou, sentando-se, inteiramente ereto e, novamente, enxugando o queixo cheio de gotas de suor.

— Qual é a sua opinião? — perguntei.

O infeliz médico agarrou os braços da cadeira da testemunha e foi em frente.

— Minha opinião é a de que o verdadeiro tenente Manion não estava louco na ocasião do assassinato — respondeu.

Suavemente:

— E em que bases psiquiátricas o senhor fundamenta essa opinião, doutor?

— No que vi e ouvi aqui.

— Quer dizer que se arrisca a dar uma opinião sobre a sanidade deste homem, naquela noite, sem o benefício de nenhuma observação pessoal, testes ou um histórico qualquer? — disparei em cima dele.

A resposta, agora, era inevitável:

— Sim.

Fiz uma pausa por quase um minuto.

— Doutor — indaguei, vagarosamente —, essa é a prática psiquiátrica normal e aceita para um diplomado do Conselho Americano de Psiquiatria e Neurologia?

— Objeção — interrompeu rapidamente o sr. Dancer. — O advogado fez uma pergunta, teve a resposta e, agora, não gosta dela.

— Vou mostrar-lhe o quanto gosto dela, sr. Dancer.

— Objeção negada — disse o juiz sumariamente. — Responda à pergunta.

O médico pareceu afundar ainda mais em seu assento, com os dedos agarrando e tornando a agarrar os braços da cadeira.

— Não, não é prática psiquiátrica normal fazer um diagnóstico psiquiátrico sem o histórico completo e o exame pessoal do indivíduo — afirmou, dando palmadinhas no queixo molhado.

Fiquei ali em pé, olhando para o homem, por vários momentos.

— Mais nenhuma pergunta — encerrei. — A testemunha é sua, sr. Dancer.

— Sem mais perguntas — disse depressa o sr. Dancer.

— Chame sua próxima testemunha de refutação — ordenou o juiz a Claude Dancer.

Capítulo 26

Claude Dancer levantou-se, com seu ar de invencível aprumo, e pigarreou com força. Fez-me pensar num lutador japonês, quando encurvou os ombros, ajeitando a gola do seu casaco bem apertada contra a parte de trás do pescoço atarracado e musculoso.

— Com sua licença, Meritíssimo — pediu, tranquilamente —, a promotoria deseja, neste momento, tomar a providência de endossar o nome de Duane Miller na indiciação como testemunha de refutação. Sua identidade e seu testemunho acabaram de nos chamar a atenção. Respeitosamente, tomo essa providência, Meritíssimo.

O juiz Weaver piscou os olhos, surpreso, e me olhou por cima dos seus óculos.

— Algum comentário, sr. Biegler? — perguntou.

"É isso, então," pensei, selvagemente, tentando equilibrar-me em pé. "Este é o pequeno pacote surpresa pelo qual esperávamos." Duane Miller? Duane Miller? Quem diabo era ele? O que poderia refutar? O que estava por trás dessa repentina providência de último minuto?

— Sr. Biegler? — insistiu gentilmente o juiz.

— O advogado pergunta quem pode ser a nova testemunha — indaguei eu, sem convicção, com a mente a mil. Sabia que não poderia fazer uma objeção bem-sucedida ao acréscimo de uma testemunha de refutação de boa-fé cuja identidade fosse anteriormente desconhecida da promotoria; mas não podia forçar-me a consentir cegamente, sem algum tipo de pista. O juiz olhou interrogativamente para Claude Dancer.

— O nome é Duane Miller — repetiu alto o homenzinho, verbalizando afetadamente o nome com irritante articulação. — Atualmente, um interno da prisão do condado. Prisão do Condado de Iron Cliffs, Iron Bay, Michigan.

— Obrigado, Dancer — agradeci, com um tom de voz irritante e áspero. — Já ouvi falar desse lugar.

— De volta ao senhor, sr. Biegler — interveio apressadamente o juiz.

— Essa testemunha está sendo chamada para refutar o quê? — perguntei, lutando para ganhar tempo, tempo e inspiração também.

Claude Dancer sorriu amavelmente e deu uma olhada astuciosa no júri.

— Isso, sr. Biegler, é o que veremos. Não seria uma pena estragar sua pequena surpresa? Renovo meu pedido, Meritíssimo.

— Decida, Meritíssimo — afirmei, sem ousar me arriscar a perder uma objeção nessa etapa decisiva do julgamento.

— A moção está concedida — admitiu o juiz secamente, dando uma olhada no relógio. — Sr. meirinho, queira fazer o favor de endossar o nome de Duane Miller na indiciação, como testemunha da promotoria. Prossiga, sr. Dancer. O tempo voa.

— A promotoria chamará Duane Miller para o banco — anunciou Claude Dancer, agarrando alguns papéis e se movimentando com vivacidade em direção ao compartimento das testemunhas.

A porta lateral, perto do júri, emitiu um som surdo e se abriu, e um homem magro, pálido e com aspecto devastado, vestido com brim azul, arrastou os pés para dentro da sala do tribunal, acompanhado por um subxerife vigilante. A testemunha de surpresa ficou ali em pé piscando os olhos, incerto, engolindo seu generoso pomo de adão. Eu nunca o vira antes.

O subxerife apontou para o compartimento das testemunhas.

— Ali em cima, Duke — murmurou, enquanto Duane Miller avançava, arrastando os pés, prestava juramento e se sentava, o pomo de adão pulando como um brinquedo excêntrico.

— Seu nome, por favor? — disparou Dancer para ele, antes que ele conseguisse esquentar suficientemente seu lugar.

— Duane Miller, senhor. O pessoal, em geral, me chama de Duke.

"Chamem-me de Ismael," pensei, selvagemente, contendo um impulso de gargalhar.

— Onde reside atualmente? — insistiu Dancer.

A testemunha fez um gesto em direção à cadeia.

— Do outro lado do beco... na cadeia, senhor.

— Conhece o réu, Frederic Manion? — continuou a ronronar Claude Dancer.

A testemunha não parava de dar olhadas para mim, claramente apreensivo, diante da perspectiva do seu interrogatório cerrado.

— Bem, senhor, mais ou menos, senhor, é o seguinte, senhor. Durante a semana passada, estive na cela vizinha à dele. — Senti o tenente de repente se enrijecer e ficar tenso, ao meu lado. — Podia ouvir ele falar e ele podia me ouvir falar, mas na verdade nunca pus os olhos no homem.

— Teve alguma conversa com ele durante este julgamento?

A testemunha tornou a engolir em seco e deu uma olhada para mim, e Claude Dancer repetiu a pergunta.

— Ah, sim, senhor. Um pouco, não muito. O homem não é de muita conversa. (Bem, isso eu aceito, é assim mesmo.)

— Quando foi a última conversa que teve com ele? — insistiu Dancer.

— Durante o próprio meio-dia de hoje, senhor.

Claude Dancer fez uma pausa e me deu uma olhada, parecendo uma criança, de tão encantado.

— Quer fazer o favor de contar essa conversa ao tribunal e ao júri? — pediu.

O juiz deu uma rápida olhada em minha mesa. Eu respirava tão fundo e rápido a ponto de ter a impressão de que meu intestino estava colado em minha espinha dorsal. Esse era claramente um fundamento impróprio para refutação, como o juiz, Dancer e eu sabíamos todos. O homenzinho, simplesmente, me atraía para uma objeção vitoriosa temporária, de modo a poder guardar sua surpresa e, no final, me derrotar duas vezes. Eu também poderia ter questionado a identificação do tenente pela testemunha, mas isso seria, na melhor das hipóteses, apenas uma aborrecida tática de retardamento. Respirei fundo e abanei a cabeça, quase imperceptivelmente.

— Continue — Dancer instigou a testemunha. — Desta vez, o sr. Biegler está miraculosamente sem palavras.

A testemunha engoliu em seco e, depois, falou rápida e desembaraçadamente.

— Ouvi o tenente rindo sozinho, durante o horário do meio-dia de hoje, e perguntei: "As coisas vão bem, tenente?", e ele riu um pouco mais e disse: "Que diabo, tu tá com a razão, cara", ou coisa parecida, e eu disse: "Se anime, tenente — aposto com você minha ração de café desta noite que você não vai pegar mais do que homicídio culposo com tudo isso," e então ele riu alto e disse: "Pode apostar, cara. Já enganei meu advogado e meu *psi*", não sei dizer isso, mas ele falou em seu médico de cabeça, "e aposto com você minha Lüger de estimação contra essa lavagem pra porcos que aqui chamam de café que também vou enganar aquele júri panaca e tirar isso de letra." — A testemunha fez uma pausa. — Foi tudo que ele e eu dissemos.

— Tem certeza de que ele chamou o senhor de "cara"? — perguntou Claude Dancer inocentemente, acariciando o queixo.

— Ele me chamou de "cara" — respondeu a testemunha, firmemente, enquanto meu coração caía em minha barriga.

Com os lábios num muxoxo, Claude Dancer olhou para o relógio, balançando-se nos calcanhares.

— Sr. Biegler — ele disse, ainda olhando pensativamente para o relógio, enquanto se esforçava virilmente para esconder sua alegria desvairada —, a testemunha é toda sua.

Um suspiro dolorido e interrompido passou pela sala do tribunal, uma espécie de doloroso prender de respiração, como o de uma multidão na rua vendo um estranho atirado de repente em meio ao trânsito e estraçalhado, diante dos seus olhos. Fiquei sentado muito quieto e fechei os olhos. "Ah, meu Deus, ah, meu Deus," pensei, repetidas vezes. Dei uma olhada no tenente. "*Tenente!*", sussurrei, de forma sibilante.

A cor tinha fugido até de suas mãos. Parecendo cera, estava sentado muito quieto, apenas com os músculos do seu maxilar tremendo. "Tenente!", repeti. Ele se virou vagarosamente, e seus olhos brilhavam como os de um lince. Senti todos os olhos penetrantes da sala do tribunal em cima de nós. Vagarosamente, muito vagarosamente, ele sacudiu a cabeça. Depois, ficou sentado, olhando impassivelmente para a outra parede, com o músculo do maxilar ainda saltando e se contorcendo. "Meu Deus," pensei, erguendo-me e encarando a testemunha. "O que posso perguntar a esse lamentável filho da puta?"

— Por que motivo está preso, Duke? — comecei.

— Incêndio criminoso — ele respondeu, com uma voz neutra, resignada, entrelaçando as mãos para o suplício.

Levantei as sobrancelhas. Incêndio criminoso era um delito para o qual a penitenciária estadual e não o cárcere era o local usual de expiação.

— Humm... Confinado no cárcere do condado por incêndio culposo? — perguntei.

— Esperando sentença. Fui preso na segunda-feira passada.

— Entendo. De onde você é? Nunca nos encontramos, não é?

— Não. Em geral fico por perto de Detroit. Por lá e em Toledo.

— Ah, então Ohio partilhou a prosperidade — comentei. — Por acaso já esteve preso antes, Duke? — perguntei rapidamente, certo da resposta.

Com voz neutra:

— Sim, senhor.

— Quantas vezes?

A laringe pulou, e a testemunha piscou para o relógio.

— Vamos ver: duas, não, três períodos na prisão e... não consigo me lembrar quais foram as prisões.

— Mais alguma coisa?

— Acho que foi só isso.

— Tem certeza de que não está sendo modesto demais, Duke?

Firmemente:

— É só isso, senhor. A gente sempre sabe quantas vezes esteve em cana.

— Claro. Por favor, perdoe-me, sr. Miller. — Virei-me para a mesa de Mitch. — Solicito que o promotor Lodwick apresente e me empreste a ficha criminal oficial deste homem, para me ajudar em meu interrogatório — pedi. — Como ex-promotor, sei que ele tem uma ficha. Este homem é uma testemunha de surpresa, de cuja existência eu nem sabia até alguns minutos atrás. — Mitch e Claude Dancer começaram a sussurrar entre si. — Meritíssimo, repito meu pedido.

Claude Dancer levantou-se, aparentemente para entrar em combate, mas o juiz manteve erguida uma mão, em advertência.

— Tem ou não em seu poder uma cópia da ficha criminal oficial deste homem, sr. Lodwick? — perguntou o juiz.

— Sim, Meritíssimo — falou Mitch, corando.

— Por favor, apresente-a ao advogado de defesa — determinou rapidamente o juiz.

Mitch escavou numa das suas grávidas pastas e, finalmente, tirou uma ficha de identificação criminal de três páginas, caminhando então até onde eu estava e entregando-a a mim. Fiquei sentado, estudando cuidadosamente o imponente documento.

O sr. Duane "Duke" Miller tinha realmente vivido. Sua ficha recuava até os primeiros anos da Depressão, começando em reformatórios juvenis, em Ohio. Ele estivera em prisões do Meio-Oeste cinco (não três) vezes, por delitos que iam de assalto com agravante a exposição indecente, e indo também ao perjúrio. Vivera inúmeras vezes em vários cárceres dispersos, por delitos que iam de bebedeira comum a espionagem através de janelas. Possuía mais alcunhas do que tem pulgas um cachorro moderadamente altivo — embora "cara", lamentavelmente, não estivesse entre elas... Consultando esse alarmante dossiê, extraí tudo isso da testemunha. Ele não negou nada, e, estando estimulados tanto seu orgulho quanto sua memória, até lembrou para mim que desertara de um batalhão de trabalho do Exército, durante a Guerra, um pequeno pecado que sua ficha não revelava. Duke Miller estava com a intenção de se transformar num dos melhores patrimônios da sociedade. Mas acabara de testemunhar que o tenente lhe dissera que sua defesa era um engodo. E, quase pior ainda, que ele o chamara de "cara" enquanto fazia isso.

— Como aconteceu você contar tão prontamente à promotoria essa suposta conversa ao meio-dia de hoje com o tenente Manion? — insisti.

— O que quer dizer? — a testemunha perguntou, pouco à vontade.

— Eles lhe perguntaram ou você mandou chamá-los para lhes contar?

— Eles me perguntaram. Eu soube que eles estavam interrogando os prisioneiros, nos últimos dias.

— Quando interrogaram você?

— Pouco antes da abertura do tribunal, depois do almoço.

— Quem interrogou você?

A testemunha olhou para Claude Dancer.

— Aquele sujeito pequeno e careca sentado ali. Prancer ou Dancer, acho que o nome dele é esse.

— Tem certeza de que não era Dunstan? — perguntei, lembrando do fotógrafo da promotoria.

— Hã? Tenho, absoluta.

— Onde ele lhe fez perguntas?

Gesticulando:

— Lá no escritório do promotor público, atrás desta sala aqui.

— Quem levou você até lá, para se encontrar com ele?

— Charlie, o delegado de lá.

— É justo dizer, sr. Miller que, se ninguém lhe tivesse perguntado, o senhor não mencionaria essa alegada conversa? — prendi a respiração, esperando a resposta.

— Não, acho que não. Já tenho problemas demais.

— Talvez pequenos problemas, como esperar a sentença referente à sua contestação da culpa por incêndio premeditado?

— Ora, sim.

— E, claro, nada, nem um sussurro foi dito a respeito da sua sentença pendente por incêndio premeditado quando conversou com o sr. Prancer ou Dancer?

Claude Dancer ia se levantando, mas o juiz olhou-o severamente e fez sinal de que se sentasse.

— Não, nem uma palavra.

— E, claro, não lhe foi feita nenhuma promessa?

— Nenhuma.

— E, claro, Duke, você não pensava nem mesmo de leve em sua sentença pendente por incêndio criminoso quando contou à promotoria o tipo de história que achou que eles possivelmente estariam loucos para ouvir?

Claude Dancer enfureceu-se, e desta vez o juiz olhou-o e ele recuou.

— Não, *não* tive nem um só pensamento sobre isso.

Fiz uma pausa. Havia ainda um certo negócio não terminado, o negócio do "cara". Se este homem estivesse mentindo, sem dúvida ele colhera a palavra "cara" nos mexericos na cadeia, ou das matérias jornalísticas sobre o testemunho do barman, no julgamento. *Cara*... Não era *mesmo* um toque diabólico de inspiração? Acariciei meu queixo, com a cabeça a mil. Talvez eu pudesse prendê-lo na armadilha de uma mentira transparente.

— Onde achou a palavra "cara"? — perguntei, de repente. — Creio que foi nas matérias de jornal sobre o julgamento, não foi?

— Não.

— Quer dizer que não havia jornais na cadeia? — insisti suavemente, procurando uma mentira que fosse possível demonstrar como tal. Sabia que, durante o julgamento, o lugar estava coberto de jornais.

A testemunha deu uma rápida olhada em Claude Dancer, depois no juiz, depois novamente em mim, o pomo de adão girando.

— Ah, sim, muitos jornais — ele respondeu. — Mas não li nenhuma reportagem sobre o julgamento. Meus olhos ardem. — Sua voz se elevou. — O homem me chamou de "cara", pode ter certeza.

— E claro que você não conversou sobre o julgamento com nenhum dos outros presos.

— O quê? Ah, não. Não, já tenho problemas suficientes comigo mesmo.

— Então acho que a aposta que alega ter feito com o tenente Manion, da sua preciosa ração de café, se baseou unicamente na intuição?

— O que é isso aí?

— Adivinhação.

Engolindo em seco:

— Acho que sim — respondeu a testemunha, abrindo as mãos. — Deve ter sido.

— Diga-me, Duke — falei. — Se você não leu os jornais nem conversou sobre o caso com seus companheiros de prisão, como sabia que a promotoria estava interrogando presidiários, como já testemunhou?

— Ora, a gente conversou um pouco sobre isso.

— Então, durante pelo menos um dia antes de você mesmo ser interrogado, sabia que a promotoria estava perguntando aos prisioneiros o que eles sabiam de ruim sobre o tenente Manion?

— Ora, sim.

— E você tem tanta certeza dessa alegada conversa com o tenente quanto de que suas estadas anteriores na prisão foram apenas três e não cinco vezes?

Taciturnamente:

— Errei naquela parte sobre a prisão. Mas lhe contei o que o homem disse.

— Obrigado, sr. Miller — respondi, com uma demonstração de confiança que não sentia. — Este foi um encontro muito esclarecedor.

É sempre ótimo encontrar um homem com talentos tão variados e experiências tão amplas. Especialmente um homem com uma preocupação tão intuitiva e dedicada no sentido de que o processo da justiça prevalecerá.

A testemunha respondeu, enquanto Claude Dancer se levantava para fazer uma objeção.

— Obrigado — agradeceu, com uma engolida final, de despedida.

— A testemunha é sua, Dancer — falei abruptamente, sentando-me.

— Sem mais perguntas — declarou o homenzinho, concedendo-me um dos seus mais vitoriosos sorrisos cheios de dentes.

A sala do tribunal tornara-se tão quieta quanto uma convenção de camundongos enfeitiçados. Todos os jurados evitavam meu olhar, e rapidamente desviei a vista. Ainda podia sentir o curioso ar de pesar com relação a mim, um ar de ressentimento confuso e até levemente horrorizado. Até aquele momento, esse julgamento por homicídio se mantivera dentro das regras do jogo, eles pareciam sussurrar; agora, algo perturbador fora acrescentado, algo que não fazia parte daquilo, que não era inteiramente leal. Verdadeiro ou falso, houvera uma mudança para um diálogo estranho que, de alguma forma, não combinava com a peça...

"Ah, meu Deus, ah, meu Deus," pensei. "Será que esse filho da puta egoísta, esse nosso soldado, foi tão estúpido assim?" Sufoquei um repentino impulso de vômito, quase incontrolável, e tornei a fechar os olhos. Será que todas as minhas semanas de trabalho e preocupação, com Parnell, haviam sido em vão? Será que nosso caso ia direto para o brejo?

— Chame sua próxima testemunha de refutação — ordenou o juiz a Claude Dancer.

— Não haverá mais refutação — disse Claude Dancer.

O juiz olhou para mim.

— Alguma refutação para a defesa, sr. Biegler? — ele perguntou, sabendo bem que eu precisava chamar outra vez o tenente Manion.

— A defesa torna a chamar o tenente Manion — falei, cutucando-o de um lado

O tenente, conciso e sombrio, negou categoricamente ter conversado com Duke Miller, aquele dia, ao meio-dia, ou em qualquer outra ocasião. Não, ele jamais o chamara de "cara", nem de nada. Não, Claude Dancer não queria fazer novo interrogatório, obrigado.

— Mais alguma refutação, sr. Biegler? — perguntou o juiz.

— Nada mais, Meritíssimo — respondi.

— Os dois lados param?

— Sim, Meritíssimo — Claude Dancer e eu dissemos.

— Vamos interromper por dez minutos, antes das argumentações para o júri — comunicou o juiz. — Sr. xerife.

Dei uma volta e olhei para o relógio da sala do tribunal. Eram 2h17 — tempo de Wechsler-Bellevue — de sábado, treze de setembro. A guerra estava quase terminando. Será que era uma guerra perdida?

Capítulo 27

FIQUEI SENTADO, SOZINHO, na sala de audiências, olhando fixamente para o lago. Era o momento mais negativo do caso. Depois de todo o nosso trabalho e esforço, será que Parnell e eu perderíamos por causa da palavra de um criminoso condenado? Será que o tenente de fato lhe dissera aquilo? Por que eu não o advertira para calar a boca?

A porta se abriu e Parnell se uniu a mim, girando os olhos para o alto.

— Havia apenas mais uma coisa que você poderia ter feito, rapaz — comentou ele, suavemente.

— O quê, Parn?

— Perguntado ao tenente, durante a refutação, se ele se dispunha a se submeter a um teste com o detector de mentiras sobre o fato de ter conversado ou não com aquele tipo maravilhoso, o Miller.

Balancei a cabeça melancolicamente.

— Pensei nisso, Parn, mas rejeitei a ideia, por dois motivos. Primeiro, o júri e todos sabem que os resultados não seriam admissíveis no tribunal e Dancer poderia argumentar que a oferta era apenas uma encenação barata. E há um motivo ainda mais importante.

— Qual, rapaz?

Olhei fixamente para ele durante um momento, suspirei e baixei a voz.

— Porque a promotoria talvez tenha nos pegado — afirmei. — Cá entre nós, Parn, eu estava e estou mortalmente *temeroso* do que um teste com o detector de mentiras poderia mostrar.

— Sim — concordou Parnell, pensativamente, fazendo um sinal afirmativo com a cabeça. — Vejo o que quer dizer, meu rapaz. Por favor, esqueça totalmente que falei nisso. — Sacudiu a cabeça. — Que Deus nos defenda das calamidades.

A porta se abriu e o dr. Smith, às pressas, se uniu a nós. Durante o recesso, descobrira que podia pegar, pouco depois, um avião para casa, se agisse com rapidez. Parnell, bravamente, escondendo seu desapontamento por perder o mínimo que fosse da argumentação, ofereceu-se gentilmente para levá-lo de carro até o aeroporto; era o mínimo que poderíamos fazer.

— Nunca vi um desempenho tão pavoroso em toda a minha vida profissional — o jovem médico confessou, sacudindo tristemente a cabeça, referindo-se ao testemunho do seu colega de profissão. — Mas, pelo menos, acho que o seu cáustico interrogatório o desencorajará, por algum tempo, a se aventurar a uma repetição.

— Obrigado, doutor — agradeci, apertando sua mão. — O senhor foi nossa salvação, e não deixarei de lhe enviar notícias. Quanto ao dr. Gregory, espero que minha argumentação tenha acabado com ele.

— Espero que para sempre — concordou o dr. Smith, com sinceridade.

— Vamos nos apressar, cavalheiros — comentou Parnell, olhando para seu relógio. — Quero voltar para as argumentações. Esperei três semanas por essa hora.

— Dois minutos — informou Max, enfiando a cabeça através da porta, e eu suspirei e agarrei minha pasta.

O recesso havia terminado, e os sussurros na sala apinhada do tribunal silenciaram. O tenente e eu ficamos sentados sozinhos, em nosso lugar (de propósito, eu colocara Laura numa das cadeiras para os advogados, atrás de nós), e nossa mesa comprida estava vazia, tendo em cima apenas a poeira acumulada, as anotações da minha argumentação para o júri e um pequeno bloco rabiscado. O bloco era pequeno, porque eu adivinhava que Mitch provavelmente abriria dizendo pouco ou nada que eu pudesse usar; depois, viria minha vez; e, em seguida, eu suspeitava, o pequeno gigante matador Claude Dancer se levantaria e finalizaria tudo.

A tensa sala do tribunal ficou silenciosa como um túmulo, e o juiz fez um sinal afirmativo com a cabeça em direção à mesa da promotoria. Um raio de luz solar, jorrando cheio de poeira, penetrou através da claraboia. Mitch levantou-se, dirigiu-se formalmente ao tribunal e ao júri e caminhou até a mesa do taquígrafo do tribunal, onde repousou seu bloco de anotações. Depois, começou a fazer uma revisão muito competente da causa da promotoria, muito competente e muito chata: competente porque estava tudo ali e, no entanto, ele me deu pouco ou nada para discutir; chata porque todos tínhamos ouvido tudo aquilo pelo menos uma vez, e grande parte quase uma dúzia de vezes. Rapidamente, ele esboçou os elementos do assassinato e reviu os possíveis veredictos. Disse que a promotoria falaria duas vezes e a defesa, uma; que a promotoria tinha o privilégio de fazer a argumentação de abertura e fechamento; que eu falaria depois dele; e que a promotoria, e aqui, sem dúvida, referia-se a Claude Dancer, então faria finalmente o encerramento.

De forma bastante significativa, Mitch não fez nenhuma menção direta ao estupro nem ao teste com o detector de mentiras a que Laura se submetera. Praticamente a única menção a essa área de argumentação feita por ele foi ao pedir ao júri que refletisse sobre o motivo para Barney levar Laura de carro ao portão do estacionamento dos turistas em primeiro lugar, se pretendia causar-lhe algum dano. A essa altura, rabisquei minha primeira anotação nova: "Bata esse maldito portão!", escrevi.

— Senhoras e senhores, houve um violento assassinato neste condado — continuou Mitch, sobriamente —, e acreditamos que a promotoria mostrou, para além de qualquer dúvida, que esse assassinato foi cometido pelo réu. Acreditamos, além disso, que mostramos, para além de qualquer dúvida razoável, que o assassinato foi praticado de forma deliberada, malévola, num acesso de raiva homicida, e sem justificativa nem desculpa legal.

"Se disserem a esse homem que ele não praticou nada de errado — continuou Mitch, sobriamente —, não estarão dizendo às 49 mil pessoas do Condado de Iron Cliffs e, de fato, de todo o estado de Michigan, que outros podem, impunemente, fazer a mesma coisa?

Mitch virou-se, juntou suas anotações e marchou para sua mesa, onde o sr. Dancer, de forma bastante ostentosa, levantou-se e o parabenizou; o homenzinho estava sempre ali, na expectativa, nunca perdia a oportunidade de fazer um truque. O juiz me olhou e fez um sinal afirmativo com a cabeça.

— Ouviremos agora a argumentação da defesa — avisou, tranquilamente.

— Com a licença do tribunal e das senhoras e senhores do júri — comecei, avançando para a frente do corrimão do júri. Baixei a voz e, solenemente, iniciei minha argumentação. — Quando, segundo uma frase de Kipling, o tumulto e a gritaria cessarem, e esta alta e velha sala de tribunal se esvaziar e ficar silenciosa, e quando o nosso paciente e sofredor juiz voltar para suas atividades no Lower Michigan e, sim, quando o sr. Dancer voltar para Lansing, quando tudo isso acontecer, senhoras e senhores, fico imaginando: o que terá acontecido com o tenente Manion?

"Esta é a ocasião em que nós, advogados, nós, homens de muitas palavras, continuamos a nos permitir a amável ficção de que qualquer coisa que possamos dizer aqui terá a possibilidade de mudar a maneira de pensar dos senhores. Pois, a bem da verdade, se tivéssemos feito bem nosso trabalho, não haveria nada mais para falar. Algumas vezes, nesses casos, penso que se, a essa altura, o advogado se retirasse e fosse jogar cartas ou pescar, e mal posso esperar para fazer as duas coisas com o sr. Dancer, enquanto o juiz lhes dava suas instruções sobre a lei, todos nós poderíamos economizar bastante tempo, e vocês, com certeza, seriam poupados de um tédio infinito. Mas nosso sistema é diferente, e este é momento em que nós, advogados, devemos, segundo a tradição, exibir nossos pequenos artefatos verbais, embora embaciados; e só espero poder sugerir um ponto ou dois que os senhores talvez, se eu não o fizer, poderiam esquecer. Pois, com certeza, é impossível, no breve tempo que nos é concedido aqui, cobrir todos os fatos e ângulos deste caso emaranhado.

"A maioria dos senhores sabe que eu, antes, era promotor deste condado. Durante esse período, sob a orientação sábia e o exemplo do nosso juiz Maitland, concebi que é dever da promotoria, num caso criminal, trazer à luz toda a evidência relevante e admissível referente à culpa ou inocência do réu, o ruim junto com o bom. Fui conduzido a entender que *não* é dever da promotoria condenar a qualquer preço todos os réus acusados de crime, mas sim, em vez disso, expor para o júri, de forma justa, toda a transação, de forma que os seus integrantes, guiados pelas instruções do Tribunal, possam alcançar um veredicto sensato e justo. Nosso bom juiz, aqui presente, me corrigirá caso eu esteja errado. Posso acrescentar que, tão firme era minha crença nesse procedimento, a ponto de nunca, em meus dez anos como promotor, ter pedido nem uma só vez a um júri que condenasse um réu acusado de crime. E não acho que ninguém tenha algum dia me acusado, com justiça, de ser algum molengão.

"Ora, não acho que seja necessário para mim salvar o sistema americano de júri da atuação do sr. Claude Dancer, mas, de acordo com ele, ninguém é liberado das galés nem compelido às pressas a ir para elas sem uma investigação completa e livre. Mas isso significa investigar todos os fatos, não apenas parte deles, não apenas a parte que ajuda um lado e prejudica o outro.

Dei uma olhada para a mesa da promotoria.

— Parece que meus pontos de vista, se não estão errados, não são, no mínimo, inteiramente partilhados pelo perambulante representante do departamento do promotor. Falando do sr. Dancer, não há dúvidas de que nosso jovem promotor, o sr. Lodwick, tinha o direito de pedir ajuda para o julgamento deste caso. Seu direito é claro e simples, e não discuto isso. — Fiz uma pausa. — Mas digo que essa ajuda deveria ser ajuda mesmo, e não usurpação. Os senhores estão sentados aqui há dias, agora, e observaram este caso ser roubado do nosso jovem promotor, diante dos próprios olhos dele. Observaram um deliberado e às vezes brilhante esforço feito aqui pela promotoria, mas não pelos policiais, apresso-me a acrescentar, para suprimir ou deturpar evidências que era o claro dever da promotoria e não do advogado de defesa apresentar. Agora, não estou falando de objeções de rotina sobre questões de procedimentos ou sobre a forma de uma pergunta, nem sobre evidências que o tribunal tenha decidido que não são admissíveis. Falo da estudada e deliberada supressão da *verdade*, sobre questões importantes e fundamentais para a verdade, e que era o claro dever da promotoria trazer à baila, e não manter de fora.

Virei-me para verificar o tempo que me restava e observei Parnell sentado, pálido e grave, perto da porta. O velho rapaz devia ter dirigido até o aeroporto e voltado de lá como um demônio.

— Mas chega de vagas generalizações, vamos aos casos. A tática injusta da promotoria teve dois gumes: visou a manter fora a verdade, sempre que possível, e a insinuar que certas coisas eram verdadeiras sem se preocupar em prová-las. Essa última tática parece tornar-se um procedimento inteiramente estabelecido, quase um ato de patriotismo, em alguns setores, atualmente... Como exemplo óbvio da primeira tática, vamos tomar a maior e mais deplorável ficção da promotoria dentre todas, a suposição grotesca de que Laura Manion não foi brutalmente espancada e estuprada por Barney Quill aquela noite. Sim, já faz dias que os senhores observam o sr. Dancer combater com unhas e dentes a realidade daquele estupro, com todo o brilho trapaceiro e protelatório de um senador obstrucionista do Sul. Mas falarei disso mais tarde.

"Como maravilhoso exemplo da segunda tática, de deturpação e astuta insinuação, vamos tomar o incidente de Hippo Lukes ter supostamente dançado com Laura Manion, com os sapatos dela em seu bolso. Mas pergunto aos senhores agora: quem, em toda esta sala de tribunal, testemunhou uma só vez que ela fez isso? Quem chegou a deduzir isso, a não ser o próprio sr. Dancer? Lembrarão de como ele atormentou interminavelmente a sra. Manion por causa dessa questão.

A valsa dos sapatos de dança, poderíamos chamar isso. Mas, se tivesse de fato acontecido, não poderia o grande Hippo Lukes ter testemunhado a respeito quando foi chamado pela primeira vez? Será que o inteligente sr. Dancer perderia essa oportunidade de macular a nossa dama? E, se ele se esqueceu de fazer isso naquela ocasião, não poderia o sr. Hippo ter sido chamado para refutação, depois que ela negou o fato?

Virei-me e apontei para o centro da sala do tribunal.

— Observem Hippo Lukes sentado ali, agora — eu disse. — Temporariamente abandonando a dança, para a qual a natureza o dotou tão esplendidamente, está sentado ali a semana inteira, como testemunha paga pela promotoria. Se essa dança tivesse acontecido mesmo, Hippo deveria lembrar-se dela. Ou, se esqueceu, com certeza haveria *alguém* naquele bar, aquela noite, que lembraria.

"Mas a coisa mais interessante, com relação a essas táticas, é o *motivo* delas. E daí, os senhores podem ficar tentados a perguntar a si mesmos, e daí se ela dançou ou não dessa maneira? Ora, direi aos senhores o motivo para toda essa questão da dança. Foi porque o inteligente sr. Dancer queria plantar em suas cabeças, astuciosamente, uma visão de Laura Manion como uma prostituta abandonada e caprichosa, que bebia uísque puro e dançava descalça com robustos estranhos e, presumivelmente, saía de casa e ia para a cama com o primeiro homem que encontrasse. O motivo foi que o sr. Dancer, que não ousa encarar de frente essa questão do estupro, procurou sutilmente confundir os senhores e fazê-los pensar que esse brutal estupro foi uma relação mútua.

"Considerem, se assim o desejarem, o interrogatório insistente que ele fez em torno da vida pessoal da sra. Manion enquanto ela estava no banco: o galante suplício em torno do passado dela, trazendo à baila o fato de que era divorciada, a terrível revelação de que, antigamente, vendia cosméticos, trabalhou como vendedora e até ousou atender telefones. O que o homenzinho pretendia, com tudo isso? O que isso significa? Pretenderia rotular todas as divorciadas como imorais? Deduz que todas as esteticistas e telefonistas são prostitutas sem remédio? Se não queria dizer isso, então por que não parou de zumbir em cima dela, como um mosquito, para trazer essas coisas à luz?

"Sim, senhoras e senhores, ele martelou e torturou essa mulher de todas as maneiras inteligentes e insinuantes que pôde, e os talentos dele para a insinuação são impressionantes, procurando mostrá-la como uma mulher vulgar e, mais, como uma mulher que se entrega com facilidade a qualquer um. Mas, notem bem, nem uma só vez esse exemplar paladino da lei referiu-se a nada tão cru quanto o ataque brutal e o estupro que ela sofreu nas mãos do morto. Nem uma só vez ele mencionou algo tão crasso quanto um teste com o detector de mentiras. Se não acreditou e ainda não acredita na história que ela contou sobre o estupro, então, por que, pelo amor de Deus, ele não a *interrogou* sobre o estupro? Acham que, por um só momento, tentava, cavalheirescamente, poupar os sentimentos dela? Acham que ele não a atacaria com todas as armas ofensivas do seu arsenal se não soubesse muito bem que ela nos contara a brutal verdade?

"Do que precisa o sr. Dancer, para se convencer desse estupro... de Technicolor? Imagino de quantas provas ele precisaria, com seu belo senso de distanciamento, se estivesse, ao contrário, *defendendo* o réu. Ah, então o sapato proverbial poderia estar no outro pé, ou talvez eu devesse dizer, no outro bolso de Hippo.

Virei-me e apontei zombeteiramente para Claude Dancer, da mesma forma como Amos Crocker costumava apontar para mim.

— Ah, sim, este é o competente homenzinho que veio para cá, para o sertão, para nos mostrar, a nós, caipiras, alguns dos astuciosos truques da cidade, que ele aprendeu tão bem com os especialistas. Será que alguns dos senhores já esqueceram, tão depressa, a maneira como, esta manhã, quando o juiz não estava olhando, ele se colocou, várias vezes, entre mim e o tenente, enquanto este testemunhava? Por quê? Vou dizer-lhes o motivo. Para me deixar zangado, e conseguiu isso fartamente; e, depois, para que eu pudesse incorrer na ira do juiz, o que fez tão bem; mas, sobretudo, para plantar em suas cabeças a ideia sinistra de que eu estava fazendo sinais para meu cliente. — Ainda apontando. — Que pena, sr. Dancer! O senhor só fez desmerecer seus consideráveis talentos. — Virei-me de costas para o júri. — Os senhores podem ter observado que o homem não fez isso novamente. — Fiz uma pausa. — Mas, afinal, este caso não é uma disputa de gladiadores entre mim e o sr. Dancer. O veredicto dos senhores não é como um prêmio dado em programa de perguntas e respostas da televisão, a ser concedido ao lado que fizer o melhor espetáculo. Não, senhoras e senhores, o que está em jogo, aqui, é muito maior do que o sr. Dancer e Paul Biegler. Tem a ver com algumas coisas antiquadas, coisas grandes, como verdade, justiça e comportamento correto. Tem a ver com o destino e o futuro de um homem atormentado e solitário, que está sentado aqui, tão inseguro, entre estranhos.

O xerife trouxe um copo e um jarro e colocou-o na mesa do taquígrafo do tribunal; fiz um sinal agradecido com a cabeça, despejei e engoli rapidamente, com grandes goles, um copo de água morna — a água do tribunal é sempre morna —, e tornei a me virar para o júri, olhando outra vez para o meu jurado favorito.

— Imagino se algum dos senhores chegaria a saber, algum dia, que alguém fora estuprado, neste caso, se eu não parasse de martelar o fato, em meio às contínuas objeções do sr. Dancer. E qual era a intenção de todas as objeções dele? Senhores jurados, poderíamos ter terminado este caso há muitas horas, ou até dias atrás, se a promotoria tivesse encarado a realidade desse estupro que, como se fossem habitantes de algum mundo encantado de sonhos, eles ainda não admitem. Não negamos e não negaremos o tiroteio; nunca o negamos. Isso foi óbvio desde o início deste caso, e a promotoria sabia disso muito antes, desde que preenchemos nossa argumentação escrita de insanidade, ainda em agosto. Mas eles passaram hora após hora e testemunha após testemunha, e, além disso, dólar após dólar do dinheiro público, repisando os sangrentos detalhes daquela questão morta e inconteste. Exatamente como o sr. Dancer usou hora após monótona hora tentando esconder e suprimir esse estupro, o estupro que, com certeza, nenhuma pessoa imparcial nesta sala pode mais duvidar que ocorreu.

Depois revi com detalhes as evidências que apontavam para o estupro, lembrando ao júri que, praticamente, todo ele entrara no caso por cima das repetidas objeções do sr. Dancer. Avancei até perto da mesa de Mitch e, novamente, apontei para o sr. Dancer.

— O senhor ainda não admite esse estupro! Ainda quer retratar a sra. Manion como uma prostituta! Ainda está obcecado com seu desejo ardente e patológico de ir para casa com a carcaça do tenente presa ao para-lama do seu carro do estado. Ora, sr. Dancer, desafio o senhor a admitir o estupro!

Voltei para a frente do júri e abordei e revi a parte danosa do testemunho do sargento Durgo. Isso tinha de ser encarado com franqueza; ignorá-lo não faria com que desaparecesse.

— Senhores — continuei —, talvez o tenente tenha mesmo dito essas coisas. O fato de que o sargento Durgo diz isso é uma boa prova de que foram ditas. Não podemos ao mesmo tempo ficar com o bolo e comê-lo: não podemos, com justiça, pegar as partes do testemunho do sargento Durgo que nos agradam e rejeitar o resto. Só o temerário sr. Dancer parece capaz de empreender esse milagre. Mas, e se supusermos que o tenente disse mesmo aquelas coisas? Não estaria ainda sob o choque do seu lapso mental, ainda sob o domínio da explosão maciça da sua personalidade psíquica, ainda tateando para encontrar o caminho de volta à realidade, ainda tentando colocar um rosto racional na coisa terrível que, vagarosamente, tomava consciência de ter feito? Seja como for, acredito que o juiz os instruirá no sentido de que podem inocentar esse homem, mesmo que tenha dito aquelas coisas e percebido que as dizia, se os senhores acreditarem que, no momento do tiroteio, ele estava sob o domínio daquilo que é chamado de impulso irresistível.

Tornei a verificar o tempo que me restava e me apressei a continuar. Comentei que Mitch estava certo ao advertir ao júri para não invocar a defesa através da "lei natural" (o juiz faria isso, de qualquer forma); e que, de acordo com nossa lei, se o tenente acordasse, encontrasse Barney estuprando sua esposa e o matasse, não haveria nenhum julgamento e o tenente, em vez disso, receberia mais uma medalha, para acrescentar às suas condecorações em combate.

— Mas aqui — continuei — a diferença é que a mulher não foi descoberta em algum ato de adultério, ou *enquanto* era estuprada, mas confiou, equivocadamente, num conquistador barato, que se ofereceu para levá-la de carro até em casa. E foi atacada, esmurrada, sufocada, estuprada, machucada, derrubada, chutada, golpeada repetidas vezes, a última vez praticamente a uma distância de poucos metros do seu marido, que dormia, mas, neste caso, a morte se torna crime.

"Senhoras e senhores, alguns dos senhores podem estar se perguntando por quê, por que passei tanto tempo aqui tentando mostrar a verdade óbvia, ou seja, a de que o morto, Barney Quill, estava bebendo muito, que agia de maneira estranha, que era um respeitável espécime físico, que sabia judô e todo tipo de sombrias artes de autodefesa e agressão, que era um perito, possuía pistolas e sabia muito bem como usá-las. Alguns dos senhores podem também ter imaginado por que nosso amigo sr. Dancer procurou tão tenazmente manter de fora essas verdades.

Fiz uma pausa.

— Bem, vou tentar dizer o motivo. Se o sr. Dancer conseguisse suprimir essas verdades, poderia então argumentar que Barney Quill era fisicamente incapaz de dominar e estuprar essa mulher e fazer com ela as coisas que fez; que, nesse caso, ela deveria ter oposto mais resistência e, portanto, que esse choque sexual não foi estupro; que o tenente Manion não precisava levar uma arma quando foi agarrar e deter esse homem para entregá-lo à polícia; que ele, portanto, fez isso apenas para matá-lo; e, finalmente, mas não menos importante, que o pequeno e velho vigia desarmado, o sr. Lemon, era exatamente o homem que, em vez disso, ele deveria ter enviado para prender esse perigoso homem selvagem.

Fiz outra pausa.

— Essas, acredito, são as respostas, resumidamente; foi por isso que o nosso sr. Dancer passou dias aqui tentando incansavelmente confundir e bloquear qualquer tentativa feita por mim de mostrar Barney Quill como outra coisa que não um rapaz bonzinho, inofensivo, amante da vida ao ar livre.

Engoli às pressas outro copo d'água.

— Sim — continuei, depressa —, a promotoria, tão diligentemente representada pelo sr. Dancer, sem dúvida argumentará que o tenente deveria ter procurado o pequeno e velho vigia desarmado e o tirado de sua cama, à meia-noite, para ir e prender aquele homem agachado em sua toca, atrás do bar, com seu arsenal de armas, que sabia tão bem como usar. Será que isso seria a coisa ótima, viril e legal a fazer?

"Amigos", eu disse "para serem jurados competentes, os senhores não precisam testar seus cérebros no banheiro do júri. Não há mistério quanto ao seu papel aqui: é usar suas cabeças e também seus corações. Se Barney Quill fez aquilo com Laura Manion, havia exatamente três caminhos abertos para ele. Um, ele podia entregar-se. Não o fez. Dois, podia ter fugido ou destruído a si mesmo. Não o fez. Três, podia ficar e enfrentar tudo, com desfaçatez. Fez isso. O grande Barney Quill, fazendo o que se poderia esperar dele, escolheu o último papel, voltou à sua toca e deu uma missão ao seu barman, a de ficar como vigia, ou sabe-se lá o quê, provavelmente jamais saberemos. E depressa cercou seu bar com um cordão protetor de humanidade sem suspeitas, seu para-choque e também suas testemunhas, e esperou confiante pelo acerto de contas, animado por seu uísque e por seu enorme ego, cercado por todos os seus camaradas, pistolas e medalhas e por seu sempre fiel vigia. Barney não podia permanecer atrás do bar olhando atentamente para a porta, precisava fazer o papel de uma pessoa fria e calma. Por isso, deu ao seu cansado barman uma "folga", para ele poder ficar *em pé*, durante quase uma hora, perto da porta, a fim de lhe fazer um sinal.

"Mas, os senhores poderão se perguntar, se Barney esperava que o tenente chegasse, com ou sem um vigia, por que ele não atirou *nele*, no momento em que entrou pela porta? Ah, amigos, isso não seria apenas assassinato, mas assassinato somado a uma confissão tácita de estupro. Seria o fim para ele. Barney estava em dificuldade. Barney sabia o que havia feito, mas os outros não sabiam. Se Barney tivesse montado uma metralhadora no bar e matado o tenente a tiros quando ele entrasse pela porta, com esse próprio ato estaria confessando seu estupro. Não percebem? Barney *tinha de* esperar que o tenente avançasse para dentro da sala, de modo que, quando chegasse o esperado ajuste de contas, a grande cena, a acusação, a discussão, a tentativa de usar as mãos, até um movimento hostil em direção a um revólver, então o grande atirador Barney poderia derrubar o homem com um tiro diante de testemunhas e alegar, plausivelmente, que fora em autodefesa. Precisava apostar que seria mais rápido do que o tenente Manion ao sacar a arma. Entendem? Esse tenso drama de sala de bar foi cuidadosamente encenado.

Baixei a voz.

— A única coisa que deu errado foi que Barney se esqueceu, ou não sabia, que o tenente era canhoto, isso e o fato de que, finalmente, ele encontrara um adversário à sua altura. Perdeu seu triste jogo, perdeu, finalmente, seu primeiro campeonato de pistola. Dessa vez, a medalha que perdeu foi a da sua vida.

O tempo corria, e continuei apressadamente.

— Não, o tenente não mandou até lá um velho sonolento e desarmado, ele mesmo foi, e fez isso legalmente, como acredito que o juiz os instruirá. (Era a instrução na qual Parnell trabalhara duro, durante tanto tempo.) Sem dúvida, meus amigos, esse Barney era ou um maníaco perigoso à solta ou, no mínimo, um criminoso perigoso. Em qualquer dos dois casos, era um homem que acabara de cometer, sob forma agravada, um dos delitos mais graves dos nossos livros de leis. Acredito que o tenente tinha todo o direito de ir lá e capturar aquele homem.

Creio que o juiz lhes dirá isso. Como a visão zombeteira do torturador de sua esposa talvez tenha perturbado a razão do tenente, os senhores, agora, são solicitados a arruinar sua vida.

Olhei para o relógio e dei alguns passos para a frente. Um dos constantes e preocupantes problemas da defesa, em qualquer caso criminal — como ela não tem senão uma chance, na argumentação com o júri, enquanto a promotoria tem dois —, é não apenas tratar de todo o seu caso no tempo que lhe é concedido, mas tentar também antecipar e abranger os possíveis argumentos que a promotoria possa apresentar, em sua argumentação de encerramento, ainda não ouvida e impossível de responder. Praticamente tudo o que Mitch me dera para invectivar contra, em sua abertura rotineira, era aquela história de Barney com o portão. Claude Dancer, bondosamente, atirara para Mitch esse solitário osso forense, salvando o resto para si mesmo, ponderadamente. Logo passei a falar disso.

— Nosso promotor apontou, em sua argumentação de abertura, que, se o falecido pretendesse causar qualquer dano à sra. Manion, não se daria ao trabalho de levá-la de carro até o portão do parque — falei. — A implicação desse argumento é, naturalmente, a de que alguma coisa misteriosa aconteceu entre o bar e o portão que levou Barney a acreditar que seus avanços românticos não seriam mal recebidos e conquistaria sua presa. Ora, esse argumento tem uma certa plausibilidade fácil, um poder de persuasão superficial, mas será que resiste à análise? Duvido, meus amigos, que esse seja o verdadeiro motivo pelo qual Barney Quill a levou de carro, primeiro, até o portão: ele sabia que o portão estava trancado. Já formara seu propósito de possuir essa mulher. Já sabia que ela estava relutante e nervosa diante da perspectiva de ir de carro com ele. Levando-a primeiro até o portão, que ele sabia que estava trancado, ele pôde com isso apaziguar suas suspeitas e esconder suas verdadeiras intenções. Se, ao contrário, passasse pela estrada do portão sem entrar, um ponto que o mapa mostra que ainda se encontra dentro da cidade, ela ficaria imediatamente desconfiada e poderia gritar e ser ouvida enquanto ainda se encontrava na cidade. O plano dele funcionou; quando deu sua virada final para a "estrada do estupro", bem adiante da estrada principal, era tarde demais, quaisquer gritos então seriam inúteis, ela estava finalmente em seu poder.

Fiz uma pausa.

— Não é esse, mais provavelmente, o verdadeiro motivo pelo qual ele a levou de carro até o portão?

Meu jurado favorito estava quase acenando afirmativamente com a cabeça, para mim. Embaraçado, olhei para a mulher ao lado dele, uma senhora de meia-idade, gorducha, de olhos protuberantes, com os braços cruzados e que, sem dúvida por causa de algum problema estranho de tireoide, permanecera sentada com os olhos arregalados durante todo o julgamento, espiando os procedimentos, com uma expressão de perpétuo pasmo estampada no rosto. Ela me olhava fixamente, com os olhos untuosos e sem piscar, e fiquei imaginando, vagamente, se teria alguma pulsação...

Rapidamente, revi o testemunho do barman sobre o hábito da bebida que Barney tinha, suas armas e todo o resto; a reveladora designação de "lobo" que ele dera a Barney; a simpatia espontânea que concedera aos Manions; o presente dos cigarros e a manifestação de pena por causa do espelho e da garrafa de uísque de primeira quebrados.

— Mas esse homenzinho astuto e enganador devia saber, quando fez e disse essas coisas, que elas voltariam para incomodá-lo se não fosse inteiramente honesto.

Minha argumentação encaminhava-se para uma área sensível, e, por causa de Mary Pilant, eu tinha de tentar tratá-la indiretamente.

— E quem foi que arrancou alguma verdade dessas coisas que, finalmente, obtivemos dessa testemunha? Não foi o sr. Dancer, certamente. Lembrarão de como esse barman era hostil quando o interroguei da primeira vez. De início, ele não revelava nada incomum com relação a Barney, fosse de sua bebida ou de alguma outra forma. O Thunder Bay parecia o cenário de um idílio de verão.

Dei uma olhada para trás, no carrancudo barman, depois voltei a falar para o júri.

— Fico imaginando por que a testemunha mudou. Terá sido por causa de algo relacionado com a propriedade de Barney ou com o seu seguro? Ou alguém estava ficando com medo do perjúrio?

Fiz uma pausa.

— Seja como for, quando ele voltou a ser interrogado por mim, *alguma coisa* com certeza havia mudado, fosse qual fosse o motivo. Então, arranquei dele, passando por cima das objeções marteladas pelo sr. Dancer, que as coisas estavam tão normais que Barney ainda dava grandes goles em suas doses duplas com o mesmo gosto de sempre; que seu comportamento ainda era normalmente estranho; que as coisas estavam tão placidamente normais e ótimas, de fato, que uma parte do seu arsenal teve de ser trancada, enquanto duas outras armas, no mínimo, ficaram de fora. Sim, foi como as coisas realmente *normais* aconteceram, naquele férvido hotel e bar.

Fiz uma pausa.

— E não é que o barman realmente falava sério quando disse à sra. Manion que fora péssimo eles terem vindo para Thunder Bay na ocasião em que vieram? Os Manions, de fato, não pareciam dois personagens perdidos, que entraram sem se dar conta no palco de uma sombria tragédia grega de que não tinham conhecimento?

Virei-me em direção ao relógio; meu tempo rapidamente se esgotava.

— Agora, vamos para nossa defesa de insanidade, para o combate entre os psiquiatras. Sem dúvida, o sr. Dancer chamará nosso jovem médico de charlatão e falsificador por deixar de usar os testes de nomes impressionantes que ele, Dancer, tão desembaraçadamente aprendeu e decorou com o médico da promotoria. Com relação a isso, pergunto-lhes por que, se esse jovem não fosse tão bom em seu trabalho, por que esse competente e bem-apessoado jovem médico seria colocado como encarregado pelo próprio Exército americano de cuidar de todo esse moderno equipamento psiquiátrico?

O desarrumado mosaico das evidências que apontavam para a insanidade tinha de ser revisto, e rapidamente eu o revi, como também ao testemunho do jovem dr. Smith.

— O dr. Smith contou aos senhores os exames intensivos que fez no tenente, nos quais ele baseou sua opinião — prossegui. — Isso foi diretamente negado no testemunho do dr. Gregory. Não há maneira de conciliar as opiniões dos dois, um desses homens está inteiramente errado. — Fiz uma pausa. — Se o que está em jogo aqui não fosse uma coisa tão importante, eu poderia ficar tentado a esquecer, caridosamente, o testemunho do dr. Gregory, e deixá-lo de lado. Esse pobre homem, de um só fôlego, nos disse que os testes do nosso médico não eram bons, que ele aplicaria toda uma série de outros. Depois, no próximo fôlego, ousou dar uma opinião profissional sobre a sanidade deste homem *sem aplicar-lhe nenhum teste*! Depois, em seu fôlego final, quando estava acuado, admitiu, com relutância, em meio a uma barragem de objeções protetoras do sr. Dancer, que esse não é um procedimento psiquiátrico normal nem reconhecido.

Virei-me e olhei para o dr. Gregory.

— Esse é o mesmo diplomado que não fez nenhuma tentativa de examinar o tenente, embora esteja aqui há vários dias. Será que ele quis dizer, com esse testemunho, que nenhum homem poderia *jamais* ficar maluco, depois que uma coisa dessas acontece com sua mulher? Ele não nos disse. Se quis dizer que ninguém poderia, então imagino quando, e em que circunstâncias, *qualquer* homem poderia enlouquecer por causa de um repentino choque emocional ou psíquico. Se o doutor, em vez disso, quis dizer que *alguns* homens poderiam enlouquecer com um acontecimento tão chocante, mas não *este* homem, então pergunto que base de observação ou exame psiquiátrico ele usou para chegar a essa conclusão. Ele não nos disse. E os senhores observaram como nosso perito de quatro dias no jargão da psiquiatria, o sr. Dancer, só faltou atirar o homem para fora da bancada quando acabei de interrogá-lo.

"Se o doutor quis dizer que acreditava que o tenente estava são aquela noite porque ele, o médico, não acreditava que sua esposa fora estuprada, então, juntamente com nossos dois rígidos promotores, ele é, possivelmente, o resistente solitário nesta sala com relação a essa questão. De qualquer forma, acredito que o juiz lhes dirá que nesses casos de insanidade o teste guia não é o que de fato aconteceu, mas aquilo em que a vítima de insanidade, dentro da lógica, acreditou que tivesse acontecido. E isso é verdadeiro tanto do ponto de vista psiquiátrico quanto legal. As pessoas, infelizmente, enlouquecem todos os dias por causa de meras invenções da sua imaginação. Será que o dr. Gregory quer dizer que os homens não enlouquecem nunca quando estão diante de uma terrível situação real?

Fiz uma pausa e sacudi a cabeça.

— Há algo triste nesse desempenho que vimos aqui. Se um médico regular tivesse feito uma coisa dessas, seria chamado de charlatão; um advogado, de rábula. Quando um homem se dispõe de bom grado a deturpar sua profissão e fazer dela uma piada, quando se esperaria dele a dedicação de uma vida inteira a ela, então a mentira assume grandes dimensões de pesar e espanto.

Dei pancadas tão fortes no corrimão de mogno do compartimento do júri, com meu punho fechado, que fiquei vagamente imaginando se seria outra vez capaz de atirar uma linha de pesca.

— E uma mentira desse tipo se torna ainda mais repreensível, irresponsável e cínica porque nós, os mortais comuns, não temos treinamento para avaliá-la e desmascará-la.

Sacudi a cabeça.

— Isso nos leva a refletir que um homem precisa, primeiro, ser um bom homem, antes de poder ser um bom psiquiatra; que, se ele é um homem medroso, sem energia, cínico ou arrogante, então, quando vem o aperto, quando a situação fica difícil, esse é o tipo de profissional que ele se revela.

"Senhoras e senhores", insisti, "não me dá nenhum prazer precisar ser tão duro com esse médico. Seu testemunho seria risível se o que está em jogo aqui não fosse tão importante, e se o uso que se tentou fazer do seu depoimento não fosse tão cruel e cinicamente ousado. Mas, quando qualquer homem ousa entrar no tribunal e fazer um trabalho malfeito quando o que está em jogo é o destino de um homem acusado de homicídio em primeiro grau, isso corresponde a nos tratar como tolos e justifica nossa censura e zombaria candentes.

Fiz uma pausa e enxuguei a testa. Tanto a minha temperatura quanto a minha voz se elevavam; virei-me e tornei a apontar para Claude Dancer.

— Porém, por mais que censuremos esse pobre médico, é o homem que articulou sua vinda até aqui, para testemunhar, numa base profissional tão lamentavelmente inadequada, que merece toda a explosão do nosso desprezo. Será que o pobre dr. Gregory foi sacrificado no altar da ambição insaciável de alguém, nesta sala, desejoso de pendurar mais um escalpo jurídico? Por alguém para quem a lei, a justiça e a liberdade não passam de um jogo cínico? Será que o pobre tenente Manion se verá apanhado no torno do desejo sórdido de um advogado ou de um médico ambicioso de conseguirem empregos melhores? Será que o sr. Dancer precisava do escalpo de um veterano de duas guerras, para completar sua crescente coleção? E será que este júri vai dar a ele?

Dei nova olhada no relógio.

— Chega de Wechsler-Bellevue.

Coloquei minhas anotações em cima da mesa do taquígrafo do tribunal e caminhei de mãos vazias para perto do corrimão do júri.

— Vamos falar agora do espantoso testemunho do nosso duque, ou Duke, doméstico, o de um certo Duane Miller, ex-sentenciado, incendiário confesso, delator ansioso, testemunha chave de último minuto da promotoria neste julgamento por assassinato. Senhoras e senhores, mal sei o que lhes dizer. Não adianta negar ou fugir do fato de que o depoimento dessa testemunha bomba pode destruir nossa causa, se acreditarem nesse homem.

Virei-me e bebi um pouco mais de água.

— Considerem o *timing*, aqui. Não é estranho que a promotoria esperasse mais de um dia para perguntar a esse homem o que ele sabia sobre o tenente? Lembrem-se, ele era o homem que estava na cela mais próxima à do nosso cliente. Se a promotoria buscava apenas a verdade, por que não o interrogaram *primeiro*? Ele não seria o candidato inicial mais provável para um interrogatório? Interrogando todos os outros presos primeiro, será que a promotoria não tentava, sutilmente, dar a essa testemunha tempo para saber o que se preparava e, assim, inventar uma história extraordinariamente boa quando chegasse a hora da sua convocação para o Parnaso? Eles o pouparam para o final, deixaram esse sentenciado absorver o crescente mexerico da cadeia de que eles procuravam, buscavam, estavam à espera de más notícias, quaisquer que fossem, para usar contra o tenente.

Sacudi a cabeça.

— E, meu Deus, como o plano funcionou maravilhosamente; como se saiu bem, até acrescentou "cara", esse homem que eles trouxeram se saiu bem, essa ovelha negra da sociedade, com sua lúgubre ficha de crimes que fala tão eloquentemente de uma personalidade deturpada, esse sentenciado por perjúrio, essa criatura assustada, presa numa armadilha, agachada em sua cela à espera da sentença, imaginando o que ainda poderia conseguir na vida; essa alma conduzida, adaptável, que mentiu até sobre o número de vezes em que esteve na prisão e, depois, nos disse que "agiu mal" quando o encurralamos com relação a isso. Acham que esse homem hesitaria por um só instante em negociar a verdade, até em troca de uma guimba de cigarro e, especialmente, se achasse que assim poderia, mesmo remotamente, salvar a pele?

Sacudi a cabeça, com cansaço.

— Não posso dizer aos senhores quando, precisamente, este julgamento degenerou de uma busca da verdade para uma inquisição. — Novamente ergui o pulso e, lembrando as possíveis consequências, baixei-o. — Mas posso dizer-lhes que, de fato, degenerou... e que *isso* assinala a mais baixa de todas as descidas. Todos nós estamos deslizando inevitavelmente para baixo, atolados, afundando na lama e no limo sem fundo da Grande Mentira.

Virei-me e olhei para o tenente, que abaixara a cabeça.

— Não me demorarei na improbabilidade inerente de que o tenente Manion sequer passasse o tempo do dia com tal tipo, e muito menos que se arriscasse a confiar seu próprio futuro a esse homem astuto, dizendo-lhe o que o sujeito conta que ele disse. — Abri os braços, amplamente. — Não, meus amigos, o problema é dos senhores. Este os senhores terão de enfrentar sozinhos.

Consultando rapidamente minhas anotações, segui adiante, depressa.

— Vamos tratar rapidamente da esposa do tenente Manion, antes que o sr. Dancer comece, com gosto, a atacá-la. Pode haver aqueles, entre os senhores, que talvez questionem a sabedoria ou a propriedade da conduta dela, naquela noite. Se esses existirem mesmo, só lhes peço que considerem o seguinte: ali estava uma mulher saudável e animada, confinada em meio a desconhecidos, num lugarejo estranho, voltado para as atividades madeireiras e um balneário; ela é esposa de militar, acostumada a ficar sozinha, a ser levada de um lado para outro, divertindo-se, resolvendo as coisas sozinha, vivendo entre homens, em grande parte, levando uma espécie de vida descontraída e informal, de cigana, se quiserem chamá-la assim. Será que podem com justiça, ou com misericórdia, julgá-la pelos padrões cerimoniosos da esposa e mãe protegida, do tipo comum?

"De qualquer forma, lembro aos senhores que não há a mais leve sugestão de imoralidade ou relaxamento da parte dela, nenhum sinal que evidencie ser ela algo mais do que uma mulher normalmente amistosa, devidamente grata pela falsa preocupação do falecido com sua segurança. Não há o mínimo fiapo de prova de que ela soubesse que tratava com um lobo rugidor.

Balancei o dedo para o júri.

— Com certeza, se esta senhora tivesse saído com o grande Barney apenas para ter um romance com ele, como a promotoria tentou tão esforçadamente insinuar, então por que, pelo amor de Deus, ele a tratou como o fez? Por quê, por quê, por quê? Quando é que é necessário os lobos espancarem, machucarem e quase matarem uma vítima disposta a ceder aos seus desejos?

"Mas, se ainda têm alguma dúvida quanto à conduta dela ou sua história, peço que lembrem que é o tenente Manion quem está sendo julgado aqui por assassinato e não sua esposa; que o que importa é o que ele acreditou; que o que importa é como a mente dele reagiu; e, finalmente, que são a liberdade e o futuro dele que estão em jogo.

Dei uma olhada no relógio e vi que meu tempo se esgotava.

— Não tenho tempo para rever o testemunho do doutorzinho que tentou tirar o esfregaço vaginal na cadeia. Digo apenas o seguinte: se ele não tirou direito o esfregaço, nem mesmo os Irmãos Mayo poderiam trabalhar com as lâminas obtidas. Ou, se ele tirou direito o esfregaço, mesmo assim não apareceria nada se a pessoa que trabalhasse com ele não fosse um técnico competente.

Fiz uma pausa e olhei novamente para o relógio.

— Tudo aconteceu neste julgamento, menos a subida antiquada de um balão. Tivemos até o ato de um cachorro treinado. Refiro-me, claro, ao cachorrinho Rover, com sua lanterna. O sr. Dancer, sem dúvida, tentará dizer-lhes que trazer o cachorro para o tribunal foi um banal espetáculo de feira, nada além de uma astuciosa tática da defesa, calculada para tocar nas cordas dos corações dos senhores, um ato de exibicionismo barato. Mas imagino que papel poderia assumir o pequeno Rover, neste tribunal, se não o tivéssemos apresentado aqui. Será que acham que o sr. Dancer não atribuiria ao cachorrinho, neste caso, o temperamento de um crocodilo, as presas de um rastelo de dentes encurvados e o tamanho de um búfalo? Sim, Rover era uma importante testemunha da defesa, com base em pelo menos dois fundamentos em apoio à história da sra. Manion sobre o estupro: primeiro, porque era um animalzinho amistoso, que não teria a probabilidade, é óbvio, de impedir esse estupro; segundo, porque ele poderia mesmo mostrar à sua desvairada dona, com a lanterna dele, a passagem através da cerca do estacionamento dos *trailers*.

"Tanto o fato de ser amistoso quanto o de ser treinado foram bem demonstrados aqui no tribunal. Os senhores o viram caminhando de um lado para outro, a passos miúdos, com sua pequena cauda abanando, enquanto corria para cá e para lá, tão orgulhoso quanto o Polichinelo do espetáculo de marionetes.

Fiz uma pausa e sorri.

— Mas Rover deve aprender a distinguir mais quem são os amigos ou os inimigos de seus donos. Com certeza, todos os senhores o viram tentar pular no colo do benevolente procurador-geral de Lansing.

O juiz deu uma batida leve com seu martelo e falou calmamente, quando me virei para ele.

— O tempo se esgota, sr. Biegler — anunciou. — Cerca de três minutos mais.

Fiz um sinal de agradecimento com a cabeça e tornei a me virar rapidamente para o júri.

— Há coisas, neste caso, que nunca saberemos — continuei depressa —, coisas que parecem nada ter a ver com os Manions, e só tenho tempo para sugerir algumas poucas. Por que Barney estava bebendo tanto? Por que foi necessário trancar suas armas? Por que ele solicitou um aumento do seu seguro de vida, poucas semanas antes daquela noite terrível? Estaria cansado da vida? Será que sofria de alguma doença progressiva do corpo ou da mente? De alguma forma, estaria enlouquecido e pressionado pela ideia de que não era mais o mandachuva em Thunder Bay? Será que estava mordido de ciúmes de alguém? Ou tentaria vingar-se, no Exército, de algum dano real ou imaginário?

Fiz uma pausa.

— Finalmente, perguntem a si mesmos por que, por que esse homem escolheu, estuprou, degradou e quase matou a esposa do tipo de homem que ele teria todos os motivos para esperar que retaliaria rapidamente? Não seria necessário todo um grupo de psiquiatras para analisar a cabeça daquele homem enlouquecido?

Fiz uma pausa pensativamente e baixei a voz.

"Foi quase como se ele *procurasse* a morte, de forma muito parecida com a maneira como um meteoro em chamas voa pelo céu, crestando e destruindo tudo o que está em seu caminho.

"Considerem, sensatamente, se quiserem, o enorme senso de traição que deve ter afligido o tenente Manion, naquela noite. Por que falo de traição? Não apenas ele teve o conhecimento de que sua esposa fora estuprada e ofendida de forma nojenta, mas o conhecimento, quase tão amargo quanto esse, de que tudo fora feito por um *civil*, por uma daquelas pessoas de sorte pelas quais o tenente arriscara sua vida em duas guerras, para que Barney pudesse continuar a beber doses duplas, a fazer alegremente o papel de dom juan e atirar em garrafas vazias de uísque. Não tento acenar a bandeira nem cercar meu cliente com louvações patrióticas. Os fatos são brutais. Um civil untuoso, viciado em uísque, metido a conquistador, trai o tenente e sua esposa na primeira oportunidade que tem. Apenas isso já não era o bastante para fazer qualquer um perder a cabeça? Será que qualquer homem, no lugar do tenente, não se sentiria agredido pela humanidade? Mas o sr. Dancer e seu diplomado pedem aos senhores para zombarem da ideia de que um incidente tão insignificante pudesse ter incomodado o homem, de alguma forma.

Restava alguma coisa mais a ser dita sobre Claude Dancer; eu não podia, de sã consciência, deixá-lo em paz sem dizê-la.

— Se fui duro com o sr. Dancer, só posso dizer que ele fez por merecer. — Fiz uma pausa. — Raramente, se é que algum dia aconteceu, encontrei um adversário na sala do tribunal que possuísse maiores dotes e talentos tão formidáveis como advogado de acusação. — Sacudi a cabeça. — Mas, por outro lado, nunca deparei com algum que, por seus próprios engodos matreiros e truquezinhos mesquinhos, tivesse tão gratuitamente rebaixado e maculado esses dons esplêndidos. — Baixei a voz. — Que Deus nos ajude, nenhum de nós é infalível; todos somos vulneráveis, fracos, tendenciosos e infantilmente ávidos de vitória. Mas, se esse homem sério simplesmente afastasse os seus brinquedos da sala de tribunal e colocasse um pouco mais de humanidade e coração em seus esforços, acredito que, para ele, o céu seria o limite, se o céu, de fato, é o que ele procura.

"Meu tempo praticamente terminou", prossegui. A maioria dos jurados espera e anseia por um voo final de prosa brilhante, numa argumentação de encerramento; fiz uma pausa, refleti por um momento e voei, em seguida, para o azul selvagem e longínquo. "Será que seus corações não os impedirão de aumentar as dores dessas pessoas que passaram por tão sérias provações, desse homem atormentado? Submetê-lo à sentença deste tribunal, arruinar sua carreira militar, acabar com seu único ganha-pão? Enviar Laura Manion de volta para a venda de loções de beleza, ou para sua mesa telefônica 'imoral'?" Fiz uma pausa. "Quanta ruína os senhores permitirão que esse Barney Quill deixe em sua esteira? Ele já não causou bastante estrago, para um só homem, durante apenas uma vida? O que quer que aconteça aqui, ele já trouxe degradação e vergonha duradouras para si mesmo e sua família. Espancou, estuprou e quase matou a esposa de outro homem. Provocou a prisão do tenente e seu angustiante e caro julgamento.

Fiz uma pausa.

— Será que querem, com seu veredicto, deixar o grande Barney fazer, do túmulo, mais uma maldade? — Baixei a voz e ergui minha mão em concha. — Meus amigos, não estão lidando com um tenente hipotético agora, mas com um ser humano vivo, pulsante, sofrendo, um homem cujo destino os senhores têm na palma da mão. — Virei-me e olhei para o tenente, que estava sentado, pálido, olhando fixamente para a parede em frente. — Olhem para este homem atormentado e solitário, que está aqui em julgamento, buscando sua liberdade entre estranhos, sem amigos, arrasado, abominavelmente traído por um dos primeiros civis que encontrou. Olhem bem para ele. Com certeza, seria um ato de caridade cristã, bem como o dever legal dos senhores, mostrar, com seu veredicto, que em nossas cabeças interioranas nem toda a decência está perdida, que a justiça não é um mero jogo de advogados, disputado por uma grande voz de Lansing, e que toda a nossa tradicional amabilidade não é um falso prelúdio para a traição.

Sacudi a cabeça e baixei a voz até quase um sussurro.

— Será que seus corações poderão guiá-los no sentido de enviar este aflito e torturado homem de volta para o Exército que precisa dele — sim, e de volta para a mulher que ele ama?

Curvei-me solenemente e voltei para minha mesa. O tenente ainda estava sentado, olhando fixamente para a frente. Ouvi o clique seco do relógio elétrico, atrás de mim. Meu trabalho estava feito, e eu me sentia cansado, muito cansado...

Houve um prolongado suspiro, que soou como um assobio, por parte do tribunal, atrás de mim, parecendo o som de um pneu de caminhão esvaziando-se, e olhei em torno e vi que uma das nossas mais fiéis estudiosas de homicídio havia desmaiado e parecia morta. Seus braços estavam duros, dos dois lados do corpo, e suas pernas apontavam rigidamente para a frente, diante dele, como se estivesse pronta para embalagem e embarque. Sua boca pendia comicamente aberta de um lado, como a de um vendedor ambulante oferecendo teatralmente sua mercadoria. Seus vizinhos estavam ocupados abanando-a, enquanto o xerife lhe levava às pressas o que sobrava da minha velha água. Especulei secamente se ela fora derrubada pela eloquência de Biegler ou, em vez disso, pelo tédio. Ela soluçou fervorosamente e, depois, seus olhos giraram e se abriram, pesados e lentos, como os olhos de uma boneca; de repente, ela agarrou seu busto e lançou um olhar furioso e vítreo para Max, que estava com o rosto vermelho e que, segundo parecia, derramara sem querer um pouco de água pelo pescoço da dama abaixo.

O juiz pigarreou.

— Talvez seja melhor fazermos um recesso de cinco minutos — disse. — Talvez, também, sr. xerife, o senhor possa abrir mais janelas.

— Sim, Meritíssimo — concordou Max, abandonando de repente sua ingrata protegida e voltando aos tropeços para o seu martelo.

Depois que o tribunal entrou em recesso, Laura Manion adiantou-se e apertou minha mão.

— Você foi maravilhoso. Obrigada, Paul — agradeceu, e havia lágrimas em seus olhos verdes.

O tenente pigarreou, roucamente.

— Você se saiu bem — reconheceu, mordendo nervosamente o bigode.

— Obrigado — agradeci, levantando-me e seguindo aos encontrões para fora da sala do tribunal. Já Parnell, tateando para sair da sala de audiências, apareceu ao meu lado e agarrou minha mão entre as suas.

— Bom menino — sussurrou, com voz apagada, e depois virou-se para o outro lado, deixando-me pensativo, sozinho numa cadeira próxima à janela, olhando para o lago, lá longe, enquanto soltava meditativas baforadas do meu cachimbo, até que Max Battisfore me lembrou que era hora.

— Você mandou aquele filho da puta para o diabo que o carregue, Polly — disse Max. — Parabéns.

— Sim, Max — concordei, bati meu cachimbo, apaguei-o e agarrei a minha pasta. — Mas, não se esqueça, Dancer tem a última palavra.

Capítulo 28

O JUIZ FEZ UM sinal afirmativo em direção à mesa da promotoria e Claude Dancer levantou-se e caminhou vagarosamente para a frente do júri. Durante a argumentação de Mitch e nas primeiras fases da minha, eu o observara atarefado, tomando notas; mas, agora, não segurava nada, e ficou em pé, pensativo e de mãos vazias diante do júri; falou num tom baixo de voz, quase de conversa.

— Em primeiro lugar, senhoras e senhores, quero cumprimentar meu jovem associado pela maneira como conduziu este caso. Foi um prazer assistir a esse jovem excelente falar.

Tendo gentilmente tentado devolver o caso a Mitch, ele fez uma pausa e se virou, olhando para mim.

— Também quero cumprimentar o sr. Biegler, por sua ardente e completa defesa deste caso. Se ele acha que sou duro, então foi, de fato, uma boa partida. De qualquer forma, o que quer que aconteça, o que quer que os senhores possam decidir, o tenente Manion não deve nunca ter nenhum arrependimento por sua escolha de advogado, nem lamentar a maneira competente e astuciosa como o advogado lutou por ele.

Fiz um sinal de cabeça, solene, enquanto Claude Dancer tornava a se virar para o júri.

— Mas devo lembrar-lhes, senhoras e senhores — prosseguiu —, que não sou eu quem está sendo julgado aqui; tampouco é o morto, Barney Quill, quem está sendo julgado aqui; tampouco o psiquiatra da promotoria, dr. Gregory, está sendo julgado aqui, por mais habilmente que o advogado da defesa os tenha levado acreditar que sim. É o tenente Manion quem está sendo julgado, e, se me tolerarem, reverei rapidamente os elementos e provas deste caso que, segundo nosso ponto de vista, tendem a mostrar sua culpa por assassinato para além de qualquer dúvida razoável.

Claude Dancer definiu então assassinato como a eliminação deliberada, maldosa e premeditada de uma pessoa, sem desculpa ou justificativa legal. Partiu, depois, para fazer uma apresentação magistralmente concisa do testemunho detalhado, tendendo a mostrar que o tiroteio havia sido apenas isso: o tempo transcorrido entre a volta de Laura ao *trailer* e a viagem do tenente até o bar; o fato de que ele próprio admitiu ter partido do *trailer* quase imediatamente depois de descobrir o alegado líquido revelador, na pessoa de Laura — "Não foi essa a ação de um homem dominado por uma fúria fria e implacável?", ele perguntou; o fato de que a própria mulher havia previsto, corretamente, que seu marido mataria Barney; o temperamento esquentado e a natureza ciumenta do réu, como foram demonstrados na ocasião em que ele esmurrou um jovem companheiro oficial do Exército por ter beijado a mão da sua esposa; o testemunho do barman sobre o "cara", quando o tenente lhe perguntara se queria um pouco também...

— Como se tudo isso não fosse suficiente — prosseguiu Claude Dancer, tranquilamente —, temos também os comentários esclarecedores que ele fez ao detetive sargento Durgo, pouco depois do tiroteio — e ele continuou na ordem um, dois, três e expôs tudo isso de forma calma, convincente, inexorável. — São estas — perguntou — são estas ações e declarações de um homem insano, ou, em vez disso, são as de um homem penitente, com remorsos, resignado, depois de uma explosão homicida de raiva, por causa do comportamento de sua esposa com um homem estranho? (Por um momento, eu havia pensado que Claude Dancer, tacitamente, admitia o estupro, mas não, ele voltava, mais uma vez, ao reino da fantasia.)

"Aqui está um homem que, de forma deliberada e consciente, pegou um revólver carregado, não há dúvidas de que ele se lembra de ter feito isso, e dirigiu rapidamente até o bar do hotel onde, sem olhar nem para a esquerda nem para a direita, e, com certeza, se *pretendia* matar esse homem, como declaramos, manteria seu olhar fixado nele e não se preocuparia em cumprimentar os que o cumprimentaram, e derrubou o homem a tiros como um cão, voltando depois para seu *trailer*, onde contou à sua esposa o que havia feito e, depois, entregou-se infalivelmente ao único subxerife de Thunder Bay, dizendo-lhe que matara Barney. "Fez uma pausa." Ora, se ele estava louco, como poderia saber que havia assassinado Barney? E se lembrou de ter matado Barney, então não estava louco.

O júri ouvia atentamente, enquanto Claude Dancer, com tranquilidade, despejava sua argumentação.

— E, se ele foi capaz de contar e lembrar o que aconteceu, pouco antes e, novamente, pouco depois do tiroteio, por que, mais tarde e agora, convenientemente, se esqueceu das coisas danosas e significativas que disse ao sargento Durgo, pouco mais de uma hora depois? — perguntou ele. — Não é esse, em vez disso, o quadro de um homem calculista, que se esqueceu convenientemente de qualquer coisa que pudesse prejudicá-lo? — Vários jurados, involuntariamente, fizeram um sinal afirmativo com a cabeça, e eu girei meus olhos para Parnell, dando de ombros. — E, lembrem-se, meus bons amigos, este homem tomou a lei em suas mãos. Mesmo que o falecido tivesse feito as coisas que a defesa alega, e que não admitimos, havia maneiras legais de lidar com o sr. Quill, em vez de atirar nele. De qualquer jeito, essa não é defesa legal para o caso, como tenho certeza de que o juiz os instruirá. E, ao tomar a lei em suas próprias mãos, o tenente infringiu a lei em outro particular, escondendo e carregando uma arma, oculta consigo; suas ações começaram com o erro.

Nesse último ponto, novamente o homenzinho estava destinado a se desencantar, como esperávamos que algumas das nossas requeridas instruções mostrassem — bastava que o juiz as transmitisse e bastava, além disso, que os jurados as ouvissem, entendessem e acatassem. Claude Dancer passou então à questão da insanidade e, com sua maneira hábil e plausível, fez um trabalho notável de reabilitação do descomposto e maculado psiquiatra da promotoria.

— Até o próprio médico da defesa não descobriu nenhuma psicose, nenhuma neurose, nenhum delírio, nenhuma alucinação, nenhuma história de insanidade ou de reação dissociativa.

Ele comentou, em seguida, que o dr. Gregory era um profissional antigo e experiente, enquanto nosso médico, embora sincero e dedicado, ainda estava aprendendo o seu trabalho.

— O Exército não deveria ter enviado um menino para fazer o serviço de um homem — recitou, com sua voz melodiosa.

"Quanto ao comentário do advogado de que não pedimos um exame pessoal do tenente, posso acrescentar que nenhuma chance ou oportunidade para fazer isso foi oferecida." Fez uma pausa e tornou a me olhar. "Tenho uma grave premonição, uma suspeita sombria de que, se tentássemos examinar esse homem, o sr. Biegler usaria tudo, menos a Lüger do seu cliente, para impedir isso.

Dei uma olhada de esguelha em Parnell, enquanto Claude Dancer continuava, sobriamente:

— De fato, o lamentável apuro em que se vê a promotoria, quando se defronta com uma defesa desse tipo, impôs-se com tal força a mim, durante este julgamento, que espero falar com meu superior a respeito quando voltar a Lansing. Acredito que uma nova legislação deve ser recomendada, para tapar essa brecha. Com nossos atuais procedimentos, há uma grave dúvida, em minha mente, se poderíamos, por mais oportuna ou duramente que tentássemos, examinar esse homem, se poderíamos obrigá-lo, por força da lei, a se submeter. Essa é uma situação séria, tanto neste caso quanto no futuro.

Fiquei sentado, cobrindo os olhos com a mão, cismando, ouvindo o dedicado homenzinho com metade da minha mente, deslizando para uma espécie de sonho acordado, enquanto ele continuava com sua melopeia e, com voz persuasiva, habilmente puxava o nó corredio da argumentação, deixando-o cada vez mais apertado em torno do pescoço do tenente Manion. Havia algo ao mesmo tempo admirável e assustador em sua nua coerência de propósito. Ali estava um promotor implacável, na clássica tradição: procurava apenas condenar. E, eu tinha de admitir, ele não estava fazendo mais do que eu próprio havia feito, tantas vezes, durante tantos anos. Quem era eu para atirar a primeira pedra? Não estávamos todos nós, promotores e ex-promotores, à deriva no mesmo barco? E não fora finalmente necessário o distanciamento de um eloquente e ultrajado não advogado, John Mason Brown, para proferir a última e devastadora palavra sobre o assunto?

"O promotor, por obrigação, é uma mente especial," ele escreveu, "rápido como um mangusto, agressivo, trapaceiro, inflexível, sempre preparado para montar uma armadilha. É quase um dever de ofício enganar, e, por instinto, adora confundir e floresce em cima da fraqueza. Sua busca é por defeitos que possa apresentar como cicatrizes, sua obrigação é levantar dúvidas ou causar azedume, com a suspeita. Faz perguntas não para saber de alguma coisa, mas para condenar, e pode ler a culpa na mais inocente das respostas. Sua esperança, seu objetivo, seu triunfo, é confundir uma testemunha, levando-a à confissão através de truques, ou esgotando-a e irritando-a até ela chegar a uma indiscrição verbal que soe como uma admissão prejudicial. Para os lapsos naturais de memória, faz parecer que são estratagemas para esconder más ações ou, pior ainda, mentiras, atrozes e deliberadas. Cortesia fingida e enganadora, sarcasmo que queima, intimidação, surpresa, e a mácula através das insinuações, associações ou sugestões, ao mesmo tempo em que qualquer intenção de macular é negada — tudo isso como métodos e dispositivos são instrumentos tão comuns no repertório do promotor que sua mente se volta para eles por hábito."

Claude Dancer continuou inexoravelmente a insistir, despertando-me bruscamente do meu devaneio.

— O advogado de defesa e o psiquiatra do Exército minimizaram o fato de o réu saber ou não o que estava fazendo, e se agia erradamente.

Disseram, benevolentemente, que não faz nenhuma diferença. Talvez uma proposição abstrata, legal e médica que pode, no mínimo, ser discutida. Mas o que temos, neste caso? Temos aqui um réu acusado de assassinar um homem e que testemunhou, depois de prestar juramento solene, que *não se lembrava* de ter feito isso. — Claude Dancer apontou para a claraboia. — Digo aos senhores que ele, de fato, sabia sim e se lembrava do que estava fazendo, e lhes mentiu sobre isso, então não apenas mentiu para seu advogado e médico, mas traiu, deliberadamente, o seu juramento, numa questão concreta deste caso. Se foi assim, como acredito que o tribunal os instruirá, estão autorizados a desconsiderar todo o seu testemunho, inclusive sua defesa de insanidade, a menos que seja corroborada por outras testemunhas, confiáveis, em cujo testemunho acreditem. Portanto, faz uma diferença gigantesca, se esse homem mentiu.

Descobri a mim mesmo fazendo sinais afirmativos involuntários com a cabeça, diante da brilhante capacidade de convencimento da sua argumentação, enquanto o homenzinho continuava a atacar.

— Lembrem-se, nenhum de nós pode olhar para dentro da mente desse frio estranho que encontramos entre nós. O fato é que sabemos pouco ou nada sobre esse homem. Ora, é bem possível que ele *tenha* enganado seu competente advogado e enganado também o seu jovem psiquiatra. Como o sr. Biegler tão bem mostrou, nenhum de nós é infalível. Isso me leva ao testemunho de Duane Miller, o vizinho de cela do réu. Como o sr. Biegler, estou inteiramente satisfeito de deixar que lidem sozinhos com esse problema. Digo apenas isto: nesse sombrio negócio do crime e castigo, algumas vezes é preciso um ladrão para capturar o outro, como reza o antigo ditado. Algumas vezes, de fato, é o único caminho.

Claude Dancer fez uma pausa e olhou o relógio.

— Sim, Duane Miller é um incendiário criminoso confesso, à espera de sentença, um homem com uma ficha criminal tão longa quanto o meu braço. — Sorriu tristemente. — Acreditem, eu preferiria que ele estivesse chefiando um seminário de teologia. Mas lembro aos senhores, como disse o Kipling do sr. Biegler sobre o divertimento, que a promotoria deve pegar suas testemunhas onde as encontrar; não pode escolhê-las seletivamente, como faz a defesa. Sem dúvida, nem o sr. Biegler nem os senhores, jurados inteligentes, esperem que apresentemos um bispo que possa ter ouvido essa vanglória reveladora de um vizinho de cela. E, exatamente com a mesma certeza, ele e todos nós, aqui, sabemos que nosso justo e bom juiz, em sua sentença, não poupará essa testemunha por causa do depoimento que prestou, ou por causa de qualquer alegada promessa que eu possa ter feito a ele, da qual, lembrem-se, por favor, não há um só fiapo de prova.

Dei uma olhada pesarosa para um Parnell pálido e, depois, olhei para o juiz, que sorriu de leve.

— Senhoras e senhores — prosseguiu Claude Dancer. — Por favor, lembrem-se bem da diferença entre insanidade e paixão. Considerem, por favor, como é fácil simular a primeira e torcer a outra, para que pareça sintoma de aberração mental. De fato, a paixão homicida e a raiva assassina são, em si, uma forma de lapso mental, mas, felizmente para a paz e o bem-estar da sociedade, algo que a lei não reconhece como defesa para assassinato frio e brutal.

O homenzinho ainda não levantara a voz, nem uma só vez o trovão estourara, e, no entanto, sua argumentação era lógica, precisa e, eu começava a temer, bastante devastadora em sua capacidade de persuasão. Nesse momento, ele estendeu as mãos e modulou a voz para um tom ainda mais baixo.

— Este é um caso sério. Sem dúvida, é sério para o réu. É igualmente sério para a promotoria, um dos nossos foi morto a tiro, a sangue-frio. Nossa lei não é a da floresta, e não cabe aos senhores divulgar despreocupadamente, por toda parte, através do seu veredicto, que ela é, sim.

Estendeu as mãos.

— Ouçam bem as instruções do juiz. E, depois, deem um veredicto que combine com seus corações e mentes. É tudo o que pedimos. Obrigado.

Claude Dancer fez uma solene curvatura e voltou para o seu assento.

Capítulo 29

O JUIZ WEAVER OLHOU para a mesa de Mitch.

— Há algum pedido de instruções, senhores? — perguntou.

— Não, Meritíssimo — disse Mitch, levantando-se.

O juiz me olhou.

— Algum pedido da defesa?

— Sim, Meritíssimo — confirmei, agarrando uma pasta de papel pardo e caminhando em direção à bancada. — Neste momento, entrego ao tribunal pedidos escritos de dezessete instruções, que concebemos para que sejam abordadas adequadamente as questões deste caso. — O juiz me olhou interrogativamente. — Posso acrescentar — continuei — que são, em todos os aspectos, idênticas a certos pedidos em esboço submetidos anteriormente ao tribunal. — Caminhei até a mesa de Mitch. — Neste momento, também ofereço ao promotor cópias fiéis dos nossos pedidos.

— Muito bem, senhores — falou o juiz, olhando para o relógio da sala do tribunal, abrindo diante de si a pasta de couro, inclinando a cabeça para trás e espiando o que estava escrito através da parte de baixo das suas lentes bifocais. Virou-se para o júri e pigarreou.

— Senhoras e senhores — começou —, de acordo com nossa lei, os senhores são os únicos a julgar os fatos, mas eu sou o único a aplicar a lei. Tirarão a lei não dos suplementos dominicais dos jornais, não dos seus programas policiais favoritos da televisão, não do almanaque da família nem mesmo dos advogados deste caso, mas unicamente de mim.

“Contidos na indiciação apresentada neste caso estão três delitos separados”, ele prosseguiu “e a lei torna obrigatório que os jurados sejam instruídos quanto aos diferentes elementos que constituem cada delito, para poderem determinar o grau ou a categoria do crime, se é que houve, que foi cometido. O assassinato, na lei comum e como esta indiciação acusa, pode ser definido assim quando uma pessoa de memória e discernimento saudáveis, de forma voluntária e ilegal, mata qualquer ser humano, perturbando a paz do seu estado, com premeditação maldosa, expressa ou implícita. Essa definição da lei comum ainda está mantida em nosso estatuto. Então, se chegaram à conclusão de que o réu é culpado de assassinato, tal como o defini, será dever dos senhores determinar se ele é culpado por assassinato em primeiro ou em segundo grau, o que agora explicarei aos senhores.

O juiz, cuidadosamente, definiu e explicou a diferença entre o assassinato em primeiro ou em segundo grau — falta de premeditação, no segundo; e depois definiu homicídio culposo como um assassinato sem premeditação nem maldade; em seguida, definiu a presunção de inocência e passou para a dúvida razoável. O xerife adiantou-se, com uma nova jarra de água.

O juiz fez uma pausa e, devagar, bebeu aos golinhos um pouco d'água, virou pensativamente uma página das suas anotações e depois prosseguiu.

— Uma dúvida razoável, então, é uma dúvida justa, que nasce do testemunho prestado no caso; não é uma mera dúvida imaginária, capciosa ou apenas possível, mas uma dúvida justa, baseada na razão e no bom-senso. É esse tipo de dúvida que deve abandonar suas mentes após um exame cuidadoso de todas as evidências do caso, de tal forma que os senhores possam dizer que têm uma convicção durável para uma certeza moral da verdade ou não da acusação aqui feita contra o réu.

Como Parnell e eu havíamos previsto que ele faria, em seguida o juiz, tranquilamente, rejeitou a ideia de que o júri poderia inocentar o réu atendendo à chamada "lei natural".

— Não existe esse animal em nossa lei — prosseguiu, secamente. — Existe apenas nos bares públicos e nos cantos das esquinas, e cobro dos senhores que a tirem inteiramente de suas cabeças.

Depois, passou a instruir explicitamente o júri no sentido de que não poderia inocentar o réu apenas porque Barney, como se alegava, estuprara sua esposa, mesmo que acreditassem firmemente que sim. O juiz estendeu-se sobre esse assunto tanto quanto eu o fizera com o tenente, semanas antes, e alguns dos jurados piscaram, incertos, porque claramente pensavam outra coisa até aquele momento.

O juiz olhou para o relógio, virou seus papéis e tornou a falar.

— Como defesa para essa acusação, o réu alegou insanidade, e, agora, eu os instruo sobre a lei referente a esse assunto.

Dei uma olhada em minha cópia das nossas instruções requeridas, de modo a poder determinar quando e se ele começava a dar alguma delas. Tínhamos numerado nossas instruções consecutivamente, e meu coração deu um salto quando vi que ele, naquele momento, dava a primeira delas, palavra por palavra.

— De início, há uma suposição, em casos deste tipo, de que o réu é são, mas, logo que é oferecida evidência pelo réu no sentido de derrubar essa suposição, a carga muda de mãos, e então cabe à promotoria convencer os jurados, para além de qualquer dúvida razoável, da sanidade do réu, pois essa é uma das condições necessárias pelas quais a culpa pode ser atribuída neste caso. Quando qualquer evidência é dada em favor do réu tendendo a derrubar essa suposição de sua sanidade, os jurados devem examiná-la, pesá-la e pronunciar-se sobre ela com a compreensão de que, embora a iniciativa de apresentar a evidência seja tomada pela defesa, o ônus da prova nesta parte do caso cabe à promotoria, que deve estabelecer todas as condições de culpa, entre as quais está a sanidade. Quando há qualquer evidência por parte do réu, no caso, tendendo a mostrar que, na ocasião em que o delito foi cometido, ele agia sob uma insanidade permanente ou temporária, torna-se então o dever da promotoria provar a sanidade do réu para além de uma dúvida razoável, tal como acabei de definir esse termo, e, se não fizer isso, o réu deve ser inocentado.

O juiz sacudiu de repente uma folha de papel e, obviamente lendo, mas erguendo às vezes os olhos, como um competente apresentador de televisão, passou a dar, literalmente, nossa segunda instrução.

— Alega-se aqui, em favor do réu, que ele estava insano na hora em que disparou os tiros fatais. Sua defesa, como a entendo, é a geralmente conhecida como insanidade temporária, e lhes declaro que essa defesa, se provada suficientemente, é tão válida como se fosse demonstrado que o réu estava insano de forma total e permanente. Em outras palavras, a duração da insanidade do réu não é o teste de controle, mas a questão é se sua insanidade, embora breve, foi de tal natureza e caráter a ponto de deixá-lo incapaz de (1) exercer sua livre vontade e volição ou (2) de apreciar a diferença entre certo e errado. Se descobrirem que, na ocasião em que disparou os tiros fatais, sofria de algum dos dois tipos dessa insanidade, então deverão inocentá-lo, apesar do fato de que, anterior e subsequentemente ao acontecimento, ele pudesse estar tão são quanto os senhores e eu.

Dei uma olhada em Parnell, que estava inclinado para a frente em seu assento, ouvindo, cheio de tensão, com os olhos fortemente fechados. Agora, tornara-se óbvio que o juiz transmitiria, no mínimo, nossas solicitações referentes à insanidade e que já injetara no caso o impulso irresistível.

— Um dos incidentes importantes da responsabilidade legal pelo crime — continuou — é o de que o réu deveria estar com sua presença de espírito, ou seja, que ele deveria ser uma pessoa sã. E, na ausência de prova em contrário, todos os homens, aos olhos da lei, são dados como sãos. Mas, quando a sanidade do réu foi posta em questão, num caso criminal, como foi posta em questão neste caso, então o ônus da prova muda para a promotoria e recai sobre os ombros dos seus integrantes provar a sanidade do réu para além de uma dúvida razoável. Segue-se, portanto, que, se acharem (1) que o réu estava insano na ocasião em que os tiros fatais foram disparados ou (2) que uma dúvida razoável permanece em suas mentes quanto à sua sanidade na ocasião, então, num caso ou no outro, deverão inocentá-lo sob o fundamento da insanidade.

O juiz continuou com sua declaração sobre insanidade, exatamente como havíamos preparado em nossas solicitações.

— Como disse, a principal argumentação da defesa apresentada aqui em favor do réu é a de que ele estava insano na ocasião do alegado delito e, portanto, não era legalmente responsável pelos seus atos. O réu apresentou evidência em seu favor tendendo a mostrar que um dos fatores contribuintes para tal alegada insanidade pode ter sido sua crença de que sua esposa acabara de ser ameaçada, atacada e estuprada pelo falecido.

O juiz fez uma pausa e prendi a respiração, esperando para ver se ele daria a parte seguinte.

— Com relação a isso, declaro aos senhores que, se acreditam que o réu estava insano, como defini esse termo, não é decisivo, nesta questão da insanidade, que acreditem primeiro que a esposa do réu foi *de fato* realmente ameaçada, atacada e estuprada pelo falecido, ou nem mesmo que qualquer dessas coisas houvesse ocorrido com ela. É suficiente que achem que o réu realmente *acreditava* que essas coisas aconteceram com sua esposa, que o falecido fosse culpado delas e que essa crença de que era verdade se baseasse em fundamentos razoáveis.

"Em outras palavras, é suficiente que achem que o réu acreditou de fato na história de sua esposa, e que essa crença se baseava em fundamentos razoáveis, e que isso contribuiu mesmo para qualquer alegada insanidade da parte do réu, se encontrarem qualquer insanidade desse tipo, mesmo que, de fato, nenhuma ameaça, ataque ou qualquer ato de estupro possam de fato alguma vez ter ocorrido.

Novamente dei uma olhada para um tenso e pálido Parnell, que parecia estar movimentando os lábios, acompanhando aos do juiz, quando o juiz depois transmitiu a declaração favorita de Parnell sobre o impulso irresistível.

— Testemunho médico especializado foi apresentado em favor do réu, no sentido de que ele estava insano na hora em que foram disparados os tiros fatais, e de que sofria de uma forma de insanidade em geral conhecida, juridicamente, como "impulso irresistível". Declaro aos senhores que tal forma de insanidade é reconhecida, em Michigan, como uma defesa para o crime e, segundo a lei deste estado, mesmo que o réu fosse capaz de compreender a natureza e as consequências do seu ato, e de saber que era errado, não obstante seria forçado à sua execução por um impulso irresistível que era impotente para controlar, em consequência de uma doença temporária ou permanente da cabeça, e nesse caso ele estava insano, e os senhores deverão inocentá-lo.

O juiz fez uma pausa e, depois, citou literalmente o antigo caso Durfee, que Parnell e eu havíamos encontrado simultaneamente, durante nossa pesquisa.

— Como foi dito sobre este assunto, em caso anterior da Suprema Corte de Michigan: "Deve parecer, neste caso, que o réu é um homem de mente sadia. Ora, com 'mente sadia' não nos referimos a uma mente que seja igual a qualquer mente, de qualquer mortal do mundo. Todos sabemos que há uma diferença nas mentes das pessoas que conhecemos. Alguns homens são muito brilhantes, outros, muito estúpidos; mas são considerados responsáveis. Talvez fosse suficiente dizer, e deixar a questão bem nesse ponto, que, se o réu, por motivo de doença, não era capaz de saber se agia mal, no ato particular, ou se não tinha o poder de resistir ao impulso para fazer o ato, por motivo de doença ou insanidade, isso seria uma mente doente. Mas deve ser uma doença que afetou o ato em questão, e não outra que não o afetou. Há uma pergunta simples para os senhores."

Outra vez dei uma rápida olhada em Parnell e ele girou os olhos para o alto, como se fizesse um agradecimento silencioso, enquanto o juiz prosseguia, incessantemente.

— Mesmo que os senhores descobrissem aqui que o réu sabia a diferença entre certo e errado, mas, se na ocasião dos disparos, tivesse, por doença mental ou insanidade, a tal ponto perdido o poder de escolher entre certo e errado que sua faculdade da vontade livre estivesse destruída, na ocasião, e o ato estivesse tão relacionado com a dita doença mental ou insanidade que esta se tornara sua única causa, então o réu não seria responsável e o veredicto dos senhores deveria ser: "Inocente por causa de insanidade."

O juiz pigarreou, ao chegar à nossa solicitação, crucialmente importante, sobre as oportunidades relativas dos respectivos psiquiatras para obter o conhecimento em que suas opiniões se basearam.

— Houve testemunho médico especializado apresentado aqui sobre a questão da sanidade ou insanidade do réu. Com relação a isso, peço que considerem o testemunho dos médicos e suas opiniões sobre o assunto. Também considerem que oportunidades os médicos tiveram para obter conhecimento sobre o qual basear suas opiniões.

Isso era inteiramente tirado do velho caso que eu escavara e desejara muito ampliar e estender, mas não ousara fazer isso; era uma das coisas mais delicadas, com relação às instruções requeridas: um advogado encontrava autoridade para uma proposição, mas, se procurasse estendê-la ou inflá-la demais, para se encaixar em seu caso, corria o risco de abalar a confiança do juiz em *todas* as suas instruções requeridas e, pior ainda, o risco maior de o juiz não atender absolutamente ao pedido em particular.

Mas aqui, pela primeira vez, o juiz, por iniciativa própria, foi além da carta do nosso pedido, e meu coração saltava, enquanto eu o ouvia falar ressonantemente, com sua voz trovejante.

— Uma consideração da oportunidade que tiveram os médicos para obter um conhecimento claro inclui a oportunidade física de examinar o homem cuja sanidade está em questão; quais foram os testes, se algum foi aplicado; uma consideração das práticas prevalecentes no campo da psiquiatria, na medida em que foram apresentadas; e, finalmente, se houve oportunidade suficiente para fazer exames e neles basear qualquer opinião.

O juiz afrouxou o colarinho, com seu largo dedo médio.

— Já lhes disse que o falecido ter ou não estuprado a esposa do réu não permite, em si, justificação ou desculpa legal para o réu tirar a vida do falecido. Mas, como já vimos, devemos, não obstante, considerar a questão do estupro, neste caso, pois ela talvez se relacione com a possível insanidade do réu, como explicarei melhor um pouco adiante. Antes de passar para isso, devo, consequentemente, definir primeiro o estupro.

"Estupro é um crime, e é definido como o conhecimento carnal de uma mulher através da força e contra a vontade dela. A força é um elemento essencial do crime do estupro, e, a fim de condenar um homem por estupro, o júri precisa estar convencido, para além de qualquer dúvida razoável, de que o delito foi cometido pela força e contra a vontade da mulher e de que houve a relutância e resistência máximas da parte dela, ou de que a vontade dela foi vencida pelo medo do réu ou das consequências da sua recusa.

"Em casos em que o estupro é uma das questões, então o júri deve acreditar que a ofensa se realizou através da força e contra a vontade da mulher; e que houve a máxima relutância e resistência da parte dela ou que a vontade dela foi tão vencida pelo medo que ela não ousou resistir. Se o consentimento à relação carnal for dado pela mulher, por causa de mera luxúria ou fraqueza de vontade, sem que qualquer ameaça tivesse sido feita ou sem medo das consequências se resistisse, então o delito não será estupro; mas se a relação sexual é mantida com uma mulher e ela não se submeteu por sua vontade a essa relação, mas se submeteu por causa de ameaças que lhe foram feitas, para o caso de não ceder a essa relação, e através do medo e apreensão de consequências perigosas ou de grande dano corporal, e a mente dela foi tão dominada pelo medo que não ousou resistir, então o delito será estupro, embora ela possa ter apresentado pouca ou nenhuma resistência física aberta a essa relação.

O juiz deu uma olhada no relógio e continuou com nossas instruções requeridas, agora falando mais depressa.

— Há também evidência de que, mais tarde, naquela mesma noite, o falecido pode ter novamente atacado a esposa do réu, com a intenção de estuprá-la. O estatuto que cria e define esse delito, desde que o mesmo é material aqui, determina: "Qualquer pessoa que atacar qualquer mulher com a intenção de cometer o crime do estupro será culpada de um delito grave." Um ataque é definido como uma tentativa ou proposta, através da força e da violência, de causar dano físico a outra pessoa. Os elementos essenciais desse delito, então, são um ataque realizado com a intenção de cometer o crime do estupro. Em tais casos, os jurados devem estar convencidos, antes de poderem encontrar esse delito, de que o homem pretendia satisfazer a todo custo suas paixões na pessoa da mulher, não obstante a falta de consentimento dela e resistência da sua parte. Quando tal ataque foi feito com a intenção contra a lei mencionada no estatuto, não é defesa que o homem em seguida interrompesse o ato ou deixasse de realizar o seu propósito.

"Se estão convencidos, por causa das circunstâncias detalhadas nas evidências aqui, de que o falecido fez, de fato, mais tarde, uma nova tentativa de manter relação sexual com a esposa do réu, e que fez isso com a intenção de realizar seu plano a todo custo, através da sua força e poder, contra qualquer resistência que lhe pudesse ser oferecida, então ele seria culpado de ataque com a intenção de cometer estupro, não importa se ele tenha ou não cometido de fato esse estupro.

O juiz continuou a falar monotonamente.

— Também houve aqui alguns testemunhos médicos e outros sobre se o líquido seminal ou esperma masculino passou ou poderia passar do falecido para cima ou para dentro do corpo da esposa do réu. Com relação a isso, declaro aos senhores que a presença de líquido seminal ou esperma não é decisiva na questão de o falecido ter ou não estuprado a esposa do réu. Segundo a definição legal de estupro, esse delito pode estar completo sem a presença de líquido seminal ou esperma, porque, de acordo com nossa lei, qualquer penetração masculina, mesmo leve ou rápida, é suficiente para constituir estupro, desde que a relação tenha ocorrido contra a vontade e sem o consentimento da mulher. Por outro lado, a mera presença de líquido seminal ou esperma não torna toda relação sexual, por si mesma, necessariamente, um estupro quando essa relação ocorreu com o consentimento da mulher. Quando, porém, a relação constitui estupro, tal como o defini, declaro aos senhores que não é necessário que o homem alcance um clímax sexual.

O juiz suspirou forte e tomou outro gole de água. Agora, ele já transmitira treze das nossas solicitações, e, se continuássemos com sorte, agora daria ao nosso cliente o direito de ir "agarrar" Barney naquela noite. Enquanto o juiz continuava com sua lengalenga, só precisei espiar o sorriso que se espalhava pelo rosto de Parnell para saber que tudo estava bem.

— Está declarado aqui, em favor do réu, que ele deixou seu *trailer*, naquela noite, e foi para o bar do hotel com a intenção de capturar e prender o falecido. Com relação a isso, declaro aos senhores que está na lei deste estado que um particular, ou seja, uma pessoa que não é policial nem outro tipo de agente da lei, pode realizar uma prisão legal sem um mandado, quando a pessoa a ser presa cometeu um delito grave, embora esse delito não ocorresse na presença do particular que busca fazer a prisão.

"Portanto, se acreditam que o falecido cometeu mesmo um ou mais delitos graves antes, aquela noite (e, com relação a isso, repito que estupro e ataque com intenção de estuprar são ambos delitos graves), então o réu tinha o direito legal de ir procurar prender o falecido sem um mandado e que esse direito se aplicaria ao réu mesmo que ele fosse um perfeito estranho aos procedimentos e não tivesse nenhuma relação com a mulher vitimada neste caso.

"Um particular também pode fazer uma prisão sem mandado quando há suspeita de delito grave; mas, nesse caso, deve estar preparado para mostrar, numa justificação, que havia sido cometido, de fato, um delito grave e que qualquer um, dentro do razoável, agindo sem paixão nem preconceito, suspeitaria com justeza de que havia sido praticado pela pessoa procurada para ser presa.

"Além disso, declaro aos senhores que tanto um policial quanto um particular podem, em casos como os que foram delineados anteriormente, usar a força que lhe parecer necessária para prender eficazmente um criminoso ou para impedir sua fuga após tal prisão, chegando mesmo a matá-lo. Mas deve primeiro anunciar sua intenção de prender quem busca.

Claude Dancer remexeu-se e olhou pouco à vontade em minha direção, enquanto o juiz continuava a falar.

— Por outro lado, não há nenhuma declaração, aqui, de que o réu de fato prendeu o falecido, ou anunciou seu objetivo de fazer tal prisão, ou de que tenha atirado no falecido a fim de fazer tal prisão ou impedir sua fuga. Em vez disso, está declarado que o réu, nesse ínterim, ficou temporariamente insano e se seguiu o resultado fatal. Porém, devem considerar cuidadosamente as acusações precedentes que acabei de lhes dar, relativas ao assunto do direito do réu de prender o falecido, com relação à importante questão da *intenção* com a qual ele foi para o hotel. Se foi até lá com a intenção de matar o falecido, em vez de prendê-lo, então, se ele for, sob outros aspectos, legalmente responsável, o delito é assassinato; mas, se foi até lá com a intenção legal de prendê-lo, e não com a intenção de matá-lo, e em seguida se tornou insano, tal como defini esse termo, então deverão inocentá-lo.

"Enquanto estou tratando do assunto, devo também declarar aos senhores e o faço, que: seja qual for a intenção ou o motivo pelo qual devam achar o réu possesso, quando foi para o hotel, e mesmo que achem que foi para lá com a intenção ilegal de matar o falecido, e que se, além disso, acharem que ele era legalmente irresponsável na ocasião em que o alegado delito foi cometido, ou seja, insano, então deverão inocentá-lo.

Foi minha vez de dar uma olhada em Claude Dancer, quando o juiz insistiu no direito que o tenente tinha de portar uma arma, na noite em que atirou em Barney.

— Houve alguns testemunhos e argumentações apresentados aqui, no sentido de que o réu pode ter sido culpado por portar uma arma não registrada e escondida, na noite em questão, o que é contrário à lei de Michigan. Ora, é verdade que, neste estado, a lei exige que o cidadão médio registre qualquer pistola que lhe pertença, e também é delito grave para o cidadão médio levar uma arma escondida em sua pessoa, ou em outra parte, sem primeiro obter uma licença para tal.

"Mas, com relação ao assunto, declaro aos senhores que, embora possam ter ouvido aqui o contrário, as leis referentes ao registro de pistolas e a arma escondida não se aplicam ao réu deste caso. Não se aplicam aqui porque nossos regulamentos em Michigan referentes a esses assuntos determinam expressamente que as normas mencionadas antes, e passo a citar, "não deverão ser aplicadas... a nenhum membro do Exército, Marinha ou Corpo de Fuzileiros Navais dos Estados Unidos..." Em outras palavras, o tenente Manion, como membro do Exército americano, estava isento das determinações dessas leis e tinha o direito legal de portar uma arma não registrada, sem licença e escondida em sua roupa, na noite em questão; e, de acordo com a lei, não fazia nenhuma diferença ele estar em serviço ou não. Então, repito que, desconsiderando o que possam aqui ter ouvido em contrário, essa é a lei do Estado.

O juiz fechou sua pasta de couro e retirou alguns papéis de outra pasta. Dei uma olhada em Parnell e ele sorriu e desviou rapidamente a vista. O juiz não apenas dera todas as dezessete instruções que havíamos solicitado, mas melhorara visivelmente uma das decisivas, a relativa ao exame psiquiátrico.

O juiz passou a informar ao júri sobre algumas miudezas legais necessárias, inclusive a esperada declaração sobre a maneira como o júri deveria tratar o depoimento de uma testemunha que achasse estar mentindo. "No mínimo," pensei, "isso pode funcionar tanto contra o testemunho de Duke Miller quanto contra o do tenente."

O juiz ficou sentado, ereto, e colocou suas grandes mãos bem abertas diante de si.

— Agora, chego ao fim da minha declaração. Declaro aos senhores que não podem achar esse homem culpado de nada se o considerarem insano, da forma como defini. Por outro lado, não devem deduzir que, pelo fato de um homem agir desvairadamente, ou num frenesi, ele está agindo sob impulso irresistível ou qualquer outra forma de insanidade. A insanidade deve ser sempre separada da paixão ou da raiva, do contrário nossos tribunais se tornarão, simplesmente, arenas públicas para inocentar assassinos.

O juiz deu uma olhada no relógio e continuou, energicamente.

— O primeiro dever dos senhores, após se retirarem para a sala do júri, será o de eleger um dentre seus membros para ser o primeiro jurado. — O juiz sorriu. — Tendo em vista a hora tardia e a extensão opressiva da minha declaração, para não falar nas ampliações dos advogados, sugiro que limitem radicalmente suas respectivas campanhas eleitorais para esse posto... O primeiro jurado anunciará o veredicto dos senhores.

"Em seguida, deverão discutir todos os fatos do caso. Depois, podem considerar e aplicar aos fatos a lei, tal como a transmiti para os senhores, segundo o que acharem adequado, e assim tentar alcançar um veredicto. Podem alcançar um dentre cinco veredictos. Se acharem o réu culpado de assassinato em primeiro grau, então tragam esse veredicto; senão, devem, em seguida, considerar o assassinato em segundo grau. Se a decisão dos senhores for a de que o acusado é culpado disso, então tragam esse veredicto; se não, devem em seguida passar para homicídio culposo. Se, após devida deliberação, não puderem achar culpa aqui, então tragam um veredicto de inocente por motivo de insanidade, ou simplesmente inocente.

O juiz olhou para Clovis Pidgeon.

— Sr. meirinho — disse —, por favor, reduza o júri de quatorze para doze membros.

Chegara outra vez a hora de Clovis; ele se ergueu, pálido, e levou novamente para sua caixa todos os quatorze pedacinhos de papel com o nome dos jurados, sacudiu-a demoradamente e tirou o primeiro nome. Prendi a respiração, esperando que meu jurado favorito não fosse banido.

— Sra. Minnie Leander — gritou Clovis, e a senhora com problema de tireoide, que lhe davam um aspecto de perpétuo espanto, foi condenada a sair para sempre da minha vida.

— Obrigado — disse o juiz, enquanto ela, incerta, saía do compartimento do júri, talvez por uma vez, durante todo o julgamento, verdadeiramente espantada, afinal.

Clovis tornou a sacudir sua caixa e tirou outro pedacinho de papel.

— Arsene LaForge — gritou, e o pobre Arsene também foi tirado de campo, enquanto o juiz agradecia.

— Faça um agente de polícia prestar juramento — ordenou o juiz, e o sub de Max, Carl Vosper, marchou para a frente, ergueu a mão e prestou juramento, diante de Clovis, com palavras provavelmente já antigas quando Sir Thomas Malory era criança.

— Jura solenemente que manterá, usando o máximo da sua habilidade, as pessoas que prestaram juramento como jurados deste julgamento em lugar privado e conveniente, sem alimento nem bebida, a não ser água, a menos que assim seja ordenado pelo tribunal; que não permitirá que nenhuma comunicação, oral ou de algum outro tipo, lhes seja feita; que não se comunicará com eles o senhor mesmo, de forma oral ou de alguma outra, a menos que assim seja ordenado pelo tribunal; e que, até eles darem seu veredicto, o senhor não comunicará a ninguém como estão deliberando nem o veredicto que, porventura, possam eles ter alcançado, de comum acordo, e que Deus seja testemunha.

— Juro — disse Carl Vosper, e depois se virou e fez sinal aos jurados restantes para que se levantassem e o seguissem até a sala a eles destinada.

— Sr. xerife, por favor, providencie para que seja levado aos jurados um jantar — ordenou o juiz — depois que o senhor colocar o tribunal em recesso.

— Está bem, senhor — respondeu Max, e se levantou e bateu com o martelo, fazendo a multidão levantar-se. — Este Emérito Tribunal está em recesso, até que seja dado o veredicto do júri, ou até que o juiz tome alguma outra determinação.

Capítulo 30

Depois que o júri saiu em fila, resisti, virilmente, ao impulso de rastejar para cima da minha mesa, espichar-me e dormir. O pesadelo havia terminado. Durante semanas e, especialmente desde o início do julgamento, minha soneca cheia de sonhos não passava de um cochilo rápido e pouco à vontade. Sentia-me cansado demais até para falar, e fiquei ali sentado, com os braços moles pendendo dos dois lados da minha cadeira, olhando ociosamente para o alto, para a claraboia salpicada pelos pombos. Laura e o tenente estavam inquietos, se desculparam e foram para a sala de audiências, fumar um pouco. Minha cabeça descaiu para a frente e, depois, sentei-me em minha cadeira inteiramente ereto. Parnell pairava acima de mim como uma galinha chocando; curvou-se e sussurrou para mim:

— É melhor ir sentar-se por algum tempo no carro, rapaz — falou, cutucando-me. — Eu ficarei vigilante e chamarei você quando for preciso. — Puxou a manga do meu paletó. — Vamos, dê o fora agora, rapaz, antes que comece a roncar.

Fiz um sinal afirmativo com a cabeça, agradecido, e me levantei silenciosamente. Cambaleei pelas escadas abaixo, passando pelos grupos de pessoas que conversavam e se movimentavam; depois, saí do prédio e fui para meu carro. Arriei lá dentro e fiquei sentado, olhando para fora sem ver, para o alicerce de pedra da casa das caldeiras do tribunal, analisando as espirais semelhantes a calda de chocolate formadas pelo cimento antigo que se filtrava por entre as pedras maciças do alicerce. Eu estava, ao mesmo tempo, preocupado e desesperadamente cansado. Depois de um longo e árduo julgamento, a pessoa não fica apenas fisicamente exausta, mas a própria cabeça, demasiado agitada, torna-se confusa e entorpecida; as emoções espicaçadas são batidas até se transformarem num soro de leite aguado; não há simplesmente nada mais a dar — a pessoa chega, afinal, a um estado não muito diferente de um velho boxeador cheio de cicatrizes de combate, reduzido a um saco de pancadas. Somada a tudo isso estava minha crescente ansiedade quanto ao resultado do caso. Bocejei até pensar que esse estado era permanente; minhas pálpebras ficaram pesadas; minha cabeça descaiu para a frente, em cima do meu peito; e, vejam, o crepúsculo chegara e eu estava deitado num morro, sentindo o aroma dos pinheiros, contemplando a vista para um lindo lago cheio de trutas... Ah, o mergulho das trutas, provocando pequenas ondulações, anéis tão bonitos que se abriam, em círculos... Mas como foi que o rosto solenemente doce de Mary Pilant de repente borrou a cena...?

Alguém me sacudia. A escuridão caíra.

— Vamos, Polly, o júri já anunciou que concluíram seu trabalho. Chegaram, finalmente, a um veredicto. — Era Parnell, dando leves beliscões debaixo do meu queixo, num afago. — Vamos, rapaz, levante-se, chegou a hora. O juiz e todo mundo estão esperando.

A sala do tribunal estava mortalmente quieta, banhada por um brilho sobrenatural cor de cobre que vinha dos velhos lustres de latão com cabeças de serpente, pendentes do teto. Os frugais políticos da junta de supervisores recusavam-se a substituí-los; eles nos haviam proporcionado, a nós, barulhentos e tagarelas advogados, uma arena gratuita para o público, a fim de fazermos nossas invectivas, não é? Claro que também não íamos esperar...? Eram nove e dez da noite. Todos estavam em seus lugares, tão tensos e silenciosos quanto estariam os espectadores de uma execução. Quando o juiz Weaver me viu correr para minha mesa, fez um sinal com a cabeça para o meirinho, tranquilamente.

— Traga o júri — ordenou, e o meirinho saiu.

A tensão dominara a sala do tribunal a semana inteira, solene e pesada, como um cobertor de nevoeiro, mas agora, de repente, ganhava vida, quase intoleravelmente, saltando e se arremessando, manuseando e esquadrinhando de forma quase obscena as mais distantes fendas do alto cômodo, com a velocidade de raios denteados. Tensão... Eu parecia simplesmente ouvir seu alto gemido elétrico, soando de forma muito parecida com a canção das sereias da minha infância, o sopro da minha flauta de Hamelin particular, quando, desobedecendo à minha mãe, eu era atraído, repetidas vezes, como se fosse por um ímã, para as proibidas minas de ferro, um minúsculo mas resoluto invasor, que ficava ali horas intermináveis escutando, sonhadoramente, a música ainda não escrita — a estranha e perturbada música dos fios de alta voltagem. Umedeci os lábios secos. Meu estômago contraído relaxou, e, convulsiva e repentinamente, arrotei, com força, inconfundivelmente, superando de longe a recente indiscrição glótica da soluçante senhora espectadora. Mas ninguém deu atenção, tão perdidos estávamos todos, ouvindo o selvagem gemido da tensão crescente.

Pareceu uma eternidade até o meirinho abrir a pesada porta do júri e colocar-se ao lado dela, para os jurados entrarem em fila. Meu coração deu um pulo quando vi meu jurado finlandês favorito encabeçando o cortejo. O líder, eu sabia, era geralmente o primeiro jurado. Mas, meu Deus, será que eu estivera errado o tempo inteiro com relação a ele? Será que ele era um daqueles jurados tipo cata-vento, aqueles camaleões parecendo esponjas, que absorviam mais a última argumentação que ouviam e se fixavam a ela? Será que o testemunho de Duke Miller causara uma grande virada de último instante? Milhares de dúvidas me atacaram, meus pensamentos se agitaram e rodopiaram feito os de um homem que se afoga, como se costuma dizer que acontece. Os cansados jurados formaram um semicírculo irregular, em frente da bancada do juiz, uma meia-lua dentada e fatal.

O juiz ergueu a mão. Apesar da multidão, sua voz trovejou cavernosa, como a de um despachante de trem da meia-noite, numa estação vazia.

— Advirto a todos os presentes para não interromperem a tomada e aceitação do veredicto — declamou, severamente. — Pararei os procedimentos e esvaziarei a sala se houver qualquer demonstração ou interrupção durante essa cerimônia. Já os adverti. Prossiga, sr. meirinho.

Clovis Pidgeon levantou-se e ficou de frente para os jurados. Esse era seu papel final no caso. Sua voz de tenor soou sobrenaturalmente elevada, na sala de teto alto do tribunal.

— Membros do júri, chegaram a um acordo quanto a um veredicto, e, em caso afirmativo, quem falará pelos senhores?

— Chegamos — disse meu jurado, dando um passo para a frente. — Sou o primeiro jurado.

— Qual é o seu veredicto? — perguntou Clovis, com o juiz carrancudo ainda erguendo uma mão de advertência.

— Consideramos — começou o primeiro jurado e sua voz tremeu, ele pigarreou e recomeçou. — Consideramos que o réu não é culpado, por motivo de insanidade.

Houve um suspiro sufocado, enquanto Clovis, rapidamente, continuava a insistir.

— Membros do júri — entoou ele —, ouçam seu veredicto, tal como foi gravado: Dizem, sob o juramento que prestaram, que consideram o réu inocente do crime de assassinato, por motivo de insanidade? É o que diz, sr. primeiro jurado? É o que dizem todos os membros do júri?

Os doze jurados, solenemente, murmuraram que sim e fizeram sinais afirmativos com a cabeça. O abaixar da mão do juiz pareceu um sinal para o caos: a sala do tribunal de repente explodiu viva, como um mar sob o açoite de um tufão. As represas da tensão se haviam rompido, finalmente. O clamor se quebrava como uma onda após outra. Todos agora estavam em pé. Laura atirou os braços em torno do tenente e chorou. O corado tenente estendeu a mão por trás das costas dela, e eu a peguei. Dei uma olhada no relógio. Eram 9h17. Uma estranha mulher, com olhos parecendo contas, que tinha o aspecto de um *poodle* francês malcuidado, de repente saltou por cima do corrimão dos advogados — não usava calcinha, observei, com um horror fascinado — e atirou os braços, selvagemente, em torno de Laura e do tenente, tentando levá-los a valsar de um lado para outro. Virou-se e investiu em minha direção, mas eu me esquivei e, frustrada, ela se atracou com o primeiro jurado, que sorriu e piscou para mim, por cima do ombro da mulher. Parnell ficou em pé junto de sua cadeira, pálido e piscando, enquanto mordia o lábio trêmulo. O taquígrafo do tribunal estava sentado, curvado sobre sua escrivaninha, trabalhando em suas palavras cruzadas e com um aspecto de tédio interminável.

Claude Dancer foi o primeiro a me alcançar. Apertou com tanta força minha mão que até doeu, e colocou sua mão em concha em cima do meu ouvido.

— Parabéns, Biegler! — gritou — Você é um adversário valoroso, que diabo!

— Obrigado, Dancer — gritei de volta, sorrindo. — Isso vale em dobro para você, também.

Mitch deu-me sua mão, sorriu, disse alguma coisa e recuou, afastando-se. Ele agarrou a mão do tenente, apertou-a, virou-se para o outro lado e foi embora. Depois, os repórteres dos jornais da cidade caíram em cima de nós, explodindo as lâmpadas dos seus *flashes* como felizes anarquistas, esquecidos da injunção anterior do juiz, ou sem ligar para ela.

— Por aqui, tenente, *por favor*...

— Ei, olhe para este lado, Biegler... — diziam, em suas queixosas exortações.

— Será que não pode dar um sorriso, homem? Você ganhou, que diabo, você ganhou... — Quer fazer o favor de tirar esses óculos, sra. M....? Vamos tirar uma foto do júri... Que diabo, onde está o cachorro iluminado a néon?... Vamos procurar o vira-lata...

O juiz, sacudindo pesarosamente a cabeça, batia com estrépito o seu martelo, em meio ao intermitente calor dos relâmpagos dos fotógrafos. O sorridente Max batia seu martelo selvagemente, em toda parte, como um tocador de vibrafone drogado numa *jam session* antes do amanhecer. As intensificações e ribombos de órgão do ruído desapareceram gradual e espasmodicamente; a tempestuosa sala do tribunal ficou finalmente silenciosa. O silêncio tornou-se opressivo, quase pior do que o barulho. O juiz dirigiu-se aos jurados.

— Obrigado, senhoras e senhores, pelo seu leal e atento serviço, num caso longo e difícil — agradeceu, sobriamente. — Comportaram-se bem, num dos mais elevados deveres e privilégios dos cidadãos de uma democracia. — Olhou para o relógio. — Acho que não há mais nada a dizer. Estarão dispensados de novos deveres até a manhã de segunda-feira, às nove horas.

O juiz fez um sinal afirmativo com a cabeça, gravemente, e olhou na direção dos jornalistas que se movimentavam de um lado para outro.

— Advirto os devotos de Daguerre aqui presentes que façam o favor de transferir sua ginástica fotográfica para fora desta sala — ordenou ele, secamente. — Talvez eu devesse acrescentar que qualquer um que desobedecer a esta ordem passará pelo menos uma noite como hóspede do nosso hospitaleiro xerife, cujo amável lema é, segundo estou informado: "Um colchão de molas em cada cela."

Enquanto os jurados saíam em fila pela sua porta, seguidos pela matilha ansiosa de fotógrafos em retirada, recarregando suas máquinas fotográficas, alguns deles olharam para o cenário atrás. Fiz um lento aceno afirmativo com a cabeça para meu jurado favorito; ele sorriu, ergueu e sacudiu as duas mãos em concha para mim. Quando a porta alta finalmente se fechou atrás deles, o juiz pigarreou e se dirigiu aos advogados.

— Cavalheiros, como todos os senhores bem sabem, a lei agora me impõe, com esse veredicto, o desagradável dever de mandar este homem para a cadeia até ser pronunciado são. É um dilema ainda mais acentuado pelo fato de que os dois psiquiatras, que, em outros aspectos discordaram violentamente, concordam ambos numa coisa: que o homem agora está são. Acontece que também penso que ele está são, como acredito que também os senhores, e me parece uma caricatura da justiça eu ser compelido a manter esse homem preso. — O juiz fez uma pausa. — Na verdade, não pretendo fazer isso; e não pretendo fazer isso porque a lei, também sabiamente, diz que não se deve ser compelido a fazer uma coisa inútil. Certamente, seria inútil manter sob custódia esse soldado; além disso, seria uma coisa maldosa e vingativa. Porém esse homem, tecnicamente, ainda está preso. — O juiz fez outra pausa e respirou fundo. — Cavalheiros, gostaria de receber um mandado de *habeas corpus* para sua soltura da prisão. Embora a hora seja tardia, estou disposto a levar isso adiante agora, se os senhores também estiverem dispostos. O júri já se pronunciou, e, pessoalmente, desagrada-me muito ver este homem passar outra noite na prisão.

Eu havia desabado em minha cadeira, mas me levantei rapidamente.

— Já tenho esse mandado e os papéis necessários preenchidos e prontos para serem entregues — afirmei. (Durante a semana, o sempre planejador Parnell os preparara, com um palpite no resultado.) — Se a promotoria concordar, estou disposto a prosseguiu agora.

Claude Dancer confabulou rapidamente com Mitch e se levantou depressa.

— Concordamos, Meritíssimo, que este homem não deve continuar preso. Concordamos que ele não deve passar outra noite na prisão. Portanto, sugiro que continuemos. — O homenzinho fez uma pausa e deu tossidas curtas e repetidas. — Além disso, no interesse da rapidez, sugiro também que os advogados agora estipulem e concordem com relação ao registro de uma cópia do testemunho dos psiquiatras, no julgamento, no sentido de que ele agora está são, e que ela seja anexada ao *habeas corpus* que está sendo efetuado, para ele poder ser solto esta noite. Da minha parte, o tribunal, o sr. Biegler e o sr. Lodwick podem completar quaisquer outros papéis e provas calmamente, na próxima semana.

— Uma sugestão generosa e sensata, sr. Dancer — disse o juiz, fazendo um aceno afirmativo com a cabeça. — Prosseguiremos imediatamente. Sr. taquígrafo, se puder impor-lhe que esqueça temporariamente suas palavras cruzadas e tome uma estipulação...

Em sete minutos, pelo relógio da sala do tribunal, o tenente Manion era um homem livre. O detetive sargento Durgo aproximou-se e apertou mãos por todos os lados e, depois, sorridente, jogou a Lüger para o tenente.

— Isto lhe pertence, camarada — falou, secamente.

O tenente piscou os olhos e rapidamente recuou.

— Que seja dada ao meu advogado — pediu. — Como uma lembrança... Acho... acho que talvez ele tenha merecido ganhá-la.

Acabei ali em pé segurando com dois dedos a arma que havia matado Barney Quill.

— Obrigado — agradeci, em tom de dúvida, deixando-a cair, cuidadosamente, dentro da minha pasta. — Confio, sargento — admiti —, que o senhor e Claude Dancer me deixarão contrabandear esta coisa para minha casa sem me prenderem por portar armas escondidas.

O sargento fez um sinal de assentimento com a cabeça, riu secamente e, fazendo uma continência, seguiu seu caminho. Laura e o tenente foram até a cadeia pegar as coisas dele e cumprir a burocracia da liberação. Combinamos encontrar-nos mais tarde. A sala do tribunal agora estava quase deserta, a não ser por um ou dois vagabundos e Smoky Madigan, com seu esfregão e balde fumegante, Parnell, Maida e eu. Acendi um charuto e fiquei sentado estoicamente, guardando meus papéis.

Parnell estava ao meu lado.

— Ora, rapaz, você conseguiu, você realmente conseguiu — falou ele, com voz rouca, repousando gentilmente a mão em meu ombro. — Você esteve magnífico.

Ergui os olhos para o velho cansado.

— Nós conseguimos, Parn — afirmei, tranquilamente. — Nunca se esqueça disso, meu amigo. *Nós* conseguimos.

O juiz apareceu no alto vão da porta da sala de audiência, com sua roupa de passeio e um sobretudo, usando seu grande chapéu de feltro cinzento e carregando sua pasta gasta e inchada. Em pé ali, silencioso e pensativo, parecia uma encarnação em granito da Lei. Deixei Parnell, aproximei-me dele e peguei sua mão estendida.

— Parabéns — falou, apertando em sua pata minha mão dolorida. — Parabéns por ganhar uma das mais estranhas e mais peculiarmente brilhantes acusações que já testemunhei. E já vi uma porção.

Dei-lhe uma rápida olhada.

— Acusações? — perguntei, confuso, temendo que o pobre homem tivesse ficado demente e confuso, com o cansaço do julgamento. Meu Deus, será que ele me confundia com Claude Dancer?

— Acusação — repetiu o juiz, sorrindo amplamente. — Eu sabia há anos, claro, como o senhor sem dúvida também, que os júris de assassinatos invariavelmente "julgam" a vítima, bem como o assassino. Será que o patife merece ser morto? Devemos exaltar o matador...? Mas esta é a primeira vez, em minha carreira jurídica, que vi um morto ser acusado com êxito por estupro. Essa é nova. A propósito, devo acrescentar, parece que o senhor também conseguiu inocentar um homem chamado Manion. — Fez uma pausa. — Acho que o senhor é simplesmente, em seu coração, um velho promotor público que não mudou.

— Obrigado, juiz — eu disse, sorrindo com prazer. — Nunca pensei no caso dessa maneira. Foi um prazer e um privilégio trabalhar com o senhor. Se me permite dizer agora, senhor, sem ser suspeito de estar bajulando, o senhor é um juiz na alta tradição do nosso juiz Maitland.

— Obrigado ao *senhor* — afirmou o juiz. — Esse é um grande elogio, de fato. Já ouvi falar muito do seu juiz Maitland e das suas boas obras. Também quero dizer-lhe que guardei sua série de instruções requeridas como modelo. Como já disse, estão entre as melhores que já vi.

Corei, com um misto de prazer e constrangimento, me virei e fiz sinal a Parnell para que se juntasse a nós.

— Juiz Weaver — eu disse —, quero que conheça o homem que foi, na maior parte, o responsável por essas instruções, e, para falar a verdade, por boa parte das outras coisas que aconteceram neste julgamento, meu novo sócio em advocacia, Parnell McCarthy.

O juiz apertou com força, calorosamente, a mão de Parnell. Este, de repente pálido e esgotado, continuou a olhar fixamente para mim, sem compreender.

— Sempre me encanta conhecer um verdadeiro advogado, sr. McCarthy — garantiu o juiz, ainda apertando com força a mão mole de Parnell. — Desejo que tenha muito prazer e sucesso em sua nova parceria com mais outro bom advogado. Os dois farão realmente uma grande dupla. Devem complementar-se muito bem.

— Obrigado pelo cumprimento, Meritíssimo — agradeceu Parnell, distraído, ainda me olhando interrogativamente.

O juiz, afinal, localizou Smoky Madigan e seu esfregão barulhento. Baixou a voz.

— Posso acrescentar, sr. Biegler, que decidi dar ao seu protegido ali uma folga. — Ficou olhando o homem, meditativamente, por um momento. — Talvez possamos pôr a culpa de tudo em nosso amigo William Hazlitt. — Fez uma pausa e piscou seus olhos azul-claros. — Bem, cavalheiros, boa sorte e boa-noite — despediu-se.

Virou-se de repente para o outro lado e foi embora.

Parnell ficou ali mordendo o lábio inferior, com os olhos embaçados.

— Falou sério, rapaz? — perguntou, com voz sumida.

— Falei sério o quê? — perguntei, rispidamente, mas sabendo do que se tratava.

— A respeito... do que disse sobre eu e você sermos sócios?

— Ora, claro que sim, Parn, claro que falei sério. Ou seja, se você me quiser. Considerarei um privilégio e uma grande honra, meu velho amigo. Se for meu parceiro jurídico, já escolhi o nome da nova firma: McCarthy e Biegler. Estou imaginando encomendar os novos papéis de carta e fazer os anúncios formais na segunda-feira. Quanto ao resto, já esbocei todo o acordo de que precisamos; eu o seguro aqui, em minha mão vazia. Tudo meio a meio, o bom e o ruim. Basta dizer sim, sócio.

Atirei minha mão e Parnell a pegou. Seus lábios tremiam, e os olhos do velho se encheram de lágrimas. Uma gota solitária pendia, trêmula, na ponta do seu nariz.

— Vamos, Maida — gritei, para dentro da sala vazia do tribunal, cheia de ecos —, vamos sair e comemorar o grande caso e nossa nova grande sociedade. Antes, aos Manions.

— É bom ter *dois* patrões agora, para me demitirem — admitiu Maida, laconicamente, juntando-se a nós. — Vamos todos sair e espiar o senhor tocar um solo de bateria para nós, na Halfway House?

— Adivinhou, Maida — respondi, dando-lhe palmadinhas gentis no traseiro. — Agora, seja boazinha, vá procurar um telefone e diga a eles para gelarem um lote de champanhe, muitas garrafas. Não ousei pedir a eles antes. Espere! Pensando bem, use o telefone de Mitch.

— Sei — disse Maida. — A justiça perfeita levanta sua feia cabeça.

Durante a longa e frenética noitada, ao longo da qual um alegre e cintilante Parnell deve ter sido brindado e recebido brindes de refrigerante com sabor laranja pelo menos em duas ocasiões, o tenente tentou várias vezes puxar-me para um lado e abordar o assunto dos meus honorários não pagos. Eu o afastei sempre, e, finalmente, silenciei-o, concordando em visitá-los na manhã seguinte no *trailer* deles, em Iron Bay. Afinal, o ganhador do grande caso de assassinato, o parceiro mais jovem na nova firma jurídica McCarthy e Biegler, o candidato regado a champanhe ao Congresso, sim, o melhor baterista não sindicalizado da Península Superior — claro, esse homem não tinha tempo nenhum para coisas rotineiras e mesquinhas...

— A que horas planeja ir ao nosso *trailer*? — o tenente perguntou, insistentemente. — Queremos ter certeza de que estaremos acordados.

— Ah, às dez ou onze horas, mais ou menos — respondi, aereamente. — Não se preocupe, estarei lá.

— Leve um formulário de nota promissória — pediu. — Não se esqueça. Estaremos acordados, esperando você. — Franziu a testa. - Quero tirar essa coisa da minha cabeça.

— Estaremos lá — prometi e, depois, com um impulso, fui rapidamente até a cabina do telefone, fechei a porta, procurei uma moeda e telefonei para Thunder Bay. — Trim, trim — fez o telefone.

— Mary — eu disse, quando ela atendeu. — Acho que a esta altura você já deve saber o resultado do julgamento, mas queria que soubesse por mim — houve um silêncio e continuei, desajeitadamente. — Sei que é tarde, mas só queria falar com você. Não tive coragem de ligar antes. — O silêncio continuou. — Está tudo bem, Mary? Desculpe... Acho que talvez eu não devesse ter telefonado.

Quando ela falou, suas palavras vieram rapidamente.

— Obrigada por seu telefonema, Paul. Estava sentada aqui esperando por ele, sentada aqui, sozinha, ao luar. Claro que tudo está bem, mas não estaria se você não tivesse telefonado. Estou feliz demais e aliviada por conversar... sobre o julgamento, agora, com seu telefonema.

— Mary? — repeti, interrogativamente. — Mary? Mary?

— Boa-noite, Paul — despediu-se Mary. — Por favor, venha me visitar em breve. *Por favor*, venha... — O telefone clicou suavemente em meu ouvido.

Parnell ficou ali em pé, olhando-me, cético, enquanto eu flutuava, sonhador, da cabina de telefone até onde estava o grupo.

— Encomendando os papéis de cartas e envelopes para nossa nova sociedade, sem dúvida — afirmou, empurrando e se acotovelando para abrir caminho até a cabina que eu acabara de desocupar.

— Mais champanhe! — gritei, cheio de satisfação, aproximando-me e batendo no bar com meu punho entorpecido. — Ah, rapaz, rapaz!

Era quase meio-dia quando eu e Parnell ziguezagueamos para dentro do estacionamento dos *trailers*, onde estavam os Manions, nas imediações de Iron Bay. Eu dormira o sono dos drogados, e, de qualquer forma, o atencioso Parnell e eu não queríamos perturbar prematuramente os amantes novamente unidos... Um homem alto, de cabelos prateados, com um bigode prateado, caído, com manchas de fumo, como um personagem tirado de Owen Wister, surgiu do que parecia ser um *trailer* escritório e avançou por cima do sujo cascalho branco até chegar ao lado do nosso carro, sacudindo a cabeça.

— Só deixamos *trailers* estacionarem aqui, pessoal, isto não é nenhum motel. Desculpem — ele disse.

— Estou procurando o *trailer* do tenente Manion — falei.

— Desculpe, chefe, o senhor chegou atrasado... eles foram embora na noite passada, cerca das três da manhã. Parece que estavam mais ou menos com pressa.

O latejante manto de silêncio tiquetaqueou como uma bomba-relógio.

— Eles deixaram algum recado? — perguntei, com voz sumida.

— Ora, sim, se podem chamar isso de recado. Justamente quando saíam, o homem inclinou-se para fora do carro e me disse que, se alguém procurasse por ele, para dizer que estava com um impulso... como é que é... um impulso irresistível de sair daqui sem demora. Disse que o senhor entenderia.

— Mais alguma coisa? — murmurei.

— Sim, eles já seguiam com o carro quando a mulher gritou para eu não dar o recado que acabei de dar. Disse que era cruel demais, acho que foi o que ela disse. Tive a impressão de que ela estava passando um carão nele.

— Foi só isso?

— Foi só isso, chefe, e espero que faça algum sentido para os senhores, porque para mim não faz nenhum. Ah, sim, aquele sujeito era meio atrevido, ele me chamou de "cara".

— Obrigado — agradeci. — Infelizmente acho que entendo, até essa parte sobre o "cara".

Parnell tomou a palavra.

— Espero — falei, secamente —, espero, senhor, que o cavalheiro tenha pago tudo o que lhe devia?

O proprietário virou-se e cuspiu uma torrente de caldo de tabaco num canteiro de dálias queimadas pelo frio e com os talos moles.

— Nunca me preocupo com isso — afirmei. — O velho George Roebuck sempre é pago adiantado. Sabem, amigos, meu lema é: "Nunca confie num estranho — e trate todo mundo como estranho." Como disse alguém, se a pessoa nunca confia em ninguém, nunca leva a pior. Sinto muito não poder ajudar os senhores.

Cuspiu novamente e, recado dado, avançou outra vez para o seu *trailer*, pisando no cascalho.

Pensativamente, acendi um charuto.

— Um filósofo pragmático — cismei, depois que ele foi embora. — Apenas outro representante da vasta linhagem gentil que, um dia, herdará a cinza de cigarro da Terra.

Parnell ficou em silêncio durante algum tempo. Finalmente, falou.

— De certa forma, rapaz, não percebe?, o tenente o usou e você o usou. Ele conseguiu sua liberdade e você conseguiu seja lá o que foi. — Fez uma pausa. — Talvez — admitiu ele, vagarosamente —, talvez em certo sentido vocês dois estejam mais ou menos quites. Talvez, como disse Maida, talvez isso seja uma espécie de justiça perfeita.

Concordei vagarosamente com a cabeça.

— De qualquer jeito, tenho um novo sócio — falei. — Um novo sócio e uma grande dor de cabeça.

— Dor de cabeça? — perguntou Parnell, rispidamente.

— Dor de cabeça, sócio — confirmou. — O que é que vou dizer a Maida, pelo amor de Deus? Cristo, Parn, nunca vou ter coragem de encará-la.

— O que *você* dirá a Maida! — Parnell riu, com desdém. — O que *nós* diremos a ela? Como seu novo sócio, rapaz, partilho as dores de cabeça, também. Meio a meio, você disse.

Sorri, palidamente.

— Sim, Parn, acho que você pode partilhar a nova prosperidade.

Parnell pigarreou e se remexeu, inquieto.

— Ora, rapaz — disse —, vamos seguir viagem e não ficar por aqui com conversa-fiada o dia inteiro. Estou ansioso para você entrar nessa eleição para o Congresso e perder, para nós dois podermos nos estabelecer e praticar a lei, que é nossa área. — Lançou-me um ácido olhar de esguelha. — Embora eu deva dizer, rapaz, que estou ficando um pouco preocupado, ultimamente, com o jeito como você bebe...

— Pegue o maldito dinheiro e não confie em ninguém — cismei em voz alta, vagarosamente engrenando o carro. — Que bela e elevada filosofia de vida. — Sacudi a cabeça e sorri. — Ora, pelo menos conseguimos com esse caso uma Lüger alemã, sócio — resmunguei. — Talvez o tenente pretendesse que eu fizesse com ela uma roleta-russa. Mas acho que só se pode fazer isso com revólveres.

Parnell deu pancadinhas em meu joelho e falou gentilmente.

— Esqueça esse ganancioso sujeito do *trailer* e seu lema de camponês, rapaz. Esqueça também o tenente, simplesmente tire o sujeito inteiramente da sua cabeça. Não percebe, ele vai para a prisão, de qualquer jeito, trancado para sempre na miserável prisão de *si mesmo*... Você jamais tornará a vê-lo nem a ouvir falar dele, claro, então esqueça-o, simplesmente apague-o da memória. Eu sabia que uma coisa dessas aconteceria, rapaz, e acho que você também sabia, bastava pensar... Agora, não vamos mais falar disso.

Parnell, de repente, ficou ereto e olhou atenta e diretamente para a estrada tortuosa e coberta de folhas.

— Vamos pensar no futuro, rapaz, você e eu juntos, talvez ganhando algum dinheiro, mas com certeza nos divertindo muito, praticando nossa profissão juntos, de vez em quando ajudando filhos da puta e anjos, do mesmo jeito, entre os quais, sempre se lembre, nossa Senhora Justiça jamais fez diferença.

Fiz um sinal afirmativo com a cabeça e pisei no acelerador.

Parnell baixou o vidro do seu lado e se virou para mim.

— E se você seguir de carro pela beira da praia, até uma vila chamada Thunder Bay? É um belo dia de outono, rapaz. Teremos nosso jantar de sábado num belo hotelzinho que conheço lá, com vista para o lago.

Seguimos de carro em silêncio. Vi que Parnell me observava, pelo canto do olho. Remexeu-se no assento e pigarreou.

— Desembuche, Parn — falei.

— Na verdade, rapaz, ela nos espera. Sabe, estivemos em contato.

— Quem nos espera? — perguntei, sabendo de repente de quem ele falava e me sentindo muito feliz.

— Ora, nossa Mary, claro, rapaz — respondeu suavemente. — Pretendia fazer uma surpresa, mas acho que talvez você já tenha tido surpresas suficientes para um dia. A doce criança nos convidou para jantar hoje, quando telefonei para ela a noite passada, dando o resultado do julgamento, como havia prometido. E a srta. Maida também nos espera lá. — O velho sorriu, disfarçadamente. — Mas achei que talvez eu já tivesse dito a você. Meu Deus, devo estar ficando esquecido.

— Não, sr. McCarthy, o senhor não me disse — falei, pisando forte no acelerador.

Quando o velho carro saltou para a frente, comecei a me sentir livre como um pássaro; uma curiosa sensação de alívio e libertação me dominou. E de expectativa. Seguimos velozmente, livrando-nos, afinal, das últimas cicatrizes de cidade, e subimos, depois de algum tempo, por um morro comprido, cercado de granito. Chegando ao topo, sem fôlego, parecíamos pendurados no meio do ar. Espalhada muito abaixo de nós estava a imensa extensão do grande lago: belo, vazio, cintilante, frio e meditativo, cheio de gaivotas e impessoal; sempre ali, sempre o mesmo — ali para os gratos e os ingratos, ali para os filhos da puta e os anjos, ali para os justos e injustos, igualmente.

— Amém — murmurou Parnell, com voz rouca, abrindo as mãos gorduchas e sacudindo a cabeça, reverente. — Algumas vezes, rapaz, algumas vezes, quando contemplo uma vista como esta, eu... eu simplesmente sinto vontade de abrir bem os braços e me elevar pelo ar, como um pássaro. Pode entender um velho artrítico e tolo pensando e muito menos dizendo uma coisa dessas?

"O espírito desacorrentado," pensei.

— Sim, Parn — concordei, novamente pisando no acelerador e, enquanto descíamos velozmente o morro íngreme, as palavras sublimes de William Blake me voltaram, tão saxonicamente vigorosas e sangrentas: "A alma pura deve usar asas inatas, desdenhando as pequenas brincadeiras, e cortar um caminho até o céu da glória, deixando uma trilha de luz para os homens se maravilharem com ela."

Este livro foi impresso nas oficinas da
Distribuidora Record de Serviços de Imprensa S.A.
Rua Argentina, 171 – Rio de Janeiro, RJ
para a Editora José Olympio Ltda.
em fevereiro de 2011

*

79º aniversário desta Casa de livros, fundada em 29.11.1931